KB275471

오만과 편견

오만과 편견

Pride and Prejudice

제인 오스틴 장편소설 원유경 옮김

PRIDE AND PREJUDICE
by JANE AUSTEN (1813)

이 책은 실로 꿰매어 제본하는 정통적인 사철 방식으로 만들어졌습니다.
사철 방식으로 제본된 책은 오랫동안 보관해도 손상되지 않습니다.

제1권

제1장

　재산이 많은 미혼 남성이라면 반드시 아내를 필요로 한다는 말은 널리 인정되는 진리이다.

　그런 남성이 동네에 처음 들어서면, 그 사람이 어떤 기분이고 어떤 생각을 하고 있는지에는 상관 없이, 동네 사람들 마음속에 너무 깊이 박혀 있는 이 진리 때문에 그는 당연히 여러 집안의 딸들 가운데 하나가 차지해야 할 재산으로 간주된다.

　「여보, 베넷 씨.」 어느 날 베넷 씨의 부인이 남편에게 물었다. 「드디어 네더필드 파크에 세 들 사람이 온다는 얘기 들었어요?」

　베넷 씨는 못 들었다고 대답했다.

　「글쎄, 그렇대요.」 그의 부인이 말했다. 「롱 부인이 방금 왔다 갔는데 그 얘기를 하던데요.」

　베넷 씨는 아무런 대답도 하지 않았다.

　「누가 들어오는지 알고 싶지 않아요?」 부인이 성급하게 소리쳤다.

「당신이 말하고 싶다면 들어야지. 이의 없어요.」

말을 해도 된다는 뜻이었다.

「여보, 당신도 알아 두세요. 롱 부인이 그러는데 네더필드에 돈 많은 젊은 남성이 들어온대요. 잉글랜드 북부 출신이라네요. 월요일에 네 마리의 말이 끄는 마차를 타고 집을 보러 왔었는데, 얼마나 마음에 들었던지 즉각 모리스 씨와 계약을 하더래요. 미가엘 축일[1] 전에 입주하기로 했대요. 하인들 몇은 다음 주말이면 들어올 거라네요.」

「이름이 뭐지?」

「빙리예요.」

「기혼인가, 미혼인가?」

「아! 여보, 당연히 미혼이지요. 재산이 정말 많은 미혼 남성이에요. 한 해 수입이 4천인가 5천인가 된다는데요. 우리 딸들에게는 너무나 잘된 일이지요!」

「어째서? 그게 우리 딸들하고 무슨 상관인데?」

「여보, 베넷 씨.」 부인이 대답했다. 「어쩜 그렇게 답답할 수가 있어요! 내가 그 사람을 우리 애 하나랑 결혼시킬 생각이란 말이에요.」

「그럴 생각으로 이곳에 이사 오는 건가?」

「그럴 생각이라니요! 무슨 그런 말을. 어떻게 그런 말을 할 수가 있어요! 하지만 그 사람이 우리 딸 가운데 하나와 사랑에 빠질 가능성이 매우 높다는 말이에요. 그러니까 당신은 그 사람이 이사 오거든 당장 찾아가 보세요.」

「그럴 것까지 있겠나? 당신과 애들이 가면 되지. 아니면 애들만 보내든지. 그게 훨씬 낫겠어. 당신이 애들보다 인물이 나으니 빙리 씨가 당신을 가장 좋아할지도 모르거든.」

1 9월 29일.

「여보, 과찬이에요. 물론 내 미모도 어느 정도 내세울 만했지요. 하지만 지금은 그렇게 빼어나다고 생각하지는 않아요. 다 큰 딸이 다섯이나 있는 여자면 자기 미모를 생각하는 건 포기해야죠.」

「그런 경우에는 여자들이 생각하고 말고 할 미모도 별로 없지.」

「하지만 여보, 빙리 씨가 이웃으로 이사 오면 당신이 가서 그를 꼭 만나 봐야 해요.」

「정말이지, 그건 약속 못하겠는데.」

「하지만 당신 딸들 생각을 하세요. 우리 애가 그 집으로 시집가면 얼마나 좋겠냐고요. 윌리엄 루커스 경 부부도 빙리 씨를 방문하기로 했다더군요. 순전히 그 이유 때문이에요. 그 부부는 새로 이사 온 사람들을 찾아다니는 사람들이 아니잖아요. 꼭 가셔야 해요. 당신이 안 가는데 우리끼리 그를 찾아갈 순 없잖아요.」

「당신 정말 지나치게 소심하군. 빙리 씨는 당신을 만나면 무척 반가워할 거야. 당신 편에 편지 몇 자 적어 보내야겠어. 우리 딸 가운데 마음에 드는 아이가 있으면 개랑 결혼하는 데 진심으로 동의한다고 말이오. 우리 리지에게 도움 될 말도 보태야겠지.」

「그러지 말아요. 리지는 다른 애들보다 나은 게 없어요. 제인만큼 예쁘길 하나, 리디아만큼 쾌활하기를 하나. 하지만 당신은 늘 개만 좋아하죠.」

「다른 애들은 칭찬할 만한 게 별로 없잖소.」 베닛 씨가 대답했다. 「애들이 한결같이 다른 집 애들처럼 어리석고 무식하잖소. 하지만 리지는 딴 애들보다 영특한 데가 있지.」

「베닛 씨, 어떻게 자기 자식에게 그렇게 심한 말을 할 수가 있어요? 날 괴롭히는 게 즐거운가 봐요. 내 너덜거리는 신경이 불쌍하지도 않은가요.」

「여보, 그건 오해요. 나는 당신 신경을 무척 존중해. 내 오랜 친구 아니오. 적어도 지난 20년간 당신의 그 말에 얼마나 마음 썼는데 그러오.」

「아! 당신은 몰라요, 얼마나 고통스러운지.」

「그래도 당신은 *꿋꿋하게 이겨 낼 거야*. 그래야 연 수입 4천 파운드짜리 젊은이들이 이웃에 이사 오는 걸 많이 보게 될 거 아니오.」

「그럼 뭣해요. 당신이 만나지 않으면 그런 사람 스무 명이 와도 소용 없을 텐데.」

「걱정 말아요, 여보. 스무 명이 온다 해도 내가 다 만나 볼 테니.」

베넷 씨는 머리 회전이 빠르고, 냉소적인 기질에 내성적인데다 변덕스러운 면이 뒤섞인 기이한 인물이다. 그러니 그의 아내는 23년을 함께 살았어도 그의 성품을 제대로 파악하지 못했다. 한편 베넷 부인의 속마음을 파악하기는 그다지 어렵지 않았다. 그녀는 판단력이 부족하고 아는 것도 적고 성격도 불안정했다. 마음에 들지 않는 일이 생기면, 자신의 신경 쇠약이 도졌다고 생각했다. 그녀는 딸들을 결혼시키는 것을 평생의 업으로 삼고 있었고, 이웃 사람들을 찾아다니며 새로운 소식을 듣는 것을 평생의 낙으로 여겼다.

제2장

베넷 씨는 일찍부터 빙리 씨를 기다렸던 사람 중 하나였다. 아내에게는 끝까지 가지 않을 거라고 했지만, 줄곧 빙리 씨를 방문할 생각을 하고 있었던 것이다. 그가 방문하고 돌아온 날 저녁까지도 아내는 그 사실을 전혀 모르고 있었다. 그러다가 그 사실은 이렇게 밝혀지게 되었다. 둘째 딸이 모자를 장식하는 것을 지켜보다가 베넷 씨가 느닷없이 말했다.

「빙리 씨가 그 모자를 마음에 들어 했으면 좋겠구나, 리지.」

「빙리 씨가 뭘 좋아하는지 알 길이 있어야지요. 우린 그 사람을 못 만나 볼 테니까요.」 그의 아내가 성을 내며 말했다.

「하지만 잊으셨나 봐요, 어머니. 무도회 때는 만날 거잖아요. 롱 부인이 소개해 주시겠다고 약속했으니까요.」 엘리자베스가 말했다.

「롱 부인이 그 일을 해줄 것 같지가 않구나. 자기 조카도 둘이나 있잖니. 이기적이고 위선적인 사람이야. 좋게 생각되지가 않아.」

「나도 그렇게 생각하오.」 베넷 씨가 말했다. 「당신이 그녀의 도움을 바라지 않는다는 걸 알게 되니 기쁘군.」

베넷 부인은 아무런 대답도 하지 않았지만, 분을 참지 못하고 딸 하나를 야단치기 시작했다.

「제발이지 그렇게 기침 좀 하지 마라, 키티야! 내 신경 생각 좀 해줘. 갈가리 찢겨지는 것 같아.」

「키티는 기침하는 데 조심성이 없구나. 때를 가려서 해야지.」 아버지가 말했다.

「저도 좋아서 하는 게 아니에요.」 키티가 투정하며 대답했다.

「다음 무도회가 언제지, 리지?」

「보름 뒤예요.」

「아, 그렇지.」 어머니가 외쳤다. 「롱 부인은 그 전날까지 돌아오지 않을 텐데. 그러면 우리한테 소개하긴 글렀네. 자기도 그 사람을 모를 테니까.」

「여보, 당신 입장이 더 낫군. 당신이 롱 부인에게 빙리 씨를 소개해 주면 되겠구먼.」

「안 되잖아요, 베넷 씨, 그럴 수 없잖아요. 그 사람과 친분도 없는데요. 어쩜 사람을 그렇게 놀리세요?」

「당신의 신중함을 존경하는 바요. 두 주 정도 친분 쌓는 게 별 거 아니긴 하지. 두 주 갖고야 그 사람이 정말 어떤 인물인지 알 수가 있겠나. 하지만 우리가 나서지 않으면 다른 누군가 나설 거고, 결국 롱 부인과 그 조카들도 소개를 받게 될 거요. 그러니 당신이 안 하겠다면 내가 직접 나서지 뭐. 롱 부인이 은혜를 입었다고 생각할 테니까.」

딸들은 눈이 휘둥그레져서 아버지를 똑바로 쳐다보았다. 베넷 부인은 〈말도 안 돼! 말도 안 돼!〉라고만 할 뿐이었다.

「그리 딱 잘라 말하면 무슨 의미가 있겠소?」 그가 목소리를 높였다. 「당신은 소개라는 절차, 그리고 소개를 강조하는 것이 말도 안 된다는 거요? 그 점은 동의할 수 없겠는데. 네 생각은 어떠냐, 메리. 너는 생각이 깊고 훌륭한 책도 많이 읽고 발췌도 해놓는 젊은 숙녀 아니냐.」

메리는 뭔가 매우 현명한 대답을 하고 싶었지만 별로 떠오르는 게 없었다.

「메리가 생각을 정리하는 동안, 빙리 씨 문제로 돌아갑시다.」 그가 계속했다.

「빙리 씨 얘기 그만해요. 질렸으니까.」 베넷 부인이 큰 소리로 말했다.

「유감이군. 그런데 왜 좀 더 일찍 그 말을 하지 않은 거요? 오늘 아침에만 알았어도 그 사람을 찾아가지 않았을 텐데 말이오. 정말 운이 나쁘네. 하지만 내가 방문해 버렸으니, 이제 모른 척하고 지낼 순 없지.」

여성들이 모두 깜짝 놀랐다. 그가 바라던 바였다. 베넷 부인의 놀라움이 딸들보다 훨씬 컸다. 하지만 기쁨과 흥분이 일단 가라앉자, 베넷 부인은 이미 이렇게 될 줄 알고 있었다고 잘라 말하기 시작했다.

「여보, 베넷 씨, 당신 너무 잘하셨어요! 결국 당신을 설득하게 될 줄 알고 있었어요. 당신이 애들을 사랑하니까 그런 사람과 친분 쌓는 일을 놓치지 않을 거라고 확신했어요. 너무 기뻐요. 그런데 정말 장난도 심하세요. 오늘 아침에 갔으면서 여태까지 아무 말씀도 안 하시고 말이에요.」

「자, 키티야. 이제 마음껏 기침하렴.」베넷 씨는 아내가 기뻐 어쩔 줄 몰라 하는 데 지쳐, 말을 마치자 방을 나섰다.

「애들아, 얼마나 훌륭한 아버지시냐!」문이 닫히자 그녀가 말했다.「아버지의 이런 호의에 너희가 어떻게 보답할 수 있을지 모르겠다. 나한테도 그렇고 말이다. 우리 나이가 되면, 정말이지 매일 새로 사람을 사귀는 게 그리 즐거운 일이 아니란다. 하지만 너희를 위해서라면 못할 일도 없지. 애, 사랑하는 리디아야, 네가 제일 어리긴 하다만, 빙리 씨가 다음 무도회에서 너와 춤출 거 같구나.」

「아! 하나도 겁 안 나요. 제일 어리긴 하지만, 키는 제일 크니까요.」리디아가 당당하게 말했다.

그들은 베넷 씨의 방문에 빙리 씨가 얼마나 빨리 답할지 추측도 하고 또 언제 그를 저녁 식사에 초대해야 좋을지 의논도 하면서 남은 저녁 시간을 보냈다.

제3장

베넷 부인은 딸들의 도움을 받아 남편에게 빙리가 어떤 사람인지 물었지만, 아무리 해도 만족스러운 답변을 끌어낼 수가 없었다. 노골적으로 질문도 하고 교묘하게 가정도 하고 우회적으로 추측도 하면서 다양하게 베넷 씨를 공격했지만, 그는 그들의 기술을 모두 피해 갔다. 마침내는 이웃 루커스 부인에게서 간접적인 정보를 얻는 수밖에 없었다. 그녀의 설명은 무척 호의적이었다. 윌리엄 경도 그를 마음에 들어 했다. 그는 아주 젊고, 무척 잘생겼으며, 굉장히 상냥했다. 게다가 결정적인 것은 다음 무도회에 많은 사람들을 데려올 생각이라는 것이다. 이보다 더 기쁜 일이 있을까! 춤을 좋아한다는 건 사랑에 빠지는 길로 확실히 한 발자국 다가가는 것이다. 모두가 빙리 씨의 마음을 차지하려는 희망에 부풀었다.

「우리 애가 행복하게 네더필드로 시집가는 걸 볼 수만 있다면, 그리고 다른 애들도 똑같이 시집 잘 가는 걸 볼 수만 있다면, 더 이상 바랄 게 없을 거예요.」베넷 부인이 남편에게 말했다.

며칠 후 빙리 씨가 베넷 씨를 답방하러 와서 10분 정도 서재에 머물렀다. 베넷 집안 딸들의 미모에 관한 소문을 익히 들었던지라 그들을 보고 싶었지만, 아버지만 만났다. 여성들은 그래도 운이 좋았다. 이층 창문을 통해 그가 푸른 외투를 입고 검은 말을 타고 왔다는 사실은 확인할 수 있었으니까.

얼마 안 있어 저녁 식사 초대장을 보냈다. 베넷 부인은 벌써 자신의 살림 솜씨를 돋보이게 해줄 요리를 계획해 두었으나, 이 모든 것을 미루게 하는 답장이 도착했다. 빙리 씨가 그 다음 날 런던에 가야 할 일이 생겨 초대에 응할 수 없다는 내용이었다. 베넷 부인은 어찌할 바를 몰랐다. 그녀는 빙리 씨가 하트퍼드서에 도착하자마자 런던에 무슨 용무가 있다는 건지 이해할 수가 없었다. 그리고 그가 늘 이곳에서 저곳으로 바삐 다니고 네더필드에 제대로 정착하지 않으면 어쩌나 걱정되기 시작했다. 루커스 부인이 그가 무도회에 참석할 사람들을 데려오려고 런던에 갔을지도 모른다고 말해 베넷 부인의 걱정도 어느 정도 진정되었다. 그리고 곧 빙리 씨가 열두 명의 숙녀와 일곱 명의 신사를 무도회에 데려올 거라는 소문이 돌았다. 아가씨들은 여성의 수가 너무 많다고 애석해했다. 하지만 무도회 전날, 빙리 씨가 런던에서 열두 명이 아니라 누이 다섯과 사촌 하나, 모두 여섯 사람만 데려 왔다는 소식을 듣고 다들 마음을 놓았다. 빙리의 무리가 무도회장에 들어섰을 때 그들은 모두 합쳐 고작 다섯이었다. 빙리 씨, 그의 누이동생 둘, 큰 누이의 남편, 또 다른 젊은 남자였다.

빙리 씨는 잘생긴 데다 신사답고 쾌활한 용모에, 태도가 자연스럽고 꾸밈이 없었다. 그의 누이들은 세련된 분위기의 멋진 여성들이었다. 그의 매부인 허스트 씨는 그저 신사처럼 보였다. 하지만 그의 친구인 다시 씨는 훤칠한 키와 잘생긴 용모, 품위 있는 태도로 곧 연회장에 모인 모든 사람들의 관심을 끌었다. 그가 들어선 지 5분도 안 되어 연 수입이 1만 파운드나 된다는 소문이 돌았다. 남자들은 체격이 훌륭하다고 말했고, 여자들은 빙리 씨보다 훨씬 더 잘생겼다고 단언했다. 그는 뭇 사람들의 감탄의 대상이 되었으나 그날 밤이 반쯤 지날 무렵부터 그의 태도가 혐오감을 자아내어 인기의 판도는 뒤집히고 말았다. 그는 거만하고 사람들보다 우위에 있으려 하고 도대체 비위를 맞출 수가 없는 사람이었다. 아무리 더비셔에 대저택을 소유하고 있다고는 해도, 얼굴이 매우 꺼림칙하고 불쾌하게 생긴 데다 친구와는 비교될 가치도 없는 사람이라는 평판에서 벗어날 수가 없었다.

빙리 씨는 연회장에 모인 모든 주요 인사들과 금방 친해졌다. 그는 쾌활하고 활달했으며 춤이란 춤은 다 추었고, 무도회가 너무 일찍 끝난다고 화를 내더니 네더필드에서 무도회를 열겠다고 말했다. 붙임성 있는 성격은 저절로 드러나게 마련이다. 그와 그의 친구는 어쩌면 그리 대조적인지! 다시 씨는 허스트 부인, 빙리 양하고 한 번씩 춤을 추었을 뿐 다른 여성들을 소개받는 것도 거절하고, 이따금씩 자기 일행과 말을 주고받을 뿐 연회장을 이리저리 걸어 다니며 남은 시간을 보냈다. 그의 성격은 의문의 여지가 없었다. 그는 세상에서 가장 오만하고 기분 나쁜 사람이었다. 모두가 다시라는 사람이 다시는 안 나타났으면 하고 바랐다. 그에게 가장 화를 낸 사람 중 하나는 베넷 부인이었다. 그녀는 그의 전체적인 행동거지가 맘에 안 들었는데, 딸 하나가 무시당하자 더더욱 분개했다.

엘리자베스 베넷은 신사의 수가 적어서 춤곡이 두 번 바뀌는 동안 그냥 앉아 있어야 했다. 그런데 그러는 동안 다시 씨가 가까이 서 있어서 그녀는 그가 빙리 씨와 주고받는 대화를 들을 수 있었다. 빙리 씨는 잠시 춤을 멈추고 친구에게 춤을 추자고 권하는 중이다.

「이봐, 다시! 춤을 좀 추지 그러나. 이렇게 바보같이 혼자 서 있다니 보기 싫군. 춤추는 게 좋겠어.」

「안 춘다니까. 자넨 내가 춤추는 걸 얼마나 싫어하는지 알고 있잖아. 특히 파트너가 아는 사람이 아니면 말이야. 이런 무도회는 더 참을 수가 없네. 자네 누이들은 각자 파트너가 있고, 이 방에서 마주 보고 서는 것 자체가 형벌이 아닌 여성은 없지 않은가.」

「난 절대 자네처럼 까다롭게 굴지 않겠어.」 빙리가 목소리를 높였다. 「정말이지, 오늘 밤처럼 괜찮은 여성들을 많이 만난 적이 없었다고. 게다가 몇 사람은 굉장히 예쁘잖나.」

「자넨 여기서 유일하게 예쁜 여자하고 춤을 추고 있어.」 다시 씨가 베넷 집안의 맏딸을 바라보며 말했다.

「아! 그녀는 여태 내가 본 사람 가운데 최고로 아름다운 여성이야. 하지만 자네 바로 뒤에 앉아 있는 그녀 여동생도 무척 예쁘군. 또 아주 상냥할 것 같아. 내 파트너보고 자네에게 소개해 달라고 할게.」

「누구 말이야?」 다시는 돌아서면서 잠시 엘리자베스를 바라보다가 눈이 마주치자 시선을 거두며 냉정하게 말했다. 「그런대로 괜찮긴 하네만, 내 마음을 끌 만큼 예쁘진 않군. 그리고 난 지금 다른 남자들에게 무시당한 아가씨나 달래줄 기분도 아니라네. 자네는 파트너에게 돌아가서 그녀의 미소나 즐기게. 나와 시간 낭비하지 말고.」

빙리 씨는 그의 충고를 따랐다. 다시 씨는 멀어져 갔지만, 엘리자베스는 그에게 결코 좋은 감정을 갖지 못한 채 그 자리에 남아 있었다. 그녀는 쾌활하게 친구들에게 그 이야기를 해버렸다. 우스꽝스러운 일을 보면 즐거워하는 활발하고 장난스러운 기질의 소유자였기 때문이다.

그날 밤은 가족들 모두 즐겁게 보냈다. 베넷 부인은 네더필드 사람들이 맏딸을 칭찬하는 것을 보았다. 빙리 씨는 그녀와 두 번이나 춤을 추었으며 그의 누이들도 특별 대우를 해주었다. 제인은 조용히 있긴 했지만 어머니만큼이나 만족스러운 기분이었다. 엘리자베스는 제인이 기뻐하는 것을 느꼈다. 메리는 자신을 두고 사람들이 동네에서 가장 교양을 많이 쌓은 여성이라고 빙리 양에게 말하는 것을 들었다. 캐서린과 리디아는 운 좋게 내내 파트너가 있었는데, 그 정도가 그때까지 무도회에서 바랄 수 있는 전부였다. 그들은 그렇게 기분이 좋아져서 롱본으로 돌아왔다. 롱본은 베넷 집안이 중심을 이루고 있는 마을이었다. 베넷 씨는 아직 잠자리에 들지 않았다. 그는 책만 있으면 시간을 개의치 않는 사람이었다. 그는 그렇게 굉장한 기대를 불러일으켰던 이번 밤무도회에 대해서는 상당한 호기심이 일었다. 새로 이사 온 사람에 대한 아내의 기대가 실망으로 이어졌기를 바라고 있었다. 하지만 그는 전혀 다른 이야기를 듣게 되었다.

「아! 여보, 베넷 씨.」 그녀가 방에 들어서면서 말했다. 「정말 즐거운 밤이었어요. 아주 훌륭한 무도회였고요. 당신도 갔으면 좋았을 텐데요. 제인은 무척 칭찬을 받았어요. 최고였다고요. 모두가 제인이 참 예쁘다고 했어요. 빙리 씨는 제인이 진짜 아름답다고 생각했는지 춤을 두 번이나 추었다고요. 생각을 해봐요, 여보! 그 사람이 제인과 춤을 두 번이나 추었다고요. 춤을 두 번 청한 건 제인뿐이었어요. 처음에는 루커스 양에게 춤을 청하더라고요. 그가 루커스 양과 서 있는 걸 보니 너무 속상했어요. 그런데 그녀를 전혀 칭찬하지 않더군요. 사실 당신도 아시다시피 누가 칭찬할 수 있겠어요? 아마 제인이 춤추는 걸 보고 반한 것 같아요. 그래서 누구냐고 물어 소개받고 그다음 춤을 함께 추었지요. 그리고 킹 양하고는 세 번째 춤을 추고, 마리아 루커스와 네 번째, 제인과 다시 다섯 번째, 여섯 번째는 리지, 그리고 불랑제 곡이 시작…….」

「그 친구 나한테 동정심이 조금이라도 있었으면, 그 반도 안 추었을 거야!」 그녀의 남편이 참지 못하고 소리쳤다. 「제발 그가 누구누구랑 춤췄는지는 그만 좀 떠들어. 아! 그 친구 첫 곡에서 발목이나 삐었으면 좋았을걸!」

「아, 여보, 난 그 사람 너무 마음에 들어요. 굉장히 잘생겼더라요! 누이동생들도 매력적이고요. 평생 그들이 입은 드레스보다 더 우아한 드레스는 본 적이 없다니까요. 아마 허스트 부인의 긴 드레스에 달린 레이스 장식은…….」

여기서 그녀는 다시 말을 멈추었다. 베넷 씨가 옷 장식 얘기 좀 그만하라고 항의했던 것이다. 그래서 그녀는 다른 주제를 찾아야 했고, 아주 분해하면서 약간 과장하여 다시의 충격적이고도 무례한 행동에 대해 늘어놓기 시작했다.

「하지만 확실한 건요.」 부인이 덧붙였다. 「그가 리지를 좋아하지 않았다고 해도 별로 손해 볼 건 없다는 거예요. 그는 잘 보일 가치가 없는 아주 불쾌하고 끔찍한 인간이더라고요.
너무 오만하고 우쭐대서 참을 수가 없었어요! 이리 걷고 저
리 걷고 하는데 자기가 무척 대단한 인물이라고 생각하나 봐
요! 같이 춤추고 싶을 만큼 잘생기지도 못한 주제에! 여보,
당신이 계셨으면 그 남자 기를 꺾어 놓는 건데 그랬어요. 그
남자 정말 싫어요.」

제4장

　제인과 엘리자베스만 남자, 조금 전까지는 칭찬을 조심스
러워하던 제인이 동생에게 빙리 씨가 너무나 마음에 든다고
털어놓았다.
　「그는 젊은 남성의 귀감이야. 현명하고, 성격 좋고, 활달하
고, 그렇게 언행이 쾌활한 사람은 처음 봐! 행동거지가 자연
스럽고 예의범절도 완벽해!」 제인이 말했다.
　「게다가 잘생기기까지 했지. 젊은 남성의 귀감다운 모습이
야. 그러니 완벽한 인물이라고 할 수 있겠어.」 엘리자베스가
말했다.
　「두 번째로 춤을 청했을 때 말야. 너무 기분이 좋았어. 그
럴 거라고 예상 못했거든.」
　「예상 못했다고? 난 예상했는데. 그게 우리 둘의 큰 차이
야. 언니는 그런 찬사를 받으면 늘 깜짝 놀라지만, 난 안 그
래. 그가 언니에게 다시 춤을 청한 건 너무 당연해. 언니가 연
회장에 있던 다른 여자들보다 다섯 배는 더 예쁘다는 걸 그가
모를 리 없잖아. 그러니까 그 정도는 고마워할 일도 아니야.
글쎄, 확실히 호감을 주기는 하더라. 그 사람 좋아하는 거 허
락할게. 언니는 더 어리석은 사람들도 많이 좋아했었잖아.」

「얘, 리지야!」

「흠! 언니는 대체로 사람들을 너무 쉽게 좋아한다니까. 도대체가 사람들의 단점을 못 보잖아. 언니 눈에는 세상 사람들 모두가 착하고 상냥해 보이지. 평생 언니가 누구 흉보는 소릴 들어 본 적이 없어.」

「누군가를 경솔하게 비난하고 싶지 않아. 그래도 항상 내 생각은 솔직하게 얘기해.」

「알아. 그런데 그게 더 신기하다는 말이야. 언니의 분별력으로 남의 어리석음이나 허튼짓을 그토록 알아보지 못하다니! 솔직한 척하기는 쉬워. 어디서든 볼 수 있지. 하지만 허세나 어떤 목적 없이 솔직한 사람은 언니뿐이야. 언니는 모든 사람의 좋은 점만 받아들여 더 좋게 보고 나쁜 점은 절대 말 안하잖아. 그래서 말인데, 언니는 그 사람 누이들도 좋아하지? 행동거지는 자기 오빠만 못하던데.」

「물론 그랬지, 처음에는. 하지만 너도 대화해 보면 아주 괜찮은 여성들이란 걸 알게 될 거야. 빙리 양은 오빠와 살면서 살림을 맡을 거래. 틀림없이 멋진 이웃이 될 거야.」

엘리자베스는 말없이 듣긴 했지만 같은 생각은 아니었다. 무도회에서 그 누이동생들이 보인 행동은 대체로 남들에게 호감을 주는 것이 아니었다. 그리고 제인보다 관찰력이 예리하고 성격이 꼿꼿한 데다, 누가 자신에게 관심을 보인다고 해서 흔들리는 일이 없는 판단력을 지닌 엘리자베스는 좀처럼 그들을 두둔하고 싶은 마음이 들지 않았다. 사실 대단히 멋진 여성들이긴 했다. 기분 좋을 때면 제법 쾌활했고, 마음만 먹으면 상냥한 모습을 보이기도 했다. 하지만 자만심이 강하고 자부심이 대단했다. 인물도 좋은 편이고, 런던의 일류 사립 학교에서 교육도 받았으며, 재산도 2만 파운드나 되었다. 그리고 분에 넘치게 낭비를 하고 상류층 사람들과 교제하던 습성에 젖어 있어서 매사에 자신들을 높이 평가하고 남들은 낮춰 보았다. 잉글랜드 북부의 점잖은 집안 출신이었는데, 그 점이 자신들과 오빠의 재산이 장사로 벌어들인 것이라는 사실보다 뇌리에 깊이 각인되어 있었다.

빙리 씨는 부친에게서 거의 10만 파운드나 되는 재산을 물려받았다. 부친은 토지를 구입할 작정이었으나 그 전에 세상을 떠나고 말았다. 빙리 씨도 마찬가지로 그럴 생각을 하고 있었고, 때로 시골 지방을 둘러보기도 했다. 그러나 이제 좋은 집과 사냥지까지 갖게 된 이상, 그의 느긋한 성격을 잘 아는 사람들은 그가 네더필드에서 평생을 보내고 토지를 구입하는 건 다음 세대에 맡기지 않을까 하는 생각들을 했다.

누이동생들은 오빠가 사유지를 갖게 되기를 너무도 바랐다. 빙리 양은 오빠가 지금은 그저 세 들었을 뿐이지만 그래도 그 식탁의 안주인 노릇을 결코 마다할 생각이 없었다. 재산이 많지 않은 상류층 남성과 결혼한 허스트 부인도 오빠의 집을 자신의 집으로 여기는 마음이 덜하지 않았다. 빙리 씨는 성년이 된 지 2년이 채 안 되었을 때 우연한 권유로 네더필드 저택을 한번 보고 싶었다. 그는 와서 집을 30분쯤 둘러봤는데, 위치나 중요한 방들이 마음에 들고, 또 집 주인의 자랑도 마음에 들어서, 즉석에서 계약을 했다.

성격이 그토록 대조적인데도 빙리와 다시 사이에는 매우 확고한 우정이 지속되었다. 편하고 솔직하고 유순한 성격 덕분에 빙리는 다시에게 소중한 친구였다. 빙리만큼 다시와 성격이 딴판인 사람도 없었고, 또 다시가 자기 자신의 성격을 못마땅해 한 적도 없는 것 같긴 하지만 말이다. 빙리는 다시의 우정을 확고히 믿었고 다시의 판단력을 존중했다. 다시는 이해력이 뛰어난 사람이었다. 빙리가 뒤떨어진 건 결코 아니었지만, 다시는 똑똑했다. 동시에 다시는 오만하고 말수가 적고 까다로웠으며, 매너는 좋았지만 결코 사람의 마음을 끌지는 못했다. 그 점에서는 빙리가 상당히 유리했다. 빙리는 어딜 가든 호감을 샀지만, 다시는 번번이 사람들을 불쾌하게 만들었다.

메리턴의 무도회에 대해 말하는 태도에서도 그들의 성격이 충분히 드러난다. 빙리는 평생 이보다 더 마음에 드는 사람들, 더 예쁜 여성들을 만나 본 적이 없었다. 모두 친절하게 마음을 써주었고, 격식을 차리거나 뻣뻣한 분위기도 아니라서, 그는 연회장에 있는 모든 사람들과 금방 친해진 느낌이었다. 베넷 양으로 말하자면, 그녀보다 더 아름다운 천사는 상상도 할 수 없었다. 이와는 반대로 다시는 거기 모인 사람들에게서는 아름다움도 세련됨도 좀처럼 찾을 수가 없었기 때문에, 누구에게도 사소한 관심조차 보일 수가 없었을 뿐만 아니라 또 그에게 관심을 보이거나 즐겁게 해주는 사람도 없었다. 그는 베넷 양이 예쁘다는 점은 인정할 수 있었지만 웃음이 헤프다고 생각했다.

허스트 부인과 그녀의 여동생도 같은 생각이었다. 그래도 베넷 양에게 찬사를 보내고 호감을 보이며 사랑스러운 여성이고 더 사귀어 보는 데 반대 없다고 말했다. 따라서 베넷 양은 사랑스러운 여성으로 결론지어졌다. 그 칭찬에 힘입은 그들의 오빠는 이제 베넷 양을 좋아해도 된다고 인정받은 기분이 들었다.

제5장

롱본에서 걸어서 얼마 안 되는 거리에 베넷 집안 사람들이 특히 가깝게 지내는 가족이 살고 있었다. 윌리엄 루커스 경

은 원래 메리턴에서 장사를 해 상당한 재산을 모았고, 시장
으로 재직하는 동안 왕에게 상소하여 기사 작위에 올랐다.
그는 이 명예에 지나치게 강한 감명을 받았던 것 같다. 그는
자신의 사업과, 장사나 하는 작은 마을에 사는 것에 염증을
느끼기 시작했다. 그리하여 사업이고 집이고 모두 팽개치고,
가족과 함께 메리턴에서 2킬로미터 정도 떨어져 있는 저택으
로 이사를 온 것이다. 그때부터 그 집은 루커스 로지라고 불
렸는데, 여기서 루커스 경은 자신의 높은 신분을 즐기며 사
업에 매달리지 않고 오로지 모든 세상 사람들에게 예의를 갖
추는 일에만 몰두했다. 자신의 직위에 우쭐하긴 했지만, 그
렇다고 거만하지는 않았다. 오히려 그 반대로 모든 사람들에
게 관심을 쏟았다. 타고나기를 악의가 없고 다정하며 친절한
데다, 세인트 제임스 궁에 국왕을 알현하러 다녀온 뒤로 그
의 태도는 더욱 정중해졌다.

　루커스 부인은 선량한 여성으로 그다지 똑똑한 편이 아니
라서 베넷 부인에게는 소중한 이웃이었다. 그들 부부에게는
자식이 여럿 있었다. 스물일곱 살 정도 된 분별 있고 지적인
젊은 여성인 맏이는 엘리자베스의 친한 친구였다.

　루커스 집안 딸들과 베넷 집안 딸들이 모여서 무도회 얘기
를 나누는 것은 너무도 당연한 일이었다. 무도회 다음 날 아
침, 루커스 집안의 딸들이 얘기를 나누기 위해 롱본으로 건
너왔다.

　「샬럿, 너 어젯밤 멋지게 시작하더구나? 빙리 씨가 맨 처
음 널 선택했잖니.」 베넷 부인이 루커스 양에게 정중하고 침
착하게 말했다.

　「예. 하지만 두 번째 파트너를 더 좋아하는 것 같았어요.」

　「아! 제인 말이구나! 하긴 빙리 씨가 제인과 춤을 두 번이
나 춘 걸 보면 말이다. 분명 그 사람이 제인을 바라보며 감탄

하는 것 같더라. 정말 마음에 들었나 봐. 내가 들은 말이 있거든. 하지만 정확히는 몰라. 로빈슨 씨에 대한 얘기였는데.」

「아마 제가 우연히 빙리 씨와 로빈슨 씨 사이에 오간 말을 듣게 된 것 말씀하시나 봐요. 제가 말씀드렸었지요? 로빈슨 씨가 메리턴 무도회가 마음에 드느냐, 예쁜 숙녀가 많지 않으냐, 누가 가장 예쁘다고 생각하느냐 하고 물으니까, 그가 마지막 질문에 즉각 대답하더라고요. 〈아! 물론 베넷 가 큰 따님이지요. 그 점에 대해서는 이견이 있을 수 없어요〉라고요.」

「이런! 그렇다면 정말 확실한 거야. 그럼 혹시…… 하지만 그냥 말로만 끝나 버릴 수도 있지 뭐.」

「내가 엿들은 게 네가 들은 것보다 훨씬 더 쓸모 있네, 일라이자. 다시 씨의 말은 그의 친구 로빈슨 씨의 말에 비하면 들을 만한 가치가 없잖아, 안 그러니? 불쌍한 일라이자. 겨우 〈그런대로 괜찮긴 한데〉 정도라!」 샬럿이 말했다.

「리지에게 그 말 좀 그만했으면 좋겠구나. 그에게 푸대접 받은 일 때문에 속상해하지 않게 말이다. 너무 기분 나쁜 인간이라 그런 인간한테 호감을 사는 건 오히려 운이 나쁜 거야. 어젯밤 롱 부인이 그러더라. 바로 옆에 그 사람이 앉아 있었는데 30분 동안 입을 한 번도 열지 않더래.」

「정말이에요, 엄마? 뭔가 오해가 있었던 건 아닐까요? 다시 씨가 롱 부인과 말을 하는 걸 제가 분명 봤는데요.」 제인이 말했다.

「그래. 롱 부인이 마지못해 네더필드가 마음에 드느냐고 물어서 대답을 안 할 수가 없었던 거지. 하지만 말을 걸어서 무척 화가 난 것처럼 보였다더라.」

「빙리 양이 그러는데, 다시 씨는 친한 사람들이 아니면 별로 말을 하지 않는대요. 친한 사람들한테는 무척 상냥하다던데요.」 제인이 덧붙였다.

「애야, 난 하나도 못 믿겠다. 상냥한 사람이라면 롱 부인에게 먼저 말을 걸었을 테지. 하지만 어떻게 된 건지 이제 알 만하다. 사람들 말이 그는 자만심으로 똘똘 뭉쳐 있다더라. 롱 부인이 마차가 없어서 무도회에 삯마차를 타고 왔다는 얘기를 들었던 게지.」

「그가 롱 부인에게 말 걸지 않은 건 상관 안 해요. 하지만 일라이자와는 춤추었으면 좋았을 텐데요.」 루커스 양이 말했다.

「이다음에라도 말이다, 리지야, 나 같으면 그 사람하고는 춤추지 않을 거다.」 그녀의 어머니가 말했다.

「어머니, 그 사람과는 절대 춤추지 않겠다고 분명히 약속할게요.」

「그 사람의 오만은 말이야, 다른 경우처럼 그렇게 불쾌하지는 않아. 그럴 만한 이유가 있으니까. 집안 좋고 재산 많고 모든 것을 다 갖춘 그렇게 훌륭한 젊은이는 자신을 높이 평가하겠지. 이렇게 말할 수 있는지 모르겠는데, 그에게는 오만할 권리가 있어.」 루커스 양이 말했다.

「그건 맞는 말이야. 내 자존심에 상처를 주지만 않았어도 나도 그의 오만을 용서할 수가 있었을 거야.」 엘리자베스가 대답했다.

「오만은 무척 흔한 결점이라고 생각해. 내가 오래 독서해 온 바에 비추어 볼 때, 오만이란 정말 흔한 것이고, 인간 본성은 오만한 쪽으로 기울어 있는 것이 확실해. 자신의 일부 자질에 대해 만족스러운 기분을 느껴 본 일이 없는 사람은 거의 없다고 봐야지. 실제건 상상이건. 허영심과 오만은 매우 달라. 종종 동의어처럼 쓰이긴 하지만. 허영심에 들뜨지 않아도 오만할 수 있어. 오만은 우리가 자신을 어떻게 생각하는가와 더 연관되어 있거든. 허영심은 다른 사람이 우리를 어떻게 생각해 주었으면 하는 것과 상관이 있고.」 자신의 사색을 자랑으로 여기는 메리가 말했다.

「내가 다시 씨만큼 부자라면, 오만하든 말든 상관없어. 사냥개도 여러 마리 키우고 매일 포도주도 한 병씩 마실 거야.」 누나들을 따라온 루커스 집안의 막내가 말했다.

「그럼 술을 지나치게 많이 마시게 될 텐데 그래서야 되겠니. 네가 그러는 걸 보면 난 바로 술병을 뺏어 버릴 거다.」 베넷 부인이 말했다.

소년은 그러는 게 어떠냐고 항변했고, 베넷 부인은 그렇게 할 거라고 계속 맞받았다. 그 언쟁은 방문을 마칠 때까지 계속되었다.

제6장

롱본의 숙녀들은 곧 네더필드의 숙녀들을 방문했다. 답방도 정식으로 이루어졌다. 베넷 양의 사근사근한 언행은 허스트 부인과 빙리 양에게 더 많이 호의를 사게 되었다. 그 어머니는 참기 힘든 사람이고 여동생들과는 대화를 나눌 가치가 없다는 것을 알게 되었지만, 위의 두 언니들에게는 더 친하게 지내고 싶다는 희망을 피력했다. 제인은 이 관심을 무척 기쁘게 받아들였다. 그러나 엘리자베스는 그들이 사람을 대하는 태도에서 여전히 거만함이 느껴졌다. 제인한테도 거의 예외가 아니었고, 그래서 그들을 좋아할 수가 없었다. 그나마 자기 오빠가 제인을 좋아하는 데 영향을 받았는지 제인에게 어느 정도 친절을 보이기는 했다. 만날 때마다 빙리 씨가 그녀를 마음에 들어 하고 있다는 건 누가 봐도 분명했다. 엘리자베스가 보기에는 제인도 처음부터 빙리 씨에게 호감을 느꼈고 그 감정에 굴복하여 제법 사랑에 빠진 것이 분명했다. 하지만 제인의 감정이 세상에 쉽게 노출되지는 않을 것 같아 다행이라 여겼다. 제인은 감정이 풍부했지만 침착한 성격에다 한결같은 쾌활한 태도를 보였으므로, 간섭하기 좋아하는 뭇 사람들에게서 의심을 받지 않을 것이었기 때문이다. 그녀는 친구인 루커스 양에게 이런 생각을 말했다.

샬럿이 이렇게 대꾸했다. 「이런 경우 세상 사람들을 속일 수 있다니 재미있을지 몰라. 하지만 너무 조심하는 건 때로 손해이기도 해. 여자가 그런 식으로 상대방에게 자기 애정을 숨기다간 그를 잡을 기회를 놓칠 수도 있어. 그때는 세상 사람들이 모르는 게 별로 위안이 되지 않을 거야. 거의 모든 애정에는 감사의 마음이나 허영심 같은 게 섞여 있게 마련이라, 그 감정을 그냥 내맡겨 버리는 건 별로 안전하지 않아. 좋아하는 감정은 자유롭게 시작되지. 가벼운 호감은 자연스러운 거야. 하지만 아무런 자극 없이 정말로 사랑에 빠질 만큼 감정이 풍부한 사람은 별로 없어. 여자라면 십중팔구 실제보다 애정을 좀 더 과시하는 게 좋아. 빙리는 틀림없이 네 언니를 좋아해. 하지만 그냥 좋아하는 걸로 끝나 버릴 수가 있어. 네 언니가 그를 격려해 주지 않는다면 말이야.」

「하지만 언니는 할 수 있는 만큼은 그를 격려하고 있어. 언니가 그를 좋아하는 걸 나도 알겠는데, 정작 그가 모른다면 정말 바보인 거지.」

「명심해, 일라이자, 그는 제인의 성격을 너만큼 몰라.」

「하지만 여자가 남자를 좋아하고 굳이 그 감정을 감추려고 하지 않으면, 남자는 분명 그걸 알아차리게 될 거야.」

「충분히 만나면 그럴지도 모르지. 하지만 빙리와 제인이 자주 만난다 해도, 몇 시간씩 함께 있는 건 아니야. 그리고 늘 여러 사람들이 한데 뒤섞여 만나니까 둘이서만 대화를 나눌 수 없잖아. 그러니 제인은 그의 주의를 끌 수 있는 30분을 한 껏 활용해야만 해. 그 사람만 확실히 잡으면 그때는 마음대 로 여유 있게 사랑에 빠져도 돼.」

「네 계획도 좋지.」엘리자베스가 맞받았다.「결혼을 잘하 고 싶다는 욕망만이 문제가 될 때는 말이야. 돈 많은 남편, 아 니 어떤 남편이든 남편감을 얻으려고 결심하면, 나도 그 계 획대로 하겠어. 하지만 언니의 감정은 그런 게 아니야. 언니 는 계획을 세워 행동하는 사람이 아니야. 언니는 아직 자기 감정이 어느 정도인지, 그러는 게 옳은 건지도 확신을 못하 고 있어. 그 사람을 알게 된 지 겨우 두 주 되었어. 메리턴에 서 춤을 네 번 추고, 어느 아침 그의 집에서 한 번 만나고, 그 후 네 번 식사를 함께 한 것뿐이야. 그가 어떤 사람인지 알기 에는 충분치 않아.」

「네 말대로라면 그렇지. 그저 식사만 했다면, 그가 식욕이 왕성한지 어떤지나 알게 되었겠지. 하지만 나흘간 저녁 시간 을 함께 보냈다는 걸 생각해 봐. 나흘 밤이면 상당한 걸 해낼 수 있어.」

「그래. 그 나흘 동안 두 사람은 둘 다 커머스 게임보다는 뱅트엉 게임[2]을 더 좋아한다는 걸 알아냈대. 하지만 다른 중 요한 특징에 대해서는 별로 알게 된 게 없는 것 같아.」

「글쎄, 난 진심으로 제인이 성공하기를 바라. 그리고 제인 이 내일 당장 빙리와 결혼한다 해도, 열두 달 동안 그를 연구 한 뒤에 결혼하는 거나 다름없이 행복해질 거라고 생각해. 결혼에서 행복은 전적으로 운에 달려 있어. 서로의 성향을 잘 안다고, 혹은 성향이 서로 비슷하다고 두 사람이 더 행복 해지는 건 절대 아냐. 나중에는 계속 의견차를 보이면서 서

2 당시 유행하던 카드 게임.

로에게 짜증이 나게 될 거야. 평생을 함께 보낼 사람의 결함은 되도록 모르는 게 나아.」 샬럿이 말했다.

「네 얘기 재미있긴 한데, 샬럿, 건전하지는 못하다. 건전하지 못하다는 건 너도 알 거야. 게다가 너도 그렇게는 하지 않을 거잖아.」

빙리가 언니에게 끌린다는 것에 몰두하느라 엘리자베스는 정작 자신이 빙리 친구의 눈에 어느 정도 관심의 대상이 되고 있다는 사실은 전혀 눈치채지 못했다. 처음에 다시 씨는 그녀가 예쁘다는 것을 좀처럼 인정하지 않았다. 무도회에서 그녀를 봤을 때는 전혀 칭찬할 마음이 들지 않았었다. 그리고 다음번에 만났을 때는 그녀를 바라보며 비판만 하려고 했다. 그러나 그는 자신과 친구들에게 그녀의 얼굴에서 예쁜 데라곤 찾을 수 없다고 분명히 하자마자, 그 검은 눈동자에 담긴 아름다운 표정 때문에 그녀의 얼굴이 매우 지적으로 보인다는 사실을 깨달았다. 그러자마자 그만큼 체면이 안 서는 또 다른 사실도 깨달았다. 비판적 안목으로 그녀 체형에서 완벽한 대칭을 이루지는 못하는 몇 군데를 찾아내긴 했지만, 그녀의 모습이 발랄하고 매력적이라는 사실을 인정해야 했던 것이다. 속으로 그녀의 몸가짐이 상류사회에 어울리는 것이 아니라고 주장했지만, 그 꾸밈없이 장난스러운 태도에 매혹되고 말았다. 그녀는 이 사실은 전혀 모르고 있었다. 그녀에게 그는 어디를 가도 불쾌하게 굴고, 자신을 함께 춤출 만큼 예쁘지 않다고 생각하는 남자에 불과했다.

그는 그녀에 대해 좀 더 알고 싶었다. 그래서 그녀와 대화를 나누기 위한 전 단계로 그녀가 다른 사람과 나누는 대화에 주의를 기울였다. 그녀는 이런 그의 행동을 눈치챘다. 윌리엄 루커스 경의 자택에서 있었던 일인데, 거기서 큰 파티가 열리고 있었다.

「다시 씨는 왜 포스터 대령과 내가 대화하는 것을 듣고 있는 거지?」 그녀가 샬럿에게 물었다.

「그거야 다시 씨만이 대답할 수 있는 문제지.」

「한 번만 더 그러면 뭘 하고 있는지 내가 다 보고 있다고 말해 줄 거야. 그 사람은 시선이 워낙 빈정대는 쪽이라, 내가 먼저 세게 나가지 않으면 금방 제압되고 말 거야.」

곧바로 다시 씨가 다가오는 게 보였다. 그들에게 말을 걸 생각이 없는 것 같았지만, 루커스 양은 친구에게 아까 그 얘기를 해보라고 다그쳤다. 약이 오른 엘리자베스가 즉각 그를 향해 말했다.

「다시 씨, 포스터 대령에게 메리턴에서 무도회를 열라고 졸라 댈 때, 제가 말을 무척 잘하지 않던가요?」

「대단히 열정적이시던데요. 하지만 그런 이야기는 늘 여성들을 열정적으로 만들지요.」

「우리 여성들에게 가혹하시군요.」

「이제 일라이자가 놀림을 당할 차례가 되겠네. 내가 피아노를 열어 놓을게, 일라이자. 그럼 다음이 뭔지 알지?」 루커스 양이 말했다.

「넌 친구치고 참 이상한 애야. 늘 아무 앞에서나 피아노 치고 노래하게 만드니 말이야. 내가 음악 쪽으로 허영심이 있었다면, 너는 더없이 소중한 친구였을 거야. 하지만 솔직히 훌륭한 연주자의 곡을 듣는 데 익숙한 사람들 앞에서는 그냥 가만히 있고 싶어.」 하지만 루커스 양이 계속 조르자 그녀는 이렇게 덧붙였다. 「좋아. 꼭 해야 한다면 하지 뭐.」 그러곤 심각한 표정으로 다시 씨를 흘깃 보았다. 「여기 있는 모든 사람이 다 아는 속담이 있죠. 〈쓸데없는 참견 말고 입을 다물어라.〉 노래를 잘 부르려면 저도 입을 좀 다물어야겠어요.」

그녀의 노래는 훌륭하다고는 할 수 없어도, 만족스러웠다.

한두 곡을 부른 후, 더 불러 달라는 몇몇 사람의 요청에 그녀가 채 대답하기도 전에 여동생 메리가 얼른 피아노 앞에 앉았다. 메리는 집안에서 유일하게 못생긴 까닭에 지식과 교양을 쌓고자 무척 노력했으며 늘 자신을 과시하고 싶어 안달이었다.

메리에게는 재능도 취향도 없었다. 허영심 때문에 열심히 노력하긴 했지만 그 바람에 아는 척, 잘난 척하는 태도 또한 갖게 되었다. 그런 태도는 메리보다 훨씬 우월한 사람에게도 해가 될 것이다. 자연스럽고 꾸밈이 없는 엘리자베스의 연주는 메리의 반만큼도 못 미쳤지만 훨씬 즐겁게 들렸다. 메리는 긴 협주곡 연주를 마치고, 방 한쪽 끝에서 루커스 집 사람들과 두세 명의 장교와 열심히 춤추던 여동생들의 요청으로, 사람들의 칭찬과 감사의 말을 기대하며 스코틀랜드와 아일랜드 곡을 연주하기 시작했다.

다시 씨는 그런 식으로 밤을 보내는 것에 화가 난 채 말없이 그들 가까이에 서 있었는데, 일절 대화를 않고 있었다. 그는 자기 생각에 깊이 빠져 있어서, 윌리엄 루커스 경이 말을 걸 때까지 그가 옆에 있는 것도 모르고 있었다.

「젊은이들에게는 얼마나 매력적인 오락인가요, 다시 씨. 춤추는 것만큼 즐거운 건 없지요. 춤이야말로 세련된 사교계에서 첫째가는 우아한 오락이라고 생각해요.」

「물론입니다. 춤은 세상의 덜 세련된 곳에서도 유행한다는 장점이 있지요. 야만인도 춤은 출 수 있어요.」

윌리엄 경은 그저 미소만 짓다가 잠시 후 빙리가 추기 시작하는 것을 바라보며, 말을 계속했다.「당신 친구는 즐겁게 추는군요. 당신도 춤이 능숙하실 거라고 믿어 의심치 않습니다, 다시 씨.」

「메리턴에서 제가 춤추는 것을 보셨겠지요.」

「그럼요. 그 장면을 보며 상당히 즐거웠었지요. 세인트 제임스 궁에서도 자주 추시나요?」

「전혀 안 춥니다.」

「춤추는 게 그 궁에 대한 적절한 예의라고 생각하지 않나요?」

「피할 수만 있으면, 그런 예의는 어디에서도 차리고 싶지 않습니다.」

「런던에 자택을 갖고 계시지요?」

다시 씨는 고개를 숙이는 것으로 대답을 대신했다.

「나도 한때 런던에 정착할 생각을 했었지요. 상류사회를 좋아하기 때문에요. 하지만 런던의 공기가 루커스 부인한테 맞을 것 같지 않았어요.」

그는 대답을 기다리며 잠시 말을 멈추었지만, 상대방은 대답할 생각이 없는 듯했다. 그 순간 엘리자베스가 그쪽으로 다가왔고, 루커스 경은 신사의 예를 갖춰야겠다는 생각에 그녀를 불러 세웠다.

「일라이자 양, 왜 춤을 안 추는 거요? 다시 씨, 내가 당신에게 매우 잘 어울릴 파트너로 이 젊은 숙녀를 소개해도 되겠습니까. 이런 미인을 앞에 두고 춤을 거절할 수는 없겠지요.」 그러고는 그녀의 손을 잡아 다시 씨에게 건네려고 했다. 다시 씨는 무척 놀라기는 했지만 그 손을 잡으려고 했는데, 그녀가 순간 뒤로 물러나며, 다소 곤혹스러운 어조로 윌리엄 경에게 말했다.

「루커스 경, 정말 추고 싶은 생각이 없어요. 춤출 상대를 찾으러 이리 왔다고 생각하지 말아 주셨으면 합니다.」

다시 씨는 정중히 예를 갖추며 손잡을 수 있는 영광을 달라고 간청했지만, 소용이 없었다. 엘리자베스는 단호했다. 윌리엄 경도 설득하려고 애썼지만, 그녀의 생각을 바꾸지는 못했다.

「일라이자 양, 춤을 그렇게 잘 추면서 내가 그 춤을 볼 수 있는 행운을 이렇게 잘라 버리다니 잔인한 일이에요. 이 신사 분도 대체로 춤을 좋아하지는 않지만, 한 30분 동안 우리를 기쁘게 해주는 데 반대하지 않을 텐데 말이요.」

「다시 씨는 무척 예의 바른 분이지요.」엘리자베스가 미소지으며 말했다.

「정말 그래요. 하지만, 일라이자 양, 그 파트너를 보면 그가 그렇게 정중한 것이 이상할 게 없지요. 누가 당신 같은 파트너를 거절할 수 있겠소?」

엘리자베스는 짓궂게 바라보다가 돌아섰다. 이 신사에게는, 그녀의 거절이 그녀를 깎아내리게 하지 않았다. 그가 흐뭇한 마음으로 그녀를 생각하고 있는데, 그때 마침 빙리 양이 다가와 말을 걸었다.

「무슨 생각을 하는지 알아맞힐 수 있어요.」

「모를 텐데요.」

「이런 식으로 여러 날 밤을 보내는 건 정말 참을 수 없는 일이라고 생각하고 있었겠죠. 이런 모임에서 말이지요. 사실 저도 같은 생각이에요. 정말 너무 화가 나요! 지루하고 시끄럽고 하찮은 사람들이 자존심은 강하고! 당신의 비난이 기대돼요.」

「추측이 완전히 틀렸습니다. 내 마음은 그보다는 즐거운 쪽으로 쏠려 있는데요. 나는 예쁜 여성의 얼굴에 빛나는 아름다운 두 눈이 주는 큰 즐거움에 대해 명상하고 있었습니다.」

빙리 양은 즉각 그의 얼굴에 시선을 고정하고, 어떤 여성이 그런 명상을 불러일으켰는지 말해 달라고 졸랐다. 다시 씨는 대담무쌍하게 대답했다.

「엘리자베스 베넷 양입니다.」

「엘리자베스 베넷 양이라고요!」빙리 양이 되풀이했다. 「정말 놀라운데요. 얼마 동안이나 그녀를 마음에 두신 거예요? 그리고 언제쯤 축하해 드릴까요?」

「그걸 물을 줄 알았습니다. 숙녀들의 상상력은 너무 속도가 빨라요. 칭찬이 곧 사랑으로, 사랑은 곧 결혼으로 건너뛰고. 난 당신이 축하한다고 할 줄 알았어요.」

「아니, 진심이시라면, 그 문제는 완전히 결정된 걸로 알겠어요. 당신은 정말이지 멋진 장모를 얻게 될 터이고, 물론 그녀는 펨벌리에서 당신과 늘 함께 지내게 되겠지요.」

그녀가 이런 식으로 놀리는 동안, 그는 완전히 무관심한 태도로 듣고 있었다. 그의 침착한 태도에 모든 것이 안전하다고 확신한 그녀는 오랫동안 재담을 늘어놓았다.

제7장

베넷 씨의 재산은 연 수입 2천 파운드가 나오는 토지가 딸린 저택이 전부였다. 그런데 그의 딸들에게 안된 일이지만, 그마저도 남자 상속인이 없을 경우 먼 친척에게 넘어가도록 한정 상속된 것이었다. 그리고 어머니의 재산은 그녀가 한평생 쓰기에는 충분했지만, 남편 재산의 부족한 부분을 보충하기엔 무리였다. 메리턴에서 변호사를 지낸 그녀의 부친이 4천 파운드를 남겨 주었다.

그녀에게는 부친의 서기로 일하다 그 일을 물려받은 필립스 씨에게 시집간 여동생 하나와 런던에 정착해 꽤 괜찮은 사업을 하고 있는 남동생이 하나 있었다.

롱본 마을은 메리턴에서 1.6킬로미터밖에 떨어져 있지 않았다. 그 정도면 젊은 숙녀들이 다니기에는 적당한 거리여서, 베넷 집안의 딸들은 일주일에 서너 번씩 메리턴의 이모 집을 방문하고 바로 길 건너에 있는 모자 가게를 들러보곤 했다. 집안에서 가장 어린 캐서린과 리디아가 특히 열심이었는데, 그들은 언니들에 비해 마음이 비어 있는 편이었다. 별일 없을 때면 메리턴까지 걸어가 아침 시간을 때우고 저녁 시간의 대화거리를 얻어 오곤 했다. 대체로 시골에 별다른 소식이 있을 리가 없었지만, 늘 이모에게서 뭔가 알아내곤 했다. 사실 지금은 최근 메리턴 근교에 시민군 부대가 도착했다는 소식을 듣고 기뻐하는 중이었다. 그 부대는 겨울 내내 머물 예정이었는데, 메리턴이 그 본부였다.

이제 필립스 부인을 방문할 때마다 가장 흥미로운 정보를 얻을 수가 있었다. 날마다 장교들의 이름과 신상에 대해 더 많이 들었다. 그 숙소도 오래 비밀로 남아 있지 못했다. 결국 그들은 장교들과 만나기 시작했다. 필립스 씨가 그들을 모두 방문하여 조카들이 미처 알지 못했던 큰 기쁨의 근원을 열어 주었던 것이다. 그들은 오로지 장교들 얘기만 했다. 말만 나와도 그네들 어머니에게 생기를 불어넣어 주는 빙리 씨의 큰 재산도 그들 눈에는 장교들의 군복과 비교하면 가치 없는 것으로 보였다.

어느 날 아침 이 주제로 한바탕 쏟아 낸 얘기를 듣고 있던 베넷 씨가 냉정하게 말했다.

「너희 말하는 태도를 쭉 지켜보자니, 너희 둘은 틀림없이 이 지역에서 가장 어리석은 애들일 거야. 그럴지도 모른다고 생각했는데, 지금 아주 확신이 서는구나.」

캐서린은 당황해서 아무런 대답도 하지 않았다. 그러나 리디아는 전혀 개의치 않고 카터 대위를 계속 칭찬하며 그가 내일 아침이면 런던에 가니 오늘 안에 만나고 싶다고 늘어놓았다.

「깜짝 놀랐어요. 여보. 어떻게 그렇게 대뜸 자기 자식들더러 어리석다고 하나요. 자식들 흉을 보고 싶으면, 남의 자식 흉이나 봐야 하는 거 아니에요?」 베넷 부인이 말했다.

「내 자식이 어리석으면 그건 잘 알고 있어야지.」

「그래요. 하지만, 우리 애들은 다 똑똑한데요.」

「우린 이 점에서만 의견이 다른 것 같군. 우리 의견이 모든 점에서 일치하기를 바랐었는데. 하지만 나는 당신과 너무 달라. 밑에 아이 둘은 보기 드물게 어리석다고 생각하거든.」

「여보, 베넷 씨, 애들이 자기 아버지나 어머니만큼 지각이 있을 거라고 기대해서는 안 돼요. 애들도 우리 나이쯤 되면, 장교들 생각은 하지 않을 거예요. 나도 한때는 장교들의 붉은 군복을 무척 좋아했던 기억이 나요. 사실 지금도 마음속으로는 그래요. 그리고 한 해에 5천~6천 파운드 버는 괜찮은 젊은 대령이 우리 애와 결혼하고 싶어 하면 거절하지 않을 거예요. 지난번 밤에 윌리엄 경 집에서 포스터 대령을 만났을 때 군복이 아주 잘 어울린다고 생각했었어요.」

「엄마!」 리디아가 외쳤다. 「이모가 그러시는데, 포스터 대령과 카터 대위가 왔슨 양 집에 처음만큼 그리 자주 들르지 않는대요. 요즘은 클라크 도서관에서 자주 보신대요.」

베넷 부인이 대답을 하려는데 마침 하인이 베넷 양 앞으로 온 편지를 들고 들어왔다. 네더필드에서 온 것이었다. 하인이 답장을 기다리고 있었다. 베넷 부인의 눈이 기쁨으로 반짝였다. 그녀는 딸이 편지를 읽는 동안 큰 소리로 열심히 물었다.

「제인, 누구한테서 온 거냐? 무슨 내용이야? 그 사람이 뭐래? 제인, 빨리 말해 줘. 얘야, 빨리!」

「빙리 양에게서 온 거예요.」 제인이 대답하고는 큰 소리로 읽어 주었다.

친애하는 친구에게,

오늘 당신이 루이자와 나를 불쌍히 여겨 함께 식사를 해 주지 않는다면, 우리는 평생 서로를 미워하게 될지도 몰라요. 두 여자가 하루 종일 머리를 맞대고 있으면 결국엔 언쟁을 벌이게 될 테니까요. 이 편지 받자마자 가능한 한 빨리 와줘요. 오빠와 신사 분들은 장교들과 식사하기로 되어 있어요. 당신의 벗,

캐럴라인 빙리로부터.

「장교들하고?」 리디아가 소리를 질렀다. 「이모는 그 얘기를 왜 안 했지?」

「나가서 식사를 한다니 그거 참 낭패구나.」 베넷 부인이 말했다.

「마차 타고 가도 되지요?」 제인이 말했다.

「안 된다, 애야. 말을 타고 가는 게 낫겠다. 비가 올 것 같으니까. 그럼 밤새 그 집에 머무를 수밖에 없겠지.」

「그것 참 좋은 계획이네요. 그쪽에서 언니를 집에 바래다 주겠다고 제안하지 않을 게 확실하다면요.」 엘리자베스가 말했다.

「아! 하지만 빙리 씨 마차는 신사들이 메리턴에 타고 나갈 거야. 허스트 부부는 자기네 말이 없고.」

「마차를 타고 가는 편이 낫겠어요.」

「하지만 애야, 아버지는 말을 내주실 여유가 없으신 것 같구나. 농장에 말이 필요하거든. 베넷 씨, 그렇지요?」

「농장에서야 내가 대줄 수 있는 것보다 더 자주 말이 필요하지.」

「하지만 오늘 농장에서 말을 쓰시면 어머니의 목적이 달성된다는 걸 알아 두세요.」 엘리자베스가 말했다.

그녀는 결국 아버지에게서 농장에서 말을 여러 마리 쓰고 있다고 인정하는 말을 듣게 되었다. 따라서 제인은 말을 타고 가야만 했고, 어머니는 날씨가 나쁠 거라는 기분 좋은 예측을 하며 딸을 바깥문까지 배웅했다. 그녀의 희망이 이루어졌다. 제인이 얼마 가지 않았는데 비가 심하게 쏟아졌다. 동생들은 언니를 걱정했으나, 어머니는 기뻤다. 비가 그치지 않고 밤새 계속 내렸다. 제인이 돌아올 수 없다는 건 확실했다.

「정말 내 아이디어가 좋았지!」 베넷 부인은 비가 온 것이 자신의 공적인 양 몇 번이고 말했다. 하지만 다음 날이 밝을 때까지도 자신의 계략이 얼마나 훌륭했는지 모르고 있었다. 아침 식사가 끝나기도 전에 네더필드의 하인이 엘리자베스에게 다음 편지를 가져왔다.

사랑하는 리지야,

오늘 아침 몸이 무척 안 좋아. 어제 비를 심하게 맞아서 그런 것 같아. 친절한 친구들은 내가 나을 때까지 집에 돌아갈 생각은 하지도 못하게 해. 존스 씨에게 진찰을 받아야 한다 하고. 그러니 존스 씨가 나를 진찰하러 왔었다는 말 들어도 놀라지 마. 목이 아프고 머리가 아픈 거 말고는 난 괜찮아.

제인 씀.

「자, 여보.」 엘리자베스가 편지를 소리 내어 읽고 나자 베넷 씨가 말했다. 「당신 딸이 위험한 병에 걸리거나 죽게 되면, 모두 빙리 씨를 붙잡으려다가 그리 된 것이라는 게 좀 위로가 될 거야. 당신이 시킨 대로 말이야.」

「아! 죽기는 누가 죽는다고 그래요? 염려 말아요. 시시한 감기 좀 걸렸다고 사람이 죽지는 않아요. 제인은 간호를 잘

받을 거예요. 거기 머무는 동안은 염려 없어요. 마차만 쓸 수 있으면 제인을 만나러 갈 거예요.」

엘리자베스는 너무 걱정이 되어 마차가 없더라도 제인에게 가보기로 결심했다. 말을 탈 줄 몰랐기 때문에 걸어서 가는 수밖에 없었다. 그녀는 자신의 결심을 말했다.

「넌 어쩌면 그렇게 어리석니! 길이 흙투성인데 그런 생각을 하다니. 도착했을 때 남들 앞에 나설 만한 모습이 아닐 거야.」 어머니가 소리쳤다.

「언니만 만날 건데요, 뭐. 원하는 건 그뿐이에요.」

「리지, 사람을 보내서 말을 가져오란 뜻이냐?」 아버지가 물었다.

「정말 아니에요. 걸어갈 수 있어요. 동기가 있으니, 거리는 아무것도 아니에요. 5킬로미터인데요. 식사 시간까지는 돌아올게요.」

「언니의 자비로운 행동에 대해 감탄하는 바야. 하지만 모든 충동적인 감정은 이성의 인도를 받아야 해. 그리고 내 생각에 무릇 노력이란 필요에 비례해야 해.」 메리가 말했다.

「우리가 메리턴까지 함께 가줄게.」 캐서린과 리디아가 말했다. 엘리자베스가 동행을 수락했고, 세 자매는 함께 출발했다.

「서두르면, 아마 카터 대위가 가기 전에 잠깐은 볼 수 있을 거야.」 리디아가 걸어가면서 말했다.

메리턴에서 그들은 헤어졌다. 어린 두 자매는 어느 장교 부인의 숙소로 갔고, 엘리자베스는 혼자 계속 걸었다. 빠른 걸음으로 들판을 가로지르고 울타리를 뛰어 넘고 급하게 웅덩이를 건너 뛰었다. 마침내 그 집이 보이기 시작했을 때 그녀는 발목이 아프고 양말은 더러워지고 걷느라 열이 나 얼굴이 달아올랐다.

엘리자베스는 조찬실로 안내되었다. 거기에는 제인을 제외한 모두가 모여 있었는데 그녀가 나타나자 무척들 놀랐다. 이렇게 이른 시각에 날씨도 궂은데 그것도 혼자서 5킬로미터나 걸어왔다니, 허스트 부인이나 빙리 양은 좀처럼 믿을 수가 없었다. 엘리자베스는 두 자매가 그런 자신을 경멸하고 있다는 확신이 들었다. 하지만 그들은 그녀를 매우 정중하게 맞이했다. 그 오빠의 태도에는 정중함 이상의 것이 비쳤는데 선량함과 친절함이었다. 다시 씨는 말이 거의 없었고, 허스트 씨는 아예 아무 말도 하지 않았다. 다시 씨는 운동을 한 그녀의 피부가 밝게 빛나는 것을 보고 감탄하는 마음과 지금 상황이 그녀가 혼자 여기까지 온 것을 정당화할 만한가 의심하는 마음 양쪽을 오가고 있었다. 허스트 씨는 오로지 아침 식사 생각뿐이었다.

그녀는 언니의 상태를 물었고 그리 좋지 못하다는 답변을 들었다. 베넷 양은 잠을 제대로 자지 못했고, 잠을 깨서도 열이 너무 높아 침대에 누워 있어야만 할 정도였다. 엘리자베스는 즉시 언니에게 안내되어 기뻤다. 놀라게 하거나 폐를 끼칠까 봐 두려워서 꼭 좀 와주었으면 하는 마음을 편지에 담지 못했던 제인은 엘리자베스가 들어오는 걸 보고 기뻐했다. 하지만 그녀는 긴 대화를 할 기력이 없었다. 빙리 양이 둘만 남겨 두고 나가자, 제인은 얼마나 친절하게들 대해 주는지 너무 고맙다는 말 이외에는 거의 말을 할 수가 없었다. 엘리자베스는 말없이 언니를 간호했다.

아침 식사를 마치고 빙리 자매가 들어왔다. 엘리자베스는 그들이 제인에게 애정을 보이며 걱정을 하는 걸 보고, 그들이 좋아지기 시작했다. 동네 의사가 왔다. 그는 환자를 진찰하고는, 예상했던 대로 그녀가 심한 감기에 걸렸으며 병을 이겨 내도록 모두가 애써야 한다고 말했다. 제인에게는 침대에 누우라고 말하고 약을 지어 다시 오겠다고 약속했다. 제인은 고열 증세가 심해지고 머리가 지끈지끈 아파 기꺼이 의사의 충고를 따랐다. 엘리자베스는 잠시도 방을 나가지 않았고, 빙리 자매도 종종 방을 지켰는데, 사실 남자들이 외출하고 없어 다른 할 일도 없었다.

3시가 되자, 엘리자베스는 돌아가야 한다는 생각이 들어 마지못해 그 애기를 꺼냈다. 빙리 양이 마차를 내어 주겠다고 해서 엘리자베스가 수락하려는데, 제인이 엘리자베스와 헤어지는 것을 너무도 걱정스러워 하는 바람에 빙리 양은 마차를 내주겠다는 제안을 네더필드에 당분간 머물러 달라는 초대로 바꾸지 않을 수 없었다. 엘리자베스는 무척 고마워하며 그에 응했고, 하인을 롱본으로 보내 가족에게 그녀가 이곳에 머문다는 사실을 알리고 옷을 몇 벌 가져오도록 했다.

<h1 style="text-align:center">제8장</h1>

5시에 빙리 자매는 옷을 갈아입으러 가고, 6시 반에 엘리자베스에게 식사하러 오라는 전갈이 왔다. 쏟아지는 정중한 질문에 대해 좋아졌다고 답할 수가 없었다. 엘리자베스는 그 중에서도 빙리 씨가 다른 사람들보다 훨씬 많이 우려하고 있다는 걸 알아차릴 수 있었다. 제인은 조금도 나아지지 않았다. 이 말을 듣고 빙리 자매는 서너 번 너무 마음이 아프다, 지독한 독감에 걸리다니 너무 충격적이다, 병에 걸리는 게 너무나 싫다는 말을 했다. 그러고 나서는 그 문제는 싹 잊어버렸다. 눈앞에 있을 때가 아니면 제인에게 무관심한 두 자매를 보고, 엘리자베스는 원래대로 돌아가 그들이 한껏 싫어졌다.

사실 그들 가운데 빙리 씨만이 그녀가 흐뭇하게 바라볼 수 있는 유일한 사람이었다. 제인을 걱정하고 있는 게 확실했고, 엘리자베스에게도 호의적인 관심을 보여, 다른 사람들이 생각하듯이 자신이 이곳에 불쑥 들어선 침입자가 아닐까 하는 생각에서 벗어나게 해주었다. 빙리 말고는 누구도 그녀에게 관심을 두지 않았다. 빙리 양은 다시 씨에게 열중해 있었고, 그 언니도 마찬가지였다. 허스트 씨는 엘리자베스 옆에 앉아 있었는데 원래 게으른 사람으로 오로지 먹고 마시고 카드 게임을 하기 위해 살았다. 엘리자베스에게서 양념이 듬뿍 들어간 채소 스튜보다 양념을 치지 않은 음식을 더 좋아한다는 말을 듣고 나더니 더 이상 할 말이 없는 것 같았다.

식사를 마치고 엘리자베스는 제인에게 돌아갔다. 빙리 양은 엘리자베스가 방을 나가자마자 헐뜯기 시작했다. 오만과 무례함이 섞인 언행은 정말 형편없으며, 〈대화도 할 줄 모르고 스타일도 없으며 취향도 낮고 예쁘지도 않다〉고 잘라 말했다. 허스트 부인도 같은 생각이어서 이렇게 덧붙였다.

「요컨대 그녀는 잘 걷는다는 것 말고는 칭찬할 게 없어. 오늘 아침 나타났을 때의 모습은 결코 잊지 못할걸. 엉망진창이었다니까.」

「정말이야, 루이자 언니. 난 침착하게 있기가 정말 힘들었다니까. 도대체 여기 왔다는 것부터 말이 안 돼! 언니가 감기 좀 걸렸다고 온 동네를 급하게 뛰어다닐 이유가 뭐야? 머리는 지저분하게 헝클어지고.」

「맞아, 그리고 속치마도 그래. 너도 그 속치마를 봤을 거야. 진흙탕에 15센티미터는 빠졌다 나온 것 같았어. 그걸 가리려고 겉옷을 끌어내렸는데도 다 보이더라.」

「네 말이 맞겠지, 루이자. 하지만 난 전혀 몰랐는데. 엘리자베스 베넷 양이 오늘 아침 방에 들어섰을 때 내 눈엔 건강해 보이기만 하더구나. 흙 묻은 속치마 같은 건 못 봤어.」빙리가 말했다.

「다시 씨, 분명 보셨지요?」빙리 양이 말했다.「그리고 당신 여동생이라면 그런 모습으로 나타나는 걸 보고 싶어 하지 않으실 거라고 생각되는데요.」

「물론이지요.」

「5킬로인지, 6킬로인지, 7킬로인지 어쨌든, 발목까지 흙탕물에 푹푹 잠기는 길을 그것도 혼자서, 정말 혼자서 걸어오다니! 도대체 무슨 속셈이야? 내게는 우쭐거리는 독립심에다가 예의범절에 무심한 촌사람의 밉살스러운 행태로 보여.」

「언니에 대한 애정이 엿보여서 보기 좋던데 뭐.」빙리가 말했다.

「다시 씨, 이번 일이 그녀의 아름다운 두 눈에 대한 당신의 예찬에 영향을 주지 않을까 걱정되는데요.」빙리 양이 반쯤 속삭이듯이 말했다.

「전혀 아닙니다. 운동을 해서 눈이 더욱 반짝이던데요.」다시가 대답했다. 그러자 잠시 침묵이 이어졌다. 허스트 부인이 다시 말을 꺼냈다.

「난 제인 베넷을 무척 존중해요. 정말 상냥한 여성이니까. 진심으로 그녀가 결혼을 잘했으면 좋겠어. 하지만 그런 아버지에 그런 어머니, 또 그런 신분이 낮은 친척들이 있으니, 아무래도 결혼을 잘할 가능성이 없을 것 같아요.」

「이모부가 메리턴에서 법률 사무소를 한다는 말을 들은 것 같은데?」

「맞아요. 칩사이드[3] 근처 어디엔가 사는 숙부도 있어요.」

「그거 치명적이네!」빙리 양이 덧붙였다. 두 자매 모두 한

---

3 런던의 옛 상업 지역으로 감옥이 있었던 뉴게이트 거리와 가축 시장이 있었던 스미스필드에 가깝다.

껏 웃었다.

「칩사이드에 사는 이모부나 숙부가 아무리 많다 해도, 그 여성들에 대한 호감이 줄어드는 것은 아니잖아.」 빙리가 소리를 높였다.

「하지만 사회적인 신분이 높은 남자와 결혼할 가능성은 확실히 줄어들겠지.」 다시가 답했다.

빙리는 아무 말도 하지 않았다. 하지만 그의 누이들은 그 말에 열렬히 동의했고 친한 친구의 천박한 친척들을 제물 삼아 한동안 즐거워했다.

하지만 다정한 마음이 다시 생겼는지 그들은 정찬실을 나가 제인의 방을 찾았고, 커피를 마시라는 전갈이 올 때까지 함께 있어 주었다. 제인은 여전히 심하게 앓아서 엘리자베스는 그녀를 혼자 둘 수가 없었다. 늦은 저녁 제인이 잠들자 그제야 마음이 놓이고, 좋아서라기보다 그래야 옳은 것 같아 엘리자베스는 아래층으로 내려갔다. 응접실에 들어가 보니 모두가 카드 게임을 하고 있었다. 함께하자고 했지만, 큰 판을 벌이고 있는 것 같아 거절하고, 언니 핑계를 대며 잠시 내려와 있는 동안 책이나 읽겠다고 말했다. 허스트 씨가 놀래서 그녀를 쳐다보았다.

「카드 게임보다 책 읽는 게 더 좋아요? 그거 아주 이상하네요.」

「일라이자 베넷 양은 카드 게임을 경멸해요.」 빙리 양이 말했다. 「대단한 독서가라서 다른 것에서는 기쁨을 못 느낀답니다.」

「나는 그런 칭찬을 받을 이유도 또 비난을 받을 이유도 없습니다.」 엘리자베스가 소리쳤다. 「전 대단한 독서가가 아니에요. 그리고 독서 말고도 기쁨을 느끼는 일이 많이 있고요.」

「언니를 간호하는 일에서 기쁨을 느낀다는 건 확실히 알겠

더군요. 언니가 빨리 나아서 더 기뻐하시길 바랍니다.」 빙리
가 말했다.

　엘리자베스는 그에게 진심으로 감사했다. 그리고 책 몇 권
이 놓여 있는 탁자로 걸어갔다. 그는 곧 자기 서재에 있는 다
른 책들도 모두 가져오겠다고 말했다.

　「당신에게 도움도 되고 내 체면을 위해서라도 책이 좀 더
많으면 좋았을 텐데요. 내가 좀 게으른 편이라서 책이 많지
는 않지만 그래도 내가 여태 읽은 것보다는 많아요.」

　엘리자베스는 이 방에 있는 책만으로도 충분하다고 그를
안심시켰다.

　「아버지가 책을 그렇게 조금 남기셨다니 놀랐어요. 다시
씨, 펨벌리에 있는 당신 서재는 정말 훌륭해요!」 빙리 양이
말했다.

　「당연히 좋겠죠, 여러 세대에 걸쳐 모은 것이니까.」 그가
대답했다.

　「그리고 당신도 많이 모으셨잖아요. 늘 책을 사시던데요.」

　「요즘 같은 시기에 가문의 서재를 소홀히 하면 안 될 일이
지요.」

　「소홀히 한다고요! 당신은 그 고상한 저택을 더 아름답게
만드는 일이라면 어떤 것에도 절대 소홀한 법이 없잖아요.
찰스 오빠, 오빠가 집을 짓게 되면, 펨벌리의 반만큼이라도
아름다우면 좋겠어.」

　「나도 그랬으면 좋겠다.」

　「하지만 정말 그 근처에 땅을 사서 펨벌리를 본보기로 삼
으라고 권하고 싶어요. 잉글랜드에선 더비셔보다 더 멋진 곳
은 없으니까요.」

　「진심으로, 다시가 팔겠다면 펨벌리를 살 거야.」

　「찰스 오빠, 난 가능성 있는 얘길 하는 거예요.」

「캐럴라인, 정말 펨벌리를 모방하는 것보다는 아예 사는 게 더 가능성이 높을 것 같아서그래.」

엘리자베스는 그 방에서 일어나는 일들 때문에 집중해서 책을 들여다볼 수가 없었다. 그래서 곧 책을 내려놓고는 카드 게임을 하는 탁자에 바짝 다가가 빙리 씨와 그의 첫째 누이동생 사이에 앉아 게임을 지켜보았다.

「다시 양은 지난봄보다 많이 자랐나요? 저만큼 컸을까요?」 빙리 양이 말했다.

「그럴 거예요. 지금은 엘리자베스 베넷 양 정도이거나 조금 더 크거나 할 겁니다.」

「얼마나 보고 싶은지 몰라요! 그렇게 마음에 드는 사람은 만난 적이 없어요. 용모도 그렇고, 몸가짐도 그렇고! 그 나이에 그만한 교양을 갖추다니! 피아노 연주도 빼어나고요.」

「놀라워, 젊은 숙녀들은 하나같이 교양이 대단하던데. 어쩜 그렇게들 인내심이 강한지.」 빙리가 말했다.

「젊은 숙녀들이 하나같이 교양이 대단하다니! 찰스 오빠, 그게 무슨 말이에요?」

「맞아. 다 그렇잖아. 그림도 그리고 병풍에 수도 놓고 지갑도 짜고 하잖아. 나는 이런 걸 다 해내지 못하는 여성을 본 적이 없어. 그리고 어떤 젊은 여성이든 처음 소개될 때면 상당한 교양을 갖추고 있다는 말이 꼭 나오더라.」

「자네가 늘어놓은 그 흔한 교양이라면, 아주 잘 맞는 말이지. 그 흔한 교양이라는 말은 지갑을 짜고 병풍에 수를 놓는 일 말고는 별다른 교양이 없는 많은 여성에게 다 적용이 되니까. 하지만 난 여성을 평가하는 자네 방식에는 전적으로 동의할 수가 없어. 내가 아는 사람들을 두루 살펴보아도 진정으로 교양을 갖춘 여성은 여섯 명도 채 안 될 거야.」

「제 생각도 그래요.」 빙리 양이 말했다.

「그렇다면 당신이 생각하는 교양 있는 여성은 상당히 많은 것을 갖추어야 하겠군요.」 엘리자베스가 말했다.

「그렇습니다. 상당히 많은 것을 갖춰야 합니다.」

「아! 맞아요!」 그의 충실한 조수가 외쳤다. 「여기저기서 흔히 보는 수준을 뛰어넘지 못하면 그 사람은 정말로 교양을 갖췄다고 할 수가 없지요. 정말 교양을 갖추었다는 말을 들으려면 그 여성은 음악, 노래, 그림, 춤, 그리고 외국어에 완벽한 지식을 갖추어야 해요. 이 모든 것에다 몸가짐이나 걸음걸이, 목소리의 높낮이 말을 거는 태도나 표현 방식도 뭔가 남다른 점이 있어야죠. 그렇지 않으면 교양을 갖췄다는 말을 들을 자격이 반도 안 되는 거예요.」

「교양 있는 여성은 이 모든 것을 갖춰야 하고, 여기에 폭넓은 독서를 통해 정신을 계발해서 실질적인 내면도 갖추어야지요.」 다시가 덧붙였다.

「교양 있는 여성을 여섯 명밖에 못 봤다고 하시는 게 당연하네요. 오히려 그런 여성을 한 사람이라도 알고 계시다는 게 놀라울 따름입니다.」 엘리자베스가 말했다.

「당신은 이 모든 것을 갖춘 여성이 있다는 것을 의심할 만큼 같은 여성들에게 그렇게 가혹하신가요?」

「저는 그런 여성을 결코 본 적이 없거든요. 당신이 말한 그런 능력, 취향, 근면, 우아함 이 모든 걸 다 갖춘 여성은 결코 본 적이 없어요.」

허스트 부인과 빙리 양은 엘리자베스가 의심하는 게 부당하다고 외치며, 자기들은 여기에 부합되는 여성들을 많이 안다고 주장했다. 그때 허스트 씨가 그들에게 게임이 어떻게 돌아가는지 신경을 안 쓴다고 불평하며 제대로 하라고 주의를 주었다. 이로써 모든 대화가 끝나고, 엘리자베스는 이내 방을 떠났다.

「일라이자 베넷 양은 다른 여성들을 깎아내려서 남성에게 잘 보이려고 하는 그런 사람이네요.」 빙리 양이 주로 다시를 겨냥하여 말했다. 「많은 남자들에게 성공하겠지요. 하지만 내 생각에 그건 무척 천한 방법이고 야비한 술책이에요.」

「물론입니다. 여성들이 남성의 관심을 끌기 위해 종종 사용하는 술책은 모두 야비한 데가 있지요. 교활함에 가까운 것이면 뭐가 되었건 모두 비열해요.」 다시가 대답했다.

빙리 양에게는 다시의 대답이 대화를 계속할 정도로 마음에 와 닿지 않았다.

엘리자베스가 그들에게 되돌아왔는데, 언니의 병세가 나빠져서 혼자 그냥 내버려 둘 수가 없다는 말을 하기 위해서였다. 빙리는 당장 존스 씨를 불러오라고 재촉했다. 그의 누이들은 시골 의사의 충고는 별로 도움이 되지 않는다고 믿었기 때문에 어서 런던으로 사람을 보내 가장 저명한 의사를 불러오라고 권했다. 엘리자베스는 누이들의 말은 듣지 않았지만 그들 오빠의 제안은 기꺼이 따랐다. 베넷 양의 병세가 호전되지 않으면, 아침 일찍 존스 씨를 부르러 보내기로 했다. 빙리는 무척 불안해했다. 그의 누이들은 슬픈 일이라고 말은 했지만 식사 후에 이중창을 부르며 슬픔을 달랬다. 반면 빙리는 가정부에게 앓고 있는 숙녀와 그 여동생에게 모든 주의를 기울이라고 지시하는 것으로 겨우 마음을 추스르고 있었다.

제9장

엘리자베스는 그날 밤을 거의 언니가 있는 방에서 지새우다시피 했다. 아침이 되자 일찌감치 빙리 씨가 하녀를 들여

보냈고, 좀 있다가 두 자매가 자기들 시중을 드는 우아한 여성 둘을 보내 언니의 병세를 물어보았는데, 다행히 괜찮다는 답변을 보낼 수 있었다. 병세는 나아졌지만 그래도 어머니가 직접 와서 보시고 제인의 상태를 판단하셨으면 한다는 내용의 편지를 롱본으로 보내 달라고 청했다. 바로 편지가 전해졌고, 곧 실행에 옮겨졌다. 베넷 부인은 가장 어린 딸 둘을 데리고 아침 식사가 끝날 무렵 네더필드에 도착했다.

제인이 위독한 상태였다면 베넷 부인은 무척 상심했을 것이다. 하지만 제인의 병이 그리 심각하지 않다는 걸 알고는 만족하여 그녀가 빨리 낫기를 바라지 않았다. 그녀가 건강을 회복하면 네더필드에서 나와야 할 것이기 때문이었다. 그래서 제인이 집으로 가겠다고 해도 들으려 하지 않았다. 비슷한 시각에 도착한 의사도 집으로 돌아가는 것은 권할 만한 일이 못 된다고 했다. 잠시 제인과 앉아 있다가, 빙리 양이 나타나 청하자 그 어머니는 세 딸과 함께 그녀를 따라 조찬실로 건너갔다. 빙리는 베넷 양의 병세가 베넷 부인의 생각보다 심한 게 아니기를 바란다는 말로 그들을 맞이했다.

「정말이지 생각보다 심하네요.」 베넷 부인의 대답이었다. 「제인 병세가 너무 심해서 못 데려가겠어요. 존스 씨도 제인을 데려갈 생각을 해서는 안 된다고 하시고요. 이 댁에 조금 더 폐를 끼쳐야겠는데요.」

「데려가시다니요!」 빙리가 외쳤다. 「그런 생각 마십시오. 분명 제 누이도 그런 말씀 들으려 하지 않을 겁니다.」

「그럼요, 부인. 베넷 양이 우리와 지내는 동안 온갖 정성으로 보살피겠습니다.」 빙리 양이 쌀쌀맞지만 정중한 어조로 말했다.

베넷 부인은 감사의 말을 장황하게 늘어놓았다.

「이렇게 좋은 친구 분들이 안 계셨더라면, 제인이 어떻게 되었을지 정말 모르겠네요. 제인은 정말 많이 아프고 굉장히 힘들어하고 있어요. 늘 그렇듯이 극도의 인내심으로 견뎌 내고 있지만요. 제인은 세상에서 진짜 최고로 상냥한 아이거든요. 나는 자주 다른 딸아이들에게 제인에 비하면 너희들은 아무것도 아니라고 말하곤 해요. 빙리 씨, 여기 방이 무척 예쁘네요. 저 자갈 깔린 산책로가 내다보이는 전망도 멋지고요. 이 부근에 네더필드만 한 데는 없어요. 임대 기간이 짧던데, 서둘러 떠나실 생각은 아니시겠지요.」

「저는 무슨 일을 하든 서두르는 편입니다. 그러니 만약 네더필드를 떠나겠다고 결심을 하면 아마 5분 만에 떠날 겁니다. 하지만 현재로서는 아예 정착한 거나 다름없습니다.」 빙리가 대답했다.

「제가 생각했던 성격 그대로시네요.」 엘리자베스가 말했다.

「제 성격을 파악하셨군요.」 빙리가 그녀 쪽으로 돌아서며 외쳤다.

「아! 그래요. 완전히 파악했어요.」

「칭찬으로 받아들이고 싶지만, 이렇게 쉽게 간파당하다니 좀 한심하다는 생각이 드네요.」

「그냥 그렇다는 말이에요. 속을 알 수 없는 복잡한 성격을 가진 사람이 당신 같은 성격을 가진 사람보다 꼭 낫다고는 할 수 없어요.」

「리지야!」 그녀의 어머니가 소리쳤다. 「너 여기가 어디라고 그러니? 집에서처럼 그렇게 함부로 지껄이지 마라.」

「당신이 사람 성격을 연구하고 있는지는 몰랐는데요. 무척 재미있겠어요.」 빙리가 즉시 말을 이었다.

「그래요, 하지만 복잡한 성격을 가진 사람들이 가장 재미있어요. 그들에겐 최소한 재미있다는 장점은 있어요.」

「시골에는 대체로 연구 대상이 될 만한 사람들이 별로 없을 텐데요. 시골에서 이웃이란, 지역적으로 한정되어 있고 변화가 별로 없는 사회잖아요.」 다시가 말했다.

「하지만 사람들 자체가 상당히 변화무쌍해서 관찰할 만한 새로운 것이 계속 있어요.」

「정말 그래요.」 다시가 시골 동네를 언급하는 태도에 화가 난 베넷 부인이 큰 소리로 말했다. 「정말이지 시골에서도 런던만큼 여러 가지 일들이 일어난답니다.」

모두 깜짝 놀랐다. 다시는 잠시 베넷 부인을 쳐다본 후 말없이 고개를 돌렸다. 베넷 부인은 자신이 그에게 완전히 승리를 거두었다고 착각하고는 계속 승리감을 만끽했다.

「나로서는 상점과 공원 말고는 런던이 시골보다 뭐 대단한 장점이 있는지 잘 모르겠어요. 빙리 씨, 시골이 훨씬 더 즐겁지 않나요?」

「시골에 있으면 시골을 떠나고 싶지 않고, 런던에 있으면 마찬가지로 런던을 떠나고 싶지 않습니다.」 빙리가 대답했다. 「어느 쪽이나 각각 장점이 있어서, 어디에 있든 똑같이 행복합니다.」

「그래요, 그건 당신이 올바른 성정을 갖고 있어서 그래요. 하지만 저 신사 분은…….」 베넷 부인이 다시를 바라보며 말했다. 「시골을 하찮게 생각하는 모양입니다.」

「어머니, 정말이지 어머니가 오해하신 거예요.」 엘리자베스가 자기 어머니 때문에 얼굴이 빨개지며 말했다. 「어머니가 다시 씨 말을 전적으로 오해하셨어요. 그저 시골에서는 런던만큼 다양한 사람들을 만나 볼 수가 없다는 얘기일 뿐이에요. 어머니도 그건 사실로 인정하셔야지요.」

「그렇지, 얘야, 누가 시골이 안 그렇다고 했니? 우리 동네에서 사람들을 많이 만날 수 없다고 하니까 그렇지. 여기보다 이웃이 많은 데가 어디 있다고. 우리가 함께 식사를 한 집안만 해도 스물네 집이나 되는데.」

오로지 엘리자베스에 대한 배려 때문에 빙리는 겨우 침착한 태도를 유지할 수 있었다. 그의 누이동생들은 덜 세심했다. 그들은 다시 쪽으로 시선을 돌리며 의미심장한 미소를 지었다. 엘리자베스는 어머니의 생각을 다른 데로 돌릴 수 있을까 하여 어머니에게 자기가 이곳에 와 있는 동안 샬럿 루커스가 롱본에 다녀갔는지 물었다.

「그래, 어제 자기 아버지하고 왔었지. 빙리 씨, 윌리엄 경은 무척 호감을 주는 분이에요. 안 그래요? 사교계 인사인 데다 품위 있고 느긋하고! 그는 누구하고든 대화를 잘 나누지요. 그게 내가 생각하는 훌륭한 교양이에요. 스스로 중요한 인물이라고 상상하면서 한마디도 안 하는 사람들은 교양이 뭔지 크게 착각하고 있는 거지요.」

「샬럿이 식사는 하고 갔나요?」

「아니, 집에 가야겠다고 하더구나. 고기 파이를 만들어야 하는 모양이더라. 빙리 씨, 내 경우는요, 일을 늘 제대로 하는 하인들을 두고 있답니다. 우리 딸들은 좀 다르게 키웠어요. 하지만 사람들은 생각이 다 다르게 마련이지요. 물론 루커스 집안 딸들은 무척 좋은 여성들이에요. 예쁘지 못한 게 참 안 됐지만요! 샬럿이 아주 못생겼다는 건 아니에요. 우리와 각별히 친하긴 하지요.」

「무척 호감이 가는 젊은 여성이던데요.」 빙리가 말했다.

「아, 그럼요. 하지만 못생겼다는 사실은 인정하셔야지요. 루커스 부인도 종종 그렇게 말하곤 해요. 그러면서 제인의 미모를 부러워하지요. 내 자식 자랑은 아니지만, 확실히 제인은…… 제인보다 인물이 좋은 사람은 보기 힘들지요. 모두들 그렇게 말해요. 내 자식이라서 그러는 게 아니고요. 제인이 열다섯 살밖에 안 됐을 때 런던에 있는 내 동생 가디너 집에 갔는데, 그 집에 머물던 한 신사가 제인을 어찌나 사랑했던지 우리 올케는 우리가 떠나기 전에 그 신사가 청혼을 할 거라고 확신까지 했었다니까요. 하지만 청혼까지는 안 했어요. 제인이 너무 어리다고 생각했던가 봐요. 하지만 그 신사는 제인에 대해 시를 썼는데 꽤 괜찮은 시였어요.」

「그분의 애정도 그렇게 끝이 났답니다.」엘리자베스가 초조해하며 말했다.「그런 식으로 사랑을 극복하는 경우가 많은 것 같아요. 궁금해요, 시를 씀으로써 사랑을 쫓아 버릴 수 있다는 시의 효능을 누가 처음 알아냈을까요!」

「나는 시가 사랑을 살찌우는 양식이라고 생각해 왔는데요.」다시가 말했다.

「아, 훌륭하고 튼튼하고 건강한 사랑이라면 그렇겠죠. 이미 강해진 사랑은 무엇이든 자양분으로 받아들이니까요. 하지만 그저 사소하고 옅은 호감 정도라면, 소네트 한 편으로도 그 감정을 완전히 말려 버릴 수 있을 거예요.」

다시는 그저 미소를 지었을 뿐이다. 다시 침묵이 이어졌는데, 엘리자베스는 어머니가 다시 속없이 웃음거리가 될까 봐 조마조마했다. 엘리자베스는 어떤 말이든 하고 싶었지만, 무슨 말을 해야 할지 알 수가 없었다. 잠시 침묵이 흐른 후 베넷 부인이 리지까지 와서 폐를 끼쳐 미안하다고 하면서 제인을 배려해 주어 고맙다고 빙리 씨에게 감사의 말을 반복하기 시작했다. 빙리 씨는 가식 없이 정중하게 대답을 하면서 누이도 공손하게 상황에 필요한 말을 하게 했다. 빙리 양은 별로 상냥하지 못한 태도로 자기 역할을 수행했다. 하지만 베넷 부인은 만족스러워하며 곧 마차를 불러오게 했다. 그러자 이번에는 그녀의 막내딸이 나섰다. 두 딸은 그 집에 있는 동안 내내 서로 속닥거리고 있었는데, 막내딸이 나서서 빙리 씨에게 이사 오자마자 네더필드에서 무도회를 열겠다고 약속하지 않았냐고 따져 물었다.

리디아는 고운 피부와 성격이 좋아 보이는 얼굴에 튼튼하고 체격 좋은 열다섯 살 난 소녀였다. 자기 어머니가 워낙 편애하다 보니, 어린 나이에 사교계에 나오게 되었다. 그녀는 생기발랄하고 원래부터 자만심이 강했는데, 이모부가 장교들에게 훌륭한 저녁 식사도 대접하고 그녀 자신도 대하기 편한 성격이라 장교들이 관심을 보이자 그 자만심이 더 심해져 버렸다. 따라서 그녀는 빙리 씨에게 무도회 얘기를 꺼내고 느닷없이 약속을 거론하면서, 약속을 지키지 않는 것은 세상에서 가장 수치스러운 일이라는 말까지 하기에 이르렀던 것이다. 갑작스러운 공격을 받은 빙리가 대답하는 걸 듣고 그녀의 어머니는 무척 기뻐했다.

「약속 지킬 준비가 다 되어 있어요. 언니가 회복하면, 아가씨가 무도회 날을 정해도 좋아요. 하지만 언니가 앓고 있는 동안엔 춤추고 싶지 않겠지요?」

리디아는 만족스러워했다. 「아, 네! 제인 언니가 나을 때까지 기다리는 게 훨씬 좋겠어요. 그때쯤이면 카터 대위도 메리턴에 돌아와 있을 거니까요. 무도회를 열어 주시면 그들한테도 무도회를 열라고 조를 거예요. 포스터 대령에게 무도회를 안 여는 건 수치스러운 일이라고 말하겠어요.」

그러고 나서 베넷 부인과 두 딸은 떠났고, 엘리자베스는 곧장 제인에게 돌아왔다. 두 여성과 다시 씨에게 자신과 가족들의 행동에 대한 뒷말을 내맡긴 채. 하지만 빙리 양이 〈아름다운 눈〉에 대해 온갖 기지를 발휘했음에도 다시 씨는 그들이 엘리자베스를 험담하는 데 절대 끌려들어가지 않았다.

제10장

그날도 그 전날처럼 별다른 일 없이 지나갔다. 허스트 부인과 빙리 양은 오전에 환자와 몇 시간을 함께 보냈다. 병세는 서서히 나아지고 있었다. 그리고 저녁이 되자 엘리자베스는 거실로 가서 빙리 자매와 함께 앉았다. 그런데 그들은 루 게임[4]을 하고 있지 않았다. 다시 씨는 뭔가를 쓰고 있고, 빙리 양은 그 옆에 앉아 편지 쓰는 걸 지켜보며 그의 누이동생에게 전할 말을 늘어놓아 그의 주의를 흩뜨리고 있었다. 허스트 씨와 빙리 씨는 둘이서 피케 게임[5]을 하는 중이었고 허스트 부인은 그들을 지켜보고 있었다.

엘리자베스는 뜨개질감을 집어 들고는 다시와 빙리 양 사이에서 일어나는 일에 주의를 기울이며 나름대로 즐거운 시간을 보내고 있었다. 숙녀 편에서는 글씨체가 좋다든지 줄이 똑바르다든지 아니면 편지를 길게 쓴다면서 끊임없이 찬사를 보내는데, 상대는 그 칭찬을 완전히 무심하게 대해서 대화가 영 이상했다. 그런데 이는 두 사람에 대한 엘리자베스의 견해에 정확히 부합되었다.

「이 편지를 받으면 다시 양이 무척 기뻐할 거예요!」

그는 아무런 대답도 하지 않았다.

「굉장히 빨리 쓰시네요.」

「잘못 아셨습니다. 나는 아주 느리게 쓰는 편입니다.」

「한 해에 편지를 몇 통이나 쓰셔야 하나요! 사무용 편지도 써야 하잖아요! 생각만 해도 너무 싫어요!」

「그렇다면 써야 하는 게 당신이 아니라 나라서 다행이군요.」

「당신 누이에게 내가 너무 보고 싶어 한다고 전해 주세요.」

4 다섯 명 정도가 카드 세 장씩 갖고 시작하는 게임.
5 두 명이 두세 장의 카드로 시작하는 게임.

「당신이 원해서 이미 한 번 썼는데요.」

「펜이 마음에 안 드시는 것 같은데 고쳐 드릴게요. 제가 펜을 무척 잘 고치거든요.」

「고맙습니다. 하지만 펜은 늘 직접 고칩니다.」

「어쩌면 그렇게 고르게 쓰실 수 있어요?」

그는 아무 대답도 하지 않았다.

「당신 누이에게 하프 연주 실력이 늘었다는 말을 들어 기쁘다고 전해 주세요. 그녀가 짠 아름다운 식탁보를 보고 황홀해했다는 것도 말해 주시고 그랜틀리 양 것보다 훨씬 더 낫다고 생각한다는 말도 전해 주세요.」

「당신이 황홀해한 것을 다음번 편지로 미뤄도 괜찮을까요? 지금은 그 말을 제대로 전할 공간이 없어서요.」

「아! 그건 별로 중요하지 않아요. 1월에 만나게 될 테니까요. 하지만 다시 씨, 당신은 여동생에게 늘 그렇게 길고 매력적인 편지를 쓰시나요?」

「대체로 길지만, 늘 매력적인지는 잘 모르겠군요.」

「긴 편지를 편하게 쓰는 사람이라면 글을 못 쓸 리가 없는 것 같은데요.」

「캐럴라인, 그건 다시에게 칭찬이 되지 못하겠는데.」 그녀의 오빠가 큰 소리로 말했다. 「왜냐하면 다시는 편지를 편하게 쓰지 않거든. 그는 네 음절 단어를 찾느라 많이 고심하지. 안 그런가, 다시?」

「내 문체는 자네와는 무척 다르지.」

「어머! 찰스 오빠는 편지 쓸 때 너무 부주의해요. 할 말을 반은 빠뜨리고 나머지도 잉크가 번져 지저분하죠.」 빙리 양이 크게 말했다.

「난 생각이 너무 빨리 흘러가서 표현이 따라가질 못해. 그런고로 받는 사람에게 하고 싶은 말이 하나도 드러나지 않을 때도 있어.」

「빙리 씨, 당신은 하도 겸손해서 비난할 마음이 사라져 버려요.」 엘리자베스가 말했다.

「겸손해 보이는 것보다 더 기만적인 건 없지요.」 다시가 말했다. 「그건 무성의에서 기인하기도 하고, 때로는 간접적인 자기 자랑이기도 해요.」

「그러면 방금 전의 내 겸손함은 어느 쪽인가?」

「간접적인 자기 자랑이지. 실제로 자네는 편지 쓸 때의 단점을 자랑스러워하고 있지. 생각은 빠르게 스쳐가는데 그걸 제대로 표현하지 못하는 게 단점이라며, 훌륭하다고는 못해도 최소한 꽤 흥미로운 특징이라고는 생각하잖나. 사람은 자신이 어떤 일을 신속하게 수행하는 능력을 자랑스러워하지. 그 행동에 결함이 있어도 별로 상관 않고 말이야. 오늘 아침 자네가 베넷 부인에게 네더필드를 떠나겠다고 결심하면 5분 안에 결행할 거라고 말했는데 자네는 자신에 대한 찬사나 칭찬을 뜻하는 거였어. 하지만 그렇게 서두르면 정말 필요한 업무를 팽개쳐 두게 되고 자네 자신이나 다른 누구에게도 별 도움이 될 리 없는데 그런 성급한 행동이 뭐 그렇게 칭찬할 만하겠는가?」

「아니, 이거 좀 심한데.」 빙리가 외쳤다. 「아침에 한 어리석은 얘기들을 밤까지 모조리 기억하고 있다니 말야. 그리고 정말이지 난 그때 나 자신에 대해 했던 말이 진실이라고 생각했어. 지금도 그렇게 생각하고 있고. 그런고로 난 최소한 여성들 앞에서 뽐내려고 공연히 서두르는 성격인 척 가장한 게 아니야.」

「자넨 그렇게 생각했는지 모르지만, 난 결코 자네가 그렇게 급히 떠날 거라고 생각하지 않네. 자네 행동은 정말 그 누구 못지않게 우발적이야. 만일 자네가 말을 타고 있는데 친구가 〈빙리, 다음 주까지 그냥 있는 게 좋겠어〉라고 말한다면 자넨 아마 그렇게 할걸. 떠나지 않을 거란 말이지. 거기다 한 마디 더 들으면 한 달이라도 그냥 남아 있을걸.」

「이것으로 당신은 빙리 씨가 자신의 좋은 성격을 정확하게 짚지 못했다는 사실을 입증한 것이죠. 당신은 빙리 씨 자신보다 더 그의 성격을 돋보이게 해주었어요.」 엘리자베스가 외쳤다.

「내 친구의 말을 내 성격이 좋다는 칭찬으로 바꾸어 주시니 너무도 고마운데요. 하지만 당신은 내 성격을 저 친구가 의도한 적이 없는 의미로 받아들이신 것 같아요. 저 친구는 그 상황에서 내가 단호하게 거절하고 빨리 말을 타고 가버리는 걸 더 높게 평가할 테니까요.」 빙리가 말했다.

「그렇다면 다시 씨는, 당신의 원래 의도가 경솔한 것이라도 끝까지 그 의도대로 행동한다면 용서될 수 있다고 말씀하신 건가요?」

「정말이지, 나로서는 그 문제를 정확히 설명할 수 없군요. 다시 본인이 대답할 문제입니다.」

「자넨 멋대로 내 견해라고 말해 놓고 그걸 나더러 설명하라고 하는군. 내 견해라고 인정한 적 없네. 하지만 베넷 양, 그 일이 당신이 설명한 대로라고 해도, 빙리에게 계획을 다음으로 미루고 집으로 돌아가라고 청한 친구가 정당한 이유를 대지 않았다는 점을 기억하셔야 합니다.」

「친구의 설득에 기꺼이, 쉽게 따르는 게 당신에게는 장점으로 보이지 않는가 봐요.」

「확신 없이 덥석 따른다면 분별력 면에서 쌍방 모두 칭찬받을 일이 못 됩니다.」

「다시 씨, 당신은 우정이나 애정의 영향력을 전혀 고려하지 않는 것 같군요. 논리적으로 따지지 않고 요청한 사람을 배려해 기꺼이 따르는 경우가 많은 법이지요. 당신이 빙리 씨에게 가정한 꼭 그런 경우만 말하는 건 아니에요. 우리는 빙리 씨의 행동이 신중한 건지 의논하기 전에 그 상황이 일어날 때까지 기다리는 편이 나을 것 같네요. 하지만 일반적인 보통의 경우에 친구끼리 별로 중요하지 않은 결심을 바꿔 달라고 부탁할 때 따져 보지 않고 그대로 해주는 걸 나쁘게 생각해야 하나요?」

「더 논의하기 전에 당사자들이 얼마나 가까운 사이인지, 그리고 그 부탁이 얼마나 중요한 것인지 좀 더 정확하게 따져 보는 게 바람직하지 않을까요?」 다시가 말했다.

「온갖 세세한 것들까지 다 따져 보도록 하죠. 키와 체격이 어느 정도 차이 나는지 비교하는 것도 잊지 말고.」 빙리가 외쳤다. 「베넷 양, 논쟁에서는 이런 것들이 당신 생각보다 비중이 클 겁니다. 만약 다시가 나보다 키가 월등히 크지 않다면 정말 나는 그를 지금의 반만큼도 존경하지 않을 테니까요. 그리고 단언하는데, 어떤 특정한 시간, 그리고 특정한 장소에서 다시보다 더 두려운 상대는 없습니다. 예를 들어 아무 할 일도 없는 일요일 밤에 자기 집에 있을 때 말입니다.」

다시 씨는 미소를 지어 보였다. 그러나 엘리자베스는 그가 기분 나빠 한다는 생각이 들었고, 그래서 웃음을 자제했다. 빙리 양은 말도 안 되는 얘기라며 오빠를 나무라고, 다시를 모욕했다고 몹시 화를 냈다.

「빙리, 자네 의도를 알겠군. 자네는 토론을 싫어하니까 이 얘길 잠재우려는 거지.」 그의 친구가 말했다.

「그럴 거야. 토론은 꼭 말싸움 같거든. 자네와 베넷 양이 내가 방을 나갈 때까지 좀 참아 주면 대단히 고맙겠는데. 그 뒤에는 나에 대해 어떤 말도 해도 좋아.」

「그런 부탁이라면 전혀 어렵지 않아요. 다시 씨도 어서 편지를 끝내시는 게 좋지 않을까요.」 엘리자베스가 말했다.

다시 씨는 그녀의 충고를 받아들여 편지를 끝냈다.

편지 쓰는 일을 마치자, 그는 빙리 양과 엘리자베스에게 음악을 들려 달라고 부탁했다. 빙리 양은 재빨리 피아노로 다가가더니 엘리자베스에게 먼저 연주하라고 정중하게 청했고, 엘리자베스가 정중하고 진지하게 양보하자 피아노 앞에 앉았다.

허스트 부인은 여동생과 함께 노래를 불렀다. 그러는 동안 엘리자베스는 피아노 위에 놓여 있는 음악 책들의 책장을 넘기면서 다시 씨의 시선이 자꾸 자신에게 향하는 것을 의식하지 않을 수 없었다. 그녀는 자신이 그렇게 대단한 사람의 관심의 대상이 될 수 있다고는 생각할 수가 없었다. 자신을 싫어해서 그러는 것일 수도 있겠지만 그건 더 이상했다. 그러나 그녀는 마침내 이렇게 결론 내렸다. 옳고 그름에 대한 그의 기준에 비추어, 여기 모인 다른 누구보다도 자신에게 뭔가 잘못되고 비난할 만한 것이 있어서 자꾸 쳐다보는 것이라고. 그렇다고 해도 그녀는 속상하거나 하지 않았다. 그를 좋아하는 마음이 전혀 없었기에 그에게 인정받고 싶은 마음도 없었다.

빙리 양은 이탈리아 노래를 몇 곡 연주하더니 활달한 스코틀랜드 곡으로 바꿔 연주했다. 그러자 다시 씨가 엘리자베스에게 다가와 이렇게 말했다.

「베넷 양, 신나는 스코틀랜드의 릴 춤을 추고 싶지 않나요?」

그녀는 미소만 짓고 아무런 대답도 하지 않았다. 그는 그녀의 침묵에 약간 놀라며 다시 물었다.

「아, 말씀하신 걸 들었지만, 뭐라고 대답해야 할지 바로 결정할 수 없었어요. 〈네〉라는 대답을 듣고 싶었겠죠. 그럼 제 취향을 경멸하는 기쁨을 만끽할 테니까요. 하지만 전 그런 종류의 계획을 뒤엎고, 경멸하려고 미리 마음먹은 일을 못하게 선수를 치는 데서 늘 기쁨을 누리지요. 그래서 당신에게 전혀 릴 춤을 추고 싶지 않다고 대답하기로 했어요. 자, 맘껏 경멸해 보시죠.」

「정말, 감히 어떻게 그러겠습니까.」

그를 불쾌하게 만들었을 거라고 생각한 엘리자베스는 그의 신사다운 태도에 당황했다. 하지만 그녀의 태도에 상냥함과 장난기가 섞여 있어서 누구를 불쾌하게 만들기는 어려웠다. 다시는 자신을 이렇게 매혹하는 여성을 본 적이 없었다. 그는 그녀의 친척들이 그렇게 열등하지 않았더라면, 자신이 위험에 처했을 거라는 생각이 들었다.

빙리 양은 이를 보았다. 혹은 질투를 느낄 만큼 의심하기게 이르렀다. 그녀는 엘리자베스를 쫓아버리고 싶은 마음 때문에 더더욱 그녀의 소중한 친구 제인이 빨리 회복되기를 바랐다.

그녀는 자꾸 다시와 엘리자베스의 결혼을 가정하고 또 그 결혼이 행복할 것이라고 예측함으로써, 다시를 자극하여 손님인 엘리자베스를 싫어하게 만들려고 애썼다.

「이 바람직한 일이 성사되면, 당신 장모님께 입을 다물고 있는 것의 장점에 대해 말씀 좀 해주세요.」 다음 날 함께 관목 숲을 거닐면서 그녀가 말했다. 「그리고 할 수 있다면, 장교들 꽁무니나 쫓아다니는 동생들도 좀 바로잡아 주세요. 그리고 이건 좀 민감한 문제일 텐데, 어딘지 잘난 체하고 거의 무례함에 가까운 당신 부인 성격도 좀 고쳐 보도록 하세요.」

「내 가정의 행복을 위해 또 제안할 것은 없습니까?」

「아, 있어요. 그 댁 이모부 내외인 필립스 씨 부부의 초상화를 펨벌리의 화랑에 걸어 두셔야지요. 법관이셨던 종조부님 옆에 놓는 게 어떨까요. 분야가 달라서 그렇지 같은 직업에 종사하시니까요. 그리고 엘리자베스의 초상화는 그리지 않는 편이 낫겠네요. 어떤 화가가 그 아름다운 눈을 제대로 그릴 수 있겠어요?」

「그 눈에 담긴 표정을 포착하는 건 쉽지 않겠지요, 하지만 눈의 색깔과 모양 그리고 그 섬세한 속눈썹은 모방할 수 있을 겁니다.」

그 순간 그들은 다른 산책로를 걷고 있던 허스트 부인과 엘리자베스 본인과 마주쳤다.

「산책할 생각인 줄 몰랐네요.」 빙리 양은 그녀가 자기네 얘기를 들었을까 봐 다소 당황스러워하며 말했다.

「산책 나간다는 말도 안 하고 가버리다니 너무했어.」 허스트 부인이 말했다.

그러고는 엘리자베스를 혼자 두고 다시 씨의 한쪽 팔을 붙잡았다. 길은 세 사람이 겨우 지나갈 수 있는 넓이였다. 다시 씨는 그들이 무례하다는 생각이 들어 곧바로 이렇게 말했다.

「우리 모두가 함께 지나갈 만큼 길이 넓지 않군요. 큰길 쪽으로 나가는 게 낫겠습니다.」

하지만 동행하고 싶은 생각이 조금도 없는 엘리자베스는 웃으면서 이렇게 대답했다.

「아니요, 아니에요. 그냥 그대로 계세요. 세 분이 함께 계시니 너무 멋진데요. 네 번째 사람이 끼면 그림이 망가져요. 그럼 먼저 가보겠습니다.」

그러고는 쾌활하게 달려가 버렸다. 하루 이틀 뒤면 집에 돌아갈 거라는 생각에 기분이 좋아져 이리저리 거닐었다. 제인은 그날 밤 두어 시간 방을 나가 볼까 했을 만큼 이미 많이 회복되었다.

제11장

숙녀들이 정찬을 마치고 일어나자, 엘리자베스는 언니에게 달려가 추위를 피하도록 꽁꽁 싸맨 뒤, 거실로 함께 내려왔다.

거실에 있던 제인의 두 친구는 기쁘다는 말을 늘어놓으며 그녀를 반갑게 맞이했다. 남자들이 나타나기 전 한 시간 동안 이들은 더할 나위 없이 상냥했다. 그들은 대화를 끌어가는 힘이 상당했다. 그들은 파티에 대해 정확하게 묘사했고, 유머 있게 일화를 들려주었으며, 아는 사람들을 활기차게 조롱했다.

그러나 신사들이 들어서자 제인은 더 이상 첫 번째 관심 대상이 아니었다. 빙리 양의 시선이 즉각 다시에게 향하고, 그가 몇 발짝 들어오기도 전에 그에게 말을 건네려고 했다. 다시는 베넷 양에게 말을 걸며 정중하게 축하한다고 인사했다. 허스트 씨 역시 목례를 하며 〈무척 기쁘다〉라고 말했다. 그러나 빙리의 인사는 특별히 따스함이 확 퍼지는 그런 것이었다. 그는 기쁨에 차 있고 배려가 대단했다. 처음 30분은 방이 바뀐 것이 제인에게 안 좋을까 봐 난롯불을 지피는 일로 보냈다. 그리고 빙리의 요청대로 제인은 문 쪽에서 더 멀리 벽난로의 한쪽 편으로 옮겨 앉았다. 그제야 그는 제인 옆에 앉아서는 거의 제인하고만 이야기를 나누었다. 반대쪽 구석에서 뜨개질을 하던 엘리자베스는 몹시 기쁘게 이 모든 장면을 지켜보았다.

다과를 들고 나서 허스트 씨는 처제에게 카드 게임을 상기시켰으나 소용이 없었다. 그녀는 다시 씨가 카드를 하고 싶어 하지 않는다는 은밀한 정보를 입수했던 것이다. 그러자 허스트 씨는 내놓고 간청했으나 거절당했다. 그녀는 그에게 아무도 카드 게임을 할 생각이 없다고 잘라 말했고, 아무도 대답을 하지 않으니 그녀의 말이 맞는 것이 되어 버렸다. 그러니 허스트 씨는 소파에 몸을 쭉 뻗고 잠이나 자는 것 외에는 달리 할 일이 없었다. 다시는 책 한 권을 꺼내 들었다. 빙리 양도 책을 꺼내 들었고, 허스트 부인은 자신의 팔찌와 반지를 만지작거리는 데 골몰해 있다가 간간이 오빠와 베넷 양의 대화에 끼어들었다.

빙리 양은 자기 책을 읽는 한편, 그에 못지않게 다시가 책을 읽어 내려가는 것을 지켜보는 데 관심을 쏟았다. 끊임없이 질문을 하거나 그의 책을 들여다보았다. 하지만 어떤 대화에도 그를 끌어들일 수가 없었다. 그는 건성으로 대답하며 계속 책만 읽었다. 단지 다시가 읽고 있는 책의 2권이라는 이유로 고른 책을 읽으려고 애쓰다 지친 빙리 양은 크게 하품을 하면서 이렇게 말했다. 「이렇게 저녁 시간을 보내다니 너무 즐거워요! 독서의 기쁨만 한 것이 어디 있겠어요! 책 말고 다른 건 금방 싫증이 나버리죠! 내 집을 갖게 됐을 때 훌륭한 서재가 없다면 비참할 거예요.」

아무도 대답하는 사람이 없었다. 그녀는 다시 하품을 하면서 책을 옆으로 치우고 뭔가 재미있는 것을 찾아 방을 둘러보았다. 그때 오빠가 베넷 양에게 무도회에 관한 얘기를 하는 걸 듣고는 갑자기 그를 향해 이렇게 말했다.

「그런데, 찰스 오빠, 네더필드에서 무도회를 열 생각이라니 진심이에요? 결정하기 전에 여기 모인 분들이 뭘 원하는지 들어 보는 게 어때요. 분명 이 중에 무도회가 즐겁다기보다는 오히려 벌 받는 것 같다고 생각하는 분들이 있을 거라고요.」

그녀의 오빠가 큰 소리로 말했다. 「다시를 말하는 거라면, 무도회 시작 전에, 원하면 잠자러 가면 되지. 하지만 무도회는 확실히 결정된 거야. 니콜스가 흰 수프[6]를 충분히 만들면 바로 초대장을 돌릴 거야.」

「무도회가 좀 색다르게 진행된다면 훨씬 더 마음에 들 텐데. 하지만 일반적으로 그런 모임은 참을 수 없을 만큼 지루

6 고기, 달걀노른자, 빻은 땅콩, 크림을 넣어 만든 음식으로, 달콤한 와인과 물을 넣어 무도회에서 기운을 차리게 하는 데 쓰기도 한다.

한 데가 있어요. 춤 대신 대화를 위주로 한다면 훨씬 더 이성적일 거예요.」 그녀가 응답했다.

「훨씬 더 합리적이겠지, 캐럴라인. 그러나 그걸 무도회라고 할 순 없을 것 같구나.」

빙리 양은 아무런 대답도 하지 않았다. 그리고 곧바로 일어나더니 방 안을 걸어 다녔다. 그녀의 자태는 우아했고 걷는 모습도 멋졌다. 하지만 이 모든 것이 다시를 겨냥한 것인데 그는 융통성 없이 책에만 빠져 있었다. 필사적인 기분이 되어 그녀는 한 가지를 더 시도해 보기로 결심했다. 그녀는 엘리자베스를 향해 말했다.

「일라이자 베넷 양, 나를 따라 방을 돌지 않겠어요? 한 자세로 그렇게 오래 앉아 있다가 걸으면 무척 상쾌하거든요.」

엘리자베스는 웬일인가 싶었지만, 곧 그러겠다고 했다. 빙리 양은 그 제안의 진짜 목적을 달성할 수 있었다. 다시 씨가 쳐다봤던 것이다. 그는 엘리자베스만큼이나 뭔가 새로운 일에 관심이 쏠려 무심코 책을 덮었다. 그도 이내 함께 걷자는 요청을 받았지만 거절했다. 그는 여성들이 함께 방을 걷고자 하는 이유를 두 가지 상상할 수 있는데, 어느 쪽이든 자신이 함께하는 건 방해가 될 것이라고 말했다. 「무슨 말이지?」 빙리 양은 그의 말이 뭘 의미하는지 알고 싶어 죽을 지경이었다. 그녀는 엘리자베스에게 그게 무슨 말인지 알겠냐고 물었다.

「전혀 모르겠는데요. 하지만 분명 우리를 깎아내리려고 하는 거겠지요. 그를 실망시킬 가장 확실한 방법은 아무것도 물어보지 않는 거예요.」 엘리자베스가 대답했다.

하지만 빙리 양은 다시 씨를 절대 실망시킬 수 없는 사람이었다. 그녀는 그 두 가지 이유가 뭔지 설명해 달라고 졸랐다.

「설명해 드리는 데 전혀 이의 없습니다.」 그녀가 말할 틈을 주자마자 그가 말했다. 「두 분이 저녁 시간을 이렇게 보내려

고 하는 것은, 서로 비밀을 털어놓는 사이라서 은밀하게 의
논할 일이 있기 때문이거나 아니면, 걸을 때 가장 아름답게
돋보인다는 걸 의식하고 있기 때문일 겁니다. 첫 번째가 맞
다면 나는 당연히 방해가 될 것이고, 두 번째가 맞다면 여기
난롯가에 앉아야 두 분의 아름다운 모습을 더 잘 볼 수 있습
니다.」

「아! 기가 막혀!」 빙리 양이 소리쳤다. 「그런 끔찍한 얘기는
들어 본 적이 없어요. 저런 말을 하다니 어떻게 벌을 줄까요?」

「마음만 있다면, 그보다 쉬운 게 있나요.」 엘리자베스가 말
했다. 「우린 서로 괴롭히고 벌을 줄 수 있잖아요. 약 올리고
놀리세요. 당신은 친하니까, 어떻게 놀릴 수 있는지 분명 알
고 있을 거예요.」

「아니요, 정말이지 난 못해요. 친하긴 해도 아직 그를 놀리
는 법은 터득하지 못했어요. 차분한 성격에 침착한 마음을
가진 사람을 어떻게 놀릴 수 있겠어요! 못해요, 못해. 그는
아마 한번 해보시지 하고 있을 거예요. 그리고 놀릴 거리도
없는데 놀리려고 하다가는 우리만 우습게 되고 말 거예요.
다시 씨 혼자 즐거워할걸요.」

「다시 씨를 놀릴 수 없다고요!」 엘리자베스가 말했다. 「정
말 드문 장점이로군요. 그 장점이 계속 드물기를 바라겠어
요. 왜냐하면 아는 사람 가운데 그런 분이 많으면 제겐 큰 손
실이니까요. 저는 놀리는 걸 무척 좋아하거든요.」

「빙리 양은 내게 현실적으로 가능한 이상의 능력을 부여하
시는군요. 아무리 현명하고 훌륭한 사람도, 아니, 아무리 현
명하고 훌륭한 행동이라도, 인생의 첫 번째 목표를 농담으로
여기는 사람한테서는 우스꽝스러운 것이 되어 버릴 수 있습
니다.」 다시의 말이었다.

「물론 그런 사람들이 있어요. 하지만 저는 그런 사람이 아

니라고 생각해요.」엘리자베스가 대답했다.「전 현명하고 훌륭한 것은 비웃지 않아요. 어리석음과 말도 안 되는 행동, 변덕, 모순된 언행이 절 즐겁게 하는 것들이에요. 전 할 수만 있으면 언제든지 그런 면을 놀립니다. 하지만 당신에게는 그런 면이 전혀 없군요.」

「어느 누구도 전혀 없지는 않을 겁니다. 하지만 난 분별력이 뛰어난 사람일수록 조롱거리가 되기 쉬운 그 약점을 피하는 걸 평생의 과제로 삼았습니다.」

「허영심과 자부심 같은 것을 말하시는군요.」

「그래요. 허영심은 정말 약점이지요. 하지만 자부심은 진정 우월한 정신을 지닌 사람이라면 잘 통제할 겁니다.」

엘리자베스는 미소를 감추려고 얼굴을 돌렸다.

「다시 씨에 대한 진단이 끝난 것 같은데, 결과가 어떤지 말해 줘요.」빙리 양이 말했다.

「전 다시 씨는 결점이 없는 사람이라고 확신하는 바입니다. 그분 자신도 감추지 않고 인정하시네요.」

「아니요.」다시가 말했다.「난 그런 주장을 한 적이 없어요. 제겐 결점이 많습니다. 하지만 분별력의 부족에서 오는 결점은 아니라는 거죠. 성격에 대해서는 장담 못하겠어요. 잘 굽힐 줄 모르는 편이라고는 생각해요. 세상살이를 편하게 하기에는 너무 굽힐 줄을 모르지요. 다른 사람들의 어리석음이나 사악함, 혹은 내게 불쾌하게 구는 것, 이런 것들을 빨리 잊어버려야 하는데 그러질 못합니다. 누가 어떤 노력을 해도 내 감정은 영향을 받지 않습니다. 어쩌면 화를 쉽게 풀지 못하는 성격이라고 해야겠지요. 한번 잘못 보이면 그걸로 끝입니다.」

「그건 정말 결점인데요!」엘리자베스가 외쳤다.「한번 화가 나면 달랠 수 없다는 건 정말 성격상 결함이에요. 하지만 본인의 결함을 그렇게 잘 표현하셨으니, 정말 놀릴 수가 없겠네요. 저한테선 안전하십니다.」

「사람들의 성격에는 최고의 교육으로도 잘 극복될 수 없는 어떤 특별한 단점으로 기우는 성향, 타고난 결함 같은 것이 있나 봅니다.」

「그리고 당신의 결함은 모든 사람들을 싫어하는 경향이고요.」

「그리고 당신의 결함은 고의로 사람들을 오해하는 것입니다.」 그가 미소를 지으며 대답했다.

「우리 음악이나 듣도록 해요.」 빙리 양이 자신이 끼지 못하는 대화에 진력이 나서 소리를 질렀다. 「루이자 언니, 허스트 씨를 좀 깨워도 괜찮겠지?」

언니가 아무런 이의가 없다고 하자 피아노 뚜껑이 열렸다. 잠시 생각을 해본 후 다시는 전혀 유감스러워하지 않았다. 그는 자신이 엘리자베스에게 너무 많은 관심을 보이고 있는 게 아닌가 우려하기 시작했던 것이다.

제12장

두 자매가 의견을 나눈 결과, 그다음 날 아침 엘리자베스는 어머니에게 그날 중으로 마차를 보내 달라는 편지를 썼다. 그러나 정확히 일주일이 되는 다음 화요일까지는 딸이 네더필드에 남아 있을 것으로 계산한 베넷 부인은 딸들을 기쁘게 받아들일 수가 없었다. 따라서 그녀의 답변은 최소한 엘리자베스에게는 별로 기쁜 것이 못 되었다. 엘리자베스는 너무도 집에 가고 싶었는데, 베넷 부인은 화요일 전에는 마차를 보내 줄 수 없다는 전갈을 보내온 것이다. 빙리 씨와 그의 여동생이 더 머물라고 청하면 그냥 그 집에 있어도 괜찮다는 말이 추신으로 붙어 있었다. 그러나 엘리자베스는 더 머물지 않겠다는 결심이 확고했고, 또 더 머물라는 청이 있을 거라고 기대하지도 않았다. 반대로 필요 없이 남의 집에 너무 오래 머물고 있다고 생각될까 봐 엘리자베스는 제인에게 당장 빙리 씨의 마차를 빌리라고 재촉했다. 그래서 마침내 그날 아침 네더필드를 떠난다는 원래의 계획을 알리고 마차를 부탁하기로 결정났다.

이 얘기가 전해지자 여기저기서 우려의 말이 쏟아졌다. 적어도 그다음 날까지 하루만 더 머물라고 어찌나 청하는지 제인은 그러기로 했다. 그래서 다음 날로 하루가 더 연기되었다. 그러자 빙리 양은 더 있다 가라고 제안한 것이 후회가 되었다. 왜냐하면 자매 가운데 한 사람에 대한 질투와 싫은 감정이 다른 한 사람에 대한 애정을 훨씬 웃돌았기 때문이다.

집주인은 그들이 그렇게 빨리 가야만 한다는 얘기를 듣고 정말 슬퍼했다. 그는 안전하지 않다, 충분히 회복되지 않았다며 계속 베넷 양을 설득했다. 그러나 제인은 자신이 옳다고 느낄 때는 단호한 면이 있었다.

다시 씨에게는 반가운 소식이었다. 그만하면 엘리자베스는 네더필드에 오래 있었다. 그녀는 그가 바라는 것 이상으로 그의 마음을 끌었다. 게다가 빙리 양은 그녀에게 무례하게 굴었고, 평소보다 자신을 더 놀려 댔다. 현명하게도 그는 이제 엘리자베스를 좋아하는 기색이나 그의 행복에 영향을 주겠다는 희망을 그녀가 품게 할 행동을 무심코 드러내지 않도록 특히 주의해야겠다고 마음먹었다. 그런 생각이 혹시라도 엿보였다면, 마지막 날 보일 자신의 행동이 그것을 확인시키거나 아예 싹을 꺾어 버리는 데 실질적인 역할을 할 것이 틀림없을 거라고 의식했기 때문이다. 자신의 의도대로 그는 토요일 내내 그녀에게 열 마디도 건네지 않았고, 한 30분

동안 둘만 있게 될 때도 있었지만 책만 열심히 들여다보고 그녀는 보려고도 하지 않았다.

일요일에 아침 예배가 끝난 후, 모두들 화기애애하게 작별 인사를 나누었다. 빙리 양은 제인에 대한 애정이 급속도로 커졌을 뿐 아니라, 마침내 엘리자베스에 대한 태도도 금방 정중해졌다. 헤어질 때는 제인에게 롱본이나 네더필드 어디 에서 만나든 기쁠 거라며 무척 다정하게 포옹을 했고, 엘리 자베스와는 악수까지 했다. 엘리자베스는 최고로 활기찬 기 분으로 모두와 작별을 했다.

집에 돌아온 그들은 어머니에게 별로 따뜻하게 환영받지 못했다. 베넷 부인은 그들이 오는 것을 보고 놀라면서 그렇 게까지 폐를 끼친 건 잘못이라고 생각한다면서 제인이 분명 히 다시 감기에 걸렸을 거라고 말했다. 하지만 아버지는, 기 쁘다는 표현은 무척 짧게 했지만, 그들이 돌아온 것을 정말 로 반겼다. 그는 가족 내에서 두 딸의 중요성을 절실히 느끼 고 있었다. 저녁에 가족이 모두 모여 대화를 나눌 때 제인과 엘리자베스가 빠지니 대화에 생기도 없고 도대체 하는 얘기 가 이치에 닿지도 않았던 것이다.

제인과 엘리자베스는 메리가 평소와 마찬가지로 통주 저 음법[7]과 인간 본성에 대한 연구에 골몰해 있으며, 음미할 만 한 새로운 글을 발췌해 놓고 진부한 도덕 가운데 귀를 기울 일 만한 새로운 표현도 몇 문장 찾아놓은 것을 보았다. 캐서 린과 리디아는 다른 종류의 정보를 준비해 놓고 있었다. 지 난 수요일 이후 연대에 많은 일이 있었고 많은 얘기가 돌았 다. 최근에 장교 몇 사람이 이모부 댁에서 식사를 했으며, 사 병 한 사람이 채찍으로 벌을 받았고, 포스터 대령이 결혼할

7 18세기에 유행한 즉흥 반주 양식의 하나.

것이라는 얘기가 실제로 나왔다는 것이다.

제13장

「여보, 오늘은 식사 준비를 잘해 두도록 해요. 우리 가족 말고 누가 더 올 것 같거든.」 다음 날 아침 식사를 하는데 베넷 씨가 아내에게 말했다.

「누가 오는데요? 올 사람이 없을 텐데요, 샬럿 루커스가 들르는 것 말고는. 그리고 내가 준비한 식사 정도면 샬럿에게는 충분해요. 자기 집에서는 그런 식사 자주 못할 거예요.」

「내가 말하는 사람은 신사이고 외지 사람이오.」 베넷 부인의 눈이 반짝거렸다. 「신사이고 외지 사람이라고요! 그럼 빙리 씨네요. 제인, 넌 왜 이 얘기를 한마디도 안 한 거니! 앙큼한 것 같으니! 자, 빙리 씨가 온다니 너무 기쁘구나. 하지만 세상에, 이거 어쩌지! 오늘은 생선이 하나도 없으니. 리디아야, 애야, 벨을 눌러라. 힐에게 지금 당장 얘기해야겠다.」

「빙리가 아니오. 나도 아직 한 번도 본 적이 없는 사람이야.」 그녀의 남편이 말했다.

이에 모두가 놀랐다. 아내와 다섯 딸들이 한꺼번에 열심히 질문을 하자 그는 무척 즐거워했다.

그들의 호기심을 한동안 즐긴 후 그는 이렇게 설명했다. 「이 편지를 받은 건 한 달쯤 전이고, 답장은 한 보름쯤 전에 보냈지. 다소 미묘한 문제인 데다 초반에 관심을 둬야 하는 문제라고 생각되어서 말이야. 콜린스 씨에게서 온 편지야. 내가 죽으면 자기 마음대로 언제고 당신과 애들을 모두 집에서 내쫓을지도 모르는 내 사촌 말이야.」

「아! 여보. 그 얘기만 나오면 참고 들을 수가 없어요. 제발 그 밉살스러운 남자 애기는 하지 말아요. 당신 집과 땅을 자식에게 물려주지 못하고 남한테 상속해야 한다는 건 정말 세상에서 가장 가혹한 일이에요. 정말이지 내가 당신이라면 오래전에 그 일에 대해 뭐든 조치를 취했을 거예요.」 그의 아내가 목소리를 높였다.

제인과 엘리자베스는 어머니에게 한정 상속의 성격에 대해 설명을 하려고 했다. 그들은 예전에도 종종 설명하려고 노력했었지만, 이 문제만 나오면 베넷 부인은 이성을 잃었다. 베넷 부인은 딸이 다섯이나 있는 가족에게서 집과 땅을 빼앗아 잘 알지도 못하는 남자에게 넘겨주는 제도의 잔인성에 대해 계속 심하게 비난했다.

「그건 분명 매우 불공평한 일이야. 그런데 콜린스 씨가 롱본을 상속받는다는 그 죄에서 벗어날 방법도 전혀 없어. 하지만 편지 내용을 보면, 그가 말하는 태도에 마음이 좀 누그러질지도 몰라.」 베넷 씨가 말했다.

「아니요, 난 절대 그럴 일 없어요. 당신에게 편지를 썼다는 것 자체가 아주 뻔뻔하고 위선적이에요. 난 그런 거짓된 친구를 증오해요. 왜 자기 아버지가 그랬던 것처럼 당신하고 계속 싸우질 않은 거지요?」

「글쎄, 그 점에 대해서는 자식 된 도리로서 마음에 걸리는 점이 있는가 봐. 자, 들어 봐요」

켄트 주 웨스터럼 근교 헌스퍼드에서
10월 15일

친애하는 베넷 씨에게

저는 귀하와 돌아가신 제 선친 사이에 지속된 불화로 늘 마음이 불편했었습니다. 그러다 선친을 잃는 불행을 당한 후 그 불화로 벌어져 버린 관계를 치유하기를 희망해 왔습니다. 하지만 선친과 불편한 관계를 유지하던 분과 좋은 관계로 지낸다는 것이 돌아가신 분께 불경한 일이 아닌가 하는 의심으로 한동안 물러서 있었습니다.

「부인, 여기 말이오.」

하지만 그 문제에 대해 제 마음이 확고해졌습니다. 이유인즉, 부활절에 성직을 수여받고 운 좋게도 루이스 드 버그 경의 미망인이신 캐서린 드 버그 귀부인의 후원이라는 영광을 입어 그분의 너그러움과 자비로움 덕분에 이곳 교구의 귀중한 목사직을 맡게 되었습니다. 그래서 그 귀부인에게 감사하는 마음으로 존경심을 갖고 처신하고, 영국 교회가 정한 관혼상제를 기꺼이 수행하도록 열심히 노력하는 것을 본분으로 삼으려 합니다. 더군다나 목사로서 저는 제 영향이 미치는 범주 안에 있는 모든 가정에 평화의 은총을 널리 심어 주는 것이 제 의무라고 생각합니다. 이런 여러 이유로, 다음과 같은 선의의 제안을 드리는 것이 무척 칭찬할 만한 것이라고 자신하게 되었습니다. 또 제가 롱본 저택의 다음번 상속자라는 상황을 너그럽게 용서하시고 제가 드리는 올리브 가지[8]를 거절하지 않으시리라 자신하는 바입니다. 저는 당신의 상냥한 따님들에게 해를 끼치는 입장이 된 데 대해 무척 우려하는 바입니다. 무엇이든 기꺼이 가능한 보상을 해드릴 생각이라는 점을 확실히 말씀드릴 뿐 아니라 아울러 상속 문제에 대해 삼가 사과를 드리는 바입니다. 댁으로 찾아뵙는 것을 반대하지 않으신다면, 11월 18일 월요일 4시경에 귀하와 귀하의 가족 분들

8 흔히 평화를 상징함.

에게 문안을 드리는 기쁨을 누리고 다음 토요일까지 일주일 간 댁에 머물며 폐를 끼치고자 하는 바입니다. 캐서린 귀부인께서는 저 대신 주일의 의무를 맡아 줄 다른 목사만 있다면 일요일에 때로 자리를 비우는 데 반대하지 않으시기 때문에 별다른 불편함 없이 이렇게 방문드릴 수 있게 되었습니다. 부인과 따님들께 존경 어린 찬사를 보내며, 이만 글을 마치겠습니다.

행운을 빌며
윌리엄 콜린스 드림.

「그러니 4시에 화해를 청하는 이 신사가 올 것으로 생각된다오.」편지를 접으며 베넷 씨가 말했다.「그는 정말 무척 양심적이고 정중한 젊은이처럼 보이는군. 틀림없이 우리와 가깝게 지낼 중요한 사람이 될 거야. 특히 캐서린 부인께서 관대함을 베풀어 우리를 다시 방문하도록 해주신다면 말이다.」

「우리 딸들에 대해 하는 말은 일리가 있네요. 어쨌든 그가 보상을 해줄 마음이 있다면 나는 말릴 생각 없어요.」

「어떤 식으로 마땅한 보상을 해주겠다는 건지 추측하기 힘들지만, 그런 마음을 갖고 있다니 괜찮은 사람 같아요.」제인이 말했다.

엘리자베스는 무엇보다 캐서린 귀부인에 대해 엄청난 존경심을 표현하는 것과, 필요할 때마다 교구민들의 세례와 결혼과 장례를 주관하겠다는 친절한 의도에 주목했다.

「제 생각엔 별난 사람 같아요. 납득이 안 가요. 문체도 어딘지 과장이 아주 심한 데가 있고요. 상속자라는 점에 대해 사과를 한다니요? 할 수 있다 해도, 뭐 어떻게 할 것도 아니면서요. 아버지, 그 사람 분별이 있는 사람일까요?」엘리자베스가 말했다.

「아닐 거다, 얘야, 내 생각엔 그래. 난 정반대일 거라고 기대한단다. 편지에는 비굴함과 자만심이 섞여 있는데 그거 참 재미있겠어. 어서 만나 보고 싶구나.」

「문장력 면에서 그의 편지는 별 하자가 없어 보여. 올리브 가지는 전혀 새로운 아이디어는 아니지만, 그래도 잘 표현했다고 생각해.」 메리가 말했다.

캐서린과 리디아는 편지도 편지를 쓴 사람에게도 전혀 관심이 없었다. 사촌이 진홍색 군복을 입고 올 가능성은 거의 없었는데, 그들은 지난 몇 주 동안 진홍색 장교복을 입지 않은 남성과 함께 있을 때는 기쁨을 느낄 수가 없었다. 어머니의 경우에는 콜린스 씨의 편지가 적대감을 상당히 없애 주었다. 그녀는 어느 정도 침착하게 그를 맞이할 준비를 함으로써 남편과 딸들을 놀라게 했다.

콜린스 씨는 시간에 정확히 맞춰 도착했고, 온 가족은 정중하게 그를 맞이했다. 베넷 씨는 거의 말을 하지 않았지만, 여성들은 기꺼이 이야기를 나누고자 했는데, 콜린스 씨는 말을 하도록 부추길 필요도 없고 조용히 있을 생각도 없는 사람처럼 보였다. 그는 키가 크고 진지해 보이는 25세의 젊은이였다. 그의 태도는 엄숙하고 당당했고, 무척 격식을 차리고 있었다. 그는 자리에 앉은 지 얼마 되지 않아 베넷 부인에게 훌륭한 딸들을 두셨다고 칭찬을 늘어놓았다. 그러고는 딸들이 아름답다는 얘기를 많이 들었는데 실물을 보니 소문보다 훨씬 낫다고 말했다. 때가 되면 모두 결혼을 잘하게 될 것을 의심치 않는다고도 덧붙였다. 이러한 정중한 여성 예찬은 듣는 사람 몇몇의 취향에는 별로 맞지 않았지만, 칭찬이라면 거부할 줄 모르는 베넷 부인은 기다렸다는 듯이 대답했다.

「친절하시기도 해라. 그렇게 되기를 진심으로 바란답니다. 안 그러면 애들은 곤궁에 빠질 테니까요. 일이 참 묘하게 정해져 있잖아요.」

「이 저택의 한정 상속에 대한 말씀 같군요.」

「아, 그래요. 불쌍한 우리 딸들에게 고통스러운 일이라는 걸 인정하셔야 해요. 그렇다고 당신을 비난하려는 건 아니에요. 이 세상에서 그런 일들은 모두 우연이니까요. 일단 한정 상속에 묶이면, 그 재산이 누구에게 갈지 알 길이 없잖아요.」

「부인, 아름다운 사촌들이 처한 곤경에 대해서는 저도 매우 잘 알고 있습니다. 그리고 그 문제에 대해 드릴 말씀도 많습니다만, 너무 앞서거나 서두르는 듯한 인상을 드리지 않으려고 조심하고 있습니다. 하지만 저는 아름다운 사촌들을 찬미할 준비를 하고 왔다고 자신 있게 말씀드릴 수 있습니다. 지금으로서는 더 이상 말씀드리지 않겠습니다만 서로 좀 더 잘 알게 되면 아마…….」

식사하러 오라는 전갈에 그의 말이 중단되었고, 딸들은 서로 마주 보고 미소를 지었다. 콜린스 씨가 찬사를 보내는 대상은 딸들만이 아니었다. 그는 홀과 식당과 모든 가구들을 돌아보며 칭찬을 했다. 그가 이 모든 것을 미래의 자기 재산으로 보고 있을지도 모른다는 억울한 생각만 안 들었다면 이런 칭찬은 베넷 부인의 마음을 감동시켰을 것이다. 그러고 나서 그는 식사에 대해서도 칭찬을 늘어놓았다. 그는 아름다운 사촌 가운데 누가 이 훌륭한 요리를 한 주인공인지 알려 달라고 청했다. 이에 대해 베넷 부인은 자기네 집은 좋은 요리사를 둘 능력이 충분히 있으며 딸들은 주방일에는 관여하지 않는다고 퉁명스럽게 쏘아 줌으로써 그의 잘못을 바로 잡았다. 그는 기분을 상하게 한 데 대해 용서를 구했다. 누그러진 어조로 그녀가 절대 화가 난 게 아니라고 밝혔지만, 그는 한 15분 동안 사과를 계속했다.

제14장

식사를 하는 동안 베넷 씨는 거의 말을 하지 않았다. 하인들이 물러간 뒤에야 손님과 대화를 나눌 때가 되었다고 생각했다. 그래서 그가 좋아할 만한 화제를 꺼냈다. 후원자를 무척 잘 만난 것 같다는 얘기였다. 캐서린 드 버그 귀부인이 그가 원하는 것에 관심을 갖고 편안하게 지낼 수 있도록 배려려한다는 점이 상당히 각별해 보였다. 베넷 씨는 이보다 더 좋은 화제를 고를 수가 없었다. 콜린스 씨는 그녀에 대한 찬사를 청산유수로 늘어놓았다. 그녀에 대한 말을 할 때는 어느 때보다 더욱 엄숙했다. 그는 무척 심각한 표정으로 같은 상류 계층의 사람 가운데 캐서린 귀부인만큼 그렇게 상냥하고 또 친절한 행동을 하는 분은 본 적이 없다고 목소리를 높였다. 그리고 귀부인께서는 영광스럽게도 그분 앞에서 한 두 번의 강론에 대해서도 친절하게 칭찬해 주시기도 했다. 두 번이나 그를 로징스의 만찬에 초청했는가 하면 바로 지난 주 토요일에는 저녁때 4인용 카드 게임을 함께하자고 사람을 보내기도 했다. 캐서린 귀부인은 그가 아는 많은 사람들에게서 오만하다는 얘기를 듣지만, 자신은 그녀에게서 상냥함 이외의 다른 점은 본 적이 없었다. 대화할 때는 늘 그를 신사로 대했고, 그가 이웃 모임에 참석하는 것에 대해서도 그렇고 친척을 방문하기 위해 한두 주쯤 가끔 교구를 비우는 것에 대해서도 전혀 이의가 없었다. 귀부인은 그가 신중하게 아내를 고를 수만 있다면 가능한 한 빨리 결혼하라고까지 충고도 해주셨다. 한 번은 보잘것없는 목사관을 방문하여 그가 시작한 개조 작업에도 전적으로 동의하시며 이층의 벽장에 선반을 몇 개 만들라는 지적을 몸소 해주시기까지 했다.

「모든 면에서 매우 지당하고 정중하시네요.」 베넷 부인이 말했다. 「그리고 아주 상냥한 분이시겠지요. 대체로 지체 높은 귀부인들이 그분 같지 않아서 탈이에요. 그분은 당신과 가까운 곳에 사시나요?」

「제 보잘것없는 거처가 위치한 정원과 귀부인이 계시는 로징스 파크 사이에 작은 길 하나가 있을 뿐입니다.」

「미망인이라고 했지요? 가족은 있으신가요?」

「따님 한 분이 계시지요. 로징스뿐 아니라 막대한 재산을 상속받으실 분이에요.」

「어머!」 베넷 부인이 머리를 흔들며 외쳤다. 「그렇담 그 따님은 다른 여성들보다 훨씬 부유하겠군요. 어떤 분이에요? 예쁜가요?」

「정말 무척 매력적인 분입니다. 캐서린 귀부인께서 직접 말씀하신 것처럼 진정한 아름다움 면에서 드 버그 양은 가장 아름답다는 여성보다도 훨씬 뛰어나십니다. 그 따님의 용모에는 탁월한 가문의 여성임을 보여 주는 면이 있기 때문이지요. 따님의 교육을 감독하며 그분들과 함께 지내는 부인의 말로는, 불행히도 병약한 체질을 타고나서 교양을 두루 쌓는 데는 별 진전을 보이지 못했다더군요. 그렇지만 않았다면 상당한 진전을 보였을 겁니다. 하지만 따님은 너무도 상냥하신 분이라 때로 조랑말이 끄는 사륜마차를 타고 제 보잘것없는 거처까지 왕림하시기도 합니다.」

「폐하를 알현한 적이 있나요? 궁을 드나드는 귀부인들 가운데 그 이름을 못 들어 본 것 같은데.」

「불행히도 그분은 건강 상태가 그리 좋지 못해 런던에 가지를 못합니다. 캐서린 귀부인께도 말씀드린 적이 있는데 영국 왕실은 가장 빛나는 장식 하나를 잃은 셈입니다. 귀부인께서는 제 말에 무척 기뻐하시는 것 같았습니다. 저는 어떤 경우에든 늘 귀부인들이 흡족해할 만한 작고 섬세한 찬사를 드리는 것을 좋아합니다. 저는 여러 차례 캐서린 귀부인께 매력적인 따님은 공작 부인이 되기 위해 태어나신 것 같다고 말씀드렸었지요. 그리고 그 공작이라는 높은 신분도 따님을 돋보이게 하기보다는 오히려 그분에 의해 빛이 나게 될 거라고도요. 그런 작은 찬사들이 귀부인을 무척 기쁘게 해드리지요. 그리고 저는 그분께 해드리는 이런 배려야말로 특히 제가 해야 할 일이라고 생각합니다.」

「당신은 판단을 아주 잘하는군요.」 베넷 씨가 말했다. 「섬세하게 사람 기분을 잘 맞추는 재주를 지닌 것도 무척 기쁜 일이고요. 그런데 그런 호감 주는 배려가 순간적인 충동에서 나오는 건지 아니면 미리 연구한 결과인지 물어봐도 되겠습니까?」

「주로 그때그때 상황에서 떠올립니다. 때로는 일상적인 상황에 적용할 수 있는 그런 작고 우아한 찬사들을 미리 생각해 두곤 합니다만, 가능하면 미리 연구한 게 아닌 것처럼 보이게 합니다.」

베넷 씨의 기대는 충분히 충족되었다. 이 친척은 더 바랄 수 없을 만큼 엉뚱한 사람이었다. 그는 너무도 재미있어 하면서도 동시에 무척 단호하고 침착한 표정을 유지하며 경청했다. 그리고 때로 엘리자베스에게 눈길을 보내는 것 말고는 누구의 동참도 필요 없이 혼자 실컷 그 재미를 맛보았다.

그러나 티타임이 될 무렵 그 약효는 충분히 다 발휘되었다. 베넷 씨는 손님을 다시 응접실로 데리고 왔다. 차를 다 마신 다음 그에게 딸들을 위해 책을 읽어 달라고 청했다. 콜린스 씨는 기꺼이 동의했다. 그는 꺼내 온 책을 보는 순간 깜짝 놀라 뒤로 물러서더니 (그 책은 순회 문고에서 대여해 온 것이 분명했다) 미안하다고 말하며 소설은 절대 읽지 않는다고 항의하듯 말했다. 키티는 그를 빤히 쳐다보았고 리디아는 놀라 소리를 질렀다. 다른 책 몇 권을 내놓자 콜린스 씨는 잠시 심사숙고한 후에 포다이스의 『설교집』을 집어 들었다. 그가 책을 펼치자 리디아가 하품을 했다. 그가 무척 단조롭고 엄숙한 태도로 세 쪽 정도 읽고 있을 때 리디아가 불쑥 다음과 같은 애기로 그의 낭독을 방해했다.

「엄마, 필립스 이모부가 리처드를 내보내겠다고 하시던데요. 그러면 포스터 대령이 리처드를 고용할 거래요. 이모가 토요일에 그렇게 말씀하셨어요. 그 애기도 더 듣고 또 데니 씨가 런던에서 언제 돌아오는지 물어보러 내일 메리턴으로 산책 갈까 해요.」

제인과 엘리자베스가 리디아에게 조용히 하라고 일렀지만, 매우 기분이 상한 콜린스 씨는 책을 내려놓고 이렇게 말했다.

「전 어린 숙녀들이 오로지 자신들을 위해 집필된 진지한 내용의 책에는 도통 관심이 없다는 점을 자주 봐 왔습니다. 솔직히 말씀드리면 놀라운 일입니다. 어린 숙녀들에게 교훈만큼 유익한 것도 없을 텐데요. 하지만 어린 사촌에게 더 이상은 강요하지 않겠습니다.」

그러고는 베넷 씨를 향해 돌아서면서 주사위 게임의 상대를 해주겠다고 했다. 베넷 씨는 딸들이 사소한 오락을 즐기도록 놓아 준 건 아주 현명한 일이라고 말하며 그의 도전을 받아들였다. 베넷 부인과 딸들은 리디아의 행동에 대해 정중하게 사과했고, 그가 또 책을 읽는다면 그런 일이 다시는 일어나지 않을 것이라고 약속했다. 그러나 콜린스 씨는 어린 사촌에게 나쁜 감정이 전혀 없으며 그녀의 행동을 모욕으로 여기지 않는다고 그들을 안심시킨 후 베넷 씨와 다른 테이블에 앉아 주사위 게임을 준비했다.

제15장

콜린스 씨는 분별력 있는 사람은 아니었다. 그리고 글도 읽을 줄 모르고 인색하기만 했던 부친 밑에서 인생의 대부분을 보낸 탓에 선천적인 부족함이 교육이나 사회활동으로 보완되지 못했다. 대학에 다니긴 했지만 도움이 될 지인을 만들지 못한 채 필요한 학기만 채웠을 뿐이다. 부친에게 복종하며 성장한 탓에 그는 원래 무척 겸허한 태도를 지니고 있었다. 그러나 별로 좋지 않은 머리를 가진 데다 은둔하다시피 살면서 갖게 된 자만심과 뜻하지 않게 일찍 출세하면서 생긴 자부심이 합쳐져 겸손하던 태도가 상당히 바뀌게 되었다. 그는 헌스퍼드의 목사직이 비었을 때 운 좋게도 캐서린 드 버그 귀부인의 추천을 받게 되었다. 그녀의 높은 신분에 대한 존경심과 후원자에 대한 공경심에다, 자신감과 성직자로서의 권위와 교구 목사로서의 권리에 대한 자부심이 합쳐져서 그를 자만심과 아첨, 자존심, 그리고 겸손함이 뒤섞인 존재로 만들었던 것이다.

이제 좋은 집도 갖게 되고 충분한 수입도 확보되자 그는 결혼 계획을 세웠다. 롱본의 가족과 화해를 청한 일도 아내감을 염두에 둔 일이었다. 그 집 딸들이 소문처럼 예쁘고 상냥하다면 그 가운데서 아내를 고를 생각이었던 것이다. 이것이 그네들 부친의 재산을 상속받는 데 대해 그가 계획했던 보상이며 배상이었다. 그는 이것이 무척 바람직하고 적절한 계획이며, 자기 입장에서 굉장히 관대하고 사심 없는 무척 훌륭한 계획이라고 생각했다.

딸들을 만나 본 이후에도 그의 계획에는 변화가 없었다. 맏딸인 베넷 양의 사랑스러운 얼굴은 그의 생각이 옳았음을 확인해 주었고, 서열을 지켜야 한다는 생각을 확고하게 해주었다. 그래서 첫날 저녁때 그는 맏딸인 베넷 양을 선택한 것이다. 그러나 다음 날 아침 변화가 생겼다. 아침 식사 전 15분 동안 베넷 부인과 마주 앉아 대화를 나누었는데, 그는 목사관 얘기로 시작해서 자연스럽게 그 여주인을 롱본에서 찾고 싶다는 희망을 밝혔다. 베넷 부인은 상냥한 미소를 띠고 전체적으로는 격려해 주는 한편, 그가 점찍은 바로 그 제인에 대해 이런 취지로 주의를 주었다.「밑에 아이들에 대해서는 뭐라 확실히 대답할 수 없지만 아마 아직 사람이 없을 거예요. 하지만 큰애는 곧 약혼하게 될 것 같다는 걸 알려 줘야 할 의무를 느껴요.」

콜린스 씨에게는 그냥 제인을 엘리자베스로 바꾸면 되었다. 그는 당장에, 베넷 부인이 난롯불을 휘젓고 있는 사이에 그렇게 바꿔 버렸다. 엘리자베스는 태어난 순서나 미모 순서나 모두 제인 다음이었던 것이다.

베넷 부인은 그 암시를 소중히 여겼고, 곧 두 딸을 결혼시키게 될 거라고 굳게 믿었다. 전날에는 얘기만 나와도 참기 힘들던 사람이 이제 굉장히 호감 가는 사람이 되었다.

메리턴으로 산책 가자는 리디아의 말을 모두 기억하고 있었다. 메리만 빼고 모든 자매들이 리디아와 함께 가기로 했다. 콜린스 씨를 내쫓고 서재를 독차지하고 싶은 마음이 간절했던 베넷 씨의 요청으로 그도 자매들을 따라나서기로 했다. 아침 식사 후 베넷 씨를 따라 서재까지 온 콜린스 씨는 소장 서적 가운데 가장 큰 2절판 책을 꺼내 열심히 보는 것 같았지만, 실은 베넷 씨에게 헌스퍼드의 자기 집과 정원 얘기를 끊임없이 늘어놓고 있었다. 그 행동은 베넷 씨를 굉장히 정신없게 만들었다. 베넷 씨는 서재에서만큼은 늘 여유와 평온함을 누릴 수 있다고 확신하고 있었다. 엘리자베스에게 말한 대로 그는 다른 방에서는 어리석음이나 자만심과 마주칠 각오가 되어 있었지만, 서재에서만은 그런 것에서 벗어나 있고 싶었던 것이다. 그래서 그는 선뜻 예의를 차려 콜린스 씨에게 딸들이 산책하는 데 동행하라고 권하게 되었다. 사실 콜린스 씨는 책을 읽는 것보다는 산책하는 것이 훨씬 어울리는 인물인지라 무척 기쁜 마음으로 큼직한 책을 내려놓고 따라나섰다.

콜린스가 사소한 것에 허세를 부리고 예의 바르게 사촌들이 맞장구치는 가운데 드디어 모두들 메리턴에 들어섰다. 어린 사촌들은 더 이상 콜린스에게 관심을 둘 수가 없었다. 그들의 시선은 곧바로 장교들을 찾느라 길거리를 이리저리 훑었다. 상점 창가에 전시된 멋진 모자나 새로 나온 모슬린 천이 아니면 그들의 관심을 끌 수가 없었다.

그러다가 모든 여성들의 관심이 곧 반대편에서 어떤 장교와 걷고 있는, 전에는 한 번도 본 적이 없는 한 젊은 남성에게로 확 쏠렸다. 그는 무척 신사다운 외모를 하고 있었다. 그와 함께 걷는 장교는 런던에서 언제 오는지 리디아가 궁금해했던 바로 그 데니 씨였다. 그는 지나가면서 몸을 굽혀 인사했다. 모두가 이 낯선 사람의 분위기에 강한 인상을 받고 그가 누군지 궁금해했다. 키티와 리디아는 그가 누군지 알아내기로 결심하고는 길 건너편 상점에서 살 게 있다고 핑계를 대며 길을 건너갔다. 다행히 그들이 건너편 인도에 다다랐을 때 두 신사도 돌아오다가 그 지점에 이르렀다. 데니 씨는 곧장 그들에게 말을 걸었고 친구인 위컴 씨를 소개해도 되겠냐고 물었다. 그는 전날 런던에서 함께 왔다면서, 위컴 씨가 자기 부대에 장교로 임명되어 정말 기쁘다고 말했다. 정말 잘된 일이었다. 그 젊은이가 완벽하게 매력적인 인물이 되는 데는 바로 군복이 필요했던 것이다. 그의 용모는 정말 빼어났다. 아름다움의 최고 요건들, 섬세한 이목구비와 훌륭한 체격, 그리고 호감 주는 말솜씨를 고루 갖추고 있었다. 소개가 끝나자 그는 즉시 정확하면서 주제넘지 않은 태도로 대화를 이끌어 갔다. 선 채로 기분 좋게 대화를 나누고 있는데 말 발굽 소리가 들려와 모두의 시선이 그리 향했다. 다시와 빙리가 말을 타고 거리를 지나가는 것이 보였다. 두 신사는 이들 사이에서 아가씨들을 알아보고 곧바로 다가와 평상시의 인사말을 건넸다. 주로 빙리가 말을 걸었고, 주로 베넷 양이 대답을 했다. 그는 제인의 안부를 물으러 롱본으로 가는 길이라고 했다. 다시 씨도 몸을 굽혀 인사하는 걸로 그 말을 대신했는데, 그는 엘리자베스를 쳐다보지 않겠다고 마음을 먹고 있었다. 그때 두 사람은 갑자기 낯선 사람의 모습에 시선이 끌렸다. 엘리자베스는 다시 씨와 위컴 씨가 서로 시선을 마주친 순간, 두 사람 모두 그렇게 만나게 된 데 놀라 안색이 바뀌는 것을 보았다. 한 사람은 하얗게 질리고 다른 사람은 얼굴이 붉어졌다. 위컴 씨가 잠시 후 모자에 손을 대어 인사했는데, 다시 씨도 마지못해 응대했다. 도대체 그게 무슨 의미일까? 무슨 일인지 상상할 수도 없었지만, 알고 싶은 마음을 억누를 수도 없었다.

빙리 씨는 무슨 일이 있었는지 알아차리지 못한 것 같았고, 이내 작별 인사를 하며 친구와 함께 말을 타고 떠났다.

데니 씨와 위컴 씨는 필립스 씨의 자택 문까지 젊은 여성들과 함께 걸었다. 그들은 리디아 양이 들어오라고 강하게 청하고 필립스 부인이 거실 창문을 열며 큰 소리로 들어오라고 외치는데도 몸을 굽혀 인사를 하고 떠났다.

필립스 부인은 조카딸들을 늘 반겼는데, 큰 조카딸 둘은 최근에 보지 못했던 까닭에 특히 반겼다. 그녀는 두 조카딸이 갑자기 집으로 돌아갔다고 해서 놀랐다고 말했다. 그녀는 길에서 만난 존스 씨네 가게 심부름꾼이 베넷 양들이 네더필드를 떠났으니 더 이상 약을 보내지 않아도 된다고 말해 주지 않았더라면, 자기네 마차를 쓰지도 않았기 때문에 조카들이 집으로 돌아간 사실을 전혀 모를 뻔했다고 말했다. 그때 제인이 콜린스 씨를 소개했고, 그녀는 그에게 예의를 차리지 않을 수 없었다. 필립스 부인은 그를 무척 정중하게 맞이했는데, 콜린스 씨는 자신을 소개한 젊은 여성들과의 관계 덕분에 너그럽게 받아 주실 걸로 생각되지만, 잘 알지도 못하는 사이인데도 이렇게 폐를 끼치게 되어 죄송하다고 하면서 더 정중하게 인사를 했다. 필립스 부인은 지극히 훌륭한 예의범절에 놀라고 겁이 나긴 했지만, 이 사람에게 계속 관심을 둘 수가 없었다. 조카딸들이 또 다른 낯선 사람에 대해 감탄하며 질문을 했기 때문이었다. 하지만 그녀는 조카딸들에게 데니 씨가 런던에서 그를 데려왔는데 ○○부대에서 중위로 임관할 거라는 얘기만 해줄 수 있었다. 그건 이미 조카딸들도 다 아는 얘기였다. 필립스 부인은 그 사람이 거리에서 이리저리 걷고 있는 모습을 한 시간가량 계속 지켜보고 있었다고 말했다. 위컴 씨가 다시 나타났다면 분명 키티와 리디아도 필립스 부인과 똑같이 밖을 내다보았겠지만, 불행히도 위컴 씨에 비해 〈어리석고 마음에 안 드는 사람들〉이 되어 버린 장교 몇 사람을 제외하고는 창밖을 지나가는 사람이 하나도 없었다. 그들 가운데 몇 사람은 그다음 날 필립스 부부와 식사를 하기로 되어 있었다. 필립스 부인은 롱본 가족이 저녁 때 오겠다면 남편에게 위컴 씨를 방문하여 식사에 초대하도록 하겠다고 약속했다. 모두 그렇게 하기로 했다. 필립스 부인은 멋지고 편안하고 떠들썩하게 제비뽑기 게임을 하고 그 후에 따뜻한 식사를 하자고 목소리를 높였다. 즐거운 밤을 보낼 것이라는 생각에 유쾌한 기분이 되어 모두들 기분 좋게 헤어졌다. 콜린스 씨는 방을 나서며 거듭 사과의 말을 했고,

필립스 부인도 정말 그렇게 사과할 필요 없다는 인사말을 지치지 않고 계속했다.

집으로 걸어가며 엘리자베스는 제인에게 두 신사 사이에 일어난 일을 목격했다고 얘기했다. 제인은 누구든 잘못이 있는 것처럼 보였다면, 그 사람 혹은 두 사람 모두를 변호하려 했겠지만, 지금으로서는 자기 동생과 마찬가지로 그 행동을 어떻게 설명할 도리가 없었다.

콜린스 씨는 돌아오자마자 필립스 부인의 언행과 예의범절을 칭찬함으로써 베넷 부인을 몹시 기분 좋게 만들었다. 그는 캐서린 귀부인과 그 따님을 제외하고는 필립스 부인보다 더 우아한 여성을 본 적이 없다고 주장했다. 필립스 부인은 자신을 무척 정중하게 맞이했을 뿐만 아니라, 전혀 모르는 사이였음에도 불구하고 다음 날 저녁 식사에 자신을 특별히 초대하기까지 했다는 것이다. 그는 자신과 베넷 집안 딸들과의 관계 때문일 거라는 생각은 들지만, 평생 살아오는 동안 그렇게 관심을 베풀어 준 사람은 본 적이 없다고 말했다.

제16장

베넷 씨 부부가 이모와의 약속에 별다른 반대 의사가 없었고, 콜린스 씨가 양심의 가책을 느낀다고 한 데 대해, 즉 손님으로 와서는 베넷 부부를 놔두고 하룻밤 외출을 하는 것이 마음에 걸린다고 하는 데 대해 정말 괜찮으니 염려 말라고 한 덕분에, 콜린스 씨와 다섯 명의 사촌은 시간에 맞춰 마차를 타고 메리턴으로 가게 되었다. 조카들은 응접실에 들어서면서 위컴 씨가 이모부의 초대에 응했을 뿐 아니라, 지금 그 집에 와 있다는 말을 듣고 무척 기뻐했다.

소식을 듣고 나서 모두 자리에 앉자, 콜린스 씨는 여유롭게 주변을 둘러보며 찬사를 보냈다. 그는 방의 규모와 가구를 보고 놀라워하면서 로징스의 여름 조찬실에 와 있는 줄 알았다고 단언했다. 처음에는 그 비교가 아무런 감흥도 일으키지 못했다. 그러나 로징스가 무엇이며 그 주인이 누구인지 알게 되고, 또 콜린스가 캐서린 귀부인의 응접실 하나를 설명하면서 벽난로의 장식 하나만 해도 8백 파운드나 한다고 하자, 필립스 부인은 그게 얼마나 대단한 찬사인지 깨닫고는 로징스의 가정부 방과 비교를 해도 기분 나빠 하지 않을 정도였다.

콜린스 씨는 다른 신사들이 합석할 때까지 캐서린 귀부인과 그 저택의 장엄함을 묘사하고, 때로 애기를 벗어나 자신의 허름한 집을 언급하며 요새 개조하고 있는 중이라고 즐겁게 자랑을 늘어놓았다. 필립스 부인은 열심히 콜린스 씨의 애기를 들으며 점점 그를 중요한 인물로 여기게 되었고 빨리 동네 사람들에게 알려야겠다고 생각했다. 조카들은 사촌의 애기에 귀를 기울일 수가 없어 신사들이 나타날 때까지 그저 음악 연주나 했으면 하거나 자기들이 만들어서 벽난로에 장식해 둔 도자기만 들여다보고 있었다. 기다리는 시간이 너무 길었다. 하지만 마침내 기다림도 끝났다. 신사들이 나타난 것이다. 위컴 씨가 방 안으로 걸어들어 올 때, 엘리자베스는 그를 만나거나 떠올릴 때마다 감탄하는 것이 전혀 이상하지 않다는 생각이 들었다. 여기 ○○부대의 장교들은 대체로 믿을 만하고 신사다웠는데, 지금 여기 온 이들은 그중에서도 가장 나은 사람들이었다. 그런데 위컴 씨는 인물이나 용모나 태도나 걸음걸이 등 모든 면에서 다른 장교들보다 훨씬 뛰어났다. 그들을 따라 포도주 냄새를 풍기며 들어온 넙적한 얼굴에 답답해 보이는 필립스 이모부와 비교해서 다른 장교들이 월등히 나았던 것만큼.

위컴 씨는 거의 모든 여성의 시선을 한 몸에 받는 행운아였다. 그리고 엘리자베스는 그런 위컴 씨가 옆자리에 앉은 행운의 여성이었다. 그는 곧 상냥한 태도로 대화를 시작했다. 화제가 그저 그날 밤 비가 온다든지 우기가 시작될 것 같다든지 하는 것에 불과했는데도, 엘리자베스는 제일 흔하고 지루하고 진부한 화제라도 말하는 사람의 솜씨에 따라 흥미로운 것이 될 수도 있다고 생각하게 되었다.

아름다운 여성들의 주목을 끄는 위컴 씨나 다른 장교들 같은 경쟁자들 틈에서 콜린스 씨는 미미한 존재로 가라앉아 버리는 것 같았다. 젊은 숙녀들에게는 분명 보잘것없는 존재였지만, 필립스 부인은 여전히 친절하게 이따금씩 그의 얘기를 경청하고 세심하게 지켜보며 커피와 머핀을 풍성하게 내주었다. 카드 테이블이 준비되자 그는 4인용 휘스트 게임을 하려고 앉으면서 그녀에게 고맙다고 인사할 기회를 얻었다.

「게임하는 법을 모르지만, 기꺼이 배우겠습니다. 왜냐하면 현재 제 입장은……」 필립스 부인은 그가 수락한 데 대해 고맙다고는 했지만, 그 이유까지 들으려 하지는 않았다.

위컴 씨는 게임을 하지 않고 다른 테이블로 향했다. 그리고 대환영을 받으며 엘리자베스와 리디아 사이에 앉았다. 처음에는 리디아가 워낙 말을 잘해서 그를 독차지할 위험이 있어 보였다. 그러나 리디아는 제비뽑기 게임도 그만큼 좋아해서, 게임에 몰두하여 상금은 자기 것이라며 내기를 걸고 열심히 소리를 지르느라 특별한 한 사람에게 관심을 둘 수가 없었다. 따라서 게임에 몰두하도록 리디아를 놔둔 채 위컴 씨는 여유롭게 엘리자베스와 담소를 나누었다. 엘리자베스는 정말 듣고 싶었던 얘기 즉, 다시 씨와 어떻게 아는 사이인지 얘기를 해달라고 할 수는 없었지만, 그의 말에 열심히 귀를 기울였다. 하지만 예기치 않게 그녀는 호기심을 충족시킬 수 있었다. 위컴 씨 본인이 그 얘기를 꺼냈던 것이다. 그는 메리턴에서 네더필드까지 거리가 얼마나 되는지 물었다. 그녀가 대답하자, 그는 머뭇거리는 태도로 그곳에 다시 씨가 얼마 동안이나 머물렀는지 물었다.

「한 달쯤 되었지요.」 엘리자베스가 얘기가 중단될까 봐 얼른 덧붙였다. 「그분은 더비셔에 엄청난 재산을 갖고 있다고 하던데요.」

「예, 그래요.」 위컴이 대답했다. 「더비셔에 있는 사유지는 굉장하지요. 한 해 수익이 1만 파운드나 됩니다. 그 문제에 대해 나보다 더 확실한 정보를 줄 수 있는 사람은 없을걸요. 난 어릴 때부터 그 댁과 특별한 관계를 맺어 왔으니까요.」

엘리자베스는 놀란 표정을 지을 수밖에 없었다.

「제 말에 놀라시는 게 당연해요, 베넷 양. 어제 만났을 때 우리 사이가 무척 냉랭하다는 걸 보셨을 테니까요. 다시 씨와는 잘 아는 사인가요?」

「어느 정도는요. 나흘간 한집에서 지냈어요. 그런데 무척 불쾌한 사람으로 생각되던데요.」 엘리자베스가 흥분해서 소리쳤다.

「그가 불쾌한 사람이다 아니다 그런 의견을 말씀드릴 권리는 내게 없습니다. 의견을 내놓을 입장이 못 됩니다. 그 사람과는 너무 오랫동안 잘 알고 지낸 사이라 공정하게 판단할 수가 없습니다. 객관적으로 공정하게 대할 수가 없어요. 하지만 그 사람에 대해 당신이 그런 의견을 낸다면 아마 사람들은 깜짝 놀랄 거예요. 아마 다른 데서는 그런 의견을 강하게 표현하지 않으시겠지요. 여기서야 가족끼리 있는 거니 그럴 수 있겠지만요.」 위컴이 말했다.

「사실 전 동네 어느 집이든 지금과 마찬가지로 할 말은 합니다. 네더필드에선 아니겠죠. 하트퍼드셔에는 그에게 호감을 느끼는 사람이 없어요. 모든 사람이 그의 오만함에 질렸거든요. 그 사람을 좋게 얘기하는 사람을 찾지 못할 거예요.」

「안타까운 일이라고는 말하지 않겠습니다.」 위컴이 잠시 말을 멈췄다. 「그 사람이든 누구든 자신의 가치 이상으로 과분하게 평가받지 못한다고 안타까워할 순 없겠지요. 하지만 그의 경우에는 자신의 가치보다 과분하게 평가되지 못하는 경우가 별로 없을 거예요. 세상 사람들은 그의 재산이나 사회적 지위에 눈멀거나 그의 오만하고 당당한 태도가 두려워서 그가 원하는 대로 그를 보게 되어 있으니까요.」

「안 지 얼마 안 되었는데도 성미가 못된 사람 같아요.」 위컴은 그저 고개를 흔들 뿐이었다.

「그 사람이 이 지역에 오래 머물지 궁금한데요.」 말할 기회를 다시 찾으며 그가 말했다.

「전혀 모르겠어요. 하지만 네더필드에 있을 때 그가 떠날 거라는 얘기는 듣지 못했어요. 그 사람이 이 근처에 있다고 해서 당신이 ○○부대에 머물려는 계획에 차질이 생기지 않았으면 좋겠어요.」

「아! 아닙니다. 내가 다시 씨 때문에 쫓겨 가는 일은 없을 겁니다. 그쪽에서 나를 만나는 것을 피하고 싶다면 그쪽이 가야지요. 서로 좋은 관계가 아니기 때문에 만나면 늘 마음이 아프긴 합니다만, 그를 피할 이유는 없습니다. 세상 사람들 모두에게 당당히 말할 수 있는데, 그에게 부당한 대접을 받았다는 기분과 그가 그런 인간이라는 데 너무도 고통스러운 회한만 없다면 말이지요. 베넷 양, 그의 부친인 돌아가신 다시 씨는 세상에 존재한 분 가운데 가장 훌륭한 분이십니다. 저를 진정으로 대해 주셨지요. 그래서 다시 씨와 함께 있을 때마다 다정했던 그 부친과의 기억이 떠올라 무척 슬퍼집</p>

니다. 그가 내게 한 행동은 수치스러운 것이었지만, 그가 자기 부친의 기대를 저버리고 또 부친에 대한 기억을 치욕스럽게 하지만 않았더라면 그 어떤 것이라도 정말이지 용서할 수 있었을 겁니다.」

엘리자베스는 그 얘기에 더욱 관심이 가는 걸 느끼며 열심히 얘기를 들었지만 주제가 워낙 민감해서 더 이상 묻지는 못했다.

위컴 씨는 메리턴과 주변 동네와 사교 모임 같은 일반적인 화제로 이야기를 시작했는데 자신이 본 모든 것을 마음에 들어 하는 것 같았고, 특히 사교 모임에는 점잖으면서도 정중한 관심을 보였다.

「내가 여기 ○○부대에 들어오게 된 가장 큰 이유는 지속적이고 훌륭한 사교 모임에 기대가 있었기 때문이에요.」 그가 말을 이었다. 「여기 부대가 매우 점잖고 기분 좋은 곳이라는 걸 알고 있었거든요. 게다가 친구 데니가 자기가 묵는 숙소 얘기도 해주고 메리턴에서 부대가 큰 관심을 받고 있고 좋은 분들을 많이 만날 수 있다고 얘기해 주어서 더욱 마음이 끌렸지요. 솔직히 내겐 그런 사교 생활이 필요합니다. 살면서 좌절을 많이 했던 터라 고독을 못 견디거든요. 내겐 직업과 사교 생활이 필요합니다. 원래는 군대 생활을 할 생각이 전혀 없었는데, 어쩌다 보니 내게 적합한 것이 되어 버렸어요. 원래는 성직을 맡기로 되어 있었지요. 성직자가 되도록 교육을 받았고, 지금쯤이면 무척 훌륭한 교구를 갖게 되었을 겁니다. 우리가 막 얘기한 그 신사가 반대하지만 않았다면 말이지요.」

「정말요!」

「그렇습니다. 돌아가신 다시 씨는 본인 관할에 있는 가장 좋은 교구에 부임할 권리를 내게 물려주셨지요. 대부님이셨는데 날 무척 아끼셨어요. 그분의 배려는 말로 이루 표현할 수가 없을 정도예요. 그분은 내가 충분히 먹고살 수 있게 해주실 생각이셨고 그렇게 해주셨다고 생각했겠지만, 자리가 비자 그 교구는 다른 사람에게 넘어가더군요.」

「세상에!」 엘리자베스가 외쳤다. 「어떻게 그럴 수가 있지요? 어떻게 부친의 유언이 그렇게 무시될 수가 있어요? 당신은 왜 법적으로 보상받을 생각을 안 했어요?」

「상속에 관한 조건에 법에 희망을 걸 수 없게 할 만큼 비공식적인 내용이 있었습니다. 명예를 아는 사람이라면 부친의 뜻을 의심할 수 없었을 테지만, 다시 씨는 그것을 의심하는 쪽을 택하더군요. 아니 그걸 그냥 조건부 추천으로 간주하면서 내가 사치스럽고 경거망동해서 그 권리를 박탈당한 거라고 주장하더군요. 요컨대 이유가 될 수도 있고 아무것도 아닐 수도 있는 그런 이유로 말입니다. 확실한 건 그 교구는 2년 전에 자리가 비었고, 정확히 그때 나는 그 직을 물려받을 수 있는 나이가 되었다는 것, 그리고 그 자리가 다른 사람에게 넘어갔다는 것입니다. 그리고 그 못지않게 확실한 건 아무리 생각해도 내가 그 직을 잃을 만한 그 어떤 일도 결코 한 적이 없다는 겁니다. 난 참을성이 부족하고 솔직한 성격이라서, 때로 너무 자유로이 그 사람에 대해 얘기하고 또 그 사람에게 생각을 말하곤 했나 봅니다. 그보다 심한 일은 기억나는 게 없습니다. 하지만 그와 나는 유형이 다른 사람이고 그가 나를 미워한다는 건 사실이지요.」

「정말 충격적이군요. 그런 치욕스러운 행위는 공개되어 마땅해요.」

「언젠가 그렇게 되겠지요. 하지만 내가 할 수는 없습니다. 그의 부친을 기억하는 한 그에게 도전하거나 폭로하거나 할 수가 없거든요.」

엘리자베스는 그 같은 감정을 칭찬하면서, 평소보다 그가 더 잘생겨 보인다고 생각했다.

「하지만 그가 그렇게 한 이유가 뭘까요?」 잠시 후 엘리자베스가 물었다. 「무엇 때문에 그토록 잔인하게 행동했을까요?」

「철저하고 단호하게 내가 싫어서겠지요. 그런데 어느 정도는 질투심으로 돌리지 않을 수 없습니다. 돌아가신 다시 씨께서 날 조금만 덜 좋아하셨더라면, 그 아드님은 날 대하기가 좀 더 수월했을 거예요. 하지만 부친께선 날 남달리 아끼셨고, 그 점이 어릴 때부터 그를 초조하게 만들었지요. 그는 그런 경쟁 관계나 때때로 드러나는 나에 대한 편애 같은 것을 참고 견딜 만한 성품이 아니었으니까요.」

「다시 씨가 이 정도로 형편없는 사람인 줄은 생각도 못했어요. 좋아한 적도 없지만, 그렇게까지 나쁘게 생각하진 않았거든요. 대체로 사람들을 무시한다는 생각은 들었지만, 이 정도로 악의적인 복수를 하고 부당한 일을 하고 비인간적으로 행동할 수 있을 거라는 의심은 전혀 못했어요!」

하지만 몇 분 생각한 후 그녀는 다시 말을 이었다. 「그 사람 네더필드에서 어느 날 자기는 화가 나면 달랠 수 없는 성격이고 쉽게 용서하지 못하는 성격이라고 자랑하던 게 기억나요. 성격이 끔찍한 사람임에 틀림없어요.」

「그 문제 대해선 무슨 말을 해야 할지 모르겠군요. 그를 공정하게 대할 수 없으니까요.」 위컴이 대답했다.

엘리자베스는 다시 깊은 생각에 잠겼다가 잠시 후 이렇게 외쳤다. 「자기 부친의 대자(代子)이자 친구이고, 총애받던 사람을 그런 방식으로 대하다니요!」 그녀는 할 수 있으면 이렇게 덧붙이고 싶었다. 「게다가 용모만으로도 성격이 상냥하다는 게 보장이 되는 당신 같은 청년을 말이에요!」 그러나 그저 다음 말로 만족했다. 「게다가 어린 시절부터 친구나 다름없

었고, 당신 말대로 무척 가까운 사이였던 그런 사람을 말이
에요!」

「우리는 같은 영지의 같은 교구에서 태어나 어린 시절의 대
부분을 한집에서 보내며 함께 놀고 같이 부친의 보호를 받으
며 자랐습니다. 내 부친은 당신의 이모부인 필립스 씨가 기여
하고 계신 그 직업으로 인생을 출발하셨지요. 하지만 돌아가
신 다시 씨에게 도움이 되기 위해 모든 것을 포기하고 평생을
펨벌리 재산을 돌보는 데 헌신하셨어요. 부친은 다시 씨에게
높이 평가 받아 가까이서 비밀을 나누는 친구가 되었지요. 다
시 씨 자신도 종종 부친의 적극적인 관리에 크게 신세를 졌다
고 인정하곤 했고요. 그리고 부친이 돌아가시기 직전, 다시
씨는 내가 충분히 먹고살 수 있게 해주겠다고 자진해서 약속
을 하셨지요. 그때 난 그가 내게 애정도 있었겠지만 내 부친
에 대한 감사의 표시라는 걸 확실히 알 수 있었어요.」

「정말 이상하군요! 정말 놀라워요!」 엘리자베스가 외쳤다.
「정말 이상해요! 다시 씨의 자부심이라면, 당신을 정당하게
대했어야 했는데. 자부심 말고 다른 이유가 있었던 게 아니
라면, 자부심이 워낙 강한 사람이라 부정직한 행동은 할 수
가 없었을 텐데요. 그건 부정직한 거잖아요.」

「결국 자부심에서 모든 행동이 비롯된다는 것, 그리고 그
자부심이 종종 그의 가장 좋은 친구라는 건 훌륭한 일이에
요. 그게 다른 어느 감정보다 그를 더욱 미덕에 가깝게 연결
해 주니까요. 하지만 우리는 그 누구도 일관되지는 못해요.
그가 내게 한 행동에는 자부심보다 더 강렬한 다른 충동들이
깔려 있었지요.」

「그런 놀라운 자부심이 그에게 무슨 도움이 될까요?」

「도움이 돼요. 그 자부심이 종종 그를 아낌없이 베풀고 관
대해지도록 이끌지요. 돈을 마음대로 내주고, 후하게 대접하

고, 소작인들을 돕고, 가난한 사람들을 구제하지요. 가문에 대한 자부심이자 자식으로서의 자부심입니다. 그는 자신의 부친에 대한 자부심이 강해서 이런 일을 해왔던 겁니다. 가문을 욕되게 하지 않고, 평판 좋은 가문의 특성을 퇴색시키지 않고, 펨벌리의 세력이 약하게 보이지 않도록 하는 게 강렬한 동기인 거죠. 그리고 그는 오빠로서의 자부심도 있습니다. 오빠로서의 애정도 약간 작용해서, 자기 누이에게는 매우 친절하고 세심한 보호자입니다. 당신은 그가 가장 배려 깊고 훌륭한 오빠라고 불리는 걸 자주 듣게 될 겁니다.」

「다시 양은 어떤 여성인가요?」

그는 고개를 흔들었다.「그녀를 상냥하다고 말할 수 있었으면 좋겠습니다. 다시 가문 사람들을 나쁘게 말하는 건 고통스러우니까요. 하지만 그녀는 자기 오빠와 몹시 비슷합니다. 무척이나 자부심이 강하지요. 어릴 때는 다정하고 상냥하고, 나를 굉장히 따랐답니다. 난 그녀를 즐겁게 해주려고 많은 시간을 바쳤어요. 하지만 이제 내겐 아무 의미도 없습니다. 나이는 열다섯인가 열여섯인가 되었는데 용모도 아름답고 상당한 교양을 갖춘 여성입니다. 부친이 돌아가신 후 런던에 머물고 있는데, 부인 한 사람이 함께 지내며 교육을 맡아보고 있지요.」

여러 차례 얘기를 중단하기도 하고 여러 차례 다른 화제도 시도했지만, 엘리자베스는 다시 처음에 하던 얘기로 돌아오지 않을 수 없었다. 그녀는 이렇게 말했다.

「그 사람이 빙리 씨와 친하다는 사실에 놀랐어요! 빙리 씨는 성격이 매우 좋아 보이고 정말 상냥한 사람이던데, 어떻게 그런 사람과 우정을 맺을 수 있을까요? 어떻게 서로 어울릴 수 있을까요? 빙리 씨는 아세요?」

「전혀 모릅니다.」

「다정하고 상냥하고 매력적인 남성이지요. 그가 다시 씨가 어떤 사람인지 모를 리가 없어요.」

「모를 수도 있을 겁니다. 다시 씨는 자기가 원하면 남에게 호감을 줄 수 있거든요. 능력이 부족한 게 아닙니다. 그럴 만한 가치가 있다고 생각하면 즐겁게 대화를 나눌 줄 압니다. 자기와 동등한 지위의 사람들에게는 덜 출세한 사람들을 대할 때와 무척 다른 인물이 됩니다. 그는 자부심을 잃은 적이 없습니다만, 부유한 사람들 사이에서는 재산과 신분 같은 것을 고려해서 관대하고 정당하고 진지하고 합리적이고 명예를 아는 사람이 되고, 아마 상냥한 사람이 되기도 할 겁니다.」

그때 카드 게임을 하던 사람들이 흩어져 다른 쪽 테이블로 모여들었다. 콜린스 씨는 사촌 엘리자베스와 필립스 부인 사이에 자리를 잡았다. 필립스 부인이 그에게 좀 땄느냐며 일상적인 질문을 던졌다. 그는 따지 못했다. 몽땅 잃기만 했다. 하지만 필립스 부인이 그 점에 우려를 표명하기 시작하자, 그는 아주 진지하게 무게를 잡으면서 그런 건 전혀 중요하지 않으며 자신은 돈을 그저 하찮은 것으로 여긴다고 안심시키며 그녀에게 불편해하지 말아 달라고 간청했다.

「부인, 전 카드 게임 테이블에 앉을 때는 잃을 수도 있다는 사실을 받아들여야 한다는 걸 잘 알고 있습니다. 그리고 다행히도 5실링을 꼭 따야 할 상황은 아닙니다. 물론 이런 말을 할 수 있는 사람들은 많지 않겠지요. 하지만 전 캐서린 드 버그 귀부인 덕분에 전혀 그런 사소한 문제들을 고려할 필요가 없어졌습니다.」

위컴 씨의 관심이 콜린스 씨에게 쏠렸다. 잠시 콜린스 씨를 관찰한 후 그는 엘리자베스에게 낮은 목소리로 그녀의 친척이 드 버그 가문과 가깝게 지내는 사이냐고 물었다.

「캐서린 드 버그 귀부인이 아주 최근에 그를 교구 목사에

임명했대요. 콜린스 씨가 어떻게 처음 그녀를 알게 되었는지
는 모르지만, 오래전부터 알았던 것 같지는 않아요.」 그녀가
대답했다.

「캐서린 드 버그 귀부인과 앤 다시 귀부인이 자매지간이
고, 따라서 그분이 다시 씨의 이모라는 사실은 물론 알고 계
시겠지요.」

「아니요, 정말 몰랐어요. 캐서린 드 버그 귀부인의 친척 관
계에 대해서는 전혀 아는 바가 없어요. 그저께까지만 해도
그녀의 존재에 대해 들어 본 적도 없었어요.」

「따님인 드 버그 양은 엄청나게 많은 재산을 갖게 될 거예
요. 사촌과 결혼해서 두 가문이 재산을 합치게 될 거라고들
하거든요.」

이 말을 들은 엘리자베스는 불쌍한 빙리 양을 떠올리며 미
소를 지었다. 그가 다른 여성의 짝이 되도록 예정되어 있다
면, 빙리 양이 다시 씨의 여동생에게 보내는 모든 배려가 헛
수고가 될 것이다. 그의 여동생에 대한 애정도, 그에 대한 예
찬도 모두 헛되고 쓸모없는 것이 될 것이다.

「콜린스 씨는 캐서린 드 버그 귀부인과 그 따님을 무척 칭
찬하던데요. 하지만 그가 말한 구체적 내용들로 미루어 볼
때, 나는 그가 감사해하는 마음 때문에 착각하고 있는 게 아
닌가 의심스러워요. 아무리 콜린스 씨의 후원자라고 해도,
그분은 오만하고 잘난 체하는 여성일 거라고 생각돼요.」

「난 귀부인이 굉장히 오만하고 잘난 체하는 분이라고 생각
합니다.」 위컴이 대답했다. 「오랫동안 뵙지 못했지만, 내 기
억으론 결코 좋았던 적이 없었습니다. 그분은 태도가 명령하
는 식이고 오만하지요. 현명하고 똑똑하다고 평판이 나 있지
만, 그분의 능력은 신분과 재산에서 일부, 그리고 권위적인
태도에서 일부, 그리고 나머지는 자신과 연관된 친척이라면

모두 최고의 분별력을 갖게 하려는 그 조카분의 자부심에서
나온 것이라고 생각합니다.」

엘리자베스는 그가 그 문제를 매우 합리적으로 설명했다
고 인정했다. 저녁 식사 시간이 되어 카드 게임을 접고 다른
숙녀들에게로 위컴 씨의 관심이 분산될 때까지 그들은 서로
만족스럽게 이야기를 나누었다. 필립스 부인의 저녁 식사 모
임은 시끄러워서 대화를 제대로 할 수가 없었다. 하지만 그
는 좋은 매너로 모든 사람의 호감을 샀다. 그는 무슨 말을 하
든지 간에 말을 너무 잘했고, 무엇을 하든지 간에 멋들어지
게 했다. 엘리자베스는 머릿속을 그 사람 생각으로 꽉 채운
채 집으로 돌아갔다. 집으로 가는 내내 위컴 씨와 그가 해준
이야기 이외에는 아무것도 생각할 수가 없었다. 하지만 리디
아나 콜린스 씨가 한시도 조용히 있질 않았기 때문에 집에
가는 동안 그의 이름을 거론할 틈이 없었다. 리디아는 얼마
나 땄고 얼마나 잃었고 하며 끝없이 제비뽑기 얘기를 했고,
콜린스 씨는 필립스 부부의 정중한 태도를 설명하면서 게임
에서 잃은 것 정도는 신경도 안 쓴다고 큰소리치고, 식사에
나온 모든 요리 이름을 늘어놓고, 자기 때문에 사촌들이 자
리가 비좁지 않은가 계속해서 걱정하면서, 마차가 롱본 저택
에 멈출 때까지도 하고 싶은 말을 다 못할 정도였다.

제17장

엘리자베스는 그다음 날, 제인에게 위컴 씨와 나눴던 얘기
를 해주었다. 제인은 놀라기도 하고 우려도 하면서 주의 깊
게 들었다. 그녀는 다시 씨가 빙리 씨의 우정을 받을 만한 인
물이 못 된다는 사실을 도저히 믿을 수가 없었다. 하지만 위

컴처럼 상냥한 외모의 젊은이가 하는 말의 진위에 의문을 제기할 성격도 아니었다. 위컴이 그렇게 심한 대우를 받았을지도 모른다는 생각만으로도 그녀의 연약한 감정은 충분히 흔들렸다. 그러니 제인은 양쪽 모두 좋게 생각하면서 양쪽 모두의 행동을 변호하려 했다. 달리 설명할 수 없는 일들을 우연한 사고나 실수 탓으로 돌리는 것 말고는 어쩔 도리가 없었다.

「두 사람 다 우리가 알 수 없는 이러저러한 방식으로 속은 걸 거야. 아마 이해관계가 얽힌 사람들이 어느 한쪽을 상대방에게 잘못 전달했겠지. 간단히 말하면, 두 사람 사이를 갈라놓은 원인이나 상황을 추측하다 보면 어느 한쪽을 비난할 수밖에 없잖아.」 그녀가 말했다.

「정말 그래, 사실이야. 그런데 제인, 그 이해관계가 얽혔다는 사람들은 아마 사업에 관련된 사람들일 텐데 그들을 위해서 해줄 말은 뭐야? 그 사람들도 옹호해 봐. 안 그러면 우린 누군가는 나쁘게 생각해야만 하잖아.」

「마음대로 놀려. 하지만 네가 아무리 놀린다 해도 내 생각이 바뀌진 않아. 사랑하는 리지, 다시 씨가 자기 부친이 가장 아끼던 사람, 그것도 부친이 부족함 없이 먹고살게 해주겠다고 약속한 사람을 그런 식으로 대했다면, 그가 얼마나 수치스러운 사람으로 보일지 상상해 봐. 그럴 수는 없잖아. 인간이라면, 인격을 갖춘 인간이라면 그럴 수 없어. 그리고 가장 가까운 친구들이 그의 됨됨이를 그렇게 심하게 착각하고 있을 리가 없잖아? 아! 그럴 리가 없어.」

「어젯밤 위컴 씨가 해준 얘기들, 허물없이 거론했던 이름이며 사실이며 그 모든 게 다 꾸며 낸 거라고 보긴 어려워. 빙리 씨가 속은 것 같아. 게다가 그 사람 표정에는 진실이 깃들어 있었거든.」

「정말 어렵다. 고통스럽고. 어떻게 생각해야 할지 모르겠어.」

「미안하지만, 어떻게 생각해야 할지 확실히 알겠어.」

그러나 제인에게는 한 가지 사실만 확실했다. 빙리 씨가 속았던 거라면, 그 일이 세상에 알려질 때 무척 고통스러우리라는 사실.

두 젊은 숙녀는 관목 숲에서 대화를 나누다가 자신들이 애기하던 바로 그 사람들 가운데 몇이 방문했다는 소식을 전해 듣고 집으로 향했다. 오래 기다린 네더필드의 무도회가 다음 화요일로 정해졌다고 빙리 씨와 그의 누이들이 직접 초대를 하러 왔던 것이다. 두 숙녀는 소중한 친구를 다시 만난 것을 기뻐하면서 만난 지 너무 오래되었다며 어떻게 지냈는지를 반복해서 물었다. 다른 식구들에게는 전혀 관심을 보이지 않았는데 베넷 부인은 가능한 한 피했고 엘리자베스에게는 별로 말을 하지 않았으며 다른 사람들과는 전혀 말을 나누지 않았다. 그들은 곧 떠났는데, 여동생들은 오빠가 깜짝 놀랄 정도로 갑자기 자리에서 일어났다. 마치 베넷 부인의 친절을 피하고 싶어 어쩔 줄 모르는 것처럼 서둘러 떠났다.

베넷 집안의 여성들은 모두 네더필드의 무도회에 대한 기대로 기분이 좋았다. 베넷 부인은 그 무도회가 자기 맏딸에게 경의를 표하기 위해 열리는 거라고 생각했으며, 초대장만 보낸 게 아니라 빙리 씨가 직접 방문해 초대했다는 사실에 특히 의기양양했다. 제인은 두 친구와 함께 그들 오빠의 관심을 받으며 즐거운 저녁 시간을 보낼 상상을 하고 있었다. 엘리자베스는 위컴 씨와 춤도 많이 즐기고, 다시 씨의 표정과 행동에서 모든 것을 확인하게 될 거라는 생각에 기뻤다. 캐서린과 리디아의 행복한 기대는 어느 한 가지 사건이나 특정 인물에 국한되지 않았다. 왜냐하면 그들은 엘리자베스처럼 위컴 씨와 춤을 많이 출 생각이지만 위컴 말고도 만족할 만한 파트너는 많고, 어쨌든 무도회는 무도회였으니까. 메리조차도 가족들에게 이번 무도회가 싫지는 않다고 말했다.

「아침 시간만 혼자 보낼 수 있으면 돼.」 메리가 말했다. 「때로는 저녁 시간에 사람들을 만나는 건 전혀 희생이 아니야. 사교 모임은 우리 모두에게 필요해. 난 간간이 여가 시간과 오락을 즐기는 게 바람직하다고 생각하는 사람 중 하나야.」

엘리자베스는 이 일로 기분이 너무 좋아져서, 콜린스 씨에게 불필요하게 자주 말을 거는 편이 아닌데도 빙리 씨의 초대를 받아들일 건지, 그리고 받아들인다면 저녁 시간에 오락을 즐기는 것이 올바른 일이라 생각하는지 물어보지 않을 수 없었다. 그런데 그녀는 상당히 놀랐다. 그는 이 문제에 대해 아무런 양심의 가책도 받지 않으며, 춤추는 일로 대주교나 캐서린 드 버그 귀부인한테서 꾸중을 듣지나 않을까 전혀 걱정하지 않았던 것이다.

「인격을 갖춘 젊은이가 점잖은 사람들을 대상으로 여는 이런 종류의 무도회에 해로운 경향이 있을 거라고는 결코 생각하지 않습니다. 나 자신도 춤추는 데는 전혀 이의가 없으니 아름다운 사촌들과 춤출 영광이 있기를 바랍니다. 아예 이 기회에 당신에게 간청해야겠군요, 엘리자베스 양, 특별히 처음 두 곡의 파트너가 되어 주십시오. 엘리자베스 양을 선택한 것에 대해 사촌 제인은 자기를 무시해서가 아니라 정당한 이유가 있어 그런가 보다 생각할 거라 믿습니다.」

엘리자베스는 허를 찔린 기분이었다. 그녀는 처음 두 곡은 위컴과 추리라 마음먹고 있었다. 그런데 위컴이 아니라 콜린스라니! 그녀의 활달함이 이렇게 때를 못 맞춘 적도 없었다. 하지만 이제 어쩔 도리가 없었다. 위컴 씨와 자신의 행복은 어쩔 수 없이 조금 뒤로 미뤄야 했다. 그녀는 콜린스 씨의 제안을 될 수 있는 대로 정중하게 받아들였다. 그의 관심은 왠지 다른 의미를 담고 있는 것 같아 별로 반갑지가 않았다. 지금 처음으로 자신이 자매들 가운데 헌스퍼드 목사관의 여주인이 될 만한 신붓감, 로징스에서 더 초대할 만한 사람이 없을 때 카드 게임을 함께 해줄 신붓감으로 선택된 거라는 생각이 갑자기 떠올랐던 것이다. 그가 자신에게 계속 친절을 베풀려는 걸 보면서 또 자신의 재치와 활달한 성격을 자꾸 칭찬하려는 걸 보면서 이런 생각은 곧 확신으로 굳어졌다. 그녀는 자신의 매력이 이런 결과를 낳은 것이 만족스럽기보다는 놀라웠다. 얼마 안 지나서 어머니는 둘이 결혼하기를 무척 바란다는 사실을 그녀에게 주지시키려 한다는 걸 눈치챘다. 그러나 엘리자베스는 자신이 뭐라고 언급만 하면 심각한 논쟁이 뒤따를 거라는 걸 잘 알고 있었기 때문에 어머니의 암시를 모른 체했다. 콜린스 씨가 청혼하지 않을 수도 있는데, 실제 청혼하기도 전에 공연히 그 사람을 놓고 논쟁을 벌일 필요가 없었기 때문이다.

이것저것 준비하면서 할 얘기도 많은 네더필드 무도회가 없었다면, 이 무렵 베넷 집안 어린 딸들의 사정은 참 딱했을 것이다. 왜냐하면 초대받은 날부터 무도회 당일까지 비가 계속 와서 메리턴에 한 번도 가지 못했기 때문이다. 이모도 못 보고 장교들도 못 보고 소식조차 들을 수가 없었다. 네더필드에 신고 갈 구두의 장식도 사람을 보내 구해 왔다. 엘리자베스까지도 날씨 때문에 인내심을 시험당하는 기분이 들었다. 날씨 때문에 위컴 씨와 더 친해질 수 있는 기회가 완전히 막혔기 때문이다. 그리고 화요일에 춤을 출 거라는 기대만이 키티와 리디아로 하여금 금요일, 토요일, 일요일, 월요일을 견딜 수 있게 해주었다.

　네더필드에 도착한 엘리자베스는 거실로 들어가 붉은 제복을 입은 장교들 무리에서 위컴 씨를 찾지 못할 때까지, 그가 참석하지 않을지도 모른다고는 전혀 의심하지 않았다. 그와 나눈 대화를 떠올린다면 당연히 그런 기미를 느꼈을 텐데 여전히 그를 만날 거라고 확신하고 있었던 것이다. 그녀는 여느 때보다 더 신경 써서 옷을 차려입었고, 최고로 상기된 기분으로 하룻밤에 얼마든지 해낼 수 있는 일이라 생각하며 그의 마음에 미진하게 남아 있는 모든 감정을 정복할 각오를 했던 것이다. 하지만 다음 순간, 다시 씨의 비위를 맞추려고, 장교들에게 보낸 빙리 집안의 초대 인사 목록에서 위컴이 고의로 누락되었을지도 모른다는 끔찍한 의심이 떠올랐다. 꼭 그런 게 아니라도, 그가 오지 않았다는 사실은 친구인 데니 씨를 통해 알 수 있었다. 리디아가 계속 묻자 그는 위컴 씨가 그 전날 용무가 있어 런던에 갔는데 아직 돌아오지 않았다고 답했다. 그리고 의미심장한 미소로 이렇게 덧붙였다.
　「여기 있는 어떤 신사 분을 피하고 싶은 게 아니었다면, 용무를 핑계로 그렇게 가버리지는 않았을 겁니다.」
　리디아는 이 부분을 듣지 못했지만 엘리자베스에게는 똑똑히 들렸다. 따라서 애초 추측대로 위컴이 오지 않은 것이 다시 때문이란 걸 더욱 확신하게 되자, 그 순간의 실망으로 인해 다시에 대한 모든 불쾌한 감정이 훨씬 강해졌다. 그래서 그가 곧장 다가와 정중한 인사말을 건넸을 때도 제대로 예의를 갖춰 대답할 수가 없었다. 다시에 대한 배려, 관용, 인내심은 위컴에 대한 모욕이었다. 엘리자베스는 다시와는 어떤 대화도 나누지 않겠다고 결심하면서 상당히 불쾌한 기분으로 돌아서 버렸다. 그런데 그 기분은 빙리 씨와 대화를 하면서도 좀처럼 풀리지 않았다. 빙리 씨가 맹목적으로 다시를 좋아하는 것에 화가 났기 때문이다.

그러나 엘리자베스는 언짢은 기분을 질질 끄는 성격이 아니었다. 그날 밤 기대했던 일이 깡그리 사라졌지만, 그것이 그녀의 기분에 오래 영향을 주진 못했다. 그녀는 일주일이나 못 만난 샬럿 루커스에게 속상한 마음을 모두 털어놓았다. 그러고서 자신의 이상한 사촌 쪽으로 얘기를 옮겨서 그가 누군지 지목해 주었다. 그런데 처음 춘 두 곡의 춤 탓에 다시 고통스러워졌다. 춤이 너무도 곤욕스러웠기 때문이다. 어색하고 엄숙한 콜린스 씨는 집중하는 대신 사과를 늘어놓고 종종 엉뚱한 방향으로 움직이고도 알아차리지 못했다. 두 곡을 추는 동안 그는 불쾌한 파트너에게서 느낄 수 있는 온갖 수치와 비참한 기분을 모두 안겨 주었다. 그에게서 풀려난 순간은 말 그대로 환희였다.

그다음 춤은 어떤 장교와 추었는데 위컴 얘기를 했고 그가 모든 사람들의 호감을 사고 있다는 얘기를 들어서 기분이 좋아졌다. 춤이 끝나고 돌아와 샬럿 루커스와 대화를 나누던 도중 갑자기 다시 씨가 다가와 말을 걸며 춤을 청했다. 그녀는 기습이라도 당한 것처럼 화들짝 놀랐다. 어찌나 놀랐던지 뭘 하는지도 모르고 그의 청을 받아들였다. 그는 즉시 걸어나가 버렸고, 그녀는 그 자리에 굳은 채 자신이 정신이 나갔었나 보다며 속상해했다. 샬럿이 그녀를 위로했다.

「그 사람이 마음에 들게 될 거야.」

「천만에! 그건 우리 모두에게 최대 불행이 될 거야. 미워하기로 결심한 사람이 마음에 들게 되다니! 그런 불운은 빌지 말아 줘!」

그러나 춤곡이 다시 시작되고 다시가 그녀의 손을 잡으러 다가오자 샬럿은 엘리자베스에게 귓속말로 주의를 주지 않을 수 없었다. 멍청이처럼 굴지 마라, 위컴에 대한 호감 때문에 그보다 열 배나 더 신분이 높은 남성의 눈에 불쾌하게 보이는 행동을 해서는 안 된다고 말이다. 엘리자베스는 대답도 하지 않고 춤추러 들어갔는데 다시 씨를 파트너로 하여 마주 보고 서면서 갖게 된 위엄에 놀라지 않을 수 없었다. 자신을 바라보는 이웃 사람들의 표정에서도 똑같은 놀라움을 읽을 수 있었다. 두 사람은 말 없이 잠시 서 있었다. 그녀는 그들의 침묵이 두 번의 춤이 끝날 때까지도 계속될 거라 생각하며 자신이 먼저 침묵을 깨지는 않겠노라고 다짐했다. 그러다가 갑자기 억지로 말을 시키는 편이 파트너에게 더 큰 벌이 될 거라는 생각에서 춤에 대한 사소한 얘기를 몇 마디 건넸다. 그가 대답했지만 다시 침묵을 지켰다. 몇 분간 침묵하던 엘리자베스는 이렇게 말을 걸었다.

「이제 당신이 말씀하실 차례예요, 다시 씨. 제가 춤에 대해 말했으니, 당신은 방의 크기나 춤추는 사람들의 숫자나 이런 데 대해 몇 마디 말씀을 하셔야지요.」

그는 미소를 지으며 자기에게서 듣고 싶은 얘기가 있으면 무엇이든 하겠다고 했다.

「좋아요. 당장은 그 대답으로 됐어요. 전 좀 있다 사적인 무도회가 공적인 무도회보다 훨씬 즐겁다 뭐 이런 얘기를 하겠지요. 하지만 지금은 침묵을 지켜도 괜찮겠네요.」

「그럼 당신은 춤을 출 때도 규칙에 따라 말하나요?」

「때로는요. 어떤 얘기든 약간은 해야 하잖아요. 30분 내내 침묵을 지키고 있으면 이상해 보일 거예요. 하지만 어떤 사람은 가능하면 말하는 수고를 덜어 주는 쪽으로 대화를 끌고 가는 게 유리할 수도 있어요.」

「지금은 당신 감정을 배려하고 있는 겁니까, 아니면 내 감정에 맞추고 있는 겁니까?」

「양쪽 모두예요.」엘리자베스가 짓궂게 대답했다.「왜냐하면 전 매번 당신과 내 마음이 상당히 유사하다고 느꼈거든요. 우리는 둘 다 비사교적이고 말수가 적어요. 방 안에 있는 모든 사람을 놀라게 할 만한 얘기나 속담처럼 널리 후세에까지 전해질 법한 얘기를 할 수 있을 거라는 기대가 없으면 별로 말하고 싶어 하지 않잖아요.」

「내가 보기에 그건 당신 성격과는 비슷한 점이 별로 없는데요. 그렇다고 내 성격에 가깝다고도 못하겠습니다. 당신은 물론 나를 충실하게 묘사했다고 생각하겠지만요.」그가 말했다.

「저 스스로가 한 말에 대해 옳다 그르다 말 못하겠어요.」

그는 아무런 대답도 하지 않았고, 그들은 다시 침묵을 지키며 계속 춤을 추었다. 그러다가 그가 그녀에게 자매들과 함께 메리턴으로 자주 산책을 가는지 물었다. 그녀는 그렇다고 대답하고는, 유혹을 물리칠 수가 없어 이렇게 덧붙였다. 「지난번에 메리턴에서 당신을 만났을 때 막 새로 온 분을 소개받고 있었습니다.」

그 말의 효과는 즉시 나타났다. 더 깊은 오만의 그림자가 그의 얼굴에 쫙 퍼졌다. 그러나 그는 아무런 말도 하지 않았다. 엘리자베스는 자신이 나약하다고 자책하면서도 더 이상 그 얘기를 계속할 수가 없었다. 마침내 다시가 말을 꺼냈다. 그는 경직된 태도로 이렇게 말했다.

「위컴 씨는 우호적인 태도를 타고나서 쉽게 친구를 사귀어요. 하지만 계속 친구로 남아 있게 하는 능력도 그만큼인지는 잘 모르겠군요.」

「그는 운이 나빠 당신의 우정을 잃었지요. 그래서 평생 고통받게 될지도 몰라요.」엘리자베스가 힘주어 답했다.

다시는 아무런 대답도 하지 않았다. 무척 화제를 바꾸고 싶어 하는 모습이었다. 그 순간 윌리엄 루커스 경이 이들을 지나 건너편으로 가느라 가까이 다가왔다. 그러나 다시 씨를 보더니 멈춰 서서 최상의 예를 갖춰 인사를 하며 그의 춤과 파트너에 대해 찬사를 보냈다.

「다시 씨, 정말 너무도 만족스럽습니다. 이런 훌륭한 춤은 자주 볼 수 없어요. 다시 씨는 일류인 게 분명합니다. 하지만 경의 아름다운 파트너도 당신을 불명예스럽게 하지 않았다는 사실을 말씀드리고 싶습니다. 그리고 이런 기쁨이 자주 반복되었으면 합니다. 일라이자 양, (그녀의 언니와 빙리 쪽을 바라보면서) 특히 어떤 바람직한 일이 일어나려 할 때는 더욱 말이지요. 그렇게 되면 얼마나 경사스러울까요! 다시 씨에게 간청하는 바입니다. 하지만 더 이상 방해하지 않겠어요. 저 젊은 아가씨와 매혹적인 대화를 하시는 데 방해가 되는 일은 달갑지 않으실 테니까요. 아가씨의 빛나는 눈동자 역시 나를 나무라고 있군요.」

다시는 윌리엄 경이 하는 말의 뒷부분은 제대로 듣지 않았지만, 자기 친구에 대한 언급은 그에게 강한 인상을 남긴 것 같았다. 그의 시선이 무척 심각한 표정으로, 춤을 추고 있는 빙리와 제인 쪽을 향하고 있었다. 그러나 그는 이내 정신을 차리고 파트너에게 돌아서서 이렇게 말했다.

「윌리엄 경이 말을 걸어서 우리가 무슨 대화를 하고 있었는지 잊었습니다.」

「무슨 대화를 하고 있었던 건 아니에요. 윌리엄 경이 말을 건 사람들 중에 우리보다 더 서로 할 말이 없는 사람들도 없을걸요. 우리는 벌써 두세 가지 화제를 꺼내 봤지만 성공하지 못했고요. 다음에 무슨 얘기를 꺼내야 할지도 모르겠어요.」

「책에 대해서 어떻게 생각하십니까?」 그가 미소 지으며 말했다.

「책요? 아, 아니요. 우리는 절대로 같은 책을 읽지도 않을 것이고, 같은 감정을 느끼지도 못할 거예요.」

「그렇게 생각하시다니 서운합니다. 하지만 그게 사실이라면 최소한 화제가 부족하지는 않겠군요. 서로 다른 의견을 비교해 볼 수는 있을 테니까요.」

「아니요. 무도회장에서 책 얘기를 할 수는 없습니다. 제 머릿속은 늘 다른 걸로 가득 차 있어요.」

「무도회에선 늘 현재 일어나고 있는 일에 몰두하는가 보지요?」 그가 미덥잖은 표정으로 말했다.

「네, 그래요.」 그녀는 그 문제에서 마음이 멀어져 있었기 때문에 무슨 말을 하는지도 모르면서 대답했다. 그러다 갑자기 정신을 차리며, 큰 소리로 말했다.「당신이 하신 말씀을 기억하고 있어요, 다시 씨, 당신은 좀처럼 용서하지를 못한다, 한번 화가 나면 달랠 길이 없다고 말씀하셨죠. 당신은 화내지 않으려고 조심하시겠지요.」

「조심하고 있습니다.」 그가 단호한 목소리로 말했다.

「그리고 결코 편견에 눈이 머는 일도 없겠지요?」

「그래야겠지요.」

「자신의 의견을 절대 바꾸려고 하지 않는 사람들은 특히 아예 처음에 올바르게 판단하도록 확실히 해둘 의무가 있겠어요.」

「질문의 요지가 무엇인지 물어도 되겠습니까?」

「단지 당신의 성격을 설명해 보려는 것뿐이에요.」 그녀는 심각한 기색을 떨쳐 버리려고 노력하며 말했다.「당신의 성격을 파악해 보려는 거예요.」

「성공하셨나요?」

그녀는 머리를 흔들었다.「전혀 진척이 없어요. 당신에 대해 너무도 다른 이야기들을 들어서 굉장히 혼란스럽습니다.」

「나에 대해서 상당히 여러 가지 소문이 있다는 얘기는 쉽게 믿어지는군요.」 그가 심각하게 말했다. 「베넷 양, 지금은 서로에게 별 도움이 되지 않을 것 같으니 내 성격을 그려 보지 않았으면 합니다.」

「하지만 지금 당신을 그려 보지 않으면, 다시는 그럴 기회가 없을 것 같은데요.」

「그렇다면 당신이 좋아하는 일을 막지 않겠습니다.」 그가 차갑게 말했다. 그녀는 더 이상 아무 말도 하지 않았다. 그들은 다른 춤을 한 곡 더 추고 서로 불만을 안은 채 말없이 헤어졌다. 그러나 불만스러운 정도는 서로 달랐다. 다시의 가슴에는 그녀를 향한 제법 강렬한 감정이 있어서, 그는 그녀를 이내 용서하고 분노를 다른 사람에게로 보냈던 것이다.

그들이 헤어지자마자 빙리 양이 엘리자베스 쪽으로 다가와 예의는 차렸지만 경멸 어린 표정으로 이렇게 말을 걸었다.

「일라이자 양, 듣자 하니 조지 위컴을 상당히 마음에 들어 한다면서요? 당신 여동생들이 내게 그 사람 얘기를 하더군요. 질문을 수없이 하면서 말이에요. 그 젊은이가 당신들에게 전한 여러 얘기 가운데 자신이 돌아가신 다시 씨의 집사였던 위컴의 아들이라는 얘기를 깜박 잊고 안 한 모양이더군요. 하지만 당신의 친구로서, 그의 모든 주장을 절대적으로 믿지는 말라고 충고해 주고 싶어요. 다시 씨가 그를 괴롭혔다는 얘기는 완전히 거짓이에요. 정반대로 다시 씨는 그자에게 늘 매우 친절했어요. 조지 위컴이 다시 씨를 무척 파렴치한 태도로 대했어도 말입니다. 자세한 얘기는 잘 모르지만, 난 다시 씨에겐 비난받을 일이 전혀 없다는 것, 그리고 그가 조지 위컴이라는 이름이 거론되는 것을 견디기 힘들어 한다는 것은 잘 알고 있어요. 그리고 오빠가 장교들에게 보내는 초대장에서 그의 이름을 배제할 수는 없었지만, 그가 스스로 사라져 준 것에 대해 굉장히 기뻐했다는 것도 잘 알고 있지요. 그자가 이 동네로 온다는 것 자체가 무척 뻔뻔스러운 일이에요. 어떻게 감히 그럴 수가 있는지 궁금하군요. 일라이자 양, 당신이 아끼는 사람의 비행이 이렇게 드러나게 되어 참으로 안됐어요. 하지만 그의 혈통을 생각하면 뭘 더 기대할 수 있겠어요.」

「당신 설명에 의하면 비행이 혈통에서 나온다는 얘기 같군요. 듣고 보니 당신은 오로지 그가 다시 씨의 집사의 아들이라는 사실만 비난하고 있군요. 그리고 분명히 말씀드리는데, 그 사실은 본인이 이미 알려 주었어요.」

「미안하군요.」 빙리 양이 냉소와 함께 돌아서면서 대답했다. 「간섭해서 미안한데, 모두 선의에서 나온 거예요.」

〈건방진 것!〉 엘리자베스가 속으로 생각했다. 〈이따위 시시한 공격으로 내게 영향을 줄 거라고 기대했다면 오산이야. 난 단지 너의 고의적인 무시와 다시 씨의 악의만 봤을 뿐이니까.〉 그러고는 빙리에게 같은 문제를 물어봐 주기로 한 언니를 찾았다. 제인은 그날 저녁에 일어난 일에 대해 자신이 얼마나 만족하는가를 너무도 잘 보여 주는 그런 달콤한 만족감과 행복이 피어나는 표정으로 그녀를 맞았다. 엘리자베스는 금방 그녀의 감정을 읽었고, 그 순간 위컴에 대한 걱정과 위컴의 적들에 대한 분노와 그 밖의 모든 것들이 제인이 행복하기를 바라는 마음 앞에 모두 무너지고 말았다.

「위컴 씨에 대해 알아낸 게 뭔지 듣고 싶어. 하지만 언니 기분이 너무 좋아서 제삼자를 생각할 겨를이 없었겠어. 그렇다고 해도 용서해 줄게.」 엘리자베스는 제인 못지않게 미소를 띤 표정으로 말했다.

「아니야.」 제인이 대답했다. 「나도 잊지 않고 있었어. 하지만 별로 얘기해 줄 만한 게 없어. 빙리 씨는 그 사람에 대해 다 알지도 못하고 애초에 어떤 상황에서 다시 씨가 화를 냈는지는 전혀 모르고 있어. 하지만 빙리 씨는 자기 친구의 훌륭한 행동과 정직함과 명예로움을 보증할 수 있다고 하고, 위컴 씨는 다시 씨가 그간 베푼 것도 아까울 정도로 배려받을 자격이 없는 인물이라고 확신하고 있었어. 이런 말 해서 유감이지만, 빙리 씨와 그 여동생들의 말에 의하면 위컴 씨는 결코 훌륭한 젊은이가 못 되는가 봐. 그는 무척 무분별했고 그래서 다시 씨의 호의를 잃어 마땅했던 것 같아.」

「빙리 씨가 위컴 씨 본인을 알고 있나?」

「아니. 메리턴에서 지난번에 만날 때까지는 본 적이 없대.」

「그렇다면 그의 얘기는 다시 씨한테서 전해들은 거잖아. 충분히 알았어. 목사직에 대해서는 뭐라고 해?」

「다시 씨한테서 여러 차례 듣기는 했지만, 그 상황이 정확히 기억나지는 않는다고 했어. 하지만 단지 조건부로 물려받게 되어 있었던 건 확실한가 봐.」

「난 빙리 씨의 성실함은 전혀 의심하지 않아.」 엘리자베스가 화를 내며 말했다. 「하지만 직접 겪은 게 아니라 그냥 확신하는 것만으로는 납득할 수 없어. 빙리 씨가 친구를 옹호하는 것은 무척 훌륭한 일이야. 하지만 빙리 씨는 그 사건의 어느 부분은 잘 알지 못하고 또 나머지도 친구 본인한테서 들은 것이라니 난 다시 씨와 위컴 씨 두 사람에 대한 원래의 내 생각을 바꾸지 않을 거야.」

그러고는 서로에게 더욱 만족스럽고, 의견의 차이가 있을 수 없는 화제로 이야기를 돌렸다. 엘리자베스는 제인이 빙리의 애정에 대해 품게 된 겸손하지만 행복한 희망을 기쁜 마음으로 들어 주고, 제인이 더욱 확신을 갖도록 할 수 있는 말은 다 해주었다. 그러다 빙리가 다가와 얘기를 시작하자, 엘리자베스는 루커스 양에게로 물러났다. 마지막 춤 파트너와 즐거웠냐는 샬럿의 질문에 채 대답하기도 전에 콜린스 씨가 다가와 기쁨에 들뜬 목소리로 정말 운 좋게도 무척 중요한 사실을 알게 되었다고 말했다.

「정말 우연히 지금 이 방에 내 후원자의 가까운 친척 분이 계시다는 걸 알게 되었어요. 그 신사 본인이 이 저택의 여주인 역할을 하고 있는 젊은 숙녀에게 사촌인 드 버그 양과 그 어머니인 캐서린 귀부인 이름을 언급하는 걸 우연히 듣게 되었거든요. 어떻게 이런 일이 일어나는지 놀랍지요! 내가 이 무도회에서 저분, 아마 캐서린 드 버그 귀부인의 조카일 텐데, 저분을 만나리라고 누가 생각이나 했겠어요! 그분께 인사를 드릴 수 있게 때맞춰 이런 사실을 알게 되어 너무 고맙지요. 지금 인사드리러 갈 건데, 미리 인사드리지 않은 걸 용서해 주시리라 믿어요. 그 관계를 전혀 몰랐으니까 충분히 사과가 될 거예요.」

「다시 씨에게 직접 자신을 소개하려는 건 아니겠지요?」

「그렇게 할 겁니다. 미리 인사 못한 걸 용서해 달라고 할 참인데요. 분명 캐서린 귀부인의 조카일 거예요. 귀부인께서 일주일 전에 평안하셨다는 말씀을 드릴 수 있어요.」

엘리자베스는 그 일을 그만두게 하려고 무진 애를 썼다. 다시 씨는 그가 정식 소개도 없이 직접 말을 거는 것을 이모님에 대한 예의라기보다 오히려 예의 없는 행동으로 여길 것이고, 양쪽 모두 서로 인사를 나누는 것이 전혀 필요하지 않으며, 또 그럴 필요가 있다 하더라도 인사를 청하는 것은 신분이 높은 쪽인 다시 씨가 해야 할 일이라고 힘주어 말했다. 콜린스 씨는 자기 마음 내키는 대로 하겠다는 확고한 태도로 그녀 얘기를 듣더니, 그녀가 말을 마치자 이렇게 대답했다.

「친애하는 엘리자베스 양, 당신이 이해할 수 있는 범주에 있는 모든 문제에 대해서는 탁월한 이해력을 지녔을 거라고 믿어 마지않습니다. 하지만 범인들의 예의범절과 성직자들이 지켜야 할 예의범절의 형식에는 큰 차이가 있는 법이라고 말씀드려야겠군요. 괜찮다면, 성직이 존엄성이라는 점에서는 왕국의 가장 높은 계급과 동등하다고 생각한다는 걸 말씀드리고 싶군요. 동시에 행동에는 분수에 맞는 겸손함이 담겨 있어야 하겠지만요. 그러니 이 일에 관해서는, 내가 양심의 명령에 따라 의무로 간주하는 것을 수행하도록 허락해 주셔야겠습니다. 당신의 충고를 따름으로써 얻게 될 혜택을 소홀히 하는 것을 용서하십시오. 다른 문제라면 당신의 충고를 나의 영원한 지침으로 따르고자 합니다. 그러나 우리 앞에 놓인 이 문제에 있어 무엇이 옳은가를 결정짓는 것은 교육이나 평소의 학문으로 보나 당신 같은 젊은 여성보다는 나 자신에게 더 어울립니다.」 그는 허리 굽혀 인사하고는 다시 씨를 공격하러 떠났다. 그녀는 콜린스 씨가 나서는 것을 다시 씨가 어떻게 받아들이는지 열심히 지켜보았다. 콜린스가 그런 식으로 말을 걸자 다시 씨는 무척 놀란 것이 역력했다. 그녀의 사촌은 엄숙하게 몸을 굽혀 인사한 후에 이야기를 늘어놓기 시작했다. 그의 말은 한마디도 제대로 들리지 않았지만, 그녀는 얘기를 모두 듣고 있는 것만 같았다. 그의 입 모양에서 〈사과〉, 〈헌스퍼드〉, 〈캐서린 드 버그 귀부인〉 같은 단어들을 파악할 수 있었다. 엘리자베스는 그가 다시 씨 같은 유형의 사람에게 이런 모습을 그대로 드러내는 걸 보고 있자니 괴로웠다. 다시 씨는 의아해하는 감정을 전혀 감추지 않은 채 그를 바라보고 있었다. 마침내 콜린스 씨가 그에게도 말을 할 틈을 허용하자 거리를 둔 정중한 태도로 대답을 했다. 그러나 콜린스 씨는 전혀 실망하지 않고 다시 말을 걸기 시작했다. 두 번째 이야기가 길어지자 다시 씨의 경멸감이 커지는 것 같았다. 콜린스 씨가 말을 마치자 그는 목례만 간단히 하고는 저쪽으로 가버렸다. 그러자 콜린스 씨는 엘리자베스에게 돌아왔다.

「다시 씨가 나를 맞이하는 방식에 불만스러워할 여지가 없더군요. 인사를 한 데 대해 무척 기뻐하는 것처럼 보였습니다. 그는 무척 정중하게 답변도 해주고, 캐서린 귀부인은 사람을 볼 줄 아시니 그만한 자격이 있는 사람을 성직에 임명했을 거라고 확신한다는 찬사까지 보내더군요. 그렇게 생각해 주니 정말 멋진 일입니다. 대체로 그분이 무척 마음에 듭니다.」

엘리자베스는 그 문제에는 더 이상 관심이 없었으므로, 거의 전적으로 언니와 빙리 쪽에 관심을 쏟았다. 엘리자베스는 자신의 눈으로 직접 살핀 결과 즐거운 생각을 연이어 하게 되어 제인만큼이나 행복했다. 그녀는 제인이 진정한 애정으로 맺어진 결혼이 가져올 수 있는 모든 행복을 누리며 바로 그 집에 정착하는 모습을 상상해 보았다. 그리고 그런 상황이라면 빙리의 두 자매를 좋아하고자 노력할 수도 있을 것 같았다. 엘리자베스는 자기 어머니의 생각도 같은 방향으로 쏠리고 있음을 분명히 알 수 있었다. 그래서 어머니가 지나치게 많은 얘기를 하는 걸 듣게 될까 봐 어머니 곁으로 다가가지 않으려고 했다. 따라서 식사를 하기 위해 식탁에 앉았을 때, 한 사람을 사이에 두고 양쪽에 앉게 되자 왜 이렇게 되는 일이 없나 싶었다. 그리고 사이에 앉은 바로 그 한 사람(루커스 부인)에게 어머니가 마음껏 터놓고, 그것도 오로지 제인이 곧 빙리 씨와 결혼할 것 같다는 얘기만 하는 것을 보고 무척 초조했다. 그것은 베넷 부인에게 생기를 불어넣어주는 화젯거리인지라 결혼의 장점을 늘어놓으면서 전혀 피곤한 줄을 모르는 것 같았다. 그가 매력적인 젊은이라는 것, 무척 부자라는 것, 그리고 자기들한테서 겨우 5킬로미터도 떨어져 있지 않은 곳에 산다는 것이 그녀에게 만족스러운 첫 번째 이유였다. 그리고 두 자매가 제인을 좋아하는 데다, 자기만큼이나 이 결혼을 간절히 원하고 있는 게 확실하니 너무도 안심이 된다는 것이었다. 게다가 제인이 결혼을 잘하면 동생들도 부유한 남성들을 많이 만나게 될 테니 어린 딸들을 위해서도 너무 잘된 일이었다. 마지막으로 언니가 결혼을 안 한 동생들을 맡아 주면 자신이 그 나이에 원치도 않는 모임에 나다닐 필요가 없게 되니 무척 기쁘다는 것이었다. 베넷 부인은 그렇게 말하는 게 관례라서 그런 상황이 되는 걸 기쁜 일이라고 말하고 있었다. 그러나 그 나이에 집에 있지 않고 돌아다니는 걸 베넷 부인보다 더 좋아할 사람은 없었다. 베넷 부인은 분명히 그리고 승리감에 차서, 그럴 가능성이 별로 없겠지만 루커스 부인도 자기처럼 운이 좋기를 바란다며 얘기를 끝맺었다.

엘리자베스는 속사포 같은 어머니의 말을 좀 막아 보고, 그녀의 행복한 마음을 좀 안 들리게 속삭이듯 표현하라고 설득하려고 애썼지만 허사였다. 왜냐하면 정말 뭐라 말할 수 없을 정도로 괴롭게도, 맞은편에 앉은 다시 씨가 어머니 얘기를 대부분 다 듣고 있다는 걸 알 수 있었기 때문이다. 어머니는 무슨 말도 안 되는 얘기냐며 그녀를 꾸짖었을 뿐이다.

「아니, 다시 씨가 나와 무슨 상관이냐? 그 사람이 무서워 말도 못하니? 그 사람이 싫어할까 봐 아무 말도 못할 정도로 특별한 예의를 갖춰 줄 이유 없다.」

「제발이지, 어머니, 목소리 좀 낮추세요. 다시 씨를 화나게 해서 좋을 게 뭐 있어요? 그렇게 하면 그의 친구에게 별로 잘 보이지 못할 텐데요.」

하지만 무슨 말을 해도 베넷 부인은 꿋꿋했다. 그녀는 여전히 똑똑히 잘 들리는 목소리로 자신의 결혼에 대한 생각을 늘어놓았다. 엘리자베스는 부끄럽고 초조해서 얼굴이 계속 붉어졌다. 그녀는 다시 씨 쪽으로 시선이 자꾸 가는 걸 어쩔 수가 없었다. 그럴 때마다 두려워했던 바가 현실이 되는 걸 더욱 확신하게 되었지만 말이다. 그가 어머니 쪽을 늘 보고 있는 건 아니었지만, 어머니가 계속 그의 관심을 끌고 있는 것은 확실했다. 분노하여 경멸에 찬 표정이던 그의 얼굴이 점차 침착하고 변함없는 심각한 표정으로 바뀌었다.

마침내 베넷 부인은 할 말이 동이 났다. 그리고 자신은 함께 누릴 수 있을 것 같지 않은 남의 기쁨을 반복해서 듣느라 오래 하품을 하고 있던 루커스 부인은 마음 편히 차가운 햄과 닭고기 요리를 마음껏 먹을 수 있게 되었다. 엘리자베스는 이제 활기를 되찾기 시작했다. 하지만 그 평온한 시간은 오래가지 못했다. 왜냐하면 식사가 끝나고 노래 얘기가 나왔는데, 창피하게도 사람들이 청하지도 않았는데 메리가 나서서 좌중을 즐겁게 할 준비를 하고 있었던 것이다. 의미심장한 표정과 말없는 간청으로 남들에게 친절을 베풀려는 메리를 막아 보려고 애썼지만, 모두 허사였다. 메리는 엘리자베스의 암시를 도대체 이해하려 들지 않았다. 자신의 솜씨를 내보일 그런 기회가 온 것이 기뻤다. 그녀는 노래를 시작했다. 엘리자베스는 상당한 고통을 느끼며 그녀에게 시선을 고정하고 몇 소절 부르는 동안 어서 끝내기를 초조하게 기다렸지만, 소용이 없었다. 메리는 테이블에 앉은 사람들이 인사말을 하자 계속 해달라는 말로 알아듣고 30초 정도 중단했다가 다른 노래를 시작했던 것이다. 메리의 노래 실력은 결코 그렇게 공개할 만한 것이 못 되었다. 목소리도 약하고 태도는 가식적이었다. 엘리자베스는 괴로웠다. 제인이 어떻게 견디고 있는지 보려고 그녀를 바라보았지만, 제인은 평온하게 빙리와 얘기를 나누고 있었다. 그녀는 빙리의 여동생들을 바라보았다. 그들은 서로 조롱하는 신호를 보내고 있었다. 그녀는 다시를 바라보았다. 그는 여전히 속마음을 알 수 없는 심각한 표정을 짓고 있었다. 그녀는 메리가 저녁 내내 노래할까 봐 걱정이 되어 어떻게 좀 막아 보라고 간청하기 위해 아버지를 바라보았다. 그는 엘리자베스의 암시를 파악하고는, 메리가 두 번째 노래를 끝내자 큰 소리로 말했다.

「애야, 굉장히 잘 불렀다. 우리 모두를 충분히 오랫동안 즐겁게 해주었어. 이제 다른 젊은 여성들이 솜씨를 보일 시간을 갖도록 해주자.」

메리는 못 들은 척했지만 다소 당황스러워했다. 엘리자베스는 그러는 메리도 안쓰럽고 아버지가 그런 말씀한 것도 안쓰러워서, 괜한 걱정을 한 것은 아닌가 하는 생각이 들었다. 이제 다른 사람들에게 노래를 하라는 청이 오가고 있었다.

「제가 노래를 잘 부르는 행운을 타고나서, 한 곡 불러 여기 모인 사람들을 기쁘게 해드렸다면 정말 즐거웠을 텐데요. 저는 음악이 전혀 해롭지 않고 또 성직자의 직분에 완벽하게 어울리는 오락이라고 생각하거든요. 하지만 너무 많은 시간을 음악에 바쳐도 된다고 주장하는 건 아닙니다. 관심을 두어야 하는 다른 일도 많으니까요. 교구의 목사는 할 일이 많지요. 우선, 본인에게 이익이 되면서 후원자가 화내지 않을 만한 십일조를 정해야 하고요. 설교문도 써야 하지요. 그리고 남는 시간은 교구를 위해 여러 의무도 수행하고 또 자기 집을 가능한 한 안락하게 만들어야 하니 여기저기 돌보고 개조하고 하기에도 시간이 많이 부족합니다. 그리고 모든 사람에게, 특히 자신에게 성직을 맡겨 준 분들에게 관심을 기울이고 호의적인 태도를 보이는 것 또한 무시 못할 일입니다. 그 의무를 외면하면 안 되지요. 또한 그 집안과 관련된 사람이면 누구에게든 존경심을 보일 기회를 놓치는 사람도 좋게 생각할 수가 없지요.」 콜린스 씨가 다시 씨에게 절을 하면서 말했다. 그런데 그 말을 할 때 그의 목소리는 방 전체의 반 정도에 울려 퍼질 정도로 컸다. 많은 사람들이 뭔가 해서 쳐다 보았다. 또 많은 사람들이 미소를 지었다. 그런데 베넷 씨보 다 더 재미있어 하는 사람은 없는 것 같았다. 그 와중에 그의 아내는 진지하게 콜린스 씨에게 말을 아주 현명하게 잘했다 고 칭찬하면서, 반쯤 속삭이듯이 루커스 부인에게 그가 무척 똑똑하고 훌륭한 젊은이라고 말하고 있었다.

엘리자베스가 보기에 가족들은 그날 밤 가능하면 자기네 망신스러운 면을 최대한 드러내자고 약속이라도 한 것 같았 다. 가족들 모두가 이보다 더 신나게 더 성공적으로 자기네 역할을 잘하는 것은 불가능할 것 같았다. 빙리가 이런 가족들 의 망신스러운 면을 다 보지 못하고 일부 놓친 것이나, 그가 가족들의 어리석음을 분명히 목격했더라도 그걸 괴로워할 기 분이 아니었다는 것이 그나마 빙리와 언니를 위해 잘된 일이 었다. 그러나 빙리의 두 자매와 다시 씨가 자기네 가족을 비 웃을 기회를 갖게 된 것은 정말 속상한 일이었다. 그리고 그 녀는 그 신사의 말없는 경멸과 숙녀들의 무례한 미소 가운데 어느 쪽이 더 참을 수 없는지 결론을 내릴 수가 없었다.

그날 밤 남은 시간에도 그녀는 좀처럼 즐겁지가 않았다. 콜린스 씨는 옆에 끈질기게 붙어 계속 귀찮게 했고, 다시 춤 추자고 그녀를 설득하지도 못했지만 그녀가 다른 사람들과 춤을 추지도 못하게 만들었다. 그녀는 다른 사람과 춤을 추 어라, 다른 여성을 소개해 주겠다고 했으나 허사였다. 그는 자신이 춤에 완전히 무관심하며, 자신의 주요 목적은 섬세한 관심을 베풂으로써 그녀에게 잘 보이고자 하는 것이며, 저녁 내내 그녀에게 바짝 붙어 있겠다는 점을 확실히 했다. 그의 계획에 관해 이러저러 논쟁하는 건 불가능했다. 친구인 루커 스 양이 자주 다가와 마음씨 좋게도 콜린스 씨와의 대화를 맡아 주는 것이 그녀에게 가장 큰 위안이었다.

그녀는 최소한 다시 씨에게서 계속 주목을 받는, 짜증나는 일에서는 벗어날 수 있었다. 그는 멀지 않은 곳에 혼자 서 있곤 했지만, 말을 걸 만큼 가까이 오지는 않았다. 그녀는 아마도 위컴 씨 얘기를 했기 때문에 그럴 거라고 생각하면서 기뻐했다.

롱본 가족들은 손님들 가운데서 가장 마지막까지 남아 있다가 떠났다. 베넷 부인의 책략 덕분에 다른 사람들이 다 떠난 후 마차를 15분 정도 더 기다려야 했는데, 그로 인해 오히려 네더필드의 몇 사람은 이들이 빨리 가주기만을 너무도 바라고 있다는 사실만 분명해졌다. 허스트 부인과 그녀의 여동생은 피곤하다는 불평 말고는 좀처럼 입을 열지 않았다. 빨리 손님들이 가버리고 자기들만 남게 되기를 바라는 기색이 역력했다. 그들은 베넷 부인이 대화를 시도할 때마다 퇴짜를 놓았다. 덕분에 모두들 따분해질 수밖에 없었다. 콜린스 씨가 빙리 씨와 그의 여동생들에게 손님 접대가 우아했으며 환대와 정중함이 돋보였다는 칭찬을 길게 늘어놓았지만 별로 나아지지 않았다. 다시는 아예 아무 말도 하지 않았다. 베넷 씨는 역시 말이 없었지만 그 장면을 즐기고 있었다. 빙리와 제인은 다른 일행에게서 조금 떨어진 곳에 함께 서서 둘만의 얘기를 나누고 있었다. 엘리자베스는 허스트 부인이나 빙리 양처럼 계속 침묵을 지키고 있었다. 리디아조차 너무 피곤하여 이따금 격렬한 하품을 하며 〈아이고, 정말 피곤하다!〉라고 외치는 것 말고는 아무 말도 하지 않았다.

마침내 떠나기 위해 일어섰을 때, 베넷 부인은 공손하지만 강요하듯이 롱본에서 네더필드 가족 모두를 곧 보기를 희망한다고 말했다. 그리고 특히 빙리 씨에게는 공식적인 초대가 없어도 언제라도 자기 집에서 가족들과 함께 식사할 수 있으면 더없이 행복하겠노라고 얘기했다. 빙리는 감사하다며 기뻐했고, 그다음 날 런던에 잠시 가야 하는데 돌아오면 가능한 한 빠른 기회에 방문하겠다고 기꺼이 약속했다.

베넷 부인은 대만족이었다. 그녀는 결혼에 필요한 지참금, 새 마차, 결혼 예복 준비를 감안해서 석 달이나 넉 달 안에 자기 딸이 네더필드에 정착하는 걸 틀림없이 보게 되리라고 기쁜 마음으로 확신하며 떠났다. 콜린스 씨에게 다른 딸을 시집보낼 일도 거의 똑같이 확신했는데, 제인만큼은 아니지만 그래도 만족스러웠다. 베넷 부인에게는 엘리자베스가 다섯 딸 중 가장 덜 예쁜 딸이었다. 그만한 신랑감이나 혼담이라면 엘리자베스에게는 상당히 훌륭한 것이었다. 하지만 빙리 씨나 네더필드에 비하면 그 가치는 빛을 잃었다.

제19장

다음 날 롱본에는 새로운 광경이 펼쳐졌다. 콜린스 씨가 격식을 갖춰 청혼을 한 것이다. 돌아오는 일요일까지만 교구를 비울 수 있었기 때문에 더 이상 시간을 지체하지 말고 청혼해야겠다고 결심을 한 것인데, 사실 잠깐이라도 그 문제로 고민하거나 망설이는 감정이 전혀 없었다. 그래서 콜린스 씨는 자신의 평상 임무 가운데 하나를 수행하는 것처럼 질서정연하게 순서에 따라 그 일에 착수했다. 아침 식사를 마친 지 얼마 안 되어, 베넷 부인과 엘리자베스, 어린 동생 하나가 함께 있는 것을 보고 콜린스 씨는 어머니에게 말을 걸었다.

「부인, 오늘 아침에 당신의 아름다운 따님 엘리자베스와 사적으로 대화를 나누는 영광을 청하려고 하는데, 괜찮겠습니까?」

엘리자베스가 놀라 얼굴이 붉어지며 뭐라 말하기도 전에

베넷 부인이 얼른 대답했다.

「아, 그럼요. 물론이지요. 리지가 무척 행복해할 거라 믿어요. 리지가 반대할 리가 없지요. 키티야, 이층으로 좀 올라와라.」 베넷 부인이 일감을 주워 들고는 서둘러 나가는데 엘리자베스가 외쳤다.

「어머니, 가지 마세요. 제발 가지 마세요. 콜린스 씨, 미안합니다. 다른 사람이 들을 필요가 없는 얘기는 저한테도 할 필요 없어요. 저도 나가겠어요.」

「아니야. 안 돼. 리지야, 무슨 소리냐? 넌 거기 그대로 있으렴.」 엘리자베스가 초조하고 당황한 표정으로 정말 도망치려는 것처럼 보이자 어머니가 덧붙였다. 「리지야, 내 말 잘 들어라. 넌 여기 남아서 콜린스 씨 얘길 듣도록 해.」

엘리자베스는 그런 명령을 거역할 수 없었다. 잠시 생각해 보니 가능한 한 빨리 그리고 조용하게 일을 처리하는 것이 현명하겠다는 생각이 들어 다시 자리에 앉아 하던 일을 계속했다. 그러고는 당혹스러움과 흥미로움 사이를 오가는 감정을 감추려고 애썼다. 베넷 부인과 키티는 밖으로 나갔다. 그들이 나가자마자, 콜린스 씨는 이렇게 말을 시작했다.

「정말이지, 친애하는 엘리자베스 양, 당신의 겸양은 당신을 깎아내리기는커녕 다른 장점을 더욱 돋보이게 하는군요. 이렇게 내키지 않는 내색을 하지 않았더라면, 당신은 내 눈에 아마 덜 사랑스럽게 보였을 겁니다. 하지만 분명 말씀드리는데, 나는 존경하여 마지않는 당신 어머니의 허락을 받고 당신과 대화를 나누는 겁니다. 당신이 내 말의 취지를 모를 리가 없는데, 타고난 섬세함 때문에 시치미 떼는가 보지요. 내 관심이 분명하게 드러나서 오해했을 리가 없을 텐데요. 난 거의 이 집에 들어서는 순간부터 당신을 미래의 삶의 배필로 점찍었습니다. 하지만 이 문제에 대해 감정에 휩쓸려 자제심을 잃기 전에, 결혼을 하려는 이유, 무엇보다 아내를 찾아 하트퍼드셔에 오게 된 이유를 먼저 말씀드리는 것이 나을 것 같군요.」

엄숙하고 침착한 콜린스 씨가 스스로 감정에 휩쓸려 자제심을 잃는다고 하자, 엘리자베스는 하마터면 웃음을 터뜨릴 뻔했다. 그 때문에 엘리자베스는 그의 말을 막아 볼 그 짧은 틈을 놓쳐 버렸다. 그는 얘기를 계속해 나갔다.

「결혼을 하려는 이유는 우선, 나처럼 안락한 환경에 속한 성직자라면 자기 교구에서 결혼의 모범을 보이는 것이 마땅한 일이라고 생각하기 때문입니다. 둘째, 결혼이 내 행복을 크게 증진시키리라 확신하고 있고, 셋째, 미리 언급했어야 하는 일인지도 모르겠는데, 영광스럽게도 나의 후원자가 되어 주신 바로 그 귀부인의 특별한 충고이자 추천 사항이기 때문입니다. 그분께서는 두 번씩이나 몸소 내게 (청을 드리지도 않았는데!) 이 문제에 대한 의견을 주셨던 겁니다. 그리고 내가 헌스퍼드를 떠나기 바로 전 토요일 밤에 4인용 카드 게임을 하고 있을 때 젠킨슨 부인이 드 버그 양의 발판을 가지런히 놓는 동안 말씀하셨지요. 〈콜린스 씨, 결혼하세요. 당신 같은 성직자는 결혼을 해야 합니다. 어울리는 배우자를 고르세요. 나를 위해 그리고 당신 자신을 위해 중간 계급 여성을 고르고, 활동적이고 유용한 유형의 사람으로 너무 고귀하게 자라지 않아 적은 수입으로 살림을 잘할 그런 사람을 고르세요. 이것이 내 충고예요. 가능하면 빨리 그런 여성을 찾아 헌스퍼드로 데려와요. 그러면 내가 그녀를 방문하러 가도록 하지요.〉 그런데 아름다운 사촌이여, 나는 캐서린 드 버그 귀부인의 관심과 친절을 내가 제공할 수 있는 작지 않은 이점의 하나로 여긴다는 걸 말씀드리고 싶군요. 당신은 귀부인의 언행이 말로 설명할 수 없을 정도로 훌륭하다는 걸 알게 될 거예요. 그리고 귀부인께서도 틀림없이 당신의 재치와 쾌활함을 마음에 들어 하실 겁니다. 특히 그분의 높은 신분을 보면 생기지 않을 수가 없는 침묵과 존경심으로 그 재치와 쾌활함이 적당히 조절되면 말이지요. 결혼에 대한 나의 대체적인 견해는 이 정도로 해두고, 상냥한 젊은 여성이 많은 우리 동네를 놔두고 롱본 쪽으로 마음이 향한 이유를 말씀드릴 차례군요. 하지만 사실은 당신의 고결하신 아버님께서 돌아가신 후에 (하지만 앞으로도 오래 사실 겁니다) 이 저택을 상속하게 되어 있기 때문에 나는 그 슬픈 일이 일어났을 때 — 하지만 말씀드린 것처럼 몇 년간 그럴 일이 없겠지만 — 따님들이 상실감을 덜 느끼도록, 따님 중에서 한 분을 아내를 선택한다는 결심을 하지 않고는 마음이 편하지 않았습니다. 아름다운 사촌이여, 이것이 내 청혼의 동기입니다. 그리고 이로 인해 나에 대한 당신의 존경심이 깎이지는 않을 거라고 믿는 바입니다. 자, 이제 가장 활기찬 언어로 나의 강렬한 애정을 당신이 확신하도록 하는 일만 남았군요. 난 재산에는 전혀 관심이 없습니다. 당신 아버님께 그 문제에 대해 아무런 요구도 하지 않을 겁니다. 요구한다 해도 재산을 주실 수 없다는 걸 잘 알고 있기 때문이지요. 그리고 당신의 어머니께서 돌아가신 후에나 당신 소유가 될 수 있을 그 이율 4퍼센트짜리 1천 파운드가 당신이 가질 수 있는 전 재산이라는 걸 잘 알고 있기도 하고요. 그러니 재산 문제에 대해서는 한결같이 침묵을 지킬 겁니다. 그러니 당신은 결혼하고 나서도 관대하지 못한 비난의 말이 내 입 밖으로 나오지 않을 것임을 확신하셔도 좋습니다.」

이쯤에서 그를 중단시켜야 했다.

「콜린스 씨, 너무 성급하시군요.」 그녀가 큰 목소리가 말했다. 「제가 아직 아무런 답변도 하지 않았다는 걸 잊으셨어요? 더 이상 시간 낭비 않고 말씀드리겠어요. 당신이 제게 보여 주신 찬사에 대한 저의 깊은 감사의 뜻을 받아 주세요. 저는 당신의 청혼이 얼마나 영광스러운 일인지 잘 알고 있습니다. 하지만 저로서는 그 청혼을 거절하지 않을 수가 없어요.」

「나는 지금 모르는 바가 아닙니다.」 콜린스 씨가 손을 멋들어지게 저으면서 말했다. 「남성들이 고백을 하려 할 때 젊은 여성들이 속으로는 받아들일 생각이면서 겉으로는 남자의 청혼을 거절하는 것이 관례라는 것, 또 때로 그런 거절이 두 번, 심지어 세 번씩 반복되기도 한다는 걸 말입니다. 따라서 나는 당신이 방금 한 말에 결코 실망하지 않고, 머지않아 당신을 결혼식장으로 모시게 될 거라 생각하겠습니다.」

「제 답변을 말씀드렸는데도 그렇게 생각하신다니 너무하시네요.」 엘리자베스가 큰 소리로 말했다. 「분명히 말씀드리는데, 그런 여성들이 있는지는 모르겠지만, 저는 두 번씩 청혼을 받을 거라는 우연에 자신의 행복을 걸 정도로 무모한 여성이 아닙니다. 제 거절은 전적으로 진지한 것입니다. 당신은 저를 행복하게 해주실 수가 없어요. 그리고 저도 당신을 절대 행복하게 만들어 줄 여성이 못 된다고 확신합니다. 아니요, 당신을 아끼시는 캐서린 귀부인께서 저를 보신다면, 제가 모든 면에서 그 자리에 적임자가 아니라는 걸 아실 거라고 확신해요.」

「캐서린 귀부인께서 그렇게 생각하실 게 확실하다면…….」 콜린스 씨가 무척 심각하게 말했다. 「하지만 귀부인께서는 당신을 반대하실 리가 없습니다. 그리고 안심하세요. 그분을 다시 만나게 되면 당신의 겸양, 절약, 그리고 다른 좋은 점들에 대해 최고로 칭찬하겠습니다.」

「콜린스 씨, 정말이지 저를 칭찬하실 필요가 전혀 없어요. 저 자신에 대해서는 저 스스로 판단하도록 내버려 두세요.

그리고 제가 하는 말을 그냥 믿어 주시면 됩니다. 저는 당신이 아주 행복하고 부유해지기를 바랍니다. 그리고 저는 바로 당신의 청혼을 물리침으로써, 당신이 불행해지는 것을 막기 위해 제가 할 수 있는 일을 하는 겁니다. 제게 청혼하신 일로 제 가족에 대한 당신의 미묘한 감정은 틀림없이 모두 해소되었을 겁니다. 그러니 때가 되면 아무런 양심의 가책 없이 롱본 저택을 소유하시게 될 겁니다. 따라서 이 일은 완전히 끝난 것으로 보면 되겠습니다.」 그녀는 이 말을 하면서 일어섰는데, 콜린스 씨가 이렇게 말을 걸지만 않았으면 방을 벌써 나갔을 것이다.

「다음에 이 문제에 대해 당신에게 말씀을 드리는 영광을 누리게 될 때는, 지금보다는 좀 더 호의적인 답변을 듣게 되기를 바랍니다. 그렇다고 지금 당신에게 잔인하다고 비난하는 건 절대 아닙니다. 왜냐하면 나는 무릇 여성들은 남성이 처음 청혼을 할 때 거절하는 게 오랜 관습이라는 것을 잘 알고 있고, 당신이 그런 말을 하는 것이 진실로 섬세한 여성다운 성격에 맞는 것이기도 하고 또 나의 청혼을 더욱 부추기기 위한 것이기도 하다는 걸 잘 알고 있으니까요.」

「정말이지, 콜린스 씨.」 엘리자베스가 다소 흥분하여 소리쳤다. 「굉장히 당혹스럽게 만드시네요. 여태까지 한 말이 오히려 당신을 부추기는 걸로 보였다면, 제가 어떻게 표현해야 거절한다는 것을 아실지 모르겠군요.」

「친애하는 사촌, 나의 청혼을 거절하는 것이 당연히 말에 불과한 것이라고 생각하고 싶은데 괜찮으시겠지요. 그렇게 믿는 이유는 간단히 다음과 같습니다. 이 청혼은 당신이 받아들이지 않을 정도로 시시한 것이 아니라는 사실이지요. 달리 말하면 내가 제공할 수 있는 재산 정도가 꽤 바람직한 편이라는 겁니다. 나의 사회적 위상과 드 버그 가문의 도움, 당신 집안과의 관계는 상당히 유리한 조건들입니다. 그리고 당신은 매력이 많은 사람이지만, 그럼에도 다른 사람이 당신에게 청혼할 것 같아 보이지는 않는다는 점도 고려해야 할 겁니다. 당신의 지참금이 불행히도 너무 적어서 당신의 사랑스러움과 상냥함이 주는 효과를 상쇄해 버릴 것 같군요. 따라서 나는 당신이 나를 거절하는 것이 진심이 아니라고 결론 내릴 수밖에 없고, 그렇기 때문에 그 거절을, 애가 타게 함으로써 사랑을 증폭하려는, 우아한 여성들이 즐겨 사용하는 방법으로 간주할 수밖에 없겠습니다.」

「정말이지, 콜린스 씨, 저는 점잖은 남성을 고문하는 그런 종류의 우아함은 절대 갖고 있지 않습니다. 저는 오히려 진지하다는 찬사를 듣고 싶어요. 제게 청혼이라는 영광을 베풀어 주신 데 대해서는 몇 번이고 거듭 감사의 말씀 드립니다만, 저는 절대 청혼을 받아들일 수가 없습니다. 제 모든 감정이 청혼을 받아들일 수 없게 하고 있습니다. 좀 더 분명하게 말씀드릴까요? 이제 저를 당신을 괴롭히려고 하는 우아한 여성으로 보지 말고, 진심으로 진실을 이야기하는 이성적인 존재로 봐 주세요.」

「당신은 변함없이 매력적입니다!」 그가 어색하게 씩씩한 척하며 외쳤다. 「그리고 당신의 훌륭하신 부모님 두 분이 지당하신 권위로 나의 청혼을 허락해 주실 때는, 당신도 청혼을 받아들이게 될 거라고 확신하는 바입니다.」

그렇게 고집스러운 착각에 대해 엘리자베스는 아무런 반응도 보이지 않고 곧장 말없이 물러났다. 만일 그가 그녀의 거절을 아양을 떨며 부추기는 것으로 받아들이기를 고집한다면, 아버지에게 말씀드려야겠다고 결심하면서. 아버지의 거절은 단호한 태도로 전해질 것이고, 아버지의 행동은 최소한 우아한 여성의 가식이나 교태로 오해되지는 않을 테니까.

<h1 style="text-align:center">제20장</h1>

콜린스 씨는 자신의 성공적인 사랑의 문제에 대해 조용히 명상할 시간을 제대로 갖지 못했다. 대화가 끝나기를 기다리며 현관에서 서성거리고 있던 베넷 부인이 엘리자베스가 문을 열고 나와 자신을 지나쳐 빠른 걸음으로 계단을 올라가 버리는 것을 보자마자, 조찬실로 들어와 흥분한 말투로 그와 자신이 더욱 친밀한 관계가 될 거라며 행복한 앞날을 축하하고 자축하고 했기 때문이다. 콜린스 씨도 마찬가지로 기뻐하며 축하의 말을 주거니 받거니 하면서 조금 전에 엘리자베스와 나눈 대담 내용을 상세히 말하기 시작했다. 그는 사촌이 한결같이 자신을 거절한 것은 워낙 수줍게 겸손하고 진실로 섬세한 그녀의 성격에서 자연스러운 일이기 때문에, 면담 결과에 대해 충분히 만족스럽게 생각한다고 말했다.

그러나 얘기를 들은 베넷 부인은 깜짝 놀랐다. 그와 마찬가지로 자신의 딸이 정말 청혼에 저항함으로써 그를 부추기려 한 거라고 생각했다면, 기뻐했을 것이다. 하지만 그녀는 그렇게 생각할 수가 없었고, 솔직히 그렇다는 말을 하지 않을 수가 없었다.

「하지만 콜린스 씨. 정말 리지는 정신을 차려야 한다니까요. 내가 개한테 직접 얘기를 해볼게요. 정말 고집 세고 어리석고 자기한테 뭐가 도움이 되는지를 모르는 아이라니까요. 하지만 내가 깨닫게 해주겠어요.」

「부인, 방해할 생각은 없습니다.」 콜린스 씨가 외쳤다. 「하지만 그녀가 정말 고집 세고 어리석다면, 당연히 결혼 생활에서 행복을 추구하는 저와 같은 입장의 남성에게 과연 바람직한 아내가 될 수 있을런지 잘 모르겠습니다. 따라서 엘리자베스 양이 정말 제 청혼을 계속 거절하려고 하면, 억지로 수락하게 하지 않는 게 낫겠다는 생각입니다. 왜냐하면 그런 성격상의 결함이 있다면, 저의 행복에 별로 도움이 되지 않을 테니까요.」

「내 말을 전적으로 오해한 거예요.」 베넷 부인이 당황스러워하며 말했다. 「리지는 이런 문제에서만 고집이 세요. 다른 모든 면에서는 정말 누구보다 착한 아이랍니다. 당장 베넷 씨에게 가서 함께 딸아이의 문제를 결정짓겠어요.」

그녀는 콜린스 씨가 대답할 틈도 주지 않고 서둘러 남편에게 갔다. 그녀는 서재에 들어서면서 소리를 질렀다.

「아, 여보 베넷 씨, 빨리 어떻게 좀 하세요. 우리 모두 난리 났다고요. 리지가 콜린스 씨의 청혼을 받아들이지 않겠다고 선언했답니다. 어서 콜린스 씨와 결혼하도록 타이르세요. 당신이 서두르지 않으면 마음이 바뀌어서 애와 결혼하지 않으려 할 거예요.」

베넷 씨는 그녀가 서재에 들어서자 책에서 시선을 떼고, 그녀가 전하는 말에 조금도 동요되지 않은 차분하고 무심한 표정으로 그녀의 얼굴에 시선을 두고 있었다.

「당신이 무슨 말을 하는지 잘 이해를 못하겠소.」 베넷 부인이 말을 마치자 베넷 씨가 말했다. 「누구 얘기를 하는 거요?」

「콜린스 씨와 리지 말이에요. 리지가 콜린스 씨와 결혼하지 않겠다고 선언했고, 콜린스 씨는 리지와 결혼하지 않겠다고 말하기 시작했어요.」

「그런 경우에 내가 뭘 어떻게 해야 하는 거지? 다 끝난 일 같은데.」

「리지에게 당신이 직접 얘기 좀 해요. 그 사람과 결혼하도록 하라고 말 좀 하세요.」

「리지를 여기로 오라고 해요. 내 생각을 말하도록 할 테니.」

베넷 부인은 벨을 눌러 하인을 부르고, 엘리자베스 양을 서재로 불러오게 했다.

「자, 어서 와라.」엘리자베스가 나타나자 아버지가 큰 소리로 말했다.「매우 중요한 문제로 널 불렀다. 콜린스가 네게 청혼을 했다던데, 사실이냐?」엘리자베스는 그렇다고 대답했다.「알았다. 그리고 너는 이 청혼을 거절했고?」

「네, 그래요.」

「알았다. 자, 본론으로 들어가자. 어머니는 네가 청혼을 받아들여야 한다고 주장하신다. 안 그렇소, 베넷 부인?」

「맞아요. 안 그러면 다신 저 아이를 안 볼 거예요.」

「엘리자베스야, 너는 불행한 선택의 기로에 놓여 있구나. 이 순간부터 넌 부모 가운데 한 사람과는 결별을 해야 한다. 네 어머니는 네가 콜린스 씨와 결혼하지 않으면 다시는 널 보지 않을 게다. 그리고 나는 네가 콜린스 씨와 결혼을 한다면 다시는 널 보지 않겠다.」

엘리자베스는 아버지가 그렇게 진지하게 시작한 말을 그런 식으로 결론 내리자 웃지 않을 수 없었다. 하지만 남편이 그 문제를 자신이 원하는 대로 처리할 거라고 확신하고 있던 베넷 부인은 실망이 컸다.

「베넷 씨, 그런 식으로 말씀하시면 어떻게 해요? 저 아이한테 그 사람과 결혼하도록 하겠다고 약속했잖아요.」

「여보, 작은 부탁 두 가지만 하겠소. 하나는 이번 일에 대해 내 판단력을 자유롭게 쓸 수 있게 해달라는 것이오. 또 하나는 내 방도 그렇게 하도록, 자유롭게 쓸 수 있도록 해달라는 것이오. 가능하면 빨리 서재에 혼자 남았으면 좋겠소.」

남편 때문에 실망하긴 했지만, 베넷 부인은 여전히 그 문제를 포기하지 않았다. 그녀는 엘리자베스에게 되풀이하여 얘기하고, 달래고 협박하기를 반복했다. 베넷 부인은 제인더러 자기편을 들게 하려고 애썼으나, 제인은 되도록 온화한 태도로 개입을 거부했다. 엘리자베스는 때로 진지하게 때로는 장난스럽게 어머니의 공격에 방어를 했다. 그녀의 태도는 다양했지만, 결심에는 변함이 없었다.

그러는 동안 콜린스 씨는 혼자서 일어났던 일에 대해 곰곰이 생각을 해보고 있었다. 그는 자신이 아주 잘났다고 생각하고 있었기 때문에 사촌이 자신을 거부한 까닭을 이해할 수가 없었다. 자존심이 좀 상하긴 했지만, 다른 면에서 고통스러워할 일은 아니었다. 엘리자베스에 대한 그의 애정은 상상일 뿐이었고, 엘리자베스가 자기 어머니에게 저렇게 꾸중을 듣는 것도 마땅하다는 생각이 들어, 별로 유감스럽지도 않았다.

가족들이 혼란에 빠져 있는 동안, 샬럿 루커스가 그들과 함께 시간을 보내러 왔다. 현관에서 만난 리디아가 달려와 반쯤 속삭이듯 외쳤다.「와줘서 기뻐. 여기 정말 재미있는 일이 벌어졌거든. 오늘 아침 무슨 일이 있었는지 알아요? 콜린스 씨가 리지 언니에게 청혼했는데, 언니가 받아들이지 않겠대.」

샬럿이 뭐라고 대답하기도 전에 키티가 들어와 똑같은 소식을 전했고, 세 사람이 거실로 들어가자 혼자 있던 베넷 부인 역시 같은 얘기를 시작했다. 베넷 부인은 루커스 양에게 동정을 구하면서 친구 리지를 설득해서 가족의 소원을 좀 들어 주게 해달라고 부탁했다.「루커스 양, 제발 좀 그렇게 해줘.」베넷 부인은 구슬픈 어조로 덧붙였다.「내 편이 아무도 없거든. 누구도 내 편을 들어 주질 않아. 난 제대로 대접을 못 받고 있어요. 신경이 날카로워졌는데 아무도 배려를 안 해.」

샬럿은 대답할 필요가 없었다. 제인과 엘리자베스가 들어왔던 것이다.

「저기 오네.」베넷 부인이 말을 계속했다.「어쩜 저렇게 무심해 보일까? 자기 하고 싶은 대로만 하면서, 우리가 요크에라도 가고 없는 것처럼 우리한테는 신경도 안 쓰네. 하지만 리지 양, 내 말 잘 들어. 계속 이런 식으로 모든 청혼을 다 거절할 작정이라면, 결혼은 절대로 못하게 될 거다. 그러면 아버지가 돌아가신 뒤에 누가 너를 먹여 살린단 말이냐? 난 널 거둘 능력이 없어. 그래서 너한테 경고하는 거다. 오늘부터 나와 너는 끝났다. 내가 서재에서 너와 다시는 얘기하지 않겠다고 했지? 내가 한번 한 말을 얼마나 잘 지키는지 두고 봐라. 나는 자기 도리를 다하지 않는 자식과는 얘기를 해도 기쁘지가 않다. 그렇다고 다른 누구와 얘기한다고 기쁜 건 아니다. 나처럼 신경 쇠약으로 고통받는 사람들은 얘기하는 걸 별로 좋아하지 않는 법이야. 내가 얼마나 고통스러운지 아무도 모른다. 하지만 늘 그런 식이야. 불평하지 않으면 아무도 동정해 주지를 않아.」

이성적으로 얘기하거나 달래려고 하는 어떤 시도도 오히려 긁어 부스럼을 만들 거라는 걸 잘 알고 있었기 때문에, 딸들은 어머니가 쏟아 붓는 말을 가만히 듣기만 했다. 따라서 베넷 부인은 아무런 방해 없이 계속 불평을 늘어놓았다. 그때 콜린스 씨가 평소보다 더욱 당당한 태도로 거실로 들어섰다. 베넷 부인은 콜린스 씨를 보자 딸들에게 말했다.

「자, 너희들 모두 입 꼭 다물어라. 콜린스 씨와 내가 함께 얘기를 좀 해야겠으니.」

엘리자베스는 조용히 방을 빠져나갔고, 제인과 키티가 그 뒤를 따라 나갔다. 하지만 리디아는 얘기를 모두 듣겠다고 마음먹고 자리를 지켰다. 샬럿은 처음에는 콜린스 씨가 시시콜콜하게 자신과 가족에 대한 안부를 묻는 데 대답하느라 붙들려 있었는데, 그다음엔 다소 호기심이 생겨 창가로 걸어가 안 듣는 척하면서 그냥 남아 있었다. 베넷 부인은 서글픈 목소리로 마음에 두고 있던 대화를 시작했다.「아! 콜린스 씨!」

「친애하는 부인, 이 문제에 관해서는 영원히 침묵을 지키도록 합시다.」 그는 즉시 불쾌한 기색이 완연한 목소리로 얘기를 계속했다. 「저는 결코 따님의 행동에 화가 나지 않았습니다. 어쩔 수 없는 불행에 부딪히면 체념을 하는 것이 우리 모두의 의무이며, 젊은 나이에 성직에 임명된 저처럼 운이 좋은 젊은이의 특별한 의무이기도 합니다. 저는 체념했습니다. 아름다운 사촌이 영광스럽게도 저의 청혼을 받아들였을 때 제가 과연 진정 행복했을까 하는 데 의심을 갖게 되어 더더욱 그렇게 되었습니다. 제가 종종 본 바에 의하면, 우리는 어떤 축복을 누리지 못하게 되면 그 가치를 깎아내리게 되어 있고, 그때 체념하는 게 가장 낫습니다. 친애하는 부인, 베넷 씨와 베넷 부인 두 분이 저를 위해 중재를 해주셨으면 하는 부탁도 드리지 않고 이렇게 따님의 마음을 얻으려고 했던 마음을 거둔다고 해서 당신의 가정에 제가 불경함을 보이는 것으로 여기지는 말아 주십시오. 제 행동은 베넷 부인이 아니라 따님의 입에서 나온 거절을 그대로 받아들였다는 점에서 잘못된 것일 수 있을 겁니다. 하지만 우리는 모두 실수를 저지르게 되어 있지요. 분명히 말씀드리는데, 저는 처음부터 좋은 의도로 이 모든 일에 임했습니다. 제 목적은 이 댁의 모든 가족 분들에게 이익이 되도록 마땅히 배려를 해드리면서 저 자신을 위해 상냥한 배우자를 얻는 것이었는데, 제 태도가 비난받을 만한 것이었다면, 여기서 삼가 용서를 구하는 바입니다.」

제21장

  콜린스 씨의 청혼을 둘러싼 논란은 이제 거의 끝이 났다. 엘리자베스는 어쩔 수 없이 뒤따른 불편한 기분과 간혹 어머니가 언짢은 어투로 넌지시 비꼬는 것만 감수하면 되었다. 당사자인 콜린스 씨로 말하자면, 그는 당황하거나 낙담하거나 혹은 그녀를 피하려고 하는 식으로 자기 감정을 표현하지 않고, 주로 딱딱한 태도에 화가 난 듯 침묵으로 일관하여 감정을 드러냈다. 그는 엘리자베스에게 좀처럼 말을 걸지 않았다. 스스로 그렇게도 의식하던 그의 부단한 애정은 그날 오후 루커스 양에게로 모두 옮아 갔다. 루커스 양은 그의 말을 정중하게 들어 줌으로써, 그들 모두, 특히 엘리자베스에게 매우 시기적절한 도움을 주었다.

아침이 되어도 베넷 부인의 불쾌한 기분, 아니 악화된 건강은 조금도 나아지지를 않았다. 콜린스 씨 역시 자존심에 상처 입어 화가 난 상태였다. 엘리자베스는 그가 분노 때문에 방문 기간을 좀 단축해 줬으면 하고 바랐지만, 그의 계획은 그 영향을 전혀 받는 것 같지 않았다. 그는 원래 토요일에 떠나는 걸로 되어 있었고, 여전히 그때까지 머물러 있을 작정인 것 같았다.

아침을 먹은 후, 딸들은 위컴 씨가 돌아왔는지 물어도 보고 네더필드 무도회에 그가 참석 못한 것에 대해 푸념도 할 겸 메리턴으로 산책을 나갔다. 위컴 씨는 그들이 메리턴에 들어서자마자 그들 틈에 끼어 필립스 부인 집으로 갔다. 거기서 그들은 위컴 씨의 아쉬움과 곤혹감, 그들 모두가 우려하던 일에 대해 충분히 얘기를 나누었다. 그런데 그는 묻지도 않았는데 엘리자베스에게 무도회에 불참한 것은 자신이 선택한 일이었다고 얘기를 꺼냈다.

「나는 시간이 다가올수록 다시 씨를 만나지 않는 게 낫겠다는 생각이 들었습니다. 그와 같은 방, 같은 무도회에서 몇 시간 동안 함께 있는 걸 견딜 수 있을 것 같지 않았고, 또 저보다는 다른 사람들에게 불쾌한 장면이 연출될 수도 있다는 생각이 들었던 겁니다.」

그녀는 자제력이 대단하다고 추켜 주었다. 위컴과 다른 장교 한 사람이 그들을 롱본까지 바래다주었다. 두 사람은 함께 걸으면서 그 문제에 대해 충분히 의논도 하고 서로 정중하게 찬사를 보낼 여유를 가졌다. 위컴은 특히 엘리자베스에게 관심을 보였다. 그가 이들을 동반한 것은 두 가지 면에서 좋은 점이 있었다. 하나는 엘리자베스가 위컴이 자신에게 관심을 보인다는 것을 충분히 느낀 것이었고, 또 하나는 위컴을 부모님께 소개하기에 무척 적절한 기회가 되었다는 것이다.

그들이 집으로 돌아온 직후, 편지 한 통이 베넷 양에게 전달되었다. 네더필드에서 온 편지였는데, 그녀는 바로 개봉했다. 봉투에는 아름답게 흘려 쓴 여성의 필체로 뒤덮인, 광택이 나는 우아하고 조그만 종이 한 장이 들어 있었다. 엘리자베스는 편지를 읽는 언니의 표정이 바뀌는 것을 보았고, 특히 몇 문장을 열심히 들여다보고 있다는 것을 알게 되었다. 제인은 얼른 제정신을 차리고 편지를 치우더니 평소의 쾌활한 태도로 함께 대화를 나누려고 노력했다. 하지만 엘리자베스는 걱정이 되어 심지어 위컴에게도 신경을 쓸 수 없을 정도였다. 위컴이 친구와 떠나자마자, 제인은 눈짓으로 엘리자베스를 이층으로 불러올렸다. 방에 들어서자, 제인이 편지를 꺼내며 말했다.

「이 편지는 캐럴라인 빙리에게서 온 건데, 쓰여 있는 내용 때문에 난 너무 놀랐어. 사람들 모두 지금쯤이면 네더필드를 떠나서 런던으로 가는 중일 거야. 그리고 다시 돌아올 생각이 없다고 하는데. 내용을 한번 들어 봐.」

그러고는 첫 번째 문장을 크게 읽었다. 그 내용은 빙리 자매가 오빠를 따라 곧장 런던으로 가기로 결정했으며, 그날 허스트 씨의 집이 있는 그로스브너 거리에서 저녁 식사를 할 계획이라는 소식이었다. 그다음 내용은 이러했다.

하트퍼드셔를 떠나는 것이 전혀 아쉽지 않지만, 내 소중한 친구인 당신과 함께 지내지 못하게 된다니 너무 아쉽군요. 하지만 언젠가 다시 만나 함께 나누었던 즐거운 우정을 회복하리라 믿으며, 그때까지는 자주 터놓고 편지 왕래를 하여 작별의 고통을 달랬으면 합니다. 꼭 그렇게 해주시겠지요.

어딘지 과장된 표현이라 엘리자베스는 영 미덥지가 않았다. 그들이 갑자기 떠난 것이 놀랍기는 했지만 그들이 떠났다고 해서 슬플 것도 없었다. 그들이 네더필드에 없다고 해서 빙리가 거기에 오지 않을 것이라고는 생각되지 않았다. 엘리자베스는 제인이 빙리와 즐겁게 지내다 보면 금방 그들의 부재를 느끼지 못하게 될 거라고 생각했다.
「친구들이 동네를 떠나기 전에 만나 보지 못한 건 마음 아픈 일이야.」 엘리자베스가 잠시 뜸을 들인 후 말했다. 「하지만 빙리 양이 기다리겠다는 앞으로 올 행복한 시간이 그녀가 알고 있는 것보다 더 먼저 다가올 수도 있다고 생각하자. 언니가 그들과 친구로 누렸던 즐거운 관계가 올케와 시누이 관계로 진전되어 더 큰 만족을 누리게 될 거라고 생각하자 ─ 그들 때문에 빙리 씨가 런던에 잡혀 있지는 않을 거야.」
「캐럴라인은 단호하게 이번 겨울에는 아무도 하트퍼드셔에 오지 않을 거라고 했어. 그 부분을 읽어 줄게.」

어제 오빠가 우리와 헤어질 때는 런던의 일이 사나흘이면 해결될 걸로 생각했어요. 하지만 우리는 그럴 수가 없다는 확신을 갖게 된 데다, 또 찰스 오빠가 런던에 도착하

면 다시 서둘러서 떠나지는 않을 것이라서 다음 날 뒤따라
가기로 했어요. 그러면 오빠 혼자 쓸쓸한 호텔에서 무의미
한 시간을 보내지 않아도 될 테니까요. 아는 사람들이 런
던에서 겨울을 보내려고 벌써 많이들 올라와 있어요. 나의
다정한 친구 당신도 그들처럼 런던에서 겨울을 보낼 생각
이라는 소식을 무척 듣고 싶지만, 그걸 바랄 수는 없겠지
요. 하트퍼드셔에서도 성탄절에 즐거움이 가득하기를 진
심으로 바라고, 당신을 따르는 남자들이 많이 생겨서 우리
세 사람이 떠난 데서 생길 상실감을 없애 주기를 바라요.

「그가 이번 겨울에 돌아오지 않을 거라는 게 이걸로 명백
해졌어.」제인이 말했다.
「빙리 양이 그가 돌아오지 못하게 막으려는 게 명백할 뿐
이야.」
「왜 그렇게 생각해? 그 사람이 스스로 한 행동인데. 자기
일은 알아서 할 나이잖아. 하지만 네가 모르는 게 있어. 특히
내 마음을 아프게 한 부분을 읽어 줄게. 너한테는 숨길 게 없
으니.」

다시 씨는 자기 누이동생을 무척 보고 싶어 해요. 그리
고 솔직히 말하자면, 우리 역시 그녀를 무척이나 만나고
싶어요. 조지아나 다시는 아름다움과 우아함과 교양에 있
어 비교될 상대가 없을 정도지요. 루이자와 나는 그녀를
보자마자 좋아하게 되었는데, 그 감정이 좀 더 흥미롭게
진전될 거라고 생각돼요. 앞으로 그녀가 우리의 올케가 될
거라는 희망을 갖고 있으니까요. 내가 전에 이 문제에 대
한 내 감정을 언급했는지 모르겠는데, 그 얘기를 털어놓지
않고 이 동네를 떠날 수는 없겠어요. 당신도 그런 감정이

말도 안 된다고 생각하지는 않을 거라 믿어요. 오빠가 이미 다시 양을 굉장히 좋아하고 있고, 이제 가장 친밀한 입장에서 그녀를 만날 기회를 자주 갖게 될 거예요. 그리고 그쪽 친척들도 우리 쪽 친척들만큼 모두가 그 결합을 원하고 있어요. 그리고 나는 찰스가 어떤 여성의 마음이든 사로잡을 수 있다고 생각하는데, 그건 누이로서 갖는 편애 때문에 그러는 게 아니에요. 두 사람이 애정을 키우기에 우호적인 상황인 데다, 또 이를 방해할 일도 전혀 없다는 점을 고려해 보면, 나의 친구 제인, 많은 사람들을 행복하게 해줄 경사를 바라는 게 잘못된 일일까요?

「리지야, 여기 이 문장 어떻게 생각하니?」 제인이 다 읽고 나서 말했다. 「이 정도면 확실하지 않니? 캐럴라인이 내가 자기 올케가 되는 걸 기대하지도 원하지도 않는다는 걸 분명하게 선언한 거지? 그리고 자기 오빠가 나한테 무관심하다는 걸 전적으로 확신하고 있다는 얘기이고, 또 내가 자기 오빠에게 애정을 품은 게 아닌가 의심하는 거라면, 내게 (정말 친절하기도 하지!) 조심하라고 경고하는 거 아니겠어? 다른 의견 있니?」

「응. 다른 의견 있어. 내 생각은 전혀 달라. 들어 볼래?」
「어서 말해 봐.」
「몇 마디로 요약할 수 있어. 빙리 양은 자기 오빠가 언니를 사랑하는 걸 알면서도 다시 양과 결혼했으면 하는 거야. 그녀는 자기 오빠를 런던에 붙잡아 두려고 쫓아간 거고, 그러면서 언니에게는 자기 오빠가 언니를 좋아하지 않는다고 납득시키려고 애쓰는 거야.」
제인은 고개를 흔들었다.
「정말이야, 제인 언니. 내 말을 믿어야 해. 언니와 그 사람이 함께 있는 걸 본 사람이면 누구도 그의 애정을 의심할 수 없어. 빙리 양도 마찬가지야. 그녀는 바보가 아니거든. 다시 씨에게서 그 반만큼이라도 자신에 대한 애정을 느꼈다면 그녀는 벌써 결혼 예복을 주문했을 거야. 하지만 문제는 이렇게 된 거야. 우리가 자기네한테 어울릴 만큼 부자도 아니고 훌륭한 가문도 아니라는 거지. 그래서 더욱 다시 양을 자기 오빠와 맺어 주려고 노심초사하고 있어. 한번 결혼이 성사되면, 두 번째 결혼을 성사시키기가 그만큼 쉬워지니까. 확실히 교묘한 전략이야. 드 버그 양이 방해되지 않는다면 성공할 수도 있을걸. 하지만 제인 언니, 빙리 양이 자기 오빠가 다시 양을 굉장히 좋아한다고 말했다고 해서, 그가 화요일에 언니와 작별할 때보다 언니의 장점을 조금이라도 덜 의식하게 되었다고 생각해서는 안 돼. 또 그녀가 자기 오빠에게 언니를 사랑하는 게 아니라 다시 양을 무척 사랑하는 거라고 설득할 수 있을 거라고 생각해서도 안 된단 말이야.」

「만약 빙리 양에 대한 생각이 똑같다면, 네 모든 설명이 날 편안하게 해줬을 거야. 하지만 네 설명은 그 전제가 옳지가 않아. 캐럴라인이 그렇게 고의적으로 사람을 속이지는 않을 테니까. 이 문제에 대해서는 그저 캐럴라인이 착각한 거라고 생각할 수밖에 없겠다.」

「맞아. 언니가 내 말에서 위안을 찾을 수 없다면 그렇게 생각하는 게 가장 좋겠어. 제발 그녀가 착각하고 있는 거라고 믿도록 해! 언니는 그녀에게 할 도리 다했으니, 더 이상 초조해하지 마.」

「하지만 동생아, 최선의 생각을 한다 하더라도, 누이동생과 친구들이 다른 사람과 결혼하기를 바라는데 내가 그 사람과 결혼해서 행복할 수 있겠니?」

「언니 스스로 결정해야 해. 그리고 더 깊이 생각해 보고,

그의 두 누이를 화나게 만든다는 비참함이 그의 아내가 된다는 행복보다 더 중요하다고 생각하면, 내 충고는 제발 그 사람을 버리라는 거야.」

「어떻게 그런 말을 할 수가 있니?」 제인이 희미하게 웃으며 말했다.「그의 여동생들이 반대한다면 굉장히 슬프긴 하겠지. 하지만 그렇다고 내가 망설이거나 하지는 않을 거란 걸 알아 두도록 해.」

「언니가 망설일 거라 생각하지 않았어. 상황이 그렇다면, 언니의 입장을 동정하지 않아도 되겠네.」

「하지만 이번 겨울에 그가 돌아오지 않으면, 내가 선택하고 말고 할 것도 없어. 6개월이면 많은 일이 일어날 수도 있으니까!」

엘리자베스는 그가 다시 돌아오지 않을지도 모른다는 생각을 아예 무시해 버렸다. 그녀에게 그건 캐럴라인의 이기적인 소망으로만 들렸다. 아무리 그렇게 노골적으로 혹은 교묘하게 전달한다 해도, 그런 소망이 성년이 된 젊은 남성에게 영향을 미칠 거라고는 생각할 수 없었다.

자신이 언니에게 가능한 한 강하게 그 문제에 대한 느낌을 표현했고, 그 효과가 금방 행복한 쪽으로 나타나는 걸 보니 기뻤다. 제인은 낙심하는 성격이 아니었다. 때로 소심함이 애정에 대한 희망을 뒤덮어 버리기도 했지만, 제인은 점차 희망을 갖는 쪽으로 생각하기로 했다. 빙리가 네더필드로 돌아와 그녀가 진심으로 원하는 모든 소원을 들어 줄 거라는 희망을 말이다.

두 사람은 베넷 부인에게는, 신사 측의 행동에 관해 공연히 놀라고 하는 일이 없도록, 그 집 사람들이 모두 떠났다는 말만 전하기로 합의했다. 하지만 이렇게 일부만 알렸는데도 베넷 부인은 굉장한 우려를 나타냈다. 그녀는 그들이 서로 친밀해질 만한 바로 그때 그 여성들이 이렇게 떠나 버리다니 너무도 불행한 일이라며 한탄했다. 하지만 그녀는 한껏 슬퍼한 후에 빙리 씨가 곧 다시 돌아올 것이고 곧 롱본에서 식사를 하게 될 거라고 생각하는 걸로 위안을 삼았다. 이리하여 베넷 부인이 그를 가족들의 식사에 초대했어도, 두 번의 풀코스 요리로 성대하게 준비하겠다고 마음 편히 선언하는 걸로 이 모든 일이 끝을 맺었다.

제22장

베넷 가족은 루커스 가족과 식사를 하기로 되어 있었다. 루커스 양은 그날 내내 다시 한 번 콜린스 씨의 이야기를 들어 주는 친절을 보였다. 엘리자베스는 기회를 엿보다가 그녀에게 감사의 말을 전했다. 「네 덕분에 그 사람 기분이 나아졌어.」 그녀가 말했다. 「정말 뭐라 말할 수 없을 정도로 고마워.」 샬럿은 도움이 되어 자기도 기쁘다고 말하며, 시간을 조금 할애한 것뿐인데 도움이 되었다니 그걸로 충분히 보상이 되었다고 엘리자베스를 안심시켰다. 아주 상냥한 태도였다. 하지만 샬럿의 친절은 엘리자베스가 전혀 생각도 못한 데까지 나아갔다. 그녀가 친절을 베푼 목적은 다름 아닌 콜린스 씨가 자신에게 청혼하게 함으로써 엘리자베스에게 다시 청혼하는 일이 없도록 하려는 것이었다. 그것이 루커스 양의 계획이었다. 일이 무척 순조롭게 진행되는 것 같아서, 밤에 헤어질 때 샬럿은 콜린스 씨가 그렇게 빨리 하트퍼드셔를 떠나야 하는 일만 없었다면 성공할 수 있었을 거라고 느꼈을 정도였다. 하지만 이 점에서 그녀는 콜린스 씨의 정열적이고 독립심 강한 성격을 제대로 평가하지 못했다. 왜냐하면 그다음 날 그는 무척 교활한 방법으로 롱본 저택을 빠져나와 루커스 저택으로 서둘러 와서 샬럿에게 청혼을 했던 것이다. 그는 사촌들에게 들키지 않으려고 무진 애를 썼다. 나가는 모습을 사촌들이 본다면 틀림없이 그의 계획이 뭔지 알아차리고 말 텐데, 확실히 성공하기 전까지는 자신이 청혼하려 한다는 사실이 알려지는 걸 원치 않았기 때문이다. 그는 샬럿이 자신을 상당히 부추기는 점도 있고 해서 성공을 거의 확신하고는 있었지만, 수요일 사건 이후로 비교적 소심해져 있었던 것이다. 그러나 그는 더할 나위 없이 만족스러운 대접을 받았다. 루커스 양이 이층 창문을 통해 그가 자기 집으로 오는 것을 보고는 우연히 마주친 것처럼 하기 위해 즉시 바깥으로 나갔던 것이다. 그러나 그녀는 거기에 그렇게 대단한 사랑과 열변이 자신을 기다리고 있으리라고는 생각도 못 했었다.

콜린스 씨가 긴 연설을 늘어놓는 바람에 틈이 별로 없었지만 그래도 그 짧은 시간에 두 사람 사이에서 모든 것이 결정되었으며, 양쪽 모두 만족스러웠다. 그래서 함께 집 안으로 들어서면서 그는 진지하게 그녀에게 자신을 세상에서 가장 행복한 남자로 만들어 줄 날을 빨리 결정해 달라고 재촉했다. 그런 결정은 현재로서는 좀 미뤄져야 하는 것이었지만, 그 여성은 그의 행복, 즉 결혼 문제를 허투루 대할 생각이 전혀 없었다. 콜린스 씨는 천성이 어리석어서 여성들로 하여금 구혼 기간이 오래 지속되기를 바라게 만드는 그런 매력을 갖지는 못했다. 그리고 루커스 양은 다른 마음 없이 그저 시집을 갔으면 하는 소원 때문에 청혼을 받아들였던지라, 빨리 시집을 간다 해도 상관이 없었다.

그는 윌리엄 경과 루커스 부인에게 신속하게 허락을 청했고, 그들은 무척 놀라고 기뻐하며 허락했다. 콜린스 씨의 현재 조건을 볼 때 이 결혼은 그들의 딸에게 무척 바람직한 것이었다. 자신들은 딸에게 줄 재산이 거의 없었는데, 콜린스 씨가 앞으로 갖게 될 재산은 꽤 괜찮은 것이었기 때문이다. 루커스 부인은 베넷 씨가 얼마나 더 오래 살 것 같은지 그 어느 때보다 더 큰 관심을 갖고 당장 따져 보기 시작했다. 윌리엄 경은 콜린스 씨가 롱본을 소유하게 되면, 그때 부인과 함께 세인트 제임스 궁으로 알현을 가는 것이 좋겠다는 확고한 견해를 내놓았다. 간단히 말해 모든 가족이 이 일에 대해 당연히 너무들 기뻐했던 것이다. 여동생들은 원래보다 한 해나 두 해 정도 빨리 사교계에 진출할 수 있을 거라는 희망을 갖게 되었고, 남동생들은 샬럿이 결혼을 못하고 있다가 노처녀로 죽으면 어쩌나 하는 걱정을 하지 않아도 되었다. 샬럿 자신은 상당히 차분했다. 그녀는 목적을 달성했고, 그 문제를 생각해 볼 시간을 갖게 되었다. 그녀가 숙고한 결과는 대체로 만족스러웠다. 콜린스 씨는 분명 현명하지도 않았고 마음에 드는 사람도 아니었다. 그와 함께 있는 건 지루하기 짝이 없고 그녀를 향한 애정은 분명 공상에 불과했다. 그래도 그는 그녀의 남편이 될 것이다. 남자나 결혼에 대해 좋게 생각하지 않았으면서도, 결혼은 늘 그녀의 목표였다. 교육을 잘 받았으나 재산이 별로 없는 젊은 여성에게는 결혼만이 명예롭게 먹고살 수 있는 방법이었다. 결혼이 행복을 가져다줄 거라고 확신할 수 없다 하더라도, 궁핍으로부터 지켜 줄 최상의 방책이라는 것은 확신할 수 있었다. 이제 그녀는 궁핍을 벗어날 방책을 획득한 것이다. 나이는 스물일곱 살이나 되었고 예쁘지도 않은데, 그녀는 자신이 너무도 운이 좋다는 생각이 들었다. 여기서 가장 마음에 걸리는 일은 엘리자베스 베넷이 받을 충격이었다. 그녀와의 우정은 그 어떤 사람과의 우정보다 소중한 것이었다. 엘리자베스는 의아하게 여길 것이고 어쩌면 그녀를 비난할지도 몰랐다. 그런다고 자신의 결심이 흔들리지는 않겠지만, 그런 반대를 받게 되면 감정이 상할 게 틀림없었다. 그녀는 직접 자신이 그 소식을 전하기로 결심했다. 그래서 콜린스 씨가 저녁 식사를 하러 롱본으로 돌아갈 때, 그날 있었던 일을 그쪽 가족 누구에게도 절대로 알리지 말아 달라고 했다. 그는 물론 비밀을 지키겠다고 충실하게 약속했다. 하지만 비밀을 지키는 건 무척 어려운 일이었다. 그가 오랜 시간 집을 비운 것이 호기심을 일으켰다. 그가 돌아오자마자 직접적인 질문들이 쏟아져 나와 교묘하게 머리를 써서 피해야 했고, 동시에 자신의 순조로운 사랑을 너무도 자랑하고 싶었기 때문에 이를 참느라 엄청난 자제심을 발휘해야 했다.

그가 다음 날 아침 일찍 가족들을 보지 못하고 길을 떠나야 했기 때문에, 밤에 여성들이 각자 방으로 돌아갈 때 작별 인사를 나눠야 했다. 베넷 부인은 무척 정중하고 진심 어린 태도로, 다른 용무로 롱본에 다시 오게 되면 언제든지 방문하라, 그러면 가족들 모두 무척 기쁠 것이라고 인사를 했다.

「부인, 그 초대에 특히 감사드립니다. 초대해 주시기를 무척이나 고대하고 있었으니까요. 가능한 한 빨리 그 초대에 응하도록 하겠습니다.」

그들은 모두 놀랐다. 베넷 씨는 그가 그렇게 빨리 오는 것을 전혀 원하지 않았기 때문에 즉각 이렇게 말했다.

「하지만 캐서린 귀부인이 이 문제에 반대하실 염려는 없나? 후원자의 기분을 상하게 할 위험을 무릅쓰는 것보다는 친척들을 소홀히 하는 편이 나을 텐데.」

「제게 이렇듯 친절한 주의를 주시니 너무나도 감사합니다만, 저는 그런 중요한 일은 후원자의 동의 없이 절대 행동으로 옮기지 않습니다.」

「그런 일은 아무리 조심해도 지나치지 않지. 후원자의 불쾌감을 사느니 — 그럴 가능성이 상당히 높아 보여서 — 차라리 다른 위험을 감수하는 게 나을 거요. 혹시 우리를 다시 방문하러 오는 일로 그분의 화를 자초할 것 같으면, 그냥 집에 조용히 있도록 해요. 그래도 우리는 전혀 기분 나빠 하지 않을 테니까.」

「정말 그런 애정 어린 관심을 보여 주신 데 진정으로 감사드리는 바입니다. 하트퍼드셔에 머무는 동안 베풀어 주신 모든 배려뿐 아니라 이 일에 대해서도, 감사의 편지를 신속하게 보내도록 하겠습니다. 이런 말씀을 드리는 게 필요할 정도로 오랫동안 이곳에 못 오지는 않겠지만, 나의 아름다운 사촌들 모두 건강하고 행복하기를 빌겠습니다. 엘리자베스 양도 포함해서 말입니다.」

그러자 여성들은 정중하게 인사를 하며 물러났다. 모두가 그가 빨리 방문할 계획이라는 데 똑같이 놀라고 있었다. 베넷 부인은 아마 다른 딸아이에게 청혼을 하려나 보다고 생각하면서, 메리라면 그의 청혼을 받아들일 것이라고 생각했다. 메리는 다른 딸들보다 그의 능력을 훨씬 높이 평가했고, 그의 생각에 견실한 면이 있다고 생각하고 있었다. 그래서 그가 자기만큼 똑똑하진 않아도, 자신의 모범을 따라 독서를 하고 자기 개발에 힘쓰도록 격려하면 괜찮은 배우자가 될 수 있을 거라고 생각했던 것이다. 하지만 그다음 날 아침, 이런 종류의 모든 희망은 깨져 버렸다. 루커스 양이 아침 식사를 마치자마자 방문하여 엘리자베스와 은밀히 대화를 나누면서 그 전날 있었던 사건을 이야기했던 것이다.

지난 이틀 동안 엘리자베스는 콜린스 씨가 자기 친구와 사랑에 빠졌다고 착각하고 있을 가능성이 있다는 생각이 스쳐 간 적은 있었지만, 샬럿이 그를 부추길 수 있으리라는 건, 자신이 그럴 수 없는 것처럼, 거의 있을 수 없는 일로 여겼었다. 따라서 그녀의 놀라움은 너무 커서 처음에는 예의를 벗어날 정도였다. 그녀는 이렇게 소리치지 않을 수 없었던 것이다.

「콜린스 씨와 약혼을 했다고! 나의 소중한 샬럿, 있을 수 없는 일이야!」

이야기 도중 침착한 표정을 유지하고 있던 루커스 양은 그렇게 직접적인 비난을 받자 순간적으로 당황했다. 그러나 샬럿은 예상했던 일이기에, 곧 침착함을 되찾고 조용히 대답했다.

「나의 소중한 일라이자, 왜 그렇게 놀라는 거야? 콜린스 씨가 너에게 청혼했다가 실패했다고 해서 다른 여성에게서 좋은 평가를 받을 수도 있다는 게 믿어지지 않는다는 거니?」

하지만 이제 엘리자베스는 정신을 차렸다. 그녀는 무척 노력해야 했지만, 두 사람의 앞으로의 관계에 대해 매우 만족스러우며 그녀가 행복하기를 너무도 바란다고 꽤 단호하게 말해 줄 수가 있었다.

「난 네가 어떤 기분일지 잘 알아.」 샬럿이 대답했다. 「넌 놀랐겠지. 무척 놀랐을 거야. 바로 최근에 콜린스 씨가 너한테 청혼을 했었으니까. 하지만 너도 그 문제를 곰곰이 생각해 볼 여유가 생기면, 내가 한 일을 이해하게 될 거라고 믿어. 난 낭만적이지 못해. 결코 낭만적인 적이 없었어. 난 그저 안락한 가정이 필요할 뿐이야. 콜린스 씨의 성격, 집안, 사회적 위상을 고려해 보면서, 내가 그와 함께 행복하게 될 가능성은 결혼 생활을 시작하는 다른 사람들 못지않게 괜찮은 편이라고 확신하게 되었어.」

엘리자베스는 조용히 〈물론이지〉라고 대답했다. 그리고 어색한 침묵이 흐른 후 그들은 다른 사람들에게 돌아갔다. 샬럿은 더 오래 머무르지 않고 돌아갔다. 그러자 엘리자베스는 자신이 들은 얘기를 생각해 볼 여유가 생겼다. 그런 어울리지 않는 결혼을 받아들일 수 있기까지 시간이 꽤 오래 걸렸다. 콜린스 씨가 사흘 동안 두 사람에게 청혼을 한 것도 이상했지만, 그 청혼이 수락되었다는 사실에 비하면 그건 아무것도 아니었다. 그녀는 샬럿의 결혼에 대한 견해가 자신과 같지 않다는 것은 알고 있었지만, 그 일이 실제 행동으로 옮겨지고 샬럿이 세속적인 이익을 위해 보다 나은 감정을 모두 희생해 버릴 수 있으리라고는 생각한 적이 없었다. 콜린스 씨의 아내인 샬럿! 그것은 무척 수치스러운 그림이었다! 친구가 스스로 치욕을 초래했고 그로 인해 자신들의 우정도 바닥으로 떨어졌다. 그것만으로도 고통스러웠지만 자신의 친구가 스스로 선택한 운명 속에서 그다지 행복하지 않으리라는 괴로운 확신까지 겹쳐졌다.

제23장

엘리자베스는 어머니와 자매들과 함께 앉아 샬럿한테 들은 이야기를 곰곰이 생각하면서 그 애기를 꺼내도 되는 건지 망설이고 있었다. 그때 약혼 사실을 베넷 가족에게 알리라는 딸의 말을 듣고 윌리엄 루커스 경이 건너왔다. 그는 두 집안 사이에 관계가 깊어지게 된 데 대해 베넷 가족에게 여러 찬사도 늘어놓고 자축도 하면서 약혼 사실을 발표했다. 듣고 있던 사람들은 무슨 얘기인가 의아할 뿐 아니라 그럴 리가 없다는 반응이었다. 베넷 부인은 예의를 잊고 고집스럽게 그가 전적으로 잘못 알았을 거라고 단언했고, 조심성 없는 데다 때로 버릇까지 없는 리디아는 시끄럽게 외쳤다.

「세상에! 윌리엄 경, 어떻게 그런 얘기를 할 수가 있어요?

콜린스 씨는 리지 언니와 결혼하고 싶어 한다는 걸 모르세요?」

궁정의 공손함을 익힌 시종들만이 화를 내지 않고 그런 대접을 참고 견딜 수 있었을 것이다. 하지만 점잖은 태도를 지닌 윌리엄 경은 그 모든 걸 잘 견뎌 냈다. 그는 그 소식이 사실임을 믿어 달라고 간청했고, 그들의 무례한 말을 가장 참을성 있고 정중한 태도로 다 들어 주었다.

엘리자베스는 그를 그런 불쾌한 상황에서 벗어나게 해주는 게 자신의 책임이라는 생각이 들었다. 그리고 자기는 이미 샬럿 본인에게서 들어서 알고 있는 사실이라고 말함으로써 그의 말을 확인해 주었다. 그리고 제인과 함께 윌리엄 경에게 진지하게 축하 인사를 해주고, 또 그 결혼이 가져올 행복, 콜린스 씨의 훌륭한 성품, 그리고 헌스퍼드가 런던에서 얼마 떨어져 있지 않다는 점 등 여러 얘기를 하면서 어머니와 자매들이 떠들고 외치는 것을 막아 보려고 애썼다.

베넷 부인은 사실 윌리엄 경이 있는 동안에는 감정에 너무도 압도되어 별로 말을 하지 못했다. 하지만 그가 떠나자마자 그녀는 즉시 감정을 폭발시키고 말았다. 우선 그녀는 모든 상황을 믿을 수 없다고 주장했다. 둘째, 그녀는 콜린스 씨가 속아 넘어간 것이라고 확신했다. 셋째, 두 사람은 함께 결코 행복할 수가 없다고 믿었다. 넷째, 그 결혼은 깨질 것이라는 거였다. 그리고서 모든 것을 통틀어 두 가지 확실한 결론을 끌어냈는데, 하나는 엘리자베스가 이 모든 불행한 사태를 초래한 장본인이라는 것이고, 다른 하나는 모두가 베넷 부인을 몹시 학대하고 있다는 것이었다. 그녀는 그날 내내 주로 이 두 가지 생각에만 매달려 있었다. 무엇으로도 그녀를 위로하거나 달랠 수가 없었다. 하루가 다 가도록 그녀의 분노는 풀리지 않았다. 그녀는 일주일이 지난 후에야 야단치지 않고 엘리자베스의 얼굴을 볼 수 있었고, 한 달이 지난 후에야 무례하게 굴지 않고 윌리엄 경과 루커스 부인에게 말을 할 수 있었으며, 여러 달이 지난 후에야 그들의 딸 샬럿을 용서할 수 있었다.

그 문제에 있어 베넷 씨의 감정은 훨씬 평온했고, 그는 자신이 겪은 일이 무척 기분 좋은 일이라고 선언했다. 왜냐하면 제법 현명하다고 생각해 왔던 샬럿 루커스가 자기 아내만큼이나 어리석고 자기 딸보다 더 어리석다는 걸 알게 되었으니 만족스럽다는 것이었다!

제인은 그 결혼에 대해 약간 놀랐다고 털어놨다. 하지만 그녀는 놀랐다는 애기보다는 그들이 행복하기를 바란다는 애기를 주로 했다. 엘리자베스가 있을 수 없는 일이라며 납득시키려 했지만 소용이 없었다. 키티와 리디아는 루커스 양을 전혀 부러워하지 않았다. 그들에게 콜린스 씨는 그저 목사일 뿐이니 부러울 게 없었고, 그 일은 메리턴에 퍼뜨릴 소문이라는 것 이외에 그들에게 아무런 영향을 주지 못했다.

루커스 부인은 딸이 결혼을 잘하는 데서 오는 좋은 점에 관한 애기로 베넷 부인을 역공할 수 있다는 승리감에 대해 무감각할 수가 없었다. 베넷 부인의 신랄한 표정과 심술궂은 발언은 행복감을 쫓아 버리기에 충분했지만, 그래도 평소보다 더 자주 롱본을 방문해서 얼마나 행복한지 모르겠다고 말하곤 했다.

엘리자베스와 샬럿 사이에는 어떤 조심성이 생겨서 그 문제에 대해 서로 침묵을 지켰다. 엘리자베스는 둘 사이에 진정한 신뢰감이 다시 생길 수 없을 것처럼 느껴졌다. 샬럿에게 실망하고 나니, 제인을 더 아끼고 사랑하게 되었다. 그녀는 제인의 정직함과 섬세함을 존중하는 자신의 마음이 결코 흔들리는 일이 없을 거라고 확신했다. 그리고 그녀는 제인의 행복에 대해 날로 더 불안해지기 시작했다. 빙리가 가버린 지 일주일이 되었는데도 돌아온다는 소식이 전혀 없었기 때문이다.

제인은 캐럴라인에게 일찌감치 답장을 보냈고, 다시 소식을 듣게 되기를 바라며 하루하루 날짜를 세고 있었다. 화요일에는 콜린스 씨가 약속했던 감사의 편지가 아버지 앞으로 도착했는데, 한 해 정도 머물렀을 때나 나올 법한 감사의 마음을 무척 엄숙하게 쓴 것이었다. 그는 이렇게 양심을 달랜 후, 갖가지 황홀한 표현으로 그들의 상냥한 이웃인 샬럿 양의 사랑을 얻게 되어 행복하다는 소식을 전했다. 그리고 롱본을 다시 방문하라는 베넷 가족의 친절한 소망에 기꺼이 응하는 까닭은 그녀와 함께 지내게 되리라는 기쁨 때문이라고 설명했다. 그리고 그는 롱본으로는 두 주 후 월요일에 갈 수 있을 것으로 생각하는데, 이는 캐서린 귀부인이 너무도 성심껏 결혼에 동의를 하여 가능한 한 빨리 결혼식이 이루어지기를 바라기 때문이며, 자신을 세상에서 가장 행복한 남성으로 만들어 줄 날짜를 앞당겨 정하는 것을 상냥한 샬럿이 반박하지 않을 것으로 믿기 때문이라고 덧붙였다.

콜린스 씨가 다시 하트퍼드셔에 오는 것은 더 이상 베넷 부인에게 즐거운 일이 될 수 없었다. 반대로 남편 못지않게 이 문제를 불만스러워했다. 루커스 로지로 갈 것이지 롱본으로 오는 건 아주 이상한 일일뿐더러, 또한 무척 불편하고 굉장히 귀찮은 일이기도 하다는 것이었다. 그녀는 건강이 안좋을 때 집에 방문객이 오는 것이 싫으며, 특히 사랑에 빠진 사람들이 가장 불쾌한 사람들이라고 불평했다. 베넷 부인은 이런 온건한 불평들을 중얼중얼 늘어놓았는데, 이 불평이 잠잠해지는 건 빙리 씨가 계속 돌아오지 않고 있다는 더 심한 고통을 떠올릴 때뿐이었다.

이 문제에 대해서는 제인도 엘리자베스도 마음이 편하지 않았다. 빙리 씨가 겨울 내내 네더필드에 내려오지 않을 거라는 소식만 메리턴에 잠깐 돌았던 것 말고는 그에 대한 아무런 소식도 듣지 못한 채 하루하루가 지나가고 있었다. 베넷 부인은 이 소식에 분노한 나머지 너무도 말도 안 되는 거짓말이라고 꼬박꼬박 반박하곤 했다.

이제 엘리자베스조차 걱정이 되기 시작했다. 빙리가 제인에게 무심하다는 걱정이 아니라 그의 누이들이 그를 붙잡아두는 데 성공할지도 모른다는 걱정이었다. 제인의 행복을 파괴하고 빙리에 대한 신뢰를 망가뜨리는 그런 생각을 인정하고 싶지는 않았지만, 자꾸 생각나는 것은 어쩔 도리가 없었다. 그 무정한 두 누이와 강력한 친구가 힘을 합치고 여기에 다시 양의 매력과 런던의 여흥까지 가세한다면, 그가 애정의 힘으로 감당하기엔 너무 벅차지 않을까 걱정스러웠다.

물론 이런 긴장감 속에서 제인은 엘리자베스보다 훨씬 더 불안하고 고통스러웠다. 그러나 제인은 어떤 감정이든 감추고 싶어 했다. 따라서 제인과 엘리자베스 사이에서 그 문제는 결코 언급되지 않았다. 그러나 그녀의 어머니에게는 그런 세심한 조심성 같은 건 아예 없었기 때문에, 빙리 얘기를 하지 않고, 혹은 그가 돌아오기를 초조하게 기다리는 마음을 드러내지 않고, 혹은 제인에게 그가 돌아오지 않는다면 심하게 이용당했다고 생각한다는 걸 인정하라고 요구하지 않고는, 정말 한 시간도 그냥 지나가는 법이 없었다. 제인의 한결같은 온화한 마음만이 이런 공격들을 웬만큼 평온한 태도로 견뎌 낼 수 있었다.

콜린스 씨는 정확히 두 주 후 월요일에 방문했다. 그러나 이번에는 처음 왔을 때만큼 정중하게 환영받지는 못했다. 하지만 그는 너무도 행복한 나머지, 롱본 가족들의 관심이 별로 필요하지 않았다. 그리고 다행하게도, 그는 연애를 하느라 베넷 가족들과 함께 지내야 할 시간을 상당히 줄여 주었다. 그는 하루의 대부분을 루커스 로지에서 보냈고, 롱본 가족들이 잠자리에 들기 직전에, 집을 비운 것을 사과할 수 있을 만큼의 시간만 남겨 놓고 돌아오기도 했다.

베넷 부인은 정말 가련했다. 그 결혼에 관한 어떤 말이든 나오기만 하면 한없이 불쾌해져 버렸고, 어디를 가든 그 얘기가 나올 거라고 확신하고 있었다. 그리고 루커스 양은 보는 것만으로도 혐오스러웠다. 베넷 부인은 샬럿을 집안의 후계자로 여기고 질투 어린 증오심을 느꼈다. 샬럿이 놀러 올 때마다, 샬럿이 이 집을 차지할 때를 학수고대하고 있다고 단정 지었다. 샬럿이 콜린스 씨에게 낮은 목소리로 속삭일 때마다, 그들이 롱본에 관한 얘기를 하고 있으며, 베넷 씨가 사망하면 그 즉시 자신과 딸들을 내쫓기로 결정하려는 거라고 확신했다. 그녀는 남편에게 비통하게 이 모든 불평을 늘어놓았다.

「여보, 베넷 씨, 샬럿 루커스가 이 집의 여주인이 된다니 생각만 해도 정말 힘들어요. 내가 걔한테 자리를 내주어야 한다니요. 또 걔가 내 자리를 차지하는 걸 보면서 살아야 한다니 너무 힘들어요!」

「여보, 그런 우울한 생각은 하지 맙시다. 좋은 쪽으로 생각해요. 내가 그들보다 더 오래 살 거라고 좋게 생각합시다.」

이 말은 베넷 부인에게 별로 위로가 되지 못했다. 그래서 대답 대신 계속 불평을 늘어놓았다.

「그들이 여기 재산을 모두 차지하게 된다고 생각하니 정말 못 견디겠어요. 한정 상속만 아니었으면, 그런 것 상관도 하지 않았을 텐데.」

「뭘 상관하지 않는다는 거요?」

「무엇이 되었든 아무 상관도 않는다고요.」

「당신이 그런 무감각한 상태에 빠지지 않은 걸 고맙게 여깁시다.」

「여보, 베넷 씨, 한정 상속에 대한 것은 무엇이 되었든 절대 고맙게 여길 수 없어요. 도대체 누가 양심도 없이 한정 상속이란 이름으로 우리 딸들에게서 집과 땅을 빼앗아 갈 수 있는지 이해할 수가 없어요. 그것도 콜린스 씨를 위해서 말이에요! 도대체 딴 사람도 아니고 왜 그 사람이 우리 집과 땅을 차지해야 하냐고요!」

「당신이 알아서 답을 찾도록 해요.」 베넷 씨가 말했다.

제2권

제24장
(제2권 제1장)

빙리 양의 편지가 도착하여 모든 의심을 풀어 주었다. 편지의 첫 문장에는 그들이 함께 런던에서 겨울을 보낼 것이라는 사실이 분명하게 담겨 있었다. 이 문장은 자기 오빠가 하트퍼드셔를 떠나기 전에 친구들에게 인사할 시간을 가지지 못해 유감스러워한다는 말로 끝을 맺었다.

희망은 사라져 버렸다. 완전히 사라져 버렸다. 제인은 편지의 다음 내용으로 겨우 관심을 돌릴 수 있었지만, 편지를 쓴 사람의 가식적인 애정 말고는 위안을 얻을 만한 것이 거의 없었다. 편지의 대부분은 다시 양에 대한 칭찬이 차지하고 있었다. 다시 양의 여러 가지 매력이 또다시 자세히 묘사되어 있었다. 그리고 캐럴라인은 자신들이 더욱 친밀해지고 있다고 들떠서 자랑했고, 자신이 지난번 편지에서 시사했던 그 소원이 이루어질 것 같다는 예측까지 하고 있었다. 또한 자기 오빠가 다시 씨의 저택에서 지내고 있다며 기뻐했고, 다시 씨가 새로운 가구를 구입할 계획이라며 황홀해했다.

제인은 곧 이 모든 내용의 주요 부분을 엘리자베스에게 들려주었고, 엘리자베스는 말 없는 분노 속에서 그 애기를 들었다. 그녀의 마음은 언니에 대한 걱정과 다른 사람들에 대한 분노로 나뉘었다. 그녀는 자기 오빠가 다시 양을 좋아한다는 캐럴라인의 말을 믿지 않았다. 빙리가 진정으로 제인을 좋아한다는 사실에는 정말 의심의 여지가 없었다. 엘리자베스는 그가 항상 좋았지만, 계략을 꾸미는 친구에게 노예처럼 끌려다니기나 하고 다른 사람들의 변덕에 자신의 행복을 희생하는 그 느긋한 성격에다, 올바른 결단력도 부족하다고 생각하니 화가 치밀어 오르고 경멸감까지 생겼다. 빙리 자신의 행복만 희생하는 거라면, 얼마든지 자기 좋을 대로 해도 괜찮았다. 하지만 언니의 행복이 연관되어 있지 않은가 말이다. 빙리도 당연히 이 사실을 알고 있을 것이다. 요컨대 오랫동안 깊이 생각해 봤자 소용없는 문제였다. 그녀는 다른 생각을 할 수가 없었다. 하지만 빙리의 애정이 정말 식어 버린 것인지 아니면 친구의 방해로 묻혀 버린 것인지, 제인이 자기를 좋아한다는 것을 알고나 있었는지 아니면 제대로 그것을 포착하지 못했던 것인지 간에, 어느 쪽이든 빙리에 대한 엘리자베스의 생각에는 영향을 줄 수 있을 테지만, 제인의 상황은 달라질 것이 없었고 마음의 평화도 이미 깨져 버렸다.

하루나 이틀이 지나서야 제인은 엘리자베스에게 자신의 심정을 애기할 용기를 낼 수 있었다. 하지만 결국 베넷 부인이 네더필드와 그 주인에 대해 평소보다 오래 짜증을 내다가 둘을 남겨 두고 나가자, 이렇게 말하지 않을 수 없었다.

「아! 어머니가 조금만 자제를 하셨으면 좋겠어. 하지만 어머닌 끊임없이 그 사람을 생각하는 게 얼마나 고통스러운지 아실 리가 없지. 그래도 불평하진 않을래. 오래 가지 않을 테니까. 그 사람은 잊힐 거고, 우린 모두 예전으로 돌아갈 거야.」

엘리자베스는 언니를 믿을 수 없다는 듯 우려하는 표정으로 바라볼 뿐, 아무 말도 하지 않았다.

「너 내 말을 안 믿는구나.」 제인이 얼굴을 다소 붉히며 외쳤다. 「정말이지 그럴 이유가 없어. 그 사람은 내 기억 속에 내가 만난 사람들 중 누구보다 상냥한 남자로 남게 될 거야. 그게 다야. 더는 바랄 것도 없고 두려울 것도 없어. 그 사람을 비난할 이유도 없고. 아, 다행이다! 내겐 그런 아픔은 없어. 시간이 좀 필요해. 난 분명 극복하려고 노력할 거야.」

그녀는 더 힘찬 목소리로 덧붙였다. 「당장에라도 이렇게 생각하면 위안이 돼. 나 혼자서 애정이라고 착각을 한 데 불과하다고, 그리고 이로 인해 나 말고는 상처 받은 사람이 없다고.」

「제인! 언니는 너무 착해.」 엘리자베스가 소리쳤다. 「상냥함과 사심 없는 마음이 정말 천사야. 무슨 말을 해야 할지 모르겠어. 난 여태껏 언니를 제대로 파악하지도, 제대로 사랑하지도 않았던 모양이야.」

베넷 양은 과한 칭찬이라며 애써 부인하면서, 그 칭찬을 여동생의 따뜻한 애정 탓으로 돌렸다.

「아니야, 이러는 건 공평하지가 않아. 언니는 세상 사람들을 모두 점잖은 사람들이라고 생각하고 싶어 해. 내가 누구를 나쁘게 얘기하면 상처받고. 난 그저 언니가 완벽하다고 믿고 싶을 뿐인데, 언니는 그걸 반대하지. 내 칭찬이 극단적이라고 걱정하지도 말고, 내가 선천적으로 선량하게 태어난 언니만의 특권을 침해할까 걱정하지도 마. 그럴 필요 없어. 내가 정말로 사랑하는 사람은 세상에 별로 없어. 그리고 내가 훌륭하다고 생각하는 사람은 그보다 더 적지. 세상은 알면 알수록 마음에 들지 않는 일뿐이야. 날마다 사람들의 성품에 일관성이 없구나, 장점이나 분별력처럼 보이는 것들도 믿을 수가 없구나 하는 생각이 자꾸 들어. 얼마 전에 두 가지 사례를 경험했잖아. 하나는 언급하지 않겠는데, 나머지 하나는 샬럿의 결혼이야. 납득할 수가 없어. 어떻게 봐도 납득이 안 된단 말이야!」

「리지, 그런 기분에 빠지지 않도록 해. 그런 기분은 네 행복을 망칠 거야. 상황도 성격도 나와는 다르다는 걸 충분히 고려해야지. 콜린스 씨의 점잖음과 샬럿의 신중하고 차분한 성품을 생각해 봐. 샬럿네 집이 대가족이고, 재산 상태를 고려하면 무척 바람직한 결혼이라는 걸 알아 둬야지. 그리고 모두를 위해서 샬럿이 우리 사촌에게서 애정과 존경심 같은 것을 느낄 거라고 믿어 보자.」

「언니를 위해서 무엇이든 믿어 보겠어. 하지만 믿는다고 해서 누구에게 도움이 되는 건 아니잖아. 샬럿이 그 사람에게 애정 같은 게 있다고 믿게 되더라도 분별력은 형편없구나 싶어질 뿐이야. 지금 샬럿의 애정에 대해선 그보다 더 좋게 생각할 수 없어. 언니, 콜린스 씨는 잘난 체하고 허세나 부리고 편협하고 어리석은 사람이야. 그런 사람이라는 건 언니도 나만큼이나 잘 알고 있잖아. 게다가 제대로 생각이 있는 여성이라면 그와 결혼하지 않을 거라고 생각하고 있으면서. 언니는 그러는 여성을 옹호해서는 안 돼. 아무리 샬럿 루커스라도 말이야. 한 사람 때문에 원칙과 고결함의 의미를 바꿔서는 안 되는 거야. 이기심을 신중함으로, 위험에 대한 불감증을 행복의 확보로 받아들이지도 말고, 날 설득하려고도 하지 마.」

「너 두 사람에 대해 너무 심하게 얘기하는 것 같다.」 제인이 대답했다. 「두 사람이 함께 살면서 행복해하는 걸 보면 내 말을 믿을 테지. 하지만 이 얘기는 그만하자. 다른 것도 암시하지 않았니. 두 가지 사례를 경험했다고 했잖아. 네 말이 무슨 뜻인지는 잘 알겠지만, 사랑하는 리지, 부탁하는데 그 사람에게 잘못이 있다든지 이제 그 사람을 좋게 생각하지 못하겠다든지 해서 날 괴롭게 하진 말아 줘. 우리는 남이 의도적으로 해를 입혔다고 생각하려고 하면 안 돼. 혈기 왕성한 젊은이가 늘 그렇게 신중하고 용의주도할 거라고 기대해서는 안 돼. 우리는 허영심 때문에 착각을 할 때가 많아. 여자들은 누가 칭찬을 하면 그 이상을 상상하잖니.」

「남자들은 여자들을 부추기고.」

「만일 의도적으로 한 일이라면, 절대 정당화될 수가 없지. 하지만 나는 일부 사람들이 상상하는 것만큼 세상에 음모가 그렇게 많을 거라고는 생각하지 않아.」

「나는 결코 빙리 씨의 어떤 행동이 의도적이었다고 말하는 게 아니야.」 엘리자베스가 말했다. 「하지만 남에게 피해를 입혀야겠다고, 남을 불행하게 만들어야겠다고 계획하지 않더라도 실수를 저지를 수 있고, 비참한 상황을 초래할 수가 있단 말이야. 생각이 짧거나, 다른 사람들의 감정에 대한 배려가 부족하거나, 그리고 결단력이 부족하면 그럴 수 있지.」

「그래서 넌 그게 그중 하나 때문이란 말이지?」

「그래. 마지막 것 때문이야. 하지만 계속 말하면, 언니가 좋게 생각하는 사람들을 내가 어떻게 생각하는지 말하게 되고, 그럼 언니는 언짢아질 거야. 그러니 할 수 있으면 나 말 좀 못하게 해줘.」

「그렇다면 넌 계속 그의 누이들이 영향력을 행사했다고 가정하고 있구나.」

「응, 그의 친구와 작당을 해서.」

「난 믿을 수가 없어. 왜 누이들이 오빠에게 영향력을 행사하려고 하겠니? 누이들은 자기 오빠가 행복하기만 바랄 테고, 그가 나한테 마음을 두고 있으면 누구든 다른 여성은 그의 행복을 보장해 줄 수가 없을 텐데 말이야.」

「언니의 첫 번째 가정은 틀렸어. 그 누이들은 오빠의 행복 말고도 바라는 게 많을 거야. 그의 재산이 늘고 신분이 상승하기를 바랄 것이고, 재산과 훌륭한 친척들이 있고 자부심도 대단한 여성과 결혼하기를 바랄 거야.」

「그 누이들은 당연히 다시 양을 선택하기를 바라겠지.」 제인이 대답했다. 「하지만 네가 생각하는 것보다 훨씬 나은 감정일 거야. 나보다 그녀를 훨씬 오래 알고 지냈으니까. 그들이 다시 양을 더 사랑한다 해도 이상할 게 없어. 하지만 그들이 뭘 원하든 간에 자기 오빠가 원하는 걸 방해할 리는 없잖아. 뭔가 심각하게 반대할 만한 게 없다면 어떤 동생이 제멋대로 그런 일을 할 수 있겠어? 자기 오빠가 나한테 끌리고 있다고 생각했다면, 우리를 떼어 놓으려고 애쓰지는 않을 거야. 그가 내게 끌렸다면 어차피 우리를 떼어 놓는 데 성공하지 못할 테니까. 너는 공연히 그가 날 좋아한다고 가정하고서, 모두가 부자연스럽고 그릇되게 행동한다고 말하고 있을 뿐 아니라 나를 무척 불행하게 만들고 있어. 그런 생각으로 나를 괴롭히지 말아 줘. 내가 착각했던 건 부끄럽지 않아. 아니, 최소한 내가 그 사람이나 그 여동생들을 나쁜 사람들이라고 생각하면서 느낄 기분에 비하면, 그건 사소하고 하찮은 것이야. 그 일을 가장 좋은 쪽으로, 그럴 수도 있는 일이라고 받아들일 수 있게 해줘.」

엘리자베스는 그런 소원에까지 맞설 수는 없었다. 이후로 둘 사이에서 빙리 씨의 이름이 거론되는 일은 없었다.

베넷 부인은 여전히 그가 왜 돌아오지 않나 의아해하며 불평을 계속했다. 엘리자베스가 그 문제를 분명하게 설명하지 않는 날이 하루도 없었지만, 베넷 부인이 그 문제에 대해 초연해질 가능성은 거의 없어 보였다. 엘리자베스 본인은 믿지 않았으면서도, 어머니에게는 제인에 대한 그 사람의 관심은 안 보면 금방 끝나 버리는 흔한 일시적 호감의 결과였을 뿐이라고 설득하려고 애썼다. 베넷 부인은 얘기를 들을 때는 그럴 수도 있겠다고 인정했지만, 매일 똑같은 얘기를 반복했다. 베넷 부인의 가장 큰 위안은 빙리 씨가 틀림없이 여름에 다시 내려오리라는 거였다.

베넷 씨가 그 문제를 대하는 방식은 좀 달랐다. 어느 날 그가 말했다. 「그래, 리지야, 네 언니가 실연을 당한 것 같구나. 축하해야겠다. 결혼 다음으로 여자들이 좋아하는 게 이따금씩 실연을 당하는 거라지. 그것은 생각할 거리도 주고, 친구들 사이에서 뭔가 특별해 보이게 해주니 말이다. 네 차례는 언제 오니? 제인한테 오래 뒤지는 걸 참을 수 없을 텐데. 이제 네 차례다. 메리턴에 이 마을 젊은 여성들을 모조리 실연시킬 만큼 장교들이 많이 있잖니. 위컴을 네 상대로 삼도록 해라. 그만하면 상냥한 친구이고 너를 멋지게 차줄 수 있을 거야.」

「아버지, 고마워요. 하지만 저는 위컴보다 못한 남자로도 충분해요. 모두가 제인 같은 행운을 기대할 수는 없잖아요.」

「그래. 하지만 네게 그런 일이 어떤 식으로 닥치든 간에 그 일을 최대한 활용할 다정한 어머니가 있다는 걸 생각하면 위안이 되는구나.」

위컴 씨와의 교제는 최근에 일어난 불미스러운 사건들로 인해 롱본 가족 여럿에게 드리워진 침울한 분위기를 쫓아 버리는 데 상당한 도움이 되었다. 그들은 위컴을 자주 만났는데, 그의 여러 장점에 대체로 기탄없는 성격이라는 점이 추가되었다. 엘리자베스가 이미 들었던 이야기, 다시 씨가 부당하게 권리를 박탈했다는 사실과 다시 씨 때문에 그가 겪었던 일들이 이제 솔직히 인정되고 공개적으로 거론되었다. 그리고 모두들 그 일이 알려지기 전부터 다시 씨를 싫어했었다면서 기분 좋아 했다.

베넷 양은 그 경우에 하트퍼드셔 사람들에게 알려지지 않은 어떤 참작할 만한 사정이 있을지도 모른다고 생각하는 유일한 사람이었다. 온화하고 변함없는 솔직한 성품을 지닌 제인은 늘 무슨 사정이 있을 거라고 옹호하고 오해가 있을지 모른다고 주장했다. 그러나 그녀를 제외한 모든 사람들은 다시 씨를 최고로 나쁜 인간이라고 단정 지었다.

제25장
(제2권 제2장)

콜린스 씨는 사랑을 고백하고 행복한 가정을 꾸릴 계획도 세우면서 일주일을 보낸 뒤, 토요일이 되자 사랑스러운 샬럿의 곁을 떠나야 했다. 그러나 다음번에 하트퍼드셔에 오는 즉시 그를 세상에서 가장 행복한 남성으로 만들어 줄 그날이 정해질 것으로 믿을 만한 이유가 있기에, 신부를 맞이할 준비를 하면서 이별의 고통을 삭일 수 있을 것이다. 그는 예전과 마찬가지로 엄숙하게 롱본의 친척들과도 작별을 했다. 그는 아름다운 사촌들에게 건강하고 행복하기를 바란다고 다시 한 번 인사를 했으며 그들의 부친에게는 감사의 편지를 한 번 더 쓰겠다고 약속했다.

그다음 월요일에 베넷 부인은 여느 때처럼 롱본에서 성탄절을 함께 보내기 위해 찾아온 남동생 내외를 맞이하는 기쁨을 누렸다. 가디너 씨는 현명하고 신사다운 남성으로 교육 수준뿐 아니라 선천적으로도 누나인 베넷 부인보다 훨씬 우월한 인물이었다. 네더필드의 빙리 자매가 그를 봤다면 장사를 직업으로 하고 가게 근처를 벗어나지 못하는 사람이 그렇게 예절이 바르고 호감을 줄 수 있다는 사실을 믿기 힘들어했을 것이다. 가디너 부인은 베넷 부인이나 필립스 부인보다 몇 살 아래였는데 상냥하고 지적이고 우아한 여성으로, 롱본의 조카딸들 모두가 가장 좋아하는 숙모였다. 특히 맨 위의 두 조카딸과 가디너 부인 사이에는 매우 특별한 애정이 지속되고 있었다. 그들은 가끔 런던에 가서 숙모 집에 머무르곤 했다.

가디너 부인이 도착하자마자 처음 한 일은 선물을 나눠 주고 최근의 유행을 설명하는 거였다. 그 일을 마치고 나서 할 일은 덜 적극적인 역할이었다. 얘기를 들을 차례였다. 베넷 부인에게는 슬픈 애깃거리도 많았고, 불평할 것도 많았다. 베넷 부인은 지난번 올케를 만난 이후 집안에 너무도 부당한 일이 많이 일어났다고 얘기했다. 베넷 부인은 딸 둘이 결혼할 뻔했는데, 결국에 이루어진 건 하나도 없다고 말했다.

「난 제인을 비난하지는 않아. 제인은 할 수만 있으면 빙리 씨를 잡았을 테니까.」 베넷 부인이 계속 말했다. 「하지만 리지는 말이야! 아, 올케! 그 아이가 고집만 피우지 않았다면 지금쯤 콜린스 씨의 부인이 되어 있었을 거라고 생각하면 너무 힘들어. 바로 이 방에서 청혼을 했는데 저 아이가 거절을 했다니까. 결국 루커스 부인이 나보다 먼저 딸을 결혼시키게 되었고 롱본의 재산은 전과 다름없이 계속 한정 상속 상태로 남게 되었어. 루커스네 사람들 정말 교활한 사람들이야, 올케. 그 집 사람들은 얻을 수 있는 것이면 무엇이든 가지려고 안달이야. 그 사람들에 대해 이런 말 하기 뭣하지만, 정말 그렇다니까. 내가 가족들 사이에서 뜻대로 뭘 하지도 못하고, 이웃 사람들은 남에 대한 배려도 않고 자기들 생각만 하는 걸 보니 신경도 날카로워지고 비참한 기분이 들어. 하지만 자네가 바로 이럴 때 와주어서 정말 큰 위로가 돼. 또 올케가 들려준 긴 소매 유행 얘기도 무척 즐거워.」

가디너 부인은 제인과 엘리자베스와 편지를 주고받으며 대부분의 소식은 이미 다 알고 있었기 때문에, 시누이에게 건성으로 대답을 하며 조카딸들이 안쓰러워 화제를 돌렸다.

나중에 엘리자베스와 단 둘이 남게 되자 가디너 부인은 그 문제에 대해 좀 더 이야기를 나누었다.「제인에게는 바람직한 혼처였던 것 같은데 이뤄지지 못해 안타깝구나.」그녀가 말했다.「하지만 이런 일들은 흔히 일어난단다! 네가 말한 빙리 씨 같은 젊은이가 몇 주 동안 예쁜 여성과 쉽게 사랑에 빠졌다가 우연히 헤어지게 되면 너무도 쉽게 잊어 버리고 변심하는 일은 무척 빈번히 일어난단다.」

「나름대로 훌륭한 위로 방법이에요. 하지만 우리한테는 해당되지 않아요.」엘리자베스가 말했다.「우린 우연히 일어난 일로 고통받는 게 아니거든요. 남에게 좌우되지 않아도 될 만큼 재산을 가진 젊은이가 주변 사람들의 간섭에 설득당해, 바로 며칠 전까지만 해도 열렬히 사랑하던 여성을 더 이상 생각하지 않게 되는 건 흔히 일어나는 일이 아니에요.」

「하지만 〈열렬히 사랑하던〉이란 표현은 너무 진부하고 너무 불확실하고 너무 불명확해서 별로 전달해 주는 내용이 없구나. 그 표현은 진정 강렬한 애정뿐 아니라, 30분 동안 사귄 사람들 사이의 감정에도 자주 쓰이거든. 빙리 씨의 사랑이 얼마나 〈열렬〉했다는 거냐?」

「그보다 더 잘될 것 같은 애정을 본 적이 없어요. 그는 다른 사람에게는 무척 무관심해지면서, 언니에게만 전적으로 마음을 쏟았어요. 두 사람이 만날 때마다 그들의 애정은 더 확고해지고 더 뚜렷해지고 있었어요. 그가 주최한 무도회에서 두세 명의 젊은 여성이 화가 났는데, 그가 춤을 청하지 않았기 때문이지요. 그리고 나는 두 번이나 그에게 말을 걸었는데 제대로 대답을 못 들었어요. 그보다 더 나은 증거가 있나요? 일상의 예의를 잊어버리는 것이야말로 사랑의 본질이 아닌가요?」

「아, 그래! 그가 그런 종류의 사랑을 제인에게 느꼈다는 말이구나. 가엾은 제인! 제인이 참 안됐구나. 개 성격으로 보아 금방 극복하지 못할 테니 말이다. 리지야, 차라리 너한테 그런 일이 일어나는 편이 좋았을 텐데. 너는 더 일찍 웃으면서 털어 버렸을 테니까. 제인에게 우리와 런던으로 가자고 하면 말을 들을까? 환경을 바꿔 보면 도움이 될지도 몰라. 아마 집에서 잠시 벗어나는 것이 어느 것 못지않게 도움이 될 수도 있을 거다.」

엘리자베스는 이 제안에 몹시 기뻐하며 언니도 흔쾌히 동의할 거라고 확신했다.

「그 젊은이를 생각하지 않으면 제인도 나아질 거라 생각된다. 우리는 런던에서도 멀리 떨어진 곳에서 살고 만나는 사람들도 전혀 다른 부류이고, 또 너도 잘 알다시피 우리는 사교계에도 거의 드나들지 않으니까 그 사람이 진짜 제인을 만나러 오는 게 아니라면 그들이 마주칠 가능성은 거의 없다.」 가디너 부인이 말했다.

「그럴 일은 정말 없어요. 그는 지금 친구 다시 씨의 집에 머물고 있는데, 그 친구 분은 그 사람이 런던의 그쪽 지역으로 제인을 방문하러 가는 걸 절대 허용하지 않을 거예요! 숙모님! 어떻게 그런 생각을 하실 수 있어요? 다시 씨는 아마 그레이스 처치 거리 같은 지역에 대해 들어 본 적도 없겠지만, 한번 들어서기라도 한다면 한 달간 목욕을 해도 그 불결함을 씻어 낼 수 없다고 생각할 거예요. 그리고 정말 빙리 씨는 그 사람 없이는 꼼짝도 안 해요.」

「그러면 그럴수록 더 좋지. 나는 두 사람이 결코 만나지 않았으면 한다. 그런데 제인이 그 누이동생과는 편지 왕래를 하지 않을까? 그러면 제인은 그 집에 인사하러 가지 않을 수 없을 텐데.」

「언니는 교제를 완전히 끊을 거예요.」

엘리자베스는 빙리가 무엇보다 주변 사람들의 간섭 때문에 제인을 만날 수 없을 것이라는 점과 언니가 그 여동생과 교제를 끊을 거라는 점에 대해 확신하는 척하기는 했다. 그렇지만 다시 생각을 해보니 전혀 가능성이 없는 일은 아니라는 생각이 들어 우려가 되기 시작했다. 그의 애정에 다시 활기가 돌아, 제인이 가진 매력이 보다 자연스러운 영향을 미쳐 친구들의 억지스러운 간섭을 물리치게 될 수도 있었다. 그건 가능한 일이었고, 엘리자베스는 가끔 정말 그럴 수도 있겠다는 생각이 들었다.

베넷 양은 숙모의 초대를 기쁘게 받아들였다. 그리고 빙리 남매에 대해서는, 그 무렵이면 캐럴라인이 자기 오빠와 한집에 머물고 있지 않으니까 그와 마주칠 염려 없이 때로 그녀를 방문하여 함께 오전 시간을 보낼 수도 있겠다는 생각 말고는 별다른 생각이 없었다.

가디너 가족은 롱본에서 일주일 동안 머물렀다. 필립스 가족, 루커스 가족, 그리고 장교들로 하루도 약속 없이 지나가는 날이 없었다. 베넷 부인이 남동생과 올케를 즐겁게 해주기 위해 세심하게 신경을 썼기 때문에 가족끼리만 정찬을 들게 된 적이 한 번도 없었다. 집에서 약속이 있을 때는 장교들 몇 사람이 늘 함께했는데, 그 가운데 위컴 씨는 꼭 끼어 있었다. 그럴 때마다 가디너 부인은 엘리자베스가 그를 열심히 칭찬하는 것을 보고 호기심이 생겨 두 사람을 세심하게 관찰했다. 자신이 본 바로는 진지하게 사랑하는 사이는 아니라고 생각되었지만, 두 사람이 서로에게 호감을 갖고 있는 것은 다소 불안한 느낌이 들 정도로 분명해 보였다. 그래서 그녀는 하트퍼드셔를 떠나기 전에 엘리자베스와 그 문제에 대해 얘기를 나누고 그런 애정을 키우는 것은 신중하지 못한 일이라고 말해 주어야겠다고 결심했다.

가디너 부인에게 위컴은 일반적으로 알려진 재능과는 별개로 즐거움을 주는 자산을 지닌 존재였다. 그녀는 결혼하기 10년인가 12년 전쯤 위컴이 살았던 바로 그 더비셔 지역에서 상당한 시간을 보낸 적이 있었다. 그래서 알고 지내는 사람들이 꽤 있었다. 위컴은 5년 전인가 다시의 부친이 돌아가신 이후에는 그곳에 머문 적이 거의 없었지만, 그녀가 그동안 접할 수 없었던 지인들에 대한 새로운 소식을 전해 줄 수는 있었다.

가디너 부인은 펨벌리 저택을 본 적이 있었고, 돌아가신 다시 씨의 성품에 대해서도 상당히 잘 알고 있었다. 따라서 이에 관한 화제가 그치지 않았다. 펨벌리에 대한 자신의 기억과 위컴의 상세한 묘사를 비교하기도 하고, 돌아가신 펨벌리의 옛 주인의 성품에 찬사도 보내면서 위컴을 즐겁게 해주고 자신도 즐거워했다. 현재의 다시 씨가 위컴을 어떻게 대했는가를 알게 되자, 그녀는 그 신사가 아주 젊었을 때 들은 평판 가운데 위컴 애기와 일치하는 것이 있는지 기억하려 애를 썼고, 마침내 피츠윌리엄 다시 씨가 매우 자부심이 강하고 성격이 못된 아이였다는 말을 들었던 기억이 난다고 자신 있게 말하게 되었다.

가디너 부인은 엘리자베스와 이야기를 나눌 수 있는 좋은 기회를 갖게 되자 즉시 정확하고도 친절하게 주의를 주었다. 엘리자베스에게 자신의 생각을 솔직하게 이야기한 후 이렇게 말을 이었다.

「리지야, 넌 현명한 아이니까 사랑에 빠지지 말라는 말을 들었다고 해서 일부러 사랑에 빠지는 그런 일은 없겠지. 그러니까 터놓고 얘기할 수가 있겠구나. 솔직히 네가 좀 조심했으면 한다. 재산도 변변치 않으니 경솔한 애정으로 비치기 쉬운 그런 사랑에 빠지지 않도록 하렴. 그 사람을 끌어들이려고 하지도 말고. 그 사람을 반대하는 건 아니다. 그는 무척 흥미로운 젊은이더구나. 만일 그에게 충분한 재산이 있었다면, 모든 게 더할 나위 없이 좋았을 거야. 하지만 넌 마음 내키는 대로 행동해선 안 돼. 네겐 분별력이 있으니까 우리 모두 네가 그 능력을 발휘할 거라 기대하고 있어. 네 아버지는 너의 결단력과 훌륭한 행실을 믿고 계시지. 아버지를 실망시켜 드려서는 안 된다.」

「숙모, 이건 정말 진지한 얘기네요.」

「그래. 너도 진지해졌으면 좋겠다.」

「뭐, 그렇다면 전혀 놀라실 필요 없어요. 저도 조심하고 위컴 씨도 조심하게 할게요. 막을 수 있다면, 그 사람이 나와 사랑에 빠지지 않게 만들게요.」

「엘리자베스, 너 지금 진지하지 않은 것 같다.」

「죄송해요. 다시 말씀드리도록 할게요. 지금 저는 위컴 씨와 사랑하는 사이가 아니에요. 아니요, 확실히 아니에요. 하지만 그 사람은 제가 여태 만나 본 사람 가운데 그 누구와 비교도 할 수 없을 만큼 호감을 주는 사람이에요. 그리고 그가 정말 나를 좋아하게 되었다 해도, 안 그랬으면 좋겠어요. 경솔한 일이라는 걸 아니까요. 아! 그 혐오스러운 다시 씨! 아버지가 저를 좋게 보시는 건 최고의 명예예요. 그 명예를 박탈당하게 된다면 비참할 거예요. 하지만 아버지는 위컴 씨를 좋아하지요. 요컨대, 숙모님, 저로 인해 다른 분들이 불행해진다면 가슴 아플 거예요. 하지만 서로 사랑하는 한 젊은이들은 재산이 없다고 해서 약혼을 그만두려 하지 않는다는 걸 우린 매일 보잖아요. 저라고 해서 유혹을 받았을 때, 다른 젊은이들보다 현명하게 행동하리라고 어떻게 장담할 수 있겠어요? 아니, 유혹에 저항하는 것이 현명한 일이라는 사실을 어떻게 알 수나 있겠어요? 그러니 제가 숙모님에게 약속할 수 있는 것은 서두르지 않겠다는 것뿐이에요. 성급하게 그 사람이 저를 가장 좋아한다고 생각하는 일은 없을 거예요. 그 사람과 함께 있을 때, 그렇게 되도록 바라지도 않을게요. 그러니까 제 말은, 최선을 다하겠어요.」

「아마 그가 여기 그렇게 자주 오지 않도록 하는 게 나을 거다. 최소한 네 어머니가 그를 초대해야겠다는 마음이 들게 해서는 안 된다.」

「지난번에 제가 그랬었지요. 맞아요. 그런 일을 삼가는 게 현명할 거예요.」 엘리자베스가 알겠다는 미소를 지으면서 말했다. 「하지만 그 사람이 자주 올 거라고 상상하지는 마세요. 이번 주에 그렇게 자주 초대됐던 건 숙부와 숙모가 오셨기 때문이거든요. 어머니는 아끼는 사람들을 위해서는 항상 손님을 청해야 한다는 생각을 갖고 계시잖아요. 하지만 정말 맹세코 가장 현명하다고 생각되는 일을 하도록 최선을 다할게요. 자, 만족하셨지요?」

그녀의 숙모는 그렇다고 대답하고, 엘리자베스는 그런 부분을 지적해 준 데 대해 감사하다고 말하며 두 사람은 헤어졌다. 서로 마음 상하는 일 없이 그런 문제에 대해 충고를 한 훌륭한 경우였다.

가디너 부부가 제인을 데리고 떠나자마자 콜린스 씨가 하트퍼드셔로 돌아왔다. 하지만 그는 루커스 가족들과 함께 머물렀기 때문에 그가 온 일이 베넷 부인에게는 그다지 불편을 끼치지 않았다. 그의 결혼 날짜는 빠르게 다가오고 있었다. 베넷 부인은 마침내 그 결혼은 어쩔 수 없는 일이라고 생각하고 심술궂은 어조로 〈행복하길 바란다〉고 되풀이해서 말하는 데까지는 단념을 했다. 결혼식은 목요일에 있을 예정이었고 수요일에 루커스 양이 작별 인사를 하러 왔다. 그녀가 떠나려고 일어나자 엘리자베스는 자기 어머니가 예의를 무시하고 마지못해 축하의 말을 하는 게 부끄럽기도 하고 정말로 마음도 움직여서 방 바깥으로 그녀를 따라 나왔다. 아래층으로 함께 내려갔을 때, 샬럿이 말했다.

「일라이자, 자주 소식 전할 거라고 믿어도 되겠지.」

「그래, 그렇게 할게.」

「그리고 부탁이 하나 또 있어. 나를 만나러 올 거지?」

「하트퍼드셔에서 자주 만나게 될 거야.」

「난 한동안은 켄트를 떠날 수 있을 것 같지가 않아. 그러니 헌스퍼드로 오겠다고 약속해 줘.」

엘리자베스는 그 방문이 별로 즐거울 것 같지 않았지만, 거절할 수가 없었다.

「아버지가 마리아와 함께 3월에 나를 보러 오실 거야.」

샬럿이 덧붙였다.

「너도 그때 함께 오겠다고 약속해 주면 좋겠다. 일리이자, 정말 네가 와주면 아버지나 마리아 못지않게 반가울 거야.」

결혼식이 거행되었다. 신랑과 신부는 교회 문 앞에서 켄트를 향해 출발했다. 사람들은 모두 여느 때처럼 그 일에 대해 할 말도 많고 들을 말도 많았다. 엘리자베스는 곧 친구로부터 소식을 들었고, 그들의 편지는 옛날만큼 정기적으로 자주 오가게 되었다. 하지만 예전처럼 숨김없이 터놓고 지내는 건 이제 불가능했다. 엘리자베스는 그녀에게 편지를 쓸 때마다 친구 사이의 친밀감에서 오는 편안함이 사라져 버린 것을 느끼지 않을 수 없었다. 그리고 편지 왕래를 늦추지 않겠다고 결심은 했지만, 그건 현재보다 옛날의 관계 때문이었다. 엘리자베스는 샬럿의 첫 번째 편지를 받자마자 얼른 열어 보았다. 그녀가 새집에 대해 어떻게 얘기하는지, 캐서린 귀부인을 마음에 들어 하는지, 얼마나 행복하다고 말할 것인지 호기심이 일지 않을 수 없었던 것이다. 편지를 다 읽었을 때, 엘리자베스는 샬럿이 모든 점에서 자신이 예견했던 대로 적고 있다고 느꼈다. 그녀는 편지를 쾌활하게 썼고, 모든 면에서 편안한 것 같았으며, 언급하는 것마다 칭찬하지 않는 게 없었다. 집, 가구, 이웃, 도로는 모두 취향에 딱 맞았고, 캐서린 귀부인의 태도는 무척 다정하고 친절했다. 샬럿의 얘기는 합리적으로 가라앉혔을 뿐 헌스퍼드와 로징스에 대해 콜린스가 하던 얘기와 똑같았다. 엘리자베스는 다른 일을 알게 되려면 직접 방문할 때까지 기다려야 한다는 걸 깨달았다.

제인은 엘리자베스에게 런던에 안전하게 도착했다는 걸 알리는 편지를 몇 자 적어 보냈다. 엘리자베스는 다시 편지를 쓸 때는 빙리 집안 사람들에 대한 말이 있었으면 하고 내심 바랐다.

엘리자베스는 두 번째 편지를 초조하게 기다렸다. 대체로 초조하게 기다린 소식이 반갑듯이 엘리자베스도 편지가 반가웠다. 제인은 런던에 일주일 있었지만, 캐럴라인을 만나지도 소식을 듣지도 못하고 있었다. 하지만 제인은 자신이 롱본에서 캐럴라인에게 보낸 마지막 편지가 사고로 분실되었을 거라고 가정하는 걸로 그 일을 받아들이고 있었다.

「숙모님이 내일 런던의 그 구역에 가실 거야. 그래서 나도 이 기회에 그로스브너 거리를 방문해 보려 해.」

제인은 방문을 한 후 다시 편지를 썼는데 거기에는 빙리 양을 만났다고 적혀 있었다.

「캐럴라인은 기운이 없어 보였어.」 제인의 말이었다.「하지만 나를 보고 무척 반가워했어. 그리고 런던에 온다는 것을 왜 미리 알리지 않았느냐고 질책을 했어. 그러니 내 생각이 옳았던 거지. 그녀는 내가 떠나면서 보낸 편지를 못 받았던 거야. 물론 그녀 오빠의 안부도 물었어. 잘 있긴 하지만 다시 씨에게 너무 묶여 있어서 자기들도 얼굴도 자주 못 본다고 하더라. 나는 다시 양이 저녁 식사에 초대되어 오기로 되어 있다는 걸 알았어. 그녀를 만나 볼 수 있기를 바랐는데, 캐럴라인과 허스트 부인이 외출을 해야 해서 오래 있을 수 없었어. 아마 곧 그들을 여기서 보게 될 거야.」

엘리자베스는 머리를 흔들었다. 편지를 읽고 나자 빙리 씨가 언니가 런던에 있다는 걸 알게 되는 건 오로지 우연에 의해서만 가능하다는 확신이 들었다.

4주가 지나갔다. 제인은 그를 한 번도 보지 못했다. 제인은 그 점은 별로 유감스럽지 않다고 애써 이해하려 했다. 하지만 그녀는 더 이상 빙리 양의 무심함을 모를 수 없었다. 제인이 매일 밤 빙리 양에게 무슨 이유가 있을 거라고 스스로 새로운 구실을 만들면서 보름 동안 집에서 기다린 후에야, 마침내 그 방문객이 나타났다. 하지만 방문 시간이 너무도 짧았고 더더욱 그녀의 태도가 너무 달라져서 제인은 더 이상 스스로를 속일 수 없게 되었다. 그 일을 겪고 나서 동생에게 보낸 편지에는 제인의 그런 기분이 여실히 드러나 있었다.

　사랑하는 리지야, 빙리 양이 날 좋아한다고 완전히 착각한 거라고 고백한다고 해서 나를 못난이라고 하거나 네 판단력이 훨씬 뛰어나다는 데 대해 승리감을 느낄 리는 없겠지. 하지만 사랑하는 동생아, 그 일에 대해선 네가 옳았다는 것이 입증되긴 했지만, 그녀의 행동이 어땠었는지 생각해 보면 내가 믿었던 것이 네가 의심했던 것만큼이나 당연한 일이었다고 계속 주장하고 싶어지는구나. 그래도 내가 고집스럽다고 생각하지는 말아 줘. 그녀가 나와 친해지려 했던 이유를 도대체 모르겠어. 하지만 똑같은 상황이 다시 일어난다면, 나는 다시 속을 것 같아. 캐럴라인은 어제서야 답방을 왔어. 그동안 쪽지도 편지도 없었어. 그녀가 왔을 때 별로 내키지 않아 한다는 것이 표정에서 역력하게 느껴졌어. 일찍 찾아오지 못한 데 대해서만 사소하고 형식적으로 사과를 했고, 날 다시 보고 싶다는 말은 한마디도 안 했어. 모든 면에서 완전히 딴 사람 같아서 그녀가 떠난 뒤에 난 더 이상 교제를 계속하지 않겠다고 완전히 결심했어. 그녀를 비난하지 않을 수 없지만, 그녀가 안됐어. 나를 친구로 선택한 게 잘못이었던 거지. 친해지려고 했던 건 분명히 모두 그녀 쪽이었어. 하지만 그녀는 자기가 행동을 잘못했었다고 느낄 테고, 분명 그 이유는 모두 자기 오빠에 대한 걱정 때문일 테니까 안됐지. 더 이상 이해가 안 되는 일은 없어. 우리는 불안해할 필요가 없다는 걸 모두 알고 있지만, 그래도 그녀가 불안감을 느꼈다면 내게 한 행동은 쉽게 이해할 수 있는 거야. 그 사람이 자기 여동생에게 너무도 당연히 소중한 사람이니까 그녀가 자기 오빠를 위해 느끼는 불안감은 어떤 것이든 자연스럽고 사랑스러운 거지. 하지만 그녀가 지금도 그렇게 불안해하는 게 이상하기는 해. 왜냐하면, 그가 나를 조금이라도 좋아했다면 오래전에 다시 만났을 텐데 말이야. 그녀가 흘린 말에서 내가 런던에 와 있다는 걸 그 사람도 알고 있다는 걸 확신할 수 있었어. 하지만 말하는 태도에서는 자기 오빠가 다시 양을 정말로 좋아한다고 스스로 확신하고 싶어 하는 것 같았어. 나는 이해가 안 된다. 잘못 판단하는 게 아닐까 걱정만 안 된다면, 정말 이 모든 것에 표리부동한 분위기가 강하게 느껴진다고 말하고 싶을 정도야. 하지만 나는 이 모든 괴로운 생각들은 모두 쫓아 버리고, 나를 행복하게 해주는 것, 너의 애정과 숙부와 숙모의 변함없는 배려만 생각하려고 노력할 거야. 답장 빨리 보내 줘. 빙리 양은 그가 다시는 네더필드로 돌아가지 않을 거고 집을 내놓을 거라고 했는데, 확실한 것 같지는 않았어. 우리 그 얘기는 꺼내지 않는 게 좋겠다. 네가 헌스퍼드의 친구들로부터 즐거운 편지를 받았다니 무척 기뻐. 윌리엄 경을 따라 마리아와 함께 꼭 그들을 만나러 가도록 해. 거기서 아주 편안한 시간 보내게 될 거라 믿어.

제인 씀.

엘리자베스는 편지를 읽고 다소 괴로웠다. 하지만 최소한 제인이 더 이상 그의 여동생에게 속지는 않을 거라고 생각하니 다시 기운이 났다. 그녀 오빠에 대한 모든 기대는 이제 완전히 막을 내렸다. 제인은 그의 애정이 살아나기를 바라지도 않을 것이다. 어떻게 보아도 그에 대한 평가는 바닥으로 떨어졌다. 엘리자베스는, 제인에게 어쩌면 이익이 되고 동시에 그에게는 벌이 되도록, 그가 다시 씨의 누이동생과 당장 결혼하기를 진심으로 바랐다. 위컴의 설명대로라면 다시 씨의 누이는 빙리로 하여금 자신이 저버린 것을 무척 후회하게 해줄 것이었기 때문이다.

이 무렵 가디너 부인은 엘리자베스에게 위컴에 대해 했던 다짐을 상기시키며 위컴의 소식을 물어 왔다. 엘리자베스는 자신보다는 숙모를 만족시킬 만한 소식을 보낼 수 있었다. 그에게서 애정처럼 보이던 것이 잠잠해졌고 관심도 사라졌으며, 그가 다른 여성을 사모하고 있다는 소식이었다. 엘리자베스는 그런 사실을 모두 알아차릴 만큼 신경을 쓰고 있긴 했지만, 별로 큰 고통을 느끼지 않은 채 그 일을 대할 수 있었고 또 그 내용을 편지에 쓸 수도 있었다. 마음이 약간 흔들리기는 했다. 그녀는 자신에게 재산만 좀 있었다면 그가 자신을 선택했을 것이라는 생각으로 허영심을 달랬다. 지금 그가 잘 보이려고 애쓰는 젊은 여성의 가장 눈에 띄는 매력은 갑자기 1만 파운드를 상속받았다는 데 있었다. 하지만 엘리자베스는 샬럿 때보다 위컴의 경우, 명민함이 수그러들었는지 경제적으로 자립해 보겠다는 그의 소원에 대해 아무런 비난도 하지 않았다. 오히려 그보다 더 자연스러운 행동은 없다고 생각했다. 그리고 그가 자신을 저버리느라 다소 마음의 고생을 했을 거라는 생각까지 하면서, 한편으로는 그러는 것이 쌍방을 위해 현명하고 바람직한 일이었다고 기꺼이 인정하고 그가 행복하기를 진심으로 바랄 수 있었다.

이 모든 내용이 가디너 부인에게 전달되었다. 엘리자베스는 상황을 설명한 후 이렇게 말을 이었다. 「숙모님, 이제는 제가 사랑에 빠져 있었던 게 아니라고 확신할 수 있어요. 왜냐하면 제가 정말 순수하고 감정을 고양시키는 열정을 경험했던 거라면, 지금 그의 이름조차 증오스럽고 그에게 불행이 닥치기만 원해야 할 텐데요. 하지만 제 감정은 그를 친절하게 대할 수 있을 뿐 아니라 심지어 킹 양도 싫지가 않아요. 그녀가 증오스럽다는 기분이 전혀 들지 않고, 그녀가 괜찮은 여성이라고 생각하고 싶은 마음까지 들어요. 이 모든 것에 사랑의 흔적은 없어요. 제가 신경 쓰고 주의했던 게 유효했나 봐요. 그와 미친 듯이 사랑에 빠져 있었다면, 저는 아는 사람들 모두에게 좀 더 흥미로운 인물이 되었겠지만, 제가 비교적 중요하지 않은 인물로 남은 것이 별로 유감스럽지 않아요. 중요한 인물이 되면 때로 너무 비싼 대가를 치러야 할지도 모르니까요. 저보다 키티와 리디아가 그의 변절을 더 가슴 아파하고 있어요. 걔들은 세상 돌아가는 일을 알기에 좀 어리고, 못생긴 젊은이뿐 아니라 잘생긴 젊은이도 먹고살 게 있어야 한다는 마음 아픈 사실에 아직 눈을 뜨지 못했어요.」

제27장
(제2권 제4장)

롱본 집안에 더 큰 사건 없이, 때로 지저분하고 춥기도 한 메리턴으로 산책 가는 일 이외에는 별다른 일 없이, 1월과 2월이 지나갔다. 3월이 되면 엘리자베스는 헌스퍼드에 가기로 되어 있었다. 처음에는 그곳에 가는 일을 별로 진지하게 생각하지 않았다. 그러나 샬럿이 자신의 방문을 많이 기다리고 있다는 사실을 문득 깨닫고, 점차 더 확실하게 그리고 더 즐거운 마음으로 방문을 생각하게 되었다. 샬럿이 떠나고 없으니 그녀가 더욱 보고 싶어지고 콜린스 씨에 대한 혐오감은 약해졌다. 그 계획에는 신선함이 있었고, 그런 어머니에 견디기 힘든 동생들과 지내다 보니 집이 그리 완벽한 곳이 될 수가 없어 약간의 변화가 필요하던 참이었다. 더군다나 그 여행은 제인을 잠깐 들여다볼 기회도 줄 것이었다. 간단히 말해, 시간이 다가올수록 여행이 지체될까 봐 걱정이 될 정도였다. 하지만 모든 일이 별 탈 없이 진척되어 마침내 샬럿이 처음 계획했던 대로 하기로 결정이 되었다. 엘리자베스는 윌리엄 경을 따라 그의 둘째 딸과 함께 떠나기로 했다. 때맞춰 런던에서 하룻밤을 보낸다는 계획이 더해지고 나니 계획은 더할 나위 없이 완벽해졌다.

유일하게 마음에 걸리는 것은 아버지와 떨어져 있어야 한다는 것이었다. 아버지는 틀림없이 자신을 보고 싶어 하실 것이다. 아버지는 막상 떠날 때가 되자 그녀를 보내는 것이 어찌나 서운했는지 편지를 보내라고 말하고서는 답장을 보내겠다고 약속까지 할 참이었다.

위컴 씨와의 작별은 무척 우호적으로 이루어졌는데, 그의 편에서 훨씬 더했다. 위컴이 지금 따라다니는 여성은 그로 하여금, 엘리자베스가 자신의 관심을 끌 자격이 충분했던 첫 여성이었으며 이야기를 들어 주고 동정을 해준 첫 여성이었고 좋아했던 첫 여성이었다는 사실을 잊게 하기에는 역부족이었다. 위컴은 그녀에게 즐거운 시간을 보내기를 바란다면서 작별 인사를 하고, 캐서린 드 버그 귀부인에 대해 어떤 기대를 할 수 있을지 상기시키면서 그녀에 대한 자기들 두 사람의 견해 — 모든 사람에 대한 두 사람의 견해 — 가 늘 일치할 것으로 믿는다고 말했다. 그런 위컴의 태도에는 우려와 관심이 담겨 있어 그에게 무척 진지하게 끌릴 수밖에 없겠다고 느꼈다. 그와 헤어지면서 결혼을 하든 독신으로 남든, 자신에게 그는 상냥하고 호감을 주는 남성의 귀감으로 남을 것이라고 확신했다.

다음 날 그녀와 함께 떠날 여행자들은 위컴의 상냥함을 덜 돋보이게 할 만한 사람들은 못 되었다. 윌리엄 루커스 경, 그리고 성격이 좋기는 하지만 자기 아버지와 마찬가지로 생각이 없는 그의 딸 마리아가 하는 얘기는 들을 가치가 하나도 없는 것이라 마차가 덜컹거리는 소리나 별반 차이가 없었다.

엘리자베스는 우스꽝스러운 것을 좋아하기는 했지만 윌리엄 경의 우스꽝스러움은 너무 오래 봐서 식상했다. 그는 궁정의 알현식과 기사 작위 수여식에서 있었던 신기한 일에 대한 얘기를 해주었는데 새로운 것이 하나도 없었다. 그의 정중한 예절도 그가 해준 얘기만큼이나 닳아빠진 것이었다.

여행길이 40킬로미터밖에 안 되는 데다 워낙 일찍 출발했기 때문에 그들은 정오 무렵 그레이스 처치 거리에 도착했다. 가디너 씨 집에 도착했을 때 제인은 그들이 도착하는지 보려고 거실 창가에 서서 밖을 내다보고 있었다. 그들이 입구에 들어섰을 때는 그들을 맞으러 나와 있었다. 엘리자베스는 그녀의 얼굴을 유심히 들여다보면서 여전히 건강하고 아름다운 것을 확인하고 기뻤다. 계단에는 한 무리의 어린 소년소녀들이 모여 있었다. 그들은 사촌이 도착하는 것을 어찌나 기다렸던지 거실에 있지 못하고 나와 있었지만, 열두 달 만에 보는지라 수줍어서 계단을 더 내려오지는 못하고 있었다. 모두가 즐거워했고 친절했다. 하루가 무척 즐겁게 지나갔다. 오전 시간은 부산하게 쇼핑을 하면서 보냈고, 저녁에는 극장에 갔다.

그때 엘리자베스는 어떻게든 숙모 옆에 앉으려고 했다. 두 사람의 첫 번째 화제는 언니 얘기였다. 그녀는 자세히 물어보았고, 숙모는 제인이 늘 기운을 내려고 애썼지만 실의에 빠져 있는 때도 있다고 대답했다. 엘리자베스는 이 말을 듣고 놀라기보다는 마음이 아팠다. 하지만 오래 지속되지 않기를 바랄 뿐이었다. 가디너 부인은 그녀에게 빙리 양이 그레이스 처치 거리를 방문했던 얘기를 상세히 들려주었고 제인과 여러 차례에 걸쳐 나누었던 대화 내용을 들려주었다. 그 내용으로 보아 제인이 빙리 양과의 교제를 진심으로 포기한 것이 확실했다.

그러고 나서 가디너 부인은 위컴의 배신에 대한 얘기로 조카를 놀리고는 그 일을 잘 견뎌 냈다고 칭찬했다.

「하지만 엘리자베스, 킹 양은 어떤 여성이니? 우리 친구가 돈을 밝힌다고 생각하니 유감스럽다.」

「숙모님, 대체 결혼을 하는 동기에 있어 돈을 밝히는 것과 신중하게 구는 것의 차이점이 뭐지요? 어디까지가 신중함이고 어디서부터가 탐욕인가요? 지난 성탄절에 숙모는 경솔한 일이 될 거라면서 그 사람과 내가 결혼하지나 않을까 걱정하더니, 지금은 그가 겨우 1만 파운드를 가진 여성과 결혼하려 한다고 해서 돈만 밝힌다고 말씀하시고 싶어 하는 거잖아요.」

「네가 킹 양이 어떤 유형의 여성인지 말해 주면, 어떻게 생각해야 할지 알 수 있을 거다.」

「좋은 여성으로 생각해요. 그녀에 대해 안 좋은 얘기는 들은 바 없어요.」

「하지만 그녀의 할아버지가 돌아가시면서 재산을 남기기 전까지 그 사람은 그녀에게 전혀 관심이 없었잖니.」

「그래요. 당연한 거 아닌가요? 제가 돈이 없기 때문에 그 사람이 제 애정을 얻으려 해서는 안 된다면서, 마음에 들지도 않고 저처럼 돈도 없는 여성을 좋아해야 할 이유가 있나요?」

「하지만 그런 일이 일어난 즉시 그렇게 빨리 그녀에게 관심을 돌리는 건 점잖지 못한 것 같다.」

「곤궁한 상황에 놓인 남성은 다른 사람들이라면 지킬 수 있는 그 모든 고상한 예의범절을 지킬 여유가 없어요. 그녀가 마다하지 않는데, 왜 우리가 문제시해야 하지요?」

「그녀가 마다하지 않는다고 해서 그 사람의 행동이 정당화될 수는 없다. 그건 그녀에게 뭔가, 그러니까 분별이나 감정 같은 게 부족하다는 것을 보여 줄 뿐이거든.」

「그럼, 숙모 마음대로 생각하세요. 그는 돈을 밝힌다고 하고 그녀는 어리석다고 해두지요 뭐.」엘리자베스가 외쳤다.

「아니야, 리지야. 그건 내가 원하는 바가 아니야. 더비셔에 그렇게 오래 살았던 젊은 남성을 나쁘게 생각해야 된다면 나도 유감스럽다.」

「아! 그런 거라면, 전 더비셔에 사는 젊은 남성들을 무척 안 좋게 생각하고 있는데요. 하트퍼드셔에 사는 그들의 친한 친구들도 별로 나을 바가 없어요. 그들 모두에게 질렸어요. 다행이네요! 내일이면 호감을 주는 데라곤 없고, 예의범절이고 분별력이고 아무것도 없는 그런 남자를 보게 될 곳으로 가니 말이에요. 결국 어리석은 남성들만이 알고 지낼 가치가 있나 봐요.」

「리지야, 조심해라. 그 말에서 네 실망스러운 기분이 강하게 풍긴다.」

공연이 끝나고 헤어지기 전에 엘리자베스는 숙부와 숙모에게서 여름에 가려고 계획해 둔 여행을 함께하자는 예기치 못한 즐거운 초대를 받았다.

「어디까지 갈지 아직 확실히 결정하지는 않았단다. 하지만 호수 지방[9]까지는 갈 것 같구나.」가디너 부인이 말했다.

엘리자베스에게 이보다 더 마음에 드는 계획은 있을 수 없었다. 그녀는 초대를 기꺼이 그리고 감사히 받아들였다.「사랑하는 숙모, 너무 기뻐요! 너무 행복해요!」엘리자베스가 들뜬 목소리로 외쳤다.

「숙모는 제게 새로운 삶과 활기를 선물하셨어요. 실망과 우울함이여, 안녕! 바위와 산에 비하면 인간은 아무것도 아니에요. 아! 우린 황홀한 시간을 보내게 되겠죠! 돌아왔을 때 우리는 어떤 것을 정확히 설명해 줄 수 없는 다른 여행자들

9 스코틀랜드와 잉글랜드의 경계 서쪽으로 호수가 밀집되어 있는 유명 관광지.

과는 다를 거예요. 우린 간 곳을 제대로 파악할 테고, 본 것들
제대로 기억을 할 테니까요. 호수와 산, 강이 우리 상상 속에
서 뒤죽박죽되지 않을 거예요. 어떤 특별한 풍경을 묘사하려
고 그곳의 위치에 대해 이러쿵저러쿵 하지도 않을 거예요.
우리가 처음 감정을 토로할 때도 대다수의 여행객들보다는
훨씬 괜찮게 들릴 거예요.」

제28장
(제2권 제5장)

그다음 날 여행이 시작되자 엘리자베스에게는 모든 대상
이 새롭고 흥미롭게 보였다. 그녀는 기쁨을 만끽할 준비가
되어 있었다. 언니를 보니 건강에 대한 걱정을 모두 떨쳐 버
릴 정도로 좋아 보였고, 또 북쪽 지방 여행에 대한 기대가 끊
임없이 즐거움의 원천이 되었기 때문이다.

큰 도로를 벗어나 헌스퍼드로 들어서는 작은 길로 접어들
자 모두 두리번거리며 목사관이 어디 있는지 찾았고, 굽어진
길을 돌 때마다 목사관이 보이려나 기대를 했다. 길 한쪽으
로 로징스 파크의 담장이 경계를 이루고 있었다. 엘리자베스
는 그 저택의 주인에 대한 얘기가 떠올라 미소를 지었다.

마침내 목사관이 시야에 들어왔다. 길 쪽으로 완만하게 경
사를 이루고 있는 정원 안쪽에 건물이 위치해 있고, 초록색
담장과 월계수 울타리, 그 모든 것이 그들이 제대로 찾아왔
다는 것을 말해 주었다. 문간에 콜린스 씨와 샬럿이 나와 있
는 게 보였다. 모두가 고개를 끄덕이며 미소를 짓는 가운데
마차가 짧은 자갈길을 따라 집으로 이어지는 쪽문 앞에 멈추
어 섰다. 그들은 곧바로 마차에서 내렸고 서로 기뻐했다. 콜

린스 부인은 더 이상 기뻐할 수 없을 만큼 활기찬 표정으로 친구를 맞이했고, 엘리자베스는 친구가 그렇게 다정하게 자신을 환영하는 걸 보며 정말 잘 왔다는 만족스러운 생각이 계속 들었다. 그녀는 사촌의 태도는 결혼을 하고도 전혀 바뀌지 않았다는 것을 바로 깨달았다. 정중하게 격식을 차리는 태도가 예전 그대로였다. 그는 가족들의 안부를 묻고 대답을 듣느라 그녀를 몇 분간 문간에 세워 놓았다. 그러고 나서 콜린스는 입구가 산뜻하다고 자랑을 했고 그러고는 모두 더 이상의 지체 없이 집 안으로 들어갔다. 거실에 들어서자 그는 허세를 부리며 격식을 갖추어 자신의 보잘것없는 거처에 와 준 데 대해 두 번째 환영의 인사말을 했고, 아내가 다과를 내오겠다고 하자 그 말도 그대로 따라했다.

엘리자베스는 그가 자랑하는 모습을 받아 줄 각오는 되어 있었다. 그는 방의 크기와 형태를 설명하고 가구를 보여 주면서 특히 그녀에게 말을 걸었는데, 마치 자신을 거절함으로써 무엇을 놓쳤는지 느끼게 하고 싶은 모양이었다. 모든 것이 정돈되어 있었고 안락해 보이기는 했다. 하지만 엘리자베스는 후회의 한숨을 내뱉음으로써 그를 만족시키는 일은 할수가 없었다. 오히려 그런 동반자와 함께 살면서도 그렇게 쾌활할 수 있다는 게 신기하여 친구를 쳐다보았다. 자주 있는 일은 아니었지만, 콜린스 씨가 아내가 부끄러워할 만한 말을 할 때면, 엘리자베스는 자기도 모르게 샬럿에게 시선이 갔다. 한두 번 얼굴이 약간 발개지는 걸 눈치챌 수 있었지만, 대체로 샬럿은 현명하게도 못 들은 척했다. 거실에 앉아 찬장에서 벽난로 망에 이르기까지 그 방의 모든 가구들을 찬탄하고, 여행이 어땠는지 런던에서 어떤 일이 있었는지 모두 이야기하고 나자, 콜린스 씨는 그들에게 정원으로 산책을 나가자고 청했다. 정원은 널찍한 데다 구획이 잘 되어 있었는데 콜린스 씨가 직접 가꾸고 있었다. 자신의 정원에서 일하는 것은 그의 가장 훌륭한 취미 활동 중 하나였다. 엘리자베스는 샬럿이 얼굴색 하나 바꾸지 않고 침착하게 정원에서 활동하는 것이 얼마나 건강에 좋은가 이야기하고, 콜린스 씨에게도 가능한 한 바깥 활동을 많이 하라고 권했다고 말하는 것을 보고 감탄했다. 그는 정원에서 모든 산책로와 갈림길을 따라 안내하면서 찬사를 듣고 싶어 했지만 말할 틈도 주지 않았다. 보이는 경관마다 어찌나 상세히 설명하는지 아름다움을 감상할 여지조차 남기지 않았다. 그는 어느 방향으로든 밭이 몇 개인지 셀 수 있을 정도였고 가장 멀리 떨어진 작은 수풀에 나무가 몇 그루가 있는지도 말할 수 있을 정도였다. 하지만 그의 정원, 나라 전체, 혹은 왕국 전체가 자랑하는 모든 경관 가운데, 정원을 따라 늘어서 있는 나무들 사이로 보이는, 그의 집 거의 맞은편에 있는 로징스의 전망과 비교될 만한 것은 결코 없었다. 로징스는 솟아오른 대지 위에 우뚝 서 있는 아름다운 현대식 건물이었다.

콜린스 씨는 그들을 데리고 정원을 벗어나 밭도 두어 군데 둘러보고 싶어 했지만, 여성들은 흰 서리가 앉은 밭을 걸을 만한 신발을 갖추고 있지 않아 돌아서야 했다. 윌리엄 경은 콜린스 씨와 함께 갔다. 그동안 샬럿은 남편의 도움 없이 집 안을 보여 줄 기회를 갖게 되어서인지 무척 즐거운 표정으로 동생과 친구를 집으로 데려갔다. 집은 자그마한 편이었으나 단단하고 편리하게 지어져 있었다. 모든 것이 정돈된 모습으로 일관성 있게 갖춰지고 잘 꾸며져 있었는데, 엘리자베스는 이것은 모두 샬럿의 솜씨일 거라고 생각했다. 콜린스 씨를 잊고 있는 동안에는 전체적으로 상당히 편안한 분위기였다. 샬럿은 그의 부재를 즐기는 것이 분명해 보였다. 엘리자베스는 그가 틀림없이 자주 없는 사람 취급을 당할 것이라는 생각이 들었다.

그녀는 이미 캐서린 귀부인이 아직 그곳에 머무르고 있다는 말을 듣고 있었다. 저녁 식사를 하는 동안 그 이야기가 다시 언급되었는데, 콜린스 씨가 끼어들며 이렇게 말했다.

「그래요, 엘리자베스 양. 당신은 돌아오는 일요일에 교회에서 캐서린 드 버그 귀부인을 뵐 영광을 갖게 될 겁니다. 당신이 그분을 만나 기쁠 것이라는 건 말할 필요도 없을 거예요. 그분은 너무도 다정하고 아랫사람들에게도 친절하신 분이니 예배가 끝난 후 당신에게도 다소 관심을 보이실 것이 확실합니다. 정말 나는 주저 없이 말할 수 있는데 그분은 당신이 여기 있는 동안에는, 우리를 초대하시는 영광을 베푸실 때 당신과 처제 마리아도 함께 초대하실 것입니다. 사랑하는 나의 샬럿에 대한 그분의 태도는 매혹적입니다. 우리는 매주 두 번 로징스에서 저녁 식사를 하는데 그분은 우리가 집까지 걸어오도록 놔두질 않으십니다. 그분의 마차가 우리를 위해 늘 대기하고 있지요. 귀부인은 마차를 여러 대 소유하고 계시니까 그분 마차 가운데 하나라고 말해야겠네요.」

「정말 캐서린 귀부인은 무척 점잖고 현명한 분이시고, 이웃에 계시면서 신경을 많이 써주세요.」 샬럿이 덧붙였다.

「여보, 정말 맞는 말이오. 그게 바로 내가 하고자 하는 말이오. 그분은 아무리 존경심을 보여도 모자라는 그런 분이에요.」

그날 저녁은 주로 하트퍼드셔의 소식을 나누고 편지로 이미 썼던 내용들을 다시 이야기하며 보냈다. 저녁을 마친 후 엘리자베스는 자기 방에 혼자 앉아 샬럿이 어느 정도 만족스러워하는 건지 곰곰이 생각해 보았다. 안내를 할 때 샬럿이 말하는 태도나 자기 남편을 차분하게 참고 대하는 것으로 보아 모든 것이 잘 되어 가고 있다는 사실을 인정해야 했다. 또한 자신의 방문이 어떤 식으로 진행될지 예상해 봐야 했다.

그들의 평소 생활의 조용한 분위기, 콜린스 씨의 귀찮은 간섭, 로징스 사람들과 교제할 때의 오락. 엘리자베스는 활발한 상상력으로 곧 그 모든 것을 그려 보았다.

그다음 날 정오 무렵, 엘리자베스가 방에서 산책 나갈 준비를 하고 있을 때 아래쪽에서 갑자기 시끄러운 소리가 나더니 집안 전체가 혼란에 빠진 듯했다. 잠시 귀를 기울이던 엘리자베스는 누군가 자신을 큰 소리로 부르면서 거칠고 다급하게 계단을 뛰어오르는 소리를 들었다. 그녀는 문을 열고, 층계참에서 흥분하여 헐떡이며 소리치는 마리아를 맞았다.

「아, 일라이자 언니! 서둘러 거실로 좀 나와 봐요. 정말 굉장한 광경이야. 무슨 일인지 말 안 할래요. 서둘러. 당장 내려와 봐요.」

엘리자베스가 무슨 일인지 물어도 소용이 없었다. 마리아는 그 이상은 말을 하려고 들지 않았다. 두 사람은 이 놀라운 일을 보기 위해 길 쪽으로 난 거실로 달려 내려갔다. 가보니 정원 입구에 두 여성을 태운 나지막한 쌍두마차가 서 있을 뿐이었다.

「겨우 이거 갖고 그런 거야?」 엘리자베스가 외쳤다. 「나는 돼지들이 정원에 들어오기라도 한 줄 알았어. 그런데 캐서린 귀부인과 그 따님이 온 것뿐이잖아.」

「어머나! 언니, 저 사람은 캐서린 귀부인이 아니야.」 엘리자베스의 착각에 꽤 충격을 받은 마리아가 말했다. 「나이 든 사람은 함께 지낸다는 젠킨슨 부인이야. 다른 한쪽은 드 버그 양이고. 그런데 그녀 좀 봐. 정말 왜소하네. 저렇게 마른데다 작으리라고는 정말 생각도 못했는데!」

「이렇게 바람이 찬데 샬럿을 문 밖에 세워 놓다니 저 사람들 너무 무례하다. 왜 안 들어오고 그래?」

「아! 샬럿 언니가 그러는데, 들어오는 법이 거의 없대. 드 버그 양이 들어오는 건 최고의 호의를 베풀 때라던데.」

「외모가 마음에 든다.」 엘리자베스가 다른 생각을 떠올리며 말했다. 「병약하고 신경질적으로 보여. 그래, 그 사람에게 너무 잘 맞겠다. 그에게 아주 잘 어울리는 아내가 될 거야.」

콜린스 씨와 샬럿 두 사람은 그 여성들과 대화를 하며 문간에 서 있었다. 그리고 윌리엄 경은 현관에 서서 자기 앞에 펼쳐진 위대한 광경을 유심히 살피고 있다가 드 버그 양이 그쪽을 쳐다볼 때마다 연신 몸을 굽혀 절을 했는데, 이 모습이 엘리자베스에게는 무척 재미있었다.

마침내 이야기를 마치고, 여성들은 마차를 타고 떠났고, 다른 사람들은 집 안으로 돌아왔다. 콜린스 씨는 엘리자베스와 마리아를 보자 그들더러 정말 운이 좋다며 축하한다고 했는데, 샬럿이 다음 날 모두가 로징스의 식사에 초대받았다고 알려 주어 사정이 이해되었다.

제29장
(제2권 제6장)

이 초대가 콜린스 씨의 승리감을 완벽하게 해주었다. 의아해하는 손님들에게 자신의 후원자의 위대함을 과시하고, 후원자가 자신과 아내를 정중하게 대하는 것을 보게끔 하는 것은 정확히 그가 바라던 바였다. 게다가 그 기회가 그렇게 빨리 주어지다니 캐서린 귀부인의 친절함은 아무리 감사해도 끝이 없을 정도였다.

「솔직히 나는 귀부인께서 우리한테 일요일에 로징스에서 차를 마시며 저녁 시간을 함께 보내자고 청하신 게 전혀 놀랍지 않아요.」 그가 말했다. 「그분이 워낙 다정하시다는 걸 잘 알고 있어서 오히려 그러실 거라 기대하고 있었지요. 하지만 이 정도로 배려를 해주실 거라고는 정말 생각도 못했어요. 여러분이 도착하자마자 즉시 로징스의 만찬에, 그것도 모두 함께 초대를 받게 될 거라고 누가 상상이나 할 수 있었겠어요!」

「나는 일이 이렇게 된 게 그리 놀랍지 않네.」 윌리엄 경이 대답했다. 「내 사회적 위상 덕분에 높으신 분들의 예의범절이 정말 어떤 것인지 알고 있거든. 궁정 근처에서는 그런 우아한 예의범절의 예가 흔하지.」

그날 내내, 그리고 그다음 날 아침에도 오로지 로징스 방문에 관한 얘기만 오고 갔다. 콜린스 씨는 그들이 로징스의 방들과 수많은 하인과 휘황찬란한 식사에 전적으로 압도되어 기가 죽는 일이 없도록 하기 위해, 무엇을 보게 될 것인지에 대해 세심하게 가르쳐 주었다.

여성들이 각자 치장을 하기 위해 자리에서 일어나자 그가 엘리자베스에게 말했다.

「사촌, 옷차림에 대해 불안해할 것 없어요. 캐서린 귀부인은 절대로 우리한테 그분이나 따님에게 어울리는 그런 우아한 차림을 하라고 요구하시는 게 아니에요. 그냥 딴 옷보다 좀 나은 걸로 아무거나 입으면 됩니다. 당신이 소박하게 차려입었다고 해서 캐서린 귀부인이 당신을 안 좋게 생각하실 일은 없을 거예요. 그분은 신분의 차이를 지키는 걸 좋아하십니다.」

그들이 옷을 입는 동안 콜린스 씨는 캐서린 귀부인은 식사가 늦어지는 걸 무척 싫어하시니까 서두르라고 두세 번인가 각자의 방문 앞을 오가며 말했다. 귀부인의 신분과 생활 방식에 대한 어마어마한 설명을 듣고 나니, 그런 모임에 익숙하지 않은 마리아 루커스는 무척 겁이 났다. 그래서 그녀는 로징스에 소개되는 걸 루커스 경이 세인트 제임스 궁을 알현할 때만큼이나 걱정을 하며 기다렸다.

날씨가 화창했기 때문에 그들은 기분 좋게 정원을 가로질러 1킬로미터가 못 되는 거리를 걸어서 갔다. 정원 곳곳에 아름답고 전망이 좋은 곳들이 있어서 엘리자베스는 풍경을 제법 즐길 수 있었다. 그러나 콜린스 씨가 기대했던 것만큼 황홀해하지는 않았다. 그가 집 앞에서 창문의 숫자를 나열하면서 루이스 드 버그 경이 그 창유리에 엄청난 비용을 들였다고 설명할 때도 그다지 놀라는 빛을 보이지 않았다.

홀로 이어지는 계단을 올라갈 때 마리아의 놀람은 매순간 더욱 커졌고, 심지어 윌리엄 경도 완전히 차분한 상태를 유지하지는 못했다. 그러나 엘리자베스는 용기를 잃지 않았다. 그녀는 캐서린 귀부인이 엄청난 재능 혹은 굉장한 미덕을 갖춘 대단한 분이라는 얘기는 듣지 못했다. 그저 돈과 신분에서 오는 당당함이라면 떨지 않고 대면할 수 있는 거라고 생각했다.

현관 홀에 이르자, 콜린스 씨는 열광적인 태도로 멋진 균형과 세련된 장식을 지적했고, 그곳에서 그들은 하인들의 안내를 받아 대기실을 통해 캐서린 귀부인과 그녀의 딸과 젠킨슨 부인이 앉아 있는 방으로 들어갔다. 귀부인은 윗사람으로서의 친절을 한껏 베풀며 그들을 맞으려고 자리에서 일어났다. 콜린스 부인은 소개를 자신이 맡아서 하겠다고 미리 남편과 얘기를 해놓았었다. 그래서 그녀의 남편이라면 필요하다고 생각했을 사과나 감사의 말을 늘어놓는 일 없이 적절한 방식으로 소개가 이루어졌다.

세인트 제임스 궁에 간 적이 있었음에도 불구하고, 윌리엄 경은 주변의 당당한 분위기에 완전히 압도되어 겨우 몸을 굽혀 인사하고 아무 말도 못한 채 의자에 앉아 있었다. 그의 딸은 두려워서 정신이 나갈 것 같았는데 시선을 어디에 두어야 할지 몰라 하면서 의자 끝에 간신히 걸터앉아 있었다. 엘리자베스는 그 상황에 눌리지 않고 차분하게 자기 앞의 세 여성을 관찰할 수 있었다. 캐서린 부인은 키가 크고 체격이 큰 여성으로, 한때 당당하고 멋진 시절이 있었을 것 같은 이목구비가 뚜렷한 여성이었다. 그녀에게서 풍기는 분위기는 남을 편하게 해주는 것이 못 되었고, 그들을 맞는 태도는 손님들로 하여금 자기네 신분이 낮다는 것을 잊게 해주는 그런 것이 아니었다. 그녀는 말없이 경외감을 불러오는 인물이 못 되었다. 어떤 말을 하든 자만심을 드러내는 권위적인 어조로 말을 했다. 엘리자베스는 순간 위컴을 떠올렸다. 그날 전체적으로 관찰한 바에 의하면, 캐서린 부인은 위컴이 묘사했던 것 그대로인 것 같았다.

어머니 쪽을 자세히 살펴본 엘리자베스는 곧 얼굴과 거동에서 다시 씨와 닮은 데가 있다는 것을 깨달았다. 그다음에 그녀는 딸 쪽으로 시선을 돌렸는데, 하도 마르고 왜소해서 마리아만큼이나 깜짝 놀랄 뻔했다. 체격이나 얼굴이나 어머니와 딸 사이에 닮은 점이 전혀 없었다. 드 버그 양은 창백하고 병약했으며, 그녀의 이목구비는 못생긴 것은 아니지만 볼 게 없었다. 그녀는 젠킨슨 부인에게 낮은 목소리로 속삭일 때를 제외하고는 거의 말을 하지 않았다. 젠킨슨 부인은 용모에서 별로 눈에 띄는 점은 없었고, 오로지 드 버그 양의 말을 들어 주면서 가리개를 그녀의 눈앞에 적당한 방향으로 놓아 주는 일에 열중하고 있었다.

몇 분간 앉아 있다가 전망을 감상하라고 해서 모두 창가로 향했다. 콜린스 씨가 나서서 아름다운 곳을 가리켜 보였고, 캐서린 귀부인은 친절하게도 여름에 훨씬 더 볼 만한 가치가 있다고 알려 주었다.

만찬은 굉장히 훌륭했다. 콜린스 씨가 말했던 모든 하인과 모든 접시가 나와 있었고, 그가 예측했던 대로 그는 귀부인의 청에 따라 식탁의 상석 맞은편에 앉았다. 그는 인생에서 이보다 더 훌륭한 일이 없다고 느끼는 것처럼 보였다. 그는 음식을 자르고 먹으며, 즐겁고 민첩한 태도로 찬사를 아끼지 않았다. 요리가 나올 때마다 처음에는 콜린스 씨가, 그다음에는 윌리엄 경이 찬사를 보냈다. 윌리엄 경은 이제 사위의 말을 무엇이든 따라하고 있었다. 엘리자베스는 캐서린 귀부인이 이를 어떻게 참고 견디는지 의아할 정도였다. 그러나 캐서린 귀부인은 그들의 지나친 찬사에 만족하고 있는 것처럼 보였다. 특히 식탁에 놓이는 요리가 그들이 처음 먹어 보는 새로운 것임이 밝혀지면 무척 우아한 미소를 보냈다. 대화는 많이 오가지 않았다. 엘리자베스는 기회가 오면 말을 할 준비가 되어 있었다. 샬럿과 드 버그 양 사이에 앉아 있었는데, 샬럿은 캐서린 귀부인의 이야기를 경청하느라 바빴고 드 버그 양은 식사를 하는 내내 한마디도 건네지 않았다. 젠킨슨 부인은 식사를 너무 적게 하는 드 버그 양을 지켜보며 다른 요리를 먹어 보라고 채근하거나 몸이 안 좋은가 걱정하느라 바빴다. 마리아로서는 말을 꺼내는 건 생각도 못할 일이었고 신사들은 오로지 먹고 찬사를 보내는 일만 하고 있었다.

거실로 돌아간 여성들은 캐서린 귀부인이 하는 얘기를 듣는 것 이외에 별로 할 일이 없었다. 귀부인은 누가 자신의 판단을 반박하는 데 익숙하지 않다는 것을 말해 주는 단호한 태도로, 모든 주제에 자신의 견해를 내놓으면서 커피가 나올 때까지 쉬지 않고 얘기를 했다. 그녀는 샬럿의 살림살이에 대해 거리낌 없이 상세하게 질문을 했다. 어떻게 꾸려 나가야 할지 갖가지 충고를 해주었으며, 샬럿네처럼 식구가 적은 가정에서 모든 것을 어떻게 규제해야 할지 말해 주었고 소와 가금류를 돌보는 법도 가르쳐 주었다. 엘리자베스는 다른 사람에게 지시를 내리는 기회가 될 만한 것이라면 어떤 것도 이 위대한 귀부인의 관심을 벗어날 수가 없다는 걸 깨달았다. 그녀는 콜린스 부인과 대화를 하는 틈틈이 마리아와 특히 엘리자베스에게 이것저것 질문을 던졌다. 엘리자베스의 친척들 가운데 이름을 들어 본 사람이 없다고도 하고, 콜린스 부인에게 엘리자베스가 체통도 있어 보이고 예쁘장하다는 말도 했다. 귀부인은 엘리자베스에게 자매가 몇이냐, 언니냐 동생이냐, 혼담이 오가는 자매가 있느냐, 인물이 좋으냐, 어디서 교육을 받았느냐, 아버지가 어떤 마차를 가지고 있느냐, 어머니 처녀 시절의 성이 뭐냐 이런 것들을 여러 번 물었다. 엘리자베스는 질문이 무례하다는 기분이 들었지만, 매우 차분하게 대답을 했다. 그러자 캐서린 부인이 말했다.

「아가씨 부친의 토지가 콜린스 씨에게 한정 상속될 거라지요?」 그리고 샬럿을 향해 말했다. 「자네를 생각하면 기쁜 일이야. 하지만 여성들에게 재산을 상속하지 않고 다른 데로 한정 상속을 하는 이유를 모르겠어. 루이스 드 버그 가문에서는 그런 게 필요하다는 생각을 한 적이 없는데. 베넷 양, 피아노 연주와 노래를 할 줄 아나요?」

「조금요.」

「아! 그러면 언제 한번 들어 보면 좋겠군. 우리 피아노는 훌륭한 것이에요. 아마 그 어떤 것보다 훨씬 나을걸요. 언제 한번 쳐봐요. 자매들도 피아노 치고 노래를 하는가요?」

「한 명은 합니다.」

「왜 모두가 배우지 않았나요? 모두 배웠어야 하는 건데. 웹스 집안 아가씨들은 모두 피아노를 치더군요. 그들의 부친도 아가씨의 부친과 수입이 비슷하지요. 그림은 그리나요?」

「아니요. 전혀 못 그립니다.」

「뭐? 아무도?」

「아무도 못 그립니다.」

「그거 참 이상하군. 아가씨는 기회를 못 가졌던 게로군. 어머니가 매년 봄 훌륭한 선생들에게서 배울 수 있도록 런던으로 데려갔어야 했는데.」

「어머니는 그렇게 하시려고 했을지도 모르지만, 아버지께서 런던을 싫어하세요.」

「가정교사는 이제 모두 떠났나요?」

「저희는 가정교사를 둔 적이 없습니다.」

「가정교사를 둔 적이 없다고! 어떻게 그게 가능했을까? 딸 다섯을 가정교사도 없이 집에서 키우다니! 난 그런 말을 들어 본 적이 없네. 아가씨의 어머니는 자녀들 교육에 노예처럼 얽매어 있었겠군.」

엘리자베스는 그렇지 않다고 말을 하면서 미소를 짓지 않을 수 없었다.

「그러면 누가 가르쳤단 말이지? 누가 다섯 자매를 돌봤나요? 가정교사가 없었다면 틀림없이 그냥 버려져 있었을 텐데.」

「어떤 가정과 비교하면 버려져 있었다고 할 수도 있겠지요. 하지만 우리가 배우고 싶어 하는 데 방법이 없었던 적은 없었습니다. 늘 독서를 하도록 격려해 주셨고, 필요한 교사는 모두 구할 수 있었습니다. 별로 배우고 싶어 하지 않는 사람은 게으르게 지낼 수도 있었지만요.」

「그래요, 그렇다니까. 하지만 가정교사가 막아 주는 것이 바로 그거 아닌가? 내가 아가씨 어머니와 안면이 있었다면, 한 사람 채용하라고 강하게 충고를 했을 텐데. 난 꾸준하게 규칙적으로 수업을 받지 않으면 교육이 제대로 될 수 없고, 그런 교육은 가정교사만이 해줄 수 있다고 늘 강조하곤 하지. 그런 식으로 내가 얼마나 많은 가정에 가정교사를 소개해 주었는지 몰라요. 나는 젊은 사람이 제대로 일할 곳을 찾게 해주는 게 늘 즐거워요. 젠킨슨 부인의 조카딸들 네 명도 나를 통해 무척 괜찮은 자리를 찾았지. 바로 얼마 전만 해도 우연히 누가 말해 준 어느 젊은 여성을 어떤 가족에게 추천했는데 무척 만족해하더군. 콜린스 부인, 멧캐프 귀부인이 어제 고맙다는 인사를 하러 왔었다는 얘기 내가 했던가? 그녀는 포프 양이 보물이란 걸 알게 된 거지. 그녀는 〈캐서린 귀부인, 당신은 내게 보물을 주셨어요〉라고 말하더군. 베넷 양, 동생들 가운데 사교계에 나온 사람이 있나요?」

「네, 모두 다 나갔습니다. 부인.」

「모두 다! 뭐, 한 번에 다섯 딸 모두가? 정말 별일이군! 아가씨가 겨우 둘째라면서. 맏딸이 결혼하기도 전에 어린 동생들이 다 사교계에 나오다니! 여동생들이 틀림없이 아주 어릴 텐데?」

「네, 막내가 열여섯이 채 안 됐습니다. 아마 사교계에 자주 드나들기에는 너무 어릴 겁니다. 하지만 부인, 정말이지 맏딸이 결혼할 방법이 없었거나 일찍 결혼할 마음이 없을 수도 있는데, 그 때문에 어린 여동생들이 사교계에 나가 즐거움을 누리지 못하게 하는 건 너무 가혹하다고 생각합니다. 막내도 맏이와 마찬가지로 젊음의 기쁨을 누릴 권리가 충분히 있는데요. 그런 이유로 뒤로 물러나 있어야 하다니요! 그러면 자매간의 우애나 자상한 마음씨를 키우는 데도 도움이 안 될 것 같습니다.」

「정말, 아가씨는 젊은 사람치고 자신의 견해를 무척 분명하게 내놓는군. 도대체 몇 살이나 되었나요?」

「다 큰 여동생이 셋이나 있는데, 제가 나이를 순순히 말씀드릴 거라고 생각하시나 봅니다.」 엘리자베스가 미소 지으며 대답했다.

캐서린 귀부인은 직접적인 대답을 듣지 못한 데 대해 무척 놀란 것 같았다. 엘리자베스는, 무례하지만 그렇게 대단한 위엄을 갖춘 분에게 감히 장난하듯 대답한 사람은 자신이 처음일 거라는 생각이 들었다.

「스무 살을 넘었을 것 같지는 않은데. 그렇다면 나이를 감출 필요가 없지.」

「스물한 살은 안되었습니다.」

신사들이 합석하여 차를 마신 후에 카드 테이블이 준비되었다. 캐서린 귀부인, 윌리엄 경, 콜린스 부부가 카드리유[10]를 하려고 앉았고, 드 버그 양이 카지노 게임[11]을 하고 싶어 했기 때문에 두 아가씨는 젠킨슨 부인이 팀을 구성하는 것을 돕는 영광을 가졌다. 이들의 테이블 쪽은 무척 따분했다. 카드 게임에 관련된 말은 한마디도 오가지 않았다. 드 버그 양이 너무 더워하거나 추워하는 건 아닌지, 그녀에게 불빛이 너무 강하거나 너무 약한 게 아닌지 걱정하는 젠킨슨 부인의 말소리를 제외하고는. 다른 쪽 테이블에서는 상당히 많은 대화가 오가고 있었다. 대체로 캐서린 귀부인이 말을 하고 있었는데, 세 사람의 실수를 지적하기도 하고 자신이 경험한 일화를 들려주기도 했다. 콜린스 씨는 패를 딸 때마다 귀부인에게 감사를 드리고, 너무 많이 딸 때면 사과를 하고, 귀부인이 말하는 것마다 동의하느라 정신이 없었다. 윌리엄 경은 말을 별로 많이 하지 않았다. 그는 기억 속에 자신이 듣고 있는 일화들과 귀족들의 이름을 차곡차곡 쌓고 있었다.

캐서린 귀부인과 그 딸이 하고 싶은 만큼 카드 게임을 하고 나자 테이블이 치워졌다. 귀부인이 콜린스 부인에게 마차를 내주겠다고 제안을 하고 콜린스 부인이 이를 감사히 받아

10 4인이 하는 게임.
11 숫자 맞추기 게임. 21점 올리면 이긴다.

들이자, 곧 마차를 부르라는 지시가 내려졌다. 일행은 난롯
가에 모여 캐서린 귀부인이 내일 날씨가 어떨 거라고 설명하
는 걸 듣고 있었다. 마차가 도착하자 그들은 날씨 얘기를 듣
는 데서 풀려나, 콜린스 씨가 다양한 감사의 말씀을 드리고
윌리엄 경이 열심히 몸을 굽혀 인사를 하는 가운데 집으로
출발했다. 로징스의 문을 벗어나자마자 엘리자베스는 사촌
에게서 로징스에서 본 모든 것에 대해 의견을 말해 달라는
요청을 받았다. 엘리자베스는 샬럿을 위하여 실제보다 훨씬
호의적으로 이야기를 해주었다. 그 정도 칭찬하는 것도 엘리
자베스로는 힘든 일이었는데, 콜린스 씨는 좀처럼 만족할 수
가 없었다. 그래서 그는 이내 귀부인에 대한 찬사를 직접 늘
어놓기 시작했다.

제30장
(제2권 제7장)

윌리엄 경은 헌스퍼드에 고작 일주일 머물렀을 뿐이지만,
그것만으로도 딸이 무척 평안하게 정착했고 흔치 않은 좋은
남편과 이웃을 갖게 되었다는 것을 확신할 수 있었다. 윌리엄
경이 함께 머무는 동안 콜린스 씨는 매일 아침 그를 마차에
태워 근방을 구경시켜 주곤 했다. 윌리엄 경이 떠난 후 모든
식구들은 평소 자기 일상으로 돌아갔는데, 엘리자베스는 그
런 변화로 인해 사촌이 더 안 보이게 된 걸 알고 다행이라 여
겼다. 그는 아침 식사를 마치면 정찬을 들기까지의 대부분의
시간을 정원에서 일을 하거나 길에 면해 있는 자기 서재에서
책을 읽거나 글을 쓰거나 창밖을 내다보거나 하면서 보냈다.
여성들이 지내는 거실은 뒤편에 있었다. 엘리자베스는 처음

에는 자주 쓰는 거실로 샬럿이 정찬실을 선택하지 않는 게 이상했다. 그 방은 크기 면에서도 훨씬 낫고 외관도 더 아름다운 방이었기 때문이다. 그러나 그녀는 곧 친구가 그래야 할 만한 타당한 이유가 있다는 걸 깨닫게 되었다. 왜냐하면 그들이 콜린스 씨 방만큼 기분 좋은 방에서 지내게 되면 그는 틀림없이 자기 방에 덜 가려고 했을 것이기 때문이다. 엘리자베스는 그렇게 일을 끌어가는 샬럿을 높이 인정해 주었다.

이들이 지내는 거실에서는 길이 보이지 않아서, 어떤 마차가 지나가는지, 그리고 특히 드 버그 양이 쌍두사륜마차를 타고 얼마나 자주 지나가는지 알려면 콜린스 씨에게 물어보는 수밖에 없었다. 그런데 드 버그 양의 마차가 거의 매일같이 지나다니는데도 콜린스 씨는 반드시 그 소식을 알려 주러 오곤 했다. 그녀는 목사관에 자주 들르는 편이었고 샬럿과 몇 분간 대화를 나누곤 했지만 좀처럼 마차 밖으로 나오려고 하지는 않았다.

콜린스 씨가 로징스에 가지 않는 날은 거의 없었고, 그의 아내도 함께 가는 날이 많았다. 엘리자베스는 귀부인이 나눠 줄 다른 목사직이 또 있을지도 모른다는 생각을 할 때까지는 그렇게 많은 시간을 귀부인에게 허비하는 것을 이해할 수가 없었다. 때때로 귀부인이 영광스럽게도 목사관을 방문하기도 했는데, 그동안 방 안에서 일어나는 일 가운데 그녀의 시선을 벗어날 수 있는 건 없었다. 귀부인은 그들이 하고 있는 일을 관찰하고 그들이 만든 작품을 들여다보고 다른 식으로 해보라고 충고도 하고 가구 배치가 잘못되었다고 지적도 하고 하녀가 소홀하게 넘어간 것들을 찾아내기도 했다. 그리고 그녀가 가벼운 식사 접대를 받아들이는 이유는 오로지 콜린스 부인의 고깃덩이가 그 가족이 먹기에 너무 크지 않은지 알아내기 위해서인 것 같았다.

엘리자베스는 곧 이 훌륭한 귀부인께서 그 지역의 치안 재판권을 가진 분은 아니지만, 자신의 교구에서 무척 적극적인 치안 판사 역할을 맡고 있다는 사실을 파악했다. 교구의 세세한 사건들이 콜린스 씨를 통해서 그녀에게 전달되고 있었다. 소작농들 가운데 누가 싸움을 하거나, 불만을 보이거나, 너무 가난하거나 하면, 언제든 그들의 의견 차이를 조정하기 위해서거나 그들의 불만을 잠재우기 위해, 그리고 그들을 꾸짖어 화합해서 풍요롭게 지내게 하기 위해 마을로 출동했다.

로징스에서 만찬을 즐기는 일은 일주일에 두 번 정도 반복되었다. 윌리엄 경이 떠났다는 것과 저녁때 카드 게임을 위한 테이블이 하나만 놓인다는 것만 제외하면 만찬은 맨 첫날에 있었던 모습 그대로였다. 대체로 이웃의 삶의 방식이 콜린스 가족이 따라갈 수 있는 범주를 넘어서는 것이었기 때문에 만찬을 가끔 함께 하는 것 이외에 다른 약속은 거의 없었다. 그러나 이것이 엘리자베스에게 나쁜 일은 아니었다. 대체로 그녀는 무척 편안하게 시간을 보냈다. 샬럿과 반 시간 정도 즐거운 대화를 나누기도 했고, 그 계절치고는 날씨도 무척 화창해서 종종 야외에 나가 큰 즐거움을 나누기도 했다. 그녀가 가장 좋아하는 산책로는 정원의 한쪽 가장자리를 이루고 있는 탁 트인 작은 숲에 나 있는 기분 좋게 그늘이 진 오솔길이었다. 그녀는 다른 사람들이 모두 캐서린 귀부인을 방문하러 가고 나면 이 산책로를 찾곤 했는데, 그녀를 제외하고는 아무도 이곳을 중요하게 여기지 않았고 여기서는 캐서린 귀부인의 호기심을 벗어날 수 있을 것 같았다.

그녀가 온 후 처음 보름간은 이렇게 조용히 흘러갔다. 부활절이 다가오고 있었다. 부활절 일주일 전에 로징스에 친척이 오기로 되어 있었는데, 워낙 사교의 범주가 좁은 곳이라 중요한 일임에 틀림없었다. 엘리자베스는 도착한 지 얼마 안 되었을 때, 다시 씨가 몇 주 안에 그곳을 방문할 거라는 소식을 들었었다. 그녀가 그 사람보다 더 싫어하는 사람은 별로 없었지만, 그가 오면 로징스의 파티에 비교적 새로운 볼거리가 생기게 될 것이고, 다시 씨가 자기 사촌을 대하는 행동에서 빙리 양이 그를 사로잡으려는 계획이 얼마나 가망 없는 일인가 보는 즐거움은 느낄 수 있을 것이다. 그 사람은 분명 캐서린 귀부인에 의해 자기 사촌의 배필로 결정되어 있었다. 귀부인은 너무도 만족스러운 어조로 다시 씨가 온다고 얘기하고, 그에 대해서는 최고의 칭찬만 했으며, 루커스 양과 엘리자베스가 이미 그를 자주 만났었다는 사실을 알고는 거의 화가 난 것처럼 보였다.

다시 씨가 도착했다는 소식은 목사관에 금방 알려졌다. 그가 도착하는 걸 가장 먼저 확인하기 위해 헌스퍼드 거리의 작은 집들이 보이는 곳으로 아침 내내 산책을 나가 있던 콜린스 씨가, 마차가 로징스 쪽으로 들어설 때 꾸벅 절을 한 후에 그 굉장한 소식을 갖고 집으로 서둘러 왔기 때문이다. 다음 날 아침 그는 문안 인사를 드리러 바삐 로징스로 향했다. 그는 캐서린 귀부인의 조카 두 사람에게 인사를 해야 했다. 다시 씨가 자신의 숙부인 ○○경의 차남인 피츠윌리엄 대령이라는 사람을 데려왔던 것이다. 그런데 콜린스 씨가 돌아올 때 두 신사가 함께 따라와서 모두들 무척 놀랐다. 샬럿은 남편의 방에서 그들이 길을 건너오는 것을 보고는 즉각 다른 방으로 달려가 엘리자베스와 루커스 양에게 어떤 영광을 누리게 되었는지 말해 주면서 이렇게 덧붙였다.

「일라이자, 이분들이 이렇게 예의를 갖춰 방문하는 건 모두 네 덕분이야. 다시 씨가 나를 방문하는 거라면 이렇게 빨리 오지 않았을 테니까.」

엘리자베스가 그 말을 반박할 틈도 없이 그들이 도착했음을 알리는 벨 소리가 나고 얼마 안 되어 세 명의 신사가 들어 섰다. 피츠윌리엄 대령이 앞장서서 들어왔는데 한 서른 살 정도 되어 보이고, 잘생기지 않았지만 사람 됨됨이나 말하는 태도가 정말 신사다운 사람이었다. 다시 씨는 하트퍼드셔에 서 봤을 때와 달라진 데가 하나도 없었다. 그는 언제나 그렇 듯이 신중한 태도로 콜린스 부인에게 인사를 건넸고, 그녀의 친구에 대한 감정이 어떤 것이었든지 간에 매우 침착한 표정 으로 그녀를 대했다. 엘리자베스는 말없이 그냥 몸을 굽혀 인사만 했다.

피츠윌리엄 대령은 예의 바른 남성의 적극적이고 편안한 태도로 곧장 대화를 시작했고 말도 무척 유쾌하게 했다. 그 러나 그의 사촌은 콜린스 부인에게 집과 정원에 대해 몇 마 디 인사를 건넨 후 아무 대화도 않고 잠시 앉아 있었다. 그러 다 마침내 예의를 차려 엘리자베스에게 가족의 안부를 묻는 것까지는 했다. 그녀는 늘 하던 대로 대답을 했다. 그리고 잠 시 말을 멈추었다가 이렇게 덧붙였다.

「언니는 요즘 석 달째 런던에 있어요. 거기서 언니를 본 적 이 없으신가요?」

그가 제인을 만난 적이 없다는 것을 너무도 잘 알고 있었 지만, 그가 빙리 집안 사람들과 제인 사이에 일어났던 일을 의식하고 있는지 보고 싶었다. 그리고 그가 불행히도 베넷 양을 만나 보지 못했다고 대답하면서 다소 당황한 것처럼 보 였다고 생각했다. 그 주제는 더 이상 거론되지 않았다. 얼마 있다가 신사들은 떠났다.

　목사관 사람들은 피츠윌리엄 대령의 매너를 칭찬했다. 여성들은 그 사람 덕분에 로징스에 모이는 일이 훨씬 더 즐거워질 것이 틀림없다고 생각했다. 하지만 그쪽으로 초대가 온 것은 며칠이 지나서였다. 왜냐하면 그 저택에 손님이 와 있는 동안에는 목사관 사람들이 필요하지 않았던 것이다. 신사들이 온 지 거의 일주일이 지나고 부활절이 되어서야 그들은 관심을 받는 영광을 누렸다. 교회를 나서면서 저녁때 로징스로 오라는 초대를 받았다. 그 전 주에는 캐서린 귀부인과 그 따님을 거의 보지 못했었다. 그동안 피츠윌리엄 대령이 목사관에 한두 번 방문했었다. 그러나 다시 씨는 교회에서 봤을 뿐이다.

　초대는 물론 수락되었고, 그들은 적당한 시각에 캐서린 귀부인의 거실 모임에 참석했다. 귀부인은 그들을 정중하게 맞기는 했지만, 새로운 손님들이 없을 때만큼 결코 그렇게 반가운 기색이 아닌 것은 확실했다. 그리고 사실 그녀는 방 안에 있는 그 누구보다 조카들, 특히 다시에게 말을 걸면서 그들에게만 거의 마음을 쏟고 있었다.

　피츠윌리엄 대령은 그들을 만나 정말로 기쁜 것처럼 보였다. 로징스에 있다 보니 어떤 일이든 그에게 모두 마음 편한 반가운 일이 되었고, 더군다나 콜린스 부인의 예쁜 친구가 무척 그의 마음에 들었다. 이제 그는 엘리자베스의 옆에 앉아 켄트와 하트퍼드셔, 그리고 여행하는 것과 집에 머물러 있는 것, 그리고 새 책과 음악에 대해 얘기했는데 어찌나 다정하게 얘기를 하는지 엘리자베스는 그 방에서 그 반만큼도 즐거웠던 적이 없었다는 기분이 들 정도였다. 그리고 그들이 어찌나 기분 좋게 막힘 없이 이야기를 하는지 다시 씨뿐 아니라 캐서린 귀부인의 관심까지 끌 정도였다. 다시 씨의 시선이 곧 그들을 향하더니 호기심 어린 표정으로 자꾸 쳐다보았고, 잠시 후 귀부인도 같은 기분을 갖게 되었는데 훨씬 솔직하게 자기 기분을 드러내며 주저 없이 소리쳤다.

「피츠윌리엄, 무슨 얘기를 하고 있지? 뭐에 대해 얘기하는 거야? 베넷 양에게 무슨 얘기를 하고 있어? 뭔지 좀 들어보자.」

「이모님, 음악 얘기를 하고 있어요.」 더 이상 답변을 피할 수 없게 되자, 그가 말했다.

「음악이라고! 그러면 크게 얘기 좀 해보아라. 내가 가장 즐거워하는 주제니까. 음악에 대해서 얘기를 하고 있다면 나도 대화에 끼어야겠다. 영국에서 나만큼 음악에서 진정한 즐거움을 느끼거나 제대로 취향을 타고난 사람도 없을 거다. 배우기만 했다면 굉장한 대가가 되었을 텐데. 앤도 건강만 괜찮았다면, 그랬을 거야. 앤이 연주를 멋지게 했었을 거라고 장담한다. 다시, 조지아나는 많이 늘었니?」

다시 씨는 여동생의 능숙한 연주 솜씨에 대해 애정 어린 칭찬을 했다.

「조지아나가 잘하고 있다는 말을 들으니 정말 기쁘구나.」 캐서린 귀부인이 말했다. 「조지아나에게 부지런히 연습하지 않으면 탁월해질 수 없을 거라고 전해 다오.」

「이모님, 정말이지 그런 충고가 필요 없어요. 정말 꾸준히 연습하거든요.」 그가 답했다.

「그렇다니 잘됐구나. 연습은 아무리 많이 해도 지나치지 않아. 다음번 편지에는 어떤 이유로든 피아노 연습을 소홀히 해서는 안 된다고 써야겠다. 나는 종종 젊은 여성들에게 음악에서 탁월한 실력을 가지려면 지속적인 연습이 없어서는 안 된다고 말해 준단다. 베넷 양에게도 더 많이 연습하지 않으면 정말 잘 칠 수가 없을 거라고 여러 차례 말해 주었지. 콜린스 부인에게 피아노가 없긴 하지만 자주 이야기한 것처럼, 매일 로징스에 와서 젠킨슨 부인의 방에 있는 피아노로 연습하는 건 얼마든지 환영이다. 로징스에서는 그 방에 있으면 아무에게도 방해가 되지 않을 테니까.」

다시 씨는 자기 이모의 무례함을 다소 부끄러워하는 듯이 보였으며 아무런 말도 하지 않았다.

커피를 마시고 나자 피츠윌리엄 대령이 엘리자베스에게 피아노를 연주해 주기로 약속하지 않았냐고 일깨웠다. 그녀는 곧장 피아노 앞에 앉았다. 그는 의자를 그녀 가까이 당겨 앉았다. 캐서린 귀부인은 음악을 반쯤 듣더니 전과 마찬가지로 다른 조카에게 이야기를 하기 시작했는데, 그 얘기는 조카가 곁을 떠날 때까지 계속되었다. 조카는 귀부인 옆을 떠나 평소의 그 신중한 태도로 피아노 쪽으로 다가가더니 아름다운 연주자의 얼굴이 정면으로 잘 보이는 곳에 자리 잡고 앉았다. 엘리자베스는 그가 하고 있는 행동을 보고는 처음 연주를 쉬는 부분이 되자 그를 향해 심술궂은 미소를 지으며 이렇게 말했다.

「다시 씨, 이 정도인 내 연주를 들으러 오시다니 공연히 겁주려고 그러시지요? 하지만 당신 여동생이 그렇게 연주를 잘한다고 해도 나는 겁먹지 않을 겁니다. 내게는 다른 사람들의 뜻에 의해 겁먹고 하는 것을 참지 못하는 고집 같은 게 있습니다. 나는 누가 겁주려고 할 때면 늘 용기가 솟구치거든요.」

「오해하셨다는 말은 않겠습니다. 내가 정말 겁주려는 의도를 갖고 있다고 생각하는 건 아닐 테니까요. 그리고 나는 당신이 속마음과는 다른 의견을 말하는 데서 큰 즐거움을 느낀다는 걸 알 만큼은 당신과 오래 알고 지냈으니까요.」

엘리자베스는 자신을 그렇게 묘사하는 게 재미있어 실컷 웃었다. 그리고 피츠윌리엄 대령에게 이렇게 말했다. 「당신의 사촌은 나를 아주 멋지게 묘사할 거예요. 그리고 내가 하는 말은 하나도 믿지 말라고 할걸요. 나는 정말 운도 없어요. 여기서는 좀 괜찮은 사람으로 통했으면 하고 바랐는데, 바로 여기서 내 진정한 성격을 너무도 잘 폭로할 수 있는 사람과 만난 셈이니 말이에요. 다시 씨, 정말이지 하트퍼드셔에서 나에 대해 안 좋게 파악한 점을 모두 언급하시다니 정말 관대하지 못하시군요. 그리고 이런 말 해도 될지 모르지만 무척 생각이 없으시네요. 그렇게 하시면 나도 자극을 받아 복수하고 싶어질지도 모릅니다. 당신의 친척 분들이 들으시면 충격을 받을 그런 얘기들을 하게 될지도 모르는데요.」

「나는 하나도 겁나지 않는데요.」 그가 미소를 지으며 말했다.

「저 친구가 어떤 비난받을 만한 일을 했는지 얘기 좀 들어봅시다.」 피츠윌리엄 대령이 외쳤다. 「그가 낯선 사람들 사이에서 어떻게 행동하는지 알고 싶거든요.」

「그러면 말씀드릴게요. 하지만 아주 끔찍한 얘기를 듣게 될 테니 각오하세요. 하트퍼드셔에서 그를 처음 보게 된 것은 아시다시피 무도회에서였습니다. 그리고 그 무도회에서 그가 무슨 일을 했는지 아세요? 춤을 네 번밖에 안 추었어요! 괴롭게 해드려서 죄송하지만, 정말 그랬다니까요. 신사분들이 모자랐는데도 춤을 겨우 네 번 추었어요. 내가 확실히 알고 있기로는 한 명 이상의 여성이 파트너가 부족해서 그냥 앉아 있었는데도 말이에요. 다시 씨, 그 사실을 부인하지는 못하시겠지요.」

「그 당시 함께 갔던 일행 말고는 그 무도회에 아는 여성이 없었습니다.」

「맞아요. 무도회장에서는 아무도 소개를 받거나 할 수 없는 법이니까요. 자, 피츠윌리엄 대령님, 다음에는 무슨 곡을 칠까요? 나의 손가락이 당신의 지시를 기다리고 있습니다.」

「아마, 내가 소개를 받으려고 나섰다면 좀 더 나은 평판을 얻었겠지요. 하지만 나는 낯선 사람들과 친해지려고 하는 편이 못 됩니다.」

「당신의 사촌에게 그 이유를 물어볼까요?」 엘리자베스가 여전히 피츠윌리엄 대령을 상대로 말했다. 「분별력도 있고 교육도 받으셨고, 세상 경험도 있으신 분이 왜 낯선 사람들과 친해지려고 하는 편이 못 되는지 말이에요.」

「저 친구에게 물어보지 않고도 질문에 답할 수 있습니다. 그건 저 친구가 굳이 그런 수고를 하려고 하지 않기 때문이지요.」 피츠윌리엄이 말했다.

「내게는 분명 다른 사람들이 가지고 있는 그 재능이 없습니다.」 다시가 말했다. 「이전에 본 적이 없는 사람들과 쉽게 대화하는 재능 말입니다. 종종 경험하는데, 그들이 하는 대화의 성격을 파악하기도 어렵고 그들이 관심을 보이는 일에 흥미가 생기지도 않습니다.」

「제 손가락은 많은 여성들이 하는 것처럼 숙달된 방식으로 이 악기 위를 움직이지 않습니다. 제 손가락은 그들만큼 힘도 없고 빠르지도 않고 또 똑같이 표현해 내지도 못합니다. 하지만 그건 제 잘못이라고 생각해 왔지요. 왜냐하면 제가 굳이 연습하려 하지 않았기 때문이니까요. 제 손가락이 다른 여성들처럼 탁월한 연주를 아예 할 수 없다고는 생각하지 않습니다.」

다시는 미소를 지으면서 말했다. 「절대적으로 옳은 말씀입니다. 당신은 시간을 훨씬 나은 데 쓰셨군요. 당신의 피아노 연주를 듣게 된 사람이라면 연주에 뭔가 부족한 점이 있다고 생각하지는 않을 테니까요. 우린 둘 다 낯선 사람 앞에서는 연주나 대화 같은 걸 하지 않지요.」

이때 캐서린 귀부인이 그들에게 무슨 얘기를 하고 있느냐고 외쳐서 이야기가 중단되었다. 엘리자베스는 곧바로 피아노 연주를 시작했다. 캐서린 귀부인이 다가와서 잠시 듣다가 다시에게 말했다.

「베넷 양은 연습을 좀 더 하고 런던의 대가에게 지도를 받았더라면 잘 칠 수 있을 텐데. 앤의 취향을 따라갈 수야 없지만 손가락 감각은 좋구나. 앤이 건강해서 피아노를 배웠더라면 훌륭한 연주를 할 수 있었을 거야.」

엘리자베스는 사촌에 대한 칭찬에 얼마나 진심으로 동의하는지 보려고 다시를 바라보았다. 그러나 그 순간에도 또 다른 어느 순간에도 사랑의 징후 같은 건 찾을 수 없었다. 그리고 그가 드 버그 양을 대하는 태도를 통틀어 볼 때, 그녀는 빙리 양에게 위안이 될 만한 결론을 이끌어 낼 수 있었다. 빙리 양이 다시의 친척이었다면 다시와 결혼할 가능성이 드 버그 양만큼은 되었을 거라는 위안.

캐서린 귀부인은 엘리자베스의 연주에 대해 논평을 계속했다. 연주 솜씨와 취향에 대해 많은 교훈을 섞어 가면서. 엘리자베스는 인내심을 갖고 정중하게 그 논평을 모두 받아들였고, 그들을 집으로 데려갈 귀부인의 마차가 대령할 때까지 신사들의 요청에 따라 피아노 앞에 계속 앉아 있었다.

제32장
(제2권 제9장)

그다음 날 엘리자베스는 콜린스 부인과 마리아가 마을로 일을 보러 간 동안 혼자 앉아 제인에게 편지를 쓰고 있었다.

그때 현관 벨이 울려 깜짝 놀랐다. 손님이 왔다는 신호였다. 마차 소리를 듣지 못했지만 캐서린 귀부인일지도 모른다고 생각했다. 그럴지 모른다는 우려가 들어 엉뚱한 질문 공세를 피하고자 반쯤 쓰다 만 편지를 치우고 있는데, 그때 문이 열리며 너무도 놀랍게도 다시 씨가, 그것도 혼자서 방으로 들어오는 게 아닌가.

그녀가 혼자 있는 것을 보고 다시 씨도 무척 놀란 것 같았다. 그는 여성분들이 모두 집에 계신 줄 알았다고 하면서 불쑥 찾아온 것을 사과했다.

그러고 나서 그들은 자리에 앉았다. 그녀가 로징스 사람들에 대해 몇 마디 안부를 묻고 나니 완전히 침묵에 빠질 위험에 처한 것 같았다. 따라서 뭔가 할 말을 생각해 내는 것이 너무도 필요했다. 이 위기 상황에서 그녀는 하트퍼드셔에서 그를 마지막으로 봤던 때를 떠올렸다. 그들이 서둘러 떠난 데 대해 뭐라고 할지 궁금하기도 해서 이렇게 말했다.

「다시 씨, 지난 11월에 네더필드에 계시던 분들 모두가 정말 갑자기 떠나가 버리셨지요! 그렇게 빨리 따라온 것을 보고 빙리 씨는 무척 반가워하면서 또 놀랐겠어요. 제가 옳게 기억하는 거라면 그분은 바로 전날 가셨으니까요. 당신이 런던을 떠나오실 때 빙리 씨와 그 여동생들 모두 잘 계셨겠지요?」

「아주 잘들 있습니다. 고맙습니다.」

그녀는 그 외에 다른 답변이 나올 것 같지 않아서 잠시 후에 덧붙여 말했다.

「빙리 씨는 네더필드로 다시 돌아올 생각이 별로 없으신 것 같던데요?」

「그가 그렇게 말하는 걸 들은 적은 없습니다만, 앞으로 그곳에서 시간을 보낼 것 같지는 않군요. 그는 워낙 친구들이 많고, 또 친구나 모임 약속 같은 것이 계속 늘어날 나이이기도 하니까요.」

「네더필드에서 지낼 생각이 별로 없다면, 그 집은 아예 포기하는 것이 이웃들에게 낫지 않을까요. 그러면 그 집에 다른 가족이 정착할 수도 있을 테니까요. 하지만 아마도 빙리 씨는 이웃들의 편의를 위해서가 아니라 본인의 편의를 위해서 그 집을 택했던 것일 테니, 본인 편한 대로 그 집을 유지하든 떠나든 하겠군요.」

「적당한 구매자가 나타나면 그는 즉각 그 집을 포기할 것으로 생각됩니다.」

엘리자베스는 아무 말도 하지 않았다. 그녀는 그의 친구에 대해 더 얘기하기가 두려웠다. 그리고 더 이상 할 얘기도 없어 화젯거리를 찾는 수고를 그에게 맡기기로 결심했다.

그는 눈치를 채고 곧 이렇게 말을 꺼냈다. 「집이 무척 편안해 보이는군요. 콜린스 씨가 처음 헌스퍼드에 왔을 때 캐서린 귀부인께서 이 집을 많이 손질하셨을 겁니다.」

「그러셨을 겁니다. 그리고 그분이 베푸시는 친절에 대해 콜린스 씨만큼 감사하는 사람도 없을 거예요.」

「그런 아내를 맞은 걸 보니 콜린스 씨는 정말 운이 좋은 것 같군요.」

「네, 정말 그래요. 분별력 있는 여성 가운데 그의 청혼을 받아들인 여성, 아니 받아들이고 또 그를 행복하게 만들어줄 그런 여성은 극히 드물 겁니다. 그러니 콜린스 씨가 그런 여성을 만난 것을 두고 그의 친구들이 기뻐하는 건 당연한 일이겠지요. 제 친구는 분별력이 뛰어난 사람이에요. 콜린스 씨와 결혼한 것이 과연 현명한 일이었는지는 확신할 수 없지만요. 하지만 무척 행복해 보여요. 그리고 이해타산의 면에서 그가 그녀에게 매우 좋은 배필인 건 확실합니다.」

「친구 분은 가족과 친구들이 왕래하기에 편한 거리에 정착하게 되어 분명 만족스러웠을 겁니다.」

「왕래하기에 편한 거리라고 하셨나요? 거의 80킬로미터나 되는데요.」

「길만 좋으면 80킬로미터 정도는 아무것도 아니지요. 반나절 조금 더 걸리는 여행인데요. 그래요, 나는 이 정도면 무척 왕래가 편한 거리라고 생각합니다.」

「저는 거리를 결혼을 잘한 이유 중의 하나로 꼽지는 않아요. 콜린스 부인도 친정 가까운 곳에 정착했다고 말하지는 않을 거예요.」 엘리자베스가 외쳤다.

「그건 당신이 하트퍼드셔에 얼마나 애착을 갖고 있나 보여주는 증거입니다. 롱본의 근교만 넘어가면 모두 멀다고 생각되겠지요.」

그녀는 그가 말을 할 때 얼굴에 미소가 스치는 걸 분명 본 것 같았다. 틀림없이 자신이 제인과 네더필드를 연결해서 생각하는 거라고 짐작한 것 같았다. 그래서 대답을 하며 얼굴이 붉어졌다.

「저는 여성이 친정에 가까운 곳에 정착할수록 더 좋다고 말하려는 게 아닙니다. 멀고 가까운 건 상대적인 것이고, 여러 가지 상황에 따라 다르겠지요. 여행 경비가 사소한 것이 될 정도로 재산이 많다면 멀다고 해서 나쁠 거야 없지요. 하지만 이 집은 그렇지 못합니다. 콜린스 부부는 먹고살 만한 수입이 있지만, 자주 여행을 다닐 만큼 넉넉하지는 못합니다. 저는 제 친구가 현재 거리의 반도 안 되는 곳이라 하더라도 친정 근처라고 생각하지는 않을 거라고 확신합니다.」

다시 씨는 그녀 쪽으로 의자를 조금 당겨 앉으며 말했다. 「동네에 그렇게 강한 애착을 가질 수만은 없을 텐데요. 당신이 늘 롱본에만 살 수는 없지 않습니까.」

엘리자베스는 놀란 것처럼 보였다. 다시 씨는 어떤 감정

변화를 겪었는지 의자를 뒤로 당기고 탁자에서 신문을 집어 들어 훑어보면서 약간 차가운 목소리로 말했다.

「켄트가 마음에 드십니까?」

두 사람 모두 침착하고 짤막하게 켄트 지방을 화제로 짧은 대화를 이어 나가다가 막 산책을 마치고 돌아온 샬럿과 그녀의 여동생이 방에 들어서자 이야기를 끝냈다. 그들은 두 사람이 마주 보고 얘기하는 것을 보고 놀랐다. 다시 씨는 잘못 알고 찾아와서 혼자 있던 베넷 양을 갑자기 방해하게 되었다고 설명했다. 그리고 누구와도 얘기를 나누지 않고 몇 분 앉아 있다가 가버렸다.

「이게 뭘 의미하겠니!」 그가 나가자마자 샬럿이 말했다. 「일라이자, 그 사람 널 사랑하는 게 틀림없어. 그렇지 않으면 이렇게 친근하게 우리를 찾아왔을 리가 없어.」

하지만 엘리자베스는 그가 침묵만 지키더라고 이야기했다. 샬럿의 바람이 아무리 그렇다고 해도 사랑 때문에 온 것 같지는 않았다. 여러 추측을 해본 후 마침내 그가 별로 할 일이 없어서 방문했을 거라고 짐작하게 되었다. 지금이 한 해 중 가장 지루한 시기라는 점에서 타당한 얘기였다. 야외에서 할 수 있는 운동은 모두 때가 지났다. 집 안에 캐서린 귀부인과 책과 당구대가 있었지만, 신사들이 늘 집에만 있을 수는 없었다. 그러니 이 시기에, 목사관이 가까워서, 어쩌면 목사관으로 난 산책길이 쾌적해서, 어쩌면 목사관에 사는 사람들이 마음에 들어서 그런 건지도 모른다. 어쨌든 두 사촌은 거의 매일 목사관으로 산책하고 싶은 유혹을 느꼈다. 그들은 오전에 들쑥날쑥 방문을 했는데, 때로는 각자, 때로는 함께, 간혹 가다가는 캐서린 귀부인을 모시고 오기도 했다. 피츠윌리엄 대령은 그들과 교제하는 것이 즐거워서 오는 것이 분명했고, 그렇기 때문에 더욱 그들의 호감을 샀다. 엘리자베스는 그가 자신을 좋아하는 것이 분명해 보일 뿐 아니라 그와 함께 있으면 자신도 즐거웠기 때문에 예전에 좋아했던 조지 위컴을 떠올리게 되었다. 엘리자베스는 두 사람을 비교하면서 매너 면에서는 피츠윌리엄이 부드럽게 사람의 마음을 사로잡는 위컴보다 못하지만, 박식함에서는 훨씬 뛰어날 거라고 생각했다.

그러나 다시 씨가 목사관에 왜 그렇게 자주 오는지 파악하기는 훨씬 힘들었다. 흔히 말 한마디도 하지 않고 10분 정도 함께 앉아 있곤 하는 걸로 보아 교제 때문이라고 할 수도 없었다. 그리고 말을 한다 해도 자기가 원해서가 아니라 필요에 의해서 하는 것 같았다. 자기가 즐거움을 느껴서가 아니라 예의를 지키느라 희생을 하는 것 같았다. 그는 거의 한 번도 활기 넘쳐 보인 적이 없었다. 콜린스 부인은 그를 어떻게 파악해야 할지 알 수가 없었다. 피츠윌리엄 대령이 때로 그에게 바보 같다고 비웃는 것으로 보아, 그가 평소와 뭔가 다르다는 것은 분명했다. 그게 무엇인지 그녀로서는 도저히 알 수가 없었다. 콜린스 부인은 이러한 변화가 사랑 때문이며 그 사랑의 대상은 자신의 친구인 일라이자라고 믿고 싶었기 때문에, 자리에 앉아 그렇다는 것을 확인해 내려고 진심으로 애썼다. 자신들이 로징스에 갈 때마다 그리고 그가 헌스퍼드에 올 때마다 관찰했지만, 별로 성공을 거두지 못했다. 그는 확실히 그녀의 친구를 상당히 자주 바라보기는 했다. 하지만 쳐다보는 표정에는 논란의 여지가 있었다. 그는 진심 어린 시선을 지속적으로 보내고 있었다. 하지만 때로 그 시선에 사모하는 마음이 충분히 담겨 있는 건지 의심스러울 때도 있었고 때로 그저 멍하니 있는 것같이 보이기도 했다.

한두 번 엘리자베스에게 그가 그녀를 좋아하고 있는지도 모른다고 넌지시 말해 보았지만, 엘리자베스는 늘 말도 안 된다고 웃어 넘겼다. 콜린스 부인은 실망으로 끝나 버릴 수도 있는 일에 공연히 기대만 부풀릴 위험도 있겠다는 생각이 들어 그 문제를 계속 따지지 않는 것이 옳겠다고 생각했다. 콜린스 부인으로서는 그녀의 친구는 다시 씨가 자신의 손아귀에 있다고 생각하게 되면 그에 대한 싫은 감정도 모두 떨쳐 버릴 거라고 믿어 의심치 않았기 때문이었다.

그녀는 엘리자베스가 잘되었으면 하는 마음에 여러 가지 계획을 세워 보았다. 때로 그녀가 피츠윌리엄 대령과 결혼하는 것도 생각해 보았는데 그는 누구와도 비교할 수 없을 만큼 호감을 주는 사람이었다. 그가 엘리자베스를 좋아하는 것도 확실했고 그의 사회적 조건도 아주 적당했다. 하지만 다시 씨가 성직 임명권을 상당히 갖고 있는 반면에 그에게는 그런 권리가 하나도 없다는 점이 이러한 장점을 상쇄하고도 남았다.

제33장
(제2권 제10장)

엘리자베스는 로징스의 장원을 산책하다가 예기치 않게 다시 씨와 몇 차례 마주쳤다. 그녀는 다른 사람은 아무도 오지 않는 곳에 그가 나타나다니 참 운도 없구나 하는 생각이 들었다. 처음에는 그런 일이 다시 일어나는 것을 막기 위해 일부러 그곳이 자신이 가장 좋아하는 산책로라고 알려 주기까지 했다. 따라서 그런 일이 어떻게 두 번 일어날 수 있는지 정말 이상했다! 하지만 그 일은 심지어 세 번이나 일어났다. 그가 고의적으로 심술을 부리는 것이거나 스스로 고행을 하려는 것 같았다. 왜냐하면 그렇게 만나게 되면 그는 몇 마디

형식적인 안부 인사를 나누고 어색하게 서 있다가 그냥 지나쳐 버릴 뿐 아니라 다시 돌아와서는 함께 산책을 하는 것이 필요하다고 생각하는 것처럼 보였던 것이다. 그는 별로 많은 얘기를 하지 않았고 그녀도 애써 말을 많이 하거나 들으려 하지 않았다. 하지만 세 번째 우연히 마주쳤을 때는 그가 헌스퍼드에서 지내는 게 즐거우냐, 혼자 산책하는 걸 좋아하느냐, 콜린스 씨 부부가 행복하다고 생각하느냐 같은 별 연관성도 없는 이상한 질문들을 하고 있다는 생각이 들었다. 그리고 그는 로징스에 대해 얘기하면서 그녀가 그 저택을 제대로 파악하지는 못했다는 얘기를 했는데, 그 말을 들으며 그녀는 자기가 켄트 지방으로 올 때마다 그곳에서도 묵게 되기를 기대하는 것 같다는 생각이 퍼뜩 들었다. 그의 말이 그렇게 하라는 의미를 내포하고 있는 것 같았던 것이다. 그는 피츠윌리엄 대령을 염두에 두었던 것일까? 그녀는 그가 그런 의미로 말을 했다면, 피츠윌리엄과 연관하여 일어날 수 있는 일을 암시하는 것이 틀림없다고 생각했다. 그런 생각이 들자 그녀는 다소 혼란스러워져서 목사관 맞은편의 울타리 문께에 다다른 것이 다행이다 싶었다.

엘리자베스는 어느 날 산책을 하면서 가장 최근 제인에게서 받은 편지를 다시 읽으며 기운 없이 쓴 것이 확실한 구절을 곰곰이 되짚어 보고 있었다. 그때 고개를 들다가 그녀는 다시 씨를 또 보게 되어 놀라는 대신, 피츠윌리엄과 마주치게 되었음을 깨달았다. 그녀는 편지를 얼른 치우고 억지로 미소를 지으면서 이렇게 말했다.

「당신이 이쪽으로 산책 다니시는 줄은 몰랐었는데요.」

「매년 해 온 것처럼 로징스 장원을 둘러보고 있었습니다. 그리고 목사관을 방문하는 걸로 끝내려고 하고 있었지요. 더 멀리 가실 겁니까?」

「아니에요. 곧 돌아가려고 했습니다.」

말한 대로 그녀는 돌아서서는 그와 함께 목사관 쪽으로 걸었다.

「토요일에 켄트를 떠나시는 게 확실한가요?」 그녀가 물었다.

「네. 다시가 출발을 또 연기하지 않으면요. 나는 그가 하자는 대로 합니다. 그는 자신이 원하는 대로 일정을 짜고요.」

「그리고 그분은 일정을 짜는 데서는 별 기쁨을 못 느낀다 해도 최소한 마음대로 짤 수 있다는 사실에서는 기쁨을 누릴 수 있겠군요. 저는 다시 씨보다도 더 자기가 원하는 대로 할 수 있는 힘을 더 즐기는 사람은 본 적이 없는 것 같아요.」

「그는 자기 뜻대로 하는 걸 무척 좋아하긴 합니다.」 피츠윌리엄 대령이 대답했다. 「하지만 우리 모두 그렇지 않나요. 단지 그가 다른 사람들보다 그렇게 할 수 있는 수단을 훨씬 많이 갖고 있을 뿐이지요. 그는 부자고 다른 많은 사람들은 가난하니까요. 나는 진심에서 말하는 겁니다. 장남이 아닌 아들은 자기 마음을 비우고 남에게 의존하는 데 익숙해져야 하지요.」

「제 생각에 백작 가문의 차남은 자기 마음을 비우는 일도 남에게 의존하는 일도 잘 모를 것 같은데요. 자, 솔직히 말씀하세요. 당신은 그 두 가지에 대해 뭘 겪어 보셨나요? 돈이 없어서 가고 싶은 데를 못 가시거나 좋아하는 것을 못 가진 일이 있으셨나요?」

「정곡을 찌르는 질문이군요. 아마 그런 종류의 어려움을 많이 겪었다고는 말할 수 없겠지요. 하지만 좀 더 비중이 큰 문제에 있어서는 재산이 없기 때문에 고통을 겪을 수 있습니다. 장남이 아닌 아들들은 자기가 좋아하는 여성과 결혼할 수가 없습니다.」

「재산이 많은 여인을 좋아하는 게 아니라면 말이지요. 종종 그렇게들 하는 것 같던데요.」

「우리는 돈을 쓰는 습관 때문에 지나치게 의존적으로 되지요. 나와 같은 신분을 가진 사람들 가운데 돈에 신경을 쓰지 않고 결혼할 만한 여유가 있는 사람은 그리 많지 않습니다.」

엘리자베스는 〈이건 나를 두고 하는 말일까?〉 하는 생각이 들었다. 그리고 그 생각에 얼굴이 붉어졌다. 하지만 곧 정신을 차리고 쾌활한 어조로 말했다. 「그런데 백작 가문의 장남이 아닌 아들은 값이 대체로 얼마나 되나요? 장남이 아주 병약하지 않다면 5만 파운드를 넘지는 않을 것 같은데요.」

그는 그녀와 똑같이 장난스럽게 대답을 했고, 그 화제는 중단되었다. 엘리자베스는 침묵을 지키면 그로 하여금 자기가 조금 전에 일어난 일에 영향을 받은 게 아닌가 상상하게 만들까 봐 침묵을 깨기 위해 곧 이렇게 말했다.

「당신의 사촌은 자기 마음대로 할 수 있는 누군가가 필요해서 당신을 여기 데려온 것이 아닐까 싶네요. 그는 편리하게 그런 역할을 지속적으로 맡아 줄 사람을 확보하기 위해 결혼을 하려 하지 않을까 궁금해요. 하지만 아마 당분간은 그의 여동생이 그 역할을 하겠군요. 그의 여동생은 그 사람 보호만 받을 테니, 자기 마음대로 할 수 있겠지요.」

「아닙니다. 그 일은 그와 내가 함께 나누고 있는 혜택입니다. 나는 그와 공동으로 다시 양의 후견을 맡고 있습니다.」

「정말이세요? 그럼 두 분은 후견인으로서 어떤 일을 하시나요? 다시 양이 당신들을 많이 힘들게 하는가요? 그 나이의 젊은 여성들은 때로 다루기가 좀 힘들 텐데요. 그녀도 진정한 다시 가문의 정신을 지니고 있다면 자기 멋대로 하고 싶어 할 텐데요.」

그녀는 말을 하면서 그가 자신을 뚫어지게 쳐다보고 있다는 걸 알아차렸다. 그가 그녀에게 왜 다시 양이 그들을 불편하게 할 것 같다고 생각하는지 바로 물어보는 듯한 그런 태도를 보아 그녀는 자신이 다소간 진실에 무척 근접했나 보다고 확신했다. 그녀는 즉각 대답했다.

「놀라실 필요 없어요. 그녀에 대한 안 좋은 얘기를 들은 적은 없어요. 그녀는 세상에서 가장 다루기 쉬운 온순한 사람일지도 모르지요. 그녀는 내가 아는 여성들, 허스트 부인과 빙리 양이 가장 좋아하는 사람이에요. 두 사람을 안다고 말씀하시는 걸 들은 적이 있는 것 같네요.」

「조금 알기는 합니다. 그 두 여성의 오빠는 무척 다정하고 신사다운 분이더군요. 다시와 무척 친한 사이입니다.」

「아! 맞아요.」엘리자베스가 감정을 내비치지 않고 대답했다.「다시 씨는 빙리 씨에게 굉장히 친절하지요. 그리고 그를 놀라울 정도로 잘 돌봐 주고요.」

「돌봐 준다고요! 맞아요. 어떤 우려되는 문제들을 다시가 정말 돌봐 준 것 같더군요. 이곳으로 오는 길에 다시가 한 얘기 가운데 빙리가 큰 신세를 졌나 보다고 생각할 만한 일이 있었어요. 하지만 내 멋대로 그 사람이 빙리라고 생각할 권리는 없으니 그에게 실례를 범하는 것일 수 있어요. 모두 제 추측이거든요.」

「무슨 말씀이세요?」

「물론 다시는 그 일이 소문나는 것을 원하지 않을 겁니다. 그 상황이 그 여성의 집안에 알려지면 기분 나쁜 일이 될 테니까요.」

「절대 그 일을 말하지 않을게요.」

「그 사람이 빙리일 거라고 생각할 이유도 그다지 많지 않다는 것도 기억해 두세요. 다시는 그냥 이런 얘기를 했습니다. 최근에 무척 경솔한 결혼으로 곤란해질 뻔한 친구를 구해 주어 기쁘다는 얘기요. 하지만 이름이나 다른 구체적인 것은 언급하지 않았지요. 그래서 그냥 빙리일지도 모른다고 생각되었을 뿐입니다. 그가 그런 종류의 궁지에 빠지기 쉬운 젊은이로 보였고, 그들이 지난여름 내내 함께 있었다는 걸 알기 때문에요.」

「다시 씨가 왜 그 결혼을 막았는지 이유를 말하던가요?」

「그 여성에 대해 심각하게 반대해야 할 이유가 몇 가지 있었던 것 같습니다.」

「그들을 갈라 놓기 위해 그는 어떤 술책을 썼나요?」

「어떤 술책을 썼는지는 말하지 않았습니다.」 그가 미소를 지으며 말했다. 「그는 그저 지금 말씀드린 얘기만 했습니다.」

엘리자베스는 심장이 분노로 터질 것 같아 아무 대답도 하지 않고 계속 걸었다. 잠시 그녀를 지켜보던 피츠윌리엄은 왜 그렇게 생각에 잠겨 있는가 하고 그녀에게 물었다.

「지금 해주신 말씀을 생각하고 있어요. 당신 사촌의 행동이 제 마음에 거슬립니다. 그는 어떻게 남의 일에 대해 이렇다 저렇다 판단할 수가 있는 거지요?」

「당신은 그의 간섭이 주제넘은 일이라고 생각하시는군요.」

「다시 씨는 무슨 권리로 친구의 애정이 옳은지 그른지 결정할 수가 있는 걸까요? 도대체 왜 그는 자신의 판단만으로 친구가 어떤 식으로 행복해야 할지를 결정하고 이끌고 하는 거냐고요.」 그녀는 정신을 차리고 말을 이었다. 「하지만 자세한 내막은 모르니 그를 비난하는 건 공정한 일이 못 되는군요. 그 경우는 깊은 애정이 없었던 것으로 생각해야겠어요.」

「그리 어긋나는 추측은 아닌 것 같습니다. 하지만 그렇게 보면 무척 슬프게도 내 사촌이 말한 자랑스러운 행동이 별 것이 아닌 게 되네요.」

그는 농담처럼 말을 했지만, 그녀에게는 다시 씨를 정확하게 묘사한 것처럼 보여서 굳이 대답을 하지 않았다. 그래서 그녀는 화제를 급작스레 바꾸어 목사관에 닿을 때까지 별로 중요하지 않은 일들에 대해 이야기를 했다. 목사관에서 그녀는 손님이 떠나자마자 자기 방에 틀어박혀 아무런 방해를 받지 않고 피츠윌리엄에게서 들은 얘기를 모두 되새겨 볼 수 있었다. 그녀와 연관된 사람들이 아닌 다른 사람들의 얘기라고 생각할 수가 없었다. 다시 씨가 그런 무한의 영향력을 행사할 수 있는 사람이 또 있을 리가 없었다. 빙리 씨와 제인을 떼어 놓기 위해 취해진 조치에 그가 관계되었을 것이라는 사실은 한 번도 의심해 본 적이 없었다. 하지만 늘 주로 음모를 꾸미고 계획을 짠 것은 빙리 양일 거라고 생각했다. 하지만 빙리가 자신의 허영심 때문에 길을 잘못 가는 게 아니라면, 바로 그 사람, 즉 다시가 그 원인이었다. 바로 그 다시의 자만과 변덕이 제인이 겪은 모든 고통, 아니 아직도 겪고 있는 그 모든 고통의 원인이었다. 그는 세상에서 가장 사랑스럽고 관대한 마음을 가진 여성의 행복에 대한 모든 희망을 한동안 완전히 짓밟아 버렸으며, 그가 가했을지 모르는 해악이 얼마나 지속될지도 알 수 없었다.

피츠윌리엄 대령은 〈그 여성에 대해 심각하게 반대해야 할 이유가 몇 가지 있었던 것 같습니다〉라고 말했었다. 심각하게 반대해야 할 이유는 아마도 이모부가 시골 변호사이고 외숙부가 런던에서 장사를 한다는 점이었을 것이다. 「언니 본인에게는 그 어떤 반대도 있을 수 없어.」 엘리자베스가 외쳤다. 「언니는 그야말로 너무도 사랑스럽고 선한 여성이야! 언니는 이해심도 탁월하고 마음도 깨어 있는 데다 몸가짐은 매혹적이거든. 아버지에 대해서도 무슨 반대를 할 이유가 없어. 좀 괴팍하시기는 해도, 다시 씨도 무시할 수 없는 능력이 있으시고 그가 따를 수 없는 점잖은 면도 있으시니까.」 어머니를 떠올리자, 그녀의 자신감이 좀 꺾였다. 하지만 어머니 쪽에 대한 반대가 다시 씨에게 실질적인 비중을 차지했을 거라는 생각은 들지 않았다. 그의 자만심은 자기 친구의 친척이 될 사람들이 분별력이 부족하다는 사실보다는 사회적 위상이 약하다는 사실에서 더 깊은 상처를 받을 것이라는 확신이 들었기 때문이다. 그녀는 마침내 결론을 내렸다. 그는 한편으로는 이런 최악의 자만심 때문에, 한편으로는 빙리를 자기 여동생의 배필감으로 잡아 두고 싶은 마음 때문에 그런 행동을 했으리라고 결론 내렸다.

이 문제로 마음을 끓이고 눈물을 흘리다 보니 두통까지 생겼다. 저녁 무렵이 되자 두통이 너무 심해지고 다시 씨를 보기도 싫다는 마음이 더 커져서 엘리자베스는 사촌을 따라가지 않기로 했다. 로징스에서 차를 마시기로 약속이 되어 있었던 것이다. 콜린스 부인은 엘리자베스가 정말로 몸이 안 좋은 것을 보고는 가자고 조르지도 않았고, 남편이 조르는 것도 가능한 한 막아 주었다. 그러나 콜린스 씨는 엘리자베스가 집에 그냥 남아 있는 일로 캐서린 귀부인이 불쾌해 하시면 어쩌나 하는 걱정을 감출 수가 없었다.

<h1 style="text-align:center">제34장</h1>
(제2권 제11장)

모두가 떠나자 엘리자베스는 다시 씨에게 실컷 분노할 작정이라도 한 것처럼, 켄트에 온 이후 제인에게서 받았던 편지들을 모두 검토하기로 했다. 편지에는 구체적인 불평도 없었고 과거에 있었던 일을 다시 언급하거나 현재 힘들다고 알리는 내용도 전혀 없었다. 하지만 전체적으로 편지의 한 줄

한 줄마다 제인의 문체상의 특징인 쾌활함이 결여되어 있었다. 여유로운 마음의 평온함에서 우러나온, 또 모든 사람을 배려하느라 결코 구름에 가려진 적이 없었던 그 쾌활함이 보이지 않았다. 맨 처음 읽었을 때보다 훨씬 세심하게 읽어 보니 모든 문장에 불안이 담겨 있는 걸 알 수 있었다. 수치스럽게도 남들에게 비참한 고통을 가할 수 있었다고 자랑하던 다시 씨를 떠올리자 엘리자베스는 언니가 겪는 괴로움을 더 예리하게 느끼게 되었다. 그 사람이 내일 모레면 로징스를 떠날 것이라고 생각하니 좀 위안이 되었다. 무엇보다 보름 내로 제인을 다시 만날 것이고 그러면 애정을 다해서 제인이 기운을 되찾도록 도울 수 있을 거라고 생각하니 더욱 위안이 되었다.

엘리자베스는 다시가 켄트를 떠날 거라는 생각을 할 때마다, 그의 사촌도 함께 간다는 사실을 떠올리지 않을 수 없었다. 하지만 피츠윌리엄 대령은 청혼할 생각이 없다는 걸 분명히 했고, 엘리자베스도 그가 마음에 들기는 했지만 그 때문에 마음 아파할 생각은 전혀 없었다.

이 문제에 몰두하고 있을 때 벨 소리가 나서 엘리자베스는 깜짝 놀랐다. 피츠윌리엄 대령일지도 모른다는 생각에 기분이 다소 들떴다. 그는 전에 저녁 늦은 시각에 방문한 적도 있었고, 지금은 특별히 그녀의 안부를 물으러 올 수도 있었다. 하지만 그 생각도 곧 사라지고 그녀의 기분도 매우 다른 쪽으로 바뀌었다. 너무도 놀랍게도 다시 씨가 방으로 걸어 들어왔던 것이다. 그는 서두르는 태도로 바로 그녀의 건강 상태에 대해 물어보더니 그녀가 좀 괜찮아졌다는 말을 들을까 해서 방문했다고 말했다. 그녀는 차갑지만 예의 바른 태도로 그에게 답변을 했다. 그는 잠시 앉아 있다가 일어나 방을 이리저리 걸어 다녔다. 엘리자베스는 놀랐지만 아무 말도 하지 않았다. 몇 분 동안 침묵이 흐른 후 그는 흥분한 태도로 그녀 쪽으로 다가와 이렇게 말을 꺼냈다.

「아무리 노력해도 안 되는군요. 정말 안 되겠어요. 나의 감정을 억누를 수가 없습니다. 내가 얼마나 열렬히 당신을 좋아하고 사랑하는지 말씀드려야겠습니다.」

엘리자베스의 놀라움은 이루 말로 표현할 수가 없었다. 그녀는 그를 똑바로 쳐다보다가 얼굴이 붉어지면서 설마 하고 의심하다가 침묵을 지켰다. 그는 이 정도면 얘기를 계속해도 되겠다고 생각하고, 즉시 그녀에 대해 갖고 있는 감정, 그리고 여태 느껴 왔던 감정을 고백하기 시작했다. 그는 말을 잘했다. 애정에서 우러나오는 말 말고도 다른 감정들을 자세히 늘어놓았고, 애정보다는 자존심에 대해 더 웅변적이었다. 그녀의 열등한 신분을 의식 — 신분이 하락할 거라는 의식 — 하고, 분별력과 사랑의 감정이 늘 상충하는 가문이라는 장벽에 대해 열을 올리며 상세히 설명했다. 자신의 높은 신분에 상처를 내는 일이라 그랬겠지만 청혼에 도움이 될 것 같지는 않았다.

엘리자베스는 그에 대한 뿌리 깊은 혐오감에도 불구하고 그런 남성에게서 사랑받고 있다는 대단한 찬사에 무감각할 수는 없었다. 그렇다고 그녀의 뜻이 잠깐이라도 달라진 건 아니었지만, 처음에는 그가 받을 고통을 생각하니 마음이 좋지 않았다. 하지만 그건 그가 그다음에 한 말에 흥분하여 그 동정심을 분노 속에 완전히 파묻어 버릴 때까지뿐이었다. 그래도 그녀는 그가 말을 마칠 때 인내심을 갖고 답변을 하기 위해 마음을 가라앉히려고 애썼다. 그는 아무리 노력을 해도 도저히 자신의 강렬한 사랑의 감정을 억누르는 것이 불가능하다는 걸 깨달았다고 말하고, 이 모든 것이 그녀가 자신의 청혼을 받아들임으로써 보상받게 되기를 바란다는 희망을 피력하며 말을 맺었다. 그가 이 말을 할 때, 그녀는 그가 긍정적인 답변을 듣게 될 것으로 확신하고 있다는 걸 쉽게 알 수 있었다. 그는 청혼의 결과에 우려도 되고 불안도 느껴진다고 했지만, 얼굴에는 성공을 확신하는 표정이 담겨 있었다. 이러한 상황은 그녀를 더욱 화나게 할 뿐이었다. 그래서 그가 말을 마쳤을 때 그녀의 얼굴이 붉어지고 말았다. 그녀는 이렇게 말했다.

「이런 경우 말로 갚을 수는 없겠지만 청혼을 해주신 데 대해 감사의 마음을 표현하는 것이 사회적 관례라고 생각합니다. 감사하다는 마음을 갖게 되는 것이 당연하겠지요. 그런데 제가 감사하다는 마음을 느낄 수 있다면 지금 말씀을 드릴 겁니다. 하지만 그럴 수가 없군요. 저는 당신이 저를 좋아해 주길 바란 적이 없습니다. 그리고 당신도 분명히 무척 꺼려 하면서 마지못해 저를 좋아하신 거잖아요. 제가 누군가를 고통스럽게 한다는 것은 무척 안타깝습니다. 하지만 정말 저는 그런 줄 전혀 모르고 있었고, 또 그 고통은 오래 가지 않을 거라고 생각합니다. 저에 대한 호감을 인정하는 걸 오랫동안 방해했다는 당신의 그 감정이 제 설명을 듣고 난 후 별 어려움 없이 그 호감을 이겨 내게 해줄 겁니다.」

그녀의 얼굴에 시선을 고정한 채 벽난로 선반에 기대어 있던 다시 씨는 그녀의 말을 들으며 놀라기보다는 분개하는 것처럼 보였다. 그의 안색이 분노로 창백해졌고, 마음이 혼란스럽다는 것이 얼굴에 그대로 드러났다. 그는 침착해 보이려고 애를 썼고, 자신이 침착해졌다고 생각될 때까지 입을 열지 않고 있었다. 그 침묵이 엘리자베스는 끔찍했다. 마침내 억지로 가라앉힌 목소리로 그가 말했다.

「이것이 영광스럽게도 내가 듣게 될 답변이었군요! 정중하게 예의를 갖추려는 노력도 없이 이렇게 거절해 버리는 이유를 물어도 되겠습니까? 별로 중요한 건 아닙니다만.」

「저도 묻고 싶군요. 저를 기분 나쁘게 하고 모욕하려는 분명한 의도로, 당신의 의지에도 어긋나고 이성에도 어긋나고 심지어 당신 성격에도 맞지 않지만 저를 좋아한다고 말씀하시는 이유가 무엇인지요. 제가 무례했다면, 당신이 그렇게 만드신 게 아닐까요? 하지만 저를 그렇게 만든 다른 이유도 있습니다. 당신도 아시겠지요. 제 감정이 당신을 거부하지 않았다 하더라도, 당신에게 무심한 게 아니었더라도, 아니 당신에게 호의적인 감정을 갖고 있었다 하더라도, 당신은 사랑하는 언니의 행복을 영원히 망쳐 버린 장본인인데 대체 그런 남자의 청혼을 받아들일 수 있을 거라고 생각하십니까?」

그녀가 이렇게 말하자 다시 씨의 얼굴이 붉어졌다. 그러나 잠깐이었고 그녀가 말하는 동안 방해하지 않고 경청했다.

「저는 당신을 도저히 좋게 생각할 수가 없습니다. 어떤 동기였든지 간에 당신이 그 문제에 있어 행한 부당하고 비열한 행동은 용서될 수가 없습니다. 당신은 그 두 사람을 떼어 놓고, 한 사람은 변덕스럽고 불안정하다는 세간의 비난을 듣게 만들고, 또 한 사람은 헛된 희망을 가졌다고 세간의 조롱을 받게 만들고, 두 사람을 모두 가장 극심한 비참한 상황으로 몰아넣는 데 있어서, 유일하진 않아도 주된 장본인이었다는 걸 감히 부인할 수는 없겠지요.」

그녀는 말을 멈추고 그가 후회하는 감정을 전혀 보이지 않는 태도로 얘기를 듣고 있는 걸 보며 상당히 분노를 느꼈다. 그는 심지어는 짐짓 믿을 수 없다는 미소를 지으며 그녀를 바라보기까지 했다.

「당신이 그런 일을 했다는 걸 부인하시겠다는 건가요?」 그녀가 반복해 말했다.

그러자 그가 동요되지 않은 척하면서 대답했다. 「내 친구를 당신 언니에게서 떼어 놓기 위해 할 수 있는 일을 다 했다는 것, 혹은 그 일에 성공해서 기뻤다는 것을 부인하고 싶은 마음은 전혀 없습니다. 나 자신에게 못한 일을 그 친구에게는 베푼 거지요.」

엘리자베스는 이 인사치레의 말이 무슨 뜻인지 알아차렸다는 내색을 하지 않았다. 하지만 그 의미를 놓친 건 아니었는데, 그렇다고 기분이 누그러지지도 않았다.

「하지만 당신을 싫어하게 된 건 단지 이 문제 때문이 아닙니다.」그녀가 말을 이었다.「그 일이 있기 오래전부터 당신에 대한 제 마음은 정해져 있었습니다. 몇 달 전 위컴 씨가 해 준 얘기에서 당신의 성품이 모두 드러났지요. 이 문제에 대해 무슨 말씀을 하실 수 있으신가요? 어떤 우정을 꾸며 내서 그 때문에 그렇게 행동했다고 변명하실 건가요? 아니, 어떤 왜곡된 이야기로 다른 사람들을 기만하실 건가요?」

「당신은 그 사람 일에 정말 관심이 많으시군요.」다시가 떨리는 목소리로 얼굴이 더 붉어진 채 말했다.

「그가 겪은 불행이 어떤 것이었는지 아는 사람이면 그 누구도 그에게 관심을 갖지 않을 수 없을 거예요.」

「그가 겪은 불행이라고요! 그래요. 그가 겪은 불행은 정말 대단했지요.」다시가 경멸에 찬 목소리로 말했다.

「당신이 그의 불행을 초래했다면서요.」엘리자베스가 힘주어 외쳤다.「당신이 그 사람을 그렇게 가난하게 만들었잖아요. 상대적인 가난 말이에요. 그가 받기로 되어 있다는 걸 뻔히 알면서 그 혜택을 못 받게 했으니까요. 당신은 그 사람 인생의 전성기에 당연히 그 사람 몫이었던 경제적 자립을 몰수해 버렸지요. 당신이 이 모든 일을 했단 말입니다. 그러면서 그가 겪은 불행 얘기가 나오니 경멸과 조소로 대하는군요.」

「그리고 이것이…….」다시가 빠른 걸음으로 방을 가로질러 걸어가며 외쳤다. 「이것이 나에 대한 당신의 생각이었군요! 당신은 나를 이 정도밖에 평가하지 않았던 거예요! 그렇게 상세히 설명해 주어 고맙습니다. 당신의 설명에 의하면 내 잘못이 정말 엄청나군요.」 그가 걸음을 멈추고 그녀에게 돌아서며 덧붙였다. 「하지만 이러한 잘못은 간과될 수 있었을지도 모르겠군요. 내가 중대한 결정을 내리는 것을 오랫동안 방해했던 그 신중함에 대해 솔직하게 털어놓음으로써 당신의 자존심을 다치게 하지 않았었다면 말입니다. 내가 방법을 좀 잘 써서 내가 겪은 갈등을 숨기고, 또 내가 무조건적이고 순수한 애정에 의해, 그리고 이성적으로 오랜 생각을 통해서, 그리고 그 모든 것에 의해, 당신에게 청혼을 하게 된 것으로 믿도록 아부라도 했더라면, 이러한 신랄한 비난이 쏟아져 나오지 않을 수도 있었겠지요. 하지만 나는 어떤 종류이건 위장하는 것을 전적으로 혐오합니다. 나는 말씀드렸던 내 감정에 대해서도 전혀 부끄럽게 생각하지 않습니다. 그 감정은 자연스럽고 올바른 것입니다. 당신은 내가 당신 친척들의 열등한 신분을 반기기라도 할 거라 생각했습니까? 사회적인 조건이 나보다 너무도 떨어지는 사람들과 친척이 될 거라는 생각에 자축이라도 할 거라 생각했습니까?」

엘리자베스는 점점 더 분노가 치밀어 오르는 기분이었지만, 최대한 침착하게 말하려고 노력했다.

「다시 씨, 착각하지 마세요. 당신이 좀 더 신사다운 방식으로 행동을 했다면 당신을 거절하는 데 미안한 마음이 들었을 겁니다. 하지만 그뿐이에요. 그런 식으로 사랑을 고백하셨다면 제 마음이 달리 움직였을 거라고 생각하신다면 오산입니다.」

그녀는 그가 이 말에 깜짝 놀라는 것을 보았지만, 그가 아무 말도 하지 않자 말을 계속했다.

226

「당신이 어떤 식으로 청혼을 하신다 해도 절대로 그 청혼을 받아들이고 싶은 마음이 생기도록 할 수는 없었을 겁니다.」

다시 한 번 그가 놀라는 게 역력했다. 그는 믿을 수 없다는 표정과 상처 받은 표정이 뒤섞인 얼굴로 그녀를 바라보았다. 그녀는 얘기를 계속했다.

「처음부터, 내가 당신을 알게 된 그 첫 순간부터, 당신의 태도는 내게 거만함과 자만심과 다른 사람들의 감정을 무시하는 이기적인 마음을 가졌다는 확신을 철저히 심어 주었어요. 내겐 당신에 대한 불만의 토대가 자리 잡게 되었고 여기에 잇달아 일어난 사건들로 인해 확고한 혐오감이 쌓여 갔습니다. 당신을 알게 된 지 한 달도 채 안 되어 저는 당신이야말로 세상에서 절대 결혼하고 싶은 마음이 들지 않을 사람이라고 생각하게 되었습니다.」

「그만하면 충분합니다. 당신의 감정이 어떤지 완전히 알게 되었습니다. 그러니 이제 내가 가졌던 감정에 대해 부끄러워할 일만 남았군요. 당신의 시간을 너무 많이 빼앗은 점 용서해 주시기 바랍니다. 그리고 당신의 건강과 행복을 빌겠습니다.」

이 말을 하며 그는 재빨리 방에서 나갔다. 그리고 다음 순간 그가 문을 열고 집을 나서는 소리가 들렸다.

이제 그녀의 마음은 고통스러울 정도로 극심하게 동요했다. 그녀는 정말 힘이 쭉 빠져 몸을 지탱하지를 못하고 털썩 주저앉아 반 시간 정도 소리 내어 울었다. 일어났던 일을 되새겨 보자 하나하나가 놀라울 뿐이었다. 다시 씨에게서 청혼을 받다니! 그가 몇 달 동안이나 자신을 사랑하고 있었다니! 그것도 빙리 씨가 제인과 결혼하지 못하게 막아야 했던 그 모든 반대 이유, 다시 본인의 경우라도 만만치 않았을 그 모든 반대 이유에도 불구하고 결혼하고 싶을 정도로 자신을 사랑하다니! 좀처럼 믿어지지가 않았다. 자기도 모르는 사이에 그에게 그런 강렬한 애정을 불러일으켰다는 건 만족스러운 일이었다. 하지만 그의 자존심, 그 혐오스러운 자존심, 제인에게 한 일을 부끄러운 줄도 모르고 당당히 털어놓은 것, 변명의 여지도 없는데 그 일을 했다고 인정하는 그 용서할 수 없는 확신에 찬 태도, 위컴 씨를 언급할 때의 냉정한 태도, 굳이 부인하려 하지 않았던 위컴 씨에 대한 잔인한 행동 등을 생각하자 그의 애정 때문에 잠시 갖게 되었던 동정심은 곧 파묻혀 버렸다.

그녀는 흥분된 상태로 생각을 계속하다가 캐서린 귀부인의 마차 소리를 듣고는 샬럿을 마주 대할 자신이 없다는 생각이 들어 서둘러 자기 방으로 들어가 버렸다.

제35장
(제2권 제12장)

겨우 잠이 들었던 엘리자베스는 다음 날 아침 똑같은 생각과 상념에 잠긴 채 잠을 깨었다. 아직도 전날 있었던 일의 충격에서 벗어날 수가 없었다. 다른 일을 생각하려고 해도 안 되고 일을 할 기분도 전혀 아니어서 아침 식사를 마치자마자 바람을 쐬며 운동을 해야겠다고 결심했다. 그녀는 곧장 가장 좋아하는 산책로로 가고 있었는데, 다시 씨가 가끔 그곳으로 나왔다는 기억이 떠올라 발걸음을 멈추었다. 그리고 로징스의 장원 쪽으로 들어가지 않고 갈라지는 곳에서 더욱 멀어지는 샛길로 들어섰다. 여전히 한쪽 경계를 이루고 있는 장원의 울타리를 좀 더 따라가다가 곧 입구 하나를 지나쳐 목사관의 정원 쪽으로 나갔다.

그쪽 샛길을 두어 차례 왕복하다가 아침 풍경이 하도 아름다워 입구에서 발걸음을 멈추고 로징스 쪽을 바라보고 싶은 유혹을 느꼈다. 켄트에서 보낸 5주 동안 그 지방은 풍경이 무척 많이 변했는데, 일찍 싹이 튼 나무들의 녹음이 하루가 멀다 하고 점점 짙어지고 있었다. 그녀가 다시 산책을 시작하려고 할 때 장원의 가장자리를 둘러싸고 있는 작은 숲에서 한 신사를 흘낏 보게 되었다. 그는 그 길을 걷고 있었다. 그 사람이 다시 씨이면 어쩌나 두려워 그녀는 곧장 돌아가려고 했다. 그러나 걸어오던 사람은 이제 그녀를 알아볼 수 있을 만큼 가까이 오더니, 걸음을 재촉하면서 그녀의 이름을 불렀다. 그녀는 돌아서서 걷고 있었지만, 다시 씨 목소리가 분명했다. 그가 자기 이름을 부르는 걸 듣자 다시 장원의 입구 쪽으로 다가갔다. 그 사람도 그때쯤 입구에 도착했는데 편지 하나를 내밀기에 그녀는 무심코 받고 말았다. 그는 도도하고 침착한 표정으로 〈혹시 당신을 만날 수 있지 않을까 하는 바람으로 숲 속을 잠시 걷고 있었습니다. 편지를 읽는 영광을 베풀어 주시겠습니까?〉라고 말했다. 그러고 나서 그는 약간 몸을 굽혀 인사를 하고 숲 쪽으로 다시 돌아섰고 이내 보이지 않게 되었다.

즐거울 거라는 기대는 하지도 않았지만, 강한 호기심으로 엘리자베스는 편지를 열어 보았다. 그녀는 봉투 안에 매우 꼼꼼한 필체로 빽빽하게 쓴 편지 두 장이 들어 있는 것을 보고 더욱 궁금해졌다. 봉투에도 똑같이 뭐가 가득 써 있었다. 샛길을 따라 계속 걸으면서 그녀는 편지를 읽기 시작했다. 그것은 로징스에서 아침 여덟시에 썼다고 적혀 있었는데 내용은 다음과 같았다.

이 편지를 받고, 어젯밤 당신에게 혐오감을 일으켰던 그 감정을 다시 반복하는 내용이나 청혼을 다시 시도하는 내용이 담겨 있지 않을까 하는 걱정으로 당황하지 않으시기 바랍니다. 우리 두 사람 모두의 행복을 위해, 빨리 잊혀질수록 좋은 소원을 질질 끎으로써 당신을 고통스럽게 하거나 나 자신이 구차하게 될 의도 없이 쓴 편지입니다. 그리고 나의 성격상 반드시 편지를 쓰고 또 당신이 읽어야 한다고 판단하지 않았다면 이렇게 편지를 쓰고 또 당신이 읽고 하는 수고는 굳이 하지 않아도 되었을 것입니다. 그러니 이렇게 마음대로 편지를 보내 당신이 관심을 보이도록 요청한 점 용서하시기 바랍니다. 당신은 별로 관심을 갖고 싶지 않으시겠지만, 편지를 읽고 올바른 판단을 내려줄 것을 청하는 바입니다.

당신은 어젯밤, 성격도 무척 다르고 중요성 면에서도 매우 차이가 나는 두 가지 과오에 대해 나를 탓했지요. 첫 번째로 언급한 것은 당사자 두 사람의 감정을 배려하지 않고 빙리 씨를 당신의 언니한테서 떼어 놓았다는 것이었고, 두 번째 것은 내가 위컴 씨의 당연한 여러 권리를 무시하고, 명예와 인간의 도리도 무시하면서, 위컴 씨가 가지게 될 재산도 빼앗고 그의 미래도 망쳐 놓았다는 것이었지요. 젊은 시절의 벗이었고, 부친께서 가장 아꼈던 청년으로 알려져 있고 나의 후원 이외에는 기댈 데도 없어 내게서 성직이 수여되기만 기다리고 있었던 그런 청년을 고의적으로 제멋대로 내쳤다는 것은, 단지 몇 주간 사랑을 키워 나간 두 젊은 사람을 떼어 놓은 일과는 비교도 안 되는 악행일 것입니다. 하지만 당신이 내가 한 행동과 그렇게 하게 된 동기를 설명하는 내용을 읽게 되면, 앞으로는 각 상황에 대해 어젯밤 그렇게 신랄하게 내게 쏟아졌던 그 가혹한 비난들로부터 좀 벗어날 수 있게 되지 않을까 생각이 됩니다. 나로 인해 벌어진 그 일들을 설명하는 데 있어 당신이 불쾌하게 여길 수 있는 감정을 얘기할 수밖에 없는 점 미안하다고 말씀드릴 수밖에 없군요. 해야만 할 일은 해야겠고, 또 더 이상의 사과도 우스꽝스러우니 하지 않겠습니다. 나는 하트퍼드셔에 간 지 얼마 안 되어, 다른 사람들과 마찬가지로, 빙리가 당신의 언니를 그 지방의 다른 어떤 여성보다도 더 좋아한다는 사실을 알게 되었습니다. 하지만 그가 진지한 애정을 느끼고 있다고 우려하기 시작한 것은 네더필드에서 열린 무도회 때였습니다. 나는 그가 사랑에 빠지는 것을 전에도 자주 봤었습니다. 그 무도회에서 내가 당신과 춤을 추는 영광을 누리는 동안 윌리엄 루커스 경이 우연히 들려준 얘기를 통해, 나는 처음으로 빙리가 당신의 언니에게 관심을 가진 것이 사람들 사이에 둘이 곧 결혼할 거라는 소문으로 번졌다는 사실을 알게 되었습니다. 루커스 경은 날짜만 정해지지 않았지, 그 결혼은 확정된 것이라고 말하더군요. 그때부터 나는 내 친구의 행동을 유심히 관찰했습니다. 그리고 베넷 양에 대한 내 친구의 애정이 여느 때와 비교도 안 되게 크다는 것을 알아차릴 수 있었습니다. 나는 당신의 언니도 지켜보았지요. 그녀의 표정과 태도는 전과 마찬가지로 솔직하고 쾌활하고 매력적이었지만, 특별한 사랑의 증세 같은 건 보이지 않았습니다. 나는 그날 밤 꼼꼼히 관찰한 결과 그녀가 그의 애정은 기쁘게 받아들이고 있지만 그에게 어떤 특별한 감정을 가진 것은 아니라고 확신하게 되었습니다. 이 점에서 당신이 착각한 것이 아니라면, 틀림없이 내가 잘못 알았던 것이겠지요. 당신이 나보다는 언니를 더 잘 알고 있을 테니, 내가 착각을 한 게 맞을 겁니다. 그렇다면, 내가 착각하여 당신의 언니에게 고통을 초래한 것이라면, 당신이 분노하는 것은 당연합니다. 하지만 나는 당신 언니의 얼굴과 태도가 하도 차분해서, 가장 예리한 관찰자라 하더라도 당신의 언니가 성품은 상냥하지만 마음을 쉽게 주는 사람은 아니라고 확신을 갖게 되었던 거라고 서슴지 않고 주장할 수 있습니다. 당신의 언니가 무심하다고 믿고 싶었던 것이 사실이긴 합니다만, 나는 조사를 하고 결론을 내리는 데 있어서 나 자신의 바람이나 두려움의 영향을 별로 받지 않는다고 말씀드리겠습니다. 내가 그러기를 원했기 때문에 그녀가 무심하다고 생각한 것은 아니었습니다. 나는 그녀가 무심하기를 바랄 이유도 있었지만, 또 그만큼 객관적인 확신을 갖고 그렇게 믿었던 것입니다. 내가 친구의 결혼에 대해 반대한 이유는 내 경우와 다릅니다. 어젯밤 극도로 흥분하여 나의 경우는 그것을 무시하는 데 엄청난 열정의 힘이 필요했다고 고백했었는데 친구의 경우는 그런 것 때문이 아닙니다. 친구의 경우는 나보다는 집안 친척이 약하다는 사실이 그리 큰 결함이 되지 않으니까요. 하지만 반감을 일으키는 다른 이유들이 있었습니다. 여전히 없어지지 않고 남아 있는 문제로, 빙리나 내 경우에나 똑같이 남아 있는 문제이긴 하지만 당장 내 눈 앞에 보이는 게 아니기 때문에 나 자신은 잊으려고 많이 노력한 문제입니다. 이것에 대해서도 짧게나마 말씀을 드려야겠습니다. 당신의 어머니 쪽 가문의 낮은 신분은 반대를 받을 만해도 그래도 넘어갈 수 있는 것입니다. 너무 자주 거의 변함 없이 당신의 모친과 세 여동생에게서 드러나고, 어쩌다 당신의 부친에게서도 가끔 드러나는 그 철저하게 예의범절을 무시하는 태도에 비하면 말입니다. 용서하십시오. 당신을 불쾌하게 해드려 나도 괴롭습니다. 하지만 가까운 친척들의 결함에 대해 많이 마음이 쓰이고, 또 이렇게 그 결함이 표현된 데 대해 많이 불쾌하시겠지만, 그래도 좀 위안이 되었으면 합니다. 당신과 당신의 언니는 그런 종류의 비난을 전혀 받지 않을 정도로 처신을 잘하고 있다는 점이 두 분의 분별력과 성품에 명예가 될 뿐 아니라 사람들에게서 두 분이 늘 찬사를 받으시는 점이라는 걸 생각하면 말입니다. 더 드릴 말씀은 그날 밤 네더필드 무도회에서 일어났던 일로 인해 나는 모든 관계된 인물들에 대한 생각을 더 확신하게 되었고, 너무 불행한 결혼이 될 거라고 생각되는 일에서 친구를 구해야 하는 이유를 더욱 확고하게 다지게 되었다는 것입니다. 당신의 기억대로 빙리는 그다음 날 다시 돌아올 생각으로 네더필드를 떠나 런던으로 갔었습니다. 이제 내가 맡았던 역할을 설명해야겠군요. 그의 여동생들도 나만큼이나 염려를 하고 있었습니다. 우리는 우연하게도 똑같은 불안을 느끼고 있다는 것을 곧 알게 되었지요. 우리는 그들의 오빠를 멀리 떨어뜨려 놓는 데 더 이상 시간을 지체할 수 없다는 걸 깨닫고 곧장 런던으로 그를 따라가기로 했던 겁니다. 그렇게 해서 우리는 런던으로 갔고, 나는 런던에서 빙리에게 그런 결혼의 결함을 지적하는 일을 기꺼이 맡아 했습니다. 나는 열심히 그 결함을 설명하고 그에게 주입했지요. 하지만 이러한 충고가 그의 결심을 망설이게 하고 연기시킬 수는 있었겠지만, 내가 망설이지 않고 그에게 해주었던 당신 언니가 무심해 보이더라는 얘기에 그가 동의하지 않았더라면, 궁극적으로 그 결혼을 막을 수는 없었을 거라고 생각됩니다. 빙리는 그 전에는 당신의 언니가 자기만큼은 아니어도 진지한 애정으로 자신을 대한다고 생각했었지요. 하지만 빙리는 무척 겸허한 성격을 타고나서 자신의 판단보다 나의 판단을 더 신뢰합니다. 따라서 그가 착각하고 있다고 설득하는 일은 그리 어려운 일이 아니었습니다. 일단 그가 납득을 하고 나니, 하트퍼드셔로 돌아가지 말라고 설득하는 것은 정말 아무 일도 아니었습니다. 일을 그렇게까지 만든 데 대해 잘못했다는 생각이 들지는 않습니다만, 전체적으로 볼 때 이번 일에서 나 자신의 행동 가운데 마음에 들지 않는 부분이 있습니다. 그것은 내가 술책을 쓰기에 이르러 당신의 언니가 런던에 있다는 사실을 그에게 감추기까지 했다는 점입니다. 그 사실이 빙리 양에게 알려졌을 때 나도 알게 되었지만 그녀의 오빠는 아직도 모르고 있습니다. 그들이 만났더라도 좋지 않은 일이 일어나지 않았을 가능성은 있습니다. 하지만 내가 보기에 아무런 위험성 없이 그녀를 만날 수 있을 정도로 그의 애정이 완전히 꺼진 것 같지 않았습니다. 아마 이렇게 감추고 위장한 일은 내게 어울리지 않는 저급한 일이었을 겁니다. 하지만 일이 그렇게 되었고, 나로서는 그건 최선을 다한 일이었습니다. 이 문제에 대해 나는 더 드릴 말씀이 없고, 더 사과드릴 것도 없습니다. 내가 당신 언니의 마음을 아프게 했다면, 모르고 한 일입니다. 물론 당신에게는 내 행동을 이끌었던 동기가 불충분하다고 생각되겠지만, 나로서는 아직 그 동기가 잘못되었다고는 생각되지 않습니다. 또 다른 비난, 위컴 씨에게 해를 끼쳤다는 보다 심각한 비난에 대해서는 그가 우리 가족과 어떤 관계였는지를 당신에게 모두 밝힘으로써만 반박을 할 수가 있겠습니다. 그가 특히 어떤 점에 대해 나를 비난하는지 잘 모르겠지만, 내가 하는 말의 진실성 여부에 대해서는 의심할 수 없이 정직한 증인을 최소한 한 명은 넘게 소환할 수가 있습니다. 위컴 씨는 무척 점잖은 분의 아들입니다. 그의 부친은 여러 해 동안 펨벌리의 운영을 맡았고 직무를 수행하는 데 있어 훌륭한 모범을 보여 나의 선친께서는 그분에게 도움이 되고자 조지 위컴의 대부도 되어 주시며 아낌없이 친절을 베푸셨지요. 선친께서는 조지 위컴을 학교에도 보내고 나중에는 케임브리지에서 수학하게 하셨습니다. 위컴의 부친은 아내의 방탕으로 늘 가난을 면치 못해 아들에게 신사로서의 교육을 받게 할 수 없었으니 그것은 무척 중요한 지원이었지요. 선친께서는 늘 매력적인 태도를 잃지 않는 이 젊은이와 함께 있는 것을 좋아하셨을 뿐 아니라 그를 아주 좋게 보셔서 그가 목사가 되기를 바라셨고 성직을 주어 교회를 맡길 생각이셨지요. 나로서는 벌써 여러 해 전부터 그를 다른 측면에서 바라보기 시작했었습니다. 그의 사악한 성향, 그가 자신을 아끼는 사람들에게 들키지 않으려 했던 도덕성의 결여라는 성격은 비슷한 또래 젊은이의 관찰에서 벗어날 수 없었지요. 나의 선친께서는 그럴 기회가 없으셨지만, 나는 그가 방심하고 있는 순간에 그를 볼 기회가 많았습니다. 여기서 또 당신을 힘들게 하겠군요. 어느 정도인지는 당신만 아시겠지만. 하지만 위컴 씨가 당신에게 일으킨 감정이 어떤 것이든, 그 감정에 대한 의심 때문에 그가 실제로 어떤 인물인지 밝히는 일을 그만두지는 않을 겁니다. 오히려 더 밝혀야 한다는 동기가 생기는군요. 내 선친께서는 한 5년 전에 돌아가셨는데, 위컴 씨에 대한 애정이 마지막까지 변함이 없으셔서, 유언장에서 내게 특별히 그의 직업이 허용하는 한도 내에서 그를 가장 높이 승진시키고 그가 서품을 받으면 자리가 나는 대로 최고의 가치를 지닌 교구를 하사하기를 바라셨지요. 또한 1천 파운드의 유산도 남기셨습니다. 위컴의 부친도 나의 선친보다 그리 오래 살지는 못했는데, 그런 일이 있은 지 반 년도 채 안 되어 위컴 씨는 내게 결국 서품을 받지 않겠다는 결심을 알렸습니다. 그는 어차피 혜택을 누릴 수 없는 성직 대신에 보다 즉각적인

금전적인 수혜를 받기를 기대하는데, 이를 불합리하다고
생각하지 않기를 바란다는 내용의 편지를 썼더군요. 그는
법을 공부할 생각인데, 1천 파운드의 이자로는 법을 공부
하기에 부족하다는 걸 나도 잘 알고 있을 거라고 덧붙였더
군요. 나는 진심이라고 믿었다기보다는 진심이기를 바랐
습니다. 하지만 어쨌든 나는 기꺼이 그의 요구대로 해줄
생각이었습니다. 나는 위컴 씨가 성직자가 되어서는 안 된
다는 걸 알고 있었으니까요. 따라서 그 일은 곧 해결되었
지요. 그는 성직을 받을 수 있는 입장이 된다 하더라도 교
회 쪽으로 도움을 받을 수 있는 모든 권리를 포기하겠다고
했고, 그 대가로 3천 파운드를 받아 갔습니다. 우리 사이의
연결고리는 이제 모두 끊어진 것 같았습니다. 그를 좋지
않게 생각했기 때문에 펨벌리로 초대하지도 않았고 런던
에서 그와 만나려고 하지도 않았지요. 그는 주로 런던에서
살았던 걸로 생각됩니다만 법을 공부한다는 건 그저 구실
이었고, 모든 제약에서 풀려나자 게으르고 방탕한 생활을
이끌어 갔습니다. 한 3년간 그의 소식을 거의 듣지 못했었
는데, 원래 그에게 주기로 했었던 교구의 목사가 사망하자
그가 내게 편지를 보내 다시 성직을 달라고 요청을 했습니
다. 그는 자신의 상황이 굉장히 안 좋다고 말했는데, 나도
그 말을 믿는 데 별 어려움이 없었습니다. 그는 법이라는
것이 돈이 안 되는 공부라는 걸 깨달았으며, 내가 문제의
그 교구를 자신에게 하사하겠다면 자기는 서품을 받기로
결심을 굳혔다는 것이었습니다. 그는 내게 특별히 그 교구
를 하사할 다른 사람도 없을뿐더러 존경하는 선친의 유지
를 잊었을 리가 없다고 너무도 확신하고 있어서, 그 교구
를 자신에게 넘겨줄 거라는 데 대해 전혀 의심의 여지가
없다고 믿고 있었습니다. 당신은 이런 부탁을 들어 주는

것을 거절했다고 해서, 그 일을 계속 부탁해도 끄덕도 하지 않았다고 해서, 나를 비난할 수는 없을 겁니다. 그의 분노는 상황이 힘들었던 만큼 그에 비례했고 내게 비난을 퍼부은 만큼 맹렬하게 다른 사람들에게 내 욕을 하고 다녔지요. 이 시기가 지난 후 그와의 관계는 모두 끊겼습니다. 그가 어떻게 지냈는지 전혀 모릅니다. 하지만 지난여름 무척 고통스럽게도 그가 내 앞에 다시 뻔뻔하게 나타났습니다. 이제 나 스스로 잊어 버렸으면 하고 너무도 바라는 그 일, 현재보다 덜 급박한 상황이라면 어떤 경우에도 절대 다른 사람에게는 털어놓을 마음이 생기지 않는 그 일을 말해야겠군요. 이렇게까지 얘기하고 보니 당신이 비밀을 지켜 주리라 의심치 않게 되었습니다. 나의 여동생은 나보다 열 살 아래인데 어머니의 조카인 피츠윌리엄 대령과 내가 후견인으로 되어 있습니다. 한 해 전 쯤 여동생이 학교를 떠나게 되어 런던에 그녀를 위해 집을 마련한 적이 있습니다. 그리고 지난여름에 여동생은 런던 집을 돌보던 부인과 램즈게이트로 갔는데, 물론 의도적으로 위컴 씨도 따라갔더군요. 위컴과 그 영 부인이 미리 알던 사이였다는 게 입증되었습니다. 그런데 우리는 불행하게도 사람을 제대로 보지 못하고 속았던 거지요. 위컴은 영 부인과 공모하고 그녀의 도움을 받아서, 워낙 심성이 다정한 데다 어린아이일 때 그가 보였던 친절에 대한 강한 인상을 잊지 않고 있던 조지아나의 호감을 샀지요. 그 결과 조지아나는 자신이 사랑에 빠졌다고 믿게 되어 그와 야반도주하기로 약속하기에 이르렀던 것입니다. 이때 조지아나는 겨우 열다섯 살이었는데, 그것이 그녀에게 변명이 될 수 있겠지요. 그녀가 이렇게 무분별하게 행동했다는 사실을 얘기했는데, 다행히도 이 사실을 내게 고백한 것도 조지아나라는 사실을 덧붙여야겠습니다. 나는 그들이 야반도주하기로 계획한 날로부터 이틀 전에 불시에 조지아나에게 가게 되었는데, 조지아나는 거의 아버지처럼 존경하는 오빠를 슬프게 하고 마음 아프게 한다는 생각을 견딜 수가 없어 사건의 전모를 내게 털어놨던 겁니다. 내가 어떤 기분이었고 어떻게 행동했을지 상상이 되시겠지요. 내 여동생의 명예와 기분을 생각하여 대중에 공개되는 것은 막았지만, 그곳을 즉각 빠져 나간 위컴 씨에게 편지를 썼고 물론 영 부인도 해고해 버렸습니다. 위컴 씨의 주요 목적은 물론 3만 파운드나 되는 내 여동생의 재산이었지요. 하지만 내게 복수하고 싶은 희망도 강한 동기였으리라고 생각하지 않을 수가 없습니다. 그 일이 일어났더라면 사실 그의 복수는 완벽했었을 겁니다. 베넷 양, 이것이 우리가 연관되어 있던 모든 사건의 진실된 전모입니다. 당신이 이 이야기를 전적으로 거짓이라고 내치시지 않는다면, 이제부터 당신은 내가 위컴 씨에게 잔인하게 행동했다는 혐의를 풀어 주시리라 생각합니다. 나는 어떤 방식으로, 어떤 거짓의 형태로, 그가 당신을 기만했는지는 알지 못합니다만, 그가 당신을 속이는 데 성공한 것은 그다지 놀라운 일이 아닙니다. 당신은 양쪽에 관련된 모든 일들을 전혀 모르고 있었으니 쉽게 간파할 수도 없었을 것이고, 당신에게는 남을 의심하는 성향도 없으니까요. 당신은 왜 이 모든 얘기를 어젯밤에 하지 않았을까 의아해할지 모르겠습니다. 하지만 나는 그때 무슨 얘기를 할 수 있는지 혹은 무슨 얘기를 해야 하는지 알 수 없을 만큼 자제하지 못하고 있었습니다. 말씀드린 모든 일의 진위 여부에 대해서는 특히 피츠윌리엄 대령의 증언을 들어 보라고 말씀드릴 수 있습니다. 그는 가까운 친척이고 계속 친하게 지내는 사이인 데다 내 선친의 유언장을 집행하는 사람으로서 어쩔 수 없이 이 사건의 자세한 내용을 모두 잘 알고 있습니다. 당신이 내게 가진 혐오감 때문에 나의 주장을 무가치한 것으로 여긴다 해도, 나의 사촌에 대해서는 그런 감정이 없으시니 믿을 수 있을 겁니다. 그리고 당신이 그에게 문의해 볼 수 있도록 이 편지를 오전 중에 당신에게 전달할 기회를 찾도록 하겠습니다. 마지막으로 신의 축복이 함께하기를 바랍니다.

피츠윌리엄 다시.

제36장
(제2권 제13장)

다시 씨가 그녀에게 편지를 건넸을 때, 엘리자베스는 다시 청혼을 시도하는 내용이 담겨 있을 거라고 생각하지는 않았지만, 무슨 내용일지 아무런 예상도 못하고 있었다. 하지만 이러한 내용이니 만큼, 그녀가 편지를 얼마나 열심히 읽었을지, 읽고 나서 어떤 모순된 감정들에 휩싸였을지 상상이 갈 것이다. 편지를 읽을 때의 기분을 그녀는 뭐라고 정의할 수가 없었다. 처음에는 놀라움과 함께 그가 어떤 사과이든 할 수 있다고 생각하나 보다 싶었다. 그녀는 그가 수치심 때문에 감추고 설명하지 못할 일은 없을 거라는 확신은 늘 하고 있었다. 그녀는 그가 설명할 수 있는 모든 내용에 미리 강한 반감을 가지고 네더필드에서 있었던 일에 대한 설명을 읽기 시작했다. 그녀는 이해력의 근간인 진지한 태도로 편지를 읽었는데, 다음에 어떤 내용이 이어질지 어찌나 궁금한지 바로 눈앞의 문장의 의미에 관심을 둘 수가 없을 정도였다. 그녀는 언니가 무심하다고 믿었다는 그의 설명은 즉각 거짓이라고 결론 내렸다. 결혼에 대해 반대한 진짜 이유, 최악의 이유를 설명할 때는 너무도 화가 나서 그를 제대로 평가하고 싶은 마음이 들지 않았다. 그가 자신이 한 일에 대해 아무런 후회도 보이지 않는 걸 보고 그럼 그렇지 싶었다. 그의 문체는 반성을 하는 게 아니라 도도했다. 그의 편지는 온통 자만과 오만뿐이었다.

하지만 그다음 위컴 씨에 대한 설명이 시작되었는데, 그 설명은 위컴에게서 들은 그의 인생 이야기와 놀라울 정도로 일치했으며, 그 설명이 사실이라면 그 사람에 대해 갖고 있던 모든 평가가 뒤집혀야 했다. 엘리자베스는 좀 더 명확하게 주의를 기울여 사건의 설명을 읽었는데, 그 부분을 읽을 때 예리한 고통이 급습했고 뭐라고 정의하기 힘든 감정에 휩싸였다. 충격, 우려, 심지어는 공포심이 그녀를 짓눌렀다. 그녀는 〈거짓임에 틀림없어. 그럴 리가 없어! 가장 비열한 거짓말이야!〉라고 반복해서 외치면서 그 내용을 너무도 부인하고 싶었다. 그리고 편지 내용을 다 읽고도, 마지막 페이지 한두 장의 내용은 제대로 파악할 수가 없었지만, 편지 내용에 신경을 쓰지 않을 것이며 절대 다시 들여다보지 않겠다고 외치면서 편지를 급히 치워 버렸다.

그녀는 이렇게 어지러운 정신 상태로, 그리고 차분하게 생각을 할 수 없는 상태로 계속 걸었다. 하지만 소용이 없었다. 30초도 안 되어 그녀는 다시 편지를 펼치고 될 수 있는 대로 정신을 차리려고 노력하면서, 창피했지만 위컴과 관련된 모든 내용을 정독하기 시작했고, 이내 문장의 의미를 꼼꼼히 검토할 수 있을 정도로 자제를 하게 되었다. 위컴이 펨벌리 가족과 맺은 관계에 대한 설명은 위컴 자신이 말한 바와 똑같았다. 전에는 어느 정도인지는 알지 못했었지만, 작고하신 다시 씨가 친절을 베푼 얘기도 위컴의 말과 거의 일치했다.

여기까지는 각자의 이야기가 서로의 설명이 맞았다는 것을 확인해 주었다. 하지만 유언장 부분에 이르자 얘기가 확 달라졌다. 위컴이 성직에 대해 했던 말은 아직도 그녀의 기억에 새로웠는데 그의 말 한마디 한마디를 떠올리자니 두 사람 가운데 어느 한쪽이 야비하게 속임수를 쓰고 있다고 느끼지 않을 수가 없었다. 잠시 동안 그녀는 위컴의 말이 옳았으면 하는 자신의 소망이 틀리지 않을 거라고 자신했다. 하지만 세심하게 주의를 기울여 그다음에 뒤따라 일어난 일들, 위컴이 성직에 관련된 모든 권리를 내놓고 그 대신에 3천 파운드라는 상당한 액수의 돈을 받았다는 구체적인 내용을 읽고 또 읽었을 때, 그녀는 다시 한 번 망설이지 않을 수 없었다. 그녀는 편지를 내려놓고 공정한 입장에서 상황을 저울질해 보고 어느 쪽 진술이 맞을지 곰곰이 생각해 보았다. 하지만 소용이 없었다. 양쪽 모두 당사자들의 주장뿐이었다. 그녀는 다시 편지를 읽어 내려갔다. 하지만 한줄 한줄이 더 분명하게, 어떤 계략을 써도 다시 씨가 한 행동을 치욕이 아닌 다른 것으로 보게 할 수 없다고 믿었던 그 사건이, 전체적으로 그에게 전혀 잘못이 없다는 쪽으로 돌아설 수 있다는 것을 드러내 보여 주고 있었다.

그가 주저하지 않고 지적한 위컴 씨의 방종과 방탕은 그녀를 극도의 충격으로 몰아넣었다. 지적이 부당하다는 증거를 내놓을 수 없었기에 더욱 그러했다. 그녀는 그가 ○○주 민병대에 들어오기 전까지는 그에 대해서 어떤 얘기도 들어 본 적이 없었다. 군에 입대한 것도 그가 예전에 조금 알고 지내다가 런던에서 우연히 만나 친해진 한 청년이 설득하여 결정한 일이라고 했었다. 그 전에 어떻게 살았었는지는 그 자신이 직접 한 말을 제외하고는 하트퍼드셔에 알려진 바가 전혀 없었다. 그가 진짜 어떤 인물인지 알아볼 수 있었다고 해도 그녀는 물어보고 싶다는 생각을 한 적이 없었다. 그의 용모와 목소리, 태도를 보고 아예 그를 모든 미덕을 다 갖춘 인물로 간주해 버렸던 것이다. 그녀는 다시 씨의 공격으로부터 그를 구해 줄, 혹은 최소한 그의 미덕이 우세하다는 것을 통해 그러한 일시적인 실수 — 그녀는 다시 씨가 여러 해 동안 계속된 게으름과 악행이라고 비난한 바를 일시적인 실수로 간주하려고 애쓰고 있었다 — 로부터 그를 속죄해 줄 어떤 선행이나 두드러진 고결함이나 관대함의 실례를 기억해 보려고 애썼다. 하지만 그런 기억은 떠오르지 않았다. 그녀는 매력적인 태도와 말투를 지닌 그의 모습을 즉각 눈앞에 떠올릴 수는 있었지만, 이웃 사람들의 일반적인 칭찬과 군대의 회식 자리에서 그가 사교 능력을 통해 얻어 낸 우정 이외에 다른 구체적인 장점은 전혀 기억할 수가 없었다. 이 문제에서 한동안 머뭇거리고 있다가 그녀는 다시 한 번 편지를 읽어 나갔다. 그런데 그다음에 나오는 다시 양에 대한 위컴의 의도적 접근은 피츠윌리엄 대령과 자신이 바로 전날 아침 나누었던 얘기에서 몇 군데 확인이 되는 바도 있었고, 궁극적으로 모든 구체적 사건이 사실인지 피츠윌리엄 대령에게 직접 문의해 보라고 적혀 있었다. 그녀는 이미 피츠윌리엄 대령이 자기 사촌의 일에 크게 관여하고 있다는 얘기도 직접 들어 알고 있었고, 그는 전혀 의심할 여지가 없는 성품을 지닌 인물이었다. 한번은 그에게 직접 문의해 봐야겠다는 다짐을 하기도 했는데, 그런 걸 물어본다는 것이 어색하여 망설이다가 결국 다시가 자기 사촌이 확실하게 입증해 줄 거라고 확신하지 않았다면 위험을 무릅쓰고 그런 제안을 하지 않았을 것이라는 생각이 들어 물어봐야겠다는 마음을 완전히 접었다.

그녀는 필립스 씨 집에서 위컴과 처음 만났던 그날 밤 둘 사이에 오간 모든 대화 내용을 완벽하게 기억하고 있었다. 그가 했던 말 대부분이 여전히 기억에 새로웠다. 그런데 지금 그녀는 처음 만난 사람에게 그런 애기를 한다는 것이 얼마나 부적절한 행동인지 퍼뜩 깨닫게 되었고, 전에 그 사실을 깨닫지 못했었다는 게 이상했다. 그녀는 그가 야비하게 자신을 추켜세우곤 했다는 사실과 그가 하는 말과 행동이 모순된다는 사실도 깨닫게 되었다. 그가 다시 씨를 만나는 일이 두렵지 않다면서, 다시 씨가 그 지방을 떠나면 떠났지 자신은 꿈쩍도 않을 거라고 큰소리쳤던 일이 생각났다. 하지만 그는 그다음 주에 열린 네더필드 무도회에 참석하지 않았었다. 또 네더필드 사람들이 그 지방을 떠날 때까지는 자기 이야기를 그녀 말고 다른 사람에게는 하지 않았지만, 그들이 떠난 후에는 온 사방에 퍼뜨렸다. 그리고 그는 다시 씨의 부친에 대한 존경심 때문에 그분의 아들의 일을 폭로하지 않는다고 말은 했지만, 전혀 거리낌 없이 주저하지 않고 다시 씨의 인격을 추락시켰다.

이제 그와 관련된 모든 일이 얼마나 다르게 보이는지! 그가 킹 양에게 관심을 보인 것도 이제는 전적으로 가증스럽게도 돈만 따지는 가치관에서 나온 것으로 보였다. 킹 양의 재산이 보잘것없는데도 매달렸던 것은 그의 소망이 크지 않고 적당해서가 아니라, 뭐라도 필사적으로 잡으려는 그의 열망 때문이었음이 드러났다. 그가 엘리자베스 자신에게 보인 행동도 그 동기가 괜찮은 것일 리가 없다는 생각이 들었다. 그는 그녀의 재산에 대해 착각을 했거나, 아니면 무척 경솔하게도 그녀가 드러내 보인 호감을 더욱 부추김으로써 위컴 자신의 허영심을 충족하고자 했던 것 같았다. 위컴에게 호의적이던 마음이 점차 약해지고 또 약해졌다. 오래전에 제인이 물어보자 빙리 씨가 다시 씨는 그 일에 아무 잘못이 없다고 주장했었다는 점도 다시 씨가 옳다는 것을 보여 주는 또 다른 예가 되었다. 그의 태도가 오만하고 혐오감을 주긴 하지만 서로 알고 지내는 동안 — 최근에 와서 그들은 함께 있는 시간이 많았고 그의 방식도 좀 더 잘 알게 되었는데 — 그가 도덕성이 결여되었다거나 옳지 못한 행동을 하는 걸 한 번도 본 적이 없었고, 그에게서 불경하거나 부도덕한 습관을 말해 주는 그 어떤 점도 결코 본 적이 없었다. 그가 친척들에게서 존경을 받고 존중받는다는 점, 심지어는 위컴조차도 그의 오빠로서의 장점을 인정했다는 점, 그가 여동생에 대해 애정 어린 태도로 이야기하는 것을 보고 그가 상냥한 감정을 가질 수 있다는 걸 직접 경험하기도 했다는 점. 또 그의 행동이 위컴이 말하는 대로였다면, 옳은 일이 그렇게 야비하게 깨지는 것을 세상 사람들이 계속 모르고 있었을 리가 없었을 것이라는 점, 그런 행동을 저지를 수 있는 사람과 빙리처럼 상냥한 사람 사이에 우정이 성립될 리가 없었을 것이라는 점. 이 모든 것이 다시 씨가 옳다는 걸 말해 주고 있었다.

그녀는 자신이 너무도 부끄러웠다. 다시나 위컴을 생각할 때마다 자신이 맹목적이고, 편파적이고, 편견이 있었으며, 불합리했었다는 사실을 절실히 느끼지 않을 수가 없었다.

「내가 얼마나 못되게 행동한 건가!」 그녀가 외쳤다. 「판단력이 뛰어나다고 자랑하던 내가! 나의 능력에 대해 자부심을 가졌던 내가! 나는 언니의 관대한 솔직성은 무시하고, 남을 못 믿는 쓸데없고 비난받아 마땅한 성격을 자랑하며 허영심을 충족했던 거야. 이런 사실을 깨닫고 나니 너무도 부끄럽다! 하지만 그래 마땅해! 부끄러워하는 게 당연해. 내가 사랑에 빠졌더라도, 이보다 더 비참할 정도로 맹목적일 수는 없었을 거야. 하지만 나는 사랑이 아니라 허영이라는 어리석음에 빠졌었어. 처음 그 사람들을 알게 된 순간부터, 나는 한 사

람이 보이는 호감에 우쭐해지고 다른 한 사람이 보이는 무시
에는 화가 난 나머지 편견과 무지를 추종하고 이성은 쫓아
버렸던 거야. 지금 이 순간까지 나는 나 자신을 전혀 모르고
있었어.」

엘리자베스는 자신에 대한 생각에서 제인에게로, 제인에
서 빙리에게 생각을 이어 갔는데, 곧 그 부분에서 다시 씨의
설명이 무척 부족하게 느껴진다는 생각이 들었다. 그래서 그
녀는 편지를 다시 읽었다. 두 번째 꼼꼼히 읽어 보니 그 결과
는 너무도 달랐다. 그의 주장 가운데 한 가지 경우를 믿게 되
었는데, 어떻게 다른 경우의 주장을 믿지 않을 수 있겠는가.
그는 제인의 애정을 전혀 몰랐다고 주장했었다. 그리고 그녀
는 샬럿이 자기 생각을 말했던 일을 떠올리지 않을 수 없었
다. 그녀는 그가 제인에 대해 한 말이 맞았다는 것도 부인할
수가 없었다. 제인은 아무리 열렬한 감정이라도 좀처럼 그것
을 드러내 보이지 않으며, 감성적으로 들뜨지 않아도 태도와
행동 면에 항상 만족한 것 같은 즐거운 표정이 보인다는 생
각이 들었다.

편지를 읽으며 너무도 속상하긴 하지만 틀리지 않는 비난
의 어조로 가족들을 언급하는 부분에 이르렀을 때, 엘리자베
스는 극도의 수치심을 느꼈다. 그런 비난을 받아 마땅하다는
생각에 그녀는 도저히 그것을 부인할 수가 없었다. 그가 특
히 네더필드 무도회에서 일어났다고 언급한 상황, 이는 그가
처음부터 반대한 것이 전부 옳았다는 것을 확인해 주려는 것
이었는데, 그 상황은 그보다 그녀의 마음에 더 큰 인상을 남
겼었다. 그녀 자신과 언니에 대한 칭찬이 새삼 절절하게 느
껴지지 않을 수 없었다. 그걸로 좀 위안이 되기는 했지만, 나
머지 가족들이 자초한 경멸까지 위로하기에는 역부족이었
다. 제인이 실연당하게 된 것이 사실은 가장 가까운 가족들

이 자초한 일이었다는 것과 두 사람의 명예가 가족들의 잘못된 행실 때문에 실질적으로 훼손될 것이 뻔하다는 생각에 그녀는 더할 나위 없이 우울해졌다.

엘리자베스는 이런저런 생각에 빠져들어 사건들을 다시 생각해 보고 가능성 여부를 따져 보고 그렇게 갑작스럽고 중대한 변화에 가능한 한 적응하려고 하면서 두 시간 동안 샛길을 이리저리 돌아다닌 후에, 피로가 느껴지기도 하고 오랫동안 밖에 나와 있었다는 생각이 들어 마침내 집을 향해 돌아섰다. 그녀는 평소처럼 쾌활해 보였으면 하고 바라면서, 또 대화를 제대로 못하게 만드는 그런 생각은 하지 말아야겠다는 결심을 하며 집 안으로 들어섰다.

그녀는 즉각 자신이 없는 동안 로징스에서 두 신사가 따로 방문을 왔었다는 얘기를 들었다. 다시 씨는 몇 분 있다가 갔지만, 피츠윌리엄 대령은 그녀가 돌아오기를 기다리면서 또 그녀를 찾아나서 볼까 하면서 최소한 한 시간 동안 그들과 앉아 있었다. 엘리자베스는 그를 못 만난 것을 안타까워하는 척했지만, 사실은 못 만난 게 나았다고 생각했다. 피츠윌리엄 대령은 이제 그녀의 관심 대상이 아니었다. 그녀는 오로지 편지 생각뿐이었다.

제37장

(제2권 제14장)

다음 날 두 신사는 로징스를 떠났다. 그들에게 작별의 예를 표하기 위해 로징스 입구의 작은 집들 근처에 나가 기다리던 콜린스 씨는 그들이 건강 상태도 좋아 보였고, 바로 전에 로징스에서 헤어지는 우울한 일을 겪고도 그런대로 기분도 괜찮아 보였다는 기쁜 소식을 가져올 수 있었다. 그러고 나서 그는 캐서린 귀부인과 그의 딸을 위로하기 위해 로징스로 서둘러 갔는데, 돌아올 때 무척 만족스러운 얼굴로 캐서린 귀부인의 메시지를 가지고 왔다. 귀부인이 너무 지루해서 그들 모두 함께 식사를 했으면 하고 바란다는 내용이었다.

엘리자베스는 캐서린 귀부인을 보자, 자신이 결심만 했더라면 지금쯤 캐서린 귀부인에게 미래의 조카며느리로 소개되었을지도 모른다 생각을 하지 않을 수 없었다. 그리고 귀부인의 분노가 어떠했을까 생각하니 절로 미소가 지어졌다. 엘리자베스는 〈저분이 무슨 말을 했을까? 어떻게 처신했을까?〉 하는 생각을 즐겼다.

그들의 첫 번째 화제는 로징스에 모인 사람들의 수가 줄었다는 것이었다. 「정말이지 너무 확연하게 느껴지는군.」 캐서린 귀부인이 말했다. 「누가 떠났을 때 나만큼 그 빈자리를 강하게 느끼는 사람도 없을 거야. 하지만 나는 이 젊은이들은 특히 아끼고 있고, 그들도 나를 무척이나 좋아하지! 떠나는 걸 굉장히 아쉬워하더군! 매번 그렇기는 하지만. 대령은 끝까지 상당히 기운을 차리고 있었는데 다시는 헤어지는 아쉬움을 무척 심하게 느끼는 것 같았어. 작년보다 더한 것 같아. 로징스에 대한 애착이 커진 게 틀림없어.」

콜린스는 여기서 찬사를 보내며 넌지시 어떤 암시를 던졌는데, 어머니와 딸은 이 말을 친절한 미소로 받아들였다.

캐서린 귀부인은 식사 후 베넷 양이 기운이 없어 보이는 걸 관찰하고 즉시 나름대로 해석하여 그녀가 빨리 집으로 돌아가야 하는 것이 싫어서 그런가 보다고 추측하면서 이렇게 덧붙였다.

「하지만 그런 경우라면 어머니에게 좀 더 머물러 있겠다고 편지를 쓰도록 해요. 콜린스 부인은 당신이 더 있겠다고 하면 무척 기뻐할 테니.」

「친절한 초대에 대해 너무도 감사를 드립니다. 하지만 저로서는 그 초대를 받아들일 수가 없습니다. 다음 토요일에는 런던에 꼭 가야 합니다.」엘리자베스가 대답했다.

「아니, 그렇다면, 여기서 6주밖에 못 지내는 것이군요. 난 두 달은 머물 거라고 예상했었는데. 당신이 오기 전에 콜린스 부인에게 그렇게 얘기했었지요. 이렇게 빨리 돌아갈 이유가 없을 텐데. 베넷 부인은 분명 앞으로 2주 더 머무르는 걸 허락할 거예요.」

「하지만 아버지는 그러지 못하세요. 지난주에 빨리 돌아오라는 편지를 보내셨습니다.」

「아! 어머니가 허락하시면, 당연히 아버지도 그럴 수 있을 텐데. 딸들은 아버지에게 그렇게 중요한 존재가 아니니까. 두 아가씨가 아예 한 달 더 여기에 머무르면, 한 사람은 런던까지 데려다 줄 수 있을 거예요. 6월 초에 한 주 예정으로 런던에 가려고 하니까. 도슨은 4인승 사륜마차의 마부석에 앉는 걸 마다하지 않으니까 당신들 중 한 사람의 자리는 충분할 거예요. 그리고 사실 날씨가 시원하면 두 사람 모두 데려가는 데 이의 없어요. 두 사람 다 몸이 크지 않으니까요.」

「부인, 무척 친절하십니다. 하지만 우리는 원래 계획대로 해야 할 것 같습니다.」

캐서린 귀부인은 체념한 것 같았다.

「콜린스 부인, 두 사람에게 하인을 딸려 보내도록 해요. 내가 늘 허심탄회하게 말하는 걸 알지요? 나는 두 젊은 여성이 자기들끼리 우편마차를 타고 먼 길을 간다는 생각을 견딜 수가 없어요. 무척 상스러운 일이에요. 어떻게든 누굴 보내도록 해요. 나는 세상에서 그런 종류의 일을 가장 싫어합니다. 젊은 여성들은 늘 신분에 맞게 제대로 보호를 받고 시중도 받아야 해요. 지난여름 조카딸 조지아나가 램즈게이트에 갈 때, 나는 남자 하인 두 사람을 꼭 데리고 가게 했어요. 펨벌리의 다시 씨와 앤 귀부인의 따님인 다시 양이 하인들 없이 나타났다면 법도에 어긋나 보였을 거예요. 나는 그런 일들에 굉장히 신경을 쓰지요. 콜린스 부인, 이 아가씨들에게 존을 딸려 보내도록 해요. 그 말을 해야겠다는 생각이 떠오른 게 다행이군. 그들만 그냥 보내면 콜린스 부인에게 망신이 될 테니까.」

「제 외숙부께서 하인을 보내실 거예요.」

「아! 아가씨의 외숙부가! 하인이 있나 보군? 그런 일까지 생각해 주는 친척이 있다니 무척 다행이에요. 어디서 말을 갈아탈 건가요? 아! 물론 브롬리겠지. 벨 여인숙에서 내 이름을 대면 잘해 줄 거예요.」

캐서린 귀부인은 그들의 여행에 대해 물어보는 것도 참 많았다. 엘리자베스 혼자 대답을 다해야 하는 건 아니었지만 그래도 신경을 써야 했는데 오히려 그것이 다행이었다. 그렇지 않았으면 마음이 다른 데로 쏠려 자기가 뭘 하고 있는지도 몰랐을 것이다. 사색은 혼자 있는 시간에 해야 했다. 혼자 있게 될 때마다 그녀는 안도감을 느끼며 사색에 잠기곤 했다. 그리고 하루도 빠짐없이 혼자 산책하러 나갔는데, 그때 불쾌한 기억들을 한껏 떠올려볼 수가 있었다.

다시 씨의 편지는 곧 다 외울 정도가 되어 버렸다. 그녀는 모든 문장들을 하나하나 따져 보았는데, 그때마다 편지를 쓴 사람에 대한 감정이 달라졌다. 그의 말투를 생각하면 여전히 화가 났지만, 자신이 얼마나 부당하게 그를 단죄하고 비난했던가 생각하면 분노가 자신에게 돌아왔다. 그리고 그가 얼마나 실망했을까 하고 연민을 느끼기 시작했다. 그가 자신에게 애정을 느꼈다는 데 대해 감사하는 마음이 생겼고, 그의 전반적인 인격에 존경심도 생겼다. 하지만 그를 받아들일 수는 없었고, 잠깐이라도 그를 거절했던 일을 후회할 수도 없었으며, 그를 다시 만나고 싶은 마음은 추호도 없었다. 하지만 자신의 과거의 행동에 대해서 끊임없이 괴로워하고 후회했으며, 가족들의 한심한 결함에 대해서 무척 속이 상했다. 그 결함은 어떻게 고칠 방법이 없었다. 부친은 가족들의 결함을 비웃는 데 만족하여 막내딸들이 제멋대로 경박한 행동을 하는 걸 억제하려는 노력을 전혀 하지 않았고, 모친은 본인부터 태도가 올바르지 못하니 그 해악을 전혀 알아차리지 못했다. 엘리자베스는 제인과 힘을 합쳐 캐서린과 리디아의 경솔한 행동을 제어하려고 노력했었다. 하지만 어머니가 이들을 감싸고 도는 한 나아질 가능성이 전혀 없었다. 심약하고, 짜증 잘 내고 완전히 리디아에게 끌려 다니는 캐서린은 언니들의 충고에 늘 모욕을 느끼며 화를 냈고, 제멋대로 행동하고 부주의하기 짝이 없는 리디아는 좀처럼 언니들의 말을 들으려고 하지 않았다. 캐서린과 리디아는 무지하고 게으르고 허영심에 차 있었다. 메리턴에 장교가 주둔하고 있는 한 그들은 장교들과 놀아날 것이고, 메리턴이 롱본에서 걸어갈 수 있는 가까운 거리인 한 그들은 계속 메리턴에 갈 것이었다.

그녀를 덮친 또 다른 생각은 제인에 대한 걱정이었다. 다시 씨의 얘기를 듣고 나서 빙리에 대해 예전에 가졌던 좋은 감정이 되돌아왔고, 이런 남성을 제인이 놓쳐 버리다니 하는 상실감이 더 커졌다. 그의 애정은 진지한 것이었음이 밝혀졌고, 그가 너무 맹목적으로 친구를 신뢰한다는 점만 제외하면 그의 행동에 비난할 점이 전혀 없었다. 그러자 모든 면에서 그렇게도 바람직하고 온통 이로운 점뿐이고 행복을 약속해 주는 그런 자리를 가족들의 어리석음과 무례함 때문에 제인은 빼앗기고 만 것이라는 생각이 들어 너무도 가슴이 아팠다!

이런 기억에 위컴의 성품에 대해 밝혀진 내용까지 더해지자, 전에는 좀처럼 우울함이라곤 몰랐던 밝은 성향의 엘리자베스가 지금은 너무도 영향을 받아, 겉으로 기분 좋아 보이는 것조차 거의 불가능해진 것은 당연했다.

그녀가 헌스퍼드에 머무는 마지막 주에는 첫 주만큼이나 로징스에 자주 가게 되었다. 마지막 날 저녁도 로징스에서 보냈는데, 귀부인은 다시 꼼꼼히 여행의 세세한 부분까지 캐물었고 짐을 가장 잘 꾸리는 방법을 가르쳐 주었다. 그리고 옷을 개는 단 한 가지의 올바른 방법을 어찌나 강조했던지 마리아는 돌아가자마자 아침에 싸놓은 짐을 모두 풀어서 트렁크를 새로 싸야 한다고 생각할 정도였다.

헤어질 때 캐서린 귀부인은 대단히 생색을 내며 그들에게 여행을 잘하라고 인사말을 건네고 내년에 헌스퍼드에 또 오라고 초대도 했다. 그리고 드 버그 양은 기운을 내서 무릎을 굽혀 인사하고 두 사람에게 손을 내밀기까지 했다.

제38장
(제2권 제15장)

토요일 아침에 엘리자베스와 콜린스 씨는 다른 사람들이 나오기 몇 분 전 아침 식사 자리에서 마주쳤다. 그러자 그는 작별할 때 꼭 해줘야겠다고 생각하고 있던 인사말을 전할 기회를 포착했다.

「엘리자베스 양, 콜린스 부인이 당신이 여기 와준 데 대해 감사하다는 말을 이미 했는지 모르겠는데, 우리 집을 떠나기 전에 집사람이 틀림없이 그 인사를 할 겁니다. 당신이 함께 지내시는 동안 무척 즐거웠습니다. 보잘것없는 우리 집이 사람들을 끌어당기는 매력이 뭐 있겠습니까. 우리의 생활 방식이 소박한 데다 방도 작고, 하인도 몇 안 되고, 사교 모임도 거의 없고 해서 헌스퍼드는 당신 같은 젊은 여성에게는 굉장히 지루한 곳임에 틀림없었을 겁니다. 하지만 당신이 그런 친절을 베푸신 데 대해 우리가 감사한다는 점과 당신이 시간을 불쾌하게 보내지 않도록 하기 위해 우리가 할 수 있는 건 다했다는 점을 알아 주셨으면 합니다.」

엘리자베스는 진심으로 감사하다는 말과 함께 행복하게 잘 지냈다고 대답했다. 그녀는 6주 동안 무척 즐겁게 지냈으며, 샬럿과 함께 지낼 수 있게 해주고 여러 모로 친절한 관심을 베풀어 준 데 대해 감사해야만 하는 쪽은 오히려 자기라고 말했다. 콜린스 씨는 만족해했다. 그리고 미소를 잃지 않는 엄숙한 태도를 더 내보이며 이렇게 대답했다.

「불쾌하지 않게 시간을 보내셨다니 나로선 정말 기쁩니다. 우리는 정말 최선을 다했습니다. 그리고 다행히도 당신을 상류 사회에 소개할 수도 있었고, 로징스와의 관계로 인해 보잘것없는 우리 집의 일상에 자주 다양한 변화를 부여할 수 있었던 덕분에, 당신의 헌스퍼드 방문이 전적으로 지루하지만은 않았을 것이라고 자신하는 바입니다. 캐서린 귀부인의 가문과 우리가 맺고 있는 관계는 정말 엄청난 이점이고 사람들이 거의 누리지 못하는 축복입니다. 당신은 우리의 지위가 어떤 것인지 보셨지요. 당신은 우리가 계속 그 가문에 초대를 받아 가는 것도 보았지요. 솔직히 나는 이 보잘것없는 목사관이 여러 불리한 점이 있음에도 불구하고 로징스와 이렇게 친밀한 관계를 나누어 갖고 있는 한은 이 교구에서 지내는 것이 연민의 대상이 될 수는 없다고 생각합니다.」

그의 격해진 감정을 표현하기에는 어떤 말도 역부족이었다. 그래서 그는 엘리자베스가 짤막한 몇 마디 말로 예의를 지키면서 솔직한 마음을 담아 보려고 노력하는 동안 방을 이리저리 서성거려야 했다.

「사촌, 사실 당신은 하트퍼드셔에 우리 얘기를 무척 호의적으로 전하겠지요. 최소한 나는 당신이 그렇게 하리라고 자신합니다. 캐서린 귀부인이 콜린스 부인에게 신경을 많이 쓰는 걸 당신도 매일 봤지요. 나는 당신의 친구가 불행한 결정을 내렸던 것 같지는 않다고 믿는데…… 이 점에 대해서는 침묵하는 것도 좋겠군요. 엘리자베스 양, 나는 정말 마음 깊이 진심으로 당신도 우리만큼 결혼을 잘하기를 바랍니다. 샬럿과 나는 마음도 하나이고 생각하는 것도 하나입니다. 우리 두 사람은 정말 놀랄 정도로 성격과 생각이 모든 면에서 닮았어요. 우리는 천생연분인 것 같습니다.」

엘리자베스는 그게 사실이라면 정말 그보다 더한 행복이 있겠냐고 별 문제 없이 말할 수 있었다. 그리고 여전히 진지한 어조로 자기도 그가 가정적으로 행복하다고 굳게 믿고 있으며 또한 기쁘기도 하다는 말도 덧붙일 수 있었다. 그러나 그녀는 그 이야기의 장본인이 들어오는 바람에 콜린스의 사설이 중단된 것이 전혀 서운하지 않았다. 가엾은 샬럿! 그녀를 그런 사람들 속에 놔두고 떠나야 하는 것이 우울했다. 하지만 샬럿은 멀쩡한 정신으로 그 삶을 선택했었다. 그리고 손님들이 떠나는 것을 아쉬워하는 것이 역력했지만, 그들에게서 동정을 바라는 것 같지는 않았다. 샬럿에게 집과 살림, 교구와 가금류, 그리고 그에 따른 일들이 아직 그 매력을 잃지 않고 있기 때문이었다.

마침내 마차가 도착하여 트렁크들을 묶어 놓고 짐 꾸러미들을 싣고 나서 떠날 준비가 다 되었다고 알렸다. 샬럿과 애정 어린 작별 인사를 나눈 후 엘리자베스는 콜린스 씨의 배웅을 받으며 마차로 갔다. 정원을 따라 걸으면서 콜린스 씨는 가족들에게 안부를 전해 달라고 하면서, 지난 겨울에 롱본에서 받은 친절에 대해 감사의 말을 하는 것을 잊지 않고 또 만난 적도 없는 가디너 씨 부부에게 전할 인사말도 잊지 않았다. 그러고 나서 그는 엘리자베스의 손을 잡아 마차에 태워 주었고 그다음 마리아를 태워 주었다. 그런데 마차의 문이 막 닫히려는 순간에 그는 갑자기 당황해하며 그들이 여태까지 로징스의 귀부인과 따님에게 전할 메시지를 남기는 것을 잊고 있었다는 점을 상기시켰다.

「하지만 물론 여러분은 여기 머무는 동안 그분들이 베풀어 주신 친절에 대한 감사의 말씀과 겸허한 인사의 말씀이 전달되기를 바라시겠지요.」

엘리자베스는 아무런 이의도 제기하지 않았다. 그러자 문이 닫히고 마차가 출발했다.

「아, 세상에!」 잠시 말이 없던 마리아가 이렇게 외쳤다. 「우리가 처음에 여기 온 후로 하루 이틀밖에 안 지난 것 같은데, 너무나 많은 일이 일어났어!」

「정말 많은 일이 있었지.」 엘리자베스가 한숨을 쉬며 말했다.

「우리는 로징스에서 두 번이나 차를 마셨을 뿐 아니라 식사도 아홉 번이나 했어요! 할 말이 너무 많을 거야!」

엘리자베스는 혼잣말로 덧붙였다. 「나는 감출 얘기가 너무 많을 거야.」

그들의 여행은 별 대화 없이 별다른 일 없이 계속되었다. 헌스퍼드를 떠난 지 네 시간이 채 안 되어 가디너 씨 집에 도착했는데, 여기서 며칠간 머물기로 되어 있었다.

제인은 건강이 괜찮아 보였다. 엘리자베스는 숙모가 친절하게도 그들을 위해 준비해 둔 여러 모임에 참석하느라 제인의 기분을 꼼꼼히 살필 기회를 갖지 못하고 있었다. 하지만 제인은 그녀와 함께 집으로 돌아갈 테니 롱본에서 제인을 천천히 관찰할 여유를 충분히 갖게 될 것이었다.

한편으로 롱본에 갈 때까지 다시의 청혼에 대해 언니에게 이야기하는 걸 참고 기다리는 것은 그리 쉬운 일이 아니었다. 엘리자베스는 제인을 깜짝 놀라게 할 일, 동시에 어떤 것이 되었든 아직 이성적으로 털어 버리지 못한 자신의 허영심을 상당히 충족시켜 주는 그 일을 언제든지 밝힐 수 있다고 생각하니, 당장 터놓고 얘기하고 싶어서 견디기가 힘들었다. 오로지 자신도 어느 얘기까지 전달해야 할지 아직 결정을 못 하고 있는 데다가, 일단 그 문제를 언급하게 되면 빙리에 대해 뭔가 얘기를 하게 될 것이고 그러면 언니의 마음을 더욱 슬프게 할지도 모른다는 걱정만이 겨우 그 유혹을 이겨 낼 수 있게 해주었다.

제39장
(제2권 제16장)

세 여성이 함께 그레이스 처치 거리에서 하트퍼드셔의 ○○마을을 향해 출발한 것은 오월의 둘째 주였다. 베넷 씨의 마차가 그들을 맞이하기로 되어 있는 여인숙으로 다가가고 있을 때 그들은 곧바로 키티와 리디아가 이층의 정찬실에서 창밖을 내다보고 있는 것을 알아차렸다. 마부가 시간을 정확히 지켰다는 증거였다. 키티와 리디아는 그 장소에 한 시간 정도 미리 와서 건너편에 있는 모자 가게도 가보고 근무를 서고 있는 보초병을 구경하기도 하고 오이 샐러드도 만들며 즐겁게 시간을 보내고 있었다.

언니들을 환영한 후에 그들은 여인숙의 식품저장실에서

나온 저민 햄이 차려진 식탁을 내보이며 〈이거 훌륭하지 않아? 깜짝 놀랐지? 기분 좋지?〉라고 의기양양하게 외쳤다.

「우리는 언니들을 잘 대접할 생각이야. 하지만 돈 좀 빌려 줘. 저기 가게에서 우리 돈을 다 써버렸거든.」 리디아가 덧붙였다. 그러고는 사둔 물건들을 보여 주었다. 「이것 봐. 이 모자를 샀는데 그렇게 예쁘지는 않아. 하지만 안 사는 것보다는 낫다고 생각했어. 집에 가자마자 다 뜯어 내서 좀 더 예쁘게 고칠 수 있는지 볼 거야.」

언니들이 모자가 흉하다고 말하자, 리디아는 완전히 무심한 태도로 이렇게 덧붙였다. 「아! 가게에 더 흉한 모자도 두세 개나 있었어. 이 모자는 예쁜 색상의 새틴 천을 사서 장식을 하면 꽤 괜찮아질 거야. 게다가 보름 후에 ○○연대가 메리턴을 떠나게 되면 올 여름에는 뭘 입든지 별 의미가 없을 거야.」

「정말 군대가 떠나니?」 엘리자베스가 무척 다행스러워하며 외쳤다.

「브라이튼 부근에 주둔할 거래. 그러니까 아빠가 여름에 우리 모두 거기에 데려갔으면 좋겠어! 너무도 신나는 계획이 될 거야! 그리고 비용도 거의 안 들 거고. 엄마도 만사 제쳐 놓고 가고 싶어 하실걸! 그렇지 않으면 여름이 얼마나 비참할지 생각해 봐.」

〈그래. 그건 정말 즐거운 계획이겠다.〉 엘리자베스는 속으로 생각했다. 〈그리고 우리는 당장에 끝장나 버리겠지. 세상에! 보잘것없는 민병대 연대 하나와 메리턴에서 매달 열리던 무도회만으로도 혼란에 빠지는 우리에게 브라이튼이라니, 거기다 진영에 가득한 군인들이라니!〉

언니들이 식탁에 앉자 리디아가 말했다. 「자, 언니들한테 들려줄 소식이 있어. 어떻게 생각해? 좋은 소식, 중대한 소식이야. 우리 모두가 좋아하는 사람에 관한 소식.」

제인과 엘리자베스는 서로 쳐다보고, 웨이터에게 더 있을 필요가 없으니 가도 좋다고 말했다. 리디아는 웃으면서 이렇게 말했다.「그래, 언니들은 늘 그렇게 격식을 따지고 신중하게 굴어. 웨이터가 무슨 신경이나 쓸 것처럼 그가 들으면 안 된다고 생각한 거잖아! 웨이터는 내가 하려는 말보다 더 심한 얘기도 자주 듣곤 할 텐데. 하지만 너무 못생겼다! 가버린 게 낫네. 저렇게 턱이 긴 사람은 평생 처음 봐. 자, 이제 소식을 전할게. 위컴에 관한 거야. 웨이터가 듣기엔 과분한 얘기지? 위컴이 메리 킹과 결혼할 위험이 없게 되었어. 어때? 메리 킹은 리버풀에 있는 자기 숙부의 집으로 내려가 머무를 거래. 위컴은 안전해.」

「그러면 메리 킹은 안전하겠구나! 재산을 생각하지 않고 경솔하게 결혼하는 일은 없겠다는 말이야.」 엘리자베스가 말했다.

「그렇게 떠나버리다니 정말 바보 같은 짓이야. 그를 좋아했다면 말이야.」

「하지만 양쪽에 강렬한 애정이 없었던가 보지.」 제인이 말했다.

「그 사람 쪽에 애정이 없었던 건 확실해. 그 사람이 그녀한테 별로 관심이 없었던 거라고 장담할 수 있어. 그런 비열한 조그만 주근깨투성이를 누가 좋아할 수 있겠어?」

엘리자베스는 자신은 그런 상스러운 표현을 쓸 수 없겠지만, 이 말이 감정 면에서는 예전에 자신이 마음속에 품고 상상하던 바와 다를 것이 없다는 생각에 충격을 받았다.

식사를 끝내고 언니들이 계산을 마치는 즉시 마차를 불렀다. 잠시 이리저리 궁리를 한 후 갖가지 상자와 뜨개질 가방과 짐 꾸러미와, 키티와 리디아가 사들인 반갑지 않은 물건들을 마차에 다 싣고 모두가 자리 잡고 앉을 수 있었다.

「우리 정말 멋지게 모두가 다 끼어 앉았네!」리디아가 외쳤다.「그저 모자 담는 상자를 얻는 재미뿐이라도 나 모자 정말 잘 샀어! 자, 이제 아늑하고 편하게 앉아서 집에 가는 내내 웃고 얘기하자. 우선 언니들 간 후에 어떤 일들이 있었는지 얘기해 줘. 멋진 남자들 봤어? 연애도 좀 했어? 언니들 가운데 한 사람은 돌아오기 전에 남편감을 찾았으면 하고 무척 바랐는데. 제인 언니는 곧 노처녀가 되겠다. 벌써 스물세 살이 다 되었잖아! 어이구, 난 스물셋이 되기 전에 결혼 못하면 무척 창피할 거야! 필립스 이모가 언니들이 남편감을 구했으면 하고 얼마나 바랐는지 모를 거야. 이모는 리지 언니가 콜린스 씨를 받아들였으면 좋았을 거라고 하는데, 나는 그랬다면 아무 재미도 없었을 거라고 생각해. 어이구! 난 정말 언니들보다 먼저 결혼했으면 좋겠어. 그러면 내가 언니들을 무도회로 데려가 줄 텐데. 세상에! 우리는 전번에 포스터 대령 집에서 정말 재미있는 시간을 보냈어! 키티와 나는 그날을 거기서 보내기로 되어 있었는데 포스터 부인이 밤에 조그만 무도회를 열겠다고 약속했었어. (그런데 말이지 포스터 부인과 나는 친한 친구가 되었어!) 그래서 그 두 해링턴 형제에게 오라고 했는데, 해리엇이 아파서 펜이 혼자 와야만 했거든. 그런데 우리가 뭘 했게? 우리는 체임벌레인에게 여자 옷을 입혀서 여자로 보이게 했어. 얼마나 재미있었는지 알아? 아무도 눈치를 못 챘다니까. 포스터 대령과 부인, 그리고 키티와 나를 제외하고 말이야. 그리고 이모에게서 옷을 빌려야 했으니까 이모도 제외하고. 체임벌레인이 얼마나 예뻐 보였는지 상상도 못 할 거야. 데니, 위컴, 프랫, 그리고 두세 명의 다른 남자들은 들어와서 체임벌레인을 전혀 알아보지 못했어. 어이구! 얼마나 웃었던지. 포스터 부인도 마찬가지였어. 나는 죽는 줄 알았다니까. 그래서 남자들이 의심하기 시작했고 곧 무슨 일인지 알아내 버렸지.」

롱본으로 가는 내내, 키티가 힌트도 주고 말도 거드는 가운데, 리디아는 그런 종류의 파티 얘기와 장난 친 얘기로 언니들을 즐겁게 하려고 애썼다. 엘리자베스는 가능하면 듣지 않으려고 했지만, 위컴의 이름이 자주 언급되는 것을 놓칠 수 없었다.

집에서는 그들을 따뜻하게 맞아 주었다. 베넷 부인은 제인이 여전히 아름다운 것을 보고 기뻐했고, 베넷 씨는 식사하는 동안 여러 번 엘리자베스에게 말했다.

「리지야, 돌아와서 기쁘다.」

마리아도 데려가고 소식도 들을 겸 해서 루커스 가족들이 모두들 롱본으로 건너왔기 때문에 꽤 많은 사람들이 식사를 함께했다. 그리고 다양한 화제가 그들을 사로잡았다. 루커스 부인은 식탁 건너편의 마리아에게 맏언니가 잘 사는지 가금류는 어떤지 물어보고 있었다. 베넷 부인은 한편으로는 그녀의 아래쪽으로 앉아 있는 제인에게서 최근의 유행에 대한 설명을 듣고, 한편으로는 그 얘기를 어린 루커스 양들에게 전해 주면서 양쪽 일을 하고 있었고, 리디아는 누구보다도 큰 목소리로 자기 얘기를 들으려고 하는 다수의 사람들에게 아침에 있었던 여러 즐거웠던 일들을 이야기하고 있었다.

「아! 메리 언니. 언니도 함께 갔으면 좋았을 텐데. 키티와 내가 블라인드를 모두 내리고 마차 안에 아무도 없는 척했을 때, 너무 재미있었거든! 그리고 키티가 멀미만 하지 않았더라면 내내 그렇게 갔었을 거야. 조지네 가게에 도착했을 때 우리는 무척 훌륭하게 처신했어. 저 세 사람에게 세상에서 가장 훌륭하고 시원한 점심을 샀거든. 메리 언니가 함께 갔으면, 언니도 사줬을 텐데. 그리고 돌아올 때도 너무 재미있었어. 나는 마차에 다 못 탈 거라고 생각했거든. 우스워 죽을 뻔했어. 그리고 집으로 오는 내내 너무 즐거웠지. 우리가 큰 소리로 얘기하고 웃고 해서 2킬로미터나 떨어진 곳에서도 우리 목소리가 들렸을 거야.」

이에 메리가 매우 엄숙하게 대답했다.「동생아, 나는 그런 즐거움을 폄하할 생각은 전혀 없다. 틀림없이 그런 즐거움이 일반적인 여성들의 마음과 어울릴 테니까. 하지만 난 그런 즐거움에 별 매력을 느끼지 못하겠구나. 나는 책이 훨씬 더 좋다.」

하지만 리디아는 메리의 대답을 한마디도 귀담아듣지 않았다. 그녀는 좀처럼 남의 얘기에 30초 이상 귀를 기울이는 법이 없었고, 메리의 얘기에는 전혀 관심을 두지 않았다.

오후에 리디아는 언니들에게 사람들 소식을 들으러 메리턴에 산책을 가자고 졸랐다. 하지만 엘리자베스는 그 계획에 계속 반대를 했다. 베넷 집안의 딸들이 집에 반나절도 안 있다가 장교들을 찾아 나섰다는 말이 돌아서는 안 되었기 때문이다. 반대 이유는 또 있었다. 그녀는 위컴을 다시 만나기가 두려웠고 가능하면 그런 일을 피하기로 결심했던 것이다. 그 연대가 곧 떠날 것이라는 사실이 그녀에게 얼마나 위안이 되었는지는 말로 표현할 수가 없을 정도였다. 보름 후면 군대는 가버릴 것이다. 그리고 일단 떠나면 다시는 위컴으로 인해 괴로워질 일은 더 이상 없을 것이라고 생각했다.

엘리자베스는 집에 돌아온 지 몇 시간 안 되어 리디아가 여인숙에서 암시했던 브라이튼 계획이 부모 사이에 자주 논의되고 있다는 사실을 알게 되었다. 엘리자베스는 아버지가 리디아 뜻대로 양보할 의사가 전혀 없다는 걸 금방 알 수 있었지만, 아버지의 대답이 워낙 막연하고 모호하다 보니 어머니는 자주 실망을 하면서도 결국에는 성공할 것이라는 희망을 버리지 않고 있었다.

<h1 style="text-align:center">제40장</h1>
(제2권 제17장)

엘리자베스는 그동안 일어났던 일을 제인에게 알려 주고 싶은 마음을 더 이상 억누를 수가 없었다. 그래서 마침내 그 다음 날 아침, 언니와 관련된 구체적인 얘기는 모두 숨기기로 마음먹고 또 언니에게 놀라지 말라고 한 뒤에, 다시 씨와 자신 사이에 있었던 사건의 주요 내용을 말해 주었다.

베넷 양은 놀랐지만 돈독한 자매의 정 덕분에 엘리자베스가 사랑받는 게 너무도 당연한 일이라 여겨 금방 충격이 누그러지고 다른 생각들이 계속 떠올랐다. 그녀는 다시 씨가 별로 도움이 되지 않는 태도로 사랑의 감정을 토로한 것을 안타까워했지만, 엘리자베스의 거절로 인해 그가 마음 아팠을 거라며 슬퍼했다.

「그가 성공할 거라고 완전히 자신하고 있었던 건 잘못이야.」제인이 말했다.「분명 그렇게 자신만만한 것처럼 보여서는 안 됐던 거지. 하지만 그 때문에 그 사람 실망이 더욱 컸을 텐데.」

「정말이야.」엘리자베스가 대답했다.「진심으로 그 사람이 안됐어. 하지만 그 사람은 아마 날 좋아하는 마음을 금방 떨쳐 버릴 만한 다른 감정도 있으니까 괜찮을 거야. 그런데 언니는 내가 그 사람의 청혼을 거절했다고 나를 비난하는 건 아니지?」

「널 비난한다고! 아! 아니야.」

「하지만 언니는 내가 너무 열을 내서 위컴 얘기를 했던 건 잘못이라고 생각하잖아.」

「아니야. 네가 해준 얘기에선 네 행동이 잘못된 것 같진 않은데 잘 모르겠다.」

「하지만 바로 그다음 날 무슨 일이 있었는지 들어 보면 언니는 내가 잘못했다는 걸 알게 될 거야.」

그리고 엘리자베스는 편지 얘기를 꺼내며, 조지 위컴에 관한 모든 내용을 말해 주었다. 가엾은 제인이 이 일에 얼마나 충격을 받았던지! 제인은 여기 한 인간에게 집중되어 있는 그 정도의 심한 사악함이 온 인류에 존재한다는 사실을 모른 채 기꺼이 이 세상을 살아가고 싶어 할 사람이었다. 다시가 나쁜 사람이 아니라고 밝혀진 것이 그녀의 심성으론 고마운 일이긴 했지만, 그렇다고 위컴의 사악함을 깨닫게 된 것을 덮어 주기엔 역부족이었다. 제인은 무슨 오해가 있었을 가능성을 입증하려고 노력하고, 한 사람을 끌어들이지 않으면서 다른 한 사람에 대한 오해를 씻어 보려고 애썼다.

「그래 봤자 소용없어.」 엘리자베스가 말했다. 「아무리 해도 두 사람 다 선한 사람으로 만들 수는 없을 거야. 선택을 해야 해. 한 사람만 골라야 한단 말이야. 두 사람 사이에는 한 사람만 좋은 유형의 남자로 만들 만큼의 장점이 놓여 있어. 그런데 최근에 상당한 이동이 있었던 거야. 나로서는 장점이 모두 다시 씨 쪽에 있다고 믿고 싶지만, 언니는 스스로 선택하도록 해.」

하지만 제인은 시간이 좀 지난 후에야 겨우 미소를 지었다.

「난 이보다 더 충격을 받은 적이 없는 것 같다.」 그녀가 말했다. 「위컴이 그렇게 못된 사람이라니! 정말 믿기 힘들어. 그리고 가엾은 다시 씨! 리지야, 그 사람이 어떤 고통을 겪었을지 생각해 봐. 그렇게 실망을 한 데다 네가 자기를 얼마나 나쁘게 생각했는지도 알게 되고! 그리고 자기 여동생의 그런 일까지 얘기해야만 했잖아! 정말 가슴 아프다. 너도 그럴 거라고 확신해.」

「아! 아니야. 언니가 후회와 연민에 휩싸이는 걸 보니까 내

건 모두 사라져 버리는데. 그리고 언니가 그 사람의 억울했던 점을 충분히 이해해 줄 거라는 걸 알게 되니까 나는 점점 더 무관심하고 냉담해진다! 언니가 감정이 풍성하니까 나는 감정을 아끼게 되나 봐. 언니가 그 사람에 대해 오래 슬퍼하면, 내 가슴은 깃털처럼 가벼워질 거야.」

「불쌍한 위컴! 그 사람 얼굴은 너무나 선해 보였어! 태도도 무척 솔직하고 점잖아 보였고!」

「그 두 젊은이를 교육시킬 때 틀림없이 뭔가 방법이 잘못되었을 거야. 한 사람은 모든 선한 면을 다 가졌고, 다른 한 사람은 선해 보이는 외양만 가졌잖아.」

「난 너만큼 그렇게 다시 씨가 외양 면에서 부족하다고 생각해 본 적 없어.」

「하지만 나는 아무런 이유 없이 영악하게도 그 사람에게 그렇게 철저하게 싫어하는 감정을 가지려고 애를 썼어. 그런 종류의 심한 혐오감을 갖게 되면 천재성을 자극하고 재치를 활짝 쏟아 놓게 되는가 봐. 사람은 올바른 것은 하나도 말하지 않고도 온통 독설을 퍼부을 수가 있어. 남을 비웃을 때는 가끔 뭔가 재치 있는 말을 하려다 걸려 넘어지기도 하는데 말이야.」

「리지야, 네가 처음 그 편지를 읽었을 때는 분명 그 문제를 지금처럼 대할 수는 없었을 거라 생각해.」

「정말이야. 그럴 수 없었지. 그만하면 난 마음이 불편했지. 난 너무 불편했어, 아니 불행했다고 해야겠네. 내 기분이 어떤지 얘기할 상대도 없었고, 또 날 위로해 줄, 사실이 그렇더라도 내가 그렇게 약하고 허영심 많고 어리석은 애가 아니라고 말해 줄 제인 언니가 없었잖아! 아! 언니가 곁에 있었으면 하고 얼마나 바랐던지!」

「다시 씨에게 위컴 얘기를 하면서 그런 심한 표현을 쓴 건 얼마나 속상한 일이니! 이제 그 말이 전적으로 틀렸다는 걸 알게 되었으니 말이야.」

「맞아. 하지만 그렇게 가혹하게 말을 하게 된 그 속상한 일은 편견을 키우고 있었던 나 자신이 초래한 당연한 결과야. 그런데 언니의 충고가 필요한 문제가 하나 있어. 우리가 아는 사람들에게 위컴의 성품을 알려야 하는지 말아야 하는지 언니 의견이 듣고 싶어.」

베넷 양은 잠시 말을 멈추고 있다가 이렇게 대답했다.「분명 그 사람을 그렇게 끔찍하게 폭로할 이유는 없겠지? 네 생각은 어떠니?」

「그러지 않는 게 좋겠다는 생각이야. 다시 씨는 내게 자기가 한 말을 공개하라고는 안 했거든. 오히려 자기 여동생과 연관된 모든 자세한 일들은 가능한 한 나만 알고 있기로 되어 있어. 내가 그의 다른 행동에 대해서 사람들의 착각을 고쳐 주려고 한들 누가 나를 믿겠어? 다시 씨에 대한 사람들의 편견은 너무 심해서 그를 상냥한 사람이라고 설명하려고 하면 메리턴에 있는 선한 사람들의 반 정도는 거의 죽으려고 할 거야. 나는 그 일을 해낼 수 없어. 위컴은 곧 떠날 테고, 그러면 여기 있는 사람들에게 그가 실제로 어떤 인물인가는 별로 중요하지 않을 거야. 그러다 언젠가 모든 게 밝혀지면, 그때 우리는 사람들이 전에 그것을 몰랐던 데 대해 어리석다고 실컷 웃어 주지 뭐. 당분간 나는 아무 말도 하지 않을래.」

「네 말이 정말 맞아. 그 사람의 잘못된 행실을 공개하면 그 사람은 영원히 파멸하고 말 거야. 그는 지금은 자신이 저지른 일을 후회하면서 새사람이 되고 싶어 할지도 모르는데, 우리가 그를 절망에 빠뜨리면 안 되겠지.」

엘리자베스는 제인과 대화를 나누면서 어지럽던 마음이 어느 정도 가라앉는 기분이었다. 그녀는 보름 동안 자신을 내리누르던 비밀 가운데 두 가지를 벗어 버리게 되었으며, 그 문제에 대해 다시 얘기하고 싶을 때마다 제인이 모두 기꺼이 들어 줄 것이라고 확신했다. 하지만 엘리자베스가 신중하게 생각한 끝에 밝히지 못한 것이 여전히 웅크리고 남아 있었다. 그녀는 다시 씨의 편지의 반을 차지하는 다른 내용에 대해서는 말을 할 수가 없었고, 다시 씨의 친구가 제인을 얼마나 진지하게 사랑했는지에 대해서도 설명할 수가 없었다. 그 내용은 누구와 함께 나눌 수 있는 것이 아니었으며, 당사자끼리 완전한 이해에 이르게 될 때라야 자신이 비밀의 마지막 짐을 던져 버리는 것이 정당화될 수 있다는 걸 그녀는 잘 알고 있었다. 「그렇게 되면, 그 불가능해 보이는 일이 일어나게 되면, 빙리 본인이 훨씬 사근사근하게 그 얘기를 할 수 있을 테니까. 공연히 내가 말만 전달하는 꼴이 될 뿐이야. 나는 그 비밀이 가치를 모두 잃게 될 때까지는 그 말을 전할 자유가 없는 거야.」

그녀는 이제 집에 있게 되자 실제로 언니의 기분이 어떤 상태인지 관찰할 여유를 갖게 되었다. 제인은 행복하지 않았다. 그녀는 여전히 빙리에게 섬세한 애정을 품고 있었다. 제인은 전에는 사랑에 빠졌다고 생각해 본 적이 없었으므로, 빙리에 대한 애정은 첫사랑의 따스함이 고스란히 담겨 있으면서 나이나 성향으로 인해 첫사랑치고 정말 변치 않는 그런 꾸준한 사랑이었다. 그리고 그에 대한 추억을 너무도 열렬하게 소중히 여기고 어떤 다른 남자보다 그를 좋아했기 때문에, 그녀의 훌륭한 분별력과 주변 사람들의 감정을 배려하는 마음이 없었다면, 본인의 건강과 주변 사람들의 평온한 마음에 해로웠을 그런 회한에 푹 빠지고 말았을 것이다.

「자, 리지야.」 어느 날 베넷 부인이 말했다. 「이제 제인이 당한 이 슬픈 일을 어떻게 하면 좋을지 네 생각을 말해 봐라.

난 누구하고도 그 얘기를 다시는 하지 않겠다고 결심했다.
전번에 필립스 이모에게도 그렇게 얘기를 했다. 하지만 제인
이 런던에서 그 사람을 만났는지 알 수가 없구나. 글쎄, 그 사
람은 정말 형편없는 젊은이다. 이제 제인이 그 사람을 잡을
가능성은 전혀 없는 것 같구나. 그 사람이 여름에 네더필드
에 다시 올 거라는 말도 없던데. 알 만한 사람에게는 모두 물
어봤는데 말이다.」

「그 사람 더 이상 네더필드에서 살 것 같지 않아요.」

「아, 그래! 마음대로 하라지. 아무도 그가 돌아오길 바라지
않는다. 하지만 난 그가 못되게도 내 딸을 우롱했다는 말은
늘 할 거다. 내가 제인이라면 참지 않았을 거다. 글쎄, 나는
제인이 가슴이 터져 죽어 버리면 그 사람이 자신이 저지른
일에 대해 비통해할 거라 생각하니 좀 위로가 되는구나.」

하지만 엘리자베스는 그런 기대가 전혀 위로가 되지 않았
기 때문에 아무런 대답도 하지 않았다.

「그런데 리지야.」 어머니가 곧 이어 말했다. 「그래서 콜린
스 부부가 무척 편안하게 잘살더란 말이지? 그래, 그래. 계속
그러기를 바랄 뿐이다. 그런데 식탁은 뭘로 차리더냐? 샬럿
은 훌륭한 살림꾼일 거야. 자기 어머니의 반만큼만 똑똑해도
절약은 잘할 거다. 콜린스 부부는 살림 사는 데 낭비하는 법
이 없겠지?」

「없어요. 전혀 없었어요.」

「정말로 살림을 무척 잘할 거야. 그래, 맞아. 그 부부는 수
입을 초과하지 않으려고 조심할 거야. 돈 때문에 고통받는
일은 없겠지. 글쎄, 그러는 게 그들에게는 좋겠지. 그리고 그
부부는 네 아버지가 돌아가셨을 때 롱본을 물려받는 문제를
자주 얘기할 것 같구나. 그럴 때마다 아마 그 부부는 롱본을
아주 자기네 재산으로 간주하겠지.」

「내 앞에서 그 얘기를 할 수는 없었겠지요.」

「그래. 그랬다면 이상했겠지. 하지만 자기들끼리는 그 얘기를 자주 할 게 틀림없어. 글쎄, 그들이 법적으로 자기네 것도 아닌 재산 문제에 아무렇지도 않다면 그네들로서야 잘됐지 뭐. 나라면 한정 상속으로 재산을 물려받게 된다면 수치스러울 텐데 말이다.」

제41장
(제2권 제18장)

　그들이 돌아온 뒤 한 주가 금방 지나가고 두 번째 주가 시작되었다. 메리턴에 연대가 머무는 마지막 주여서 근방에 사는 젊은 여성들은 모두 의기소침해 있었다. 모두가 거의 낙담하고 있었다. 베넷 자매 가운데 언니들만이 여전히 먹고 마시고 자고 평소의 일을 계속할 수가 있었다. 키티와 리디아는 언니들에게 어쩌면 그렇게 무신경하냐고 비난을 하곤 했다. 키티와 리디아는 굉장히 비참해하면서, 가족 몇 사람이 그렇게 무정한 것을 이해할 수 없어 했다.

　「세상에! 우리는 어떻게 되는 거야! 우리 어떻게 해야 돼!」 그들은 쓰라린 비통함 속에서 외치곤 했다. 「리지 언니, 어떻게 그렇게 웃고 있을 수가 있어?」 그들의 다정한 어머니는 그들의 모든 슬픔을 함께 나누었다. 그녀는 자신이 25년 전 똑같은 일을 겪고 견뎌야 했던 일들을 기억하고 있었다.

　「밀러 대령의 연대가 가버렸을 때 나는 꼬박 이틀을 울었지. 난 심장이 터지는 줄 알았다.」

　「내 심장도 터질 거예요.」 리디아가 말했다.

　「브라이튼에 갈 수 있는 사람은 얼마나 좋을까!」 베넷 부인이 말했다.

「아, 맞아요! 브라이튼에 갈 수만 있다면! 하지만 아빠가 반대하실 거예요.」

「바닷물에 몸을 좀 담그면 난 영원히 기운이 날 거예요.」

「필립스 이모가 바다에서 수영하면 내 건강에 무척 도움이 될 거라고 했는데.」 키티도 거들었다.

그렇게 슬퍼하는 소리들이 롱본의 저택에 계속 울려 퍼지고 있었다. 엘리자베스는 재미있다고 웃어넘기려 했지만, 모든 즐거운 기분이 수치심에 잠겨 버렸다. 그녀는 다시 씨의 반대가 정당했음을 새삼 느끼고 있었다. 그리고 지금처럼 그가 친구의 생각에 끼어들어 간섭했던 일을 용서하고 싶은 마음이 든 적도 없었다.

하지만 리디아가 앞날에 대해 느끼던 암울함은 곧 씻겨 버렸다. 리디아는 연대 대령의 아내인 포스터 부인에게서 브라이튼으로 함께 가자는 초대를 받았던 것이다. 이 소중한 친구는 아주 최근에 결혼한 매우 젊은 여성이었다. 쾌활하고 활기 넘치는 성격이 비슷해서 둘은 가까워졌고, 석 달간의 교제 끝에 둘도 없는 친구가 되었다.

이번 일로 리디아가 기뻐 날뛰며 포스터 부인을 칭찬하고, 베넷 부인은 기뻐하고, 키티가 속상해하는 장면은 뭐라고 표현을 할 수가 없을 정도였다. 리디아는 키티의 기분 같은 건 완전히 무시한 채 정신없이 환희 속에서 날아다니다시피 하면서 모든 사람에게 축하해 달라고 요구하고 전보다 더 심하게 웃고 떠들어 댔다. 반면 키티는 거실에서 소심한 말투와 말도 안 되는 내용으로 계속 자신의 신세를 한탄했다.

「포스터 부인이 리디아만 초대하고 나는 초대하지 않은 이유가 도대체 뭐냐구.」 키티가 말했다. 「내가 자기의 특별한 친구는 아니지만 말이야. 나도 리디아만큼, 아니 두 살이나 더 많으니까 리디아보다 초대받을 권리가 더 있는 거잖아.」

엘리자베스는 키티를 이성적으로 생각하게 만들려고 노력하고, 제인은 키티가 체념하게 만들려고 애썼으나, 아무런 소용이 없었다. 엘리자베스에게는 이 초대가 결코 어머니나 리디아처럼 즐거운 일이 못 되었기 때문에, 그 초대장이 어머니나 리디아에게 남아 있을지도 모를 상식에 대한 사형 집행장처럼 여겨졌다. 그러한 조치를 취했다는 게 알려진다면 그녀는 증오의 대상이 되고 말겠지만, 그래도 엘리자베스는 은밀히 아버지에게 리디아를 보내지 말라고 말씀드리지 않을 수 없었다. 엘리자베스는 아버지에게 리디아의 평상시 행동거지가 무척 부적절하다는 얘기와 포스터 부인과 같은 여성과 우정을 맺어서 얻을 수 있는 장점이 거의 없다는 것, 그리고 틀림없이 집보다 유혹이 훨씬 많을 브라이튼에서 그런 친구와 함께 있으면 리디아가 더욱 경솔해질 가능성이 높다는 점 등을 아버지에게 설명했다. 그는 주의 깊게 엘리자베스의 이야기를 듣고는 이렇게 말했다.

「리디아는 어떤 공공장소 같은 데 나가서 자신을 과시하게 될 때까지는 가만있을 애가 아니다. 지금 상황만큼 그 애가 가족에게 비용 부담도 안 주고 크게 불편을 끼치지 않으면서 공공장소에 자기 과시를 할 수 있는 때도 없을 거야.」

「리디아의 노골적이고 경솔한 태도를 세상 사람들이 보게 되어 우리 모두가 얼마나 피해를 입게 될지 아버지가 아신다면, 아니 벌써 피해를 입었다는 걸 아신다면, 분명 이 문제를 달리 판단하실 거예요.」

「이미 생겼다고!」 베넷 씨가 말했다. 「아니, 리디아 때문에 네 애인들이 도망쳐 버렸니? 가엾은 리지! 하지만 낙담하지 마라. 다소 우스꽝스러운 일에 연루되는 정도도 견디지 못하는 그런 까다로운 젊은이들이라면 아쉬워할 가치도 없으니

까. 자, 리디아의 어리석음 때문에 멀어진 한심한 친구들의
명단을 한번 보자.」

「정말이지 오해하신 거예요. 제가 무슨 화를 낼 만한 일을
당했다는 게 아니에요. 제가 지금 불평하는 건 어떤 개인적
인 해악이 아니라 일반적인 해악을 말하는 거예요. 우리의
사회적 위상과 점잖은 체면이, 제멋대로 구는 경망스러움과
그 자신감과 모든 규제를 무시하는 리디아의 성격 때문에 불
리한 영향을 받게 될 거예요. 죄송해요. 하지만 전 솔직하게
말씀드려야겠어요. 사랑하는 아버지, 아버지가 리디아의 넘
쳐나는 기운을 제어하고, 그 아이가 지금 추구하고 있는 것
이 평생의 과업이 되지 않도록 가르치는 수고를 하지 않으신
다면, 리디아는 곧 어떻게 고쳐 볼 도리가 없게 될 거예요. 리
디아는 곧 성격이 굳어져, 열여섯 나이에 가장 확실한 바람
둥이가 되어 자신과 가족들을 웃음거리로 만들고 말 거예요.
최악의 가장 비천한 유형의 바람둥이 말이에요. 젊다는 것과
외모가 괜찮다는 정도 이외에 아무런 매력도 없고, 무지하고
마음도 텅 비어 있어 사랑을 얻으려는 욕심 때문에 세상 사
람들에게 받게 될 경멸을 피할 수도 없는 그런 바람둥이 말
이에요. 키티 또한 이런 위험에서 안전하지 못해요. 키티는
리디아가 이끄는 대로 따라할 거예요. 허영심 많고 무지하고
게으르고 통제가 불가능해요! 아! 사랑하는 아버지, 리디아
와 키티가 가는 곳마다 비난받거나 경멸당하지 않고, 언니들
까지 종종 그애들의 수치에 휩쓸리지 않을 가능성이 있다고
생각하세요?」

베넷 씨는 엘리자베스의 마음이 온통 그 문제에 쏠려 있는
걸 보고는 다정하게 그녀의 손을 잡으며 이렇게 답변했다.

「애야, 너무 불안해하지 말아라. 너와 제인은 어디에 소개
되든지 간에 틀림없이 존경받고 존중받을 것이다. 그리고 너

희들은 두 명, 아니 세 명이로구나, 어리석은 여동생이 셋 있다고 해서 불리하게 되지는 않을 거다. 리디아가 브라이튼에 가지 못하면, 롱본은 평화롭지 못할 거다. 그러니 그 아이를 가게 놔두자. 포스터 대령은 분별력이 있는 사람이니 리디아가 정말 안 좋은 일을 당하게 놔두지는 않을 거다. 그리고 리디아는 다행히 너무 가난해서 누구에게도 희생물이 될 리가 없다. 브라이튼에서 리디아는 흔한 바람둥이로서도 여기보다는 눈에 덜 뜨일 거다. 장교들은 리디아보다 더 눈길을 끄는 여성들을 찾아다닐 거야. 그러니 리디아가 브라이튼에 가서 자신이 보잘것없다는 걸 배우기를 바라자. 어쨌든 리디아가 훨씬 더 나빠지거나 하게 되면 우리는 평생 그녀를 가둬 둘 권한이 생기는 거지.」

엘리자베스는 이 대답에 만족하는 수밖에 없었다. 하지만 그녀의 생각은 여전히 마찬가지였다. 그녀는 실망하고 아쉬워하며 아버지 곁을 떠났다. 하지만 그녀는 천성적으로 속상한 일을 자꾸 생각함으로써 그 일을 더 커지게 하는 사람이 아니었다. 그녀는 자신의 임무를 다했다고 확신했다. 그리고 피할 수 없는 불행한 일에 대해 초조해하거나 걱정으로 문제를 확대하는 성격도 아니었다.

리디아와 어머니가 엘리자베스가 아버지와 가진 면담의 내용을 알았더라면, 둘의 분노는 아무리 떠들어 대도 다 표출될 수가 없었을 것이다. 리디아의 상상 속에서 브라이튼의 방문은 지상에서 가능한 최고의 행복을 의미했다. 그녀는 공상의 창조적인 눈으로 장교들로 붐비는 즐거운 해수욕장의 거리들을 그려 보았으며, 자신이 현재는 알지 못하는 수십 명의 장교들에게 관심의 대상이 되는 모습을 그려 보았다. 그렇게 군대 진영의 모든 영광스러운 장면을 다 볼 수가 있었다. 그녀는 아름다운 텐트가 일직선으로 늘어선 모습과 주

황색으로 빛나는 젊은이들과 쾌활한 사람들이 거리에 넘치는 모습을 그려 보았는데, 그 장면의 절정은 자신이 텐트 아래 앉아 한 번에 최소한 여섯 명의 장교들과 다정하게 연애하고 있는 모습이었다.

자신의 언니가 이런 기대로부터 또 이런 현실로부터 자신을 떼어 놓으려 했다는 것을 알았다면 리디아는 기분이 어땠을까? 그것은 리디아와 생각하는 것이 거의 똑같았던 어머니만이 이해할 수 있었을 것이다. 남편이 그곳에 갈 생각이 추호도 없다는 우울한 확신에 대해 베넷 부인을 위로해 줄 수 있는 건 리디아가 브라이튼에 간다는 사실뿐이었다.

하지만 그들은 어떤 일이 있었는지 전혀 모르고 있었다. 그들의 환희는 리디아가 집을 떠나는 바로 그날까지 거의 멈추지 않고 계속되었다.

엘리자베스가 위컴 씨를 보는 것도 이제 마지막이었다. 그녀가 돌아온 이후 그와 함께하는 자리가 많았기 때문에 마음의 동요는 거의 끝나 있었다. 예전에 좋아하던 마음에서 일어나던 동요는 완전히 사라졌다. 그녀는 심지어는 처음에 마음에 들어 했던 바로 그 부드러움에서 가식과 혐오감이나 식상함 같은 것을 간파할 수가 있었다. 더구나 현재 자신을 대하는 태도에서 새로운 불쾌감이 느껴지기 시작했다. 그동안 일어났던 일들은, 그들이 서로 알기 시작한 초반의 특징이었던 깊은 관심을 다시 원하는 듯한 그의 태도에 대해 분통을 터뜨리도록 만들었다. 그녀는 자신이 한가하고 경박한 희롱의 대상으로 선택된 것임을 알고는 그에 대한 관심을 완전히 끊어버렸다. 엘리자베스는, 그 생각을 꾸준히 숨기기는 했지만, 위컴이 아무리 오랫동안 그리고 무슨 이유에서였든 관심을 거두어들였더라도 자기가 다시 관심을 보이기만 하면 언제든지 그녀의 허영심을 충족시켜 애정을 얻을 수 있을 거라고 믿는 데는 자신의 책임도 있다는 걸 느끼지 않을 수 없었다.

연대가 메리턴에 주둔하는 마지막 날, 위컴은 롱본에서 다른 장교들 몇몇과 함께 식사를 하게 되었다. 엘리자베스는 그와 기분 좋게 작별하고 싶은 마음이 전혀 없었다. 그래서 그가 헌스퍼드에서 어떻게 지냈는지 묻자, 피츠윌리엄 대령과 다시 씨가 로징스에서 3주간 체재했다는 얘기를 하며 피츠윌리엄 대령을 아느냐고 물었다.

그는 놀라고 불쾌하고 당황한 듯이 보였지만, 금방 회복하고 다시 미소를 지으며 예전에는 자주 봤었다고 대답했다. 그리고 피츠윌리엄 대령이 무척 신사다운 사람이라고 말한 후 그가 마음에 들더냐고 물었다. 그녀는 무척 호의적으로 대답했다. 무관심한 척하며 그가 곧 덧붙였다.「그가 로징스에서 얼마 동안 머물렀다고 했지요?」

「거의 3주간이요.」

「그러면 그를 자주 만났나요?」

「그럼요. 거의 매일 만났어요.」

「그의 태도는 자기 사촌과 무척 다르지요.」

「네. 무척 다르더군요. 하지만 다시 씨도 알게 되니까 훨씬 나아지던데요.」

「정말이요?」 위컴이 어떤 표정을 지으며 외쳤는데, 엘리자베스는 그 표정을 놓치지 않았다.「그런데 하나 물어봐도 될지요?」 하지만 그는 자제를 하며 더 쾌활한 어조로 덧붙였다.「그가 나아졌다는 게 말을 거는 태도이던가요? 그의 평소의 스타일에 필수적인 예의를 좀 추가했나 보지요? 나는 그가 본질적으로 나아질 거라고는 생각할 수 없으니까요.」 그가 낮지만 좀 더 진지한 어조로 말했다.

「아, 그렇진 않지요!」 그녀가 말했다.「본질적으로는 그는 예전 그대로라고 생각합니다.」

그녀가 말하는 동안 위컴은 그 말에 대해 기뻐해야 할지 그 말의 뜻을 의심해야 할지 알 수 없어 하는 것 같았다. 다음과 같이 말을 덧붙일 때 그녀 얼굴에서 뭔가가 그로 하여금 걱정스러운 불안한 관심을 갖고 귀를 기울이게 만들었다.

「알게 될수록 그가 나아진다고 하는 제 말은, 그의 마음이나 태도가 개선되었다는 게 아니라, 그를 더 잘 알게 될수록 그의 성격을 더 잘 이해하게 되더라는 뜻입니다.」

위컴은 충격을 받았는지 안색이 붉어지고 동요하는 표정이었다. 잠시 그는 말이 없다가, 당황한 표정을 떨쳐 버리며 그녀에게 다시 돌아서서 가장 점잖은 어조로 이렇게 말했다.

「다시 씨에 대한 나의 감정을 잘 알고 계시는 당신은, 그가 비록 겉으로만 그렇다 할지라도 태도는 올바르게 갖출 줄 아는 현명한 사람이라는 걸 얼마나 내가 기뻐하는지 잘 아실 겁니다. 그런 면에서는 그의 자만심이 도움이 될 겁니다. 자신에게는 아니더라도 다른 사람들에게 말입니다. 그 자만심은 내게 가한 그런 악랄한 행동을 하지 않도록 해줄 테니까요. 나는 당신이 언급하시는 그런 종류의 조심성은 자신의 이모를 방문할 때 그저 잠시 채택한 것이 아닐까 걱정될 뿐입니다. 그는 자신의 이모의 평가와 판단을 상당히 두려워하니까요. 자신의 이모에 대한 두려움은 그들이 함께 있을 때마다 나타난다고 알고 있습니다. 그리고 그러는 이유는 상당 부분이 드 버그 양과의 혼사를 진전시키고 싶은 소망 때문일 겁니다. 나는 그가 그녀를 무척 마음에 두고 있다고 확신하고 있습니다.」

엘리자베스는 이 말에 웃음을 억누를 수가 없었지만, 그저 고개만 약간 까닥하는 걸로 대답을 대신했다. 그녀는 그가 예전부터 얘기해 온 자신의 불만을 소재로 계속 얘기하고 싶어 한다는 걸 알고 있었지만, 그의 이야기를 받아 줄 기분이 전혀 아니었다. 그날 밤 그는 평소의 쾌활함을 가장한 채 남은 시간을 보냈지만, 더 이상 엘리자베스를 남들보다 특별하게 대하려고 들지는 않았다. 마침내 그들은 양쪽 모두 정중하게 작별을 하긴 했지만, 아마 양쪽 모두 다시는 만나고 싶지 않다는 생각을 했을 것이다.

식사가 모두 끝나 사람들이 떠날 때, 리디아는 포스터 부인과 함께 메리턴으로 갔다. 그들은 다음 날 아침 일찍 그곳에서 출발할 예정이었다. 그녀와 가족들 사이의 작별은 슬프다기보다는 시끄러웠다. 눈물을 쏟는 사람은 키티뿐이었지만, 그녀는 속상하고 샘이 나서 우는 것이었다. 베넷 부인은 딸에게 행복을 기원하는 말들을 온통 쏟아 부었고, 가능한 한 즐길 기회를 놓치지 말라고 감동적으로 지시도 했다. 그것은 지켜지지 않을 이유가 없는 충고였다. 그리고 작별을 고하는데 리디아 자신이 얼마나 떠들썩하게 행복해하는지 언니들의 조용한 작별 인사는 들리지도 않았다.

제42장
(제2권 제19장)

엘리자베스가 자신의 가족을 통해 의견을 갖게 되었다면, 결혼의 행복이나 가정의 안락함에 대해 그리 유쾌한 그림을 그려 볼 수 없었을 것이다. 일반적으로 젊고 아름다우면 좋은 성격처럼 보이는 법인데, 그녀의 아버지는 젊음과 아름다움, 그리고 성격이 좋아 보이는 데 매혹되어 그만 분별력이 부족하고 편협한 마음을 가진 여성과 결혼을 하게 되었고, 그리하여 아예 결혼 생활 초반부터 아내에 대한 진정한 애정을 잃고 말았다. 존경심과 존중, 그리고 신뢰가 영원히 사라져 버렸고, 가정의 행복에 대한 모든 기대가 무너져 버렸다. 하지만 베넷 씨는 자신이 경솔하여 자초한 실망에 대해, 흔히 어리석음이나 잘못으로 인해 불행해진 사람들을 위로해 주는 그런 종류의 쾌락에서 위안을 찾는 성격이 아니었다. 그는 시골 생활과 책을 좋아했다. 그리고 이러한 취향에서 그의 주요한 즐거움이 나왔다. 아내의 무지와 어리석음이 그의 즐거움에 기여한다는 사실 이외에 그가 아내에게 덕을 보는 것은 거의 없었다. 이런 종류의 즐거움은 일반적으로 남성이 아내에게서 얻고 싶어 하는 행복이 아니었다. 하지만 다른 오락거리가 별로 없을 때 진정한 철학자는 주어진 것에서 이로운 점을 찾아낼 것이다.

하지만 엘리자베스는 아버지의 처신이 남편으로서 적절하지 못하다는 것을 결코 모르는 바 아니었다. 그녀는 그 점이 늘 괴로웠다. 하지만 아버지의 능력을 존경하고 있었고 또 자신에게 다정하게 대해 주시는 것이 감사하여, 간과할 수는 없다 해도 잊으려고 노력을 해왔다. 아내가 자식들에게 경멸을 당하도록 방치한 점에서 비난받아 마땅한 아버지의 잘못, 부부로서 지켜야 할 의무와 예절을 계속 위반하고 있다는 사실을 머릿속에서 쫓아내려고 노력을 해왔다. 하지만 엘리자베스는 그런 어울리지 않는 결혼에서 태어난 자식들을 따라다닐 불이익을 지금처럼 강하게 느껴 본 적도 없고, 타고난 재능 — 올바로 사용되었다면 아내의 마음을 넓게 열어 줄 수는 없다고 해도 최소한 딸들을 점잖게 처신하게 해주었을 — 을 잘못된 방향으로 쏟은 데서 초래되는 해악을 이렇게 절실하게 깨달은 적도 없었다.

엘리자베스는 위컴이 떠난 것은 기뻤지만, 연대 전체가 옮겨 간 것을 좋아할 다른 이유는 거의 없었다. 바깥에서 열리는 모임도 전에 비해 다양하지 못했고, 집에는 자기들 주변의 모든 것이 지루하다고 끊임없이 불평함으로써 가정의 일상에 우울함을 끼얹는 어머니와 여동생이 있었다. 키티는 그녀의 머리를 어지럽히던 것들이 제거되었으니 조만간 타고난 분별력을 어느 정도 되찾을 것이다. 그러나 성격 탓에 더나쁜 일이 일어나면 어쩌나 늘 우려하게 되는 또 다른 여동생 리디아는 온천 휴양지인 데다 군대 주둔지라는 이중의 위험이 도사린 상황에서 어리석음과 대담함이 더 심해질 것 같았다. 그러니 엘리자베스는 전에도 가끔 느낀 일이지만, 대체로 초조하게 원하며 기다리던 일이라도 막상 닥치고 보면 기대했던 모든 만족감을 다 갖게 되지는 못한다는 사실을 새삼 깨달았다. 따라서 진정한 행복이 시작될 다른 시점을 생각해 두어야 했다. 소원과 희망을 쏟아 부을 수 있는 다른 시점을 생각해 내고, 그것을 기다리는 기쁨을 누림으로서 현재의 슬픔을 위로받고 또 다른 실망에 대비할 필요가 있었다. 이제 호수 지방으로 떠날 여행을 생각하는 것이 그녀를 가장 행복하게 해주고, 어머니와 키티의 불평불만으로 인해 어쩔 수 없이 겪어야 하는 불편한 시간들을 견디게 해주는 최고의 위안이었다. 그 여행 계획에 제인만 동참시킬 수 있었다면 정말 모든 것이 완벽했을 것이다.

〈하지만 뭔가 바랄 게 있으니 다행이야.〉 그녀는 생각했다. 〈모든 계획이 완벽하다면 나는 분명히 그만큼 실망을 하게 될 거야. 하지만 언니가 함께 가지 못하는 것을 끝없는 아쉬움으로 갖고 가니까, 나는 기대하고 있는 모든 기쁜 일들이 이루어지기를 기대해도 괜찮을 거야. 모든 면에서 즐거움을 약속하는 그런 계획은 결코 성공할 수가 없어. 사소하고 개인적인 속상한 일에서 벗어나려고 하다 보면 전체적으로 실망하게 되는 일을 예방할 수 있는 법이야.〉

리디아는 떠나면서 어머니와 키티에게 아주 자주, 아주 자세하게 편지를 쓰겠다고 약속을 했었다. 그러나 늘 편지는 오래 기다려야 했고 내용도 너무 짧았다. 어머니에게 보내는 편지에는 다른 내용은 거의 없고, 그저 이런 내용뿐이었다. 막 도서관에서 돌아왔는데 이러이러한 장교들이 거기에 함께 갔었다는 것, 거기서 매우 흥분시키는 그런 아름다운 장식을 봤다는 것, 그리고 새로운 겉옷 혹은 새로운 양산을 마련했다는 것, 그것에 대해 더 자세히 설명하고 싶지만 포스터 부인이 자신을 부르고 있고 부대에 가봐야 하기 때문에 서둘러야 한다는 것 이외에 다른 내용은 거의 없었다. 그리고 키티에게 보낸 편지는 다소 길기는 했지만 전달되는 내용은 더 적었는데, 공개하지 말라고 단어들 아래 밑줄을 잔뜩 쳐놨기 때문이었다.

리디아가 떠난 지 2~3주가 지나자 롱본 사람들은 건강도 회복하고 기분들도 좋아지고 쾌활함도 되찾기 시작했다. 모든 것이 예전보다 행복한 분위기를 갖게 되었다. 겨울을 지내려고 런던에 갔던 동네 사람들이 돌아왔고, 아름다운 여름용 의상과 여름을 위한 행사들도 등장했다. 베넷 부인은 평소대로 투덜거리며 안정을 되찾았고, 6월 중순이 되자 키티는 메리턴에 가도 눈물을 흘리지 않을 만큼 많이 회복되었다. 엘리자베스는 육군성에서 어떤 잔인하고 악의적인 계획을 세워 메리턴에 다른 연대를 주둔시키는 일만 일어나지 않는다면, 돌아오는 크리스마스 무렵까지는 키티가 하루에 한 번 이상은 장교의 이름을 언급하지 않을 정도로 제법 이성을 되찾겠다고 기대할 정도였다.

북부 지방으로 여행을 떠나기로 정해 놓은 날이 빠르게 다가오고 있었다. 겨우 2주 남아 있을 때 가디너 부인에게서 편지가 도착했는데, 출발이 연기되었을 뿐 아니라 기간도 단축된다는 내용이었다. 가디너 씨가 사업 때문에 보름 정도 더 지난 7월에야 떠날 수 있게 되었고 한 달 안에 다시 런던으로 돌아와야만 했다. 기간이 너무 짧아지는 바람에 멀리 북부 지방까지 가기는 어렵게 되어 버렸다. 계획했던 만큼 많이 구경을 하거나 최소한 그들이 처음에 기대한 것처럼 여유를 갖고 편안하게 구경하며 여행을 하기에는 기간이 너무 짧았기 때문에 호수 지방을 포기하고 좀 더 짧은 여행으로 대체해야만 했다. 그래서 지금 계획대로라면 더비셔보다 더 북쪽으로는 갈 수 없게 되었다. 더비셔만 해도 3주간의 여행 기간을 다 채울 만큼 볼거리가 충분했다. 그리고 가디너 부인에게 더비셔 지방은 특히 강한 매력을 지니고 있었다. 그들이 며칠을 보낼 예정인 마을은 가디너 부인이 예전에 몇 년간 지낸 적이 있는 곳으로, 매틀록, 챗스워스, 도브데일, 그리고 피크 같은 아름답기로 유명한 마을들이 그녀의 호기심을 끌었다.

엘리자베스는 무척 실망했다. 그녀는 호수 지방에 가보기를 갈망하고 있었다. 그리고 여전히 시간이 충분할지도 모르는데 하는 생각을 하고 있었다. 그러나 그녀로서는 그냥 만족하는 수밖에 없었고, 워낙 성격도 낙천적이었다. 그래서 곧 만사가 다시 좋아졌다.

더비셔가 언급되자 연상되는 것이 많았다. 엘리자베스는 그 지명을 들으면서 펨벌리와 그 주인을 떠올리지 않을 수가 없었다. 「하지만 분명해.」 그녀가 말했다. 「나는 무사히 그의 동네를 들어가서 그가 눈치채지 못하게 화석 몇 조각을 훔쳐 내올 수도 있을 거야.」

기다리는 기간이 이제 두 배로 늘어났다. 숙부와 숙모가 도착하려면 4주나 더 있어야 했다. 하지만 시간은 흘러갔고, 마침내 가디너 씨 부부가 네 명의 아이들과 함께 롱본에 나타났다. 아이들은 여섯 살, 여덟 살 난 여자아이와 그애들의 남동생 둘이었는데 모두 사촌인 제인이 특별히 맡아서 봐주기로 했다. 제인은 그들이 가장 좋아하는 사촌이었고, 침착한 분별력과 상냥한 성품 때문에 모든 면에서 그들을 돌보고 가르치고 함께 놀아 주고 아껴 주는 데 아주 적격이었다.

가디너 부부는 롱본에서 하룻밤 머물렀고, 다음 날 아침 엘리자베스와 함께 신기함과 즐거움을 추구하고자 길을 떠났다. 한 가지 즐거움은 확실했다. 세 사람이 여행의 동반자로서 적합하다는 즐거움이었다. 불편함을 견뎌 내는 건강과 기질, 그리고 모든 기쁨을 더 크게 하는 쾌활한 성격, 또 가는 길이 실망스럽더라도 서로 기쁨을 나눌 만한 애정과 지성을 갖추고 있다는 점에서 세 사람은 동반자로서 적합했다.

더비셔를 묘사한다든지 그곳을 향한 여정에 있는 훌륭한 장소들을 묘사하는 것은 이 작품의 목표가 아니다. 옥스퍼드, 블레넘, 워릭, 케닐워스, 버밍엄 등은 충분히 알려진 곳이다. 더비셔의 작은 고장 하나가 우리의 현재 관심사의 전부이다. 더비셔 지방의 주요 명소들을 모두 둘러본 후에, 그들은 가디너 부인이 전에 살았던 곳으로, 아직도 그녀가 아는 사람들이 남아 있다는 걸 최근 확인했던 램턴이라는 작은 마을로 발걸음을 옮겼다. 엘리자베스는 숙모에게서 램턴에서 8킬로미터도 떨어져 있지 않은 곳에 펨벌리가 있다는 사실을 알게 되었다. 그곳은 그들이 가는 길에 있지는 않았지만 2~3킬로미터 반경에 있었다. 그 전날 밤 여행 일정에 대해 이야기를 나누다가 가디너 부인이 그곳을 다시 보고 싶다는 마음을 내비쳤다. 가디너 씨는 기꺼이 그러자고 동의했다. 엘리자베스도 동의를 구하는 질문을 받았다.

「얘야, 너는 그렇게 많이 들어 본 장소인데 한 번 가보고 싶지 않니?」 그녀의 숙모가 물었다. 「네가 아는 많은 사람들이 연관되어 있는 장소인데 말이다. 위컴도 어린 시절을 거기서 보냈잖니.」

엘리자베스는 당황했다. 펨벌리에 정말 아무런 볼일이 없고, 그곳에 가보고 싶은 마음이 없다고 말해야 될 것 같았다. 유명한 저택을 방문하는 데 지쳤다고 말해야 했다. 그녀는 그렇게 많은 대저택을 구경하고 난 후라 훌륭한 카펫이나 새틴 천으로 된 커튼을 봐도 아무런 기쁨을 못 느끼겠다고 말했다.

가디너 부인은 어리석다고 나무랐다.「펨벌리가 그저 화려하게 꾸며진 멋진 저택에 불과하다면 나도 관심 없어. 하지만 그 정원이 무척 아름답단다. 이 지방에서 가장 아름다운 숲이 몇 군데 있지.」

엘리자베스는 더 이상 아무 말도 하지 않았다. 하지만 그녀의 마음은 이에 동의할 수가 없었다. 그 집을 구경하는 동안 다시 씨를 만날 가능성이 있다는 사실을 바로 떠올렸다. 얼마나 끔찍할 것인가! 그녀는 그 생각을 하자 얼굴이 붉어졌다. 그래서 그런 위험을 무릅쓰는 것보다는 숙모에게 솔직히 이야기하는 것이 낫겠다고 생각했다. 하지만 이 생각에 이의를 제기하는 문제가 몇 가지 있었다. 그래서 그녀는 마침내 그 저택의 주인이 부재중이라는 게 확실한지 은밀히 물어보고 주인이 현재 집에 있다는 답변을 듣게 되면, 그때 마지막 방편으로 숙모에게 터놓고 얘기해야겠다고 결심했다.

그래서 밤에 잠자리에 들러 갔을 때, 엘리자베스는 객실 담당 하녀에게 펨벌리가 훌륭한 곳인지, 주인의 이름이 무엇인지 묻고, 또 내심 불안한 마음으로 여름 동안 그 주인 가족들이 내려와 있는지 물어보았다. 마지막 질문에 무척 반갑게도 아니라는 대답이 따라 나왔다. 그리고 이제 불안한 마음이 사라지자, 그녀는 그 저택을 구경하고 싶은 호기심이 일 정도로 여유가 생겼다. 다음 날 아침 그 문제가 다시 거론되어 다시 그녀에게 동의를 구하자, 그녀는 즉각 적당히 무관

심한 태도를 취하며 그 계획이 그리 싫은 건 아니었다고 대
답할 수 있었다.
　그리하여 그들은 펨벌리에 가게 되었다.

제3권

제43장
(제3권 제1장)

마차를 타고 가던 엘리자베스는 펨벌리 숲이 모습을 드러내는 것을 지켜보며 다소 마음의 동요를 느꼈다. 그러나 마침내 펨벌리의 문간채에 도달했을 때 그녀는 흥분으로 가슴이 마구 뛰었다.

펨벌리의 장원은 무척 넓었고, 지세가 다양했다. 마차는 장원의 가장 낮은 지점으로 들어서서 멀리 펼쳐진 아름다운 숲을 한동안 달렸다.

엘리자베스의 마음은 벅차올라 대화를 할 수 없을 정도였지만, 모든 훌륭한 장소와 전망을 보며 감탄해 마지않았다. 오르막길을 반 마일가량 올라가자 점차 숲이 끝나면서 제법 높은 산마루에 다다랐는데, 계곡 반대편에 위치한 펨벌리 저택이 바로 눈에 띄었다. 길은 계곡으로 홱 꺾여 들어가 있었다. 펨벌리는 큼직하고 아름다운 석조 건물로 약간 솟아오른 대지에 서 있었고, 뒤쪽으로는 나무가 빼곡히 들어선 높은 언덕의 등성이가 배경을 이루고 있었다. 앞쪽으로는 자연 상태의 개천을 넓혀 놓았는데 전혀 사람의 손이 간 것 같지 않았다. 개천의 둑은 규격대로 만들어지지도 않았고 부자연스럽게 장식되어 있지도 않았다. 엘리자베스는 즐거웠다. 자연이 이보다 더 아름답게 조화를 이룬 곳을 본 적이 없었고, 이 정도로 자연의 아름다움이 서투른 취향에 의해 망가지지 않은 곳도 본 적이 없었다. 그들은 모두 열렬히 감탄을 했다. 그 순간 엘리자베스는 펨벌리의 안주인이 된다는 것은 대단한 일이겠구나 하는 기분이 들었다!

그들은 언덕을 내려가 다리를 건너 문을 향해 마차를 몰았다. 가까이에서 그 저택을 구경하는 동안 엘리자베스는 주인과 마주치면 어쩌나 하는 걱정이 다시 들었다. 하녀가 착각을 한 것이면 어쩌나 하고 두려웠다. 저택을 구경하고 싶다고 말하자 그들은 홀로 안내되었다. 엘리자베스는 하녀장을 기다리면서 자신이 어쩌다 여기까지 오게 되었나 생각해 볼 여유를 가졌다.

하녀장이 나타났는데 점잖아 보이는 노부인으로 엘리자베스가 생각했던 것보다는 덜 세련되었지만 훨씬 정중했다. 그들은 하녀장을 따라 정찬실로 들어갔다. 그곳은 큼직하고 배치가 잘된 방으로 아름답게 꾸며져 있었다. 엘리자베스는 잠시 돌아본 후 전망을 보려고 창가로 갔다. 그들이 내려온 언덕은 나무가 무성했는데 멀리서 보니 더 가파르게 보이는 것이 아름다운 곳이었다. 지형도 모두 훌륭했다. 그녀는 저 멀리 보이는 데까지 강과 둑에 흩어져 있는 나무들, 휘감아 돌아가는 계곡 등 총체적 풍경을 즐거운 마음으로 구경했다. 다른 방으로 건너가 보니 다른 각도의 전망이 보였는데, 어디서 보아도 아름다운 풍경이 펼쳐져 있었다. 방들은 천장이 높고 아름다웠으며 가구는 주인의 재력에 걸맞은 것들이었다. 하지만 엘리자베스는 가구가 겉만 번지르르하거나 쓸모

없이 멋지기만 하지 않다는 것과 로징스의 가구에 비해 화려
한 면은 덜하지만 훨씬 더 우아한 것을 보고 그의 취향에 감
탄했다.

〈내가 이곳의 안주인이 될 수도 있었던 거네!〉 그녀가 생
각했다. 〈내가 여기 방들에 더 가까워졌을 수도 있었던 거야.
낯선 사람으로서 이 방들을 둘러보는 게 아니라, 내 것으로
즐기면서 숙부와 숙모를 손님으로 이 방에 모셨을 수도 있었
던 거야. 하지만 아니야.〉 엘리자베스는 정신을 차렸다. 〈절
대 그런 일은 있을 수 없었어. 숙부와 숙모를 다시 못 보게 되
었을 거야. 두 분을 초대하는 일은 허용되지 않았을 테니까.〉

이 점을 떠올린 건 다행이었다. 후회 비슷한 것으로부터
그녀를 구해 주었으니까.

그녀는 하녀장에게 주인이 정말 부재중인지 묻고 싶었지
만, 용기가 없었다. 하지만 마침내 숙부가 그 질문을 했다. 그
녀는 레이널즈 부인이 주인이 현재 부재중이지만, 〈내일 친
구 여러분들과 함께 돌아오실 예정이다〉라고 대답하는 동안
마음이 떨려 고개를 돌리고 말았다. 엘리자베스는 자기들의
여정이 어떤 상황 때문이든 하루 더 연기되지 않았던 게 너
무도 다행스러웠다.

숙모가 그림을 보라며 그녀를 불렀다. 그녀는 다가가면서
벽난로 위에 여러 미니어처 초상화[12] 가운데서 위컴 씨와 닮
은 초상화가 걸려 있는 것을 보았다. 그녀의 숙모가 미소를
지으며 그림이 마음에 드느냐고 물었다. 하녀장이 다가와 그
젊은 신사는 돌아가신 주인님이 자신의 비용으로 교육시켰
던 옛 집사의 아들이라고 말해 주었다. 「그는 지금 군대에 들
어갔어요. 하지만 무척 방탕하다고 알려져 있어요.」

12 손톱보다는 크고 손바닥 4분의 1 크기보다 작게 그린 조그만 초상화.

가디너 부인은 미소를 지으며 조카를 바라보았지만 엘리자베스는 못 본 척했다.

「그리고 저것은 우리 주인님의 초상화예요. 무척 비슷하지요.」레이널즈 부인이 다른 미니어처를 가리키며 말했다. 「한 8년 전쯤 저쪽 것과 같은 시기에 그린 것이에요.」

「그분, 인물 좋으시다는 말을 많이 들었는데요.」가디너 부인이 그림을 바라보며 말했다. 「정말 잘생기셨네요. 그런데 리지야, 초상화가 실물과 닮았는지 어떤지 한 번 봐라.」

레이널즈 부인은 엘리자베스가 자기 주인님을 안다는 사실에 그녀에 대한 존경심이 커진 듯했다.

「저 아가씨가 우리 주인님을 아십니까?」

엘리자베스는 얼굴이 붉어져서 〈조금이요〉라고 말했다.

「그분 정말 잘생기시지 않았어요?」

「네, 무척 잘생기셨어요.」

「정말이지 그렇게 잘생긴 분은 없어요. 하지만 위층 갤러리에 가보면 이것보다 훨씬 멋지고 더 큰 초상화가 있어요. 이 방은 돌아가신 주인님이 가장 좋아하시던 방인데, 이 미니어처들은 그분께서 무척 좋아하셨던 거라 옛날 그대로 놔둔 거예요.」

이 말을 듣고 엘리자베스는 위컴 씨의 미니어처가 왜 거기에 있는지 알 수 있었다.

레이널즈 부인은 그들의 관심을 여덟 살 되었을 때 그린 다시 양의 초상화로 돌렸다.

「다시 양도 오빠만큼 인물이 좋은가요?」가디너 씨가 물었다.

「아! 그럼요. 내가 만나 본 사람 중에 가장 예쁘지요. 또 교양도 상당하고요! 그분은 하루 종일 피아노를 치고 노래를 해요. 옆 방에 막 도착한 새 피아노가 있는데 우리 주인님이 다시 양에게 보낸 선물이에요. 다시 양도 주인님과 함께 내일 여기로 오십니다.」

가디너 씨가 편안하고 유쾌한 태도로 질문을 하고 의견도 내놓고 하니까 하녀장도 이야기를 잘 풀어 나갔다. 레이널즈 부인은 자부심 때문인지 애정 때문인지 자신의 주인과 그의 누이동생 얘기를 하면서 상당히 즐거워하고 있는 것이 분명했다.

「당신 주인님은 일 년 중 펨벌리에 오래 머무시나요?」

「제가 원하는 만큼 오래 계시지는 않지만, 한 해의 반 정도는 여기서 보내신다고 봐야겠지요. 다시 양은 여름에는 늘 여기에 계십니다.」

〈램즈게이트에 갈 때를 제외하고 말이지요.〉 엘리자베스가 생각했다.

「주인님이 결혼하면, 당신은 그분을 더 많이 뵙게 되겠네요.」

「그렇지요. 하지만 그게 언제가 될지 모르겠어요. 그분의 배필이 되실 만한 분이 누가 있겠어요.」

가디너 씨 부부는 미소를 지었다. 엘리자베스는 이렇게 말하지 않을 수 없었다. 「그렇게까지 생각하시다니 그분께 굉장한 찬사가 되겠군요.」

「저는 진실만을 말할 뿐이고, 그분을 아는 사람이면 누구든지 하는 말을 할 뿐입니다.」 하녀장이 말했다. 엘리자베스는 그건 좀 지나친 칭찬이라고 생각했다. 그리고 하녀장이 이런 말을 하자 더욱 놀라며 귀를 기울였다. 「내 평생 그분에게서 언짢은 말을 들은 적이 없어요. 그분이 네 살 때부터 모셨는데요.」

이건 엄청난 찬사였고, 그녀가 생각했던 것과 너무도 상반되는 찬사였다. 그가 성격이 좋은 사람이 아니라는 것은 그녀의 가장 확고한 견해였다. 그녀의 예리한 관심이 일깨워지면서 그 얘기가 좀 더 듣고 싶어졌다. 그녀는 숙부가 이렇게 말을 꺼낸 것이 감사했다.

「그 정도로 칭찬을 받을 수 있는 사람은 거의 없는데, 그런 분을 주인으로 만나다니 운이 좋으시군요.」

「그럼요. 저도 잘 알고 있지요. 제가 세상에 나가 본다 하더라도 더 나은 분은 만날 수 없을 겁니다. 제가 늘 관찰해 온 바가 있는데 그건 어릴 때 착한 아이들은 어른이 되어서도 마음이 착하다는 겁니다. 그분은 어릴 때 늘 세상에서 가장 상냥하고 가장 관대한 마음을 가진 아이였습니다.」

엘리자베스는 그녀를 똑바로 쳐다보며 생각했다. 〈아니 다시 씨가 정말 그런 사람일 리가!〉

「그분의 아버님은 훌륭한 분이셨지요.」 가디너 부인이 말했다.

「그렇습니다, 부인. 정말 그런 분이셨지요. 그분 아드님도 그분과 똑같아요. 가난한 사람들에게 똑같이 상냥하세요.」

엘리자베스는 얘기를 들으며, 의아해하고, 의심하고, 얘기가 더 듣고 싶어 조바심이 났다. 레이널즈 부인의 다른 얘기는 엘리자베스의 관심을 끌 수가 없었다. 레이널즈 부인은 그림의 주제에 대해 얘기하고, 방의 크기에 대해, 가구의 가격에 대해서도 얘기했지만 엘리자베스에게 아무런 소용도 없었다. 하녀장의 지나친 주인 자랑이 가문에 대한 선입견에서 나왔다고 생각한 가디너 씨는 무척 흥미로워하며 그쪽으로 다시 화제를 돌렸다. 하녀장은 큰 계단을 함께 올라가는 동안 열을 올리며 다시의 많은 장점을 자세히 열거했다.

「그분은 가장 훌륭한 지주이며 가장 훌륭한 주인님이에요.」 하녀장이 말했다. 「그분은 자기밖에 모르는 요즘의 막된 젊은이들과는 달라요. 소작인이나 하인들 가운데 그분을 칭찬하지 않을 사람은 하나도 없지요. 어떤 사람들은 그분이 오만하다고 하는데 저는 그런 면을 전혀 본 적이 없어요. 내 생각에 그분이 다른 젊은이들처럼 떠들어 대지 않는다는 이유 때문에 그렇게 말하는 사람이 있는 것 같아요.」

〈그 사람을 어쩌면 저렇게 상냥한 사람으로 보이게 할 수 있을까!〉 엘리자베스가 생각했다.

「그 사람에 대한 설명이 어째 그가 우리의 그 불쌍한 친구에게 했다는 행동과 전혀 맞지가 않는구나.」 숙모가 걸으면서 속삭였다.

「어쩌면 우리가 속았는지도 몰라요.」

「그런 것 같지는 않은데. 우리 소식통도 확실했잖니.」

이층의 널찍한 로비에 이르자 그들은 무척 아름다운 거실로 안내되었는데, 아래층보다 훨씬 우아하고 경쾌하게 최근에 꾸민 방이었다. 그들은 다시 양이 지난번에 펨벌리에 왔을 때 그 방을 좋아했기 때문에 그녀를 기쁘게 하려고 꾸미기 시작하여 막 완성되었다는 설명을 들었다.

「그는 분명 좋은 오빠이긴 하네요.」 엘리자베스가 창가 쪽으로 걸어가며 말했다.

레이널즈 부인은 다시 양이 그 방에 들어오면 기뻐할 거라고 기대하고 있었다. 「그리고 주인님은 늘 그런 식이에요.」 그녀가 덧붙였다. 「자기 누이에게 기쁨을 줄 수 있는 일이면 당장 해주지요. 누이를 위해서는 못할 것이 없어요.」

구경할 곳은 이제 그림 전시실과 중요한 침실 두세 개만 남아 있었다. 전시실에는 좋은 그림이 많이 있었지만, 엘리자베스는 미술에 대해서는 아는 바가 없었다. 엘리자베스는 아래층에서 이미 그림을 봤던지라 다시 양의 크레용 초상화 쪽으로 돌아섰다. 그쪽 주제가 더 흥미롭고 알아보기도 쉬웠다.

전시실에는 가족의 초상화가 많이 있었지만, 낯선 사람들의 관심을 끌 만한 점은 거의 없었다. 엘리자베스는 얼굴을 아는 그 유일한 사람의 초상화를 찾아 걸어 다니다가 마침내 그 초상화 앞에서 발걸음을 멈추었다. 다시 씨와 놀랄 정도로 닮은 초상화였다. 그가 자신에게 미소를 짓는 것을 몇 번 본 기억이 나는데 바로 그 미소가 담긴 초상화였다. 그녀는 깊은 생각에 잠겨 그림 앞에 몇 분간 서 있었고, 전시실을 나가기 전에 다시 그 그림으로 돌아왔다. 레이널즈 부인이 그 그림은 다시 씨의 부친이 살아 계실 때 그린 것이라고 알려주었다.

이 순간 확실히 엘리자베스의 마음에 그 초상화의 주인공에 대해 한창 잘 알고 지낼 때 느꼈던 것보다 더 부드러운 감정이 일었다. 레이널즈 부인이 그에게 보내는 찬사는 사소한 것이 아니었다. 현명한 하인의 칭찬보다 더 가치 있는 칭찬이 있겠는가. 그녀는 그가 오빠로서, 지주로서, 영지의 주인으로서 얼마나 많은 사람들의 행복을 보호하고 있는지 생각해 보았다. 얼마나 많은 기쁨과 고통이 그에 의해 좌지우지될 수 있단 말인가! 얼마나 많은 선과 악이 그에 의해 행해질 수 있단 말인가! 하녀장에게서 들은 얘기는 모두가 그의 인품을 상당히 호의적으로 받아들이게 해주었다. 그의 초상화가 그려진 화폭 앞에서 그의 시선을 똑바로 받으며, 그녀는 그가 고백한 애정에 대해 어느 때보다 깊이 감사하는 마음을 갖게 되었다. 그녀는 그의 애정이 뜨거웠던 점을 기억했고, 표현하는 방법이 부적절했던 점에 대해서는 기억을 가라앉혔다.

일반에 공개된 저택의 모든 부분을 다 보고 나서, 그들은 계단을 내려가 하녀장과 작별을 하며 현관에서 그들을 맡아 안내해 줄 정원사를 만났다.

강을 향해 잔디밭을 가로질러 걷고 있을 때 엘리자베스는 다시 한 번 저택을 보려고 돌아섰다. 숙부와 숙모도 발을 멈추고 숙부가 건물이 축조된 시기를 추측하고 있었다. 그때 저택의 주인 본인이 저택 뒤쪽의 마구간으로 통하는 길에서 갑자기 나타났다.

그들은 서로 20미터도 안 되는 거리에 서 있었다. 그가 나타난 것이 너무도 갑작스러워 그의 눈을 피해 숨는 것이 불가능했다. 즉각 그들의 시선이 마주쳤고, 두 사람의 뺨이 짙은 붉은색으로 물들었다. 그가 놀란 건 너무도 분명했다. 그리고 잠시 너무 놀라 꼼짝도 못하는 것처럼 보였다. 그러나 그는 이내 정신을 차리고 방문객들을 향해 다가오더니, 완전히 평정을 찾은 건 아니었지만 최소한 완벽한 예의를 갖추어 엘리자베스에게 말을 걸었다.

그녀는 본능적으로 돌아섰다. 하지만 그가 다가오자 걸음을 멈추고 억누를 수 없는 당혹감을 억누르려 애쓰며 그의 인사를 받았다. 가디너 부부는 다시 씨가 막 나타난 것을 보고도, 혹은 그들이 방금 구경했던 초상화와 그가 닮았다고 생각하면서도, 지금 자기들이 쳐다보고 있는 사람이 다시 씨라는 사실을 미처 깨닫지 못했다. 그러다가 정원사가 주인을 보고 놀라는 표정을 보고는 그 사실을 즉각 파악했음에 틀림없다. 그들은 조카딸과 다시 씨가 이야기하고 있는 동안 조금 떨어져 서 있었다. 그들의 조카딸은 놀라고 당황해서 좀처럼 눈을 들어 그의 얼굴을 바라보지도 못하고 그가 가족의 안부를 묻는데도 뭐라고 대답을 했는지도 모를 정도였다. 지난번 헤어진 이후로 그의 태도가 무척 달라진 것에 놀라며, 그녀는 그의 말 한마디 한마디에 더욱더 당혹해하고 있었다. 그리고 자신이 그곳에 있다가 들켰다는 사실이 옳지 못하다는 생각이 자꾸 떠올라, 그와 함께 서 있는 그 몇 분간이 평생 가장 불편한 순간으로 느껴졌다. 그도 그녀만큼이나 편안해 보이지는 않았다. 말을 할 때 그의 어조에는 평소의 차분함이 결여되어 있었다. 그리고 그녀가 롱본을 떠난 시기와 더비셔에 머무는 기간에 대해 자주 서둘러 질문을 반복하는 것이 그의 생각이 엉클어져 있다는 것을 분명히 말해 주고 있었다.

마침내 그에게 아무 생각도 나지 않는 것 같았다. 그는 잠시 말없이 서 있다가 갑자기 정신을 차리고는 자리를 떴다.

그러자 숙부와 숙모가 그녀에게 다가와 그의 용모가 훌륭하다며 찬사를 보냈다. 하지만 엘리자베스는 아무 말도 들리지 않았다. 전적으로 자기만의 생각에 빠져 말없이 그들의 뒤를 따랐다. 그녀는 수치심과 당혹감에 압도되었다. 이곳에 오다니 어쩜 이렇게 운도 없고 판단을 잘못할 수가 있단 말인가! 그 사람에게 얼마나 이상하게 보였을까! 그렇게 허영심이 가득한 남자에게 얼마나 수치스러운 일로 비칠 것인가! 그녀가 일부러 그의 앞에 다시 나타난 것처럼 보일지도 몰랐다! 아! 도대체 왜 여길 왔을까? 아니, 그 사람은 왜 예상보다 하루 더 일찍 온 걸까? 그가 바로 그 순간 도착해 말인지 마차에서 내렸던 것이 분명하니, 10분만 서둘렀더라도 그가 알아볼 수 있는 거리를 벗어났을 텐데. 그녀는 이렇게 이상하게 만나게 된 것 때문에 자꾸 얼굴이 붉어졌다. 그리고 그의 행동은 너무도 현저하게 달라져 있었다. 도대체 무슨 뜻일까? 그녀에게 말을 건다는 것 자체가 놀라운 일이었다! 그것도 그렇게 정중하게 말을 걸어 가족의 안부를 묻다니! 여태까지 그의 태도에서 그토록 위엄이 사라진 걸 본 적이 없었고, 이렇게 예기치 않게 만났을 때 그렇게 온화하게 얘기하는 것도 본 적이 없었다. 지난번 로징스 파크에서 그녀에게 편지를 건네주며 마지막으로 말을 걸었을 때와 어쩌면 이렇게도 대조적인지! 엘리자베스는 이를 어떻게 생각해야 할지, 어떻게 설명해야 할지 알 수가 없었다.

그들은 이제 강가를 따라 난 아름다운 산책로에 들어섰다. 한 걸음 걸어갈 때마다 더 장엄한 내리막길이 나타나거나 더 아름다운 숲이 다가왔다. 하지만 엘리자베스가 그 풍경을 의식하기까지는 시간이 좀 걸렸다. 숙부와 숙모가 반복해서 어떠냐고 물을 때마다 기계적으로 대답을 하고 그들이 가리키는 쪽으로 시선을 돌리긴 했지만, 그녀는 풍경을 제대로 보지 않고 있었다. 그녀의 생각은 온통 펨벌리 저택의 한 장소, 그곳이 어디건 간에 그 순간 다시 씨가 있을 장소에 쏠려 있었다. 그녀는 그 순간 그의 마음속에 어떤 생각이 떠오르고 있는지, 그가 자신을 어떻게 생각하고 있는지, 그리고 모든 상황에도 불구하고 여전히 그녀를 좋아하고 있는지 너무도 알고 싶어졌다. 아마도 그는 마음이 편해졌기 때문에 정중하게 행동했는지도 몰랐다. 하지만 그의 목소리에는 편한 마음과는 거리가 먼 뭔가가 있었다. 그가 그녀를 보고 고통을 느꼈는지 기쁨을 느꼈는지 알 수가 없었지만, 분명 그는 침착한 태도로 그녀를 대하지는 못했다.

하지만 마침내 함께 있던 사람들이 그녀더러 정신을 놓고 있다고 지적하자 정신을 차리고는 좀 더 평소 모습대로 행동해야겠다고 생각했다.

그들은 숲으로 들어섰다. 그리고 잠시 강을 떠나 언덕 쪽으로 올라갔는데 거기로부터 여기저기 나무들 틈 사이로 계곡의 여러 아름다운 풍경과 길게 펼쳐진 숲에 상당 부분 덮여 있는 건너편 언덕을 바라볼 수 있었고 때로 강의 일부도 볼 수 있었다. 가디너 씨는 장원 전체를 둘러보고 싶지만 걸어서 갈 수 있는 거리가 아닌 것 같다고 말했다. 이에 정원사는 의기양양한 미소를 지으며 한 바퀴가 30킬로미터 정도 된다고 말했다. 이 말로 결정이 났다. 그들은 익숙해진 길을 계속 따라갔고 시간이 좀 지나자 다시 가파른 숲 사이로 난 내리막길을 내려오면서 강의 폭이 가장 좁아지는 지점에서 다시 강가로 나오게 되었다. 그들은 그곳 풍경과 대체로 분위기가 비슷한 소박한 다리로 강을 건넜다. 그 지점은 그들이 여태 방문했던 그 어느 곳보다도 장식이 별로 없었다. 계곡은 협곡으로 좁아지면서 겨우 시냇물이 하나 흐르고 가장자리를 따라 자라는 거친 덤불 사이로 좁은 산책로만 하나 나 있을 뿐이었다. 엘리자베스는 그 굽어 있는 길을 따라가 보고 싶었다. 그러나 다리를 건너고 나서 이미 저택에서 멀리 떨어진 곳까지 왔다는 걸 깨닫게 되자, 걷는 걸 그리 즐기지 못하는 가디너 부인은 더 멀리는 갈 수가 없다며 가능한 한 빨리 마차가 있는 곳으로 돌아갈 생각만 했다. 조카는 숙모를 따르는 수밖에 없었다. 그들은 강의 반대편에서 저택 쪽으로 가장 가까운 방향을 잡아 걸었지만, 걷는 속도는 무척 느렸다. 가디너 씨가, 좀처럼 즐길 수는 없었지만 자신의 취미 생활인 낚시를 워낙 좋아하여 물속에 송어가 이따금 나타날 때마다 구경하는 데 몰두하다가, 안내자와 계속 송어 얘기를 하느라 좀처럼 앞으로 나가지를 못하고 있었기 때문이었다. 이렇게 느릿느릿 구경을 하며 걸어오던 일행은 다시 한 번 놀랐다. 멀지 않은 거리에서 다시 씨가 다가오고 있는 것을 본 것이다. 엘리자베스는 처음 마주쳤을 때 못지않게 크게 놀랐다. 여기 산책로는 맞은편보다 가려진 곳이 적어서 그들은 다시 씨와 마주치기 전에 그가 오는 걸 볼 수 있었다. 엘리자베스는 놀라기는 했지만, 그래도 최소한 아까보다는 대화를 나눌 준비가 되어 있었다. 그리고 그가 정말로 자신들을 만날 생각이라면 차분하게 보이고 차분하게 대화를 나누겠다고 결심했다. 사실 몇 분 동안 그녀는 그가 다른 길로 들어설 거라고 생각하고 있었고, 산책로가 굽어져 그가 시야에서 사라진 동안에는 계속 그렇게 생각했다. 그러나 그는 굽은 길을 지나 즉각 그들 앞에 나타났다. 엘리자베스는 흘 끗 보면서 그가 아까의 정중한 태도를 유지하고 있는 걸 확인했다. 그녀는 그와 마주 보게 되자 그의 공손함을 본받아 그곳의 아름다움을 칭찬하기 시작했다. 하지만 그녀는 어떤 안 좋은 기억이 떠오르자, 〈즐거운〉, 〈매력적인〉 같은 단어 이외의 말은 할 수가 없었다. 자신이 펨벌리를 칭찬하는 것이 자칫 오해를 살 수도 있을 것이라는 생각이 들었던 것이다. 그녀는 안색이 변하며 더 이상 아무 말도 하지 않았다.

가디너 부인은 조금 뒤에 서 있었다. 엘리자베스가 말을 멈추자 다시 씨는 그녀에게 친구 분들을 소개하는 영광을 베풀어 주지 않겠냐고 물었다. 엘리자베스는 그가 소개를 받고 싶어 할 거라고는 생각도 못했었다. 그가 지금, 지난번 청혼할 때 자존심이 허락하지 않는다며 거부했던 바로 그 사람들을 소개해 달라고 청하고 있다는 사실에 미소를 짓지 않을 수 없었다. 〈그들이 누군지 알게 되면 상당히 놀라겠지! 상류층 사람들로 여기고 있는 모양인데.〉

하지만 즉시 소개가 이루어졌다. 엘리자베스는 그들과의 관계를 말해 주면서 그가 이를 어떻게 받아들이는지 보려고 살짝 그를 훔쳐보았다. 그가 함께 있는 게 창피한 그런 사람들에게서 가능한 한 빨리 도망쳐 버릴지도 모른다는 생각도 좀 하면서. 그는 그들이 어떤 관계인지 듣고 놀란 것이 분명했다. 그러나 그런 사실을 의연하게 받아들이고, 가버리기는 커녕 돌아서서 함께 걸으며 가디너 씨와 대화를 나누기 시작했다. 엘리자베스는 기쁘지 않을 수 없었고, 으쓱하지 않을 수 없었다. 그녀에게도 얼굴을 붉힐 필요가 없는 친척들이 있다는 것을 그가 알게 된 것이 무척 위안이 되었다. 그녀는 그들 사이에 오가는 대화를 주의 깊게 들었다. 그리고 숙부가 구사하는 표현과 문장에 지성과 취향, 매너가 깃들어 있는 것에 대해 자랑스러움을 느꼈다.

대화는 곧 낚시 쪽으로 돌아섰다. 그녀는 다시 씨가 무척 정중하게 낚시 도구도 빌려 주겠다고 하고 강에서 가장 낚시가 잘되는 부분을 가리키면서 숙부에게 근처에 머무르는 동안 언제든지 그곳에 와서 낚시를 하라고 초대하는 말을 들었다. 엘리자베스와 나란히 팔짱을 끼고 걷던 가디너 부인은 그녀에게 의아하다는 표정을 보냈다. 엘리자베스는 아무 말도 하지 않았지만, 굉장히 만족스러웠다. 다시의 정중함은 모두 그녀를 위한 것이 틀림없었다. 하지만 그녀의 놀라움은 무척 컸고, 속으로 계속 이렇게 반복하고 있었다. 〈그는 왜 이렇게 변한 걸까? 무슨 까닭일까? 나 때문일 리는 없어. 그의 태도가 이렇게 누그러진 게 나 때문일 리가 없잖아. 헌스퍼드에서 내가 그렇게 비난했는데, 그 일로 이런 변화가 일어날 리는 없어. 그가 여전히 나를 사랑한다는 건 있을 수 없는 일이잖아.〉

잠시 이렇게 여성들은 앞쪽에서 걷고 남성들은 뒤에서 걸었다. 그러다가 그들은 어떤 신기한 수초를 발견하고 좀 더 잘 살펴보려고 강의 가장자리로 내려가게 되었고, 다시 돌아오면서 걷는 위치에 약간의 변동이 생겼다. 이는 가디너 부인 때문이었는데, 아침에 많이 걸어서 지친 부인이 엘리자베스 팔을 잡는 걸로는 부족해서 남편의 부축을 받고자 했기 때문이다. 다시 씨가 가디너 부인 대신 조카의 옆 자리로 오게 되어 둘은 함께 걸었다. 잠시 침묵을 지키다가 여성 쪽에서 먼저 말을 꺼냈다. 그녀는 여기 오기 전에 그가 부재중이라는 사실을 확인했다는 것을 그가 알아주기를 바랐다. 그래서 그가 예기치 않게 일찍 돌아온 게 아니냐는 말로 얘기를 시작하며 이렇게 덧붙였다. 「하녀장이 당신이 내일까지는 이곳에 오지 않을 거라고 말했거든요. 그리고 정말 베이크웰을 떠나기 전에도 우리는 당신이 이 지방에 금방 오지는 않을 거라고 들었어요.」 그는 모두 사실이라고 인정을 하며, 집사와 용무가 있어 함께 여행하던 일행들보다 몇 시간 먼저 오게 되었다고 말했다.「그들은 내일 일찍 여기 도착할 겁니다.」 그가 계속 말했다.「그 가운데는 당신과 아는 사람도 있지요. 빙리 씨와 그의 누이들 말입니다.」

엘리자베스는 약간 몸을 숙여 절을 하는 것으로 대답을 대신했다. 그녀의 생각은 즉각 두 사람 사이에 빙리 씨 이름이 마지막으로 언급되었던 그때로 되돌아갔다. 그리고 그의 안색을 볼 때 그의 마음도 크게 다르지 않은 것 않았다.

「그중에 특히 당신을 만나고 싶어 하는 사람도 있습니다.」 잠시 뜸을 들였다가 그가 말을 이었다.「램턴에 머무르시는 동안 내 누이동생을 소개해도 될까요?」

그런 청을 듣자 엘리자베스는 무척 놀랐다. 너무 놀라 어떤 식으로 응해야 할지 알 수가 없었다. 그녀는 즉각 다시 양이 자신을 만나고 싶어 한다면 무엇이든 간에 모두 오빠가 영향력을 행사한 것이 틀림없다고 느꼈다. 그리고 더 볼 것도 없이 그것은 만족스러운 일이었다. 그가 분노로 인해 그녀를 나쁘게 생각하게 되지는 않았다는 걸 알자 엘리자베스는 기분이 좋았다.

그들은 이제 각자 깊은 생각에 잠겨 말없이 걷고 있었다. 엘리자베스는 마음이 불편했다. 이런 상황은 정말 있을 수가 없는 일이었으니까. 하지만 영광스럽고 즐거웠다. 누이동생을 자신에게 소개하고 싶다는 말은 최고의 찬사였다. 그들은 금방 다른 사람들을 앞질러 갔다. 마차에 도착해서 보니 가디너 부부는 200미터 정도 뒤에 처져 있었다.

그때 그가 저택 안으로 들어가자고 청했다. 그러나 그녀는 지치지 않았다고 괜찮다고 말하며 잔디 위에 함께 서 있었다. 그런 시간에는 많은 얘기가 오갈 수도 있을 텐데, 침묵하고 있자니 무척 어색했다. 그녀는 뭔가 얘기를 하고 싶었지만, 모든 주제가 다 금지되어 있는 것 같았다. 마침내 그녀는 자신이 여행을 하고 있다는 사실을 떠올리고 매틀록과 도브데일에 대해 무척 참을성 있게 이야기를 했다. 그러나 시간도 더디 흘러가고 그녀의 숙모도 더디 움직였다. 두 사람만 마주 대하고 있는 시간이 끝나기 전에 벌써 그녀의 참을성도 바닥나고 생각도 바닥이 나버렸다. 가디너 부부가 다가오자 모두 안으로 들어가 다과를 좀 들라는 요청을 받았지만, 그들은 사양하고 서로 정중한 인사를 나누며 헤어졌다. 다시 씨는 여성들이 마차에 타도록 손을 잡아 주었다. 마차가 움직이자 엘리자베스는 그가 천천히 저택 안으로 들어가는 것을 보았다.

이제 숙부와 숙모가 그에 대해 평을 하기 시작했다. 두 사람 모두 그가 생각했던 것보다 훨씬 훌륭한 사람이라고 단언했다.「행동거지가 완벽하고 예의 바르고 겸손하더군.」숙부가 말했다.

「분명 그에게는 좀 당당한 면이 있긴 한데, 몸가짐만 그렇더군요. 그리고 또 그게 어울리기도 하고. 이제 나도 그 댁 하녀장처럼, 그가 오만하다고 말하는 사람들이 있지만 내겐 그런 점이 전혀 안 보인다고 말해야겠어요.」숙모가 답했다.

「난 그가 우릴 대하는 태도에 정말 놀랐다. 정중한 정도가 아니라 정말 배려가 깊던데. 그 정도로 배려를 할 이유가 없었을 텐데 말이다. 엘리자베스와 그렇게 잘 아는 사이도 아니라면서.」

「리지야, 그 사람은 위컴만큼 잘생기지는 않았더라. 아니 그 사람도 이목구비는 훌륭하니까 위컴과 용모가 다르다고 해야겠구나. 하지만 어떻게 그를 그렇게 기분 나쁜 사람이라고 말을 한 거냐?」숙모가 말했다.

엘리자베스는 가능한 한 변명을 잘해 보려 했다. 켄트에서 만났을 때 그를 전보다 더 좋아하게 되었으며, 또 오늘 오전처럼 그 사람이 상냥한 걸 본 적이 없다고 말했다.

「하지만 아마 정중한 태도를 취하는 데 있어서는 다소 변덕스러울지도 모르지.」숙부가 말했다.「신분이 높은 사람들은 종종 그러잖니. 그러니 나는 낚시에 관한 그의 말은 그대로 믿지 않겠다. 나중에 마음을 바꿔 자기 땅에서 나가라고 경고할지도 모르니까.」

엘리자베스는 숙부와 숙모가 그의 성격을 전적으로 오해하고 있다고 느꼈지만 아무 말도 하지 않았다.

가디너 부인이 말을 이었다.「내가 그를 직접 본 바로는 그가 불쌍한 위컴에게 했던 것처럼 누구에게든 그렇게 잔인하게 행동할 수 있을 거라고 정말 생각 못 하겠더구나. 못된 성격을 가진 사람으로 보이지 않는다. 오히려 그가 말을 할 때 뭔가 입가에 호감을 주는 데가 있어. 그의 용모에는 그의 심성을 나쁘게 볼 수 없게 하는 위엄 같은 것이 서려 있기도 하고. 하지만 사실 저택을 안내해 주었던 부인은 그의 성격을 무척 요란하게 옹호했지. 하마터면 몇 번이고 웃음이 나올 뻔했다. 하지만 내 생각에 그는 관대한 주인이기는 한가 보다. 하인의 눈에 그 점은 가장 뛰어난 장점으로 보이지.」

엘리자베스는 그가 위컴에게 했다는 행동을 옹호해 줄 얘기를 해야 하겠다는 생각이 들었다. 그래서 가능한 한 조심스러운 태도로, 켄트에서 그의 친척에게서 들은 바로는 그의 행동이 무척 다르게 해석될 수도 있다고 말했다. 그리고 하트퍼드셔에서 생각했던 것만큼 그의 성격에 그렇게 결함이 있는 것이 아니며, 위컴의 성격이 그렇게 싹싹한 것도 아니라고 말했다. 엘리자베스는 이 말을 뒷받침하기 위해, 누구에게서 들은 얘기인지 실제로 밝히지는 않고 그냥 믿을 만한 사람에게서 들었다고 말하면서, 그들 사이에 얽혀 있던 모든 금전적 문제를 구체적으로 이야기했다.

가디너 부인은 놀라는 한편 걱정이 되었다. 그러나 이제 옛날에 그녀가 즐거움을 느꼈던 곳에 가까이 다가가게 되자 모든 생각이 아름다운 추억에 자리를 내주었다. 그녀는 남편에게 그 근방의 모든 흥미로운 장소들을 가리키느라 바빠서 다른 생각을 할 틈이 없었다. 가디너 부인은 오전에 산책한 것 때문에 피곤했으나, 식사를 하자마자 옛 친구들을 찾아 다시 외출을 하고는 여러 해 동안 끊겼던 교제를 다시 시작하게 된 것을 즐기며 저녁 시간을 보냈다.

엘리자베스는 그날 흥미로운 일들이 너무 많았기 때문에 새로 만난 사람들에게 관심을 쏟을 여유가 별로 없었다. 그녀는 다시 씨의 공손한 언행과 무엇보다 자신을 누이동생에게 소개하고 싶어 하는 마음을 생각하지 않을 수 없었고, 또 의아해하지 않을 수 없었다.

제44장
(제3권 제2장)

엘리자베스는 다시 씨가 누이동생이 펨벌리에 도착하는 대로 바로 다음 날 자기를 방문하게 할 거라고 결론지었다. 따라서 그날 오전에는 여인숙이 보이는 곳을 벗어나지 말아야겠다고 결심하고 있었다. 하지만 그녀의 결론은 틀린 것이었다. 왜냐하면 그녀의 일행이 램턴의 여인숙에 도착한 바로 그다음 날 오전에 방문객들이 찾아왔던 것이다. 그들은 새로 알게 된 어떤 가족 몇 사람과 근방을 산책하고 있다가 함께 식사를 하려고 여인숙으로 돌아와 옷을 갈아입고 있었다. 그 때 마차소리가 나서 창밖을 내다보다가 한 신사와 숙녀가 쌍두이륜마차를 타고 길을 따라오는 걸 보았다. 엘리자베스는 그 마차와 마부의 제복을 알아보고 무슨 일인지 금방 알아차릴 수 있었다. 그래서 그녀는 친척들에게 그 영광스러운 방문을 알렸는데, 그들은 여간 놀란 것이 아니었다. 숙부와 숙모는 도대체 무슨 일인가 하고 궁금해했는데, 엘리자베스의 당황한 태도는 현재 상황과 그 전날 있었던 여러 정황과 연결되어 그들에게 이 문제를 새로운 각도에서 보게 해주었다. 여태까지 전혀 그런 눈치를 챈 적은 없지만, 이제는 다시 쪽에서 그런 관심을 보이는 이유는 조카딸에 대한 애정이 아니고는 달리 어떻게 설명할 도리가 없다고 느꼈다. 숙부와 숙모의 머릿속에 이 새로운 생각이 스쳐가는 동안, 엘리자베스의 감정은 매순간 더 동요하고 있었다. 그녀는 자신이 침착하지 못한 것에 자못 놀랐다. 하지만 동요한 이유 중의 하나는 그 오빠가 그녀에 대한 애정 때문에 누이동생에게 너무 칭찬을 많이 한 건 아닐까 하는 두려움이었다. 그래서 당연히 그녀는 평소보다 더욱 호감을 사려고 애쓰다가 아예 호감을 전혀 사지 못하고 말까 봐 걱정이 되었던 것이다.

그녀는 그들에게 들킬까 봐 창문에서 물러났다. 그리고 차분해지려고 노력하면서 방 안을 이리저리 서성이다가 숙부와 숙모가 무슨 일이야 하고 놀라는 표정을 발견했다. 이로써 상황은 더 악화되고 말았다.

다시 양과 그 오빠가 나타났고, 두려워하던 소개가 이루어졌다. 놀라 어쩔 줄 몰라 하던 엘리자베스는 새로 소개받은 친구도 최소한 자기만큼 당황하고 있다는 사실을 깨달았다. 램턴에 온 이후로 그녀는 다시 양이 무척 오만하다는 말을 들었었다. 하지만 몇 분간 본 바에 의하면 그녀는 그저 굉장히 수줍어할 뿐이라는 확신이 들었다. 그녀에게서 한 음절 이상의 말을 끌어내는 것조차 힘들었다.

다시 양은 엘리자베스보다 키가 크고 체격도 다소 컸다. 열여섯을 겨우 넘었을 뿐이지만 체형도 완성되고 외모가 여성답고 우아했다. 그녀는 오빠보다 예쁘게 생기지는 않았지만 얼굴에서 분별력과 싹싹한 성격이 엿보였고 태도는 무척이나 겸손하고 점잖았다. 엘리자베스는 그녀에게서 예전의 다시 씨처럼 날카롭고 당당하게 관찰하는 모습을 보게 될 거라 예상하고 있다가 전혀 다른 모습을 보게 되자 마음이 훨씬 편해졌다.

자리를 함께한 지 얼마 되지 않아 다시는 그녀에게 빙리 또한 그녀를 만나러 오고 있다고 말했다. 그녀가 기쁘다는 말을 하고 그를 맞이할 준비를 채 하기도 전에, 계단에서 빙리의 빠른 발소리가 들리더니 이내 그가 방에 들어섰다. 그를 향한 엘리자베스의 모든 분노는 이미 사라진 지 오래였다. 하지만 여전히 분노가 남아 있었다 해도, 그녀를 다시 만나자 그가 내보인 꾸밈없는 진실한 마음에 모두 사라져 버렸을 것이다. 그는 보통 인사말이긴 했지만 친절하게 가족의 안부를 묻고 예전과 똑같은 싹싹하고 편안한 태도로 그녀를 바라보며 이야기를 했다.

그는 엘리자베스 못지않게 가디너 부부에게도 관심이 가는 인물이었다. 그들은 오랫동안 그를 만나고 싶어 했었다. 정말 가디너 부부 앞에 있는 모두가 부부의 활발한 관심을 불러일으켰다. 그들은 다시 씨와 조카딸에 대해 의혹을 갖게 되어 조심스럽지만 진지하게 탐색하듯이 두 사람을 관찰했다. 그리고 그들은 그 탐색으로부터 최소한 그들 가운데 한 사람은 사랑한다는 게 무엇인지 알고 있다는 확신을 하기에 이르렀다. 여성 쪽 감정이 어떤지는 다소 의문이 있었지만, 신사 쪽에선 사모하는 마음이 넘쳐흐르고 있는 게 확실했다.

엘리자베스로서는 할 일이 많았다. 그녀는 방문객들 각자의 감정을 확실히 알고 싶었고, 자신의 감정을 가라앉히고 싶었고 그들 모두에게 잘 보이고 싶었다. 이 마지막 부분은 실패할까 봐 가장 두려웠던 것이기도 하지만 사실 가장 성공을 확신하고 있는 것이기도 했다. 왜냐하면 그녀가 호감을 사려고 노력했던 사람들은 전부터 그녀에게 호의적인 감정을 품고 있었기 때문이다. 빙리는 언제라도 그녀에게 호의적이었고, 조지아나는 무척 그러고 싶어 했고, 다시도 그러기로 결심을 했던 것이다.

빙리를 보자 그녀의 생각은 자연스럽게 언니 쪽으로 흘러갔다. 아! 그녀는 빙리 역시 자신과 같은 생각을 하고 있는지 너무나도 알고 싶었다. 때로 그가 옛날보다 말수가 적어졌다는 생각이 들었고, 때로 그가 그녀를 바라볼 때면 자기한테서 언니와 닮은 점을 찾아보려고 한다는 즐거운 생각을 하기도 했다. 하지만 이것이 상상에 불과하다 해도 제인의 경쟁자로 내세워졌던 다시 양을 대하는 그의 태도에는 착각의 여지가 없었다. 두 사람 누구에게도 특별한 애정을 내보이는 표정 같은 건 전혀 없었다. 두 사람 사이에 빙리 여동생의 희망 사항을 정당화할 만한 그 어떤 것도 보이지 않았다. 이 점에 대해 엘리자베스는 금방 안심을 할 수 있었다. 그리고 그녀가 초조하게 그쪽으로 해석하려고 해서 그랬던 건지는 몰라도, 헤어지기 전에 그가 제인에 대한 애정 어린 추억을 드러내고, 할 수만 있으면 그녀 얘기가 나올 만한 쪽으로 얘기를 좀 끌고 갔으면 하는 바람을 드러내는 상황이 두서너 번 정도 연출되기도 했다. 다른 사람들이 함께 이야기를 하고 있을 때, 그는 그녀에게 진정한 회한 같은 것이 담긴 어조로 말했다. 「제인을 만나는 기쁨을 누린 지 정말 오래되었습니다.」 그리고 그녀가 대답하기도 전에 덧붙였다. 「여덟 달이 넘었네요. 우리는 네더필드에서 모두 함께 춤을 추었던 11월 26일 이후로 만난 적이 없으니까요.」

엘리자베스는 그가 정확한 날짜를 기억하는 걸 보고 내심 기뻤다. 그리고 그는 나중에 사람들의 관심이 다른 데 가 있을 때 기회를 보아 엘리자베스에게 자매들이 모두 롱본에 있냐고 물어보았다. 그 질문이나 그 전에 한 말에 무슨 큰 의미가 담겨 있는 건 아니었지만, 그의 표정과 태도에 뭔가 의미심장한 데가 있었다.

그녀는 다시가 있는 쪽으로 시선을 자주 돌리지는 않았지만, 흘끗 볼 때마다 대체로 그는 다정한 표정을 짓고 있었다. 그리고 그의 말에는 오만이나 다른 사람을 무시하는 어조가 싹 사라지고 없어서, 아무리 일시적으로 끝나고 만다 하더라도, 어제 그녀가 목격한 그의 나아진 태도가 최소한 하루는 지속되었다는 확신을 할 수 있을 정도였다. 그녀는 그가 몇 달 전만 해도 교제하게 되는 걸 수치로 여겼던 사람들을 소개해 달라고 청하고 그들의 환심을 사려고 하는 것을 보고, 그녀뿐 아니라 노골적으로 무시했던 그녀의 친척들에게도 그토록 정중한 것을 보고, 또 헌스퍼드의 목사관에서 두 사람 사이에 마지막으로 일어났던 그 생생한 장면을 떠올리게 되었다. 그러자 그 차이와 변화가 너무도 크고 그녀의 마음에 너무도 강하게 다가왔기 때문에 놀라운 마음을 드러나지 않게 감출 수 없을 지경이었다. 엘리자베스는 그가 네더필드에서 친한 친구들과 함께 있을 때도, 그리고 로징스에서 위엄 있는 친척들과 함께 있을 때도, 지금처럼 이렇게 호감을 사려고 하고 자존심을 떨쳐 버리고 또 마음까지 활짝 열어 놓은 것을 본 적이 없었다. 지금은 그의 노력이 성공한다 해도 별로 얻게 되는 것도 없고, 자신이 관심을 보이고 있는 이 사람들과 교제한다는 것 자체가 네더필드와 로징스의 귀부인들에게서 조롱과 비난을 이끌어 낼 텐데도 말이다.

손님들은 반 시간 넘게 머물렀는데, 가려고 일어날 때 다시 씨는 여동생에게 가디너 부부와 베넷 양이 그 지방을 떠나기 전에 펨벌리의 정찬에 초대하고 싶다고 말했다. 다시 양은 아직 초대를 하는 습관이 안 들어서 소심하기는 했지만, 기꺼이 오빠의 말을 따랐다. 가디너 부인은 초대를 받는 사실상의 주인공인 엘리자베스가 이 초대를 어떻게 받아들이고 싶어 하는지 알고 싶어서 조카딸을 바라보았다. 그러나 엘리자베스는 고개를 돌려 버렸다. 하지만 조카의 의도적인 외면이 초대받은 것을 싫어한다기보다는 일시적으로 당황해서 그런 것으로 생각이 되고, 또 사교 모임을 좋아하는 남편이 기꺼이 초대에 응하려는 것을 보며, 가디너 부인도 가겠다고 약속을 했고, 이틀 후로 날짜가 정해졌다.

빙리는 하트퍼드셔의 친구들 모두에 대해 아직 할 말도 많고 물어 볼 것도 많았는데 엘리자베스를 다시 보게 되어 무척 기쁘다고 말했다. 엘리자베스는 이게 다 언니 얘기를 듣고 싶어서 그러는 것이라고 생각하니 즐거웠다. 방문객들이 떠나자, 다른 이유도 있었지만 이 점 때문에 마지막 반 시간 동안 — 실제로 그 시간에는 별로 즐거움을 느끼지 못했지만 — 있었던 일을 다소 만족스럽게 되새겨 볼 수 있었다. 혼자 있고 싶기도 하고 또 숙부와 숙모가 무슨 질문이나 암시를 할까 두려워서, 엘리자베스는 그들이 빙리를 칭찬하는 동안 잠시 함께 있다가 서둘러 옷을 갈아입으러 나와 버렸다.

그러나 그녀가 가디너 부부의 호기심을 두려워할 필요는 없었다. 그들은 조카에게 억지로 이야기를 시키고 싶어 하지는 않았으니까. 자신들이 생각했던 것보다 조카딸이 다시 씨와 훨씬 더 가까운 것이 분명했고, 그가 그녀를 매우 사랑하고 있는 것도 분명했다. 흥미를 끄는 부분이 많았지만, 캐물을 만한 마땅한 이유가 없었다.

그들은 이제 다시 씨를 좋게 생각하고 싶어 어쩔 줄을 몰라

했다. 그들이 직접 교제한 바로는 그에게서 어떠한 단점도 찾아볼 수가 없었다. 그들은 다시 씨의 정중한 태도에 감동도 받았다. 그들이 다른 설명에 의존하지 않고, 직접 느낀 바와 다시 씨의 하인들에게서 들은 이야기로 다시 씨가 어떤 인물인지 묘사했다면, 하트퍼드셔의 사람들은 그게 다시 씨 얘기라는 걸 알아차리지 못했을 것이다. 하지만 이제 하녀장의 얘기를 믿는 것이 중요해졌다. 그가 네 살일 때부터 함께 지냈으며 태도 자체로 점잖은 사람임을 알 수 있는 그런 하인이 하는 말의 신빙성을 쉽게 물리칠 수는 없다는 생각이 들었던 것이다. 램턴의 친구들이 준 정보 가운데서도 그 하녀장의 얘기의 무게를 실질적으로 깎아내리는 건 아무것도 없었다. 램턴의 친구들은 다시 씨에 대해 오만하다는 것 말고는 비난할 것이 전혀 없다고 했다. 그가 오만한 건지는 모른다. 그러나 그가 오만한 게 아니라면, 아마 그 소문은 그의 집안사람들이 방문한 적이 없는 조그만 시장 마을의 주민들이 만들어 낸 말일 것이다. 하지만 그가 관대한 사람이라는 것과 가난한 사람들에게 좋은 일을 많이 했다는 것은 인정받는 사실이었다.

위컴에 대해서 여행객들은 그가 그곳에서 별로 평판이 좋지 못했다는 사실을 곧 알게 되었다. 그가 후원자의 아들과 무슨 문제가 있었는지는 제대로 알려져 있지 않았지만, 더비셔를 떠나면서 많은 부채를 남겼으며 이를 다시 씨가 나중에 모두 갚아 주었다는 사실은 잘 알려져 있었다.

엘리자베스는 전날 밤보다 오늘밤 더 펨벌리 생각이 났다. 밤이 깊어질수록 밤이 길게 느껴졌지만, 엘리자베스가 그 저택에 있는 한 사람에 대한 자신의 감정이 뭔지 확실히 단정짓게 될 만큼 길지는 않았다. 그녀는 자신의 감정이 뭔지 파악하려고 애쓰면서 두 시간을 꼬박 깨어 있었다. 그를 미워하지 않는다는 건 확실했다. 아니 미움은 이미 사라진 지 오래였다. 그리고 혐오라고 부를 수 있을지 모르지만, 그에게 혐오의 감정을 느꼈다는 것 자체를 수치스럽게 여긴 지도 오래였다. 그의 훌륭한 성품을 확신하게 되면서 생겨난 존경심은, 처음에는 받아들이기 힘들었지만 이제 그녀의 감정에 거슬리지 않게 되었다. 그리고 그에게 무척 호의적인 증언들로 인해 존경심에 다정한 성격이 덧붙여졌고, 어제 일로 그의 성격은 상냥한 것으로 비쳐지게 되었다. 하지만 무엇보다 존경심과 좋은 평판을 넘어서 그녀가 그에게 호의를 보이는 데는 간과될 수 없는 어떤 동기가 있었다. 그것은 감사의 마음이었다. 한때 그녀를 사랑해 준 데 대한 감사일 뿐 아니라, 그의 청혼을 거절하면서 성을 내고 신랄하게 굴었던 태도와 거기에 끌어다 댄 부당한 비난들을 모두 용서할 정도로 여전히 사랑해 주고 있는 데 대한 감사였다. 그녀를 가장 큰 적으로 여기고 회피할 거라고 확신했던 사람이 이번에 우연히 만나고 보니 사실은 친하게 지내기를 가장 열망하고 있었던 것이다. 그리고 두 사람만이 관련된 일인데, 거칠게 애정을 드러내거나 별난 태도를 보이는 일 없이, 그녀의 친구들에게서 좋은 평가를 받고 싶어 하고 그녀를 자신의 누이동생에게 소개하려고 애쓰고 있었다. 그렇게 대단한 자존심을 가진 사람이 이렇게 변하다니 놀라움뿐 아니라 감사의 마음도 일었다. 그건 사랑, 열렬한 사랑 때문이라고 생각할 수밖에 없었기 때문이다. 그리고 그 자체로 그녀가 받은 인상은 정확히 뭐라 정의할 수는 없지만 결코 불쾌한 것이 아니었고 고무되어야 할 성질의 것 같았다. 그녀는 그를 존경하고 높이 평가했으며 그가 고마웠다. 그녀는 그의 행복에 진정한 관심을 보이기 시작했다. 그녀는 자신이 어느 정도까지 그의 행복에 기여할 수 있기를 바라는지, 그리고 그가 다시 청혼을 하도록 이끌어 낼 수 있는 힘 — 그녀는 자신이 그 힘을 여전히 갖고 있다고 믿고 있었는데 ― 을 발휘하는 것이 두 사람의 행복에 어느 정도까지 기여할지 알고 싶었다.

밤에 숙모와 조카는 다시 양이 늦은 조찬 시간에야 펨벌리에 도착했으면서도 그날로 자기들을 방문하러 오는 그런 놀라운 예의를 베풀어 준 것을 본받아, 아무리 노력을 해도 비교가 안 되겠지만, 다음 날 아침 펨벌리로 그녀를 방문하러 가는 것이 가장 좋겠다고 결론을 내렸다. 그리하여 그들은 펨벌리로 가게 되었다. 엘리자베스는 기분이 좋았다. 기분이 좋은 이유가 뭐냐고 스스로 물어보면서도 뭐라고 답할 말이 없었지만.

가디너 씨는 아침 식사를 마치자마자 길을 나섰다. 그 전날 낚시를 하자던 계획이 다시 언급되어 정오 무렵에 펨벌리에서 신사들 몇 사람을 만나기로 약속이 되었던 것이다.

제45장

(제3권 제3장)

엘리자베스는 빙리 양이 자신을 싫어한 까닭이 질투에서 비롯했다고 확신하고 있었기 때문에, 자신이 펨벌리에 나타나면 그녀가 얼마나 못마땅해할까 생각하지 않을 수 없었다. 다시 만나게 된 것을 빙리 양 쪽에서 얼마나 예를 갖춰 받아들일지도 궁금했다.

저택에 도착하자 곧 홀을 지나 넓은 응접실로 안내되었는데 북향이어서 여름에 쾌적한 방이었다. 정원으로 열리게 되어 있는 창 너머로 저택 뒤편의 울창하고 높은 언덕과 잔디밭 여기저기 자라고 있는 아름다운 상수리나무와 스페인 밤나무가 매우 상쾌한 풍경을 펼치고 있었다.

다시 양은 이 방에서 허스트 부인과 빙리 양, 그리고 런던에서 함께 지내던 여성과 앉아 있다가 엘리자베스 일행을 맞이했다. 조지아나는 무척 예의를 갖춰 대했지만 당혹스러워하는 것이 역력했다. 이는 그녀가 워낙 수줍어하고 실수라도 할까 두려워한 데서 나온 태도였지만, 열등감을 느끼는 사람들에게는 거만하고 무심한 태도로 쉽게 생각될 수 있었다. 그러나 가디너 부인과 조카딸은 다시 양을 제대로 이해하고 안됐다는 생각을 했다.

허스트 부인과 빙리 양은 살짝 몸을 굽히는 인사만 했다. 엘리자베스 일행이 자리에 앉자, 그런 자리가 늘 그렇듯이 어색한 침묵이 잠시 지속되었다. 그러다가 점잖고 상냥해 보이는 앤즐리 부인이 처음 말문을 열었다. 어떻게든지 대화를 시작해 보려고 노력하는 것이 그녀가 다른 두 여성보다는 훨씬 예의범절이 몸에 배었다는 것을 입증하고 있었다. 가디너 부인과 그녀 사이에 대화가 이어졌는데, 가끔 엘리자베스도 몇 마디 말을 건네곤 했다. 다시 양은 용기를 내어서 대화에 끼었으면 하고 바라는 것 같았고, 때로 남들이 가장 귀를 기울이지 않을 때 짧게 한마디하곤 했다.

엘리자베스는 곧 빙리 양이 세심하게 자신을 주시하고 있다는 걸 알게 되었고, 특히 자신이 다시 양에게 말을 걸 때마다 촉각을 곤두세운다는 걸 깨달았다. 그렇다 해도 대화를 나누기에 좀 불편한 거리에 앉아 있지만 않았다면, 이렇게 빙리 양이 관심을 둔다고 해서 다시 양과 이야기를 못하는 일은 없었을 것이다. 하지만 엘리자베스는 이야기를 많이 나누어야 하는 의무를 벗어난 것이 아쉽지 않았다. 자신의 생각에 잠겨 있었던 것이다. 그녀는 어느 순간이고 신사들이 방 안으로 들어설 거라고 기대하고 있었다. 그녀는 그 저택의 주인이 그 신사들 가운데 있기를 바라는 한편, 또 그럴까 봐 두려웠다. 그녀는 자신이 그가 방으로 들어오기를 바라는 건지 그럴까 봐 두려워하는 건지 알 수가 없었다. 엘리자베스는 이런 상태로 빙리 양과 한마디도 나누지 않은 채 한 15분 정도 앉아 있다가, 그녀가 차가운 목소리로 가족의 안부를 묻자 정신을 차렸다. 그녀도 똑같이 무관심하고 짤막하게 대답을 했고 상대방은 더 이상 아무 말도 하지 않았다.

하인들이 저민 햄과 케이크 그리고 온갖 종류의 훌륭한 제철의 과일들을 가지고 들어오자 이들의 방문에 변화가 생기게 되었다. 그 변화는 앤즐리 부인이 다시 양에게 여주인으로서의 그녀의 위치를 상기시키고자 의미심장한 표정과 미소를 한동안 보낸 후에야 일어났다. 이제 모든 일행이 할 일이 생겼다. 그들 모두가 말은 할 수 없다 해도 먹는 일은 할 수 있었다. 아름답게 피라미드처럼 쌓인 포도와 천도복숭아와 수밀도를 보고 그들은 식탁으로 모여 앉았다.

이렇게 음식을 즐기고 있는 동안 다시 씨가 방에 들어섰는데, 그 순간 자신을 휩쓰는 감정에 엘리자베스는 자신이 그가 나타나는 걸 두려워하고 있었는지 바라고 있었는지 확실하게 결론을 내릴 기회가 생겼다. 바로 전만 해도 그녀는 그가 들어오길 바라는 마음이 더 컸다고 생각했는데, 이내 그것이 유감스럽게 느껴지기 시작했다.

그는 저택에 와 있던 두세 명의 다른 신사와 함께 강가에서 가디너 씨를 만나 잠시 함께 시간을 보내고 있다가, 그 집안의 여성들이 그날 오전에 조지아나를 방문할 계획이라는 말을 듣고 혼자 저택으로 돌아왔던 것이다. 그가 나타나자마자 엘리자베스는 매우 자연스럽고 느긋한 태도를 보이겠다는 현명한 결심을 했다. 그런데 그 결심을 하는 것이 더욱 필요해지긴 했지만, 그 결심을 지키기는 오히려 더 힘들어질 듯했다. 왜냐하면 모인 사람들 모두가 그와 자신에게 의혹의 눈길을 보내고 있다는 것과, 그가 방에 처음 들어왔을 때 거의 모든 사람의 시선이 그의 행동을 주시하는 것을 보았던 것이다. 빙리 양은 신사에게 말을 걸 때면 미소를 환하게 짓기는 했지만, 그녀만큼 호기심이 강하게 드러나는 얼굴도 없었다. 빙리 양이 아직은 질투로 인해 낙담한 상태가 아니었고, 다시 씨를 향한 애정이 아직 끝나지 않았기 때문이다. 다시 양은 오빠가 들어오자 대화를 잘하려고 더욱 노력했다. 엘리자베스는 그가 누이동생과 자신이 더 친해지게 하려고 노심초사하는 것을 보았다. 그는 가능한 한 두 사람 중 어느 쪽이든 대화를 시도하게 하려고 격려했다. 빙리 양 또한 이 모든 걸 지켜보았다. 그녀는 분노로 무례해져 기회를 포착하자마자 비웃는 태도로 이렇게 인사말을 건넸다.

「그런데, 일라이자 양, ○○연대가 메리턴을 떠났다면서요? 당신 가족에게 손실이 크겠어요.」

빙리 양이 다시 앞에서 감히 위컴의 이름을 언급할 수는 없었지만, 엘리자베스는 그녀가 무엇보다도 위컴을 염두에 두고 있다는 걸 바로 알아차렸고 그와 연관된 여러 기억들로 인해 잠시 곤혹스러웠다. 하지만 기운을 내서 심술궂은 공격을 물리쳐 버리려고 열심히 노력하면서 무심한 어조로 즉시 대답했다. 그녀는 말을 하면서 무심코 시선을 돌리다 다시가 얼굴이 붉어진 채 열심히 자신을 바라보고 있고 그의 누이동생은 당황하여 시선을 떨어뜨리는 것을 보았다. 물론 빙리 양은 자신이 사랑하는 친구에게 어떤 고통을 주고 있는지 알았더라면 그런 얘기를 꺼내지 않았을 것이다. 하지만 빙리 양은 엘리자베스가 좋아하는 줄 알고 있는 그 남자의 애기를 끄집어냄으로써, 엘리자베스로 하여금 다시의 평가를 깎아내릴 감정을 드러내도록 자극하고, 또 다시로 하여금 엘리자베스의 가족이 그 군대와 맺고 있는 모든 어리석음과 부조리한 관계를 떠올리게 함으로써 그녀를 곤란하게 만들고 싶은 생각뿐이었다. 빙리 양은 다시 양이 야반도주를 계획했던 일을 전혀 모르고 있었다. 그 일은 엘리자베스를 제외하고는, 비밀로 해둘 수 있다면 그 누구에게도 알리지 않았던 사실이었다. 다시는 특히 빙리의 가족들에게 그 사실을 감추고 싶어 했는데, 그것은 오래전에 그가 품었을 거라 엘리자베스가 의심했던 일, 앞으로 빙리가 누이동생의 배필이 되었으면 하는 소망 때문이었을 것이다. 그가 그런 계획을 가졌던 건 틀림없으며, 그 계획이 꼭 빙리를 베넷 양에게서 떼어 놓으려는 노력에 영향을 준 건 아니겠지만, 친구의 행복한 가정생활에 대한 적극적인 관심에 어느 정도 기여는 했을 것이다.

그러나 엘리자베스의 침착한 행동이 그의 감정을 곧 진정시켰다. 그리고 빙리 양이 아무리 약이 오르고 실망했더라도 위컴 얘기는 더 이상 하지 못했기 때문에, 조지아나 역시 대화를 할 수 있을 정도는 아니어도 차차 마음이 회복되었다. 조지아나는 도저히 오빠의 시선을 마주할 수가 없었는데, 그는 동생이 그 일에 관련되었다는 사실을 좀처럼 떠올리고 싶어 하지 않았다. 그리고 엘리자베스에게서 그의 관심을 떼어 내려던 빙리 양의 계획은 오히려 그의 관심이 더욱 더, 게다가 더 즐거운 기분으로 그녀에게 쏠리게 하고 말았다.

그들의 방문은 위에서 말한 그 질문과 답변이 오간 후 얼마 안 있어 끝이 났다. 다시 씨가 그들을 마차로 배웅하는 동안 빙리 양은 안 좋던 감정을 엘리자베스의 성품과 행동거지와 옷차림을 흠잡는 데 쏟아 부었다. 하지만 조지아나는 그러는 데 끼지 않았다. 오빠가 하도 칭찬을 많이 해서 그녀는 이미 엘리자베스에게 호감을 갖고 있었다. 오빠의 판단은 틀리는 법이 없었다. 그리고 오빠가 어찌나 엘리자베스를 좋게 말했던지 조지아나는 그녀가 사랑스럽고 상냥하다는 것 외에 달리 생각할 수가 없을 정도였다. 다시가 응접실로 돌아오자, 빙리 양은 그의 누이동생에게 하던 이야기 가운데 일부를 그에게 반복하지 않을 수 없었다.

「다시 씨, 오늘 아침 일라이자 베넷 양은 어디가 좀 아파 보이네요. 지난겨울 이후 어찌나 변했는지. 그렇게 많이 변한 사람은 본 적이 없어요. 피부가 누렇게 뜨고 거칠어졌어요. 루이자와 나는 못 알아볼 뻔했다니까요.」

다시 씨는 그런 말을 정말 듣고 싶지 않았지만, 그녀가 햇볕에 좀 탄 것을 제외하고는 변한 데가 하나도 없는데 여름에 여행을 하면 타는 것이 당연하지 않은가라고 말했다.

「난 솔직히 말해서 그녀가 어디가 예쁜지 전혀 모르겠어요.」 그녀가 대꾸했다. 「얼굴은 너무 말랐고, 피부에 생기도 없고, 이목구비도 전혀 예쁜 데가 없어요. 코도 아무 특징이 없잖아요. 콧날도 오뚝하지 못하고. 치아는 봐줄 만하지만 그저 평범할 뿐이고, 눈은 아름답다는 사람도 가끔 있었지만 정말이지 나는 탁월한 점을 전혀 볼 수가 없어요. 눈에 날카롭고 심술궂은 표정이 담겨 있는데 마음에 정말 안 들어요. 전체적인 분위기에선 상류층과 거리가 먼 자신감이 넘치는데 정말 못 봐주겠어요.」

빙리 양은 다시가 엘리자베스를 사모하고 있다고 확신해서 그랬겠지만, 이렇게 흠잡는 것은 결코 다시에게 잘 보이는 방법이 될 수 없었다. 하지만 화가 난 사람들은 현명해지기 어려운 법이다. 마침내 그는 어느 정도 자극을 받은 것처럼 보였고, 그녀는 자신이 기대하던 성공을 거두었다고 생각했다. 그러나 그가 단호하게 입을 다물자, 그녀는 그의 입을 열겠다는 결심을 하고 이렇게 말을 이었다.

「하트퍼드셔에서 그녀를 처음 만났을 때 그녀가 미인이라는 평판이 있다는 사실을 알고 우리 모두 무척 의아해했던 기억이 나네요. 언젠가 밤에 네더필드에서 모두 식사를 하고

난 후 특히 당신이 〈그녀가 미인이라고! 그녀의 어머니를 재
사(才士)라고 부르는 게 낫겠다〉라고 말한 게 생각이 나네요.
하지만 그녀는 곧 당신 눈에 잘 보이기 시작한 것 같던데요.
내 생각에 당신은 한때 그녀를 무척 예쁘장하다고 생각했었
지요.」

「그랬지요.」 더 이상 참을 수 없어 다시가 대답했다.「하지
만 예쁘장하다고 했던 건 그녀를 처음 봤을 때뿐이지요. 몇
달 전부터는 그녀가 내가 아는 사람들 가운데 가장 아름다운
여성이라고 생각하게 되었으니까요.」

다시는 그 말을 남기고 나가 버렸다. 빙리 양은 자기만 괴
로워할 말을 그로 하여금 내뱉게 했다는 사실을 깨달았을 뿐
이다.

가디너 부인과 엘리자베스는 숙소로 돌아와 두 사람이 특
히 관심을 가졌던 그 일만 빼놓고 그날 방문에서 있었던 모
든 일에 대해 얘기를 나눴다. 그들은 가장 관심을 쏟았던 그
사람만 빼놓고, 거기서 만난 사람들의 표정과 행동에 대해
얘기했다. 그들은 그의 누이동생, 친구들, 저택, 과일 등 그
사람을 제외한 모든 것에 대해 얘기했다. 그러나 엘리자베스
는 가디너 부인이 그에 대해 어떻게 생각하는지 무척 알고
싶었다. 가디너 부인도 조카딸이 그 문제에 대해 말을 꺼냈
다면 무척 좋아했을 것이다.

제46장
(제3권 제4장)

엘리자베스는 램턴에 도착한 첫날, 제인에게서 온 편지가
없어 너무나 실망스러웠다. 그리고 거기서 아침을 맞으면서

316

또 실망을 하곤 했다. 그러나 세 번째 아침에 그녀의 불평은 끝났다. 그러면 그렇지. 제인이 보낸 두 통의 편지가 동시에 도착한 것이었다. 그런데 편지 하나에는 다른 데로 잘못 배달되었다는 표시가 되어 있었다. 엘리자베스는 제인이 주소를 엉망으로 쓴 걸 보고 그럴 만도 하다고 생각했다.

편지는 막 산책을 나갈 준비를 하고 있을 때 도착했다. 숙부와 숙모는 그녀가 조용히 편지를 읽는 즐거움을 가질 수 있도록 먼저 출발했다. 잘못 배송되었던 편지를 먼저 읽어야 했다. 그것은 닷새 전으로 날짜가 적혀 있었다. 앞부분은 시골 마을에서 늘 일어나는 그런 사소한 파티와 모임에 관한 설명을 담고 있었다. 하지만 나머지 반은 하루 다음 날로 날짜가 적혀 있는데, 분명 당황한 상태에서 쓴 편지였고 좀 더 중요한 소식을 전하고 있었다. 편지는 이런 내용이었다.

사랑하는 리지야, 위의 내용을 쓴 이후에 예기치 못했던 심각한 일이 생겼어. 하지만 네가 놀랄까 봐 걱정이다. 우리 모두 잘 있으니 안심해. 내가 하려는 얘기는 불쌍한 리디아에 관한 거야. 어젯밤 우리 모두 잠자리에 막 들었던 자정에 포스터 대령에게서 속달로 편지가 왔어. 리디아가 장교 한 사람과 스코틀랜드로 도망갔다고 알리는 편지였어. 솔직히 말하면 위컴하고 말이야! 우리가 얼마나 놀랐는지 상상이 가지? 하지만 키티에게는 전혀 예상 못한 일은 아닌 것 같았어. 정말 너무 너무 속상해. 양쪽 모두에게 너무 경솔한 결혼이 아니니! 하지만 최선의 것을 바라고 싶어. 그의 성품이 잘못 알려진 것이면 좋겠어. 그가 생각 없고 경솔한 건 쉽게 알겠지만, 이번 일은(이 일을 기뻐하도록 하자) 그가 마음까지 나쁜 건 아니라는 걸 보여 주잖아. 최소한 리디아를 선택했다는 것은 사심이 없다는 얘기지. 우리 아버지가 리디아에게 물려줄 게 없다는 건 잘 알고 있을 테니까 말이야. 어머니는 무척 상심하고 계셔. 아버지는 잘 견디고 계시고. 그에 대해 알려진 안 좋은 얘기를 부모님께 알리지 않은 게 너무 다행이야. 우리도 그 사실을 잊어야 해. 리디아와 위컴은 토요일 밤 자정 무렵 떠난 걸로 보이는데, 어제 아침 여덟시에야 알게 되었대. 즉시 우리 집에 속달 편지를 보낸 거래. 사랑하는 리지야, 그들은 우리 집에서 15킬로미터도 안 떨어진 곳을 지나간 게 틀림없어. 편지대로라면 포스터 대령이 여기에 곧 도착할 거 같아. 리디아가 자기들의 계획을 알리는 편지를 대령의 아내에게 남겼대. 이제 그만 써야 할 것 같다. 불쌍한 어머니를 오랫동안 혼자 놔둘 수가 없어. 네가 편지 내용이 무슨 말인지 잘 이해 못할 것 같구나. 하지만 나도 내가 뭐라고 썼는지 정말 모르겠다.

내용에 대해 더 생각할 겨를도 없이 자기가 어떤 기분인지도 모른 채 엘리자베스는 이 편지를 다 읽자마자 즉각 다른 편지를 집어 들어 급하게 뜯고 내용을 읽었다. 이 편지는 첫 번째 편지를 마친 다음 날 쓴 것이었다. 내용은 다음과 같았다.

사랑하는 내 동생, 지금쯤이면 내가 급히 썼던 편지를 받았겠구나. 이 편지를 읽으면 상황을 좀 더 이해하기 쉬울 거야. 하지만 시간이 급한 건 아닌데 머릿속이 뒤죽박죽이라 일관성 있게 쓸 수 있을지 모르겠다. 리지야, 뭐라고 써야 할지 잘 모르겠는데 나쁜 소식이 있어. 시간이 지체될 수 없는 소식이야. 위컴 씨와 불쌍한 리디아의 결혼이 아무리 경솔한 것이라 해도, 우리는 지금 그 결혼이 성사되었기를 너무도 바라고 있어. 그들이 스코틀랜드로 가지 않았을지도 모른다고 걱정할 이유가 너무도 많거든. 포스터 대령이 그저께 속달 편지를 보내고 몇 시간 안 되어서 브라이튼을 출발해서 어제 여기 도착했어. 리디아가 포스터 부인에게 남긴 짤막한 편지에는 그들이 그레트나 그린[13]으로 간다고 적혀 있었지만, 데니가 은연중 위컴이 거기에 갈 계획이 없었고 또 리디아와 결혼할 계획도 전혀 없는 것 같더라고 말했나 봐. 포스터 대령이 그 말을 듣고 깜짝 놀라서 즉각 그들을 추적하려고 브라이튼을 떠난 거래. 클래펌까지 쉽게 추적했지만, 그 이상은 추적하기 힘든가 봐. 그곳에 들어서자마자 그들은 삯마차로 갈아타면서 엡섬에서 타고 간 마차를 보내 버렸대. 그다음에 알려진 건 런던으로 가는 길에서 누군가 그들을 봤다는 것뿐이야. 어떻게 생각해야 할지 모르겠다. 포스터 대령은 런던의 그쪽 방향에서 알아볼 만한 건 다 알아본 후 하트퍼드셔로 온 거야. 모든 톨게이트마다 물어보고 또 바넷과 해트필드의 모든 여인숙을 뒤졌지만 허사였대. 그런 사람이 지나가는 걸 본 적이 없다고들 하더래. 대령은 걱정이 되어 친절한 의도로 롱본으로 와서 진심에서 우러나는 방식으로 우려되는 바를 우리한테 털어놓은 거야. 포스터 대령 부부가 정말 안됐어. 하지만 누구도 그들을 비난할 수는 없어. 리지야, 우리의 고통이 너무 심하다. 어머니와 아버지는 최악의 경우를 생각하고 계셔. 하지만 난 그를 그렇게까지 나쁘게 생각할 수가 없어. 여러 상황 때문에 그들은 첫 번째 계획대로 하는 것보다 런던에서 은밀하게 결혼하는 것이 더욱 바람직하다고 판단했을 거야. 정말 그럴 것 같지 않지만, 리디아 같은 처지의 젊은 여성에게 그가

13 잉글랜드와 스코틀랜드의 경계에 있는 도시로 미성녀자의 결혼이 허용되는 도시.

그런 책략을 꾸몄다고 하더라도, 리디아가 그렇게 막무가 내일 수 있었을까? 그럴 리가 없어. 하지만 포스터 대령이 그들의 결혼을 믿으려 하지 않는 걸 보니 슬프다. 내가 희망을 피력하니까 그는 고개를 흔들면서 위컴이 믿을 만한 사람이 못 된다며 걱정스러워하더라. 불쌍한 어머니는 정말 병이 나서 방에서 꼼짝 못하고 계셔. 어머니가 노력을 좀 하시면 훨씬 나을 텐데. 하지만 그럴 것 같지 않다. 아버지는 그렇게 낙담하신 모습을 본 적이 없어. 불쌍한 키티는 리디아와 위컴이 애정을 숨겼다고 해서 화가 나 있지만, 그건 은밀한 문제니 그럴 수밖에. 사랑하는 리지야, 네가 이런 괴로운 상황을 보지 않아도 되었다는 게 너무 기쁘다. 하지만 이제 처음의 충격도 지났으니 네가 돌아왔으면 하고 바라고 있다고 고백해야겠다. 하지만 그러는 게 불편하면, 재촉하지는 않을게. 난 그렇게 이기적이지 않으니까. 잘 있어. 하지 않겠다고 방금 말을 했지만, 그래 놓고 그걸 하려고 펜을 다시 든다. 상황이 너와 숙부, 숙모 모두에게 가능한 한 빨리 돌아와 달라고 간절히 부탁하지 않을 수 없는 그런 상황이야. 숙부와 숙모는 그런 부탁 해도 이해하실 분들이라는 걸 잘 알아. 특히 숙부께 부탁드릴 게 더 있어. 아버지가 포스터 대령과 리디아를 찾으러 곧 런던으로 가신대. 아버지가 뭘 하시려는 건지 잘 모르겠지만, 심하게 고통을 받고 계시니 가장 안전한 최선의 조치를 취하지 못하실 것 같아. 그리고 포스터 대령은 내일 저녁 브라이튼으로 다시 돌아가야만 해. 이런 위급한 상황에서 숙부의 충고와 도움이 너무도 절실해. 숙부께선 내 생각을 금방 이해하실 거야. 난 숙부께서 도와주실 거라 믿어.

「아, 숙부께선 어디, 어디에 계신 거지?」엘리자베스는 편지를 읽은 후 소중한 시간을 단 한순간이라도 놓치지 않고 숙부를 쫓아갈 생각으로 자리에서 벌떡 일어나며 외쳤다. 하지만 그녀가 문에 도달했을 때 하인이 다시 씨에게 문을 열어 주고 있었다. 엘리자베스의 창백한 얼굴과 성급한 태도를 보고 놀란 다시 씨가 정신을 차리고 말을 꺼내기도 전에 리디아의 일로 마음이 꽉 차 있던 엘리자베스는 급하게 외쳤다. 「죄송한데요, 제가 어디를 좀 가야 해요. 한시도 미룰 수 없는 급한 일이라 당장 가디너 씨를 찾아야 해요. 한순간도 지체할 수가 없어요.」

「세상에! 무슨 일입니까?」예의보다 감정이 앞선 다시 씨가 소리쳤다. 그는 이내 정신을 차리며 말을 이었다. 「잠깐이라도 당신을 붙잡지 않겠습니다만, 내가 가든지 아니면 하인을 보내 가디너 씨 내외를 뒤쫓게 하시지요. 몸이 안 좋아 보여요. 직접 가면 안 됩니다.」

엘리자베스는 망설였지만, 무릎이 떨려서 그들을 따라가려고 해봤자 별 소용이 없을 것 같았다. 그래서 하인을 불러 거의 알아들을 수 없을 정도로 숨이 넘어가는 말투이긴 했지만 즉각 주인 내외분을 모셔 오라고 지시했다.

하인이 방을 나서자마자 그녀는 몸을 지탱할 수 없어 주저앉았는데, 너무 불쌍할 정도로 아파 보여 다시는 그녀를 놔두고 갈 수가 없었고, 점잖고 온정 어린 어조로 이렇게 말하지 않을 수 없었다. 「하녀를 불러 드릴까요? 안정을 찾기 위해 드실 만한 것 없나요? 포도주 한 잔 가져다 드릴까요? 몸이 무척 안 좋아 보이는군요.」

「괜찮아요. 고맙습니다.」그녀가 정신을 차리려고 노력하면서 대답했다. 「저한테는 아무 일 없어요. 저는 다 괜찮아요. 롱본에서 막 듣게 된 끔찍한 소식 때문에 괴로운 것뿐이에요.」

그녀는 그 일을 언급하며 눈물을 터뜨리고, 몇 분간 어떤 말도 할 수가 없었다. 다시는 긴장감 속에 불분명하게 뭔가 걱정의 말을 하며 온정이 어린 침묵 가운데 그녀를 지켜보는 수밖에 없었다. 마침내 그녀가 다시 말을 꺼냈다.「제인에게서 조금 전 편지를 받았는데 끔찍한 소식이에요. 누구에게도 감출 수가 없을 거예요. 제 막내 동생이 친구들을 모두 버리고 떠났어요. 야반도주했어요. 그 사람…… 위컴 씨의 손아귀에 자신을 내던져 버렸어요. 브라이튼에서 둘이 함께 도망갔대요. 나머지 일은 말씀 안 드려도 잘 아실 거예요. 리디아는 그 사람을 결혼으로 유인할 만한 돈도 없고 연줄도 없고 아무것도 없어요. 그녀는 이제 끝장났어요.」

다시는 아연실색하여 꼼짝도 못하고 있었다. 엘리자베스가 더욱 동요하는 목소리로 덧붙였다.「제가 그 일을 막을 수도 있었다는 걸 생각하면! 그가 어떤 인물인지 잘 알고 있는 제가 말이에요. 제가 알게 된 그 일을 가족에게 그저 일부분이라도, 조금이라도 설명을 했더라면! 그가 어떤 인물인지 알렸더라면, 이런 일은 일어날 수 없었을 텐데. 하지만 이제는 너무, 너무 늦었어요.」

「정말 슬픈 일입니다.」다시가 외쳤다.「정말 슬프고 충격적입니다. 하지만 확실한가요? 절대적으로 확실한 일입니까?」

「네, 그래요! 두 사람이 함께 일요일 밤에 브라이튼을 떠났어요. 그리고 거의 런던까지는 추적을 했지만, 거기서 끝나고 그 이상은 못했대요. 그들은 분명 스코틀랜드로는 가지 않았어요.」

「그러면 그녀를 구하기 위해 무슨 일을 했지요? 어떤 시도를 했습니까?」

「아버지가 런던으로 가셨고, 제인은 숙부가 즉시 도와주셨으면 한다고 편지를 보냈어요. 우리는 반 시간 내로 돌아갈 겁니다. 하지만 아무 일도 할 수 없어요. 아무 일도 할 수가 없다는 걸 전 잘 알고 있어요. 그런 사람을 어떻게 설득할 수가 있겠어요? 일단 그 두 사람을 찾을 수 있을까요? 희망이 전혀 없어요. 정말 끔찍해요.」

다시는 말없이 수긍하며 고개를 흔들었다.

「그가 어떤 인물인지 제대로 알게 되었을 때, 아! 그때 제가 뭘 해야 하는 건지, 용기를 내서 뭘 해야 하는지 알았더라면! 하지만 그땐 미처 몰랐어요. 너무 나서는 게 될까 봐 두려웠어요. 비참한, 비참한 실수였어요!」

다시는 아무런 대답도 하지 않았다. 그는 좀처럼 그녀의 얘기에 귀를 기울이는 것 같지 않았다. 그리고 골똘히 생각에 잠겨 방 안을 왔다 갔다 했다. 그는 이마를 찌푸리고 있었고, 우울해 보였다. 엘리자베스는 곧 그 모습을 보았고 그것이 무엇을 의미하는지 바로 깨달았다. 그녀의 힘이 바닥으로 가라앉고 있었다. 가문의 결함의 증거, 가장 심한 수치가 이렇게 확실히 드러났으니 모든 게 바닥으로 가라앉게 마련이었다. 그녀는 이상해할 수도 없고 속상해할 수도 없었다. 그가 자신을 이겨 낼 거라는 믿음은 그녀의 가슴에 위로가 되지 못했고, 고통을 누그러뜨려 주지도 못했다. 오히려 그것은 그녀가 정말로 원하는 것이 무엇인지 정확히 깨닫도록 해 주는 바로 그 역할을 했다. 그녀는 지금만큼 솔직하게 그를 사랑할 수 있었을 거라고 느낀 적이 없었다. 사랑해 봤자 아무 소용없게 된 지금에 와서.

하지만 자신의 문제가 끼어들기는 했어도 거기에 몰두하고 있을 수는 없었다. 리디아와 그녀가 집안에 끌어들인 치욕과 비참함이 엘리자베스 자신에 대한 사적인 걱정을 모두 삼켜 버렸다. 엘리자베스는 손수건으로 얼굴을 가리면서 다른 모든 일은 잊어 버렸다. 몇 분간 정적이 흐른 후 그녀는 함께 있던 사람의 목소리에 정신이 들어 자신이 처한 상황을 새삼 깨닫게 되었다. 그는 동정이 깃들어 있지만 동시에 절제하는 목소리로 이렇게 말했다. 「내가 가주었으면 하고 한참 바라셨을 겁니다. 더 머물러 있을 구실이 아무것도 없군요. 하지만 도움이 되지 않겠지만 진심으로 걱정이 됩니다. 그런 고통을 위로할 만한 말이든 행동이든 내가 할 수 있는 것이 있으면 좋으련만. 하지만 당신의 인사나 받으려고 하는 것 같은 그런 쓸데없는 소망으로 당신을 고통스럽게 하지 않겠습니다. 이 불행한 일로 인해 누이동생이 오늘 펨벌리에서 당신을 만나는 기쁨을 누릴 수가 없겠군요.」

「아, 그래요. 다시 양에게 저희를 대신해 사과를 전해 주셨으면 합니다. 급한 용무로 바로 집으로 돌아갔다고 말씀해 주세요. 가능한 한 오래 이 불행한 사실을 숨겨 주세요. 오래 숨길 수 있는 일이 아니라는 건 알지만요.」

그는 곧 비밀을 지키겠다고 말을 하여 그녀를 안심시켰다. 그는 다시 한 번 그녀가 처한 고통에 대해 유감의 뜻을 전하고, 현재로서 바랄 수 있는 것보다 훨씬 좋게 귀결되기를 바란다고 말했다. 그리고 그는 친척들에게 인사의 말을 전해 달라고 하면서 진지한 이별의 시선을 한번 보내더니 그만 가 버렸다.

그가 방을 떠나자 엘리자베스는 이제는 더비셔에서 있었던 몇 차례의 만남처럼 서로 진심 어린 마음으로 만날 일은 없겠구나 하는 생각이 들었다. 그녀는 모순으로 가득하고 변화무쌍했던 그간에 두 사람 사이에 있었던 일을 쭉 돌이켜보았다. 한때는 관계가 끝나는 걸 좋아했는데 이제 관계가 지속되었으면 하고 바라고 있으니 그 감정의 삐딱함에 한숨이 나왔다.

감사하는 마음과 존경심이 애정을 쌓아 가는 좋은 토대라면, 엘리자베스의 감정의 변화는 있을 수 없는 일도 아니고 잘못된 것도 아닐 것이다. 하지만 그런 게 아니라면, 즉 처음 상대를 만났을 때 그리고 한두 마디 말을 교환하기도 전에 솟아난다고 종종 묘사되는 그런 애정과 비교할 때, 감사나 존경 같은 데서 나오는 애정이란 말도 안 되고 부자연스러운 것이라고 한다면, 엘리자베스는 이런 변명 이외에 자신을 뭐라 변호할 말이 없을 것이다. 즉, 자신이 위컴을 좋아하면서 두 번째 방법을 시험해 봤는데, 그것에 성공하지 못해서 애정의 방식 가운데 인기가 덜한 첫 번째 방법을 시도해 보게 되었다는 변명 말이다. 어찌 되었건 그녀는 그가 가버린 것이 아쉬웠다. 그리고 그 비참한 사건에 대해 곰곰이 생각하다가, 이렇게 초반에 리디아의 수치가 초래할 수 있는 한 예를 겪은 거라는 생각에 더욱 고통스러웠다. 제인의 두 번째 편지를 읽은 뒤로, 그녀는 위컴이 리디아와 결혼할 거라는 희망을 품어 보지 못했다. 제인 말고는 그 누구도 그런 기대를 품지 않을 것이라 생각되었다. 이렇게 일이 전개된 것이 놀랍다는 느낌은 들지 않았다. 첫 번째 편지의 내용이 마음에 남아 있을 때는 매우 당황스러웠다. 돈을 좇는 위컴이 돈 한 푼 없는 여자아이와는 절대 결혼할 리가 없으니 그의 결혼 얘기는 너무도 놀랄 일이었다. 그리고 리디아가 어떻게 그를 좋아하게 되었는지 정말 이해할 수가 없었다. 하지만 지금은 모든 게 너무나 당연했다. 이런 유형의 애정이라면, 리디아에게는 충분한 매력이 있었다. 그리고 리디아가 결혼 생각도 없이 의도적으로 야반도주를 했을 거라고 생각하지는 않았지만, 그런 행각의 제물이 되는 걸 막기에는 그녀의 미덕이나 분별력이 많이 부족하다는 것은 쉽게 생각할 수 있었다.

그녀는 하트퍼드셔에 군대가 주둔하고 있는 동안에는 리

디아가 위컴을 좋아한다는 걸 파악하지 못했다. 그러나 리디아는 조금만 부추기면 누구와든 사랑에 빠지는 아이라고 확신하고 있었다. 리디아는 그들이 관심만 보이면 때로는 이 장교를 때로는 저 장교를 좋아했다. 그녀의 애정은 끊임없이 오르락내리락 했지만, 좋아하는 상대가 없었던 적은 없었다. 그런 여자아이를 방치하고 그냥 풀어놔 둔 그 해악! 아! 그녀는 이제 그 점을 너무도 통감하고 있었다.

그녀는 집에 가고 싶어 미칠 지경이었다. 현장에서 듣고 보고 싶었고, 또 아버지는 안 계시고 어머니는 꼼짝도 못하면서 누군가의 간호를 필요로 하는 엉망이 된 집에서 제인이 지금 혼자 짐 지고 있는 그 걱정거리를 어서 함께 나누고 싶었다. 하지만 리디아를 위해 할 수 있는 일이 아무것도 없다고 거의 확신을 하면서도, 숙부가 관여하는 것이 무척 중요해 보였다. 그래서 숙부가 방 안으로 들어올 때까지 그녀는 극심한 초조감으로 비참해하고 있었다. 가디너 부부는 하인의 설명을 듣고 조카딸이 갑자기 병에 걸렸다고 생각하고는 놀라 서둘러 돌아왔다. 엘리자베스는 그들에게 아픈 게 아니라고 안심시키고, 두 장의 편지를 소리 내어 읽고 덜덜 떨면서 두 번째 편지에 덧붙여진 후기를 상세히 설명하면서 그들을 급히 부른 이유를 알렸다. 리디아를 좋아하지는 않았지만, 가디너 부부는 무척 놀라 전율하지 않을 수 없었다. 리디아뿐 아니라 모두가 영향을 받게 될 문제였다. 처음에 놀라 끔찍하다고 외치던 가디너 씨는 곧 할 수 있는 힘을 다해 돕겠다고 기꺼이 약속했다. 엘리자베스는 그럴 거라 기대하고 있었지만 눈물을 흘리며 감사하다고 말했다. 세 사람이 한마음으로 움직여서 여행에 관련된 모든 일이 신속하게 결정되었다. 그들은 가능한 한 빨리 떠나기로 했다. 「하지만 펨벌리 일은 어떻게 하지?」 가디너 부인이 외쳤다. 「존이 말하길 네가 우리를 불러오라고 했을 때 다시 씨가 여기 있었다던 데, 맞니?」

「네. 제가 그 사람한테 약속을 지킬 수 없게 되었다고 말했어요. 그 문제는 모두 해결되었어요.」

「그 문제가 모두 해결되었다고.」 가디너 부인이 준비하려고 방으로 달려가면서 그 말을 따라했다.「두 사람이 이런 문제의 진실을 알릴 정도로 친밀한 관계란 말이지! 아, 두 사람 사이가 어떤지 알았으면 좋겠다!」

하지만 그런 바람은 별 도움이 되지 못했다. 기껏해야 한 시간 정도 당황하여 서두르는 동안 그녀를 즐겁게 하는 데 도움이 되었을 뿐이다. 엘리자베스에게 한가할 여유가 있었다면 그녀는 자기처럼 비참한 사람은 무슨 일을 하는 것이 불가능하다고 확신하게 되었을 것이다. 하지만 그녀도 숙모만큼이나 할 일이 많았다. 그 가운데는 램턴의 친구들에게 갑자기 출발하는 것에 대해 거짓 핑계를 대는 쪽지를 쓰는 일도 있었다. 그러나 한 시간이 지나자 모든 일이 마무리되었다. 그동안 가디너 씨가 여인숙에서 계산을 마쳤으므로 이제 떠나기만 하면 되었다. 오전 내내 비참해하던 엘리자베스는 생각했던 것보다 짧은 시간에 마차를 타고 롱본으로 가는 길에 오르게 되었다.

제47장

(제3권 제5장)

「엘리자베스야, 그 문제를 생각하고 또 생각해 보았다.」마차를 타고 마을을 나오며 숙부가 말했다.「정말이지, 진지하게 생각을 해보니까, 나도 점점 제인처럼 판단하게 되는구

나. 젊은 남성이 보호를 못 받거나 친구가 없는 것도 아니고 또 자기 상관의 집에 머물고 있는 젊은 여성에게 그런 의도를 갖는 것 자체가 어불성설이라고 생각해. 정말이지, 최선의 결과 쪽으로 생각이 기울게 되는구나. 그자도 리디아 쪽 사람들이 나설 거라는 생각은 하지 않았겠니? 그자가 포스터 대령에게 그런 무례한 짓을 저질러 놓고 군대로 복귀할 수 있을 거라 생각했겠니? 그가 그런 위험을 무릅쓰게 할 만한 유혹 거리가 없어.」

「정말 그렇게 생각하세요?」 엘리자베스가 잠시 얼굴이 밝아지며 외쳤다.

「정말이지, 나도 숙부와 같은 생각이 들기 시작하는구나.」 가디너 부인이 말했다.「그런 일은 정말 예절, 명예, 이익을 상당히 해치는 일인데, 그 사람이 그런 짓을 저지를 수 없을 거야. 그렇게까지 위컴을 나쁘게 생각할 수가 없구나. 리지야, 너는 그 사람이 그런 일을 저지를 수 있을 거라 생각할 정도로 그 사람을 포기한 거니?」

「아마 자신의 이익을 무시하지는 않을 거예요. 하지만 다른 일은 얼마든지 무시할 수 있을걸요. 정말 숙모님 말씀대로라면 얼마나 좋겠어요. 하지만 그렇게 생각할 수가 없어요. 그게 사실이라면, 왜 두 사람은 스코틀랜드로 가지 않았을까요?」

「우선, 그들이 스코틀랜드로 가지 않았다는 결정적인 증거도 없잖니.」 가디너 씨가 대답했다.

「아! 하지만 마차를 삯마차로 갈아탄 걸 보세요. 그게 확실한 근거예요. 게다가 바넷 거리에서 그들의 흔적을 찾아볼 수가 없다잖아요.」

「그렇다면, 그들이 런던에 있다고 생각해 보자. 다른 이상한 목적 말고 그저 숨어 있을 목적으로 런던에 가 있을 수는 있잖아. 두 사람 모두 돈이 많은 것 같지는 않으니까 스코틀랜드 대신 런던에서 결혼하는 게 빠르진 못해도 더 경제적이라고 생각했을지도 몰라.」

「하지만 왜 비밀로 하는 거지요? 왜 발각될까 봐 두려워할까요? 왜 결혼을 은밀히 하려고 하냐고요. 아! 아니에요. 그런 거 같지 않아요. 제인 말에 의하면 위컴의 가장 특별한 친구가 그는 리디아와 결혼할 생각이 없다고 확신하고 있다잖아요. 위컴은 돈 없는 여자와는 절대 결혼 안 할 거예요. 그는 그럴 여유가 없어요. 리디아에게 뭐가 있어요? 리디아에게 젊고 건강하고 성격 좋은 걸 빼면 무슨 매력이 있어요? 리디아 때문에, 결혼을 잘해서 누릴 혜택을 모두 포기할 정도로 말이에요. 군대에서 당할 치욕에 대한 우려가 그녀와 수치스럽게 도망치는 것을 어느 정도까지 구속했는지는 판단을 못하겠어요. 그런 행동이 어떤 결과를 초래하는지 전혀 아는 바가 없으니까요. 하지만 숙부의 다른 말씀은 맞는 얘기가 아니에요. 리디아에겐 간섭할 남자 형제가 없어요. 그리고 아버지의 행동이나 나태함, 그리고 집안에서 일어나는 일에 대해 무관심한 것을 보고, 그 사람은 아버지가 그런 일에서 여느 아버지들처럼 행동하지도 않을 거고 그들처럼 생각하지 않을 거라고 생각했을 거예요.」

「하지만 리디아가 결혼 아닌 다른 방식으로 그자와 동거하는 데 동의할 정도로 그 사람에 대한 사랑 이외의 다른 모든 것을 망각할 수 있을 거라고 생각하니?」

「그런 것 같아요.」 엘리자베스가 눈물을 글썽이며 대답했다. 「그런 문제에서 여동생의 도덕관념이나 미덕에 의심의 여지가 있다는 건 정말 무척 충격적이에요. 하지만 정말 뭐라고 해야 좋을지 모르겠어요. 아마 제가 리디아를 오해하고 있는지도 몰라요. 하지만 리디아는 너무 어려요. 진지한 주제에 대해 생각하는 법을 배우지 못했어요. 지난 반 년간, 아니 일 년 동안 환락과 허영만을 추구했어요. 가장 게으르고 경박한 방식으로 시간을 보내고 자기 멋대로 주장하도록 그냥 방치되었어요. 메리턴에 ○○연대가 처음 주둔한 이래 사랑, 연애, 장교 이런 것만이 그녀의 머릿속에 들어 있었지요. 리디아는 그 문제만 생각하고 그 문제만 말하면서, 그녀는 온 힘을 다해 — 뭐라 하면 좋을까요? — 감정에 더욱 탐닉하게 되었어요. 감정이란 원래 활발한 것이잖아요. 그리고 우리는 위컴이 여성을 사로잡을 만한 매력적인 인물과 말솜씨를 갖고 있다는 사실도 잘 알고 있어요.」

「하지만 제인은 그런 짓을 저지를 수 있다고 생각할 만큼 위컴을 그렇게 나쁘게 생각하지 않잖니.」

「제인이 누군들 나쁘게 생각하겠어요? 제인은 완전히 그 사실이 입증될 때까지는 예전의 행동이 어땠든 간에 그 누구도 그런 짓을 저지를 수 있을 거라고 생각하지 못해요. 하지만 제인도 저만큼이나 위컴이 어떤 인물인지 잘 알고 있어요. 우린 둘 다 그가 방탕한 사람이었다는 거 잘 알아요. 원칙도 명예도 없는 사람이라는 걸요. 거짓되고 기만적인 데다 교묘한 방법으로 환심을 사지요.」

「그런데 넌 이 모든 걸 알고 있었단 말이니?」 그녀가 어떻게 알게 되었는지 궁금해하며 가디너 부인이 소리쳤다.

「네, 그래요.」 엘리자베스가 얼굴이 붉어지며 대답했다. 「언젠가 그가 다시 씨에게 저지른 파렴치한 행동에 대해 말씀드렸잖아요. 그리고 숙모께서도 지난번 롱본에서 그가 인내심과 관대함을 갖고 자신을 대해 준 사람에 대해 어떤 식으로 말했는지 들으셨잖아요. 그리고 내가 마음대로 말할 수 없고, 말할 가치도 없는 다른 사건도 있어요. 하지만 그가 펨벌리 집안에 대해 한 거짓말은 끝이 없어요. 그가 다시 양에 대해서 한 말을 듣고 전 오만하고 말수도 적은 불쾌한 여성을 보게 될 거라고 철저히 믿었지요. 하지만 그는 정반대로 말한 거였어요. 우리가 만나 봐서 알 듯이 그녀가 상냥하고 허세도 부리지 않는 사람인 걸 분명 알고 있었으면서요.」

「하지만 리디아는 이걸 전혀 모른단 말이니? 어떻게 너와 제인이 그렇게 잘 알고 있는 사실을 그녀는 까맣게 모르고 있을 수가 있지?」

「아, 네! 그 부분이 가장 문제예요. 켄트에서 다시 씨와 그의 친척인 피츠윌리엄 대령을 자주 만나기 전까지는 저도 그 사실을 몰랐어요. 그리고 집에 돌아왔더니, 그 ○○연대가 한두 주 지나면 메리턴을 떠난다잖아요. 상황이 그래서 제게 모든 얘기를 들었던 제인이나 저나 우리가 아는 내용을 굳이 공개할 필요가 없겠다고 생각했어요. 이웃 사람들 모두가 갖고 있는 그 사람에 대한 호감을 무너뜨려 봤자 누구에게도 이득이 되지 않겠다고 판단했지요. 리디아가 포스터 대령과 함께 가기로 결정되었을 때조차 그의 성품에 눈뜨게 해줄 필요가 있겠다는 생각은 전혀 못했지요. 리디아가 속임수에 빠져 위험해질 수도 있을 거라곤 상상도 못했으니까요. 정말이지 이런 결과가 나올 줄은 생각도 못했어요.」

「그러니까 모두 브라이튼으로 떠날 때, 네겐 그들이 서로 좋아할 거라고 믿을 만한 이유가 없었다는 말이로구나.」

「전혀 없었어요. 어느 쪽이든 애정의 징후 같은 걸 전혀 보이지 않았어요. 그런 비슷한 것이라도 눈치챘다면, 우리 집안이 그런 걸 무시해 버릴 집안은 아니잖아요. 그가 처음 군대에 들어왔을 때, 리디아는 그 사람을 좋아할 준비가 되어 있었지요. 하지만 우리 모두 마찬가지였어요. 메리턴이나 그 근처에 사는 여성들은 모두가 처음 두 달간은 그 사람에게 정신이 나가 있었어요. 하지만 그 사람이 리디아에게 특별한 관심을 보인 적이 없었어요. 그래서 터무니없이 맹렬하게 좋아하던 시간이 좀 지나고 나니까, 리디아도 그 사람에게 끌리던 마음을 버리고 자기에게 남다른 관심을 보이는 그 연대의 다른 장교들을 다시 좋아하게 되었던 거죠.」

이 흥미로운 주제에 대해 아무리 논의해 봤자 그들의 두려움이나 희망, 추측에 도움이 될 만한 새로운 일은 전혀 없을 것이다. 그렇다 하더라도, 여행을 하는 동안에도 다른 얘기 때문에 이 주제를 오래 벗어난 적이 없었다는 것도 믿기 어려운 일은 아니다. 엘리자베스는 내내 그 생각에서 벗어나지 못했다. 예리한 고뇌와 자책감 때문에 문제에 사로잡혀 한순간도 마음이 편하지 않았고 잊어버릴 수도 없었다.

그들은 가능한 한 여행길을 재촉하여, 도중에 하룻밤을 자고 다음 날 정찬을 들 무렵 롱본에 도착했다. 이제 제인이 기다리느라 지칠 일은 없을 거라 생각하니 엘리자베스는 좀 마음이 놓였다.

마차가 목장으로 들어서자 가디너 부부의 아이들이 마차를 보려고 현관에 나와 서 있었다. 아이들은 마차가 문 쪽으로 다가가자 밝은 얼굴로 기쁨의 함성을 터뜨리며 깡충깡충 뛰고 뛰어다니며 온몸으로 기뻐했다. 이것이 이들을 맞이한 첫 번째의 열렬한 환영이었다.

엘리자베스는 마차에서 뛰어나와 아이들에게 급하게 입맞춤을 해준 다음 현관으로 서둘러 움직였다. 거기서 어머니의 방에 있다가 아래층으로 달려온 제인이 그녀를 맞아 주었다.

둘 다 눈에 눈물이 가득했다. 엘리자베스는 다정하게 제인을 포옹하면서 지체 없이 도망자들에 대한 소식이 있었는지 물었다.

「아직 없어.」 제인이 대답했다. 「하지만 우리 숙부께서 오셨으니, 모든 게 잘될 거야.」

「아버지는 런던에 계셔?」

「응, 내가 편지에 쓴 것처럼 화요일에 가셨어.」

「소식은 자주 와?」

「한 번 소식이 왔을 뿐이야. 수요일에 안전하게 도착했다고 하시면서 행선지를 알려 주려고 몇 자 적어 보내셨어. 내가 특별히 부탁드렸거든. 아버지는 뭔가 중요한 할 말이 생길 때까지는 편지를 다시 안 쓰시겠다고 덧붙이셨어.」

「그리고 어머니는? 좀 어떠셔? 모두들 괜찮은가?」

「어머니는 낙담하셨지만 몸은 괜찮은 편이야. 이층에 계셔. 모두를 보면 무척 기뻐하실 거야. 아직 방에서는 못 나오셔. 메리와 키티는 정말 다행히 아주 괜찮아.」

「하지만 언니는? 언니는 어때?」 엘리자베스가 외쳤다. 「언니는 창백해 보여. 얼마나 고생이 많았겠어!」

그러나 그녀의 언니는 아주 괜찮다면서 안심시켰다. 가디너 부부가 아이들을 만나고 있는 동안 대화를 나누던 두 자매는 일행이 다가오자 대화를 끝냈다. 제인은 숙부와 숙모에게 달려가 미소와 눈물을 번갈아 보이며 환영과 감사의 말을 전했다.

모두가 거실에 들어서자 엘리자베스가 이미 했던 질문이 다시 제인에게 쏟아졌으며, 모두들 제인도 더 이상 정보가 없다는 걸 알게 되었다. 그러나 제인은 자신의 너그러운 마음이 이끄는 대로 아직 좋은 쪽으로 낙관적인 희망을 잃지 않고 있었고, 여전히 모든 게 좋게 종결될 거라고 기대하고 있었다. 아침이면 리디아나 아버지에게서 편지가 와서 그동안 있었던 일을 설명하거나 어쩌면 결혼을 발표할지도 모른다고 기대하고 있었다.

잠시 대화를 나눈 후 모두 베넷 부인의 방으로 올라갔다.

그녀는 예상했던 모습으로 그들을 맞이했다. 그녀는 눈물 흘리며 후회한다고 하소연을 하고, 위컴의 비열한 행동을 비난하면서 자신의 고통을 호소하고, 남들이 자신을 학대한다고 불평하면서 그들을 맞았다. 딸이 잘못된 원인이 자신의 그릇된 판단과 방임에 있는데도 자신을 제외한 모든 사람에게 책임을 전가했다.

「가족들이 함께 브라이튼에 간다는 내 뜻을 관철시킬 수만 있었다면 이런 일도 없었을 거야. 불쌍한 리디아를 돌봐 줄 사람이 하나도 없었어. 도대체 왜 포스터 부부는 애를 제대로 지키지 않은 거야? 그 사람들이 분명히 아이를 소홀히 대한 거야. 리디아는 제대로 돌봐 주기만 하면 절대 그런 일을 할 아이가 아니란 말이야. 그 사람들은 리디아를 맡기기에 적합한 사람들이 아니라고 했었어. 하지만 늘 그렇듯이 내 말이 무시되어 버렸단 말이야. 불쌍한 것! 이제 베넷 씨도 가 버리고 없어. 그이는 위컴을 어디서 만나건 결투를 할 거고 그럼 살해되고 말 텐데, 그러면 우리는 모두 어떻게 된다는 말이냐! 무덤에서 아버지의 시신이 식기도 전에 콜린스 부부가 우리를 쫓아낼 거다. 동생아, 네가 친절을 베풀지 않으면 우리가 뭘 할 수 있을지 정말 모르겠구나.」

그들은 모두 그런 끔찍한 생각은 하지도 말라고 소리쳤다. 가디너 씨는 베넷 부인에게 그녀와 그녀의 딸들에 대한 자신의 애정을 확인시키고, 바로 그다음 날 런던으로 가서 베넷 씨를 도와 리디아를 구하는 데 온갖 노력을 다 기울이겠다고 말했다.

「쓸데없이 놀라거나 하지 말아요.」 가디너 씨가 덧붙였다. 「최악의 경우에 대비하는 것이 옳긴 하지만, 그걸 확실한 것으로 받아들일 필요는 없잖아요. 그들이 브라이튼을 떠난 지 일주일도 안 되었어요. 며칠 후에 소식을 듣게 될 거예요. 그

들이 결혼하지 않았으며 결혼할 의향이 없다는 걸 확인하게
될 때까지는 그 문제를 완전히 끝장난 걸로 포기하지 맙시
다. 런던에 도착하자마자 매부에게 가서 그레이스 처치 거리
의 집으로 데려갈게요. 그러고 나서 어떻게 할지를 함께 상
의하도록 하지요.」

　「아, 내 동생. 그게 바로 내가 가장 바라던 바야.」베넷 부
인이 대답했다.「런던에 가서 걔들을 찾게 되면 걔들이 어디
에 있건 그렇게 해줘. 걔들이 아직 결혼하지 않았으면 결혼
시켜 줘. 결혼 예복 기다리지 말고 결혼부터 하라고 해. 리디
아에게는 결혼 후에 결혼 예복을 살 비용은 원하는 만큼 주
겠다고 말해 줘. 그리고 무엇보다 베넷 씨가 결투를 하지 않
게 해줘. 내가 얼마나 끔찍한 상태에 놓여 있는지 말해 줘. 겁
이 나서 정신이 나갈 정도이고, 온몸이 덜덜 떨리고 두근거
리고 옆구리에 경련이 일고 머리에 통증이 있고 심장은 쾅쾅
뛰어서 밤이고 낮이고 도대체 휴식을 취할 수가 없다고 말해
줘. 그리고 내 사랑하는 리디아에게 날 만날 때까지는 결혼
예복에 대해 아무런 지시도 내리지 말라고 해줘. 걔는 어느
가게가 가장 좋은지 모르거든. 아, 동생, 어쩜 그렇게 친절하
니! 난 동생이 모든 걸 해줄 거라는 걸 알고 있었어.」

　가디너 씨는 그 문제에 대해 열심히 노력하겠다고 안심시
키면서, 그녀의 두려움뿐 아니라 희망에 대해서도 좀 자제하
라고 권하지 않을 수 없었다. 그리고 식사가 준비될 때까지
이런 식으로 그녀와 대화를 나누다가, 딸들이 없을 때 간호
를 맡아보는 하인에게 온갖 감정을 쏟아 붓도록 놔두고 방을
나왔다.

　베넷 부인의 남동생과 올케는 그녀가 그렇게 격리되어 있
을 필요가 없다고 확신하고 있었지만, 굳이 이의를 제기하려
고 하지 않았다. 그들은 베넷 부인이 식사하는 동안 시중을

드는 하인들 앞에서 말을 삼갈 정도로 신중하지가 못하다는 걸 알고 있었기 때문이다. 그래서 하인 가운데 가장 믿을 수 있는 단 한 사람만이 그 문제에 관한 그녀의 모든 두려움과 걱정을 파악하도록 하는 게 낫겠다고 판단했던 것이다.

정찬실에서 그들은 아까 각자 너무 바빠 자기 방에서 얼굴을 내밀지 못했던 메리와 키티를 만났다. 한 사람은 책을 읽다가 왔고 한 사람은 몸단장을 하다가 왔다. 하지만 두 사람의 얼굴은 상당히 차분했다. 좋아하는 동생을 잃은 것 때문인지 이 일로 인해 화가 났기 때문인지 키티의 억양에 평소보다 짜증 같은 것이 묻어 있다는 것을 제외하면 두 사람에게선 아무런 변화도 보이지 않았다. 메리는 식탁에 앉자마자 심각한 표정으로 엘리자베스에게 이렇게 속삭일 정도로 침착함을 보이고 있었다.

「이것은 무척 불행한 사건이야. 아마 사람들이 많이 떠벌리겠지. 하지만 우리는 밀려오는 악의의 파도를 저지하고 서로의 상처받은 가슴에 자매의 위로라는 향유를 발라 줘야 할 거야.」

그러고 나서 엘리자베스가 대답할 의사가 없는 걸 보고 그녀는 이렇게 덧붙였다.「리디아에게는 정말 불행한 사건이지만, 우리는 거기서 유용한 교훈을 이끌어 낼 수 있어. 여성에게서 미덕의 상실은 회복할 수가 없는 일이라고. 한번 발을 잘못 디디면 끝없는 파멸에 끌려들게 된다는 것. 여성의 평판은 아름답기보다는 덧없는 것이라는 것. 그리고 여성은 남성 가운데 가치 없는 자들을 대하는 데 있어서 행동을 정말 조심해야 한다는 것. 이런 교훈 말이야.」

엘리자베스는 놀라서 눈이 휘둥그레졌지만 너무 가슴이 답답해서 뭐라 말을 할 수가 없었다. 그러나 메리는 계속 그들 앞에 놓인 불행으로부터 그런 종류의 도덕적 인용문을 끌어내면서 스스로를 달래고 있었다.

오후에 베넷의 큰 딸 둘은 반 시간 동안 자기들끼리만 있을 수 있었다. 엘리자베스는 이 기회를 이용하여 여러 가지 질문을 했고 제인도 마찬가지로 기꺼이 질문에 답을 해주었다. 이 사건으로 일어날 끔찍한 결과에 대해 전체적으로 속상해한 후에 — 엘리자베스는 그런 결과를 거의 확신하고 있었고, 제인도 그런 일은 있을 수 없다고 주장할 수만은 없었다 — 엘리자베스는 이렇게 그 문제에 대한 얘기를 계속했다. 「내가 듣지 못하고 빠뜨린 얘기가 있으면 모두 들려줘. 좀 더 구체적으로 얘기를 해줘. 포스터 대령이 뭐라고 했지? 야반도주를 하기 전에는 전혀 우려되는 점이 없었다고 해? 그들은 분명 둘이 함께 있는 걸 계속 봤을 텐데.」

「포스터 대령은 특히 리디아 쪽에 사랑의 감정이 생기지 않았나 의심하곤 했다고 인정했어. 하지만 그를 놀라게 할 정도는 아니었대. 그 사람이 참 안됐어. 그는 할 수 있는 데까지 신경을 쓰면서 도와주려고 했어. 그들이 스코틀랜드로 가지 않았다는 걸 알게 되기 전에도 자기가 걱정하고 있는 바를 알리려고 우리에게 오고 있었어. 처음에 우려했던 바가 소문이 나기 시작했을 때, 서둘러 출발했대.」

「데니는 위컴이 결혼하지 않을 거라고 확신하고 있어? 그들이 도망칠 거라는 건 알고 있었대? 포스터 대령은 데니를 직접 만난 거래?」

「그래. 하지만 포스터 대령이 직접 물으니까, 데니는 그들 계획에 대해서는 아는 바 없었다고 잡아떼고 진짜 속마음을 털어놓으려 하지 않았대. 그들이 결혼하지 않을 거라고 확신한다는 말을 다시는 하지 않더래. 그래서 나는 먼젓번에 그가 착각을 했던 거라면 얼마나 좋을까 싶어졌어.」

「포스터 대령이 직접 올 때까지는 언니도 누구도 그들이 정말 결혼을 할까 하는 의심을 한 번도 안 했단 말이야?」

「그런 의심이 어떻게 우리 머릿속에 떠오를 수 있었겠니? 난 조금 불안하기는 했어. 그의 행동이 늘 올바르지는 않았다는 걸 알고 있어서 내 동생이 그와 결혼해서 행복할까 하는 걱정을 좀 했어. 아버지와 어머니는 그 점에 대해 전혀 모르고 계셨어. 두 분은 그저 그런 결혼이 매우 경솔하다는 생각만 하셨지. 키티는 우리보다 좀 더 많이 알고 있다는 데 대해 당연히 의기양양해하면서, 리디아가 마지막에 보낸 편지에서 그런 행동을 할 것 같다는 생각이 들었다고 실토했어. 키티는 그들이 몇 주 동안 서로 만나고 있었다는 것을 알고 있었던 것 같아.」

「하지만 그들이 브라이튼으로 떠나기 전엔 아니었지?」

「아니야, 그때는 아니었어.」

「그러면 포스터 대령 본인은 위컴에 대해 나쁘게 생각하는 것 같았어? 그는 위컴의 진짜 성품을 알고 있나?」

「그는 위컴에 대해 예전만큼 좋게 말하지는 않았어. 그는 위컴이 경솔하고 낭비벽이 있다고 했어. 그리고 이 슬픈 일이 일어난 이후 그 사람이 메리턴에 굉장히 많은 빚을 남기고 떠났다는 소문이 있어. 하지만 이 소문이 틀린 거면 좋겠어.」

「아, 제인. 우리가 좀 덜 숨겼더라면, 우리가 그 사람에 대해서 아는 바를 말했더라면, 이런 일은 일어나지 않았을 텐데!」

「아마 그러면 훨씬 낫긴 했을 거야.」 제인이 대답했다. 「하지만 그들이 현재 어떤 상태인지 모르면서 그 사람의 옛날 허물을 폭로하는 것은 정당화될 수 없는 일 같아. 우리는 최선의 의도로 행동을 한 거야.」

「포스터 대령은 리디아가 자기 아내에게 보낸 편지 내용을 구체적으로 말해 줬어?」

「그는 우리가 볼 수 있게 그 편지를 가져왔어.」

제인은 지갑에서 편지를 꺼내어 엘리자베스에게 주었다.
내용은 이러했다.

　사랑하는 해리엇에게,
　내가 어디로 갔는지 알게 되면 웃음이 나올 거예요. 그
리고 내일 아침 내가 사라지자마자 당신이 놀랄 걸 생각하
면 나 자신도 웃음이 나지 않을 수 없어요. 나는 그레트나
그린으로 가요. 내가 누구와 가는지 추측할 수 없다면 당
신을 바보라고 생각할 거예요. 왜냐하면 내가 사랑하는 남
자는 세상에 단 한 사람뿐이니까요. 그 사람은 천사예요.
나는 그 사람 없이 행복할 수 없으니, 도망가는 게 해가 된
다고 생각하지 않아요. 내키지 않으면, 롱본에 내가 도망
갔다고 알릴 필요 없어요. 왜냐하면 내가 롱본에 편지를
쓰고 이름을 리디아 위컴이라고 서명을 하면, 놀라움이 그
만큼 더 커질 테니까요. 얼마나 재미있겠어요! 웃음이 나
서 좀처럼 편지를 못 쓰겠어요. 프랫에게 미안하다고 꼭
좀 전해 주세요. 오늘 밤 그와 함께 춤추기로 한 약속을 못
지키게 되었거든요. 그가 모든 걸 알면 나를 용서해 줄 거
라 믿는다고도 말해 줘요. 그리고 우리가 다음번에 무도회
에서 만나면 기쁜 마음으로 함께 춤을 추겠다고 전해 줘
요. 내가 롱본에 도착하게 되면 옷을 가지러 사람을 보낼
게요. 하지만 짐을 싸기 전에 샐리에게 내 완성된 모슬린
가운에 길게 터진 부분이 있는데 수선 좀 해달라고 얘기해
줘요. 안녕! 포스터 대령님께 안부 전해 주세요. 그리고 우
리의 좋은 여행을 위해 건배해 주세요.

　　　　　　　　　　　　당신의 다정한 친구
　　　　　　　　　　　　리디아 베넷으로부터.

「아, 철부지같이 생각 없는 리디아!」편지를 다 읽은 엘리자베스가 외쳤다.「그런 순간에 편지를 쓰다니 이게 도대체 뭐야! 하지만 이 편지는 최소한 리디아가 여행의 목적에 있어서는 진지했다는 걸 말해 주고 있어. 그 사람이 나중에 리디아를 뭐라고 설득했건 간에 리디아 쪽에서 그 수치스러운 일을 계획했던 건 아니야. 불쌍한 아버지! 기분이 어떠셨을까!」

「난 그렇게 충격 받은 모습을 본 적이 없어. 한 10분간은 아무 말씀도 못하셨어. 어머니는 바로 병이 나셨고, 온 집안이 뒤죽박죽이었어!」

「아! 제인. 그날이 저물기도 전에 그 사건의 전모를 모르는 하인이 하나도 없었겠네?」

「모르겠어. 하인들이 모르면 좋겠어. 하지만 그런 와중에 신중하기는 무척 어렵잖아. 어머니는 히스테리를 일으켰어. 그리고 내가 있는 힘을 다해 어머니를 도우려고 노력했지만 제대로 못 해낸 것 같아! 하지만 앞으로 무슨 일이 일어날지 두려워서 뭘 제대로 할 수가 없었어.」

「어머니 간호하는 일이 언니한테는 너무 힘들었을 거야. 언니도 몸이 안 좋아 보여. 아! 내가 함께 있었더라면 좋았을걸! 언니 혼자 모든 걱정과 불안을 떠안고 있었잖아.」

「메리와 키티가 무척 잘해 주었어. 그리고 내가 부탁했으면 둘 다 모든 수고를 나와 함께 나누었을 거야. 하지만 둘에게 별로 좋을 게 없다고 생각했어. 키티는 몸이 왜소하고 약하잖아. 그리고 메리는 공부를 그렇게 열심히 하는데 쉬는 시간을 방해하고 싶지 않았어. 아버지가 가신 이후 필립스 이모가 화요일에 롱본으로 오셔서 목요일까지 나와 함께 계셔 주었어. 이모는 우리 모두에게 큰 도움을 주셨고 위로가 되어 주셨지. 루커스 부인도 무척 친절하셨고. 수요일 아침에 걸어서 이곳에 와서 우리를 위로해 주고, 도움이 될 수 있다면 본인이든 따님이든 언제든지 돕겠다고 제안도 했어.」

「그분은 그냥 자기 집에 계시는 게 나았을걸. 아마 의도는 좋았겠지만, 이런 불행한 상황에 놓였을 때는 이웃은 되도록 보지 않는 게 좋아. 도움을 주는 것도 불가능하고, 위로도 참기 힘들거든. 멀리서 그냥 우리한테 이겼다고 승리감 느끼면서 만족해하라고 해야지.」

그러고 나서 엘리자베스는 아버지가 런던에 계시는 동안 딸을 구하기 위해 어떤 조치를 취할 생각이셨는지 물었다.

「아버지는 그들이 마지막으로 말을 갈아탔다는 엡섬의 마부들을 만나서 무슨 소식이 있는지 알아보시려는 것 같았어.」 제인이 대답했다. 「아버지의 목적은 그 마부들이 클래펌에서 타고 왔다는 삯마차의 번호를 알아내시려는 걸 거야. 그 마차가 런던에서 손님을 태우고 왔다고 하거든. 신사 한 사람과 숙녀 한 사람이 한 마차에서 다른 마차로 갈아타는 상황이 사람들의 시선을 끌 수도 있었겠다 싶으셔서, 클래펌에 가서 이것저것 물어보시려는 것 같았어. 아버지는 어쨌든 마부가 그 손님을 어느 집에 내려 주었는지 알아낼 수 있으면 거기서부터 탐문을 하시려고, 마차가 멈춘 곳과 번호를 알아내는 게 불가능하지 않기를 바라셨어. 아버지가 다른 계획을 갖고 계셨는지는 모르겠어. 하지만 너무 서둘러 떠나셨고, 너무 정신이 없으셔서 이 정도까지 알아내는 것도 힘들었어.」

제48장

(제3권 제6장)

다음 날 아침 모두들 베넷 씨에게서 편지가 올까 하고 기다리고 있었다. 우편배달부가 왔지만, 베넷 씨에게서는 한

줄의 소식도 오지 않았다. 가족들은 그가 보통 편지 쓰는 데 무척 소홀하고 더디다는 것을 알고 있었지만, 이러한 경우에는 그가 좀 노력을 했으면 하고 바랐다. 그들은 아버지에게 보낼 만한 좋은 소식이 없으셨나 보다고 결론을 내릴 수밖에 없었지만, 그것조차도 좀 확실했으면 싶었다. 가디너 씨는 자신이 출발하기 전에 편지를 좀 받았으면 했다.

가디너 씨가 떠나자, 그들은 최소한 상황이 어떻게 돌아가는지 계속 소식은 들을 수 있을 거라 확신했다. 그리고 헤어질 때 숙부는 베넷 씨가 가능한 한 빨리 롱본으로 돌아가도록 설득하겠다고 약속했다. 그래야 남편이 돌아오는 것만이 결투에서 살해되지 않을 유일하고 안전한 길이라고 생각하는 그의 누나가 위안을 얻을 수 있을 것이었기 때문이다.

가디너 부인은 자신이 좀 더 있어 주는 것이 조카들에게 도움이 될 거라고 생각했기 때문에 아이들과 며칠 더 하트퍼드셔에 남아 있기로 했다. 그녀는 조카들과 베넷 부인을 간호하는 것을 분담했고, 일에서 풀려나 쉬고 있을 때는 그들을 위로해 주었다. 그들의 이모도 자주 찾아왔다. 말로는 조카들을 기운 차리게 하고 격려를 해줄 생각으로 왔다고 하지만, 올 때마다 위컴의 사치스러운 생활과 좋지 못한 행실에 대한 새로운 소식을 가져와서 이모가 가고 나면 조카들은 더욱 기운이 빠지곤 했다.

메리턴의 모든 사람들이 석 달 전만 해도 거의 빛의 천사 같던 남자를 비방하느라 난리였다. 그는 메리턴에서 장사하는 모든 상인들에게 빚을 지고 있었고, 유혹이라는 이름으로 치장된 그의 음흉한 계책은 그 상인의 가족들에게까지 손을 뻗치고 있었다. 모든 사람들이 위컴은 세상에서 가장 사악한 인물이라고 단언했고, 또 모든 사람들이 그의 선해 보이는 외모를 믿지 않았다고 말하기 시작했다. 엘리자베스는 소문을 반도 믿지 않았지만, 동생의 파멸에 대한 확신을 더 분명하게 할 만큼은 믿었다. 좀처럼 그렇게 믿으려 하지 않던 제인조차 거의 절망적이 되었다. 특히 그들이 스코틀랜드로 갔다면 — 그녀는 여태까지 전적으로 포기하지는 않고 있었다 — 지금쯤 소식이 왔어야 했기 때문이다.

가디너 씨는 일요일에 롱본을 떠났는데, 화요일에 그의 부인은 그에게서 편지 한 통을 받았다. 편지에는 도착하자마자 곧 매부를 찾아냈고 또 그레이스 처치 거리로 오도록 설득했다는 내용이었다. 그가 도착하기 전에 베넷 씨가 엡섬과 클래펌에 갔었지만 별 만족할 만한 정보는 얻지 못했다는 내용도 적혀 있었다. 그리고 그는 이제 런던에 있는 모든 주요 호텔들을 찾아다닐 결심을 했다고 적혀 있었는데, 베넷 씨가 그들이 처음 런던에 왔을 때 숙소를 확보하기 전에 호텔로 갔을지 모른다고 생각했기 때문이었다. 가디너 자신은 이런 조치에서 별로 얻는 바가 없을 거라고 생각했지만, 매부가 너무 열심이어서 호텔을 추적하는 일을 도울 작정이었다. 그리고 그는 베넷 씨가 현재는 런던을 떠날 의향이 전혀 없어 보인다고 덧붙이고 곧 다시 편지를 쓰겠노라고 약속했다. 그리고 이런 취지로 후기가 덧붙여 있었다.

포스터 대령에게 가능하면 군대에서 그 청년과 친했던 사람들에게 위컴이 런던의 어느 지역에 은신하고 있는지 알고 있을지도 모르는 친척이나 지인이 있는지 알아봐 달라고 부탁하는 편지를 보냈소. 그런 힌트를 얻을 가능성이 있는 사람에게 물어볼 수 있다면, 그건 굉장히 중요할 거요. 현재 우리를 이끌어 줄 건 아무것도 없소. 포스터 대령은 이 문제에 대해 우리에게 만족할 만한 답변을 주려고 있는 힘을 다할 거라 생각하오. 하지만 다시 생각해 보니 그에게 어떤 친척이 있는지 아마 다른 누구보다 리지가 더 잘 알고 있지 않을까 싶소.

엘리자베스는 그녀가 알지도 모른다는 이러한 추측이 어디서 나왔는지 알기 때문에 당황하지 않았다. 그러나 그녀는 숙부의 기대만큼 만족할 만한 정보는 갖고 있지 못했다.

그녀는 오래전에 돌아가셨다는 그의 부모님 말고 그에게 친척이 있었다는 말은 들은 바가 없었다. 하지만 ○○연대의 친구들은 정보를 좀 더 줄 수 있을지도 몰랐다. 그녀는 확신에 차서 기대하지는 않았지만, 그쪽으로 물어보는 것도 기다려 볼 만한 일이었다.

롱본에서는 하루하루 불안한 나날이 지속되었다. 하루 중에서도 가장 불안한 시간은 편지가 배달되는 때였다. 오전에는 초조하게 편지가 도착하기만을 기다렸다. 좋은 소식이든 나쁜 소식이든 편지를 통해 전달될 수 있었고, 매일같이 중요한 소식이 전해질 거라 기대들을 하고 있었다.

하지만 그들이 가디너 씨에게서 다시 소식을 듣기 전에 다른 쪽에서 그들의 아버지에게 보낸 편지 한 통이 도착했다. 바로 콜린스 씨가 보낸 편지였다. 아버지가 안 계시는 동안은 제인이 편지를 뜯어 보도록 지시를 받았기 때문에 제인이 편지를 읽었다. 그리고 엘리자베스는 그의 편지가 늘 예측불가의 흥미로운 내용이라는 걸 알기 때문에 그녀 어깨 위로 함께 읽었다. 내용은 이러했다.

베닛 씨께,
저는 우리의 관계와 제 위상을 볼 때 현재 겪고 계신 슬픈 고통에 대해 위로를 해드려야 한다고 생각되었습니다. 우리는 어제 하트퍼드셔에서 편지를 받고 어떤 고통을 겪고 계신지 그 내용을 알게 되었습니다. 베넷 씨, 현재 겪으시는 고통은 시간이 흘러도 지워질 수 없는 일에서 기인한 것이기에 분명 너무도 가혹한 것일 터이니 콜린스 부인과 저는 진심으로 당신과 당신의 점잖으신 가족 분들을 진심으로 동정하는 바입니다. 저로서는 극심한 불행을 달래 드릴 수 있는 얘기, 부모의 마음에 가장 큰 고통이 되는 그런 상황에 놓인 베넷 씨를 위로해 드릴 수 있는 얘기를 얼마든지 해드리고 싶습니다. 이런 고통에 비하면 차라리 따님의 죽음이 축복이었을 것입니다. 이번 상황은 더욱 마음 아픈 일입니다. 샬럿이 귀띔하여 주었듯이 따님의 방탕한 행동거지가 지나친 방임에서 나왔다고 생각할 만한 이유가 있으니까요. 동시에 당신과 베넷 부인에게 좀 위로가 되도록 따님의 타고난 성정이 나빴다고 생각하고 싶긴 합니다. 그렇지 않다면, 그처럼 어린 나이에 그런 끔찍한 죄를 저지를 수는 없을 테니까요. 아무리 그렇다 해도 베넷 씨의 극심한 슬픔에 심심한 동정의 뜻을 표하는 바입니다. 이 문제에 대해서는 콜린스 부인뿐 아니라 캐서린 귀부인과 그 따님 역시 같은 생각이십니다. 그분들께 제가 그 일을 말씀드렸거든요. 그분들은 딸 하나가 발걸음을 잘못 디딘 것이 다른 모든 딸들의 운명에 치명적일 거라고 우려하셨는데 그 점은 저와 생각이 일치합니다. 송구하옵게도 캐서린 귀부인께서 말씀하셨듯이 도대체 그런 집안과 그 누가 혼인을 하고 싶어 하겠습니까? 이런 생각을 하다 보니 저는 지난 11월에 있었던 어떤 사건을 돌아보며 보다 큰 만족감을 느끼게 됩니다. 상황이 달랐더라면, 당신의 모든 슬픔과 수치에 저까지도 연루되고 말았을 테니까요. 그러니, 베넷 씨, 가능한 한 큰 위로가 되시도록 제가 충고를 한 말씀 드리고자 합니다. 가치 없는 자식을 영원히 당신의 애정으로부터 잘라내시어 그녀로 하여금 자신이 뿌린 끔찍한 범죄의 열매를 스스로 거두도록 하십시오.

콜린스 드림.

가디너 씨는 포스터 대령에게서 답장을 받은 뒤에야 다시 편지를 보냈는데, 좋은 소식은 전혀 없었다. 위컴이 여전히 연락을 하고 지내는 친척이 한 사람이라도 있다는 얘기는 알려진 바가 없었다. 그는 가까운 친척이 한 사람도 없는 것이 확실했다. 그의 옛날 지인은 많았지만, 군대에 들어간 이후로는 누구와도 특별한 우정 관계를 유지한 것 같지는 않았다. 따라서 그의 소식을 알 것 같다고 지목될 만한 사람이 하나도 없었다. 리디아의 친척들에게 발각되리라는 두려움 외에도 그 자신의 재정 상태가 비참한 상태였으므로, 숨어 지내야 할 강력한 동기가 있었다. 그가 상당한 액수에 달하는 도박 빚을 남겼다는 소문이 막 퍼졌던 것이다. 포스터 대령은 그가 브라이튼에서 진 빚을 청산하려면 1천 파운드 이상이 필요하다고 믿고 있었다. 그는 런던에서 이미 많은 빚을 지고 있었지만, 도박으로 인한 빚은 더욱 심각했다. 가디너 씨는 이러한 구체적인 내용을 롱본 가족들에게 감추려고 하지 않았다. 제인은 끔찍해하며 그 내용을 들었다. 「도박꾼이라니!」 제인이 외쳤다. 「이건 정말 예상 못했어! 그럴 줄은 꿈에도 몰랐어.」

가디너 씨는 편지에 토요일인 다음 날 집에서 아버지를 만나게 될 것으로 기대해도 좋다고 덧붙였다. 그들의 모든 노력이 수포로 돌아가자 낙심한 베넷 씨는 가족에게 돌아가라는 처남의 간청, 상황에 따라 그들을 계속 추적하는 데 바람직하다고 생각되는 것은 무엇이 되었건 자신이 알아서 할 테니 믿고 맡기라는 처남의 간청에 굴복했던 것이다. 딸들은 전에 아버지의 목숨에 대해 어머니가 불안해 했던 것을 떠올리며 어머니가 안심하실 거라 기대하고 있었는데, 베넷 부인은 이 말을 듣고도 그만한 만족감을 보이지 않았다.

「뭐? 아버지가 돌아오신다고? 불쌍한 리디아도 못 찾고!」그녀가 외쳤다. 「걔들을 찾아내기 전에 아버지가 런던을 떠나시면 안 되지. 아버지가 돌아오시면, 누가 위컴하고 결투해서 리디아와 결혼하게 만든단 말이냐?」

가디너 부인이 집으로 돌아가고 싶어 했으므로, 베넷 씨가 돌아오는 때에 맞춰 그녀와 아이들은 런던으로 가기로 결정이 되었다. 그래서 마차가 그들을 런던으로 가는 길의 첫 번째 역으로 데려가고, 다시 롱본의 주인을 집으로 데려왔다.

가디너 부인은 더비셔에 갔을 때부터 품었던 엘리자베스와 그녀의 더비셔 친구에 대한 모든 의혹을 품은 채 떠났다. 조카딸은 그들 앞에서 자발적으로 그의 이름을 언급한 적이 없었다. 그가 편지를 보내지나 않을까 하고 가디너 부인이 가졌던 혹시나 하는 기대감은 그냥 끝나 버리고 말았다. 엘리자베스가 집으로 돌아온 후 펨벌리의 편지를 받은 적은 없었다.

현재 가족의 불행한 상황 때문에 엘리자베스는 다른 이유로 의기소침해 있을 필요가 없게 되었다. 따라서 자신이 의기소침한 이유를 따져보고 할 것도 없었다. 이제 자신의 감정을 충분히 파악하게 된 엘리자베스가 자신이 다시의 마음을 전혀 몰랐더라면 리디아의 치욕에 대한 두려움을 좀 더 잘 견뎌 냈을 것이라는 사실은 너무도 잘 알게 되었지만 말이다. 그녀는 그랬더라면 밤잠을 설치는 일이 반으로 줄었을 것이라고 생각했다.

베넷 씨가 도착했을 때, 그는 평상시의 철학적인 침착한 모습을 하고 있었다. 그는 여느 때처럼 말을 거의 하지 않았고, 그가 처리하러 다녀온 일에 대해서도 아무런 언급도 하지 않았다. 딸들이 그 문제에 대해 이야기할 용기를 갖게 된 건 시간이 좀 지나서였다.

그날 그가 가족들과 차를 마시러 나온 오후 시간이 되어서야 엘리자베스는 그 문제를 거론할 수 있게 되었다. 그때 엘리자베스가 짤막하게 아버지가 틀림없이 고통을 많이 겪었을 텐데 마음 아프다고 말하자, 그가 대답했다.

「그 문제에 대해 아무 말도 하지 말자. 내가 아니면 누가 고통을 겪어야 하겠니? 내가 초래한 일인데. 내가 대가를 치러야지.」

「아버지, 너무 자책하시면 안 돼요.」 엘리자베스가 말했다.

「네가 자책하지 말라고 경고하는 게 당연하구나. 인간은 본성적으로 너무 쉽게 자책을 하게 되니 말이다! 아니야, 리지야, 평생 단 한 번이라도 내가 얼마나 잘못했는가를 절실히 느끼게 내버려 둬라. 나는 이런 기분에 압도되는 게 두렵지 않다. 이러는 것도 금방 지나갈 테니까.」

「아버지는 그들이 런던에 있다고 생각하세요?」

「그래. 런던이 아니면 어디서 그렇게 잘 숨어 지낼 수 있겠니?」

「그리고 리디아는 런던에 가고 싶어 하곤 했어요.」 키티가 덧붙였다.

「그렇다면 그 아이는 행복하겠구나. 아마 거기서 당분간 거주하게 될 테니 말이다.」 아버지가 메마른 어조로 말했다.

잠시 침묵이 흐른 후, 아버지가 말을 이었다. 「리지야, 지난 오월에 네가 했던 충고가 맞았다고 해서 네게 서운한 마음은 없다. 사건을 생각해 보면, 네 생각이 상당히 깊었다는 생각이 드는구나.」

이때 제인이 어머니에게 드릴 차를 가지러 와서 잠시 말이 중단되었다.

「이거 무슨 시위냐. 한 가지 장점은 있구나. 불행을 무슨 고상한 것으로 만드니 말이다! 다음에는 나도 똑같이 해야겠다. 잠옷을 차려입은 채로 서재에 앉아서 온갖 수고를 다 끼쳐야겠구나. 아마도 키티가 도망칠 때까지 미뤄야겠지만 말이다.」 베넷 씨가 큰 소리로 말했다.

「아빠, 난 도망치는 건 안 해요.」 키티가 짜증을 내며 말했다. 「브라이튼에 가는 일이 생긴다면, 난 리디아보다는 처신을 잘할 거예요.」

「네가 브라이튼에 간다고! 50파운드를 준다 해도 난 너를 가까운 이스트 본까지도 못 내놓겠다! 안 돼, 키티야. 난 마침내 조심해야 한다는 걸 배웠다. 넌 그 결과를 몸으로 느끼게 될 거다. 어떤 장교도 다시는 내 집 안에 발을 들여 놓지 못할 거야. 마을을 지나가지도 못하게 할 거다. 언니들 가운데 누구와 함께 가는 게 아니라면 무도회도 절대 금지다. 하루에 10분씩 이성적인 태도를 보인다는 것을 입증할 수 있을 때까지 너는 외출도 금지다.」

키티는 이 모든 위협을 진지하게 받아들이고는 울기 시작했다.

「자, 자. 너무 불행해하지 말거라.」 그가 말했다. 「앞으로 10년간 네가 착하게 굴면, 10년이 다 지날 무렵 네 행실을 재검토해 보마.」

제49장
(제3권 제7장)

베넷 씨가 돌아온 지 이틀 후, 제인과 엘리자베스가 집 뒤쪽의 관목 숲을 함께 산책하고 있을 때, 가정부가 자기들 쪽으로 오는 걸 보고 어머니가 부르러 보냈나 보다고 생각하며 그녀 쪽으로 다가갔다. 그러나 가까이 다가갔을 때, 가정부는 어머니가 부르신다는 말 대신에 베넷 양에게 질문을 했다.
「아가씨, 방해해서 미안합니다만, 아가씨가 런던에서 좋은 소식을 들었을 거라는 생각이 들어 이렇게 물어보러 왔어요.」
「힐, 무슨 말이에요? 런던에서 아무 소식도 못 들었는데요.」
「아가씨!」 힐 부인이 무척 놀라며 외쳤다. 「가디너 씨에게서 주인님에게 속달이 온 걸 모르고 계시나요? 배달부가 여기 30분쯤 있었어요. 주인님은 편지를 받으셨고요.」
딸들은 달려갔다. 너무 열심히 뛰느라 말을 할 겨를도 없었다. 그들은 현관을 통해 조찬실로 달려갔고, 거기에서 다시 서재로 달려갔다. 아버지는 어디에도 안 계셨다. 이층에 어머니와 계신지 찾아보려 하고 있을 때 집사와 마주쳤는데, 집사가 이렇게 말해 주었다.
「아가씨, 주인님을 찾으시는 거라면, 잡목 숲 쪽으로 산책 나가셨어요.」
이 말을 듣자마자 딸들은 즉각 아버지를 찾으려고 다시 홀을 거쳐 잔디밭을 가로질러 달려 나갔다. 아버지는 유유히 방목용 풀밭의 한쪽으로 나 있는 작은 숲 쪽으로 걸어가고 있었다.
제인은 엘리자베스만큼 몸이 그렇게 가볍지도 않고 별로 뛰어다닌 적도 없어 곧 뒤에 쳐졌다. 한편 그녀의 동생은 숨을 헐떡거리며 아버지를 따라잡고는 힘차게 외쳤다.
「아, 아버지, 어떤 소식이에요? 무슨 소식이에요? 숙부에게서 소식을 들으셨다면서요?」
「그래. 속달로 편지 한 통을 받았다.」
「그럼 어떤 소식인가요? 좋은 소식이에요, 아니면 나쁜 소식이에요?」
「기대할 만한 좋은 소식이 뭐가 있겠니?」 아버지가 주머니에서 편지 한 통을 꺼내며 말했다. 「그래도 너는 읽어 보고 싶겠구나.」

엘리자베스는 급하게 아버지의 손에서 편지를 받아들었고, 이때 제인이 도착했다.

「큰 소리로 읽어라. 무슨 소린지 나도 잘 모르겠으니까.」 아버지가 말했다.

그레이스 처치 거리에서
8월 2일 월요일

매부께,

드디어 조카 소식을 좀 보내드릴 수 있게 되었어요. 그리고 대체로 만족하실 만한 소식이라고 생각됩니다. 토요일에 매부가 떠나시자마자 나는 다행히 그들이 런던의 어느 지역에 있는지 알아낼 수 있었어요. 자세한 사항은 우리가 만날 때까지 미루겠습니다. 그들을 찾아냈다는 걸 아는 것만으로도 충분하니까요. 나는 둘 다 만나 봤는데…….

「그럼 내가 계속 바랐던 대로 둘이 결혼한 모양이구나!」 제인이 소리쳤다.

엘리자베스는 계속 읽어 나갔다.

나는 둘 다 만나 봤는데, 결혼도 안 한 상태였고, 결혼할 의도가 있었는지도 알 수가 없습니다. 하지만 내가 매부를 대신하여 감행한 약속을 기꺼이 지켜 주신다면, 머지않아 두 사람은 결혼을 하게 될 겁니다. 매부가 하셔야 할 것은 매부와 누이가 돌아가신 후 자식들이 받게 되어 있는 5천 파운드 가운데 똑같은 몫을 그 딸에게 양도하신다고 확정짓는 겁니다. 그리고 거기에 살아계신 동안에 매년 1백 파운드를 주신다는 약속을 하시는 겁니다. 모든 것을 고려할 때, 이런 조건이라면 매부를 대신하여 내가 행사할 수 있는 권한 내에서 망설이지 않고 동의할 수 있는 것이라 생각되었습니다. 매부의 답변을 듣는 데 시간을 조금도 지체하지 않기 위해 이 편지를 속달로 보내겠습니다. 여기 적힌 구체적 내용에서 매부는 위컴 씨의 상황이 사람들이 생각하는 것만큼 그렇게 절망적인 건 아니라는 사실을 쉽게 파악하실 겁니다. 세상 사람들이 그 점에 대해 잘못 알고 있습니다. 그의 모든 빚이 청산되어도, 리디아는 자기 재산 외에도 약간의 돈을 양도받게 될 거라고 말씀드릴 수 있습니다. 이 일의 전모를 처리하는 데 있어 내게 매부의 이름으로 행동할 수 있는 권리를 주신다면, 그렇게 하실 걸로 믿는데, 나는 즉시 해거스턴에게 지시를 내려 합당한 양도를 준비하게 할 겁니다. 매부가 다시 런던에 오실 필요는 전혀 없을 겁니다. 그러니 롱본에 편히 계시면서 내 근면성과 조심성을 믿으세요. 가능한 한 빨리 답장 보내 주시고, 명확하게 쓰도록 유의하세요. 우리는 조카를 결혼시켜 내보내는 것이 최선이라고 판단을 내렸는데, 매부도 찬성이시겠지요. 오늘 조카가 우리 집에 옵니다. 그 밖에 다른 결정되는 일이 있으면 즉각 다시 편지를 보내겠습니다.

에드워드 가디너 드림.

「이런 일이 가능하다니!」 편지를 다 읽은 엘리자베스가 소리쳤다. 「그 사람이 리디아와 결혼한다는 게 가능한가요?」

「그렇다면 위컴은 우리가 생각했던 것만큼 못된 인간이 아닌가 봐요. 아버지, 축하드려요.」 제인이 말했다.

「답장은 보내셨나요?」 엘리자베스가 말했다.

「아니다, 하지만 빨리 보내야겠지.」

엘리자베스는 시간을 조금도 지체하지 말고 빨리 답장을 보내라고 열심히 간청했다.

「아, 아버지.」그녀가 소리쳤다.「빨리 돌아가서 당장 답장을 쓰세요. 이런 경우에 한순간이 얼마나 중요한지 생각해 보세요.」

「제가 대신 쓸게요. 아버지가 쓰시는 게 번거로우시면요.」제인이 말했다.

「정말 그 답장을 쓰기가 싫다. 하지만 써야 되겠지.」아버지가 대답했다.

그렇게 말하면서 그는 돌아서서 딸들과 함께 집으로 걸어갔다.

「그런데 그 조건에 응해야 할 것 같은데, 어떻게 하실 건지 여쭤 봐도 되나요?」엘리자베스가 물었다.

「응해 준다고! 그자가 너무 조금 요구한다는 게 수치스러울 뿐이다.」

「그리고 그들은 결혼을 해야 하고요! 그 사람이 그런 인간인데도 말이에요!」

「그래. 그렇다. 그들은 결혼을 해야만 해. 다른 방도가 없단다. 하지만 내가 무척 알고 싶은 게 두 가지가 있다. 하나는 너희 숙부가 이 일을 성사하느라 얼마나 많은 돈을 썼느냐 하는 것과 또 하나는 내가 그걸 어떻게 갚느냐 하는 것이다.」

「돈이요! 숙부가요! 아버지, 무슨 말씀이세요?」제인이 외쳤다.

「내 말은 제 정신이라면 어떤 남자도 내가 살아 있는 동안 매년 1백 파운드씩, 내가 죽은 후에는 50파운드를 받는 그런 시시한 조건에 리디아와 결혼할 마음을 갖지는 않았을 거라는 말이다.」

「그건 정말 그래요.」엘리자베스가 말했다.「좀 전에는 그 생각을 못했었지만요. 그 사람은 갚아야 할 빚도 있는데, 그러고도 남는다니요! 아! 숙부께서 해주신 게 틀림없어요! 관대하고 훌륭하신 분이에요. 숙부의 고민이 크셨겠어요. 적은 액수로 이 모든 걸 해결할 수는 없었을 테니까요.」

「네 말이 맞다. 위컴이 1만 파운드에서 한 푼이라도 빠지는 금액에 리디아를 데려간다면, 그자는 바보지. 우리와 인척지간이 될 텐데 초반부터 그를 이렇게 나쁘게 생각해서 유감이구나.」 아버지가 말했다.

「1만 파운드라고요! 원 세상에! 그 반이라 해도 어떻게 갚을 수 있겠어요?」

베넷 씨는 아무런 대답도 하지 않았다. 그들은 각자 생각에 잠겨 집에 도착할 때까지 침묵을 지켰다. 그들의 아버지는 답장을 쓰러 서재로 갔고, 딸들은 조찬실로 들어갔다.

「정말로 그들이 결혼을 하게 된다는 말이지!」 엘리자베스는 제인과 둘만 남게 되자마자 이렇게 소리쳤다. 「정말 이상해! 이렇게 된 걸 고맙게 여겨야 한다니 말이야! 행복할 가능성이 이렇게 적은데도 결혼을 해야 하다니! 그의 성품이 이렇게 비열한데도 기뻐해야 하다니! 아, 리디아!」

「그가 리디아를 정말로 좋아하는 게 아니었다면, 리디아와 결혼하려고 하지는 않았을 거라고 생각하니 마음이 편해. 우리 친절한 숙부께서 그의 빚을 갚는 데 뭔가를 하셨다 해도, 1만 파운드나 되는 그런 돈이 오갔다는 건 믿을 수가 없어. 숙부님도 자기 자식이 있는 데다, 앞으로 더 갖게 되실 텐데, 어떻게 1만 파운드의 반이라도 내놓으실 수가 있겠어?」 제인이 응답했다.

「위컴의 빚이 얼마인지 알 수만 있으면, 그리고 우리 여동생 쪽에서 그 사람 쪽에 얼마를 양도하는지 알 수 있으면, 가디너 씨가 그들을 위해 어떤 일을 해주신 건지 정확히 알 수 있을 텐데. 위컴은 자기 돈이라고는 6펜스짜리 동전 하나도 없을 테니까. 숙부와 숙모의 친절에 어떻게 보답을 할 수 있을까. 리디아를 집으로 데려다가 개인적으로 보호하고 도움도 주시다니, 리디아의 이익을 위해 치르신 희생이 너무 커서 몇 년 동안 감사해도 충분히 갚을 수가 없을 거야. 지금쯤이면 리디아는 숙부, 숙모와 함께 있을 텐데! 그런 호의를 받고 리디아가 비참해하지 않는다면, 걔는 행복할 자격이 없어. 리디아가 숙모를 처음 만났을 때, 그 기분이 어땠을까?」 엘리자베스가 말했다.

「우리는 두 사람 각자에게 일어났던 일을 모두 잊도록 노력해야 해. 나는 그들이 행복하기를 바라고 또 그렇게 될 거라 믿어. 그가 리디아와 결혼하겠다고 동의한 건 그가 생각을 똑바로 하게 되었다는 증거라고 생각할래. 서로의 애정이 그들을 지켜줄 거야. 나는 그들이 그렇게 조용히 결혼을 하고, 시간이 지나면 과거의 경솔했던 행동이 잊혀지는 그런 이성적인 방식으로 살아갈 거라고 생각하고 싶어.」 제인이 말했다.

「그들의 행동은 언니나 나나 또는 그 누구라도 잊을 수 없는 그런 것이야. 그 얘기는 해봤자 소용없어.」 엘리자베스가 대답했다.

이제 그들은 어머니가 상황을 전혀 모르고 계실 거라는 생각을 떠올렸다. 그래서 그들은 서재로 가서 아버지에게 어머니에게 그 사실을 알려도 되는지 물었다. 그는 답장을 쓰고 있다가 고개도 들지 않고 차갑게 대답했다.

「마음대로 하렴.」

「숙부님 편지를 어머니에게 읽어 드려도 돼요?」

「필요한 건 뭐든 갖고 그만 나가거라.」

엘리자베스는 아버지의 책상에서 편지를 집어 들고 둘이

함께 이층으로 향했다. 메리와 키티는 베넷 부인과 함께 있었다. 따라서 한 번만 알리면 모두가 알게 되었다. 좋은 소식이라며 약간 뜸을 들인 후 곧 편지가 큰 소리로 낭독되었다. 베넷 부인은 좀처럼 참을 수가 없었다. 가디너 씨가 리디아가 곧 결혼할 것 같다고 말하는 부분을 제인이 읽는 순간, 그녀는 기쁨을 참지 못했고 다음 한 문장씩 읽을 때마다 기쁨이 더욱 넘쳐흘렀다. 그녀는 앞서 놀라고 속상해서 불안해했던 만큼 이제는 기쁨 때문에 격심한 흥분 상태에 이르렀다. 딸이 결혼하게 되었다는 걸 알게 되었으니 그걸로 충분했다. 그녀는 리디아의 행복에 대한 걱정으로 불안해하지도 않았고, 그녀의 좋지 못한 행실에 대한 기억으로 조심스러워하지도 않았다.

「사랑하는 리디아야!」 그녀가 소리쳤다. 「정말 기쁜 일이다! 리디아가 결혼할 거라니! 리디아를 다시 보게 되다니! 열여섯 살에 결혼을 하다니! 훌륭하고 친절한 내 동생! 그렇게 될 줄 알았어! 동생이 모든 걸 다 잘 처리할 거라고 믿고 있었어. 리디아가 보고 싶다! 위컴도 보고 싶어! 하지만 결혼 예복, 예복은 어쩌지! 결혼 예복에 대해 올케에게 당장 편지를 써야겠다. 리지야, 애야, 아버지께 달려가서 리디아에게 얼마나 주실 건지 여쭤 봐라. 그냥 있어라, 그냥 있어. 내가 직접 가야겠다. 키티야, 벨을 눌러서 힐을 좀 불러 다오. 당장 옷을 입을 거니까. 아, 사랑하는 리디아! 우리 다시 만날 때 얼마나 즐거울까!」

큰딸은 어머니의 생각을 가디너 씨의 조치로 인해 그들 모두가 지게 된 부담 쪽으로 돌림으로써, 그 격렬한 황홀감을 다소 누그러뜨려 보려고 했다.

「이런 행복한 결과를 맞게 된 건 대부분이 숙부가 친절을 베푼 덕분이니까요. 우리는 숙부가 돈으로 위컴 씨를 도와주겠다고 서약한 걸로 알고 있어요.」

「그래. 정말 잘되었어. 숙부가 아니면 누가 그런 일을 해주겠니?」 어머니가 큰 소리로 말했다. 「숙부한테 자기 가족만 없었으면, 나와 내 자식들이 그의 돈을 모두 차지하게 되었을 텐데. 그리고 몇 가지 선물을 제외하고는 숙부한테서 뭘 받은 건 이번이 처음이잖니. 자! 난 너무도 행복하다. 곧, 난 결혼한 딸이 생긴단 말이다. 위컴 부인이라니! 듣기에도 좋구나. 지난 유월에 겨우 열여섯 살이 되었는데. 사랑하는 제인아, 난 너무 흥분되어서 편지를 제대로 쓰질 못하겠다. 그러니 내가 불러줄 테니 네가 좀 받아 적어라. 나중에 아버지와 돈 문제를 해결해야겠다. 하지만 예복은 즉시 주문해야 한다.」

그러고 나서 베넷 부인은 켈리코 무명, 모슬린, 캠브릭 천 등 구체적 내용으로 나아가기 시작했다. 제인이 힘이 좀 들긴 했지만, 아버지와 상의할 시간이 생길 때까지 기다리라고 설득하지 않았더라면, 어머니는 이내 상당히 많은 주문 내용을 받아 적게 했을 것이다. 제인은 하루 정도 연기하는 것은 그다지 중요하지 않을 거라고 말했고, 그녀의 어머니 역시 너무도 행복해서 평소처럼 그렇게 고집을 부리지 않았다. 그녀의 머릿속에 다른 계획들도 떠올랐다.

「옷을 입자마자 나는 메리턴으로 가서 여동생 필립스 부인에게 이 희소식을 알려야겠다. 그리고 돌아와서 루커스 부인과 롱 부인도 방문할 수 있을 거다. 키티야, 달려가서 마차를 준비시켜라. 바람 좀 쏘이면 분명히 내 건강에 무척 도움이 될 거야. 얘들아, 메리턴에서 내가 너희들을 위해 해줄 일이 있니? 아! 여기 힐이 오는구나. 이봐, 힐, 그 좋은 소식 들었어? 리디아 양이 결혼하게 되었어. 당신네 모두 결혼식 피로연에서 펀치 한 사발씩 마시게 될 거야.」

힐 부인이 즉각 기쁘다며 축하하기 시작했다. 엘리자베스는 다른 사람들과 함께 그녀의 축하를 받고는, 이러한 어리석음에 질려서 혼자 자유로이 생각을 좀 하려고 자기 방으로 들어가 숨어 버렸다.

불쌍한 리디아의 상황은 아무리 좋다 해도 여전히 나쁜 상황이었다. 그나마 최악의 경우가 아닌 걸 감사해야 했다. 그녀는 그렇게 느꼈다. 그리고 앞으로 여동생에게서 이성적인 행복도 세속적인 번영도 기대할 수가 없긴 했지만, 바로 두 시간 전에 그들이 두려워했던 바를 돌이켜 보니 이 정도 해결된 것만으로도 너무나 다행한 일로 여겨졌다.

제50장
(제3권 제8장)

베넷 씨는 지금 나이에 이르기 전에, 아내가 더 오래 살 경우에 자식들과 아내가 좀 더 풍족하게 살 수 있도록 매년 들어오는 수입을 저축을 해두었으면 하고 자주 바라곤 했다. 그는 지금 그것을 어느 때보다 더욱 간절히 원했다. 그 점에서 의무를 다했더라면, 돈으로 명예고 신용이고 무엇이든 리디아에게 해줄 수 있었을 테고 리디아가 숙부의 신세를 지지 않아도 되었을 것이다. 그러면 대영 제국에서 가장 가치 없는 젊은이에게 딸아이의 남편이 되어 달라고 설득하는 일의 만족감을 제대로 느낄 수 있었을 것이다.

그는 누구에게도 별 이득이 되지 않는 그런 일을 처남에게 비용을 전적으로 부담 지워 가며 진행시켰다는 점에 대해 진지하게 고민을 했다. 그리고 그는 가능하면 처남이 얼마나 도와주었는지 알아내어 되도록 빨리 부채를 청산하겠다고 결심을 했다.

　처음 베넷 씨가 결혼했을 때, 절약하는 것은 전혀 불필요한 일로 생각되었다. 당연히 아들이 태어날 것이라 생각했기 때문이다. 아들이 성년이 되기만 하면 한정 상속을 끊어 버릴 것이고, 그러면 미망인과 어린 자식들은 그 덕분에 먹고사는 데 걱정이 없었을 것이다. 딸 다섯이 연이어 세상에 태어났지만, 그래도 아들을 볼 수 있을 거라 믿었다. 베넷 부인은 리디아가 태어난 후 여러 해 동안 아들이 태어날 것으로 확신하고 있었다. 마침내 그 기대를 포기하게 되었는데, 그때는 이미 저축을 하기에는 늦고 말았다. 베넷 부인은 절약할 줄을 몰랐다. 그러나 그녀의 남편이 워낙 자기 수입만으로 지내려고 한 덕분에 수입을 초과하는 적자 생활은 면할 수 있었다.

　혼인 계약서에 베넷 부인과 자식에 대해 5천 파운드가 할당되어 있었다. 자식들 사이에 어떤 비율로 배분이 될지는 부모의 유서로 결정하게 되어 있었다. 이것이 최소한 지금 리디아에 대하여 결정해야 할 문제였다. 그리고 베넷 씨는 자기 앞에 놓인 제안에 동의하는 데 한 치의 망설임도 있을 수 없었다. 그는 아주 간략하게 표현하기는 했지만 처남의 친절에 대해 감사의 뜻을 표한다는 입장 아래, 모든 사항에 대해 전적으로 동의하며 자신이 처리하도록 되어 있는 약속들을 모두 기꺼이 이행하겠다고 편지에 썼다. 그는 위컴을 설득하여 딸과 결혼을 시키게 된다 하더라도, 지금처럼 이렇게 자신에게 불편함을 초래하지 않고 일이 진행되리라고는 생각도 못했었다. 그들에게 지불될 1백 파운드에 대해 그가 손해 보는 건 한 해에 10파운드도 안 될 것이다. 그녀가 먹고 자고 용돈으로 받는 것과 주로 그녀의 어머니 손을 통해 그녀에게 끊임없이 흘러들어 가는 현금을 모두 합치면, 리디아에게 드는 비용은 그 금액을 초과할 정도였기 때문이다.

자기 쪽에서 그 정도의 작은 노력만 하는 걸로 일이 해결될 수 있다는 것 역시 무척 반가운 일이었다. 현재 그가 가장 원하는 것은 되도록 그 일에 신경을 안 쓰는 거였다. 처음에 분연히 딸을 찾아 나서게 만들었던 격렬한 분노가 지나가고 나자, 그는 자연스럽게 예전의 나태한 태도로 돌아왔던 것이다. 그의 편지는 곧 발송되었다. 그는 일을 시작하는 데는 좀 시간을 지체했지만, 일 처리에는 신속했다. 그는 처남에게 어떤 신세를 지게 된 건지 좀 더 구체적인 사항을 알려 달라고 청했지만, 리디아에게는 너무 화가 나서 아무런 전갈도 보내지 않았다.

좋은 소식이 집안 전체에 신속하게 퍼졌으며, 이웃에게도 이에 상응하는 속도로 퍼져 나갔다. 이웃 사람들에게 퍼지면서 소식에 이러저러한 훈계가 따라붙었다. 리디아 베넷 양이 런던에 나타났다거나, 혹은 가장 행복한 대안으로 사회에서 격리되어 멀리 떨어진 농장에 유폐되었다면, 이웃 사람들은 대화하기가 훨씬 나았을 것이다. 하지만 그녀를 결혼시키는 데 대해서도 여전히 할 말들이 많았다. 그리고 아무리 상황이 바뀌었다고는 하지만, 그런 남편과 함께라면 그녀의 삶은 비참할 것이 확실하므로, 메리턴의 모든 심술궂은 노부인들이 주고받는 리디아의 행복을 빈다는 선의의 소망들도 잠잠해지지 않았다.

베넷 부인이 아래층을 밟았던 게 벌써 두 주나 되었지만, 이 행복한 날에 드디어 그녀는 아래층으로 내려와 무척 들뜬 기분으로 다시 식탁의 상석에 자리를 잡았다. 그 어떤 수치감도 그녀의 승리감을 꺾지 못했다. 제인이 열여섯 살이 된 이래 그녀의 첫 번째 소원이던 딸을 결혼시키는 일이 막 성사되려는 순간이었다. 그녀의 모든 생각과 말이 우아한 결혼식을 위해 수반되는 일들, 섬세한 모슬린 천, 새 마차, 그리고 하인에 쏠려 있었다. 그녀는 바쁘게 이웃들을 통해 딸을 위한 적당한 거처를 찾고 있었고, 그들의 수입이 얼마나 될지 알지도 못하고 그 점을 고려해 보지도 않은 채, 규모가 작거나 별로 좋아 보이지 않는 집들을 퇴짜 놓기도 했다.

「헤이파크 정도면 괜찮은데. 굴딩 가족이 그 집을 떠나기만 하면 말이야.」 그녀가 말했다. 「아니면 거실만 좀 더 크다면 스토크에 있는 큰 집도 괜찮은데. 애시워스는 너무 멀어! 여기서 20킬로미터 이상 떨어지면 안 되지. 퍼비스 로지는 다락방들이 엉망이야.」

하인들이 남아 있는 동안 그녀의 남편은 말을 막지 않고 아내가 계속 얘기하게 내버려 두었다. 그러나 하인들이 물러가자 그는 이렇게 말했다. 「베넷 부인, 당신이 딸과 사위를 위해 이 집들 가운데 하나 또는 전부를 선택하기 전에, 좀 분명히 해두도록 합시다. 그 아이들은 이 근처의 어느 집으로도 절대 들어올 수 없소. 나는 그 아이들을 롱본으로 받아들임으로써 그들의 뻔뻔함을 더 조장하는 일은 하지 않겠소.」

이 선언에 뒤이어 긴 논쟁이 계속되었다. 그러나 베넷 씨는 확고했다. 이 문제는 곧 다른 문제로 튀었다. 그리고 베넷 부인은 남편이 딸의 결혼 예복을 사는 데 1기니도 내놓지 않을 것이라는 사실을 알고 놀라서 두려움에 휩싸였다. 그는 어떤 경우에도 자신은 리디아에게 애정을 표시할 생각이 없다고 선포했다. 베넷 부인은 좀처럼 이해할 수 없었다. 딸의 당연한 권리를 주지 않겠다고 거부할 정도로 ─ 그 권리를 주지 않으면 결혼식은 유효하다고 볼 수도 없을 텐데 ─ 남편이 그렇게 믿을 수 없을 만큼 크게 분노하고 있다는 것은 그녀가 이해할 수 있는 범주를 넘어서는 것이었다. 그녀는 리디아가 위컴과 도피 행각을 벌이고 결혼식을 치르기 전에 2주 동안 동거를 했다는 사실보다 딸이 결혼식에서 새 예복을 갖춰 입지 않는다는 사실이 더 수치스러웠다.

엘리자베스는 순간적으로 괴로운 나머지 다시 씨에게 동생에 대한 가족의 걱정을 알리고 말았던 것을 이제와 정말로 후회하고 있었다. 리디아의 도피 행각이 어차피 결혼이라는 올바른 결말로 금방 이어지게 될 것이었다면, 그 불미스러운 초반의 일을 그 현장에 있지 않았던 사람들에게는 감출 수도 있었을 테니까 말이다.

엘리자베스는 소문이 그를 통해 더 퍼질 것이라고는 생각지 않았다. 그 사람이야말로 비밀을 가장 잘 지켜 줄 사람이라고 믿었지만, 동시에 그가 여동생의 약점을 알게 된 것은 자신에게 가장 큰 상처였다. 하지만 개인적으로 그녀에게 닥칠 불이익을 두려워하는 건 아니었다. 왜냐하면 어쨌든 두 사람 사이에는 건널 수 없는 큰 바다가 있는 것 같았기 때문이다. 리디아의 결혼이 가장 명예로운 방식으로 종결되었다 하더라도, 다시 씨가 가뜩이나 다른 반대 이유도 많은데 거기에 자신이 경멸해 마지않는 남자와 가장 가까운 인척관계로 맺어지는 일까지 겹치는 그런 가족과 혼사를 맺으려 할 거라고는 도저히 생각할 수가 없었다.

그가 그런 혼인을 회피할 거라는 건 너무도 자명했다. 이성적으로 생각할 때 그녀는 더비셔에서는 그가 자신의 애정을 얻고 싶어 하는 것을 확신할 수 있었지만, 이러한 타격을 겪은 후에 그의 그런 마음이 지속될 리가 없을 것 같았다. 그녀는 겸허해지면서 슬퍼졌다. 무엇인지는 몰라도 후회가 되었다. 그래 봤자 이제 소용이 없게 되었다는 걸 알게 된 지금, 그의 호평을 받고 싶었다. 소식을 들을 가망이 없게 된 지금, 그의 소식이 듣고 싶었다. 그와 만날 가능성이 없게 된 지금에 와서야, 그와 함께하면 행복했을 거라고 확신하게 되었다.

그녀는 바로 넉 달 전에 도도하게 퇴짜를 놓았던 청혼에 대해 지금이라면 기쁘고 감사한 마음으로 받아들였을 것이라는 사실을 그가 안다면 얼마나 승리감을 느낄까 하고 생각해 보곤 했다. 그녀는 그가 남성 가운데 누구 못지않게 관대하다는 사실을 의심치 않았다. 하지만 그도 사람인 이상, 승리감을 느낄 것이 분명했다.

그녀는 이제 그야말로 정말 성격이나 재능 면에서 자신에게 가장 어울리는 남성이라는 사실을 깨닫기 시작했다. 그의 이해력이나 기질은 그녀와 다르긴 했지만, 그녀의 모든 소망을 충족시켜 주었을 것이다. 그들의 결합은 쌍방에 모두 이익이 되는 그런 결합이 되었을 것이 틀림없었다. 그녀의 편안하고 활달한 태도를 통해 그의 마음은 부드러워지고 태도는 개선되었을 것이고, 그녀 자신은 그의 판단력과 정보, 세상에 대한 지식을 통해 훨씬 중요한 이익을 얻게 되었을 것이 분명했다.

그러나 이제 사람들 앞에서 감탄을 받으며 진정한 부부의 행복이 어떤 것인지 가르쳐 줄 수 있을 그런 행복한 결혼은 있을 수 없게 되었다. 그런 결혼이 성사될 가능성을 싹부터 잘라 버리는 전혀 다른 성향의 결합이 그녀의 집안에서 곧 이루어질 예정이었으니까.

엘리자베스는 위컴과 리디아가 어떤 식으로 경제적으로 자립할지 도무지 상상을 할 수가 없었다. 하지만 미덕보다 강한 열정 때문에 서로 끌려 결혼하게 된 부부에게 영원한 행복이 불가능하리라는 것은 쉽게 추측할 수 있었다.

가디너 씨는 곧 매부에게 다시 편지를 썼다. 베넷 씨의 감사의 말에 그는 가족들의 행복을 위해서라면 기꺼이 돕고자 한다는 내용을 짧게 적으면서 그 문제를 다시는 언급하지 말았으면 한다는 부탁으로 끝을 맺었다. 그의 편지의 주요 취

지는 위컴 씨가 민병대를 떠나기로 결정했다는 사실을 알리
는 것이었다.

그는 다음과 같이 덧붙였다.

결혼이 결정되자마자 그가 민병대를 그만두는 것은 제
가 바라는 바였습니다. 그를 위해서나 조카를 위해서나 그
군대를 떠나는 것이 상당히 바람직한 일이라고 생각합니
다. 매부도 같은 의견이실 겁니다. 정규군에 들어가는 것
이 위컴 씨의 계획이었고, 그의 옛 친구 가운데 그가 군대
에서 잘해 낼 수 있도록 도와줄 만한 힘도 있고 또 그럴 뜻
이 있는 사람들이 아직 남아 있더군요. 그는 북쪽에 주둔
하고 있는 ○○장군의 연대에서 기수의 직위를 맡기로 되
었습니다. 위치가 이 지역에서 많이 떨어져 있다는 것이
장점이 되겠지요. 그가 확실히 약속도 했고, 또 모르는 사
람들 가운데 있게 되면 인격을 유지할 수 있을 테니 두 사
람 모두 더욱 신중하게 행동할 거라고 생각됩니다. 나는
포스터 대령에게 우리가 지금 계획한 일을 알리고, 또 내
가 서약을 하는 바이니 브라이튼과 그 인근 지역의 여러
채무자들에게 신속하게 상환을 하겠다는 뜻을 알려 달라
고 요청하는 편지를 썼습니다. 매부께서도 수고스럽지만
메리턴에 있는 그의 채무자들에게 비슷한 약속을 해주셨
으면 합니다. 그가 알려 주는 대로 채무자들의 명단을 첨
부하겠습니다. 그는 모든 채무를 공표했고, 최소한 채무에
대해서는 우리를 속이는 것 같지 않습니다. 해거스턴에게
모두 지시해 놨으니 일주일 안에 모든 것이 해결될 것입니
다. 그 후에 그들은 그 연대로 들어가게 될 겁니다. 롱본에
서 그 전에 들르라고 초대하지 않으면요. 그리고 가디너
부인이 전하길 조카가 남쪽 지방을 떠나기 전에 가족 모두

를 무척 보고 싶어 한다고 합니다. 조카는 잘 있고 매부와 누님께 안부를 전해 달라고 합니다.

E. 가디너 드림.

베넷 씨와 딸들은 위컴이 ○○지방을 떠나는 것이 얼마나 잘된 일인가를 가디너 씨만큼이나 확실하게 파악하고 있었다. 그러나 베넷 부인은 그 일을 달가워하지 않았다. 베넷 부인은 그들을 하트퍼드셔에 살게 한다는 자신의 뜻을 절대 포기하지 않았기 때문에, 리디아와 함께 지내며 즐거워하고 자랑도 할 거라고 잔뜩 기대하고 있었는데, 리디아가 북부에 정착한다는 것은 상당히 실망스러운 일이었다. 게다가 리디아가 잘 알고 지내고 좋아하는 사람이 많은 연대를 떠나야 한다는 것은 정말 불쌍한 일이었다.

「그 아이는 포스터 부인을 무척 좋아했는데 그녀를 떠나게 되어 충격이 클 거예요! 그리고 리디아가 무척 좋아했던 젊은이들도 몇 있었는데. ○○장군의 연대에 소속된 장교들은 그들만큼 유쾌한 사람들이 못 될 거예요.」

리디아가 북부로 떠나기 전에 가족들을 만나고 가게 해달라는 딸들의 요청 — 요청이라고 할 만한데 — 은 처음에는 완강히 거부되었다. 하지만 여동생의 감정과 자존심을 위하여 부모에게 결혼을 인정받아야 한다는 데 의견을 같이한 제인과 엘리자베스가, 결혼식이 끝나는 대로 리디아와 그 남편을 롱본으로 초대하라고 열심히 그러나 무척 합리적이고 온건하게 아버지를 졸랐다. 딸들이 졸라 대자 아버지도 결국 설득되어 딸들이 생각하는 대로 생각하고 원하는 대로 행동하게 되었다. 그리고 그들의 어머니는 딸이 북부로 추방되기 전에 이웃들에게 결혼한 딸을 자랑할 수 있다는 사실을 알게 되어 만족스러워했다. 그리하여 베넷 씨는 처남에게 편지를

365

다시 쓸 때 그들이 와도 좋다는 허락을 보냈다. 그리고 그들은 결혼식을 끝내자마자 롱본으로 오기로 결정되었다. 그러나 엘리자베스는 위컴이 그러한 계획에 동의하는 것을 보고 놀랐다. 엘리자베스는 자신의 감정대로 할 수 있었다면, 절대 그를 다시 만나지 않았을 것이다.

제51장
(제3권 제9장)

리디아의 결혼식 날이 되었다. 제인과 엘리자베스는 리디아 본인보다 리디아에게 더 마음이 쓰였다. 그들을 맞이하기 위해 ○○로 마차를 보냈고, 그들은 마차를 타고 저녁 식사 무렵 도착하기로 되어 있었다. 베넷 집안의 나이 든 딸들은 그들의 도착을 두려워하고 있었다. 특히 제인은 자신이 그런 죄인이라면 느꼈을 감정을 리디아에게 부여하고는 리디아가 틀림없이 겪고 있을 그 기분을 생각하며 비참해했다.

그들이 왔다. 가족들은 그들을 맞이하려고 조찬실에 모여 있었다. 마차가 문 앞에 도달하자 베넷 부인의 얼굴에 미소가 번졌다. 베넷 부인의 남편은 심각해 보였는데 속을 알 수가 없었다. 베넷 부인의 딸들은 놀라고 초조하고 불안한 듯이 보였다.

마차에서 리디아의 목소리가 들려왔다. 문이 활짝 열리더니 리디아가 방으로 뛰어 들어왔다. 어머니는 앞으로 나아가 리디아를 포옹하고 기쁨에 넘쳐 그녀를 환영했으며, 자기 부인을 따라 들어온 위컴에게도 다정한 미소를 보내며 손을 내밀었고 그들의 행복을 전혀 의심하지 않는 활발한 태도로 두 사람을 축복했다.

그다음 그들은 베넷 씨에게 돌아섰는데 그는 그다지 반가 워하지 않는 것 같았다. 그의 얼굴은 더 엄격해 보였고, 좀처 럼 입을 열지 않았다. 정말이지 그 젊은 부부의 편안한 뻔뻔 함은 그를 자극하기에 충분했다. 엘리자베스는 역겨울 정도 였고, 제인조차도 충격을 받았다. 리디아는 여전했다. 길들 여지지 않고 뻔뻔스럽고 거칠고 시끄럽고 겁이 없었다. 그녀 는 자매들에게 번갈아 가며 축하해 달라고 요구했다. 마침내 모두 자리에 앉았을 때, 그녀는 방을 열심히 둘러보더니 약 간의 변화를 알아차리자 웃음을 터뜨리며 자신이 그곳에 온 게 꽤 오랜만이라고 말했다.

위컴은 리디아와 마찬가지로 전혀 당혹스러워하지 않았 다. 오히려 그의 태도는 여전히 쾌활해서, 그의 성품이나 결 혼이 제대로 된 것이었다면, 그가 동생의 남편으로 나타나 미소 지으며 편안히 말을 거는 것이 모두를 기쁘게 했을 것 이다. 엘리자베스는 그가 그렇게 뻔뻔할 수 있을 거라고는 생각하지 못했었다. 그녀는 앞으로 뻔뻔스러운 남자의 뻔뻔 스러움에는 끝이 없다고 결론지어야겠다고 생각하며 자리에 앉았다. 엘리자베스는 얼굴이 붉어졌다. 제인도 얼굴이 붉어 졌다. 그러나 엘리자베스와 제인을 당황하게 만든 두 사람의 얼굴색에는 전혀 변화가 없었다.

대화의 화젯거리가 떨어지는 일은 없었다. 신부와 그 어머 니는 아무리 빨리 말을 해도 부족할 정도였고, 우연히 엘리 자베스 옆에 앉게 된 위컴은 성격 좋은 편안한 태도로 동네 의 지인들의 안부를 묻기 시작했다. 그녀는 그 사람만큼 그 렇게 성격 좋고 편안한 태도로 대답을 할 수가 없었다. 그들 은 세상에 가장 행복한 추억만 있는 사람들 같았다. 과거의 어떤 일도 고통스럽게 회상되는 것이 없는 듯했다. 리디아는 자진해서 언니들이라면 무슨 일이 있어도 절대로 언급하지 않을 그 이야기로 화제를 이어 나갔다.

「내가 집을 떠난 지 석 달이 되었다는 걸 생각해 봐. 정말이지 보름밖에 안 된 것 같은데. 그런데 그동안 정말 많은 일들이 있었어. 세상에! 내가 집을 떠날 때는 다시 돌아올 때 결혼한 몸일 거라고는 생각도 못했지 뭐야! 그렇게 된다면 정말 재미있겠다 싶기는 했었지만 말이야.」

그녀의 아버지가 눈을 치켜떴다. 제인은 고통스러웠다. 엘리자베스는 의미가 담긴 표정으로 리디아를 바라보았다. 그러나 자기가 보거나 듣거나 하고 싶지 않은 것에 대해 얼마든지 무감각할 수 있는 리디아는 쾌활하게 이야기를 계속했다. 「아, 엄마! 이 근처에 사는 사람들은 내가 오늘 결혼했다는 걸 아나요? 모를까 봐 걱정되었어요. 그래서 아까 윌리엄 굴딩이 마차를 타고 가는 걸 따라잡게 되었는데, 우리가 결혼했다는 걸 알려야겠다고 결심했어요. 그래서 그 사람이 반지를 볼 수 있도록 그쪽 창문을 내리고 장갑을 벗고는 손을 창틀에 놔두었지요. 그러고는 대단한 인물인 것처럼 인사를 하면서 미소를 지어 보였어요.」

엘리자베스는 더 이상 참을 수가 없었다. 그녀는 일어나 뛰쳐나가 그들이 홀을 지나 정찬실로 들어가는 소리가 들릴 때에야 그들에게 다시 갔다. 그런데 그만 리디아가 어머니의 오른쪽으로 과시하듯이 걸어가더니 맏언니에게 〈아! 제인 언니, 이제 내가 언니 자리를 차지하는 거야. 난 결혼한 몸이니까. 언니는 낮은 자리에 앉아〉라고 말하는 소리를 듣고 말았다.

리디아는 처음에도 전혀 당황해하는 기색이 없었는데, 시간이 지난다고 해서 그럴 것 같지도 않았다. 그녀의 편안하고 즐거운 기분은 고조되어 갔다. 그녀는 필립스 부인과 루커스 가족들과 다른 이웃들을 모두 만나고 싶어 했고, 그들이 자신을 〈위컴 부인〉이라고 불러 주는 걸 듣고 싶어 했다.

그러다가 식사를 마치자 힐 부인과 하녀 두 명에게 반지를 보여 주고 결혼한 것을 자랑하러 갔다.

「그런데 엄마, 내 남편 어때요?」 조찬실로 모두 모였을 때, 리디아가 말했다. 「매력적인 남성 아니에요? 언니들 모두 틀림없이 내가 부러울 거예요. 언니들 모두 나의 반만큼이라도 운이 좋았으면 해요. 모두 브라이튼으로 가야 해요. 거기야말로 남편감을 찾기에 적합한 곳이에요. 엄마, 우리 모두 가지 못했던 게 정말 속상해요.」

「정말 그렇구나. 내 뜻대로 할 수 있다면 우리 모두 갔을 텐데. 하지만 애, 리디아야, 난 네가 그렇게 멀리 가게 된 게 마음에 정말 안 든다. 꼭 그래야만 하니?」

「아, 세상에! 가야지요 뭐. 별거 아니에요. 난 가는 것도 괜찮아요. 엄마와 아빠 그리고 언니들 모두 놀러 와야 해요. 우리는 겨울에는 뉴캐슬에 내내 있게 될 거예요. 그리고 무도회가 몇 차례 열릴 텐데, 내가 신경 써서 언니들 좋은 파트너 구해 줄게요.」

「그거 참 마음에 드는구나!」 그녀의 어머니가 말했다.

「그러고 나서 가실 때 언니 한두 사람 남겨 두고 가세요. 그러면 겨울이 끝나기 전에 내가 언니들 남편감을 찾아 줄게요.」

「내 생각해 줘서 고맙다. 하지만 난 네가 남편감 찾는 방식이 정말 마음에 들지 않는다.」 엘리자베스가 말했다.

손님들은 열흘 이상 머물 수가 없었다. 위컴 씨는 런던을 떠나기 전에 장교로 임관된 상태였고, 보름 후면 자기 연대로 돌아가야만 했다.

그들이 머무는 기간이 짧다고 아쉬워하는 사람은 베넷 부인 말고는 아무도 없었다. 베넷 부인은 딸을 데리고 이웃들을 방문하러 다니고 집에서 파티를 자주 열어 시간을 최대로 활용했다. 파티는 모든 사람이 반기는 일이었다. 생각이 있는 사람들에게는 가족끼리 있는 것을 피하는 것이 훨씬 더 바람직했던 것이다.

위컴이 리디아에게 느끼는 애정은 엘리자베스가 기대했던 그대로였다. 그것은 리디아가 위컴에 대해 느끼는 애정에 비교도 안 되었다. 여러 이유로 엘리자베스는 그들의 도피 행각이 위컴이 리디아를 사랑해서가 아니라 리디아의 사랑의 힘 때문이라는 걸 확인하는 데 더 관찰할 필요도 없었다. 위컴이 골치 아픈 상황 때문에 도주할 필요가 있었다는 점을 확신하지 못했었다면, 엘리자베스는 위컴이 리디아를 열렬히 좋아하는 것도 아니면서 왜 그녀와 함께 도주하기로 결정했는지 이상하게 생각했을 것이다. 그리고 그 사람은 그런 상황에서 동반자와 함께 갈 기회를 마다할 그런 청년이 아니었다.

리디아는 그를 너무나 좋아했다. 그녀는 언제나 그를 내 사랑 위컴이라고 불렀다. 아무도 그와 경쟁이 될 만한 사람이 없었다. 그녀에게 그는 무엇이든 세상에서 가장 잘하는 사람이었다. 그녀는 그가 구월의 첫날 사냥이 시작되는 날에 그 지방에서 새를 가장 많이 잡을 거라고 확신하고 있었다.

그들이 도착한 지 얼마 안 된 어느 날 아침, 리디아가 제일 위의 두 언니와 함께 앉아 있을 때 엘리자베스에게 이렇게 말했다.

「리지 언니, 내가 언니한테는 내 결혼식에 대해 설명 안 했지? 내가 엄마와 다른 사람들에게 결혼식 얘기를 해줄 때 언니는 옆에 없었어. 결혼 준비가 어떻게 진행되었는지 궁금하지 않아?」

「별로. 그 문제는 되도록 얘기를 안 하는 게 낫다고 생각해.」 엘리자베스가 답했다.

「어머! 언니는 정말 이상하다! 하지만 어떻게 결혼식이 진행되었는지 말해 줘야겠어. 우리는 세인트 클레멘트 교회에서 결혼했어. 위컴의 거처가 그 교구에 있었거든. 우리는 열한시까지 가기로 되어 있었어. 나는 숙부와 숙모와 함께 가기로 되어 있었고, 다른 사람들은 교회에서 만나기로 되어 있었어. 그런데 월요일 아침이 되자, 나는 정말 애가 탔어! 무슨 일이 일어나서 결혼식이 연기될까 봐 무척 두려웠어. 그렇게 되었으면 정말 미칠 지경이었을 거야. 그런데 내가 옷을 입고 있는 동안 내내 숙모는 마치 설교문이라도 읽는 것처럼 가르치고 설교하고 있었어. 하지만 난 열 마디 중 한 마디도 들을까 말까 했지. 언니도 알다시피 난 내 사랑 위컴 생각만 하고 있었거든. 난 그가 결혼식에 푸른색 제복을 입고 올 건지 궁금했어.

음, 그리고 우리는 평소처럼 열시에 아침을 먹었는데, 식사 시간이 끝나지 않을 것만 같았어. 왜냐하면 언니도 차차 이해하겠지만, 숙부와 숙모는 나와 함께 있는 내내 끔찍하게 구셨어. 믿을지 모르겠지만, 난 거기에 보름이나 있었는데 단 한 번도 문 밖으로 나가지 못했어. 파티도 없고 계획이고 뭐고 아무것도 없었어. 분명히 런던은 사람들이 별로 없어 보였어. 하지만 그 작은 시어터 극장은 문을 열었던데. 음, 그런데 마차가 문 밖에 도착한 순간에 숙부가 사업 일로 그스톤 씨라는 끔찍한 사람을 만나야 했어. 그리고 그들은 일단 만나고 나니까, 얘기가 끝이 없는 거야. 난 너무 걱정이 되어서 뭘 어떻게 해야 할지 알 수가 없었어. 숙부가 나를 신랑에게 넘겨주기로 되어 있는데, 정해진 시간을 넘기면 그날은 하루 종일 결혼할 수가 없었거든. 하지만 다행히 숙부가 10분 만에 돌아 와서, 우리 모두 출발하게 되었어. 하지만 난 나중에 숙부가 못 가게 되었어도 결혼식이 연기될 필요는 없었겠다는 사실이 떠올랐어. 다시 씨가 그 역할을 해줄 수 있었을 테니까.」

「다시 씨가!」 엘리자베스는 너무도 놀라 그 이름을 따라 불렀다.

「아, 그래! 그 사람도 위컴이랑 거기 오기로 되어 있었거든. 하지만 맙소사! 깜빡했네! 그 일에 대해 한마디도 얘기하면 안 되는데. 철저히 약속했는데! 위컴이 뭐라고 할까? 정말 비밀로 하기로 했는데!」

「비밀로 하기로 했다면, 그 문제에 대해서는 더 이상 아무 말도 하지 마. 더 이상 캐묻지 않을게.」 제인이 말했다.

「아, 그래! 안 물어볼게.」 엘리자베스는 궁금증으로 얼굴이 달아올랐지만, 그렇게 말했다.

「고마워. 언니들이 물어봤으면 다 말해 주었을 거야. 그러면 위컴이 화를 냈겠지.」 리디아가 말했다.

물어보라는 말로 들려서 더 묻고 싶었지만, 엘리자베스는 그럴까 두려워 밖으로 달려나가 버렸다.

하지만 그런 문제에 대해 아무것도 모르고 지내는 건 불가능했다. 최소한 무슨 말인지 알아내려고 하지 않는 건 불가능했다. 다시 씨가 여동생의 결혼식에 왔었다니. 그건 정확히 그가 가장 가서는 안 되고 또 가고 싶어 하지도 않을 그런 일이 치러지는 현장이었고, 그런 사람들이 모인 자리였다. 그녀의 머릿속에 그 의미에 대한 추측이 신속하고 맹렬하게 밀려들었다. 하지만 그 어떤 추측도 만족스럽지 않았다. 그녀에게 가장 마음에 드는 추측, 즉 그의 행동을 가장 고상한 시각에서 바라보는 그런 추측들은 거의 일어날 수 없는 일들이었다. 그녀는 긴장감을 견딜 수가 없어 서둘러 종이 한 장을 집어 들어 숙모에게 짧은 편지를 한 장 썼다. 리디아가 우연히 흘린 말이 무엇인지 설명해 달라고 요청하고 그 비밀이 지킬 만한 것인지 물어보는 편지였다.

우리와 전혀 친인척 관계가 아닌 사람, (상대적으로 말해서) 우리 집안과는 아무 관련이 없는 사람이 어떻게 그때 거기에 와 있었는지 알고 싶어 하는 제 마음을 숙모는 이해하실 거예요. 제발 곧장 답장을 보내 무슨 일인지 좀 알려주세요. 수긍이 갈 만한 어떤 이유 때문에 리디아 말처럼 비밀에 부쳐져야 하는 일이 아니라면 말이에요. 그래야 한다면 난 그냥 모르고 지내도록 노력해야 하겠지만요.

편지를 마치고 나서 엘리자베스는 혼자 생각했다. 〈그래도 모르고 지내겠다는 건 아니에요. 숙모님이 명예 때문에 말을 해주지 않는다면, 난 창피하지만 술수와 책략을 동원해서라도 알아내고 말 거예요.〉

제인은 명예를 중시하는 섬세한 마음이 있으니 리디아가 흘린 말에 대해 엘리자베스와 은밀히 얘기하려고 하지 않을 것이다. 엘리자베스는 그 점이 다행스러웠다. 그녀의 의문이 풀리게 될 것인지 확실해질 때까지는 차라리 비밀을 나누는 사람이 없는 게 나았다.

제52장
(제3권 제10장)

엘리자베스는 만족스럽게도 빠른 답장을 받았다. 그녀는 답장을 받자마자 아무도 방해하지 않을 것 같은 작은 언덕으로 서둘러 가서 벤치에 앉아 행복을 누릴 마음의 준비를 했다. 편지의 길이로 보아 거절하는 내용이 아니라는 게 확실했기 때문이다.

9월 6일 그레이스 처치에서

사랑하는 조카에게,

막 너의 편지를 받았다. 그래서 오전 시간을 모두 네게 답장 쓰는 데 보내려고 한다. 내가 해주어야 할 말을 다 쓰려면 금방 끝나지 않을 테니까 말이다. 그 질문을 너한테서 받게 될 거라곤 예상을 못했던 터라 너의 편지를 받고 놀랐다고 솔직히 말해야겠다. 하지만 내가 화났다고 생각하지는 말아 다오. 나는 단지 네가 그런 질문을 하는 게 필요할 거라고는 상상을 못했던 것뿐이란다. 내가 무슨 말을 하는지 이해가 안 된다면 내가 좀 주제넘었나 본데 용서해라. 네 숙부도 나만큼 놀라고 계신다. 숙부는 네가 관련된 당사자라고 믿었기 때문에 그런 일을 행동에 옮기셨던 것이니 말이다. 하지만 네가 정말 아무것도 모르고 있다면 난 좀 더 확실하게 설명을 해야겠구나. 우리가 롱본을 떠나 집으로 돌아온 바로 그날, 숙부는 무척 뜻밖의 방문객을 맞았단다. 다시 씨가 방문을 했던 거야. 그는 숙부와 몇 시간 동안 문을 닫고 이야기를 나누었고 내가 도착하니 이미 얘기가 다 끝나 있더구나. 그래서 나는 너만큼 그렇게 심하게 호기심에 시달리지는 않았다. 그는 가디너 씨에게, 네 여동생과 위컴 씨가 어디에 있는지 알아냈고 두 사람과 만나 위컴하고는 여러 차례, 리디아하고는 한 번 이야기를 나누었다는 말을 하러 왔던 거란다. 내 기억으로 그는 그들을 찾으려는 결심을 하고 우리보다 단지 하루 늦게 더비셔를 떠나 런던으로 왔던 것 같다. 그들을 쫓은 동기는 위컴이 쓸모없는 젊은이라는 사실이 잘 알려지지 않아서 인격을 갖춘 젊은 여성이 위컴을 사랑하거나 신뢰하는 일이 발생하게 된 것이고 자신에게도 그 책임이 있다고 확신했기 때문이라고 하더라. 그는 속이 참 넓더구나. 그는 모든 걸 자신의 잘못된 자존심 탓으로 돌렸어. 그는 예전에는 남의 사사로운 행동을 세상에 알리는 것을 자신의 명예에 흠집을 내는 것으로 여겼다고 고백하더라. 위컴의 성품이 저절로 세상에 알려질 거라고 생각했었대. 그는 따라서 스스로 초래한 해악을 자신이 나서서 바로잡으려고 애쓰는 것이 자신의 의무라고 생각한다는 거였어. 만일 그에게 다른 동기가 있다 해도, 그게 그를 수치스럽게 하지는 않을 거라고 확신한다. 그가 런던에 와서 리디아와 위컴을 찾아내는 데는 며칠이 걸렸다더구나. 하지만 그에게는 그들의 추적을 도와줄 것들이 우리보다야 많았지. 그는 이 사실을 의식하고 더욱 우리를 따라오기로 결심을 했던 거야. 얼마 전 다시 양의 가정교사였다가, 무엇이었는지 말은 안 했지만 어떤 못마땅한 점 때문에 해고되었던 영 부인인가 하는 여성이 있었어. 그녀는 그때 에드워드 거리에 큰 집을 마련하고 그 후 하숙을 치며 생활하고 있었대. 그는 영 부인이 위컴하고 매우 친한 사이였다는 걸 알고 런던에 오자마자 그녀에게 그에 대한 정보를 구하러 갔었던 거야. 하지만 그녀로부터 원하는 정보를 얻게 된 건 2~3일 지나서였어. 그녀는 위컴이 어디에 있는지 알고 있었는데, 뇌물을 주거나 매수하지 않았으면 친구의 믿음을 배신하지 않았을 것 같아. 위컴은 런던에 처음 도착하자마자 그녀에게 갔는데, 그 집에 방이 있어 그들을 맞이할 수 있었다면 그들은 그녀와 함께 지내고 있었을 거야. 하지만 마침내 우리의 친절한 친구는 원하던 정보를 확보할 수 있게 되었지. 그들은 ○○거리에 있었어. 그는 위컴을 만났고, 그다음에는 리디아를 꼭 보려고 주장했어. 그의 말에 의하면 리디아를 만나는 첫 번째 목표는, 그녀에게 할 수 있는 한 도움을 다 줄 테니 현재의 수치스러운 상황을 벗어나 그녀를 아끼는 사람들이 받아 주겠다고 하면 그 즉시 그들에게로 돌아가라고 설득하는 거였다고 하더라. 하지만 그는 리디아가 확고하게 현재 있는 곳에 그대로 남아 있겠다고 결심했다는 걸 알게 되었어. 그녀는 자신의 가족이고 친구고 전혀 관심도 없었고 그의 도움도 필요 없다고 했나 봐. 위컴에게서 떠나라고 하는 말을 들으려고 하지 않았어. 자신들이 조만간 결혼하게 될 거라고 확신하고 있었던 거지. 그녀에게 결혼을 언제 하는가는 별로 중요하지 않았어. 그녀의 생각이 그러한 것이었기 때문에 그는 결혼을 확실하게 서둘러 추진하는 길밖에 없다고 생각하게 되었어. 위컴과 첫 번째 대화를 나눌 때 그가 결혼을 전혀 염두에 두고 있지 않다는 걸 쉽게 알았기 때문이야. 위컴은 쫓기고 있던 도박 빚이 너무 급해져서 그 때문에 연대를 떠나야만 했다고 자백을 했대. 그리고 조금도 주저하지 않고 리디아가 도망쳐서 생긴 그 안 좋은 일들은 모두 그녀 본인이 어리석은 탓이라고 말했어. 그는 즉시 자신의 장교직을 사퇴할 생각이었고, 앞으로의 상황에 대해서는 전혀 아무런 예측도 하고 있지 않았어. 그는 어디든 가긴 가야 하는데, 어디로 가야 할지도 모르겠고, 먹고살 방법이 없다고 말했어. 다시 씨는 그에게 왜 너의 여동생과 당장 결혼하지 않았냐고 물었지. 베넷 씨가 부자라고 생각되지는 않지만, 그를 위해 뭔가는 해줄 수 있었을 테고 그의 입장도 결혼 덕에 나아질 수 있었을 테니까. 하지만 그는 위컴의 대답을 듣고 그가 여전히 다른 지방에서 결혼을 통해 제대로 출세를 해보겠다는 희망을 갖고 있다는 사실을 알게 되었어. 하지만 위컴이 그런 상황에서 즉시 구제를 받는 유혹을 이겨 낼 것 같지는 않아 보였다지. 그들은 몇 번을 더 만났어. 의논할 것이 많았으니까. 위컴은 물론 자기가 받을 수 있는 것보다 더 많은 걸 원했어. 그러다 마침내 합당한 선으로 물러섰지. 두 사람 사이에서 모든 문제가 해결되자, 다시 씨의 다음 조치는 숙부에게 이 사실을 알리는 거였어. 그래서 그는 내가 집에 돌아오기 전날 밤 그레이스 처치 거리에 처음으로 들렀던 거야. 하지만 가디너 씨를 만나지 못했지. 좀 더 알아본 후 다시 씨는 네 아버지가 아직 숙부와 함께 있지만 다음 날 런던을 떠날 것이라는 사실을 알아냈지. 그는 네 아버지보다는 숙부가 상의하기에 보다 적절한 분이라고 판단하고는, 네 아버지가 떠나실 때까지 숙부를 만나는 일을 미뤘던 거야. 그는 이름을 남기지 않았어. 그래서 그다음 날이 될 때까지는 어떤 신사가 사업상 방문한 걸로만 알려져 있었어. 토요일에 그가 다시 왔어. 네 아버지는 떠나셨고, 숙부는 집에 계셨지. 내가 앞서 말한 것처럼 두 사람은 함께 많은 이야기를 나눴어. 일요일에 그들은 다시 만났고, 그리고 나도 그를 보게된 거야. 월요일이 되어서야 모든 게 다 결정이 났어. 그리고 신속하게 롱본으로 속달을 보낸 거지. 하지만 우리 방문객은 무척 고집이 셌어. 리지야, 나는 고집이 그의 성격에서 진짜 단점이 아닌가 생각된다. 그는 여러 번에 걸쳐여러 단점으로 비난을 받았지만, 이것이 그의 진짜 단점이다. 그는 모든 일을 자기가 직접 알아서 하려고 들었어. 네숙부가 기꺼이 모든 일을 다 해결했을 거라고 확신하지만말이다 (인사 받으려고 하는 말이 아니니까 아무 말도 하지 마라). 그들은 오랫동안 함께 그 문제에 대해 논쟁을 했다. 정말 관련된 당사자인 그 신사나 숙녀나 그럴 만한 자격이 하나도 없었지만 말이다. 하지만 마침내 숙부가 양보를 하지 않을 수 없었어. 조카딸에게 직접 도움을 주는 대신에 그 명예만 떠맡기로 된 건데, 그건 전적으로 그러고 싶어서 그렇게 한 게 아니라는 점을 알아주면 좋겠다. 오늘 아침 네 편지가 숙부에게 큰 기쁨을 주었을 걸로 생각된다. 답장으로 설명을 하다 보면 네 숙부는 남에게서 빌려 온 깃털을 벗게 될 수 있고, 찬사가 당연히 받아야 할 사람에게 돌아가게 될 테니까. 하지만 리지야, 이 사실은 너만 알고 있거나, 기껏해야 제인 정도만 알고 있어야지 더 얘기가 퍼지면 안 된다. 그 젊은이들을 위해 어떤 일이 이루어졌는지 너는 잘 알 거다. 그의 빚을 갚아야 했는데 1천 파운드가 넘는 액수였고, 리디아에게 할당된 몫에 1천 파운드를 더 얹어 주었고, 위컴의 장교직도 돈으로 사야 했다. 이 모든 것을 그 사람 혼자 다 처리한 이유는 내가 위에 얘기한 그대로란다. 위컴의 성품이 착각을 일으키고 그 결과 그자가 환영도 받고 인정도 받게 된 것이 자기 때문이고, 자신이 제대로 말을 하지 않았으며 제대로 배려하지 않았던 탓이라는 거다. 아마 이 점은 어느 정도 사실일 거다. 그 사람이나 다른 사람이라도 말을 하지 않았다고 해서 그런 사건에 책임이 있는 거라고 생각되지는 않지만 말이다. 하지만 이 모든 훌륭한 얘기들에도 불구하고, 사랑하는 리지야, 분명히 알아 둬라. 너의 숙부는 이 문제에 대해 그 사람이 다른 관심을 갖고 있다는 생각을 하지 않았다면 절대 그가 하자는 대로 양보하지 않았을 거다. 이 모든 문제가 해결되자, 그는 여전히 펨벌리에 머물고 있는 친구들에게로 다시 돌아갔어. 하지만 결혼식이 거행될 때 그가 다시 한 번 런던에 와서 그때 돈 문제를 완전히 종결짓기로 합의했었지. 이제 네게 모든 걸 다 얘기한 것 같다. 너는 이 얘기를 듣고 크게 놀랐다고 말하겠지. 나는 최소한 이 얘기가 네게 불쾌감을 주지는 않았기를 바란다. 리디아는 우리에게 왔고, 위컴도 집에 자유로이 드나들었다.

그는 내가 하트퍼드셔에서 봤던 옛날 모습 그대로였다. 하지만 리디아에 대해서는, 정말이지 우리와 함께 있는 동안 그녀의 행동이 얼마나 못마땅했는지 말하지 않았을 거다. 지난 수요일에 제인의 편지를 통해 리디아가 집에 오자마자 한 행동이 정확히 여기서 했던 것과 똑같다는 걸 파악하지 않았더라면, 그래서 내가 지금 이 얘기를 한다고 해서 새로운 고통이 더 생기지는 않을 거라고 생각하지 않았다면 말이다. 나는 리디아에게 무척 진지한 태도로 그애가 한 짓이 얼마나 나쁜 일이며, 가족에게 얼마나 큰 불행을 초래했는가에 대해 계속 얘기해 주었다. 그애가 내 얘기를 들었다면 정말 다행이다. 왜냐하면 귀담아 듣지 않는 게 분명했으니까. 나는 가끔 너무 화가 났지만 내 사랑하는 엘리자베스와 제인을 떠올리고, 너희들을 위해서 리디아에게 인내심을 가졌다. 다시 씨는 정확한 시간에 와서, 리디아가 말한 것처럼 결혼식에 참석했단다. 다음 날 그는 우리와 식사를 함께했고, 다시 수요일인가 목요일에 런던을 떠나기로 되어 있었다. 리지야, 내가 이번 기회에 (전에는 이 말을 할 용기가 없었는데) 내가 그를 얼마나 좋아하는지 말한다면 나한테 화가 나겠니? 그가 우리에게 보인 행동은 모든 점에서 더비셔에 있을 때와 똑같이 호감을 주었단다. 그의 판단력과 생각이 모두 너무 마음에 든다. 그는 약간의 활기 말고는 부족한 게 없다. 그리고 그가 결혼을 신중하게 한다면, 그의 아내가 그 활기를 가르쳐 줄 거다. 나는 그가 무척 엉큼하다고 생각한다. 좀처럼 네 이름을 언급하지 않았거든. 하지만 엉큼한 게 유행인가 보다. 내가 주제넘었다면, 제발 나를 용서해라. 아니면 최소한 펨(벌리)에 못 오게 할 정도로 심하게 나를 벌하지는 말아다오. 난 그 영지를 다 둘러보게 될 때까지는 행복할 수가

없을 것 같구나. 멋진 작은 조랑말이 끄는 낮은 사륜마차
라면 딱이겠다. 편지를 그만 마쳐야겠다. 애들이 반 시간
동안이나 나를 부르고 있구나. 그럼 안녕.

M. 가디너.

이 편지는 엘리자베스를 흥분시켜 안절부절못하게 만들었
는데, 기쁨이 더 큰지 고통이 더 큰지 알 수가 없었다. 불확실
한 데서 초래된 막연하고 확실하지 않은 의혹, 다시 씨가 여
동생의 결혼을 성사하기 위해 무슨 일인가 했을지 모른다는
의혹, 너무 큰 호의라 있을 수 없는 일이라 여겨 그런 생각을
품는다는 자체를 두려워하는 동시에, 부담감이라는 고통이
따를 것이므로 사실이 아니기를 바랐던 그 의혹이 엄청날 정
도로 사실임이 판명되었던 것이다! 그는 그럴 목적으로 런던
까지 그들을 따라가서, 그런 추적에 수반되는 모든 수고와
굴욕을 스스로 떠안았다. 그렇게 추적을 하자면, 그가 혐오
하고 경멸했을 것이 틀림없는 그런 여자에게 부탁하는 일도
필요했고, 그가 늘 가장 피하고자 했고 이름을 언급하는 것
만으로도 형벌이나 다름없던 남자와 만나야 했고, 그것도 자
주 만나 따지고 설득하고 결국은 매수까지 해야 했다. 그는
좋아하지도 존경할 수도 없는 여성을 위해 이 모든 일을 했
던 것이다. 그녀의 마음은 그가 그녀 자신을 위해 그 일을 했
다고 속삭이고 있었다. 하지만 엘리자베스의 그런 마음은 다
른 문제점들이 떠오르자 곧 제어되었다. 이미 청혼을 거절하
기까지 했던 자신에게 그가 여전히 애정을 품고 있을지도 모
른다는 데 매달릴 수밖에 없는 상황에서, 다시가 위컴과 그
런 관계로 맺어지게 되는 데서 당연히 갖게 될 혐오감을 극
복할 정도로 자신의 허영심이 크지는 않다는 생각도 곧 들었
다. 위컴과 동서지간이라니! 자존심이란 자존심이 모두 여기

에 반기를 들었을 게 뻔했다. 그는 분명 많은 일을 해주었다. 그녀는 그의 도움이 어느 정도인가 생각해 보고는 부끄러웠다. 하지만 그는 자신이 간섭하는 이유를 댔는데, 그 이유는 믿기에 그리 어렵지 않은 것이었다. 자신이 잘못했었다고 느낀다는 건 이치에 닿는 설명이었다. 그는 관대했고, 그 관대함을 실천할 수단도 있었다. 그리고 그녀가 그의 행동에 주요한 동기는 아니었다 해도, 어쩌면 애정이 좀 남아 있어 그녀의 마음의 평화가 꽤 관련된 문제에 대해 노력을 기울이게 되었을 거라고 생각할 수는 있었다. 보답을 제대로 할 수 없는 사람에게 은혜를 입었다는 걸 알게 되는 것은 고통스러운 일, 무척 고통스러운 일이었다. 그 사람 덕분에 리디아가 구원되고, 아울러 그녀의 인격과 모든 것이 다 구원될 수 있었다. 아! 엘리자베스는 그에게 일으킨 모든 불쾌한 감정들, 그에게 퍼부은 모든 건방진 말이 진심으로 후회되었다. 자신은 부끄러웠지만, 그 사람은 자랑스러웠다. 연민과 명예를 위해 그가 스스로를 이겨 낼 수 있었던 것이 자랑스러웠다. 그녀는 숙모가 그를 칭찬한 대목을 읽고 또 읽었다. 그 칭찬이 충분하다고는 할 수 없었지만, 그래도 기뻤다. 그녀는 숙모와 숙부가 다시 씨와 자기 사이에 애정과 신뢰가 존재하고 있다고 매우 확고하게 믿고 있다는 걸 알고, 후회가 섞여 있긴 했지만 어떤 기쁨까지도 느껴졌다.

누군가가 다가오는 바람에 그녀는 명상에서 깨어나 자리에서 일어났다. 그녀가 다른 쪽 길로 접어들기 전에 위컴이 그녀를 따라잡았다.

「처형, 고독한 산책을 방해한 건 아닌지 모르겠어요.」 옆에 다가오며 그가 말했다.

「맞아요. 하지만 방해해서 꼭 싫다는 얘긴 아니에요.」 그녀가 미소 지으며 대답했다.

「그랬다면 정말 죄송합니다. 우리는 늘 좋은 친구였는데 이제 더 가까운 관계가 되었네요.」

「사실이에요. 다른 사람들도 나오나요?」

「모르겠습니다. 베넷 부인과 리디아는 마차를 타고 메리턴에 갈 겁니다. 그런데 처형, 숙부와 숙모께 당신이 펨벌리에 실제로 가봤다고 들었습니다.」

그녀는 그렇다고 대답했다.

「부러운 기분도 들긴 하지만 나로서는 펨벌리를 보는 게 너무 벅찰 것 같아요. 그렇지 않으면 뉴캐슬에 가는 길에 들러볼 텐데요. 하녀장도 보셨나요? 가엾은 레이놀즈 부인. 나를 예뻐했었지요. 하지만 물론 당신에게 내 이름을 언급하진 않았을 테지요.」

「아니요. 언급했어요.」

「뭐라고 하던가요?」

「당신이 군에 입대했다는 얘기요. 그리고 일이 잘 풀리지 않은 것 같다고 걱정했어요. 그렇게 멀리 떨어져 있으면, 상황이 이상하게 잘못 전달될 때도 있지요.」

「물론입니다.」 그가 입술을 깨물며 대답했다. 엘리자베스는 그 얘기에 그가 입을 다물 거라고 생각했다. 그러나 그는 곧 이렇게 말했다.

「지난달에 런던에서 다시를 만나고 놀랐습니다. 우리는 몇 차례 서로 지나쳤었지요. 그가 런던에서 무슨 일을 하고 있었는지 궁금하네요.」

「어쩌면 드 버그 양과의 결혼 준비를 하고 있는지도 모르지요. 이 시기에 런던에 갔다는 건 뭔가 특별한 일이 있어서겠지요.」 엘리자베스가 말했다.

「물론이지요. 램턴에 있는 동안 그를 만났나요? 가디너 부부에게서 그랬다고 들은 것 같아서요.」

「그래요. 그분이 우리를 여동생에게 소개해 주었어요.」

「그녀가 마음에 들던가요?」

「무척이나요.」

「그녀가 1~2년 사이에 상당히 나아졌다는 말을 들었습니다. 마지막으로 그녀를 봤을 때, 별로 기대하지 않았었는데요. 그녀가 마음에 든다니 무척 기쁘군요. 그녀가 잘되기를 바랍니다.」

「그렇게 될 겁니다. 그녀는 가장 힘든 나이를 막 지났으니까요.」

「킴턴 마을을 지나갔습니까?」

「그런 기억이 없는데요.」

「내가 교구 목사직을 맡기로 되어 있었던 마을이거든요. 그래서 말씀드리는 겁니다. 무척 아름다운 곳이지요! 목사관도 훌륭했고요! 모든 면에서 내게 어울렸을 겁니다.」

「당신이 설교하는 걸 좋아했을까요?」

「무척 좋아했을 겁니다. 나는 그 일을 의무의 일부로 간주했을 것이고, 그 정도의 노력은 곧 아무것도 아닌 게 되었을 겁니다. 사람은 불평이나 하고 있으면 안 되지요. 하지만 분명 내게 정말 어울리는 일이었을 겁니다! 그런 조용하고 한적한 삶은 내가 그리는 행복의 이상에 완전히 부합되었을 겁니다! 하지만 그럴 수 없게 되었지요. 당신이 켄트에 있을 때 다시가 그 상황을 언급하던가요?」

「그만큼 믿을 만한 소식통에서 듣긴 했습니다. 그 성직은 당신에게 조건부로 주어졌고, 현재 후원자의 뜻에 따르는 걸로 되어 있었다던데요.」

「들으셨군요. 그래요. 거기에 문제가 좀 있었지요. 기억하실지 모르지만, 내가 그렇다고 처음부터 말씀드렸지요.」

「설교를 하는 것이 지금은 좋다고 하지만 당신의 취향에 맞지 않았던 때가 있었다는 말도 들었습니다. 당신이 실제 성직을 맡지 않겠다는 결심을 알렸다는 것과 그 뜻에 따라 상황이 합의가 되었었다는 얘기도 들었습니다.」

「그랬군요! 그것은 전적으로 근거 없는 얘기는 아닙니다. 처음 우리가 그 얘기를 나눴을 때, 내가 그 문제에 대해 했던 말이 기억나실 겁니다.」

그녀가 그를 떨쳐 버리려고 빨리 걸었기 때문에 이제 거의 집 앞에 도달했다. 그리고 여동생을 생각하여 그를 자극하고 싶지 않아 성격 좋은 미소를 띠고 그냥 이렇게 대답을 했다.

「자, 위컴 씨. 이제 우리는 처형과 제부 사이예요. 지난 일에 대해 왈가왈부하지 말도록 하죠. 앞으로는 한마음이 되기를 바랍니다.」

그녀는 손을 내밀었다. 그는 어떤 표정을 지어야 할지 모르는 것 같았지만 다정한 제스처로 손에 입을 맞추었다. 그리고 두 사람은 집 안으로 들어섰다.

<h2 style="text-align:center">제53장</h2>
(제3권 제11장)

위컴 씨는 이번 대화를 충분히 나누었기 때문에 다시 그 문제를 끌어들임으로써 자신을 괴롭히거나 엘리자베스를 자극하거나 하지 않았다. 그녀는 그의 입을 다물게 할 만큼 충분히 얘기했다는 걸 알고 다행스러워했다.

곧 위컴과 리디아가 떠나는 날이 왔다. 베넷 부인은 최소한 열두 달 동안 지속될 것 같은 이번 이별을 감수해야만 했다. 그녀의 남편이 뉴캐슬까지 모두 같이 가자는 자신의 계획에 결코 동의하려고 하지 않았기 때문이다.

「아, 내 사랑 리디아야! 우리 언제 다시 만나게 될까?」베넷 부인이 외쳤다.

「아, 세상에! 몰라요. 아마 앞으로 2, 3년 동안은 못 만나겠지요.」

「얘야, 편지 자주 써라.」

「할 수 있는 대로 자주 쓸게요. 하지만 결혼한 여자는 편지 쓸 시간이 별로 없다는 것 아시잖아요. 언니들이 내게 편지를 쓰도록 해요. 다른 할 일도 별로 없을 텐데요.」

위컴의 작별 인사는 그의 아내보다는 훨씬 다정한 것이었다. 그는 미소를 짓고 있었고, 잘생겨 보였고, 듣기 좋은 말들을 많이 했다.

「그는 내가 본 사람 중에 가장 멋진 친구야.」그들이 집을 떠나자마자 베넷 씨가 말했다. 「우리 모두에게 히죽거리고 능글맞은 미소를 보내고 연애도 걸잖아. 나는 그가 무척 자랑스럽다. 윌리엄 루커스 경한테 더 소중한 사위가 있으면 내놔 보라고 도전할 수 있겠다.」

딸을 잃게 된 베넷 부인은 며칠 동안 무척 기운이 없었다.

「난 아끼는 사람들과 헤어지는 것만큼 나쁜 건 없다는 생각이 자주 든다. 아끼는 이들이 없으면 너무 쓸쓸한 것 같아.」베넷 부인이 말했다.

「이건 딸을 결혼시켜서 그런 거잖아요, 어머니.」엘리자베스가 말했다. 「결혼 안 한 딸이 넷이 더 있다는 걸 생각하면 기분이 나아지실 거예요.」

「그런 게 아니다. 리디아는 결혼했기 때문에 날 떠난 게 아니야. 남편의 연대가 멀리 떨어진 곳이라 그런 거지. 그 연대가 좀 가까운 데 있었더라면 그렇게 빨리 떠나지 않아도 되었을 텐데.」

그러나 이번 일로 그녀가 빠져 있던 우울한 상황은 어떤 소문이 막 퍼지기 시작하면서 금방 풀렸고, 그녀의 마음에 희망이 싹트기 시작했다. 네더필드의 가정부가 주인이 몇 주간 사냥을 하기 위해 그곳으로 하루 이틀 후에 내려올 예정이니 주인을 맞을 준비를 하라는 지시를 받았다는 소식이었다. 베넷 부인은 어쩔 줄을 몰라 했다. 그녀는 제인을 바라보며 미소를 짓다가 고개를 흔들기를 반복했다.

「자, 자, 동생, 그러니까 빙리 씨가 내려온다는 말이지.」(필립스 부인이 맨 처음 그녀에게 소식을 전해 준 장본인이었다.)「글쎄, 그럴수록 훨씬 낫지. 그렇다고 내가 그 일에 신경 쓰는 건 아니야. 그 사람은 이제 우리한테 아무것도 아니거든. 난 그 사람을 다시는 보고 싶지 않아. 하지만 그 사람이 좋다면 네더필드에 오는 거야 환영이지. 무슨 일이 일어날지 누가 알겠어? 하지만 오건 말건 우리와 아무 상관없어. 동생, 우리는 그 일에 대해 한마디도 하지 않기로 오래전에 합의를 봤거든. 그런데 말이야, 그 사람이 온다는 게 정말 확실한가?」

「그렇고말고요.」 필립스 부인이 대답했다. 「어젯밤에 니콜스 부인이 메리턴에 왔었다니까요. 그녀가 지나가는 걸 보고 사실인지 확인하려고 직접 나가 봤는데, 분명히 사실이라고 말했다니까요. 그 사람이 아무래도 수요일에 올 것 같고, 아무리 늦어도 목요일에는 온대요. 그녀는 수요일에 쓸 고기를 더 주문하려고 일부러 정육점으로 가는 길이랬어요. 그리고 막 오리 세 쌍도 잡았다고 하던데요.」

베넷 양은 그가 온다는 소식을 듣자 얼굴색이 변하고 말았다. 그녀가 엘리자베스에게 그의 이름을 언급한 지 여러 달이 지났었다. 하지만 지금 둘만 남게 되자마자 그녀는 이렇게 말했다.

「리지야, 이모님이 우리에게 소식을 전할 때, 넌 날 쳐다보더구나. 내가 착잡해 보였으리라는 거 나도 알아. 하지만 어떤 어리석은 이유 때문이라고 상상하지는 말아 줘. 사람들이 나를 쳐다보겠구나 싶어서 잠시 당황했던 것뿐이야. 그 소식이 내겐 기쁨이든 고통이든 아무런 영향도 주지 않았다는 걸 분명히 말해 두고 싶어. 한 가지 소식은 기쁘다. 그가 혼자 온다는 것 말이야. 왜냐하면 그 사람을 덜 만나게 될 테니까. 나를 못 믿어서가 아니라 다른 사람들이 말하는 게 싫어서그래.」

엘리자베스는 그 말을 어떻게 이해해야 할지 알 수가 없었다. 더비셔에서 그를 만나지 않았더라면, 그가 이미 알려진 목적 때문에 그곳에 왔을 거라고 생각했을 것이다. 그러나 여전히 그에게 제인을 좋아하는 마음이 남아 있다고 생각하고 있었다. 그녀는 그가 친구의 허락을 받고 왔을 가능성과 아니면 허락 없이 올 만큼 대담해졌을 가능성 가운데 어느 쪽이 더 클까 하는 문제에 대해서는 흔들리고 있었다.

〈하지만 이 불쌍한 사람은 자기가 합법적으로 임대한 집에 한 번 오는데 이 모든 추측을 불러일으키다니 참으로 안됐다! 나는 그냥 두고 볼 거야.〉 엘리자베스는 그런 생각도 들었다.

그가 오는 데 대해 제인이 그렇게 단언하고 또 실제로 자기 감정이 그렇다고 믿고 있음에도 불구하고, 엘리자베스는 제인의 기분이 상당히 영향을 받고 있음을 쉽게 파악할 수 있었다. 그녀의 기분은 그 어느 때보다 더 불안정했고 한결같지가 않았다.

열두 달 전에 부모가 열을 올리며 논쟁했던 문제가 지금 다시 한 번 제기되었다.

「물론 빙리 씨가 내려오는 대로 당신이 방문하러 가시겠지요?」 베넷 부인이 말했다.

「아니오. 안 가겠소. 당신은 작년에 억지로 그 사람을 방문하도록 시켰고, 내가 그를 만나러 가면 그가 우리 딸 중 하나와 결혼할 거라고 장담했었지. 하지만 그 일은 그냥 끝나 버렸잖아. 다시는 그런 바보 같은 용무를 떠맡지 않겠소.」

그의 아내는 빙리가 네더필드로 돌아오자마자 이웃에 사는 모든 신사들이 그에게 관심을 보이며 방문을 하는 것이 절대적으로 필요한 일이라고 설명을 했다.

「나는 그런 예법을 경멸해요. 우리를 만나고 싶어 하면 그 사람보고 찾아오라고 하지. 우리가 어디 사는지 뻔히 아는데 말이오. 난 이웃들이 떠났다가 돌아왔다가 할 때마다 그들을 쫓아다니는 데 내 시간을 낭비하지 않겠소.」

「글쎄요. 내가 아는 건 당신이 방문하지 않으면 굉장히 무례해 보일 거라는 것뿐이에요. 하지만 당신이 찾아가 보지 않는다고 해서 내가 그 사람더러 우리 집에 와서 식사하라고 초대 못할 이유는 없다고 결론 내렸어요. 우리는 곧 롱 부인과 굴딩 가족들을 초대해야 해요. 그러면 우리가 열세 명이 되니까 식탁에 그 사람이 앉을 자리는 충분해요.」

그 결과 이웃 사람들이 모두 자기보다 먼저 빙리 씨를 만나게 되는 건 속상한 일이긴 했지만, 초대해야겠다는 결심 덕분에 좀 위로가 되어 베넷 부인은 예법을 무시하는 남편의 행동을 좀 더 잘 견딜 수가 있었다.

그가 도착할 날짜가 가까워지고 있을 때, 제인이 엘리자베스에게 말했다. 「그가 내려오는 것이 유감스러워지기 시작했어.」「아무렇지도 않아. 난 그를 완전히 무심하게 대할 수 있어. 하지만 이렇게 끊임없이 그 사람 얘기를 듣는 건 정말 참기 힘들다. 어머니는 좋은 뜻으로 그러시겠지만, 당신이 하는 말 때문에 딸이 얼마나 괴로운지는 모르실 거야. 아무도 모를 거야. 나는 그가 네더필드를 떠나는 날 행복해질 거야!」

「언니를 뭐라고 위로해 주었으면 좋겠어.」 엘리자베스가 대답했다. 「하지만 내겐 그럴 힘이 없어. 언니도 느낄 거야.

고통받는 사람에게 인내심을 가르쳐 주면서 대개들 만족스러워하는데, 난 그런 거 못 해. 언니는 이미 인내심이 넘치는 사람이니까.」

빙리 씨가 도착했다. 베넷 부인은 하인들의 도움을 받아, 그 소식을 가장 먼저 들을 수 있었다. 그래서 그녀의 불안하고 초조한 시간은 한껏 길어져 버렸다. 그녀는 초대장을 보낼 수 있을 때까지 며칠을 더 기다려야 하는지 세어 보았다. 그 전에 그를 만나는 일은 포기하고 있었다. 하지만 그가 하트퍼드셔에 도착한 지 사흘째 되던 날 아침에 그녀는 침실 창문 밖으로 그가 말을 타고 목장을 통해 집 쪽으로 다가오는 걸 보았다.

그녀는 기쁨을 함께 누리고자 딸들에게 열심히 소리쳤다. 제인은 단호하게 테이블 앞에 그대로 앉아 있었다. 그러나 엘리자베스는 어머니를 만족시키기 위해 창가로 갔다. 그녀는 내다보다가 다시 씨가 그와 함께 있는 것을 보고는 언니의 옆에 앉아 버렸다.

「엄마, 어떤 신사와 함께 있어요. 누굴까?」 키티가 말했다.

「애야, 이리저리 아는 사람이겠지 뭐. 누군지 모르겠구나.」

「어머! 전에 빙리 씨와 함께 지내던 사람 같은데요. 이름이 뭐더라. 그 키가 크고 도도하던 남자 말이에요.」 키티가 대답했다.

「맙소사! 다시 씨구나! 정말 그러네. 아니, 빙리의 친구라면 누구든 우리 집은 환영이지. 하지만 그 사실만 아니면 정말 저 사람 꼴도 보기 싫은데 말이다.」

제인은 놀랍기도 하고 걱정도 되어 엘리자베스를 바라보았다. 그녀는 그들이 더비셔에서 만났던 일에 대해 아는 바가 없었다. 그래서 사정을 해명하는 그의 편지를 받은 후 여동생이 거의 처음으로 그를 만나는 것인데 얼마나 어색할까 걱정되었던 것이다. 두 자매는 매우 불편했다. 서로 상대방에게 마음이 쓰였고, 또 물론 스스로에 대해서도 마음이 쓰였다. 그들의 어머니는, 두 사람에게는 들리지 않았지만, 다시 씨가 싫다는 얘기, 그리고 단지 빙리 씨의 친구로서 그에게 예의를 지킬 거라는 얘기를 여전히 하고 있었다. 그러나 엘리자베스가 불안해하는 데는 제인이 미처 생각도 할 수 없는 이유가 있었다. 엘리자베스는 아직 제인에게 가디너 부인의 편지를 보여 주거나 그에 대한 자신의 감정이 변했다는 얘기를 할 용기를 못 내고 있었다. 제인에게는 그가 단지 엘리자베스가 청혼을 거절했던 남성이며 장점을 제대로 평가받지 못하고 있는 남성일 뿐이었다. 하지만 엘리자베스가 알고 있는 광범위한 정보에 따르면 온 가족이 그에게 가장 큰 은혜를 입었다. 그리고 자신이 깊은 애정은 아니라 하더라도, 최소한 제인이 빙리에게 느끼는 감정만큼은 합리적이고 정당한 그런 관심을 갖게 된 사람이었다. 그가 오는 걸 보고, 그가 네더필드로 또 롱본으로 와서 다시 자발적으로 자신을 찾아오는 것을 보고, 그녀가 받은 충격은 더비셔에서 그의 변한 태도를 처음 목격했을 때에 받은 것만큼 컸다.

핏기가 사라졌던 그녀의 얼굴이 30초도 안 되어 금세 회복되면서 더 빛이 났다. 그리고 그 짧은 시간에 그의 애정과 소망이 여전히 변함없다고 확신하자 기쁨의 미소가 떠오르면서 눈에 광채가 더했다. 그러나 그녀는 확실하다고 자부하지는 않았다.

「우선 그가 어떻게 행동하는지 봐야겠어. 그러고 나서 기대를 해도 시간은 충분할 테니까.」 그녀가 말했다.

그녀는 시선을 아래로 떨어뜨리고 차분하게 행동하려고 애쓰면서 일에 열중한 채 앉아 있다가, 하인이 문으로 다가오자 비로소 근심 섞인 호기심으로 언니의 얼굴로 시선을 돌렸다. 제인은 여느 때보다 더 창백했다. 하지만 엘리자베스가 예상한 것보다는 훨씬 침착했다. 신사들이 다가오자, 그녀의 얼굴이 점점 붉어졌다. 그러나 그녀는 제법 자연스럽게, 그리고 그 어떤 분노의 기색도 불필요한 친절도 똑같이 배제된 예의 바른 태도로 그들을 맞이했다.

엘리자베스는 예의에 어긋나지 않는 한도 내에서 그들에게 짧게 말을 하고, 다시 자리에 앉아 평소보다 훨씬 더 열심히 바느질을 했다. 그러다가 용기를 내어 다시를 흘깃 바라보았다. 그는 여느 때처럼 심각해 보였는데, 펨벌리에서 보았을 때보다는 하트퍼드셔에서 늘 보던 모습에 더 가까운 것 같았다. 하지만 그는 어머니 앞에서는 숙부나 숙모 앞에서 내보였던 자신의 참된 모습으로 돌아올 수 없었을 것이다. 그건 고통스럽지만, 틀리지 않은 추측이었다.

그녀는 빙리도 잠깐 살폈는데, 그 짧은 순간에도 그가 기뻐하면서도 동시에 당황하고 있다는 사실을 알 수 있었다. 베넷 부인은 빙리를 무척 정중하게 맞이했는데, 대조적으로 그의 친구에게는 인사만 까딱 하고 몇 마디 냉랭한 형식적인 인사만 건네고 말아서, 두 딸을 부끄럽게 만들었다.

특히 엘리자베스는 어머니가 다시 씨에게 은혜를 입었다는 사실, 그녀의 가장 예뻐하는 딸을 돌이킬 수 없는 치욕에서 구해 준 장본인이라는 사실을 알고 있었으므로, 어머니가 그렇게 잘못된 차별을 하는 걸 보고 고통스러울 만큼 마음의 상처를 받고 곤혹스러워했다.

다시는 가디너 부부의 안부를 묻는 것 외에는 거의 아무 말도 하지 않았는데, 대답을 하면서 엘리자베스는 혼란스러웠다. 그는 그녀의 옆자리에 앉지 못했는데, 아마 그 때문에 침묵을 지켰을 수도 있겠지만, 더비셔에서는 안 그랬었다. 더비셔에서 그는 그녀에게 말을 할 수 없을 때면 그녀와 함께 온 사람들에게 이야기를 했었다. 하지만 몇 분이 흐르도록 그의 목소리는 들리지 않았다. 때로 호기심을 이기지 못해 그의 얼굴을 향해 시선을 들면 그는 그녀 자신을 바라보는 만큼 제인도 바라보고 있었고, 또 이따금씩 바닥만 내려다보고 있기도 했다. 지난번 만났을 때보다 더 자주 생각에 잠기고 호감을 주려는 마음은 덜한 것이 분명히 드러나 보였다. 그녀는 실망했다. 그리고 실망하는 자신에 대해 화가 났다.

〈달리 무슨 기대를 했던 거야? 하지만 저 사람은 왜 왔을까?〉 그녀가 생각했다.

그녀는 그를 제외한 다른 누구와도 대화를 할 기분이 아니었고, 또 그렇다고 그에게 말을 걸 용기도 없었다.

그녀는 그의 여동생의 안부를 물었다. 그러나 그 이상은 말을 더 할 수가 없었다.

「빙리 씨, 당신이 떠난 후로 꽤 시간이 흘렀지요.」 베넷 부인이 말했다.

그는 얼른 그렇다고 대답했다.

「나는 당신이 다시는 돌아오지 않을지도 모른다고 생각하기 시작했었어요. 사람들이 미가엘 축일 때 당신이 그 집을 완전히 떠날 거라고들 했었거든요. 하지만 사실이 아니길 바랐지요. 당신이 떠난 이후 이웃에 상당히 많은 변화가 있었어요. 루커스 양이 결혼해서 정착했고, 내 딸 아이 하나도 결혼했지요. 아마 소식을 들으셨을 거예요. 사실 신문에서 보셨을 겁니다. 〈타임스〉지와 〈쿠리어〉지에 실렸거든요. 기사가 좀 부실하긴 했지만요. 신문에 그냥 〈최근 조지 위컴 씨와 리디아 베넷 양 결혼〉이라고만 났어요. 신부의 아버지가 누군지, 사는 곳이 어딘지 그런 건 한마디 언급도 없이 말이에요. 내 동생 가디너가 작성한 건데 어떻게 일을 그렇게 어설프게 처리했는지 몰라요. 그 기사 봤나요?」

빙리는 봤다고 대답하고, 축하의 말을 건넸다. 엘리자베스는 정말 얼굴을 들 수가 없었다. 따라서 다시 씨가 어떤 표정이었는지 알 수가 없었다.

「딸을 시집을 잘 보내는 건 물론 기쁜 일이에요. 하지만 빙리 씨, 동시에 그애를 멀리 떨어뜨려 보내야 하다니 너무 심해요.」어머니가 말을 계속했다. 「그들은 뉴캐슬로 갔어요. 한참 북쪽에 있는 곳 같아요. 그곳에 머무르게 될 건데 얼마 동안이 될지는 모르겠어요. 그의 연대가 거기에 있거든요. 그가 ○○연대를 떠나 정규군으로 들어갔다는 소식을 들었을 테지요. 하느님 감사합니다! 그 사람은 그래도 도와줄 친구가 좀 있는 모양이에요! 더 많은 친구를 가질 자격이 있는 사람이지만요.」

엘리자베스는 다시 씨를 염두에 둔 말인 줄 알았기 때문에, 너무도 수치스러워서 가만히 앉아 있을 수가 없을 정도였다. 하지만 그 일은 엘리자베스에게서 말을 할 용기를 주었다. 여태까지 이보다 더 효과적으로 그녀로 하여금 얘기를 하도록 만들 수 있는 건 없었다. 그녀는 빙리에게 당분간 그 지방에 머무를 예정이냐고 물었다. 그는 몇 주간 있을 것 같다고 대답했다.

「빙리 씨, 새들을 다 잡으면, 이곳 베넷 씨의 영지에서 마음껏 사냥하도록 하세요. 베넷 씨도 당신이 오시면 무척 기뻐할 거예요. 그리고 당신을 위해 가장 좋은 메추라기들은 모두 남겨 둘걸요.」어머니가 말했다.

어머니가 그런 불필요한 관심, 그런 주제넘은 관심을 보이자 엘리자베스는 더욱 비참해졌다. 그녀는 지금 한 해 전에 품었던 것과 똑같은 밝은 기대를 갖게 된다 하더라도 모든 것이 똑같은 괴로운 결말로 치닫게 될 거라고 확신하고 있었다. 그 순간 엘리자베스는 제인이나 자신이 앞으로 몇 년간

행복할 수 있다 하더라도 이렇듯이 혼란스러운 고통의 순간
들을 보상할 수는 없을 것 같았다.

〈내 첫 번째 소원은 이 사람들과 더 이상 만나지 않는 거
야.〉 그녀가 혼자 생각했다. 〈이 사람들과 함께 있는 것이 이
런 비참한 기분을 보상할 만한 기쁨은 주지 못할 거야! 이 사
람이든 저 사람이든 다시는 안 만났으면 좋겠어!〉

그러나 몇 년간의 행복으로도 결코 보상받을 수 없을 것
같던 비참한 기분은 조금 후에 상당히 나아졌다. 언니의 아
름다움이 예전의 연인의 마음에 다시 한 번 사랑의 불길을
댕기게 된 것을 보았기 때문이다. 처음 들어왔을 때, 그는 그
녀에게 별로 말을 하지 않았다. 그러나 5분이 지날 때마다 그
녀에 대한 관심이 더욱 커지는 것 같았다. 그는 그녀가 말수
는 적어졌지만 작년과 마찬가지로 아름답고 선량하고 꾸밈
없다는 걸 깨달았다. 제인은 전혀 달라진 점이 없는 것처럼
보이려고 노심초사하면서, 자신이 전과 마찬가지로 이야기
도 많이 하고 있다고 확신하고 있었다. 그러나 그녀의 마음
은 자꾸 다른 데로 달아나서 자신이 침묵하고 있다는 걸 모
를 때가 많았다.

신사들이 가겠다고 자리에서 일어나자, 베넷 부인은 계획
했던 인사말을 하는 걸 잊지 않았고, 그들은 며칠 후 롱본의
저녁 식사에 초대되었다.

「빙리 씨, 당신은 정말 방문 한 번 해야 해요. 빚이 있어요.
지난겨울 런던에 갈 때 돌아오자마자 우리 가족과 식사를 하
겠다고 약속했잖아요. 봐요, 난 잊지 않았어요. 당신이 돌아
오지 않고 약속도 지키지 않아 무척 실망했었지요.」

그 일을 떠올린 빙리는 다소 바보스러운 표정을 지으며,
사업 때문에 올 수가 없었다며 우려 섞인 답을 했다. 그리고
그들은 떠났다.

베넷 부인은 그냥 더 있다가 식사를 하고 가라고 붙잡고
싶었다. 그러나 그녀는 자기 집 식사가 늘 훌륭하긴 하지만,
두 번의 풀코스가 안 되는 식사는 그녀가 사윗감으로 점찍어
두고 노심초사하는 사람, 한 해에 1만 파운드의 수입이 있는
사람의 식성이나 자존심을 충족하기에 충분하지 않을 거라
고 생각했다.

제54장
(제3권 제12장)

그들이 떠나자마자 엘리자베스는 기운을 되찾기 위해 산
책을 나왔다. 달리 말하면, 기운을 빠지게 만드는 문제들을
아무런 방해 없이 깊이 생각해 보려고 산책을 나왔다. 다시
씨의 행동은 그녀에게 충격을 주었고 짜증스럽게 했다.

「그렇게 침묵을 지키고 엄숙하고 무관심하게 있을 거면,
도대체 오긴 왜 온 거야?」

그녀는 만족스러운 답을 찾을 수가 없었다.

「그는 런던에 있을 때 숙부와 숙모에게 계속 다정하고 호의
적으로 굴었으면서, 왜 나한테는 안 그럴까? 나를 멀리할 거
였다면 여긴 왜 온 거지? 더 이상 날 좋아하지 않는다면, 왜
침묵을 지키고 있는 거야? 정말 모르겠어. 놀리는 거야 뭐야!
그 사람에 대해서는 더 이상 아무 생각도 하지 말아야지.」

그녀의 결심은 잠깐 동안 부지불식간에 언니 때문에 지켜
지게 되었다. 제인은 쾌활한 표정으로 엘리자베스에게 다가
왔는데, 조금 전의 방문객들에 대해 엘리자베스보다는 훨씬
만족하고 있다는 의미였다.

「첫 만남이 끝나고 나니 마음이 한결 편하다.」 제인이 말했

다. 「난 내가 나름 강하다는 걸 알게 되었어. 그가 온다고 해도 다시는 당황하는 일이 없을 거야. 그가 화요일에 우리 집에서 식사하게 된 게 기뻐. 그러면 우리 두 사람이 특별한 관심은 없는 그저 평범한 지인으로서 만나고 있다는 게 사람들에게 알려질 테니까.」

「그래. 정말 특별한 관심이 없단 말이지.」엘리자베스가 웃으며 말했다. 「아, 제인 언니! 조심해.」

「리지야, 너는 내가 지금 위험에 처할 만큼 그렇게 약하다고 생각하지는 않겠지.」

「난 언니가 그로 하여금 어느 때보다 더 언니를 사랑하게 할 위험에 당면해 있다고 생각해.」

그들은 화요일이 되자 신사들을 다시 만났다. 한편 베넷 부인은 방문 30분 만에 빙리의 쾌활한 성격과 정중한 태도에 힘입어 예전의 온갖 행복한 계획을 짜던 시절로 돌아가 있었다.

화요일에 롱본에는 많은 사람들이 모였다. 그리고 모두가 가장 초조하게 기다렸던 두 사람은 스포츠 애호가로서의 평판에 부합되게 정확한 시간에 딱 맞춰 도착했다. 그들이 정찬실로 가자, 엘리자베스는 빙리가 옛날에 파티를 열 때마다 차지했던 언니의 옆자리에 앉는지 보려고 열심히 살폈다. 그녀의 빈틈없는 어머니도 똑같은 생각을 하고는 그를 자기 바로 옆자리에 앉히고 싶은 마음을 꾹 참았다. 그는 방에 들어섰을 때 망설이는 것 같았다. 그러나 제인이 우연히 돌아보다가 미소를 짓는 일이 생기자 그는 결심을 굳혔다. 그는 제인 옆자리에 앉았다.

엘리자베스는 승리했다는 기분으로 그의 친구 쪽을 바라보았다. 그는 기품을 잃지 않고 무관심으로 응했다. 빙리가 반쯤 웃으며 놀라는 표정으로 그녀와 마찬가지로 다시 씨 쪽으로 시선을 돌리는 걸 보지 못했더라면, 빙리가 행복해도 좋다는 허락이라도 받았나 보다고 상상했을 것이다.

　저녁 식사를 하는 동안 빙리가 언니를 대하는 태도는, 전보다는 훨씬 조심스럽기는 했지만 제인을 사랑하는 마음이 담겨 있었다. 그래서 엘리자베스는 그 일이 전적으로 그 사람 본인에게 맡겨진다면 제인의 행복, 그리고 그의 행복도 빨리 확보될 것이라고 확신했다. 그녀는 그 결말은 확신할 수 없었지만, 그의 행동을 보면서 기쁨을 느꼈다. 그다지 유쾌한 기분이 아니었지만 그 일로 기분이 한껏 나아졌다. 다시 씨는 식탁에서 그녀와 가장 멀리 떨어진 자리에 앉아 있었다. 어머니의 옆자리였다. 그녀는 그들이 서로 그 상황을 얼마나 못마땅해할지, 또 서로에게 얼마나 득이 되는 게 없을지 잘 알고 있었다. 그녀는 그들의 대화가 들릴 만큼 가까운 자리에 있지는 않았으나, 그들이 서로 거의 말을 하지 않는다는 것과 또 말을 하더라도 태도가 얼마나 형식적이고 냉담한가를 잘 알 수 있었다. 어머니가 무례하게 구는 만큼 자신들이 그 사람에게 빚지고 있다는 사실이 떠올라 엘리자베스의 마음은 더 고통스러웠다. 그녀는 때로 그의 친절에 대해 가족 전체가 다 모르는 건 아니며 모두가 다 감사를 못 느끼는 게 아니라고 말할 수만 있다면 세상에 못할 일이 없겠다고 생각했다.

　그녀는 저녁때 그와 함께 자리할 기회가 생기기를 바랐다. 그들의 방문 일정이 모두 끝나기 전에, 의례적으로 하는 인사 이외에 뭔가 대화 같은 것을 할 수 있게 되기를 바랐다. 신사들이 들어오기 전까지 응접실에서 초조하고 불안해하며 보낸 시간은 그녀를 거의 무례하게 만들 정도로 지루하고 재미가 없었다. 그날 저녁 자신이 누릴 모든 기쁨이 그 순간에 달려 있기라도 한 것처럼 그녀는 그들이 들어오기만을 기다렸다.

「그가 내 쪽으로 오지 않는다면, 그러면, 난 그를 영원히 포기하겠어.」 그녀가 말했다.

신사들이 들어왔다. 그는 그녀의 소망을 들어줄 것처럼 보였다. 하지만 아! 여성들이 베넷 양이 차를 만들고 엘리자베스가 커피를 따르고 있는 테이블 주위로 몰려들었다. 무슨 친밀한 도당이라도 되는 것처럼 몰려들어 그녀 옆에는 의자 하나 들여놓을 틈조차 없었다. 신사들이 다가오자 젊은 여성들 중의 하나가 전보다 더 바싹 그녀에게 붙어 앉으며 조그맣게 속삭이듯이 말했다.

「남자들이 와서 우리를 갈라 놓지 못하게 할 거예요. 우리는 남자들이 필요 없어요, 안 그래요?」

다시는 방의 저쪽 편으로 걸어갔다. 그녀는 눈으로 그를 좇으며 그가 말을 거는 모든 사람을 부러워했고, 사람들에게 커피를 따라줄 만큼 인내심을 가질 수가 없었다. 그러면서 그렇게 어리석게 구는 자신에게 화가 났다!

〈한 번 거절당한 사람이란 말이야! 난 어떻게 그렇게 어리석을 수가 있지? 그가 다시 날 사랑할 거라고 기대를 하다니! 같은 여인에게 두 번 청혼한다는 그런 못난 행동을 하는 데 반감을 느끼지 않을 남성이 과연 있을까? 남자들 기분에 그것만큼 혐오스러운 모욕이 없을 거야!〉

하지만 그녀는 그가 커피 잔을 직접 가져오자 다소 기운을 되찾아 이야기를 할 기회를 잡았다.

「누이동생은 아직 펨벌리에 계시나요?」

「그렇습니다. 크리스마스까지는 거기에 있을 겁니다.」

「혼자서요? 친구 분들은 모두 떠났나요?」

「앤즐리 부인이 함께 있습니다. 다른 사람들은 3주 전에 스카버러로 떠났습니다.」

더 이상 할 말을 생각해 낼 수가 없었다. 그러나 그가 대화를 나누고 싶어 했다면 그는 쉽게 성공했을 것이다. 하지만 그는 그녀 옆에서 몇 분간 침묵을 지키고 있었다. 그러다 마침내 아까 그 젊은 여성이 엘리자베스에게 다시 귓속말을 건네자 이내 걸어가 버렸다.

테이블에서 찻잔 등이 치워지고 카드 게임이 준비되자 여성들이 모두 일어났다. 그때 엘리자베스는 그가 다가오기만 바라고 있었다. 그러나 그가 4인용 카드 게임에 열광하는 어머니에게 잡혀서 잠시 후 카드 테이블에 앉는 걸 보자 모든 기대는 무너지고 말았다. 그녀는 이제 기뻐할 일이 다 사라져 버렸다. 그들은 저녁 시간 내내 각자 다른 테이블에 붙들려 있었다. 엘리자베스는 그가 자기 쪽으로 자주 시선을 돌리느라 자기처럼 게임에 성공하지 못했으면 하는 것 말고는 바랄 일도 없게 되었다.

베넷 부인은 네더필드의 두 신사를 저녁 식사 시간까지 잡아 둘 계획이었다. 하지만 불행히도 다른 사람들보다 그들의 마차가 먼저 도착해서 그들을 붙잡을 기회를 갖지 못했다.

「자, 애들아.」 가족들끼리만 남게 되자 베넷 부인이 말했다. 「오늘 어땠니? 난 모든 게 무척 잘 진행되었다고 장담하는데. 정찬도 어느 때보다 잘 차려졌어. 사슴 고기는 꼭 알맞게 구워졌고, 그리고 모두가 그러는데 그렇게 살진 허리를 본 적이 없대. 수프도 지난주에 루커스 댁에서 먹은 것보다 50배는 좋았어. 심지어는 다시 씨도 메추라기 요리가 훌륭하다고 인정하더구나. 그는 프랑스인 요리사가 최소한 두세 명은 될 텐데 말이야. 그리고 내 사랑 제인아, 네가 오늘처럼 예쁜 걸 본 적이 없다. 내가 롱 부인한테 그렇지 않으냐 하고 물었더니 자기도 같은 생각이라더라. 게다가 그 부인이 또 무슨 말을 했게? 〈아! 베넷 부인, 마침내 제인이 네더필드에서 살게 되겠군요.〉 정말 그렇게 말했어. 난 롱 부인이 정말 누구 못지않게 선한 사람이라고 생각해. 그 부인의 조카들은 행동거지는 무척 바른데, 전혀 예쁘지가 않아. 나는 그네들이 굉장히 좋다.」

간단히 말해, 베넷 부인은 기분이 무척 좋았다. 그녀는 제인이 마침내 빙리를 붙들게 될 거라고 확신할 만큼 제인을 대하는 빙리의 태도를 충분히 관찰했다. 행복한 기분에 젖어 있을 때 가족에게 돌아올 이익에 대한 그녀의 기대는 이성을 훨씬 넘어서서, 그다음 날 그가 당장 청혼을 하러 오지 않자 크게 실망했다.

「무척 즐거운 날이었어.」 베넷 양이 엘리자베스에게 말했다. 「초대 손님들도 잘 골랐고, 서로 잘 어울렸어. 앞으로도 종종 모였으면 좋겠어.」

엘리자베스가 미소 지었다.

「리지야, 너 그러지 마. 날 의심해선 안 돼. 내게 굴욕감을 주거든. 난 그저 다정하고 분별력 있는 한 젊은 남성으로서 그의 대화를 즐기는 법을 터득했을 뿐이야. 정말이지 그 이상은 바라는 것 없어. 난 지금 그의 행동에서 그가 나한테 사랑받고 싶어 한 적이 없다는 사실을 확실히 알게 되었어. 그는 다른 남자보다 말솜씨가 훨씬 다정한 것뿐이고, 누구에게나 호감을 주려고 하는 마음이 훨씬 강한 것뿐이야.」

「언니는 아주 잔인하다. 내가 웃지도 못하게 해. 계속 나를 웃게 만들면서 말이야.」 그녀의 여동생이 말했다.

「어떤 때는 사람들에게 내 말을 믿게 하는 게 너무 힘들어!」

「또 어떤 때는 아예 불가능하기도 하지!」

「하지만 넌 왜 내 감정이 내가 스스로 인정하는 것보다 훨씬 더 크다고 설득하려고 드니?」

「그건 나도 뭐라고 해야 할지 알 수 없는 문제야. 우리 모두 가르치는 걸 좋아하잖아. 알아서 좋을 것도 없는 것들만 가르칠 수 있으면서 말이야. 용서해. 그리고 계속 아무 관심 없다고 주장할 거면, 아예 나한테 비밀을 털어놓지를 마.」

제55장
(제3권 제13장)

이번 방문 후 며칠 있다가 빙리 씨가 다시 들렀다. 이번에는 혼자였다. 그의 친구는 그날 아침 런던으로 떠났는데 열흘 후에 돌아오기로 되어 있었다. 그는 한 시간 이상 앉아 있었는데 기분이 무척 좋아 보였다. 베넷 부인은 그에게 정찬을 함께하자고 청했지만, 여러 차례 우려를 표명하면서 다른 약속이 있다고 털어놓았다.

「다음에 방문하실 때는 우리가 좀 더 운이 좋기를 바라겠어요.」 그녀가 말했다.

그는 언제고 함께 식사를 하게 되면 무척 행복할 것이다 등등의 말을 했고, 허락하신다면 조속한 시일 내에 방문하겠다고 했다.

「내일 올 수 있어요?」

그럴 수 있었다. 그는 그다음 날 아무 약속도 없었다. 그녀의 초대는 선선히 받아들여졌다.

그가 왔다. 어찌나 좋은 시간에 왔는지 여성들은 아무도 옷을 갈아입지 않고 있었다. 베넷 부인은 실내복 바람에 머리를 반쯤 손질하다 만 상태로 딸들 방으로 소리치며 달려갔다.

「내 사랑 제인아, 서둘러라. 그리고 빨리 내려가. 그가 왔어. 빙리 씨가 왔단다. 정말이야. 서둘러라. 서둘러. 자, 새러, 당장 베넷 양한테 가서 옷 갈아입는 걸 도와주도록 해. 리지 양 머리손질은 그냥 두고.」

「되도록 빨리 내려갈게요.」 제인이 말했다. 「하지만 키티가 우리보다 먼저 내려갈 거예요. 30분 전에 이층에 올라왔으니까요.」

「아, 키티는 무슨! 그애가 무슨 상관이냐? 빨리 와. 빨리! 애야, 네 허리띠는 어디 있니?」

하지만 제인은 어머니가 가버리자, 동생들 가운데 누구든 함께 가지 않으면 내려가지 않겠다고 했다.

저녁때가 되자, 그들만 따로 있게 하려고 노심초사하는 모습이 다시 눈에 보였다. 차를 마신 후, 베넷 씨는 습관대로 서재로 물러났고, 메리는 피아노 연습을 하려고 이층으로 올라갔다. 이렇게 다섯 사람 중에 두 장애물이 사라지자 베넷 부인은 엘리자베스와 캐서린을 쳐다보며 상당히 오랫동안 눈을 깜박거리고 앉아 있었는데 이들은 알아차리지 못했다. 엘리자베스는 그녀를 보려고도 하지 않았다. 마침내 키티가 어머니를 보고는 순진하게도 이렇게 물었다. 「엄마, 무슨 일이에요? 왜 나한테 눈을 깜박거리고 있어요? 뭘 어떻게 하면 되나요?」

「아니다, 애야, 아무 일도 아니야. 너한테 눈 깜박거린 일 없다.」 그리고 그녀는 5분간 더 앉아 있었다. 하지만 그렇게 소중한 기회를 그냥 놓쳐 버릴 수가 없어 갑자기 일어나 키티에게 말했다.

「애야, 이리 좀 와봐. 너한테 할 말이 있다.」 그러면서 그녀를 데리고 나갔다. 제인은 즉각 엘리자베스를 쳐다보았고, 그렇게 미리 짜는 것이 당혹스럽다는 기색으로 너만이라도 그러지 말아 달라고 간청하는 표정을 지었다. 몇 분 후 베넷 부인은 문을 반쯤 열고는 소리쳤다.

「리지, 애야, 너와 할 말이 있다.」

엘리자베스는 나가는 수밖에 없었다.

「저들만 따로 남겨 두는 게 좋지 않겠니.」엘리자베스가 복도로 나오자마자 어머니가 말했다. 「나는 키티와 이층 내 옷 갈아입는 방으로 갈 거다.」

엘리자베스는 어머니에게 따지려고 하지는 않았지만, 어머니와 키티가 보이지 않을 때까지 홀에 조용히 남아 있다가 다시 거실로 돌아갔다.

이날 베넷 부인의 계획은 별 효과가 없었다. 빙리는 무척 매력적이었지만, 딸에게 사랑을 고백하지는 않았다. 그의 편안함과 쾌활함 덕분에 그날 저녁 파티는 무척 즐거웠다. 그리고 그는 인내심을 갖고 침착하게 그 어머니의 무분별한 참견을 다 받아 주고 어리석은 말도 모두 들어 주었는데, 특히 제인에겐 얼마나 고마운 일인지 몰랐다.

그는 이제 저녁 식사를 하고 가라고 청할 필요도 없었다. 그리고 돌아가기 전에 주로 빙리 자신과 베넷 부인의 주도하에 이튿날 아침에 베넷 씨는 함께 사냥하러 오기로 약속이 되었다.

이날 이후 제인은 더 이상 자신이 무관심하다는 말을 하지 않았다. 자매들 사이에 빙리에 대해 한마디도 오가지 않았다. 하지만 엘리자베스는 다시 씨가 정해진 시간보다 빨리 돌아오지만 않는다면 모든 것이 신속하게 결론이 나겠구나 하는 행복한 생각을 하며 잠자리에 들었다. 그러나 솔직히, 엘리자베스는 이 모든 일이 그 신사의 동의 아래 일어난 게 틀림없다는 확신을 하고 있었다.

빙리는 약속 시간을 정확히 지켰다. 그와 베넷 씨는 약속대로 오전 시간을 함께 보냈다. 베넷 씨의 동반자는, 베넷 씨가 생각보다 훨씬 다정한 사람이라는 걸 깨달았다. 빙리에게는 베넷 씨로 하여금 조롱하고 싶어지거나 혹은 혐오를 느껴 침묵을 지키게 만드는 그런 주제넘음이나 어리석음 같은 게 하나도 없었다. 그래서 베넷 씨는 다른 사람들을 대할 때보다 훨씬 말도 많았고 별로 괴팍하게 굴지도 않았던 것이다. 물론 빙리는 그와 함께 식사를 하러 돌아왔다. 그리고 저녁때, 빙리와 그녀의 딸만 놔두고 모든 사람들을 내보내려는 베넷 부인의 계획이 다시 발동되었다. 편지 쓸 것이 있었던 엘리자베스는 차를 마신 후 곧 편지를 쓸 목적으로 조찬실로 갔다. 다른 사람들은 모두 카드 게임을 하려고 테이블로 갔으므로, 굳이 어머니의 계획을 방해할 필요는 없었던 것이다.

하지만 엘리자베스는 편지를 다 쓰고 거실로 돌아오자마자 굉장히 놀랐다. 어머니가 어찌나 교묘하신지 자기로서는 못 따라가겠다고 생각할 만하다는 걸 깨닫게 되었다. 문을 열자마자 그녀는 언니와 빙리가 진지한 대화에 몰두한 듯 벽난로 쪽에 함께 서 있는 것을 보게 되었던 것이다. 그리고 그렇다고 해서 무슨 의심이 생긴 건 아니라고 하더라도 황급히 돌아보며 서로 멀찍이 떨어졌을 때 두 사람의 얼굴이 모든 걸 말해 주고 있었다. 그들의 상황이 너무도 어색했다. 하지만 엘리자베스 자신의 상황이 더 어색하다는 생각이 들었다. 어느 쪽에서도 아무 말이 없었다. 엘리자베스가 다시 밖으로 나가려고 하는 순간, 제인과 마찬가지로 의자에 앉아 있던 빙리가 갑자기 일어났다. 그리고 그는 그녀의 언니에게 몇 마디를 속삭이더니 방 밖으로 나갔다.

제인은 비밀이 기쁜 것일 때는 엘리자베스에게 어떤 것도 숨길 수가 없었다. 그녀는 당장 동생을 껴안으면서 가장 쾌활한 감정으로 자신이 세상에서 가장 행복한 사람이라고 인정했다.

「이건 너무 과해! 너무너무 과해!」 그녀가 덧붙였다. 「내게 너무 과분한 일이야. 아! 왜 모두가 나만큼 행복하지 않을까?」

엘리자베스는 진지하고 따뜻하고 기쁜 마음으로 제인에게

404

축하를 해주었는데, 말로 제대로 표현을 할 수가 없었다. 친절함이 배어 있는 문장 하나하나가 제인에게 새로운 기쁨의 근원이 되었다. 하지만 그녀는 지금으로서는 여동생하고만 앉아 있어서도 안 되고, 하고 싶은 말도 반밖에 할 수가 없었다.

「나 어머니에게 당장 가야겠어.」그녀가 외쳤다.「난 어떤 일이 있어도 어머니의 애정 어린 근심을 절대 소홀히 할 수가 없어. 어머니가 딴 사람한테서 그 이야기를 듣게 할 수 없어. 그 사람은 벌써 아버지한테 갔어. 아! 리지, 내가 해야 할 말이 우리 사랑하는 가족들에게 기쁨을 줄 거라는 걸 안다는 건 정말! 그런 벅찬 행복을 어떻게 감당해야 할까!」

그녀는, 일부러 카드 게임을 중단하고 키티와 이층에 앉아 있던 어머니에게 서둘러 갔다.

엘리자베스는 혼자 남게 되자 지난 여러 달 동안 긴장감과 괴로움을 주었던 그 일이 마침내 신속하고 자연스럽게 해결되는 걸 보며 흡족한 미소를 지었다.

「그리고 이것이 그의 친구가 그렇게도 초조해하며 용의주도하게 신경을 쓴 결과란 말이지! 그 여동생이 온갖 허위와 책략을 동원한 결과란 말이야! 가장 행복하고 가장 현명하고 가장 합리적인 결과야!」그녀가 말했다.

몇 분 후 그녀에게 빙리가 다가왔다. 아버지와의 회담은 짧고 적절한 것이었다.

「언니는 어디 있어요?」그가 문을 열더니 다급하게 말했다.

「이층에 어머니와 함께요. 아마 곧 내려올 거예요.」

그러자 그는 문을 닫고 그녀에게 다가오더니 처제로서 축복과 애정을 달라고 요구했다. 엘리자베스는 진심으로 형부와 처제로 맺어지게 된 것이 기쁘다고 솔직하게 말했다. 그들은 정말 마음에서 우러난 악수를 했다. 그리고 언니가 내려올 때까지 빙리가 자신의 행복과 제인의 완벽함에 대해 하는 얘기를 모두 들어 주었다. 그가 사랑에 빠진 사람이라는 사실에도 불구하고, 엘리자베스는 그가 기대하는 모든 행복에 합리적인 근거가 있다고 믿었다. 왜냐하면 그 행복은 제인의 훌륭한 분별력과 뛰어난 성품, 그리고 두 사람의 감정과 취향이 대체로 유사하다는 점에 근거를 두고 있었기 때문이다.

그들 모두에게 특별히 즐거운 밤이었다. 베넷 양은 마음이 흡족해지자 얼굴에 사랑스러운 생기가 돌면서 어느 때보다 더욱 아름답게 보였다. 키티는 히쭉히쭉 웃고 미소 지으며 머지않아 자신의 차례가 올 거라고 기대하고 있었다. 베넷 부인은 빙리에게 반 시간 동안이나 똑같은 얘기만 하고 있었는데, 그들의 결혼을 찬성하고 허락을 한다는 말을 하는 데 있어, 자신의 격한 감정을 제대로 표현할 수 있는 열광적인 표현을 찾을 수가 없었다. 베넷 씨가 저녁 식사에 함께 자리 했을 때, 그의 목소리와 태도는 그가 얼마나 행복해하고 있는지를 분명히 보여 주었다.

그러나 밤이 되어 방문객이 떠나려 할 때까지도 베넷 씨는 그런 심경을 암시하는 말은 한마디도 하지 않았다. 그러나 그가 돌아가자마자 그는 딸에게 돌아서서 말했다.

「제인, 축하한다. 너는 무척 행복한 여인이 될 것이야.」

제인은 곧바로 아버지에게 다가가 키스를 하며 호의에 감사했다.

「너는 착한 아이다. 네가 그렇게 행복한 결혼을 하게 되었다고 생각하니 너무도 기쁘구나. 난 너희 둘이 매우 잘해 나갈 거라는 걸 믿어 의심치 않는다. 너희들의 성격은 전혀 다른 구석이 없다. 너희 둘 다 너무 순순히 따르기만 하니 아무것도 결정하지 못할 거고, 너무 편하게 대해 주니 하인들이 모두가 속이려 들것이고, 인심이 너무 후하니 늘 수입을 초과해 적자를 면치 못할 거야.」

「안 그럴 거예요. 저는 돈 문제에서 경솔하거나 무분별한 건 용납 못하거든요.」

「수입을 초과한다고요! 여보, 베넷 씨.」 그의 부인이 외쳤다. 「무슨 말씀을 하시는 거예요? 아니, 매년 수입이 4천~5천 파운드, 아니 그보다 더 많을 텐데.」 그러고는 딸에게 말을 걸었다. 「아! 내 사랑하는 제인아, 난 너무 행복하다! 오늘 밤 한 잠도 못 잘 것 같구나. 나는 일이 이렇게 될 줄 알고 있었어. 결국은 이렇게 될 거라고 늘 말했잖니. 네가 그렇게 예쁜 데는 다 이유가 있는 거라고 확신하고 있었어. 작년에 그가 처음 네더필드에 왔을 때 그를 보자마자 너희 둘이 결혼하게 될 것 같다고 생각했던 기억이 난다. 아! 그는 세상에서 가장 잘생긴 젊은이야!」

위컴이고 리디아고 모두 잊혔다. 제인은 누구와 비교도 안 되는 그녀가 가장 사랑하는 딸이었다. 그 순간 그녀에게 다른 딸들은 안중에도 없었다. 동생들은 앞으로 언니가 자기들의 행복을 위해 해줄 수 있는 것들을 차지하기 위해 영향력을 행사하기 시작했다.

메리는 네더필드의 서재를 사용하게 해달라고 간청했고, 키티는 매년 겨울 거기서 무도회를 몇 차례 열라고 강하게 요구했다.

이때부터 빙리는 당연히 매일같이 롱본을 방문했다. 흔히 아침 식사 전에 왔는데, 늘 저녁 식사가 끝날 때까지 있었다. 아무리 미움을 받아도 모자랄 야만적인 이웃 사람 하나가 빙리가 거절할 수 없게 식사 초대를 할 때만 빼놓고 그는 거의 매일 왔다.

엘리자베스는 이제 언니와 대화를 할 시간이 별로 없었다. 그가 있는 동안 제인은 다른 사람에게 관심을 쏟을 여유가 없었다. 하지만 어쩔 수 없이 두 사람이 떨어져 있어야만 하는 시간에 엘리자베스는 자신이 두 사람 모두에게 상당히 도움이 된다는 것을 깨달았다. 제인이 없을 때 그는 제인 얘기를 하고 싶어서 늘 엘리자베스에게 딱 붙어 있었다. 그리고 빙리가 가버리면 제인이 계속 똑같은 방법으로 위안을 구했다.

「그가 그 얘길 해줘서 너무 행복했어.」 어느 날 밤에 제인이 말했다. 「그는 지난봄에 내가 런던에 와 있는 걸 전혀 몰랐다는 거야! 난 그럴 수 있다고는 생각도 못했었는데.」

「난 그럴 거라는 의심을 했었지. 그런데 그가 그 일을 뭐라고 설명했어?」 엘리자베스가 말했다.

「그의 누이동생이 한 짓이 틀림없어. 누이동생들은 내가 그 사람과 가까이 지내는 걸 싫어했으니까. 그 사람은 여러 면에서 훨씬 유리한 결혼을 할 수 있었을 테니까 누이동생들이 그러는 건 별로 놀랄 일은 아니야. 하지만 자기 오빠가 나와 함께 있어 행복한 걸 보게 되면 그들도 만족하게 될 거라고 믿어. 우리는 다시 좋은 관계를 유지하게 될 거야. 옛날과 같은 관계로 돌아갈 수는 없다 하더라도 말이야.」

「그건 여태까지 언니가 한 말 가운데 가장 센 발언인데! 언니는 너무 착해! 언니가 다시 빙리 양의 거짓 애정에 속아 넘어가는 걸 본다면 정말 속상할 거야.」 엘리자베스가 말했다.

「믿어지니, 리지? 그가 지난 11월에 런던으로 떠날 때는 날 정말 사랑했는데, 내가 냉담하더라는 설득만으로 다시 내려오지 않게 되었다는 게 말이야.」

「그는 정말 실수를 좀 했던 거지. 하지만 그가 겸손하다는 장점은 보여 주네.」

이 말이 나오자 제인은 자연스럽게 빙리의 소심함에 대한 칭찬을 시작하고, 그가 자신의 좋은 성격이 얼마나 소중한지를 잘 모른다는 이야기를 했다.

엘리자베스는 그가 친구의 개입 사실을 누설하지 않은 것을 알고 기뻤다. 제인이 세상에서 가장 관대하고 용서를 잘하는 심성을 가졌다 하더라도, 그 상황을 알게 되면 그에 대해 틀림없이 편견을 갖게 될 것이기 때문이었다.

「난 정말 세상에서 가장 운이 좋은 사람이야!」 제인이 외쳤다.「아, 리지야! 나는 왜 가족들 가운데 혼자 선택되어서 가족들보다 더 큰 축복을 받는 거지! 너도 이렇게 똑같이 행복해지는 걸 볼 수 있으면 얼마나 좋을까! 너를 위해 그런 남자가 또 한 사람 있다면 얼마나 좋겠어!」

「언니가 내게 그런 남자 마흔 명을 갖다 준다 해도 난 언니만큼 행복할 수 없어. 내가 언니의 성격을 갖거나 언니처럼 착해지지 않으면, 결코 언니 같은 그런 행복감을 느낄 수가 없어. 아니, 아니야. 내 일은 내 힘으로 잘해 볼게. 어쩌면, 운이 좋으면 조만간 또 다른 콜린스 씨를 만나게 될지도 모르잖아.」

롱본 가족들에게 일어나고 있는 일의 상황이 오래 비밀로 남아 있을 수는 없었다. 베넷 부인은 필립스 부인에게 그 비밀을 속삭여 줄 특권을 갖고 있었고, 필립스 부인은 허락을 받지 않고도 메리턴에 있는 모든 이웃 사람들에게 똑같이 비밀을 속삭였던 것이다.

베넷 가족은 세상에서 가장 운이 좋은 집안이라는 소문이 신속하게 쫙 퍼졌다. 리디아가 처음 도망을 쳤던 불과 몇 주 전만 해도 대체로 그 가족은 매우 불행한 집안이라고 세상에 알려져 있었는데 말이다.

제56장
(제3권 제14장)

빙리와 제인이 약혼을 한 지 일주일쯤 지난 어느 날 아침, 빙리와 여성들이 거실에 함께 앉아 있을 때 마차 소리가 나서 갑자기 관심이 창문으로 쏠렸다. 그들은 사륜마차 한 대가 잔디밭을 따라오는 것을 보았다. 손님이 오기에는 너무 이른 시간이었다. 게다가 마차의 장비를 보니 이웃 사람들의 마차 가운데 일치하는 게 없었다. 말은 역마(驛馬)였고, 마차나 그 마차를 이끄는 하인들의 제복도 낯설었다. 하지만 누군가가 오고 있다는 것만큼은 확실했기 때문에 빙리는 즉각 베넷 양을 설득하여 그런 침입에 구속당하지 말자며 관목 숲으로 함께 산책을 나갔다. 그들 두 사람이 나간 뒤 남아 있는 세 사람이 결론이 나지 않는 추측을 계속하고 있는데, 문이 확 열리더니 손님이 들어섰다. 캐서린 드 버그 귀부인이었다.

그들은 물론 예기치 않은 방문에 놀랄 준비는 되어 있었지만 그 놀라움은 예상을 초월할 정도로 컸다. 귀부인을 전혀 알지 못하는 베넷 부인과 키티 쪽은 엘리자베스가 놀란 것보다는 충격이 훨씬 덜했다.

캐서린 귀부인은 평소보다 훨씬 무례한 태도로 방 안에 들어섰고, 인사를 하는 엘리자베스에게 머리만 약간 까딱하더니 아무 말 없이 자리에 앉았다. 엘리자베스는 귀부인이 들어설 때 소개를 해달라는 청도 없었지만 어머니에게 그녀의 이름을 언급했다.

놀라 어쩔 줄 모르던 베넷 부인은 지체 높은 손님을 맞게 되어 우쭐했지만 정중한 태도로 그녀를 맞이했다. 캐서린 귀부인은 잠시 말없이 앉아 있다가 매우 뻣뻣하게 엘리자베스에게 말했다.

「베넷 양, 잘 지냈어요? 저 부인이 어머니이신 모양이지요.」

엘리자베스는 아주 짧게 그렇다고 대답했다.

「그리고 저쪽은 여동생인 모양이고.」

「네, 그렇습니다. 부인.」 베넷 부인이 캐서린 귀부인에게 말을 하게 된 걸 기뻐하며 말했다. 「저 아이가 끝에서 두 번째 딸입니다. 막내 아이는 최근에 결혼을 했고, 맏이는 곧 가족의 일원이 될 젊은이와 정원 어딘가에서 산책을 하고 있습니다.」

「여기 정원이 무척 작더군요.」 잠시 침묵하다가 캐서린 귀부인이 대답했다.

「부인, 로징스와는 비교도 안 될 겁니다. 하지만 윌리엄 루커스 경의 정원보다는 훨씬 큽니다.」

「이 방은 여름에 저녁때 앉아 있기에는 무척 불편한 방이군요. 창문이 온통 서향이니 말이에요.」

베넷 부인은 저녁 식사 후에는 그 방에 잘 오지 않는다고 말하고는, 이렇게 덧붙였다.

「부인께 콜린스 부부가 잘 지내는지 여쭤 봐도 될까요?」

「그래요. 아주 잘 있어요. 출발하기 전날 밤에도 만났지요.」

엘리자베스는 이제 그녀가 샬럿의 편지를 내놓을 거라고 기대했다. 그것이 귀부인이 여기를 방문한 단 한 가지의 가능한 이유 같았기 때문이었다. 하지만 귀부인이 아무런 편지도 내놓지 않자 그녀는 완전히 당황하고 있었다.

베넷 부인은 무척 정중하게 간식을 좀 드시라고 청했다. 그러나 캐서린 귀부인은 매우 단호하지만 별로 공손하지는 않게 아무것도 먹지 않겠다고 잘라 말하고 일어나면서 엘리자베스에게 말했다.

「베넷 양, 여기 잔디밭 한쪽에 예쁘장한 숲이 있는 것 같던데. 잠시 나와 함께 있어 주겠다면 그쪽으로 한번 가봤으면 좋겠군요.」

「얘야, 가서 귀부인께 여러 산책로를 보여 드려라. 그 조용한 은둔처를 마음에 들어 하실 것 같다.」 그녀가 소리쳤다.

엘리자베스는 순순히 응하고 자기 방으로 달려가 양산을 가져와서 아래층의 높으신 손님과 함께 나갔다. 홀을 지나갈 때 캐서린 귀부인은 정찬실과 응접실로 통하는 문들을 열어 잠깐 둘러보더니 방들은 괜찮아 보인다고 말하고는 걸어갔다.

귀부인의 마차가 문 앞에 그대로 있었는데, 엘리자베스는 시녀가 그 안에 앉아 있는 것을 보았다. 그들은 말없이 작은 숲으로 통하는 자갈길을 걸었다. 엘리자베스는 평소보다 훨씬 오만하고 불쾌하게 행동하는 여성과 굳이 대화를 하려는 노력은 하지 않겠다고 결심을 하고 있었다.

「어떻게 난 저 사람이 조카와 닮았다고 생각할 수 있었지?」 엘리자베스는 그녀의 얼굴을 바라보며 중얼거렸다.

작은 숲으로 들어서자마자 캐서린 귀부인이 다음과 같은 식으로 말을 시작했다.

「베넷 양, 내가 여기까지 온 이유를 몰라서 쩔쩔 맬 리는 없겠지요. 베넷 양의 마음, 그리고 양심이 내가 온 이유를 빤히 알고 있을 테니까요.」

엘리자베스는 꾸밈 없는 정말 놀란 표정으로 바라보았다.

「부인, 정말이지 잘못 아셨습니다. 저는 부인께서 여기 오신 이유를 전혀 모르겠습니다.」

「베넷 양, 날 갖고 놀면 안 된다는 걸 알아야지.」 귀부인이 화가 난 어조로 대답했다. 「하지만 베넷 양이 멋대로 불성실하게 굴든 말든 나는 절대 그런 사람이 아니란 걸 알게 될 거요. 난 성품이 늘 진지하고 솔직하다는 찬사를 받아 왔어요. 그리고 이 정도의 중요성을 가진 일에 있어서 그 성품을 잃지 않을 테니까. 이틀 전에 매우 충격적인 소문이 내게 들려

왔어요. 베넷 양의 언니가 바야흐로 매우 유리한 결혼을 할 것 같다는 것, 그리고 그뿐 아니라 바로 당신, 엘리자베스 베넷 양도 곧 내 조카, 바로 나의 조카인 다시 씨와 맺어지게 될 것 같다는 소문이더군요. 내 그것이 터무니없는 거짓말이라는 걸 알지만, 그것이 사실일 수도 있다고 생각할 정도로 그를 욕되게 할 생각은 없지만, 나는 어서 이곳에 와야겠다고 결심을 했어요. 내 기분을 베넷 양에게 알릴 생각으로 말이에요.」

「그것이 사실일 수가 없다고 생각하신다면서, 어떻게 이면 곳까지 굳이 오셨는지 모르겠습니다. 귀부인께서 그럼으로써 뭘 어떻게 하시려는 건지요?」 엘리자베스가 충격과 경멸감으로 얼굴색이 변하며 말했다.

「당장 그 소문이 틀렸다는 사실이 널리 알려지도록 하기 위해서지.」

「귀부인께서 저와 제 가족을 만나기 위해 롱본으로 오신 것이 오히려 그 소문이 확실한 것이라고 확정 짓게 될 텐데요. 만일 그런 소문이 정말 있다면요.」

「만일이라고! 그대는 그 소문을 모르고 있었다고 잡아 뗄 생각인가? 그대 스스로가 일부러 유포한 것이 아니던가? 그대는 그런 소문이 쫙 퍼졌다는 걸 모르고 있었다고?」

「전 그런 소문을 들은 바 없습니다.」

「그러면 그대는 그 소문이 아무런 근거도 없는 것이라고 단언할 수 있겠는가?」

「저는 귀부인만큼 솔직하다고 말씀드릴 수가 없겠습니다. 귀부인의 질문 가운데 제가 대답을 하고 싶지 않은 것도 있으니까요.」

「이건 참을 수가 없군. 베넷 양, 난 대답을 들어야겠어. 내 조카가 청혼을 했는가?」

「귀부인께서 그럴 리가 없다고 하셨지 않습니까.」

「그래야지. 이성적으로 사고하는 한 마땅히 그래야만 하지. 하지만 그는 그대의 술책과 유혹에 순간적으로 현혹되어 자신과 가문에 대한 의무를 잊게 될 수도 있다는 말이야. 자네가 그를 끌어들였을 거야.」

「제가 그랬었다면, 절대 그 사실을 고백하지 않겠지요.」

「베넷 양, 내가 누군지 아는가? 난 그대가 사용하는 이런 말투에 익숙하지가 않네. 나는 세상에서 그와 가장 가까운 친척이고 그에 대한 중요한 일은 모두 알 권리가 있어.」

「하지만 저의 일에 대해 아실 권리는 없을 텐데요. 그리고 이렇게 행동하시면 말씀드리고 싶은 마음이 오히려 사라집니다.」

「내 분명히 말해 두지. 자네가 주제넘게 기어오르려고 하는데, 이 결혼은 결코 이루어질 수 없어. 안 돼. 결코. 다시 씨는 내 딸과 정혼한 사이야. 자, 할 말 있는가?」

「이 말씀만 드리겠습니다. 그것이 사실이라면, 그가 제게 청혼을 할 거라고 생각하실 이유가 없지 않습니까?」

캐서린 귀부인은 잠시 망설이더니 대답했다.

「그 둘 사이의 정혼은 특별한 경우야. 두 사람은 어릴 때부터 서로 맺어지기로 되어 있었어. 그건 신부 어머니뿐 아니라 신랑 어머니의 간절한 소원이었어. 그들이 요람에 있을 때 우리는 그들을 맺어 주기로 했어. 그런데 이제 그들의 결혼을 통해 두 자매의 소원이 이루어지려는 바로 그 순간에, 열등한 신분에 사회적 위상도 없고 가문에 아무 연고도 없는 그런 젊은 여성 때문에 방해를 받다니! 그대는 그를 아끼는 사람들의 소원은 안중에도 없는가? 그대에게는 그와 드 버그 양이 보이지 않게 맺어진 약혼이 아무것도 아니란 말인가? 그대는 예의범절과 고상함의 모든 감정에 무심하단 말인가?

그대는 그가 어릴 때부터 사촌과 운명 지워져 있었다는 내 말을 듣지 못했는가?」

「들었습니다. 그리고 전에도 들은 바 있습니다. 하지만 그게 저와 무슨 상관이 있습니까? 제가 조카님과 결혼하는 데 다른 반대 이유가 없다면, 그의 어머님과 이모님이 그와 드 버그 양과 결혼하기를 원했다는 사실을 안다고 해서 결혼을 그만두는 일은 분명 없을 겁니다. 양쪽 어머니께서는 결혼을 계획하신 걸로, 하실 수 있는 것은 다 하신 겁니다. 그것을 완성하는 건 다른 사람들의 몫입니다. 다시 씨가 명예 때문에도 취향 때문에도 사촌에게 끌리지 않는다면, 그가 왜 다른 상대를 선택하면 안 된다는 말입니까? 그가 저를 선택한다면, 제가 왜 그를 받아들이면 안 되는 겁니까?」

「명예, 법도, 신중함, 아니 이해관계가 그것을 금하기 때문이야. 그래요, 베넷 양, 이해관계 때문이야. 그대가 고집스럽게 모든 사람의 소망에 어긋나는 행동을 한다 해도, 그의 가족이나 친구들에게서 인정을 받게 될 거라고 기대하지는 말아요. 그대는 그와 연관된 모든 사람들에게 비난받고 무시당하고 경멸당하게 될 것이야. 그대와의 결합은 수치가 될 것이야. 그대의 이름은 우리 누구에게서도 절대 언급되지 않을 것이야.」

「큰 불행이군요.」 엘리자베스가 대답했다. 「하지만 다시 씨의 부인은 틀림없이 그녀의 위상에 필연적으로 수반되는 그런 엄청난 행복의 원천을 갖게 될 터이니 전반적으로 불평을 할 이유가 없을 겁니다.」

「고집 세고 방자한 여성이군! 그대가 수치스럽다! 이것이 내가 지난봄에 관심을 쏟아준 데 대한 보답인가? 그 점에서 내게 빚지고 있는 게 없는가? 앉아서 얘기하지. 베넷 양, 나는 여기에 내 목적을 관철할 확고한 결심으로 왔다는 걸 알아 돼요. 그대 말에 넘어가 그만두는 일은 절대 없어. 나는 남의 변덕에 끌려 다니고 하는 일은 못해. 나는 실망하고 그걸 참고 견디고 하는 사람이 아니야.」

「그렇다면 현재 귀부인의 상황이 더욱 딱하게 되었군요. 하지만 아무리 그러셔도 제게는 아무 영향도 주지 못합니다.」

「내 말을 가로막지 마. 조용히 내 말 잘 들어요. 내 딸과 내 조카는 서로를 위해 태어났어. 그들은 외가 쪽으로 같은 고귀한 혈통의 후손이고, 친가 쪽으로 귀족 칭호는 없어도 점잖고 영광스러운 오래된 가문 출신이야. 양가의 재산은 엄청나지. 양쪽 가문 사람들이 모두 의견을 같이하여 그들은 서로에게 운명 지어진 사이가 되었어. 그 무엇이 그들을 갈라 놓을 수 있겠나? 가문도 인맥도 재산도 없는 젊은 여자 하나가 갑자기 나타나 주장하는 꼴이라니! 이걸 참고 견디란 말인가! 그럴 수 없을 것이고 또 그렇게 되어서도 안 되지. 그대가 자신에게 뭐가 좋은지 알고 있다면, 자신이 자라난 범주를 벗어나기를 바라지는 않을 거야.」

「귀부인의 조카와 결혼하는 것이 그 범주를 벗어나는 일이라고 생각하지 않습니다. 그분도 신사이고, 저도 신사의 딸입니다. 그 점에서는 우리는 동등합니다.」

「맞아. 그대는 신사의 딸이야. 하지만 그대의 어머니는 뭔가? 그대의 숙부, 숙모, 이모, 이모부는 다 뭐냔 말이다. 내가 그들의 사회적 신분을 모르고 있다고 생각하지 마라.」

「저의 친척들이 어떤 분들이건 간에, 귀부인의 조카님께서 그들을 반대하지 않는다면, 귀부인하고는 아무 상관이 없는 사람들입니다.」

「다시 한 번 말해 보게. 그대는 내 조카와 약혼을 했는가?」

엘리자베스는 단지 캐서린 부인을 만족시키기 위해 하는 대답이라면, 이 질문에 아무런 대답도 하지 않았을 것이다.

그러나 그녀는 잠시 숙고한 후 이렇게 말할 수밖에 없었다.

「아닙니다.」

캐서린 부인은 기쁜 듯이 보였다.

「그러면 그런 약혼은 절대 하지 않겠다고 내게 약속하겠는가?」

「그런 약속은 드릴 수가 없습니다.」

「베넷 양, 정말 충격적이고 놀라지 않을 수 없군. 나는 그대가 좀 더 이성적인 젊은 여성일 거라 기대했었는데. 하지만 내가 그냥 물러날 거라고 착각하지 말게. 난 그대에게서 내가 요구한 확실한 대답을 듣기 전에는 가지 않을 테니까.」

「저는 절대 그런 답변을 해드리지 못합니다. 저는 어떤 협박을 받아도 그렇게 전적으로 터무니없는 일은 하지 않을 겁니다. 귀부인께서는 다시 씨가 따님과 결혼하기를 바라시지만, 원하시는 대로 제가 조카님과 절대 약혼하지 않겠다고 약속을 해드린다고 해서 그들 결혼이 성사될 가능성이 더 높아지기라도 한다는 겁니까? 그가 저를 좋아한다고 가정할 때, 제가 청혼을 거절하면 사촌에게 청혼을 하게 될 거라는 말입니까? 캐서린 귀부인, 말씀드리건대, 이 터무니없는 부탁을 하시면서 동원하시는 주장들은 무분별할 뿐 아니라 경박하기까지 합니다. 이러한 설득에 제가 영향을 받을 거라고 생각하신다면, 귀부인께서는 제 성격을 전적으로 오해하신 겁니다. 조카님께서는 귀부인께서 자기 일을 간섭하는 데 어느 정도 동의하는지 모르겠습니다만, 제 일에 관여하실 권리는 분명 없으십니다. 따라서 그 문제로 더 이상 집요하게 요청받는 일이 없도록 부탁드리는 바입니다.」

「미안하지만 그렇게 성급하게 굴지 말도록. 나는 아직 안 끝났으니까. 내가 이미 제기한 모든 반대 이유에 덧붙일 게 하나 더 있으니까. 내가 자네 막내 동생의 수치스러운 야반도주의 내막을 모르고 있을 것 같은가. 나는 그 젊은이가 그녀와 결혼한 게 그대 부친과 숙부의 돈으로 겨우 수습한 일이라는 것을 다 알고 있어. 그런 여성이 내 조카의 처제가 된다고? 그녀의 남편이, 돌아가신 부친의 집사의 아들이 동서가 된다고! 도대체! ― 무슨 생각들을 하고 있는 거야? 펨벌리의 숲이 이렇게 더럽혀지고 말 것인가?」

「귀부인께서는 이제 더 이상 하실 말씀이 없으시겠지요.」 그녀는 화를 참지 못하고 대답했다. 「귀부인께서는 온갖 방법으로 저를 모욕하셨습니다. 저는 그만 집으로 돌아가야 하겠습니다.」

그러면서 그녀는 일어났다. 캐서린 귀부인 역시 일어났다. 그들은 돌아섰다. 귀부인은 몹시 격분했다.

「그렇다면 그대는 내 조카의 명예와 평판에는 아무 관심도 없다는 것이군! 무정하고 이기적인 것! 그가 그대와 맺어지면 모든 사람 앞에 치욕이 될 텐데 그걸 생각 않는다는 거지?」

「캐서린 귀부인, 더 이상 드릴 말씀 없습니다. 제 기분을 아실 겁니다.」

「그러면 그와 결혼하겠다고 결심한 건가?」

「저는 그런 말씀드린 적 없습니다. 저는 귀부인이나 혹은 아무런 연관도 없는 사람은 전혀 상관하지 않고, 오로지 저의 행복을 이루어 줄 것 같은 방식으로 행동하겠다고 결심했을 뿐입니다.」

「좋다. 그렇다면 내 말을 못 들어주겠다는 것이군. 의무와 명예와 감사에 따르기를 거부하고 있어. 그대는 그의 친구들 앞에서 그를 형편없는 인물로 전락시키고 세상의 경멸을 받는 인물로 만들 결심을 했군.」

「이번 일에 제가 지켜야 할 그런 의무, 명예, 감사 같은 것은 없습니다. 제가 다시 씨와 결혼을 한다고 해서 그 어느 원칙에도 위반되는 건 없습니다. 가족의 분개나 세상 사람들의 분노라는 것도 그렇습니다. 그가 저와 결혼한다고 가족들이 흥분한다 해도 저는 한순간도 마음 쓰지 않을 것이고, 대체로 세상 사람들은 그런 경멸에 나설 정도로 분별력이 없지는 않습니다.」

「그러면 이것이 그대의 솔직한 견해이군! 이것이 그대의 최종 결심이란 말이지! 좋아. 이제 나는 어떻게 행동해야 할지 알겠군. 베넷 양, 그대의 야심이 이루어질 거라고 상상하지 마라. 나는 그대를 설득하러 왔다. 나는 그대가 이성적이기를 바랐지. 하지만 난 반드시 목적을 관철할 것이야.」

마차에 도달할 때까지 이런 식으로 캐서린 부인은 이야기를 계속하다가 홱 돌아서면서 이렇게 덧붙였다.

「베넷 양, 나는 그대와 작별 인사 따위는 하지 않겠다. 그대 어머니에게 인사말을 전할 생각도 없다. 그대들은 그럴 가치가 없어. 나는 매우 심하게 불쾌하다.」

엘리자베스는 아무 대답도 하지 않았다. 귀부인에게 집으로 들어가자고 설득하려고도 않고 혼자 조용히 집으로 걸어갔다. 그녀는 이층으로 올라가면서 마차가 달려가는 소리를 들었다. 그녀의 어머니는 초조하게 옷 갈아입는 방 입구에서 그녀를 맞아 캐서린 귀부인이 왜 집으로 들어와 휴식을 취하지 않느냐고 물었다.

「그러고 싶지 않으시대요. 가시겠다고 했어요.」 딸이 대답했다.

「그분은 매우 잘생긴 분이시더라! 여길 방문하시다니 너무도 예의 바르시고! 콜린스 부부가 잘 있다는 얘기를 하러 여기까지 오시다니 말이다. 마차로 메리턴을 지나면서 너를 방문하는 게 좋겠다고 생각하신 모양이구나. 리지야, 다른 특별한 말이 있으셨던 건 아니지?」

엘리자베스는 여기서 약간 거짓말을 하지 않을 수 없었다. 그들이 나눈 대화의 내용을 알린다는 건 생각도 할 수 없는 일이었기 때문이다.

제57장
(제3권 제15장)

이 뜻하지 않은 방문으로 착잡해진 엘리자베스의 기분은 쉽게 극복되지 않았다. 그녀는 몇 시간 동안 계속해서 그 생각을 하지 않을 수 없었다. 캐서린 귀부인은 오로지 다시 씨와 자신이 약혼을 했다고 생각하고 사실 그것을 깰 목적으로 로징스에서 여기까지 일부러 달려온 것 같았다. 그것은 분명 사리에 맞는 계획이었다! 하지만 엘리자베스는 그들의 약혼에 대한 소문이 어디에서 시작되었는지는 도대체 알 수가 없었다. 그러다가 그녀는 어떤 결혼이 있게 되면 모두들 다른 결혼도 성사되길 열망하는 법이니 이럴 때 그가 빙리의 절친한 친구라는 사실과 자신이 제인의 동생이라는 사실이 그런 소문을 낼 수도 있었겠다는 생각이 들었다. 그녀 자신도 언니의 결혼으로 그와 더욱 자주 만나게 되리라는 사실을 잊지 않고 있었다. 따라서 루커스 로지에 사는 이웃들은 (그녀는 콜린스 부부와의 연락을 통해 소문이 캐서린 귀부인의 귀에 들어갔을 거라고 결론 내렸다) 그녀가 가까운 미래에 있을 수도 있겠다고 기대했던 그 일을 확정적인 것으로 당장이라도 성사될 것으로 간주했던 것이다.

하지만 캐서린 귀부인의 말을 곰곰이 되짚어 보면서, 엘리자베스는 귀부인이 고집스럽게 이런 간섭을 계속하는 데서 초래될 수 있는 결과에 다소 불안을 느끼지 않을 수 없었다. 캐서린 귀부인이 결혼을 막겠다고 자신에게 얘기한 걸로 보아 조카에게도 그 얘기를 할 거라는 생각이 떠올랐다. 자신과의 결혼에 따라올 여러 나쁜 일들이 마찬가지로 제시되면 그가 어떻게 받아들일지 알 수 없었다. 그녀는 그가 이모에게 어느 정도의 애정을 갖고 있는지, 이모의 판단에 어느 정도 의존하는지 알지 못했다. 하지만 그가 자신보다는 귀부인을 존중하리라는 것은 당연한 일이었다. 그의 이모는 자기네 친척들과 그렇게 신분의 차이가 나는 여성과 결혼해서는 안 되는 이유를 나열하면서 그의 가장 큰 약점을 건드리려고 할 것이 확실했다. 그는 품위를 중요시하는 만큼, 엘리자베스가 보기에 시시하고 우스꽝스러운 주장을 이치에 닿고 논리도 튼튼하다고 여길지도 몰랐다.

전에 그가 어떻게 해야 할지 흔들렸었다면 — 종종 그랬던 걸로 보였다 — 그렇게 가까운 친척의 충고와 간청은 그로 하여금 모든 의심을 잠재우고 당장 그냥 흠 없는 품위 쪽을 택하도록 결심하게 만들 수도 있었다. 그렇다면 그는 더 이상 돌아오지 않을 것이다. 캐서린 귀부인은 런던을 지나는 길에 그를 만날 것이고, 그러면 빙리에게 한 네더필드로 다시 오겠다는 약속은 취소될 것이 틀림없었다.

「따라서 그에게서 약속을 지키지 못하겠다는 핑계가 며칠 안에 친구한테로 오게 되면, 그게 뭘 의미하는지 알게 되는 거야.」그녀가 덧붙였다. 「나는 그가 변치 않았으면 하고 바랐던 모든 기대와 소망을 포기할 거야. 손만 내밀면 내 애정이 담긴 손을 잡을 수 있을 텐데, 그냥 나를 아쉬워하는 걸로 그치고 만다면, 나는 그를 아쉬워하는 마음을 곧 버려야겠지.」

방문객이 누구였는지 알게 된 다른 가족들의 놀라움은 무척 컸다. 하지만 그들은 고맙게도 베넷 부인이 자신의 호기심을 충족시켰던 것과 같은 추측을 하며 놀라움을 가라앉혔기 때문에 엘리자베스는 그 문제에 대해 더 신경 쓰지 않아도 되었다.

다음 날 아침, 아래층으로 내려가던 그녀는 서재에서 손에 편지 한 장을 들고 나오던 아버지와 마주쳤다.

「리지야, 너를 찾으려던 참이다. 서재로 들어오렴.」 그가 말했다.

그녀는 서재로 아버지를 따라 들어갔다. 무슨 말씀이신가 하는 호기심은 아버지가 들고 있는 편지와 뭔가 연관되어 있을 것이라는 추측으로 인해 더 커졌다. 갑자기 그 편지가 캐서린 귀부인에게서 온 것일지도 모른다는 생각이 떠올랐다. 그녀는 뒤따를 설명을 예상하며 당혹스러워했다.

그녀는 아버지를 따라 벽난로로 다가가 함께 앉았다. 그러자 그가 말을 꺼냈다.

「오늘 아침 편지를 한 장 받고는 무척 놀랐다. 주로 너에 관한 것이니 너도 그 내용을 알아야겠지. 나는 딸 둘이 막 결혼을 앞두고 있다는 걸 미처 몰랐었구나. 신분이 매우 높은 사람의 애정을 얻은 걸 축하해야겠구나.」

그 말에서 이모가 아니라 조카로부터 온 편지라고 확신한 엘리자베스의 뺨이 순간적으로 붉어졌다. 그리고 그가 입장을 밝혔다는 것에 기뻐해야 할지 편지가 자신에게 오지 않은 것에 화를 내야 할지 결정을 못하고 있는데, 아버지가 말을 이었다.

「너 뭔가 아는 것 같구나. 젊은 여성들은 이러한 일에 굉장한 통찰력이 있으니까. 하지만 네가 아무리 영특해도 너를 사모한다는 사람의 이름을 맞추지는 못할 거다. 이 편지는 콜린스 씨에게서 온 것이다.」

「콜린스 씨요! 그가 무슨 할 말이 있는 거지요?」

「물론 굉장히 요점을 찌르는 내용이다. 그는 곧 있을 우리

맏딸의 결혼식을 축하하는 말로 편지를 시작하고 있다. 그 얘기는 선량한 남 얘기를 좋아하는 루커스 집안 사람에게서 들은 것 같더구나. 그 점에 대해 늘어놓은 말을 읽어 주느라 너를 초조하게 만들지 않으마. 너와 관련된 내용은 이것이다.」

이와 같이 이 행복한 경사에 대하여 콜린스 부인과 제 자신의 심심한 축하의 말씀을 드린 후, 같은 소식통에서 듣게 된 다른 문제에 대해 짤막한 조언을 드리고자 합니다. 언니가 베넷이라는 이름을 포기한 후에 따님 엘리자베스도 베넷이라는 이름을 오래 갖고 있지 않을 것으로 추정됩니다. 그리고 그녀의 운명의 동반자로 선택된 분은 이 땅에서 가장 훌륭한 인물로 합당하게 존경받을 만한 분입니다.

「리지야, 너는 이게 누구를 말하는 건지 추측할 수 있겠니?」

이 젊은 신사는 특이하게도 인간의 마음이 가장 바랄 수 있는 모든 것 ─ 훌륭한 재산과 지체 높은 친척, 엄청난 성직 수여권 ─ 을 다 갖추신 분입니다. 하지만 이 모든 유혹에도 불구하고, 나의 사촌 엘리자베스와 당신에게 충고를 드리고자 합니다. 물론 당신은 이 신사 분의 청혼을 즉각 받아들여 이득을 취하고 싶으시겠지만 성급하게 이 청혼을 종결지음으로써 어떤 불행이 초래될 수 있는지 말입니다.

「리지야, 이 신사가 누군지 알겠니? 하지만 이제 그 이름이 나온다.」

　제가 굳이 주의를 드리는 이유는 다음과 같습니다. 우리는 그분의 이모님이신 캐서린 드 버그 귀부인께서 이 결혼을 탐탁하게 여기지 않으신다고 생각할 만한 여러 이유가 있습니다.

「봐라, 다시 씨가 그 사람이다! 자, 리지야, 내 말에 놀랐겠구나. 콜린스나 루커스 사람들은 우리가 아는 사람 중에서 자기들이 하는 말이 거짓임을 이보다 더 효과적으로 드러낼 만한 이름을 고를 수는 없을 거다. 다시 씨라니! 그는 여자라면 흠을 찾아내기 위해서나 쳐다보고, 또 평생 너를 바라본 적도 없었을 텐데 말이다. 굉장하구나!」
　엘리자베스는 함께 아버지의 농담을 즐기려고 했지만, 마지못해 겨우 미소만 지을 수 있었다. 아버지의 재담이 이렇게 그녀의 마음에 거북하게 들렸던 적이 없었다.
　「재미있지 않으냐?」
　「아, 재미있어요. 계속 읽어 주세요.」

　이 결혼의 가능성을 어젯밤 귀부인에게 말씀드리니 그분은 즉각 평소의 그 친절하신 태도로 그 문제에 대해 느낀 바를 말씀하셨는데, 나의 사촌 쪽에 대한 그 가문의 몇 가지 반대 때문에 그 결혼 — 매우 수치스러운 결합이라고 명명하셨는데 — 에 절대 동의를 하지 않으실 것이 분명해 보였습니다. 저는 이 소식을 사촌에게 가장 빨리 알리는 것이 의무라고 생각했습니다. 그녀와 그녀의 지체 높은 숭배자께서는 지금 하시려는 일이 무엇인지 잘 알고 있는 게 좋겠으며, 제대로 인정받지 못할 결혼에 성급하게 뛰어들지 않는 게 좋겠다는 말씀을 말입니다.

「거기에다 콜린스는 이렇게 덧붙였구나.」

　저는 진심으로 사촌 리디아의 슬픈 사건이 그렇게 조용히 수습된 것이 무척 기쁩니다. 그리고 그들이 결혼식을 치르기 전에 동거를 했었다는 사실이 널리 알려지게 될 것이 걱정될 뿐입니다. 하지만 결혼을 하자마자 그 젊은 부부를 집 안으로 맞아들이셨다는 소식을 듣고, 목사라는 제 신분에 따르는 의무를 소홀히 하거나 경악을 금치 못했었다는 사실을 숨기거나 하지 않겠습니다. 그것은 악을 조장하는 일입니다. 제가 롱본의 목사였다면 매우 강력하게 그 일을 반대했을 것입니다. 당신은 분명 기독교인으로서 그들을 용서하셔야 했을 것입니다만, 면전에 받아들이시거나 그들의 이름이 언급되도록 허용하시면 안 되시는 거였습니다.

「그것이 그가 생각하는 기독교인의 용서구나! 편지의 나머지는 그의 사랑 샬럿의 상황과 자신의 젊은 올리브 가지[14]를 기다린다는 얘기뿐이다. 하지만 리지야, 너는 별로 그 편지가 재미있지 않은 모양이구나. 너는 새침데기가 되어 그런 하릴없는 소문에 기분 나쁜 척하지는 않겠지. 이웃 사람들을 위해 흥밋거리를 제공하고 그다음에 그들을 비웃어 주고 하는 일 아니면 무슨 재미로 산다는 말이냐?」
「아! 굉장히 재미있어요. 하지만 너무 이상해요!」
「그래. 그 점이 그 일을 재미있게 해주는 거지. 그들이 다른 사람을 점찍었으면, 별 재미가 없었을 거다. 하지만 그의 완전한 무관심과 너의 노골적인 혐오감이 그 일을 매우 재미있고 부조리한 것으로 만들지 않니! 내가 편지 쓰는 걸 무척 싫어한

14 자식을 의미함.

다만, 콜린스와 편지를 주고받는 걸 절대로 포기하지 않겠다. 아니, 그의 편지를 읽을 때면, 내 사위의 뻔뻔함과 위선도 무척 소중하긴 하지만, 위컴보다도 그가 더 좋아진단 말이다. 그런데, 리지야, 캐서린 귀부인이 이 소문에 대해 뭐라고 하시더냐? 그분은 찬성을 못하겠다고 거절하러 오셨던 게냐?」

이 질문에 그의 딸은 웃음으로 대답을 했을 뿐이다. 조금의 의심도 없는 질문이었기 때문에 그녀는 그 질문을 또 들어도 괴롭지 않았다. 엘리자베스는 자신의 실제 기분과 다른 표정을 짓느라 이보다 더 고생한 적이 없었다. 그녀는 울고 싶을 때 웃어야 했다. 아버지가 다시 씨의 무관심에 대해 한 말은 그녀에게 무척 잔인한 상처를 주었다. 그리고 그녀는 아버지가 그렇게 통찰력이 부족한가 싶어 의아할 뿐이었다. 어쩌면 아버지의 통찰력이 너무 부족한 게 아니라, 자신의 상상력이 너무 컸던 게 아닌가 하는 생각도 들었다.

제58장
(제3권 제16장)

엘리자베스는 빙리 씨가 친구로부터 변명의 편지를 받게 될 거라고 반쯤은 기대하고 있었는데, 그러기는커녕 캐서린 귀부인의 방문이 있은 지 얼마 되지 않아 빙리 씨는 아예 다시를 롱본으로 데리고 왔다. 신사들은 일찌감치 도착했다. 베넷 부인이 다시에게 그의 이모를 봤다는 얘기를 할 틈도 없이, 빙리는 제인과 단 둘이 있고 싶은 나머지 모두 산책을 나가자고 제안했다. 딸은 어머니가 그 얘기를 할까 봐 잠시 전전긍긍하고 있던 참이었다. 산책을 나가기로 합의가 되었다. 베넷 부인은 산책을 좋아하지 않고, 메리는 시간을 낼 수가 없어서 나머지 다섯 명이 함께 출발했다. 그러나 빙리와 제인은 곧 다른 사람들이 그들을 앞지르도록 놔두었다. 그들은 뒤에 처지고, 엘리자베스와 키티와 다시가 함께 거닐게 되었다. 오가는 말이 거의 없었다. 키티는 그가 너무 어려워서 말을 할 수가 없었다. 엘리자베스는 남몰래 필사적으로 결심을 하고 있었는데, 아마 그도 마찬가지였을 것이다.

키티가 마리아를 방문하고 싶어 했기 때문에 그들은 루커스네 집 쪽으로 걸었다. 그리고 엘리자베스는 모두가 다 마리아를 만나러 갈 필요는 없다고 생각했기 때문에 키티가 가 버리자 대담하게 그와 산책을 계속했다. 이제 그녀의 결심을 실행에 옮길 때가 되었다. 그녀는 용기가 충천해 있을 때 얼른 이렇게 말했다.

「다시 씨. 저는 무척 이기적인 사람입니다. 저 자신의 감정을 달래기 위해서 당신의 감정을 얼마나 해치게 되는가는 상관하지 않습니다. 저는 당신이 불쌍한 제 동생에게 베풀어 주신 전례 없는 친절에 대해 감사의 말씀을 드리지 않을 수 없습니다. 그 사실을 알게 된 이후, 제가 얼마나 감사해하는지 당신에게 무척 알리고 싶었습니다. 나머지 가족들도 알게 된다면, 이렇게 저 혼자만 감사를 표하지는 않을 겁니다.」

「죄송하군요. 굉장히 죄송합니다.」 다시가 놀라움과 감정이 섞인 어조로 대답했다. 「잘못하면 당신을 불안하게 만들 수 있는 것을 그렇게 통보받으시게 해서 말입니다. 가디너 부인이 그렇게 믿을 만한 분이 못 되는 줄 몰랐습니다.」

「숙모님 잘못이 아닙니다. 맨 처음에는 무분별한 리디아가 당신이 그 일에 관련되었다는 사실을 제게 발설했어요. 그리고 물론 저 역시 구체적인 사실을 알게 될 때까지는 결코 마음 편히 쉴 수가 없었고요. 저의 가족 전원을 대표하여 정말 감사드리고 또 감사드립니다. 그들을 찾아내기 위해 그런 엄

청난 수고도 하시고 그런 엄청난 굴욕도 겪으시다니 그 관대
한 온정에 정말 감사드려요.」

「내게 굳이 감사를 표현하시겠다면, 당신 혼자만 그렇게
하세요.」 그가 대답했다.「당신을 행복하게 해드리고 싶다는
소원이 나를 이끈 다른 동기에 힘을 더했다는 사실을 굳이
부인하지 않겠습니다. 하지만 당신의 가족은 내게 빚진 것이
없습니다. 그들을 무척 존경하기는 합니다만, 나는 오로지
당신만 생각했으니까요.」

엘리자베스는 너무도 당황하여 말을 할 수가 없었다. 그녀
의 동반자는 잠시 침묵 후 다시 말을 이었다.「당신은 관대한
분이니 나를 갖고 놀리지 않으시겠지요. 당신의 감정이 여전
히 지난 사월과 같다면, 당장 그렇다고 말해 주십시오. 나의
애정과 소망은 변하지 않았습니다. 하지만 당신이 한 말씀만
하시면, 이 문제에 대해서는 영원히 침묵하겠습니다.」

엘리자베스는 그의 입장이 여느 때보다 훨씬 어색하고 불
안하겠다는 기분이 들어 억지로 말문을 열었다. 그리고 유창
하지는 않았지만, 즉각 그가 언급한 그때 이후로 그녀의 감
정은 상당한 변화를 겪어서 이제 그의 확실한 마음을 고맙고
기쁘게 받아들일 수가 있게 되었다는 뜻을 전했다. 이 대답
은 전에 한 번도 느껴 보지 못한 그런 행복감을 그에게 안겨
주었다. 그리고 그는 격렬한 사랑에 빠진 사람들이 할 것 같
은 현명하고 열렬한 태도로 그 기쁜 일에 대한 자신의 마음
을 표현했다. 엘리자베스가 그의 눈을 마주 볼 수 있었다면
그의 얼굴에 만연한 진심 어린 기쁨의 표정이 그에게 얼마나
잘 어울리는지 깨달았을 것이다. 그의 얼굴을 볼 수는 없었
지만, 목소리는 들을 수 있었다. 그는 그녀에게 자신의 감정
을 얘기했다. 그는 자신의 감정이 그녀가 얼마나 중요한 존
재인가를 입증하고 있다고 말하며, 그녀에 대한 애정을 매

순간 더욱 소중하게 만들고 있는 중이라고 말했다.

그들은 어디로 가는지도 모르고 계속 걸어갔다. 생각하고 느끼고 말할 것이 너무도 많아 다른 데 관심을 쏟을 수가 없었다. 그녀는 곧 그들이 서로를 잘 이해하게 된 게 그의 이모님의 노력 덕분이라는 것을 알게 되었다. 캐서린 귀부인은 돌아가는 길에 런던을 지나가면서 그를 방문하여, 롱본에 갔던 일, 그 동기, 엘리자베스의 대화 내용 등을 전했다. 귀부인은 자신이 생각하기에 특히 엘리자베스의 괴팍함과 자신감을 드러내는 말들을 모두 힘주어 그에게 상세히 설명했다. 그런 이야기를 하면 그녀가 못하겠다고 거부한 그 약속을 조카에게서는 받아 내려는 자신의 노력에 틀림없이 도움이 될 것이라고 믿었다. 하지만 귀부인에게는 너무 안됐지만, 결과는 정확히 그 반대가 되고 말았다.

「전에는 좀처럼 바랄 수도 없었던 일인데, 그 일로 희망을 갖게 되었습니다.」 그가 말했다. 「당신이 절대적으로 돌이킬 수 없을 정도로 나를 거부할 결심이 섰었다면 캐서린 부인에게 그 점을 솔직히 내놓고 인정했을 것이라고 확신할 만큼 난 당신의 성격을 잘 압니다.」

엘리자베스는 얼굴이 붉어졌고, 대답을 하면서 웃었다. 「그래요. 당신은 내가 그런 일을 할 수 있다고 믿을 만큼 내가 솔직하다는 걸 충분히 알고 있지요. 면전에서 그렇게 지독하게 당신을 비난했으니, 당신의 모든 친척에게도 조금도 주저하지 않고 당신을 비난할 수 있었겠지요.」

「당신이 나에 대해 한 말은 모두 지당했습니다. 당신의 비난이 근거가 빈약하고 잘못된 전제에 기초하긴 했지만, 그당시 당신에 대한 나의 행동은 가장 심한 비난을 받아 마땅한 것이었고, 용서받지 못할 일이었지요. 그 생각만 하면 혐오감이 치밉니다.」

「그날 밤과 관련해서 누가 더 잘못했는가를 두고 논쟁하지 말도록 해요.」 엘리자베스가 말했다. 「엄밀히 따져 보면, 양쪽의 행동 모두 비난을 면할 수 없어요. 하지만 그 이후로 우리 둘 다 예의 면에서 훨씬 개선이 되었다고 생각해요.」

「나 자신이 쉽게 납득이 안 갑니다. 그때 했던 말, 행동, 태도, 표현법에 대한 기억이 몇 달 동안, 그리고 지금도 말할 수 없을 정도로 고통을 주는군요. 당신의 비난은 너무도 정확한 지적이었는데, 나는 결코 잊지 못할 겁니다. 〈좀 더 신사다운 태도로 행동을 했더라면.〉 그게 당신이 한 말이었지요. 그 말이 얼마나 나를 괴롭혔는지 당신은 알지 못할 것이고 좀처럼 이해할 수도 없을 겁니다. 그 말이 옳다는 걸 인정할 만큼 내 스스로 이성적으로 되기까지는 시간이 좀 걸렸다는 걸 고백해야 하겠지만요.」

「그 말이 그렇게 강한 인상을 남기리라고는 정말 생각 못 했었는데요. 그런 기분을 가지실 거라고는 정말 조금도 생각을 못했어요.」

「쉽게 이해됩니다. 당신은 그때 내가 진정한 감정이 결여된 사람이라고 생각했을 테니까요. 당신은 분명 그랬을 겁니다. 당신은 어떤 방법을 동원하여 청혼을 했다 하더라도 나를 받아들이지는 못한다고 했는데, 나는 그때 당신 표정의 변화를 절대 잊지 못할 겁니다.」

「아! 그때 제가 뭐라고 했는지 얘기하지 마세요. 그런 기억들은 떠올려 봤자 아무 도움도 안 돼요. 정말이지, 저도 오랫동안 진심으로 그 일이 부끄러웠습니다.」

다시는 자신의 편지 얘기를 꺼냈다. 「그 편지가 금방 나를 좋게 평가하도록 해주던가요? 편지를 읽고 그 내용을 믿게 되었나요?」

그녀는 그 편지가 어떤 영향을 주었는지 설명하며 그녀가 전에 가졌던 모든 편견이 점차 사라졌다고 말했다.

「편지 내용이 틀림없이 당신에게 고통을 줄 것이라는 걸 알고 있었지만, 그건 필요한 일이었습니다. 그 편지를 없애 버렸기를 바랍니다. 특히 편지의 시작 부분에 당신이 다시 읽을까 봐 두려운 내용이 있었지요. 당연히 나를 증오하게 만들 내용 몇 군데도 기억납니다.」

「저의 애정을 지키는 데 꼭 필요하다고 생각하신다면 태워 버릴게요. 하지만 우리에게 제 견해가 절대 변치 않는 그런 게 못 된다고 생각할 만한 이유가 다분히 있지만, 그렇게 쉽게 바뀌지는 않을 겁니다.」

「그 편지를 쓸 때 나는 스스로 무척 차분하고 냉정하다고 생각했었지요. 하지만 그 이후로는 무척 비통한 기분으로 편지를 썼다고 확신하게 되었습니다.」

「그 편지가 비통한 기분으로 시작되었을지는 모르지만, 끝나는 건 그렇지 않았어요. 작별의 인사는 관대함 그 자체였지요. 하지만 편지 생각은 더 이상 하지 말아요. 편지를 썼던 사람의 감정이나 그것을 받았던 사람의 감정이 이제는 예전과 너무도 달라져서 거기에 따라다녔던 모든 불쾌한 상황은 잊혀야 하니까요. 당신은 제 철학을 좀 배우셔야 해요. 과거는 기쁜 기억을 주는 과거만 생각하도록 해요.」

「그런 유형의 철학은 인정하지 못하겠습니다. 당신의 과거는 돌이켜볼 때 비난받을 일이 전혀 없으니까 거기서 나오는 만족은 철학적인 것이 아니라, 훨씬 나은, 순진무구한 것입니다. 하지만 내 경우는 그런 게 아니지요. 쫓아 버릴 수 없고 쫓아 버려서도 안 되는 괴로운 기억이 밀려옵니다. 나는 평생 원칙은 그렇지 않았다 하더라도 행동 면에서는 이기적인 사람이었지요. 어린 시절에 나는 무엇이 옳은지 배웠지만 성격을 교정하는 법은 배우지 못했지요. 나는 좋은 원칙은 배웠지만, 자만심과 자부심 속에서 그 원칙들을 따르도록 버려져 있었던 겁니다. 불행히도 외아들이어서 (여러 해 동안 유일한 자식이었지요) 부모님들은 나를 버릇없이 키우셨어요. 부모님은 무척 좋은 분들이긴 했지만 (특히 아버지는 매우 자상하고 다정하셨지요) 내가 이기적이고 거만하게 행동하도록 내버려 두고, 조장하고, 거의 그렇게 가르쳤다고 할 수 있습니다. 가족 이외에는 아무도 신경 쓰지 말고 나머지 모든 세상 사람들을 무시하도록, 최소한 나 자신보다 분별력이나 가치가 떨어진다고 생각하도록 키우신 거지요. 여덟 살부터 스물여덟 살까지 나는 그런 사람이었습니다. 그리고 소중하고 사랑스러운 엘리자베스 당신이 없었다면 여전히 그랬을 겁니다. 당신에게 너무도 큰 빚을 졌어요! 당신은 내게 처음에는 정말 받아들이기 힘들었지만 무척 유익한 교훈 하나를 가르쳐 주었어요. 당신 덕분에 나는 제대로 겸손해졌습니다. 나는 당신이 받아 줄 것이라는 사실을 전혀 의심하지 않고 여기로 왔습니다. 당신은 나로 하여금 깨닫게 해준 겁니다. 사랑받을 가치가 있는 여성을 사랑할 자격을 다 갖추고 있다고 자부했던 내 자신이 얼마나 미흡했던가 하는 것을요.」

「그러면 당신은 그때 내가 당신을 마음에 들어 한다고 확신했던 건가요?」

「정말 그랬습니다. 당신은 나의 허영심을 어떻게 생각하나요? 나는 당신이 내가 청혼하기를 바라고 있고 또 기대하고 있다고 믿었습니다.」

「제 태도가 틀림없이 잘못된 것이었을 거예요. 하지만 정말이지 고의는 아니었어요. 당신을 속일 생각은 없었지만, 제 낙천적인 기분이 종종 착각을 일으켰을 거예요. 그날 밤 이후 틀림없이 저를 미워하셨겠지요.」

「미워하다니요! 아마 처음에는 화가 났을 겁니다. 하지만 나의 분노는 곧 올바른 방향으로 나아가기 시작했습니다.」

「당신이 저를 어떻게 생각했는지 물어보기가 두려워요. 펨벌리에서 만났을 때요. 당신은 그곳에 간 데 대해 저를 비난하셨지요?」

「정말 아닙니다. 그저 무척 놀랐을 뿐입니다.」

「그래도 당신이 놀란 건 당신 눈에 띄었을 때 제가 놀란 것보다는 덜 했을 거예요. 제 양심이 저는 특별히 정중한 인사를 받을 자격이 없다고 말하고 있었지요. 그리고 고백하는데, 저는 제 분수 이상으로 환대를 받으리라는 기대는 전혀 하지 않았었어요.」

「그때 목적은 가장 정중한 태도를 취함으로써 내가 과거사에 화를 낼 정도로 비열하지 않다는 걸 보이고 싶은 것이었지요. 그리고 당신의 질책에 귀를 기울였다는 것을 보게 함으로써 용서도 구하고, 나를 좋지 않게 생각하는 것도 좀 덜고 싶었어요. 다른 소망들이 언제 나타나기 시작했는지는 잘 모르겠습니다만, 당신을 본 지 한 30분 정도 지났을 때라고 생각됩니다.」

그러고 나서 그는 조지아나가 그녀를 알게 되어 기뻐했으며, 그 기쁨이 갑작스레 중단되어 실망했다는 얘기도 해주었다. 이야기는 자연스럽게 그렇게 중단되어야 했던 이유로 이어지면서, 더비셔에서 그녀의 여동생을 추적하기 위해 따라 나서기로 결심한 것은 그가 여인숙을 나오기 전이었다는 사실과 그곳에서 그가 진지하게 깊은 생각에 빠졌던 까닭은 그런 목적에 수반되는 고심 때문이었다는 사실을 알게 되었다.

그녀는 다시 감사의 뜻을 전했지만, 그 문제는 서로에게 너무도 고통스러운 것이어서 더 이상 얘기하지 않았다.

그들은 얘기에 몰두하여 신경도 쓰지 않고 한가롭게 수 킬로미터를 거닌 후에야 마침내 시계를 보고는 집으로 돌아가야 할 시간이라는 걸 깨달았다.

「빙리 씨와 제인은 어떻게 될까요?」 그러자 자연스럽게 그들의 얘기가 논의되기 시작했다. 다시는 그들의 약혼을 기뻐했다. 그의 친구는 그에게 가장 먼저 알렸던 것이다.

「놀라지 않으셨는지 물어봐도 될까요?」 엘리자베스가 말했다.

「전혀요. 지난번 떠날 때 곧 그렇게 될 거라 생각하고 있었습니다.」

「말하자면 당신이 허락을 해주셨던 거군요. 그렇게 생각은 했었어요.」 그가 그 말에 아니라고 항의하기는 했지만, 그녀는 그것이 상당히 사실에 가깝다는 걸 알았다.

「런던에 가기 전날 밤에 그에게 훨씬 오래전에 해주어야 했던 고백을 했습니다. 전에 그의 일에 간섭했던 것을 불합리하고 주제넘은 것으로 만들어 버리게 된 모든 상황에 대해 얘기해 주었습니다. 그는 무척 놀라더군요. 그는 조금도 의심을 한 적이 없었습니다. 게다가 나는 실제로 그랬는데, 당신의 언니가 그에게 무관심하다고 생각한 것이 틀린 생각이었던 것 같다고 말해 주었습니다. 그리고 나는 그녀에 대한 그의 애정이 약해지지 않았다는 걸 쉽게 파악할 수 있었기 때문에 그들이 함께 행복해질 거라는 걸 의심치 않았습니다.」

엘리자베스는 그가 친구를 참 쉽게 이끈다는 사실에 미소 짓지 않을 수 없었다.

「당신은 제 언니가 그를 사랑한다고 이야기하신 건 스스로 관찰하시고 말씀하신 건가요, 아니면 지난봄 제가 알려드렸기 때문인가요?」

「전자가 맞습니다. 나는 최근 여기를 두 번 방문하는 동안 그녀를 꼼꼼하게 관찰했습니다. 그리고 그녀의 애정을 확신하게 되었지요.」

「그리고 당신이 확인하게 되자 즉각 그도 확신을 하게 된 거군요.」

「그렇습니다. 빙리는 아무런 가식 없이 겸허한 사람입니다. 겸손하다 보니 그런 마음 졸이는 문제에 대해서는 스스로 판단을 하지 못하곤 했습니다. 하지만 나에 대한 신뢰로 모든 문제가 수월해지곤 했지요. 나는 그에게 한 가지 사실을 고백했습니다. 이에 대해 그는 잠시 화가 났는데, 그가 화내는 것도 당연했지요. 당신의 언니가 지난겨울 석 달간 런던에 있었고, 나는 그 사실을 알면서도 고의로 숨겼다는 것을 감추고 있을 수가 없었습니다. 그는 화를 냈지요. 하지만 당신 언니의 감정에 대한 의심이 사라지자 나에 대한 분노도 더 지속되지는 않았다고 확신합니다. 그는 지금은 진심으로 나를 용서했지요.」

엘리자베스는 빙리 씨가 기쁨을 주는 친구이며, 그렇게 쉽게 이끌리다니 그의 가치가 무척 크다고 말하고 싶었지만 참았다. 그는 놀림당하는 법을 아직은 더 배워야 하며, 그걸 시작하기에 아직은 좀 이르다는 사실을 떠올렸던 것이다. 집에 도착할 때까지 다시는, 물론 자신의 행복보다는 못하겠지만 빙리의 행복을 기대한다면서 대화를 계속했다. 그들은 홀에서 헤어졌다.

제59장
(제3권 제17장)

「리지야, 어디로 산책을 갔던 거니?」 엘리자베스가 방에 들어서자마자 제인이 질문을 했고, 식탁에 모두 앉았을 때 다른 식구들도 이렇게 물었다. 그녀는 자기도 모르는 사이 그냥 이리저리 돌아다니게 되었다고 대답하는 수밖에 없었다. 그녀는 말을 하며 얼굴이 붉어졌다. 그러나 얼굴이 붉어진 것이나 그 밖에 다른 어느 것도 식구들에게 진실에 대한 의혹을 일으키진 않았다.

아무런 특별한 일 없이 밤이 조용히 흘러갔다. 인정받은 연인들은 웃으면서 이야기를 나눴고, 인정받지 못한 연인들은 조용했다. 다시는 행복하다고 해서 환희에 들뜨는 성격이 아니었다. 그리고 엘리자베스는 흥분도 되고 혼동된 마음으로, 자신의 행복을 느끼기보다는 그냥 알고만 있었다. 즉각 당혹감을 일으키는 것도 문제였지만, 그녀 앞에는 다른 힘든 점들이 놓여 있었기 때문이다. 그녀는 자신의 상황이 알려지면, 가족들이 어떻게 느낄지 예상하고 있었다. 그녀는 제인 말고는 아무도 그를 좋아하지 않는다는 사실을 알고 있었고, 다른 식구들이 느끼는 혐오감이 그의 재산과 높은 신분도 어쩌지 못할 정도가 아닌가 걱정하고 있었다.

밤에 그녀는 제인에게 마음을 털어놓았다. 의심하는 것이 베넷 양의 일반적인 습관과 거리가 멀었음에도 불구하고, 그녀는 이 문제는 절대적으로 믿기 힘들어 했다.

「리지야, 농담하는 거지. 그럴 리가 없어! 다시 씨와 약혼을 하다니! 아니, 아니야, 나 안 속아. 난 알아. 그건 불가능한 일이야.」

「이건 시작부터 정말 비참한데! 나는 오로지 언니만 의지하고 있었는데. 언니가 못 믿으면, 다른 사람은 누구도 내 말을 믿지 않을 거야. 하지만 정말 난 진지해. 나는 진실만 말하고 있어. 그는 여전히 날 사랑하고 있고, 우리는 결혼을 약속했어.」

제인은 의심스럽다는 듯이 그녀를 바라보았다. 「아, 리지! 그럴 리가 없어. 네가 그 사람을 얼마나 싫어하는지 내가 아는데.」

「언니는 그 문제에 대해 아무것도 몰라. 그건 모두 잊힐 거야. 아마 나는 여태까지는 지금처럼 그를 사랑하지 않았을 거야. 하지만 이런 경우 너무 기억이 좋으면 안 되지. 나도 지금이 마지막이야. 앞으로 그런 일들은 기억하지 않을 거야.」

베넷 양은 여전히 무척 놀란 것처럼 보였다. 엘리자베스는 다시 한 번 더욱 심각하게 그것이 사실이라고 말했다.

「세상에! 정말 그럴 수가 있는 거니! 하지만 이제 너를 믿어야겠지.」 제인이 소리쳤다. 「나의 사랑하는 리지야, 축하하도록 할게. 축하해. 하지만 너 확실해? 이런 질문 해서 미안해. 너 정말 그 사람과 행복할 수 있을 거라고 확신하니?」

「그건 의심의 여지가 없어. 우리 사이에는 이미 결론이 났어. 우리가 세상에서 가장 행복한 부부가 될 거라고. 하지만 제인, 기쁘지 않아? 그런 제부가 생기는 게 좋지 않아?」

「너무너무 좋아. 빙리나 내게 그보다 더 기쁜 일은 없을 거야. 우린 그 문제를 생각도 하고 얘기도 했었는데 불가능한 것으로 여겼었어. 그런데 너 정말로 그 사람을 충분히 사랑하니? 아, 리지! 애정 없는 결혼은 절대 하면 안 된다. 네 감정이 올바른 감정인 게 확실한 거지?」

「아, 그래! 언니는 내 속마음을 다 털어놓으면, 올바른 감정보다 넘치고 있다고 생각할 거야.」

「무슨 말이니?」

「저기, 나 고백해야겠어. 빙리보다 그 사람을 더 사랑한다고 말이야. 언니가 화낼까 봐 걱정된다.」

「사랑하는 동생아, 진지해져 봐. 나는 매우 진지하게 얘기 나누고 싶어. 지체하지 말고 내가 알아야 할 건 모두 말해 봐. 얼마나 오랫동안 그 사람을 사랑했는지 말해 줄래?」

「너무 서서히 이루어진 일이라 언제 시작되었는지 잘 모르겠어. 하지만 내가 펨벌리에서 그 사람의 아름다운 정원을 처음 봤을 때부터라고 생각해.」

하지만 좀 진지해지라는 간청이 한 번 더 오간 후에야 원하던 결과가 나왔다. 그녀는 곧 자신의 애정에 대해 엄숙하게 확인을 함으로써 제인을 안심시켰다. 그 문제에 대해 납득하게 되자, 베넷 양은 더 이상 바랄 게 없었다.

「지금 나는 무척 행복해. 너도 나처럼 행복할 테니까.」제인이 말했다. 「나는 늘 그 사람을 높이 평가해 왔어. 그가 널 사랑하는 것만으로도 늘 그를 존중했었을 거야. 하지만 이제 빙리의 친구이자 너의 남편으로서 그 사람은 내게 빙리와 너 다음으로 소중한 사람이 되었어. 하지만 리지야, 너 아주 교활해. 내게 그렇게 감추고 있었다니 말이야. 펨벌리와 램턴에서 있었던 일에 대해 어쩜 그렇게 말을 안 해준 거야! 그때 있었던 일을 네가 아닌 다른 사람에게서 들었으니 말이야.」

엘리자베스는 비밀로 해야 했던 이유를 말해 주었다. 그녀는 빙리를 언급하고 싶지 않았었다. 그리고 그녀 자신의 감정이 정리되지 않은 상태여서 빙리의 친구 이름도 마찬가지로 피하게 되었던 것이다. 하지만 이제 그녀는 리디아를 결혼시키는 데 있어 그가 한 일을 더 이상 제인에게 숨기지 않았다. 모든 사실이 알려졌으며, 그날 밤의 절반은 얘기를 하는 가운데 지나갔다.

「저런!」 베넷 부인이 다음 날 아침 창가에 서 있다가 외쳤다. 「저 기분 나쁜 다시 씨는 우리 소중한 빙리 좀 따라오지 않았으면 좋겠네! 도대체 왜 귀찮게 여기를 늘상 오느냔 말이야. 사냥을 가거나 다른 할 일이나 좀 하지. 여기 있으면서 우리를 방해하지 좀 말았으면 좋겠는데. 저 사람을 어떻게 하지? 리지야, 빙리에게 방해가 안 되도록 네가 저 사람과 산책을 다시 나가야겠다.」

엘리자베스는 이렇게 편리한 제안에 웃지 않을 수 없었다. 하지만 어머니가 그에게 그런 형용사를 계속 쓰는 건 정말 속이 상했다.

그들이 들어서자마자 빙리가 그녀를 의미심장하게 바라보았다. 그리고 그가 모든 걸 잘 알고 있다는 그런 열렬한 태도로 그녀와 악수를 했다. 그 후에 곧 그는 큰 소리로 말했다. 「베넷 씨, 이 근처에 리지가 오늘 또 길을 잃고 헤매고 다닐 오솔길이 더 없습니까?」

「다시 씨와 리지와 키티에게 오늘 아침에는 오캄 언덕으로 산책하러 가라고 권하고 싶어요. 오래 산책하기에 좋은 길인데 다시 씨는 그곳 전망을 못 보셨지요.」 베넷 부인이 말했다.

「다른 사람들에게는 좋겠지만, 키티에게는 좀 멀 것 같은데요. 키티, 안 그래요?」 빙리 씨가 말했다.

키티는 집에 있는 게 더 좋다고 솔직히 말했다. 다시는 그 언덕에서 한번 전망을 보고 싶은 마음이 무척 크다고 말했고, 엘리자베스는 말없이 동의했다. 준비하려고 이층으로 올라갈 때, 베넷 부인이 따라오면서 말했다.

「리지야, 그런 기분 나쁜 사람을 너한테만 억지로 맡기게 되어서 매우 미안하구나. 하지만 너는 마음 쓰지 않을 거라 생각한다. 이게 모두 제인을 위해서잖니. 그리고 그 사람과 이따금씩만 말을 하고 계속 말하지 않아도 된다. 그러니 너무 불편을 자초하지는 말아라.」

그들은 산책을 하는 동안 그날 밤 베넷 씨의 동의를 구하기로 결정을 내렸다. 어머니의 동의를 청하는 것은 엘리자베스 자신이 맡기로 했다. 그녀는 어머니가 이 일을 어떻게 받아들일지 결론을 내릴 수가 없었다. 가끔 그의 모든 재산과 고귀한 신분이 그에 대한 어머니의 혐오감을 억누르기에 충분할지 의심이 들기도 했다. 하지만 어머니가 이 결혼에 심하게 반대를 하든지 심하게 기뻐하든지 간에 똑같이, 어머니의 분별력을 인정해 주는 데는 전혀 도움이 되지 않을 것이 뻔했다. 그리고 어머니가 처음에 격렬하게 반대하는 것을 다시 씨가 듣게 되는 것을 견딜 수 없는 것과 마찬가지로, 기뻐서 어쩔 줄을 몰라 하는 것을 다시 씨가 듣게 되는 것도 견딜 수가 없었다.

밤에 베넷 씨가 서재로 물러가자마자 그녀는 다시 씨가 일어나 그를 따라가는 것을 보았다. 그걸 보자 그녀는 극도로 불안해졌다. 그녀는 아버지가 반대하실까 봐 걱정하지는 않았지만, 아버지가 불행해하실까 봐 두려웠다. 그녀는 아버지가 자신 때문에, 가장 아끼는 딸인 자신의 결혼 문제로 괴로워하고, 딸을 시집보내면서 두려움과 후회에 휩싸이게 하지 않을까 하는 비참한 생각이 들었다. 그녀는 다시 씨가 다시 나타날 때까지 비참한 기분으로 앉아 있다가 그의 미소를 보고는 다소 안심이 되었다. 몇 분 후 그는 그녀가 키티와 앉아 있던 테이블로 다가와 그녀의 수예품을 칭찬하는 척하면서 이렇게 속삭였다. 「아버지께 가보세요. 서재로 오라고 하십니다.」 그녀는 곧장 갔다.
　아버지는 심각하고 걱정스러운 표정으로 방 안을 서성이고 있었다. 「리지야, 뭐 하고 있는 거냐? 너 그 사람을 받아들이다니 제정신이냐? 너는 그를 계속 미워하지 않았었니?」
　그때 그녀는 예전에 생각을 좀 더 합리적으로 하고 표현도 좀 더 절제했었더라면 하고 얼마나 열심히 바랐는지 모른다. 그러면 너무도 말하기가 어색한 설명과 고백을 하지 않아도 되었을 텐데. 하지만 지금은 그 설명과 고백이 필요했다. 그녀는 아버지에게 다소 당혹스러워하며 다시 씨에 대한 자신의 애정을 확실히 알려 드렸다.

「달리 말하자면, 그를 받아들이기로 결정한 거로구나. 확실히 그는 부자이고 너는 제인보다 더 훌륭한 옷과 마차를 갖게 되겠지. 하지만 그런 것들이 널 행복하게 해줄까?」

「제가 애정이 없을 거라는 생각 외에 다른 반대는 없으신 거예요?」 엘리자베스가 말했다.

「전혀 없다. 우리 모두 그 사람이 오만하고 불쾌한 유형의 사람이란 걸 알고 있지만, 네가 그 사람을 정말로 좋아한다면 그런 건 문제가 안 된다.」

「좋아해요. 그 사람을 좋아해요.」 그녀가 눈물을 흘리며 대답했다. 「그를 사랑해요. 정말이지 그 사람은 제멋대로 오만한 사람이 아니에요. 무척 다정한 사람이에요. 아버지는 그 사람이 정말 어떤 사람인지 모르고 계세요. 그러니 제발 그 사람에게 그런 표현을 사용하셔서 절 고통스럽게 하지 마세요.」

「리지야, 나는 그에게 승낙을 해주었다.」 아버지가 대답했다. 「사실 그 사람은 뭔가 부탁을 하려고 할 때 쉽게 거절해 버릴 수 있는 유형의 사람이 아니잖니. 네가 그를 받아들일 결심이 섰으니 이제 네게 승낙을 해주마. 하지만 잘 생각해보도록 해라. 리지야 나는 네 성격을 잘 안다. 남편을 진심으로 존경하지 않으면, 그리고 남편을 우월한 존재로 우러러보지 않으면, 너는 행복할 수도 없고 남에게 떳떳할 수도 없다는 걸 안다. 동등하지 못한 사람과 결혼을 한다면 너의 활발한 재능이 오히려 널 상당한 위험에 빠뜨릴지도 모른다. 그러면 좀처럼 불명예와 비참함을 피할 수 없을 것이다. 애야, 인생의 동반자를 존경할 수 없는 네 모습을 보게 되는 그런 슬픔을 겪지 않게 해다오. 넌 네가 무엇을 하려는 건지 모르고 있어.」

엘리자베스는 더욱 감동되어 열심히 엄숙하게 대답을 했다. 그리고 정말 다시 씨야말로 자신이 선택한 사람이라고 반복해서 확인함으로써, 그의 애정이 하루아침에 이루어진 게 아니라 여러 달 동안의 긴장 상태라는 시험을 거쳐 이루어진 것임을 전적으로 확신한다고 얘기하면서, 그에 대한 자신의 평가도 서서히 변하게 되었다는 설명을 함으로써, 그리고 열정적으로 그의 모든 좋은 특성들을 나열함으로써, 마침내 그녀는 아버지의 불신을 잠재우고 그 결혼에 만족해하도록 만들었다.

「자, 애야. 더 할 말이 없구나.」 그녀가 말을 마치자 아버지가 말했다. 「그게 사실이라면, 그는 네 남편이 될 자격이 있다. 나의 리지야, 나는 그보다 못한 사람에게는 너를 내어 주지 않았을 것이다.」

호의적인 인상을 완성하기라도도 하듯이 그때 그녀는 다시 씨가 리디아를 위해 자발적으로 어떤 일을 했는지 얘기했다. 그는 놀란 표정으로 그녀의 이야기를 들었다.

「오늘 밤은 정말 놀라운 일이 계속되는구나. 그러니까 다시가 모든 일을 했다는 거구나. 결혼을 성사하고 돈을 내어 그 친구의 빚을 갚아 주고 장교직을 사주고! 그럴수록 더 좋구나. 내가 걱정하거나 아껴야 할 일을 덜어 주겠구나. 너의 외숙이 한 일이었다면 갚아야만 하고 또 갚아 버렸을 것이다. 하지만 이 열렬히 사랑에 빠진 젊은 연인들이 모든 걸 제멋대로 하는구나. 내일 그에게 돈을 갚겠다고 제안하겠다. 그는 너에 대한 사랑 때문이었다고 떠들썩하게 장담할 거다. 그러면 그 문제는 그걸로 끝이 나겠지.」

그러고 나서 그는 며칠 전에 콜린스 씨의 편지를 읽으면서 그녀가 당황해하던 모습을 떠올렸다. 그녀를 한참 놀려 준 후에 그는 마침내 가봐도 좋다고 했다. 그리고 그는 그녀가 방을 나올 때 이렇게 말했다. 「메리나 키티와 결혼하겠다고 오는 젊은이가 있으면 모두 보내라. 나는 매우 한가하니까.」

엘리자베스의 마음은 이제 무거운 짐을 내려놓은 듯했다. 반 시간 정도 자기 방에서 조용히 생각에 잠겼다가 나오니 상당히 차분하게 다른 사람들을 대할 수 있게 되었다. 모든 것이 기뻐하기에는 너무 급작스러웠다. 하지만 저녁 시간은 조용히 흘러갔다. 더 이상 두려워할 중요한 사안 같은 건 이제 없었다. 조만간 자연스럽고 친숙한 편안함이 찾아올 것이었다.

어머니가 밤에 옷 갈아입는 방으로 올라가자 그녀는 어머니를 따라가서 그 중요한 소식을 알렸다. 그 결과는 참으로 엄청났다. 처음 들었을 때, 베넷 부인은 무척 조용히 앉아서 한마디도 하지를 못했다. 그녀는 대체로 가족에 이익이 되는 것, 아니 딸들에게 연인의 형태로 나타난 가족의 이익을 알아차리고 인정하는 데 결코 느린 편이 아니었지만, 자기가 들은 말을 이해할 수 있기까지 시간이 좀 걸렸다. 마침내 그녀는 정신을 차리더니 안절부절못하며 의자에서 일어났다 다시 앉았다가 하면서 그럴 리가 하며 의아해하고 성호를 긋기 시작했다.

「세상에! 하느님 맙소사! 생각을 해봐! 어머나! 다시 씨라니! 누가 생각이나 했겠어! 그게 정말 사실이냐? 아! 내 사랑 리지야! 너는 굉장한 부자가 되고 고귀한 신분을 갖게 될 거야! 용돈에다 보석에다 마차는 얼마나 대단하겠니! 제인은 너에 비하면 아무것도 아니야. 정말 아무것도 아니지. 나는 너무도 기쁘다. 너무 행복해. 그렇게 매력적인 사람이! 너무 잘생기고! 키도 크고! 아, 내 사랑 리지야. 전에 내가 그를 그리도 싫어했던 것에 대해 사과 좀 해다오. 그가 그냥 넘겼으면 좋겠구나. 내 사랑, 사랑하는 리지야. 런던에 집도 있겠지! 멋진 것은 몽땅 다! 딸 셋이 결혼한다! 연 수입 1만 파운드야! 아, 하느님! 나는 어떻게 될까? 정말 미치겠다.」

이만하면 그녀의 승낙이 의심의 여지가 없다는 게 충분히 입증되었다. 엘리자베스는 어머니가 기쁨을 그렇게 쏟아 놓는 걸 혼자만 듣게 된 것을 기뻐하면서 곧 밖으로 나갔다. 하지만 자기 방에 간 지 3분도 채 안 되었을 때 어머니가 따라왔다.

「내 귀여운 딸아, 난 다른 생각을 할 수가 없구나!」어머니가 외쳤다. 「연 수입 1만 파운드라니! 아마 그보다 더 많을 거다. 그거면 왕족이나 마찬가지야! 그리고 결혼 특별 허가증! 너는 결혼 특별 허가증을 받고 결혼해야 하고 또 그렇게 될 거야. 하지만 내 사랑하는 딸아, 다시 씨가 특히 좋아하는 요리가 뭔지 말해 주겠니. 내일 준비할 수 있게 말이다.」

이것은 어머니가 그 신사 본인에게 어떤 행동을 취할지를 말해 주는 슬픈 전조였다. 엘리자베스는 그의 열렬한 애정을 확실히 확보하고 있고 그녀의 가족들의 승낙도 확실히 받아 놓긴 했지만, 여전히 바랄 것이 남았다는 사실을 깨달았다. 하지만 그다음 날은 그녀가 생각했던 것보다 훨씬 잘 지나갔다. 다행히 베넷 부인이 미래의 사위에 대해 두려움을 갖고 있어서, 그를 배려하거나 그의 견해에 경의를 표하거나 할 경우가 아니면 감히 말을 걸지를 못했던 것이다.

엘리자베스는 아버지가 그와 친해지려고 애쓰는 것을 보고 기분이 좋았다. 그리고 곧 베넷 씨는 그녀에게 시시각각으로 그를 더 높이 평가하게 된다고 일러 주었다.

「나는 세 명의 사위에게 무척 감탄하고 있다.」 베넷 씨가 말했다. 「아마도 위컴이 내가 가장 아끼는 사위일 거다. 하지만 제인의 남편만큼이나 너의 남편도 좋아질 것 같구나.」

제60장
(제3권 제18장)

　엘리자베스는 기분이 곧 다시 쾌활해져서, 다시 씨에게 어떻게 그녀를 사랑하게 되었는지 얘기해 주기를 바랐다. 「어떻게 시작되었어요?」 그녀가 말했다. 「일단 사랑하기 시작하니까 멋있게 이끌어 나갔다는 건 이해할 수 있겠는데, 맨 처음 출발점이 된 건 무엇이었을까요?」

　「사랑의 토대를 쌓은 그 시간이나 장소나 표정이나 말을 정확히 지적할 수는 없겠어요. 너무 오래된 일이라서. 사랑이 시작되었다는 걸 알았을 때는 이미 한창 진행 중일 때였어요.」

　「당신은 나의 미모에 대해서는 초반부터 버티고 안 넘어갔었고, 나의 태도에 대해서는 — 당신을 대하는 나의 행동은 늘 거의 무례하다고 할 만한 것이었고 당신에게 말을 할 때마다 고통을 주고 싶어 하는 편이었어요. 자, 이제 진지하게 대답해 봐요. 당신은 내가 무례했기 때문에 좋아했나요?」

　「당신의 활기찬 마음 때문이요.」

　「당장 그걸 무례함이라고 부르는 건 어떨까요. 거의 그거라고 할 수 있을 테니까요. 사실은요, 당신은 예법, 경의, 지나친 관심에 싫증이 났던 거예요. 당신은 늘 오로지 당신의 칭찬을 받기 위해 말하고 쳐다보고 생각하는 여자들에게 염증이 났던 거지요. 나는 그들과 너무도 다르기 때문에 당신을 자극하고 관심을 끌었던 거예요. 당신이 진정으로 다정한 사람이 아니었다면, 그 때문에 나를 싫어했을 거예요. 위장을 하려고 애를 썼지만, 그럼에도 불구하고 당신의 감정은 늘 고상하고 정의로웠지요. 당신은 마음속으로는 끊임없이 꼬리치는 사람들을 철저히 경멸했어요. 자, 이만하면, 나는 당신이 설명할 수고를 덜어 드렸지요. 그리고 사실 모든 걸 고려할 때, 나는 그 설명이 전적으로 합리적이라는 생각이 들기 시작했어요. 분명 당신은 나의 진정한 장점을 알지 못했어요. 하지만 사랑에 빠지면 아무도 그 점을 신경 쓰지 않아요.」

「제인이 네더필드에서 앓고 있을 때 당신이 제인에게 보인 애정이 담긴 행동에 장점이 없다는 말이오?」

「사랑하는 제인! 언니를 위해서라면 누군들 그렇게 못하겠어요? 하지만 어떻게 해서든 그걸 장점으로 여깁시다. 나의 좋은 점들이 당신의 보호를 받고 있으니, 당신은 가능한 한 그것들을 많이 과장하려고 할 거예요. 그러면 나는 그 보답으로 가능한 한 자주 당신을 놀려 주고 언쟁할 일들을 찾아내도록 할게요. 그리고 곧장 질문을 하겠는데요. 무엇 때문에 그렇게 속마음을 털어놓는 걸 내켜 하지 않았던 건가요? 처음 여기를 방문했을 때, 그리고 나중에 식사를 하게 되었을 때 무엇 때문에 날 그렇게 피했던 건가요? 특히 여기 왔을 때 왜 나에 대해 관심이 없는 것처럼 보였던 거지요?」

「당신이 심각하고 말도 없고, 내게 용기를 주지 않았기 때문이오.」

「하지만 나는 당황했었어요.」

「나도 그랬소.」

「식사하러 왔을 때 당신은 내게 말을 좀 더 할 수 있었을 텐데요.」

「나보다 감정이 덜한 사람은 그렇게 할 수 있었을 거요.」

「당신은 이치에 맞는 대답을 해야 하고, 나는 그 대답을 받아들일 만큼 이성적이라는 게, 너무 불행하네요! 하지만 당신 혼자 알아서 하도록 내버려졌다면, 당신이 얼마나 오래 계속했었을지 궁금해요. 내가 묻지 않았었다면, 당신이 언제

말을 하게 되었을지 궁금하단 말이에요! 당신이 리디아에게
베풀어 준 친절에 대해 감사의 말을 하겠다는 나의 결심이
분명 큰 효과를 거둔 거지요. 지나칠 정도로요. 왜냐하면 내
가 그 문제를 언급해서는 안 되는 것이었는데, 약속을 위반
한 데서 우리의 행복이 시작되었다면, 도덕은 다 어떻게 되
겠어요? 그래서는 안 되는 거지요.」

「공연히 자책할 필요 없어요. 도덕은 전적으로 무사할 테
니까요. 캐서린 귀부인이 우리를 갈라놓으려던 정당화될 수
없는 그 노력이 우리의 모든 의심을 없애는 도구가 되었던
거지요. 지금 내가 행복해진 건 당신이 감사의 마음을 표현
하기를 간절히 원했기 때문이 아니에요. 나는 당신이 감사의
말을 할 때까지 기다리고 있을 기분이 아니었어요. 이모님이
전해 준 소식이 내게 희망을 주었어요. 그래서 당장 모든 걸
알아내야겠다고 결심을 했던 거지요.」

「캐서린 귀부인이 큰 도움을 주셨네요. 그분은 도움이 되
는 걸 좋아하시니까 이 일이 그분을 기쁘게 해드리게 될 거
예요. 하지만 네더필드에 왜 왔던 건지 말해 줘요. 롱본까지
달려와 그저 당황해하려고 그랬던 건가요? 아니면 어떤 다른
중대한 결과를 계획하고 왔던 건가요?」

「내 진짜 목적은 당신을 보고, 그리고 할 수 있다면 당신이
나를 사랑하게 만들 수 있다는 희망을 가져도 좋은지 어떤지
판단을 하는 것이었소. 공공연한 목적은, 아니 내 자신에게
공언한 목적은 당신의 언니가 아직 빙리를 좋아하는지 어떤
지 보는 거였고, 만일 그녀가 여전히 빙리를 좋아한다면 빙
리에게 고백을 하는 거였소. 그 후에 고백했듯이 말이요.」

「캐서린 귀부인에게 앞으로 일어날 일에 대해 말씀드릴 용
기를 낼 수 있겠어요?」

「나는 용기보다는 시간이 더 필요할 것 같아요, 엘리자베

스. 하지만 그건 어차피 해야 할 일이요. 그러니 당신이 종이 한 장을 준다면 당장 그 일을 하도록 하지요.」

「나도 편지를 쓸 일이 없다면 당신 옆에 앉아 예전에 어떤 젊은 여성이 했던 것처럼 당신의 필체가 고르다고 칭찬을 할 수도 있을 거예요. 하지만 나 역시 숙모에게 더 이상 무심할 수가 없겠어요.」

자신과 다시 씨의 친밀한 관계가 너무 과대평가되었다고 고백하는 것이 꺼려져서, 엘리자베스는 가디너 부인의 긴 편지에 아직 답장을 보내지 않고 있었다. 그러나 지금 무척 반갑게 받아들여질 그 소식을 전하려고 보니, 그녀는 숙부와 숙모가 행복을 누릴 시기를 벌써 사흘이나 놓쳤다는 사실을 깨닫고는 부끄러워하며 곧바로 다음과 같은 내용으로 편지를 썼다.

친애하는 숙모님, 길고 친절하고 만족스러운 내용들을 구체적으로 상세히 적어 보내 주신 데 대해 감사의 말씀을 드렸어야 마땅하고 또 벌써 그렇게 했어야 했어요. 하지만 솔직히 말씀드리자면 너무 심란해서 편지를 쓸 수가 없었어요. 숙모의 추측은 실제 있는 일보다 지나치게 앞서가는 거였어요. 하지만 지금은 마음대로 추측하셔도 돼요. 상상력을 한껏 풀어 놓고 그 주제가 허용하는 모든 가능한 상상력의 비상을 한껏 즐기세요. 그리고 내가 실제로 결혼했다는 생각만 안 하시면 크게 틀리는 일이 없을 거예요. 숙모는 빨리 편지를 다시 써서 지난번보다 더 많이 그 사람을 칭찬해 주세요. 호수 지방으로 여행을 가지 않으신 데 대해 다시 또 다시 감사드려요. 호수 지방으로 가길 원하다니 난 어쩜 그렇게 어리석을 수가 있었을까요! 숙모님의 조랑말 얘기는 재미있어요. 우리는 매일 조랑말을 타고 영

지를 돌게 될 거예요. 나는 세상에서 가장 행복한 사람이
에요. 아마 예전에 다른 사람들도 그렇게 말했겠지만, 나
만큼은 아니었을 거예요. 나는 제인보다도 더 행복해요.
제인은 그저 미소를 지을 뿐이지만, 나는 웃거든요. 다시
씨가 나를 사랑하고 남길 수 있는 세상의 모든 사랑을 숙
모에게 보낸대요. 성탄절에 펨벌리로 모두 오셔야 해요.

조카 드림.

다시 씨가 캐서린 귀부인에게 보내는 편지는 문체가 달랐
다. 그리고 베넷 씨가 콜린스 씨의 지난번 편지에 대한 답장
으로 보내는 편지는 앞의 두 편지와 한층 달랐다.

　콜린스 씨에게
　수고스럽지만 한 번 더 축하를 해주서야겠습니다. 엘리
자베스가 곧 다시 씨의 부인이 될 것입니다. 캐서린 귀부
인을 힘껏 위로해 드리십시오. 하지만 내가 당신이라면 조
카 편에 서겠습니다. 그쪽이 줄 수 있는 게 더 많으니까요.

이만 줄임.

빙리 양이 다가오는 오빠의 결혼을 축하하는 말은 다정하
기는 했지만 진심은 아니었다. 그녀는 그 일에 대해 제인에
게도 편지를 써서 기쁨을 표하며 예전에 하던 가식적인 말들
을 모두 반복했다. 제인은 속지 않았지만, 마음이 움직이기
는 했다. 그래서 그녀를 신뢰하지는 않지만, 그녀에게 분에
넘치는 친절한 답장을 쓰지 않을 수가 없었다.
　다시 양이 비슷한 소식을 듣자마자 표현한 기쁨은 그 편지
를 보낼 때 오빠가 느끼고 있던 기쁨만큼이나 진심에서 우러
난 것이었다. 그녀의 기쁨과 올케의 사랑을 받고 싶다는 열렬

한 소망을 모두 담기에는 네 쪽의 종이도 부족할 정도였다.

콜린스 씨에게서 답장이 오기 전에, 또는 그의 부인에게서 엘리자베스에게 축하의 말이 오기 전에, 롱본의 가족은 콜린스 가족이 루커스 저택에 왔다는 소식을 들었다. 이 갑작스러운 이동의 이유는 곧 명백해졌다. 캐서린 귀부인이 조카의 편지에 극도로 격분하여서, 그 결혼을 정말로 기뻐하고 있던 샬럿은 폭풍이 잠잠해질 때까지 피해 있고 싶었던 것이다. 그런 시기에 친구가 도착한 것은 엘리자베스에게 진심으로 기쁜 일이었다. 그러나 서로 만나는 동안 때때로 그 기쁨의 대가가 너무 비싸다는 생각이 들곤 했다. 다시 씨가 친구의 남편이 늘어놓는 온통 과시용의 아첨에 가까운 예절에 그대로 노출되는 것을 보았을 때 말이다. 하지만 그는 그것을 감탄할 정도로 침착하게 견뎌 냈다. 윌리엄 루커스 경이 그 지방에서 가장 빛나는 보석을 가져간다는 말로 축하를 하며 세인트 제임스 궁에서 모두 자주 만나자는 희망을 피력할 때도, 그는 무척 점잖고 차분한 태도로 그 말을 경청했다. 그가 어깨를 으쓱했다 하더라도 그건 윌리엄 경이 보이지 않는 곳으로 간 후였다.

필립스 부인의 천박함은 그의 인내심에 또 다른, 아마 훨씬 더 심한 부담이 되었을 것이다. 필립스 부인은 자기 언니와 마찬가지로 그에게 상당한 경외심을 품고 있어서 성격 좋은 빙리한테 하는 식으로 아무 허물없이 말을 걸지는 못했지만, 그래도 말을 했다 하면 천박하기 이를 데 없었다. 그에 대한 존경심은 그녀를 좀 더 조용하게 만들기는 했지만 좀 더 우아하게 만들 수는 없었다. 엘리자베스는 그가 베넷 부인과 필립스 부인의 주목을 자주 받지 않도록 하기 위해 할 수 있는 것은 다 했다. 또 그를 자기하고만 있게 하거나 그가 수치심을 느끼지 않고 대화를 할 수 있는 가족들하고만 있게 하려고 노심초사했다. 이런 모든 것에서 일어나는 불편한 감정들은 그들의 약혼 시절에서 많은 기쁨을 앗아가기는 했지만, 미래에 대한 희망은 배가시켜 주었다. 그녀는 두 사람의 마음에 좀처럼 들지 않는 사람들과의 생활을 떠나 펨벌리에 있는 가족 모임의 모든 안락함과 우아함으로 옮겨 가게 될 날을 기쁜 마음으로 학수고대했다.

제61장
(제3권 제19장)

가장 가치 있는 두 딸을 시집보내던 날 어머니로서 베넷 부인의 마음은 너무도 흡족했다. 나중에 그녀가 빙리 부인을 방문하여 다시 부인에 대한 이야기를 나누면서 얼마나 즐거운 자부심을 느꼈을지는 말하지 않아도 짐작할 수 있을 것이다. 나는, 그녀의 가족을 위하여, 딸자식들을 시집보내고 싶어 하던 열렬한 소망이 성취된 뒤, 그녀가 남은 생애를 현명하고 상냥하고 견문이 넓은 여성으로 보내게 되었다고 행복한 결말을 말할 수 있었으면 좋겠다. 아마 그녀의 남편은 그런 평소와 다른 모습에서는 가정의 행복을 맛보지는 못했을 테니 그에게는 다행이겠지만, 그녀는 여전히 때로 신경과민을 호소하고 변함없이 어리석었다.

베넷 씨는 둘째 딸을 무척 그리워했다. 그는 다른 어떤 것보다 둘째 딸에 대한 애정 때문에 집 바깥으로 더 자주 나가게 되었다. 그는 펨벌리에 가는 것을 좋아했는데, 특히 자신이 올 것이라는 기대를 하고 있지 않을 때 불쑥 나타나는 것을 즐거워했다.

빙리 씨와 제인은 단지 열두 달만 네더필드에서 지냈다.

어머니와 메리턴의 친척들에게 너무 가까이 사는 것은 그의 느긋한 성격이나 그녀의 다정한 심성에조차 바람직한 것이 못 되었던 것이다. 빙리 여동생들의 간절한 소망은 이루어졌다. 그가 더비셔 근처에 영지를 구입했던 것이다. 그리고 제인과 엘리자베스는 서로 50킬로미터 이내에서 살게 되어 기쁨의 원천이 하나 늘게 되었다.

키티는 두 언니와 함께 많은 시간을 보내게 되어 실질적으로 많은 이익을 받게 되었다. 그녀가 대체로 알고 지내던 사람들보다 훨씬 우월한 사람들 틈에서 지내다 보니 그녀는 상당히 향상되었다. 그녀는 리디아처럼 통제가 안 되는 성격은 아니었고, 리디아의 영향권에서 벗어나서 적절한 관심과 관리를 받다 보니 짜증 내고 무지하고 지루하던 면이 훨씬 덜해졌다. 물론 그녀는 리디아가 주는 불이익에서 떨어져 있도록 감시되었다. 위컴 부인이 무도회와 젊은 남성들을 약속하며 함께 지내러 오라고 자주 초대하기는 했지만, 아버지가 결코 허락하지 않았던 것이다.

메리만이 유일하게 집에 남아 있는 딸이었다. 베넷 부인이 워낙 혼자 앉아 있지 않는 성격이라 그녀는 어쩔 수 없이 교양을 닦는 일에서 물러나게 되었다. 메리는 세상 사람들과 더 어울려 지내야 했지만, 매일 아침 방문을 마치고 돌아와서 그 일에 대해 교훈을 늘어놓곤 했다. 그녀는 자매들의 미모와 자신의 미모가 비교되는 데서 느끼는 굴욕감을 더 이상 느끼지 않아도 되었다. 아버지는 그녀가 별로 큰 거부감 없이 변화에 따르고 있지 않나 하는 생각을 하게 되었다.

위컴과 리디아로 말하자면 그들의 성격은 자매의 결혼에도 전혀 변화를 겪지 않았다. 그는 엘리자베스가 전에는 모르고 있던 자신의 모든 배은망덕과 거짓말에 대해 이제는 모두 알게 되었을 것이라고 확신했지만 체념으로 이를 잘 견뎌

냈으며, 그 모든 것에도 불구하고 다시를 잘 설득하여 출세를 할 수 있을 거라는 희망을 전적으로 버리지는 않았다. 엘리자베스는 리디아에게서 받은 결혼 축하 편지에서 위컴 본인까지는 아니어도 최소한 그의 부인은 그런 희망을 품고 있다는 것을 잘 알 수 있었다. 편지는 이런 내용이었다.

사랑하는 리지 언니에게
결혼 축하해. 내가 우리 위컴을 사랑하는 것의 반만큼이라도 언니가 다시 씨를 사랑한다면, 언니는 무척 행복할거야. 언니가 그렇게 부자라는 게 큰 위안이 돼. 언니가 다른 할 일이 없을 때, 우리 생각 좀 해줘. 내가 보기에 위컴은 궁정에서 일하게 되기를 무척 원하고 있어. 그리고 우리는 어떤 도움을 좀 받지 않으면 제대로 살아갈 만큼 충분히 돈을 벌지 못할 거 같아. 일 년에 3백~4백 파운드 정도 받는 자리면 어디든지 괜찮아. 하지만 다시 씨에게 얘기 안 해도 돼. 언니가 그러고 싶지 않으면.
리디아 씀.

엘리자베스는 정말이지 그러고 싶지 않았기 때문에, 그런 종류의 간청이나 기대를 다시는 하지 못하게 하려고 애쓰며 답장을 보냈다. 그러나 사적으로 쓰는 비용에서 소위 절약이란 걸 실천함으로써 자기 능력 내에서 해줄 수 있는 원조는 자주 해주었다. 궁핍할 때도 그렇게 사치스럽고 미래에 대해 신경도 안 쓰는 두 사람의 방침 아래서 그들의 수입은 자신들을 부양하기에도 역부족일 수밖에 없다는 사실이 그녀에겐 명백해 보였다. 그들이 숙소를 옮길 때마다 제인이나 엘리자베스는 청구서를 해결하는 데 약간의 도움을 달라는 부탁을 받곤 했다. 평화 협정이 맺어져 고향으로 돌아온 후에도 그들이 사는 방식은 극도로 불안정했다. 그들은 늘 싼 집을 찾아 이리저리 이사를 다녔고, 늘 지출해야 할 금액보다 훨씬 초과 하여 지출을 했다. 그녀에 대한 그의 애정은 곧 무관심으로 변했지만, 그녀의 애정은 그보다는 좀 더 오래 지속되었고, 나이도 어리고 태도도 제멋대로임에도 불구하고 결혼함으로 써 갖게 된 명성을 들을 자격은 모두 유지하고 있었다.

다시는 위컴을 펨벌리로 맞아들일 수는 없었지만, 그래도 엘리자베스를 위해 직업을 구하는 데서는 상당히 도와주었 다. 리디아는 남편이 런던이나 바스로 놀러갔을 때 가끔 펨 벌리를 방문하곤 했다. 그리고 부부가 빙리 가족을 자주 방 문해서는 오랫동안 머물곤 해서, 성격 좋은 빙리조차도 그 들에게 좀 가달라는 암시를 해줘야겠다는 얘기를 하기에 이 르렀다.

빙리 양은 다시의 결혼에 무척 깊은 상처를 받았다. 하지만 펨벌리를 방문하는 권리는 유지하는 것이 바람직하다고 생각 했기 때문에 모든 분노를 떨쳐 버리고, 조지아나를 전보다 훨 씬 좋아했고 다시에게는 여태까지와 거의 다름없이 친절했으 며, 엘리자베스에게는 여태 미뤄 왔던 예의를 다 갚았다.

펨벌리는 이제 조지아나의 집이 되었다. 올케와 시누이 사 이의 애정은 다시가 보고 싶어 하던 그대로였다. 그들은 의 도했던 것만큼이나 서로를 사랑할 수 있었다. 조지아나는 엘 리자베스의 세계를 존중했다. 그녀는 처음에는 오빠와 대화 할 때 엘리자베스가 보이는 활발하고 장난스러운 말투를 종 종 거의 경악에 가까울 정도의 놀라움을 느끼며 듣곤 했다. 그녀는 애정을 거의 압도할 정도로 존경심만 불러일으키던 오빠가 이제 공공연히 놀림의 대상이 되는 걸 보게 되었던 것이다. 그녀는 전에 결코 경험한 적이 없는 그런 지식을 얻 게 되었다. 엘리자베스의 가르침 덕분에, 그녀는 열 살 이상 차이가 나는 오빠가 누이동생에게 잘 허용하지 않을 것 같은 일, 즉 여성이 남편을 스스럼없이 대할 수도 있다는 사실을 이해하기 시작했다.

캐서린 귀부인은 조카의 결혼에 극도로 분노했다. 그리고 결혼을 알리는 편지에 대한 답장에서 그녀의 진정한 솔직한 성격을 다 드러내어, 조카에게 심한 말, 특히 엘리자베스에 대해 심한 독설을 퍼붓는 말을 써 보냄으로써 당분간 두 사람 사이에 모든 교류가 끝나 버렸다. 하지만 마침내 엘리자베스의 설득으로 조카는 모욕당한 것을 눈감아 버리고 화해를 청했다. 그리고 그의 이모 측에서는 좀 더 버틴 후에, 조카에 대한 애정 때문이었는지 혹은 그의 아내가 어떻게 처신하고 있는지 보고 싶은 호기심 때문이었는지 몰라도 분노는 차음 사라졌다. 그리고 그런 여주인의 존재뿐 아니라 런던에서 온 숙부와 숙모 때문에 숲이 오염되었음에도 불구하고, 황송하옵게도 펨벌리로 그들을 방문하기까지 했다.

가디너 부부와 이들 부부는 항상 가장 친밀한 관계를 유지했다. 엘리자베스뿐 아니라 다시도 그들을 정말로 사랑했다. 그리고 두 사람 모두 그녀를 더비셔로 데려옴으로써 자신들을 맺어 주는 역할을 했던 사람들에게 더할 나위 없는 감사의 마음을 항상 잊지 않았다.

사랑과 결혼을 소재로 한 사실주의 전통의 출발

18세기 후반 영국의 남부 지방에서 목사의 딸로 태어난 제인 오스틴은, 교육도 많이 받지 못하고 집 밖으로 별로 다닌 적도 없는 여성이지만, 현재 전 세계에서 가장 널리 읽히고 또 학계에서도 깊이 있게 연구되고 있는 작가이다. 제인 오스틴은 남성들이 주류를 이뤘던 영국 문단에서 동시대 작가인 월터 스콧 경보다 훨씬 인기가 높았으며, 영국 소설의 〈위대한 전통〉의 선구적 인물로 손꼽히는 주요 작가이다.

제인 오스틴은 작품 속에서 젊은 여성이 사랑에 빠지고 갈등과 시련을 겪다가 정신적인 스승이라 할 만한 남성을 만나 결혼에 이르게 되는 과정을 일관되게 보여 준다. 연애와 결혼이라는 보편적 주제를 다루는 제인 오스틴의 작품은 문학성과 예술성뿐 아니라 오락성과 대중성 역시 뛰어나다. 제인 오스틴은 『이성과 감성*Sense and Sensibility*』, 『오만과 편견*Pride and Prejudice*』, 『노생거 수도원*Northanger Abbey*』, 『맨스필드 파크*Mansfield Park*』, 『엠마*Emma*』, 『설득*Persuasion*』이라는 여섯 편의 장편소설을 남겼다. 한 작가가 발표한 장편소설 전부가 문학적 가치와 대중적 인기를 고루 갖추기가 힘든데, 제인 오스틴의 경우는 여섯 편 모두가 학계에서 폭넓게 연

구될 뿐 아니라, 하이틴 로맨스와 같은 대중 소설로 각색되기
도 하고 영화나 TV 드라마로 계속 제작되고 있다.

　제인 오스틴의 생애에 대해서는 조카들이 회고록 등을 통
해 남긴 다정하고 조용한 이모나 고모로서의 이미지 외에는
별로 알려진 바가 없다. 42세의 젊은 나이로 사망했으며 사
회 활동이 거의 없었기 때문이기도 하지만, 가족들이 사생활
을 보호했기 때문이기도 하다. 미혼으로 평생 함께 지낸 언
니 커샌드라가 작가의 편지를 거의 다 불태웠다는 사실은 잘
알려져 있다.

　제인 오스틴은 1775년 햄프셔 주 스티븐턴의 교구 목사
였던 조지 오스틴과 커샌드라 리 오스틴의 일곱 번째 자녀
로 태어났다. 그녀는 스물다섯 살이 될 때까지 목사관에서
살다가 1801년 온천으로 유명한 바스로 옮겨 갔고, 6년 후
부친이 사망하자 사우샘프턴으로 옮겨 갔다. 다시 그녀는
1809년에 모친과 언니 커샌드라와 함께 부유한 오빠 에드
워드가 마련해 준 초턴 마을의 자그마한 주택으로 이사하였
고, 1816년 마흔두 살의 나이로 삶을 마감할 때까지 그곳에
서 지내며 창작 활동에 몰두했다. 제인 오스틴은 잠깐 학교
에 다녔을 뿐, 부친의 영향으로 주로 집에서 고전을 폭넓게
섭렵했다. 다른 여성들처럼 그림, 음악, 바느질 등을 배웠는
데, 특히 바느질에 뛰어난 솜씨를 보였다고 한다.

　제인 오스틴은 당시에 여성 취향의 연애 이야기라는 한정
된 내용을 작품의 소재로 삼는다는 이유로 역사성과 사회성
이 부족하고 작품의 무대가 규방으로 한정된 여류 작가라는
평가를 받기도 했다. 그러나 제인 오스틴은 사랑과 결혼 이
야기를 중심으로 작품 속에서 다양한 여성의 삶을 조명하면
서 가부장적 사회의 여러 문제점들을 비판적으로 파헤쳤다.

또 다양하고 흥미로운 인간관계와 인간 심리를 묘사하며, 당
시 사회의 풍속도를 해학과 풍자를 통해 여실히 그려 냈다.
　여성으로서의 조용한 삶을 살다 간 제인 오스틴은 위대한
문인인 동시에 여성 작가의 원형으로 평가받기도 한다. 가부
장적 사회에서 상처받기 쉬운 여성의 삶을 섬세한 필치로 그
려 내며 동시에 해학과 아이러니를 자유로이 활용하는 제인
오스틴의 문체와 서술 방식은 20세기 후반 대두된 페미니즘
학자들에 의해 여성 문학의 원형으로 환영을 받았다. 대체로
영국 소설은 18세기에 시작되었으며, 『로빈슨 크루소』의 대
니얼 디포, 『파멜라』의 새뮤얼 리처드슨, 『톰 존스』의 헨리
필딩 같은 남성 작가들이 영국 소설을 개척하고 정립했다는
주장이 일반론이다. 그러나 여성 해방 운동이 활발해지기 시
작한 1980년 무렵 여성학자들이 중심이 되어 영국의 고서점
등에 묻혀 있던 여성 작가들의 작품을 발굴하면서 영국 소설
의 발생에 대한 이론이 다양하게 제기되기 시작했다. 여성
운동의 유행과 더불어 여러 여성들의 작품이 발굴되고 소개
되었으며, 제인 오스틴은 영국 소설의 선구적인 작가이자 여
성 문학의 핵심적 인물로 부각되었다. 대체로 여성 작가들은
가부장적인 남성 중심 사회에서 여성으로서 어떤 삶을 영위
했는가를 형상화하거나, 글 쓰는 것이 여성답지 못하다고 여
겨지던 시절 여성 작가로서 글을 쓰는 것의 어려움을 토로하
며 여성 특유의 문체와 서술 방식을 창조했다. 제인 오스틴
의 작품은 이러한 여성 특유의 주제와 형식을 잘 보여 주는
것으로 평가된다. 최근 유행하는 대중적인 여성 문학 장르인
〈칙릿Chick Lit〉도 제인 오스틴 작품에서 출발한 것으로 알
려져 있다.
　작품의 배경이 되는 18세기 영국 사회는 중산 계급이 두터
워지고 여성들이 가정의 영역에 머무르는 것이 미덕이던 사

회였다. 따라서 문학 작품에도 여성은 도덕적 가치와 정서적 가치의 수호자로서 〈가정의 천사〉라는 이미지로 많이 그려졌다. 여성의 본질은 수동적이며 감상적이고 순결한 존재로 묘사되고, 여성들이 낭만적 연애나 환상에 빠지는 것을 경계하여 여성의 방정한 품행이 강조되었다. 당시의 분위기는 『오만과 편견』에서 콜린스 목사가 베넷 집안의 딸들에게 제임스 포다이스 목사의 『설교집』을 읽어 주려고 했던 데서도 잘 볼 수 있다. 콜린스가 어리석고 자부심이 강하고 우쭐대고 지배층에 굴종하는 모순된 성격의 소유자로 묘사되는 점에서, 제인 오스틴이 여성의 교양과 품행을 강조하던 당시의 지배적인 이데올로기에 대해 어떤 생각을 갖고 있었던가를 잘 알 수 있다.

『오만과 편견』은 재산이 많은 미혼 남성이 한 마을에 이사를 오면 딸을 가진 집마다 그를 사윗감으로 점찍어 버린다는 내용으로 시작된다. 이 작품에서 벌어지는 인간 조건의 초점은 결혼이다. 이 작품에는 하층민을 제외한 여러 계층의 인물들이 등장한다. 귀족 계급인 캐서린 귀부인, 유서 깊은 지주 계급인 다시, 상업으로 축재한 부친의 유산을 물려받은 빙리, 재산이 한정 상속으로 묶여 있어 가장이 사망하면 미망인과 딸들은 재산을 내놓고 쫓겨나야 하는 베넷 가문, 상업으로 약간의 돈을 번 후 우연히 받게 된 기사 작위에 만족하여 가난하지만 시골의 점잖은 젠트리 계급으로 눌러 앉은 루커스 가문, 운 좋게 받게 된 교구 목사직과 베넷 집안의 재산 상속권에 의기양양하여 스스로를 최고의 남편감으로 생각하는 콜린스 목사, 집사의 아들로 태어나 타고난 용모와 화술로 결혼을 통해 신분 상승을 하려는 위컴. 이들은 18세기 말 영국 시골의 젠트리 계급을 둘러싼 계급 갈등, 경제 활동, 성차별 등의 문제를 첨예하게 드러내는 인물들이다.

작품의 중심인 베넷 집안에는 딸이 다섯이 있다. 당시 행동 지침서에서 가르치던 이상적인 여성의 미덕에 미모까지 갖춘 장녀 제인, 지적이고 상황을 비판적으로 분석하며 자신의 가치관을 고수하는 예쁘장한 엘리자베스, 딸들 가운데 유일하게 못생겼으며 여기에서 오는 열등감을 현학적인 태도로 보상하려는 메리, 주관 없이 흔들리기만 하는 어리석은 키티, 그리고 무절제할 정도로 방종하고 열정적인 리디아. 베넷 가문의 다섯 딸은 당대 사회의 어중간한 신분의 사다리에서 신분 상승과 생존을 위해 몸부림치는 중간 계층의 아름답거나 지적이거나 현학적이거나 무지하거나 열정적이던 다섯 가지 여성 유형을 대표한다. 그 외에 지적이지만 타협적인 성격의 샬럿 루커스, 상속 재산으로 인해 뭇 남성의 사냥감으로 지목되는 킹 또는 조지아나 다시 같은 젊은 여성들, 신분 상승을 보장하는 결혼을 위해 얼마든지 야비해질 수 있는 빙리의 누이들, 엄청난 재산을 상속받게 되어 있지만 타고난 왜소증으로 결혼 시장에서 밀려나 버린 캐서린 귀부인의 무남독녀 등 다양한 여성들이 등장하여 결혼이라는 목표에 대해 다양하게 반응하는 모습이 제시된다.

이러한 여성들의 상대 인물로 빙리와 다시, 콜린스, 위컴과 같은 남성들이 등장하면서 여러 가문에서는 딸들을 시집보낼 전략을 짜게 된다. 작품의 유명한 첫 문장이 권위적으로 내세운 보편적 진리는 다음에 나오는 내용에 의해 곧 허위라는 사실이 드러난다. 즉 〈재산이 많은 미혼 남성이라면 반드시 아내를 필요로 한다는 것은 널리 인정되는 진리〉라는 당당한 주장은, 거꾸로 여성들이 더 절실하게 남편감을 원한다는 사실에 의해 전복되면서 오히려 결혼을 꿈꾸는 여성들의 열망과 그녀들의 신분 상승 욕구를 드러낼 뿐이다. 작품의 전반부에서는 이러한 여성들의 욕구와 좌절된 꿈을 중심으로 사회적, 경제적 현실에 대한 고발이 두드러진다. 물론 해학과 풍자, 그리고 아이러니로 은닉되기도 하지만, 한 남성을 둘러싼 여성들의 경쟁과 암투, 계급 간의 갈등, 한정 상속과 같은 성차별적 법과 제도 등에 대한 비판의 목소리가 높다. 그러나 후반부로 가면 이 같은 문제점들은 저절로 해결되어 잠잠해지고, 결국 네 쌍의 남녀가 모두 결혼에 성공하게 된다. 샬럿의 애정 없는 안정 지향적 결혼, 리디아의 방종한 결혼이 제인의 행복한 결혼과 엘리자베스의 신데렐라 같은 신분 상승의 결혼으로 감싸지면서 이 작품은 질서와 조화의 분위기 속에 행복하게 끝난다. 베넷 부인은 딸들의 결혼에 흡족해 어쩔 줄을 모르고 독자들도 함께 신데렐라의 환상에 포근히 젖어 들며 마지막 책장을 덮는다. 따라서 이 작품은 사회 비판적 요소가 신데렐라적인 동화적 요소에 파묻혀 사회의 지배 이데올로기에 영합하는 보수적 작품이라는 지적을 받기도 한다. 그러나 한편 페미니즘 학자들은 보수적 서술 아래 은닉되어 있는 심층의 저항적인 서술 기조를 강조하며 이 작품이 이중적인 서술 방식으로 이루어져 있다고 주장하기도 한다.

『오만과 편견』의 주인공은 명랑하고 재치 있는 중간 계층 출신의 여성 엘리자베스 베넷과 새로이 부상하는 중간 계층의 저속함을 혐오하는 상류 계층의 남성 피츠윌리엄 다시이다. 엘리자베스는 상류층의 오만과 위선, 그리고 그 주변을 맴돌며 아부하는 속물들에 미리 식상해하며, 자신은 이들과 다르게 분별력이 있고 이성적인 존재라고 자부한다. 다시는 비굴하고 저속한 신흥 중산층의 속물근성에 미리 식상해하며, 유서 깊은 상류 계층 가문의 품위와 자부심을 잃지 않고자 한다. 두 사람은 서로 다른 출신 배경과 성격으로 인해 첫

인상부터 편견을 갖게 된다. 제인 오스틴은 처음에 이 작품의 제목을 〈첫인상〉으로 정했다가 여러 해 지난 후 수정, 보완하면서 〈오만과 편견〉이라는 현재의 제목으로 변경하였다. 첫인상에서 서로 오해를 하고 편견을 갖게 되지만, 엘리자베스와 다시는 점차 갈등을 겪으며 정신적으로 성숙하게 된다. 다시는 엘리자베스에게서 참신한 매력을 느끼기 시작하면서, 경멸하던 중간 계층의 사람들을 새로운 눈으로 보게 되고 겸손을 배우며 폭넓은 이해력과 인간성을 갖추게 된다. 처음에 엘리자베스는 기존의 어리석고 불합리한 사회적 관습보다는 개별적인 인간의 가치가 더 중요하다고 주장하면서 상류층인 다시에 대한 편견 때문에 위컴의 실체를 제대로 인식하지 못하는 실수를 한다. 하지만 엘리자베스는 차차 다시에게서 정신적 감화를 받게 된다. 엘리자베스는 다시의 성품을 제대로 파악하고 그의 영지 펨벌리가 의미하는 바를 깨달으면서 사회 관습과 제도의 긍정적인 면을 볼 수 있게 된다. 그녀는 상류 계층이 전적으로 위선적이고 오만한 것이 아니라, 균형 잡힌 취향과 고상한 감각을 갖추고 또 많은 사람들의 운명을 좌우할 수 있는 권력을 지닌 당당한 세력이기도 하다는 사실을 깨닫게 된다. 편견은 사라지고, 엘리자베스는 겸허를 배운 다시의 청혼을 감사히 받아들여 모든 것이 행복한 결말로 끝이 난다. 이리하여 인물들의 갈등, 시련, 좌절은 사라지고 모든 계층의 인물들이 화해를 이룬다. 엘리자베스와 다시의 결혼을 중심으로 콜린스와 샬럿 루커스, 제인과 빙리, 리디아와 위컴의 결혼까지 네 쌍의 결혼이 이루어지며 계층 간의 갈등과 사회적 경제적 문제 등이 모두 자연스럽게 해소되는 것이다. 리디아와 위컴의 야반도주와 혼전 동거는 콜린스의 편지에서 볼 수 있듯이 당시에 가문 전체의 비극을 초래할 수 있는 부도덕한 행위이지만, 제인 오스틴은 이를 행복한 결말로 이끈다.

　제인 오스틴은 전반부에서 보였던 갈등과 모순을 모두 결혼으로 해결해 버린다. 작품의 행복한 결말은 작가 제인 오스틴이 특히 전반부에서 꾸준히 지적해 온 계층 간의 갈등, 남녀의 성차별에 관한 사회적 현실에 대한 고발을 은닉하는 역할을 한다. 이런 결말은 재산은 없지만 교육을 잘 받은 젊은 여성이 겪는 사회의 여러 모순점들을 고발한다는 점에서는 환영받지만, 여성들이 우연히 부유한 신사에게 선택받아 신분 상승을 한다는 신데렐라 이야기로 환원되어 버린다는 점에서는 비난을 받는다. 『오만과 편견』은 프랑스와 미국의 혁명 직후 혼란한 시기에 조화와 질서를 지향하고 전통적 사상의 가치를 제고하는 보수적인 작품이라고 설명이 되기도 한다. 그래서 이 작품은 당대의 시대 상황과 풍속을 형상화한 리얼리즘의 대표적 작품으로 평가받는 동시에, 많은 여성들의 신데렐라의 꿈을 이루어 주는 낭만적인 작품으로 읽히면서 당대 지배 이데올로기에 타협하는 작품이라는 지적을 받기도 하는 것이다.

　이러한 제인 오스틴의 작품 경향은 여성 문학의 공통분모를 제시하는 역할을 한다. 당시 남성 중심 사회에서 여성 작가들은 사회적 불평등과 제약에 대해 보이지 않게 항의와 분노를 표출하곤 했다. 내면에서는 창의력과 열정이 넘치지만 바깥으로는 〈집안의 천사〉라는 이상적 여성상을 보여 주어야 했던 여성 작가들은 표층의 서술과 심층의 서술이 서로 어긋나는 독특한 이중적 서술 방식을 사용하곤 했다. 이러한 글은 흔히 촛불에 그슬리면 숨겨진 글씨가 나타나는 〈양피지〉 같은 글이라고 설명되곤 한다. 제인 오스틴은 당대의 가부장적인 계급 사회에 분노하며 목소리를 높여 항의하기보다는, 이러한 양피지 같은 서술 방식으로 자신의 목소리를 은닉하거나, 해학과 웃음으로 사회를 풍자하는 방식을 사용했다고 할 수 있다.

이 작품의 묘미는 풍자와 웃음이다. 방법을 가리지 않고 딸들을 결혼시키려고 애쓰는 교양 없는 베넷 부인의 언행이 보여 주는 웃음, 어리석은 콜린스 목사의 아부와 우쭐한 태도에서 나오는 웃음, 그리고 다양한 사회 풍자를 통한 웃음이다. 베넷 집안을 괴롭혀 온 한정 상속의 문제와 연결되어, 결혼이 곧 유일한 생존 전략이 된 상황에서 필사적으로 딸들을 결혼시키려는 베넷 부인의 참담한 상황이 희극적으로 제시되어 있다. 엘리자베스가 우쭐대는 콜린스를 퇴짜 놓는 장면, 엘리자베스가 가장 현명하다고 믿었던 친구 샬럿이 기다렸다는 듯이 그런 그를 남편으로 얼른 맞아들이는 장면 등. 제인 오스틴은 재산이 없는 똑똑한 여성들이 노처녀로 늙어 가며 친척의 식객이 되거나 길거리로 내쫓겨야 했던 상황을 풍자하면서 동시에 독자들로 하여금 웃게 만든다.

독자는 즐겁게 웃으며 작품을 읽을 수도 있고, 제인 오스틴의 풍자와 웃음을 통해 사회의 문제를 생각해 보게도 될 것이다. 독자는 작가의 희극적 글 솜씨에 감탄할 수도 있고, 또 웃음으로 은닉된 당대 여성들이 처해 있던 사회적 현실의 비판에 공감할 수도 있다. 어느 평론가처럼 제인 오스틴이 귀족 사회, 가부장 사회, 남녀 성차별, 상속 제도 등 사회의 여러 문제점을 비판하고 풍자하는 동시에, 해학을 통해 이를 희석하는 효과를 가져왔다고 말할 수도 있다.

독자는 이 작품을 연애와 결혼에 대한 낭만적 이야기로 즐겁게 읽을 수도 있고, 또 가부장적인 과거 영국 사회의 성차별, 계급 제도 아래에서 여성들이 어떤 삶을 살았는지 보여 주는 사회 풍속도로 읽을 수도 있다. 또 과거 여성 작가가 겪어야 했던 딜레마를 여성 고유의 문체와 형식으로 형상화한 진지한 작품으로 읽을 수도 있다. 그리고 원작과 하이틴 로맨스, 현대의 칙 릿 문학, 다양한 드라마와 영화 작품들을 함께 비교해 보며 읽을 수도 있다. 『오만과 편견』은 끊임없이 신선한 물이 솟아오르는 영원한 샘물과 같은 작품이다.

번역 대본으로는 2003년 Penguin Books에서 출간한 *Pride and Prejudice*를 사용했다.

원유경

제인 오스틴 연보

1775년 출생   12월 16일 영국 햄프셔 주 스티븐턴의 목사관에서 목사인 아버지 조지 오스틴George Austen과 어머니 커샌드라 리 오스틴 Cassandra Leigh Austen 사이에서 일곱 번째 아이로 태어남. 오빠들은 목사, 은행원, 해군 장교가 되기도 하고, 귀족 가문에 입양되어 많은 재산을 상속받기도 함. 이 목사관에서 스물다섯 살까지 삶.

1785~1786년 10~11세   언니 커샌드라Cassandra와 함께 레딩에 있는 학교에 다님. 철자법, 춤, 음악, 불어, 바느질 등의 교육을 받았으나 학비가 없어 중단. 이후 아버지, 오빠 제임스James와 헨리Henry로부터 지도를 받으며 주로 집에서 고전을 폭넓게 섭렵하며 지냄.

1787년 12세   희곡, 단편소설, 운문, 산문 등 다양하게 습작을 시작함. 이때부터 1793년까지 6년간 쓴 습작을 세 권으로 편찬. 현재 『쥬베닐리아*Juvenilia*』로 알려져 있음.

1793년 18세   짧은 서간체 소설 「수전 귀부인Lady Susan」 집필. 다른 작품과 달리 남성을 유혹하고 조종하는 여성이 등장함.

1794년 19세   『엘리노어와 메리언*Elinor and Marianne*』 집필 시작. 후에 『이성과 감성*Sense and Sensibility*』으로 수정됨.

1795~1796년 20~21세   가문은 훌륭하지만 재산이 없던 아일랜드 출신의 톰 르프로이Tom Lefroy와 연애. 르프로이 가족의 방해로 헤어

짐. 이후 르프로이는 부유한 상속녀와 결혼함.

1796년 21세   첫 장편소설 『엘리노어와 메리언』 탈고. 10월 두 번째 소설 『첫인상 *First Impressions*』 집필 시작. 이 작품은 나중에 『오만과 편견 *Pride and Prejudice*』으로 수정됨.

1797년 22세   8월 『첫인상』 완성. 11월 아버지가 런던의 출판업자 토머스 커델 Thomas Cadell에게 원고를 보냈으나 출판을 거절당함. 『엘리노어와 메리언』 개작 시작.

1798년 23세   새뮤얼 블래콜 Samuel Blackall의 구애를 받음. 『엘리노어와 메리언』 개작 완성. 『수전 *Susan*』 집필 시작. 나중에 『노생거 수도원 *Northanger Abbey*』으로 수정됨.

1799년 24세   『수전』 완성.

1801년 26세   아버지가 목사직에서 은퇴하고 가족 모두가 온천으로 유명한 바스로 이사함.

1802년 27세   돈이 많은 해리스 빅 위서 Harris Bigg-Wither의 청혼을 애정이 없는 결혼을 할 수 없다는 이유로 그다음 날 거절하고 평생 독신으로 지냄.

1803년 28세   오빠 헨리가 런던의 출판업자 벤저민 크로스비 Benjamin Crosby에게 『수전』 출판을 의뢰해 원고료로 10파운드를 받음. 크로스비가 이 소설을 출판하지 않자 판권을 되사오고자 하였으나 형편이 어려워 미루다가 1816년에서야 성공.

1804년 29세   『왓슨 가 사람들 *The Watsons*』 집필 시작. 경제적으로 어려운 여주인공의 모습이 작가 자신의 상황과 너무 흡사하여 미루다가 결국 완성하지 못함.

1805년 30세   1월 아버지 사망.

1806년 31세   어머니와 언니와 함께 바스를 떠나 사우샘프턴에 정착함.

1809년 34세   부유한 귀족 가문에 입양된 오빠 에드워드 Edward의 도

움으로 어머니, 언니와 함께 초턴의 집으로 이사. 생을 마감할 때까지
이곳에 정착하여 여러 주요 작품을 발표함.

1811년 ³⁶세 2월 『맨스필드 파크*Mansfield Park*』 집필 시작. 11월
『이성과 감성』이 출판업자 토머스 에거튼Thomas Egerton에 의해 익
명으로 출판됨. 대체로 서평은 호의적이었음. 인세 수입으로 경제적,
심리적 안정을 어느 정도 찾게 됨.

1813년 ³⁸세 1월 『오만과 편견』 출판. 출판 즉시 호평을 받으며 작가
적 명성을 얻음. 여름에 『맨스필드 파크』 완성. 11월 『오만과 편견』,
『이성과 감성』 재판을 찍음.

1814년 ³⁹세 5월 『맨스필드 파크』 출판. 평론가의 반응은 별로 좋지
않았으나, 대중의 사랑을 받아 6개월 만에 초판이 매진되는 대성공을
거둠. 이로써 작가로서의 오스틴에게 가장 큰 수익을 얻게 해줌. 『엠마
Emma』 집필 시작.

1815년 ⁴⁰세 3월 『엠마』 완성. 8월 『엘리엇 가 사람들*The Elliot*』 집
필 시작. 후에 『설득*Persuasion*』으로 수정됨. 토머스 에거튼과 헤어지
고 새로운 출판업자 존 머레이John Murray와 만나 12월 『엠마』 출판.

1816년 ⁴¹세 2월 『맨스필드 파크』 재판 찍음. 은행가였던 오빠 헨리
의 파산으로 오스틴 집안의 재정 상태가 나빠짐. 『엠마』는 대성공을 거
두었으나 『맨스필드의 파크』 재판의 반응이 좋지 않아 집안의 형편이
별로 나아지지 않음. 8월 『설득』 완성. 건강이 악화되기 시작함.

1817년 ⁴²세 1월부터 3월까지 『샌디션*Sandition*』 집필. 5월 24일 요
양을 위해 언니와 윈체스터로 이사. 7월 18일 윈체스터에서 사망함.
12월 오빠 헨리가 『노생거 수도원』을 출판함. 이때 헨리가 작가의 실
명을 처음으로 밝힘.

1818년 오빠 헨리가 『설득』 출판.

열린책들 세계문학 **143** 오만과 편견

옮긴이 원유경 1957년 서울에서 태어나 한국외국어대학교를 졸업하고 연세대학교에서 석사 학위를, 한국외국어대학교에서 「조셉 콘라드의 서술기법」으로 박사 학위를 받았다. 한국외국어대학교, 연세대학교 등에 출강했으며 브리티시 컬럼비아 대학 방문 교수로 있었다. 현재 세명대학교 영어영문학과 교수로 재직 중이다. 모더니즘, 제국주의, 페미니즘, 디아스포라 등의 주제에 관심을 갖고 18세기에서 현대에 이르는 영미 소설을 주로 연구해 왔다. 지은 책으로 『페미니즘, 어제와 오늘』(공저), 『영국소설의 명장면 모음집』(공저), 『영국소설과 서술기법』(공저)이 있으며, 옮긴 책으로 『도리언 그레이의 초상』, 『영국 문화사』(공역), 『영국 소설사』(공역), 로버트 루이스 스티븐슨의 『당나귀와 떠난 여행』, 『타임머신』 등이 있다. 논문으로는 「소설, 로맨스, 여성의 글쓰기: 메리 셸리의 『프랑켄슈타인』」, 「다시 읽는 『워더링 하이츠』: 캐서린의 유령」, 「콘래드의 초기 단편소설에 나타난 제국주의의 문제」, 「영화 속의 콘래드 읽기」, 「로버트 루이스 스티븐슨의 재평가」, 「월터 스콧의 『웨이벌리』에 나타난 민족 정체성 문제」, 「북미 이민 작가의 작품에 나타난 귀향의 문제」 등이 있다.

지은이 제인 오스틴 **옮긴이** 원유경 **발행인** 홍예빈 · 홍유진
발행처 주식회사 열린책들 **주소** 경기도 파주시 문발로 253 파주출판도시
전화 031-955-4000 **팩스** 031-955-4004 **홈페이지** www.openbooks.co.kr
Copyright (C) 주식회사 열린책들, 2010, *Printed in Korea.*
ISBN 978-89-329-1143-4 04840 **ISBN** 978-89-329-1499-2 (세트)
발행일 2010년 10월 20일 세계문학판 1쇄 2021년 12월 15일 세계문학판 14쇄

이 도서의 국립중앙도서관 출판예정도서목록(CIP)은 서지정보유통지원시스템 홈페이지(http://seoji.nl.go.kr)와 국가자료공동목록시스템(http://www.nl.go.kr/kolisnet)에서 이용하실 수 있습니다.(CIP제어번호 : CIP2010003512)

열린책들 세계문학
Open Books World Literature

각 권 8,800~15,800원